冨嶽三十六景
神奈川沖
浪裏

葛飾北齋畫

大望
대망5 도쿠가와 이에야스
야마오카 소하치/박재희 옮김

도쿠가와 이에야스

대망5/차례

초석

교토 사람들 사이에 노부나가의 장례식에 대한 소문이 떠돈 것은 교토 북쪽 무라사키 들(紫野)에 있는 류호산(龍寶山) 다이토쿠사 경내에 위패를 모실 소켄인(總見院) 공사가 시작되었을 때부터였다.

10월에 접어들자 아와타, 후시미, 도바, 단바, 나가사카, 구라마, 오하라 등 낙양의 일곱 지역에서 일제히 재목이 날라져 와 순식간에 사당으로 바뀌었다. 처음에 사람들은 이 장례식이 오다 일족 모두의 동의 아래 시행되고 있는 것이라 믿고 속삭였다.

"거리마다 많은 돈이 쏟아지겠는걸."

미쓰히데가 토벌된 뒤로 별다른 소동이 없었고, 다만 아케치 군을 자기 저택으로 끌어들여 니조 궁전을 공격케 했다는 혐의로 고노에 사키히사만이 낙향하여 어디론가 몸을 감추었을 뿐 아무 일 없이 끝났다. 그러므로 드디어 노부나가의 장례식이 시작되면 전국에서 거의 모든 영주들이 장례식에 참석하기 위해 교토로 와서 서로 숙소와 진영의 아름다움을 겨루느라 많은 돈을 쓰고 갈 거라는 계산을 하고 있었던 것이다.

장례식 날짜가 11일에서 17일까지 7일장으로 거행된다는 게 알려진 무렵부터 어디선지 모르게 소문이 흘러나왔다.

"이번 일은 히데요시 님과 히데카쓰 부자만이 치르는 거래."

교토에 수심의 빛이 감돌기 시작했다. 야마자키의 승리가 아무리 훌륭했다고 해도 오다 일족의 유신은 히데요시 부자뿐만이 아니다. 사람들은 이 장례식 도중 반 히데요시 파들이 교토에 몰려와 충돌이 일어나지 않을까 걱정되기 시작한 것이다. 그러자 그것을 뒷받침하는 소문이 다시 이리저리 나돌기 시작했다.

"기후의 노부타카 님이 기다렸다는 듯 벌써 이의를 제기했다는구먼."

"아니, 그 노부타카 님과 한편인 에치젠의 시바타 님은 벌써 사쿠마 모리마사, 마에다 도시이에, 삿사 나리마사 등에게 군사를 내게 하여 기타노쇼를 출발했다는 소문이던데."

"그럼, 이것은 노부타카 님과 히데요시 님 양자인 히데카쓰 님의 후계 다툼이로군."

그러한 풍문이 그럴 듯하게 퍼져갈 때 이윽고 그 소문 속으로 구로다, 하치스카, 아사노, 오타니, 가미코다, 센고쿠 등 히데요시의 부장들이 저마다 무장한 군사를 이끌고 교토에 모습을 드러내어 교토 사람들의 불안은 차츰 무거운 침묵으로 바뀌어갔다…….

이러한 공기 속에서 10월 9일 히데요시는 몸소 다이토쿠사로 가서 모든 준비를 끝내고 말을 타고 야마자키성에 돌아오자 곧 양자 히데카쓰와 서기 오무라 유코를 불렀다.

"이야기할 것이 있다. 히데카쓰는 이 애비의 말을 명심해 두어라. 그리고 유코는 뒷날을 위해 나의 가슴속을 자세히 기록해 두도록."

엄숙한 투로 말한 히데요시는 팔걸이를 앞에 놓고 심각한 표정으로 눈을 감았다.

"됐나, 유코, 붓과 종이는?"

"옛."

유코는 준비 자세에 들어가 붓을 들고 종이를 노려보았다.

"우리는 전날 히데카쓰와 함께 혼노사의 우대신님이 돌아가신 자리에서 제사를 올리며 서로 부둥켜안고 울었다. 그렇지, 히데카쓰?"

히데요시가 눈을 감고 말하자 16살 난 노부나가의 넷째 아들 히데카쓰는 눈물을 글썽였다.

"옛."

오무라 유코는 그 광경을 흘끗 보고 곧 붓을 움직인다.

"그것이 무슨 눈물이었던가…… 말할 것도 없는 일이지만, 이 히데요시가 그 미천한 출신에도 불구하고 우대신님의 천거로 거듭되는 은혜를 입은 것은 자고로 그 유례가 없는 일이라 해도 과언이 아니다. 그런데 그 총애에 더하여 너…… 히데카쓰를 내 양자로 주시기까지 하셨다…… 알겠느냐, 나의 눈물을?"

"예, 잘 알고 있습니다."

"이러니 히데요시 가문은 우대신님에 대해 형제나 다름없다. 그러므로 그저 우는 것만으로는 끝낼 수 없는 일이다. 울기만 하는 것은 아녀자들이나 하는 짓……."

"옳은 말씀……."

이번에는 유코가 맞장구쳤다. 맞장구치면 히데요시의 뒷말이 이끌어져 나오는 것을 그는 이미 알고 있다. 그런 만큼 말투도 태도도 경건하기 짝이 없었다.

"그래서 내가 장례식을 치르지 않을 수 없는 사정을 말해 주마. 알겠나, 히데카쓰…… 우대신님은 일문에 친척도 중신도 많으므로 실은 이 히데요시가 주제넘게 행동하다가 오해받아서는 안 된다고 여겨 여태까지 꾹 참아왔다. 그러나 이 무슨 보람 없는 세상인지, 내가 아무리 입이 마르도록 권해도 아무도 나서서 장례식을 주선하는 자가 없으니 애석한 일이구나!"

"……."

"알겠느냐, 히데카쓰? 그래서 나는 지금의 세상에 견주어 깊이 생각해보았다…… 어제의 친구가 오늘은 원수로 바뀌고 어제의 꽃이 오늘은 벌써 쓰레기가 된다. 난들 내일 일을 어찌 알 수 있으랴. 그것을 생각지 못하여 미천하고 가난한 무사나 아녀자라 할지라도 애도할 뜻이 있는 자들을, 이 히데요시가 망설이느라 장례식도 치르지 않고 그대로 우대신님 뒤를 따르게 된다면 그야말로 지하에서 우대신님을 대할 얼굴이 없게 된다. 유코, 여기가 중요한 대목이다! 돌아가신 우대신님에게 발탁되어 오다 가문과 형제 같은 대우를 받았으면서도 마지막으로 한 가닥의 용기도 없이 친척 중신들의 생각을 꺼려 마땅히 해야 할 일을 하지 않고 죽는다면, 이 히데요시는 배은망덕한 비겁자로서 비천한 무사나 아녀자들보다 훨씬 못한 축생이나 다름없게 된다. 그러므로 히데카쓰와 함께 감연히 우대신님 장례식을 거행하려는 것이다, 알겠느냐?"

"잘 알겠습니다."

"거행하기로 한 이상, 전심전력을 다하여 명복을 빌지 않으면 안 된다. 가진 것, 바칠 수 있는 모든 정성을 다해서."

"예."

"장례식은 17일이다, 알겠느냐? 사심 없이 정성을 기울인 의식인지, 아닌지 뒷사람들이 알 수 있도록 분명히 기록해 두어라."

그렇게 말한 히데요시는 한 손으로 이마를 누르며 말했다.

"첫째 날인 10월 11일은 독경."

"예, 적었습니다."

"둘째 날은 여러 경문을 베끼는 일과 연고자 없는 영혼에 대한 공양, 사흘째인 13일은 참회 공양. 14일은 입실(入室), 15일은 화장(火葬)이다."

"적었습니다."

"16일은 숙기(宿忌), 17일은 분향. 곧 장의는 15일이다. 이것이 나로서 할 수 있는 최대한의……"

히데요시의 감은 눈에서 눈물이 주르르 흘러내렸다. 히데요시의 눈물을 본 유코는 저도 모르게 숨을 삼켰다. 히데카쓰도 눈물을 글썽이며 가만히 이 양아버지를 지켜보고 있다.

천진난만하다……고 유코는 생각한다. 만약 이것을 책략으로 본다면 너무나 빈틈없고 교활한 태도이겠지만 이것은 결코 책략만이 아니었다. 그 성격과 두뇌와 확신이 혼연히 하나가 된 절묘한 경지라고 생각한다. 그것이 요즘 특히 신묘한 경지에 이르고 있었다.

히데요시는 눈물을 닦으려 하지도 않고 말을 이었다.

"나는 잡용으로 돈 1만 관과 후도오 구니유키(不動國行) 칼을 다이토쿠사에 헌상하고 왔다. 그리고 시주 절로 세운 소케이인에는 우대신님 묘석의 품삯으로 은 11닢을 기부하고 향화료(香花料)로 사원 영지 50석을 기부, 그 밖에 쌀 500석을 오사카의 어떤 상인에게 부탁해 보내도록 했다."

유코는 자신의 귀를 의심하고 되물었다.

"저, 500석……입니까."

"그렇다, 그 쌀은 이미 요도강을 올라오고 있을 것이다. 더 기부하고 싶은 게 많지만 이 공양은 어디까지나 우리 부자의 힘으로 하고 싶다. 그렇지, 히데카쓰?"

"……예."

"500석도 적을지 모르지. 아무튼 오산십찰(五山十刹)의 승도는 물론 장안 안팎의 선율팔종(禪律八宗) 승려가 구름처럼 모여들 것이니."

"구름처럼……이라고 써도 되겠습니까?"

"그래, 몇천만인지 헤아릴 수 없다고 써두어라."

"몇천……만?"

"물론 이만한 장례식을 보는 건 교토 사람들도 처음일 것이다. 그래도 이 히데요시의 마음은 아직 모자라. 아무튼 오닌의 난 이래 계속되어 온 난세에 평화의 길을 터주신 불세출의 우대신님 장례식이 아니냐. 하지만 내가 아직 미력하여 이 이상은 할 수 없어. 참으로 부끄럽기 짝이 없구나……."

그는 비로소 눈을 크게 뜨고 입가에 희미하게 웃음을 떠올렸다.

"그 대신…… 이 성대한 의식을 거행하는 동안 방해자가 들어오지 못하도록 그 만반의 준비는 충분히 해두었다. 다이고(醍醐), 야마시나(山科), 후나오카(船岡) 우메즈(梅津), 도지(東寺), 요쓰즈카(四塚), 아사노, 오타니, 가미코다, 센고쿠 등의 군사를 배치하여 만일의 경우 곧바로 다이토쿠사를 에워싸게 할 테니 개미 한 마리 근접하지 못할 것이다."

유코의 표정에 다시 놀라움의 빛이 떠올랐다. 히데카쓰는 온몸을 굳히며 몸을 내밀 듯하여 듣고 있다.

"알겠나, 단순히 장례식만 생각하고 있다가는 실수하게 된다. 단지 그것만으로는 우대신님의 덕을 사모하여 참배하고 싶어 하는 남녀노소에게 불안을 주게 돼. 그러므로 오가와, 하네다, 구와야마, 기노시타 등을 대장으로 궁정에 집결시켜 황실 수호에 임하게 한다. 이것을 보면 백성들도 마음 놓고 모여들 것이다."

이때부터 히데요시의 목소리와 태도가 달라져 있었다. 눈물자국이 하얗게 마르고 눈은 번들번들 빛나기 시작했으며 목소리에 긴장이 더해졌다.

"절 안에서 법사(法事)를 주관하는 책임자는 스기하라(杉原), 구와바라(桑原), 후쿠다(副田), 그리고 그날의 혼잡에 대비하여 이코마, 고니시 등이 1000여 명을 이끌고 정리를 담당한다…… 어때, 이 정도면 넘볼 자가 없겠지? 겁쟁이는 대개 이 대비를 보기만 해도 구름이나 안개처럼 물러갈 게다. 어떤가, 유코……?"

한 번 시작하면 히데요시의 입에서는 뭐가 뭔지 알 수 없는 미사여구와 한문과 속어가 청산유수처럼 흘러나온다.

"조심은 어디까지나 용의주도해야 한다. 방심은 금물, 후회막급한 일이 없도록, 알겠나. 이로써 아직 끝난 것은 아니다. 그 밖에 총감독으로 아우 하시바 히데나가가 1만여 명을 이끌고 비상경계를 할 것이며, 절 밖에는 3정 사면에 울타리치고 네 문에 장막을 드리워 감시관을 잔뜩 대기시키고 초소마다 경호무사들이 긴 창을 들고 몇백 자루의 총에 화승을 장전해 여차하면 발포할 태세를 갖춘다. 어때, 히데카쓰, 이러면 좀도둑도 손을 내밀지 못하겠지."

"예, 물론입니다."

"이것이 철통같은 대비라는 거다. 대비만 되어 있으면 두려울 게 없다. 우리에게 동의한 영주들도 마음 놓고 참석할 수 있지. 알겠나, 그대와 이케다의 아들 데루마사가 멜 관(棺)도 이미 다 준비되었다. 그러나 지금 그것을 내 입으로 말한다면 자랑이 된다. 이것은 그날 유코가 본 대로 적으면 돼. 그 관 속에 넣을 침향나무로 새기게 한 목상(木像)도 만들어놓았다. 아마 이것을 렌다이 들(蓮台野)로 날라가 12간짜리 화장터에서 화장하면 그 향기가 일본 온 지역을 그윽하게 감쌀 것이다."

"저, 일본 온 지역……이라고 써도."

"못난 것, 내가 말하면 자랑이 된다고 말하지 않았느냐? 말하자면 그렇게 되는 거야."

"죄송합니다."

"사물을 기록하는 자는 그저 표면의 형상만 보고 그것이 진실의 전부라고 생각해서는 안 돼. 알겠나, 내가 목상을 새기는 데 일부러 침향나무를 고른 것은 우대신님의 이상과 덕을 일본 전국의 방방곡곡까지 퍼뜨리게 하고 싶은 염원에서다. 그것을 모른다면 나의 큰 뜻도, 인물도 모른다는 게 된다."

"잘 명심하겠습니다."

"우대신님의 이상은 천하의 큰 난리를 종식시켜 만민에게 평화를 누리게 하려는 고마우신 마음이었다. 그대는 지금 일본에 평화를 원하지 않는 자가 하나라도 있다고 생각하느냐?"

"그야……."

"없다면 이 침향이 내는 향기가 일본 방방곡곡에 퍼져간다 해서 이상할 게 뭐

있나. 이것은 이 히데요시가 우대신님 뜻을 훌륭하게 이어 천하를 평정하겠다는 영혼에 대한 맹세이기도 하다. 그러나…… 그것도 적지 마라."

히데요시는 손을 내저었다.

"그렇게 쓰면 또 자랑이 된다. 그리고 내가 천하를 노리고 있는 것처럼 해석되어도 난처하니까."

유코는 고개를 갸우뚱하다가 당황하여 다시 끄덕였다.

'대장님이 천하를 노리고 있다는 것은 그야말로 천하가 다 아는 일이 아닌가……?'

그렇게 생각하다가 반성한 것이다. 이 불세출 위인의 가슴속을 독단적으로 해석해서는 안 된다고…….

"유코, 그대는 지금 고개를 갸웃거렸지?"

"예……아, 아닙니다……."

"하하하하, 아무래도 그대는 사물을 너무 겉으로만 보는 것 같다. 잘 들어라, 나는 천하를 노리고 있는 게 아니다. 나는 다만 우대신님 뜻에 따라 움직이는 사람이다. 이것을 뒤집어 생각하지 마라. 뜻을 이어 행동하는 동안 저절로 천하가 나에게 온다면 할 수 없지 않은가."

"황송합니다……."

"이것은 자랑이 아니야. 바로 이 점에 이 세상의 진실이 있다고 생각해. 좋아, 오늘의 기록은 여기까지다."

유코는 진지하게 머리 숙이고 붓을 놓았다.

드디어 그날인 10월 11일이 되자 교토 사람들은 글자 그대로 구름처럼 무라사키 들을 향해 모여들었다. 하늘은 활짝 개었고 신기하게도 바람 한 점 없었다. 이미 단풍 계절은 지났다. 벌거숭이 나무가 눈에 띄는 벌판을 가로지르는 이들 군중이, 한 걸음 한 걸음 다이토쿠사로 다가감에 따라 감탄의 속삭임은 자꾸만 높아져갔다.

"정말, 굉장한 위세야. 대체 군사 수가 얼마나 될까?"

"이 언저리만 해도 5만이라고 했어. 시중의 경비로부터 낙양 일곱 군데의 대비까지 합치면 10만은 되지 않을까."

"허, 10만 군사라…… 그런 대군이 교토에 모인 적 있었을까?"

"정말 전대미문의 일일 거야. 그들이 모두 군량을 지참하여 요 4, 5일 동안 요도강을 배로 까맣게 메웠다는 소문이었어."

"그렇게 하지 않으면 큰일이지. 교토 안의 식량을 2, 3일이면 다 먹어버릴걸."

"저것 봐, 또 스님 행렬이야. 절 안으로 들어가는군. 대체 스님이 얼마나 모이는 것일까?"

"스님도 1만 명이라네."

"스님의 식량만도 500석이라오. 말을 들으니 쌀은 오사카의 요도야가 맡고, 1만 관의 잡비는 사카이 상인들이 서로 맡겠다고 나섰다더군."

"그렇다면 천하는 결정난 거야……."

"결정 나고말고. 돌아가신 우대신님도 못 미치게 운이 강한 대장이야."

"아니지, 운만이 아니야. 주군의 원수를 갚고 성대한 공양을 올리는 그 마음씨 덕분이지."

"그러고 보니 이 공양이 끝나면 곧 교토 도시계획에 착수하신다더군. 오닌의 난으로 불타기 전의 번성한 모습을 회복시켜 주시겠다는 거야. 반년도 걸리지 않아 그것을 하겠다고. 아니, 될 거야. 이 대장님의 위세라면 반드시 될 거야."

군중은 교토 사람들뿐만이 아닌 것 같았다. 고시니 유키나가며 나야 쇼안, 그리고 요도야 조안 등의 선전대가 섞여 있어 여기저기서 교묘하게 사람들을 부추기고 다니는 기색이었다. 어쨌든 싸움이 벌어지지 않을까 하고 한때 무겁게 가라앉았던 사람들 마음에 환한 햇빛을 내려쬐며 환희로 이끌어간 훌륭한 솜씨는 놀랄 만했다.

이 성대한 의식이 이에야스에게는 아직 알려지지 않았지만, 군중 속에 자야 시로지로가 자못 점잖은 포목상 차림으로 섞여 있었다.

신기하게도 이제 시바타 가쓰이에며 노부타카와 노부카쓰에 대한 일은 모두들 까맣게 잊어버리고 있었다. 히데요시의 어마어마한 준비와 정연한 군기를 군중 쪽에서 먼저 느끼고 안도한 것이리라.

'이쯤 되면 누가 감히 덤벼든다 말인가!'

그런 의미에서 히데요시의 크나큰 보자기가 첫날부터 교토 사람들을 보기 좋게 싸버렸다고 할 수 있었다! 하지만 교토 사람들은 물론이요, 여기 모인 영주에서 첩자들에 이르기까지 모조리 안도하게 만든 것은 역시 15일의 장례 행렬이었다.

13일에서 14일까지 얼마쯤 흐리던 하늘이 15일에 이르러 다시 눈부실 만큼 활짝 개어 구름 한 점 없는 무라사키 들판은 이 성대한 의식을 구경하려는 십 몇만의 군중들로 인산인해를 이루었다.

그날 나들이옷을 화려하게 차려입고 다이토쿠사에 모인 영주들은 오전 10시에 행렬을 갖추어 비로소 군중들 앞에 그 모습을 나타내었다.

맨 먼저 비단에 싸인 영구의 아름다움이 사람들 눈길을 빼앗았다. 사방의 처마에 드리운 난간은 모두 금은으로 아로새기고 팔각기둥에는 단청을 입혔으며 8간짜리 영구의 채색은 햇빛마저 튕겨내며 일곱 색깔 무지개를 뿜을 듯했다. 그 속에 히데요시가 자랑하던 침향 목상이 들어 있는 것은 말할 것도 없었다.

그 관의 앞채는 이케다 데루마사가 메고, 뒷채는 하시바 히데카쓰가 메었다. 히데요시는 바로 그 뒤에서 위패와 후도 구니유키 검을 받쳐들고 따르고, 또 그 뒤에는 같은 예복차림을 한 무사 3000명이 조용히 따라갔다.

아무튼 다이토쿠사에서 렌다이 들까지의 1500간 남짓한 거리 양쪽에 무장한 3만 군사를 두어 경비케 하였다 하니, 아마 그 일대는 활과 화살통과 창과 총이 숲을 이루었을 게 틀림없다. 그 당당한 위풍은 장엄함을 넘어 주위를 완전히 압도했다.

예복차림 군사 다음은 1만 명이라고 일컬어진 오산십찰, 선유팔종 승려들 행렬이었다. 성장한 그들은 모두 저마다의 종파에 따라 법문을 외며 길을 나아갔다…… 그 머리 위에 반짝이는 일곱 빛깔의 천개(天蓋), 오색 깃발, 보랏빛 향불, 무수한 등불, 제기, 조화(造花), 칠보(七寶)! 그것은 마치 옛날이야기 속의 나라가 땅 위에 내려온 듯 화려하여 삶에 지친 군중들을 잠시 황홀한 정토로 이끌었다.

그 날도 이에야스의 고등첩자인 자야 시로지로는 렌다이 들에 가까운 12간 사방의 화장터 가까이에서 군중들 속에 섞여 그 광경을 보고 있었다.

승려 행렬이 가까스로 렌다이 들에 이르자 영주들이 그 뒤를 이었다. 저마다 150명씩 같은 옷을 입은 가신을 거느린 이들은 니와 나가히데, 이케다 쇼뉴, 호소카와 후지타카, 호소카와 다다오키, 호리 히데마사, 쓰쓰이 준케이, 나카가와 기요히데, 다카야마 우콘, 이렇듯 끝이 없다…….

보고 있는 동안 자야는 숨이 막혀왔다.

'이로써 이제 대세는 결정되었다.'

이에야스 자신은 이 일을 예견하고 있으므로 그리 부러워하지도 않고 반감도 없었지만, 자신은 자칫하면 넋을 잃을 것 같아 어쩐지 몸속이 떨려왔다. 그는 이것을 히데요시의 둘도 없는 충성이라고 볼 만큼 단순한 사람은 아니었다.

'이것은 분명 노부타카며 시바타와 다키가와 등에 대한 도전이다…….'

그렇게 생각하자 그 교묘함에 그저 혀를 내두를 뿐…… 참는 데 누구보다 뛰어난 이에야스가 끝까지 서쪽으로는 눈을 돌리려 하지 않았던 현명함을 이제야 알 것 같았다. 고집 센 노부타카, 호기로운 시바타, 불우한 다키가와는 반드시 떨치고 일어나 싸움을 걸어오게 될 것이다. 그러나 그때는 이미 백성 하나하나에 이르기까지 다음 천하인은 히데요시라고 각인시켜 놓은 뒤이다.

'그것을 알면서도 역시 싸움을 단념하지 못할 것이다.'

그리고 노부타카 쪽이 오히려 반기를 든 꼴이 되어 멸망해 가는 것이 아닐까…….

"무서운 사람! 무서운 지혜……."

그때 행렬이 다 들어간 렌다이 들의 화장터 언저리에서 그윽한 침향 향기가 흘러나오기 시작했다. 자야는 오늘 노부나가의 유해를 상징하는 목상이 화장된다는 이야기는 들었지만 설마 그것이 침향인 줄은 알지 못했다.

'아니, 이게 무슨 냄새일까?'

코를 벌름거리며 고개를 갸우뚱하는 동안 그 향기는 순식간에 주위를 감쌌다.

"아! 이건 유해에서 나오는 냄새 같아."

"뭣이? 그게 정말이오?"

누군가가 외쳤다.

"오, 이건 기적이야……."

"기적이 아니라. 이건 바로 공양주의 기도가 하늘에 미친 증거요."

"꽃이 내려오지는 않나, 꽃이……."

"오, 저 다카(鷹) 봉우리에서 샤카(釋迦) 골짜기로 보랏빛 구름이 일기 시작했어."

"고마워, 고마운 일이야."

“정말 부처님은 있는 모양이군. 히데요시 님의 충성과 여러 스님들의 기원에 부처님이 감응하신 거네.”

“꿈같구나, 정말 꿈같아.”

“무엇이 꿈이라는 게야? 우대신님 원수를 갚은 다음 후계다툼으로 지새우느라 장례식도 잊고 있는 노부카쓰 님과 노부타카 님을 대신하여 이렇듯 장례식을 올리시는데 이래도 기적이 안 나타난다면 부처님은 없는 거나 다름없지.”

“나는 부처님이 있고 없고를 말하는 게 아니야. 향기가 너무 좋아서 꿈만 같다고 했을 뿐이지.”

“꿈이 아니라잖나—그대 충성은 잘 알았다, 좋아, 나를 대신하여 천하의 일을 처리하라고 우대신님 영혼이 일부러 이 기적을 나타내신 거야.”

손에 손에 염주를 굴리면서 속삭이는 말을 듣고 있노라니 여기에도 히데요시의 숨은 세력이 느껴졌다.

자야는 군중을 헤치고 나아갔다. 그제야 그에게도 향기의 수수께끼가 풀리기 시작했다.

‘향나무로 만든 목상이 틀림없어…….’

아니다, 어쩌면 장작 속에도 그것을 많이 숨겨두었을지 모른다. 어쨌든 이러한 일을 면밀하게 계산하고 즐겁게 여론을 이끌어가는 히데요시의 인간 됨됨이가 무서웠다.

‘대체 어떤 운명을 타고 난 사람일까.’

교토에는 히데요시가 원숭이해에 설날의 첫 해돋이와 함께 태어난 태양의 아들이라는 소문까지 나돌고 있었다.

“지나갑시다…… 좀 비켜주시오.”

그러나 군중은 거의 모두 황홀경에 빠져 한동안 앞으로 나아가지도 물러서지도 못하고 있었다.

30분쯤 지나 울타리 안의 창과 총의 숲이 움직이기 시작하자 그제야 군중은 제정신으로 돌아가 다시 다이토쿠사 쪽으로 발길을 돌렸다. 히데요시를 선두로 한 행렬이 다시 그쪽을 향해 움직이기 시작했기 때문이었다.

그제야 정신 차리고 보니 자야는 온 몸에 땀이 흠뻑 배어 있었다. 해는 이미 중천을 훨씬 지나 있고 배 속에서 쪼르륵 소리가 나고 있었다.

"시장한 것은 나만이 아니겠지…… 어쨌든 히데요시는 이 군중에게 배고픔을 잊게 할 힘을 지닌 사람이다……."

가까스로 혼포사(本法寺) 가까이 왔을 때였다.

"여보시오, 자야 님 아니오? 마침 잘 만났소. 절문 안에 앉을 곳이 마련되어 있으니 쉬었다 가시오."

어깨를 치는 사람이 있어 돌아보니 이번에 쌀 500석을 실어왔다는 요도야 조안이 웃는 얼굴로 서 있었다.

자야는 그제야 마음 놓였다.

"아, 요도야 님. 요도야 님이 여기서 쉬고 계실 줄은 몰랐군요. 이거 살았습니다그려. 정말 놀라운 인파인데요."

자야는 안내하는 대로 혼포사 산문으로 들어섰다.

"정말 훌륭한 장례식이었소. 자, 이리 들어오십시오. 자야 님이 아시는 분도 와 계시니."

"예, 내가 아는 분이……?"

오른쪽 천막 안으로 들어가 보니 수북이 쌓인 산더미 같은 주먹밥 너머에 사카이의 나야 쇼안이 한눈에 사카이 상인임을 알 수 있는 5, 6명의 사람들과 이야기 나누면서 차를 마시고 있었다.

"아니, 쇼안 님 아니십니까?"

"오, 자야 님이군. 역시 귀하도 와 있었군요."

"그야……"

쇼안은 자야와 이에야스의 관계를 잘 알고 있었다.

"방금 이야기하고 있던 중인데, 이젠 교토의 도시계획도 잘 되어갈 것 같소."

"예? 교토의 도시계획……이라니요."

"이 소동이 끝나면…… 끝난다기보다 이것은 도시계획의 시작이라고도 할 수 있지요."

자야가 당황하여 되물었다.

"무슨…… 이야기인지 도무지 이해가 안 되는데요."

쇼안은 무언가 암시하듯 빙그레 웃었다.

"자야 님도 만만히 볼 수 없는 양반이군. 도시계획이 벌써 이렇게까지 진행되어 있는데, 이곳에 있으면서도 모르는 체하다니."

말과는 반대로 거기 있던 간단한 도면을 앞으로 내밀어 자야에게 보여주었다.

"이게 뭡니까? 이 니시진(西陣) 언저리에 네모꼴 하나, 그리고 이 고조강(五條川) 서쪽에 또 하나……?"

이번에는 조안이 웃었다.

"하하하…… 오닌의 난 이래 황폐해질 대로 황폐해진 그 니시진에 방직거리가 생기고, 이쪽 강 동쪽에도 이만큼 큰 거리가 생길 것이오. 자야 님, 당신에게도 양쪽의 토지가 할당될 테니 잘 부탁하겠소."

자야는 점점 얼굴이 굳어져가는 것을 느꼈다.

"그러면……그러면…… 이번 장례식이 끝나면 곧 이 도면 같은 거리를 만든단 말입니까, 히데요시 님이……?"

쇼안은 짐짓 진지하게 말했다.

"이것을 만들기 위한 장례……라고 하면 히데요시 님이 노할 것입니다. 그분은 하는 일 모두 우대신님의 뜻……이라고 입으로만 아니라 진정으로 그렇게 생각하고 있으니까요."

"그럼, 그 의논에 여러분은 처음부터 관여하고 계셨군요."

조안이 다시 말을 이었다.

"그렇소. 거리는 히데요시 님이 만들더라도 돈 만드는 재주는 우리가 낫거든. 남의 지혜를 빌리려 한다면 도와야지요."

자야는 하마터면 신음할 뻔했다. 이건 어느 쪽에서 어느 쪽을 이용하고 있다고도 할 수 있다. 그러나 히데요시의 손이 벌써 거기까지 미치고 있는가 생각하니 그 역시 몸을 내밀지 않을 수 없었다.

"그렇다면 이번 무라사키 들판의 큰 공양은 이 도시계획의 주춧돌이라는 말씀인가요?"

이것은 이에야스에게 반드시 보고해야 한다 싶어 몸을 내밀자 쇼안은 다시 웃으면서 고개를 저었다.

"자야 님은 교토에 사시고 계시지만, 우리는 사카이 주민이니 교토 도시계획만으로는……."

"그러시면?"

"일본의 토대를 만들어야 할 때라고 생각하므로 모두들 그늘에서 돕고 있는 거지요. 물론 이곳에 모두들 지점을 내겠지만 사카이뿐 아니라 지쿠젠(筑前), 히젠(肥前) 언저리까지 지점을 낼 수 있도록 도모하지 않으면 나라의 부(富)는 이룩되지 않는다고 모여서 의논하고 있는 참이오."

"지쿠젠에서 히젠까지……."

"그렇소. 그러려면 완전히 실력을 갖춘 중앙군이 없으면 안 되오. 그렇지 않겠소, 자야 님. 그것이 가능하다고 보기에 우리가 움직이는 것이오……."

그렇게 말한 다음 쇼안은 자야에게 뭔가를 가르치려는 듯이 말을 이었다.

"나라의 부를 늘리는 데는 두 가지 길이 있소. 그 하나는 교역, 또 하나는 지하 재보를 발굴하는 것. 그 방면에서는 이미 우리 동지 가운데 멀리 아마카와(天川 ; 마카오)까지 건너가 그곳에서 새로운 은 발굴법, 고르는 법 등을 배워 돌아온 자도 있소. 그들이 말하는 바로는 이와미(石見)의 오모리(大森), 다지마(但馬)의 들에 보물이 무진장 묻혀 있다고 하더군."

자야는 마음속의 놀라움을 숨기고 맞장구치느라 무척 힘들었다.

"그럼, 벌써 아마카와에 갔다온 사람이 있단 말입니까?"

"그렇소, 교역하려면 은이 필요하오. 그 은이 지하에 묻혀 있는 것을 잠재워둘 필요는 없지 않겠소?"

"대……대……대체 그분…… 이름은…… 뭐, 뭐라고 하시는지요?"

"아마카와에 갔다 온 자는 가미야 주테이(神屋壽貞), 지금 그 뒤를 계승하고 있는 것은 손자 젠시로(善四郞)인데, 은이 나온다 해도 그것을 국내에만 유통시킨다면 나라의 부는 늘어나지 않소. 역시 교역하지 않으면 안 되오."

"과연…… 그렇겠군요."

"그렇지만 그 교역이라는 게 그리 쉬운 일은 아니오. 영주들이 뿔뿔이 흩어져 싸우고 있으면 위태로워 가지고 있는 보물조차 내보일 수 없지요. 그러므로 어떻게 해서든 천하를 하나로 만들어야 한다고 생각한 거요."

"그럼…… 그 천하인으로 히데요시 님이 좋다……고 여러분은 말씀하시는 건가요?"

자야는 그제야 그들의 이야기를 똑똑히 이해할 수 있었다. 무장들끼리 줄곧 천하를 다투고 있을 때, 한쪽에서는 어떻게 부를 늘릴까 하는 전혀 다른 입장에서 사물을 보고 생각하는 한 무리가 있었던 것이다. 더구나 그것은 결코 작은 힘이 아니었다. 만약 그들의 후원이 없었다면 히데요시의 이번 행사도 이처럼 훌륭하게 진행될 수 없었을 것이다…….

쇼안이 특별히 잘 보고 있다는 것을 눈치채고 요도야 조안이 나서서 주선하듯 말했다.

"어떨까요, 자야 님과는 오랜 친분이 있고 교토에 대한 일로 이것저것 신세져야 할 분이니 여기서 동지가 되시게 하는 건."

"쇼안 님과 조안 님이 추천하는 분이라면 우리도 이의 없소."

나이든 한 사람이 점잖은 말투로 찬성하자 쇼안이 자야를 대신하여 머리를 숙였다.

"고맙소. 무장들 쪽에서 드디어 천하를 평정할 전망만 보인다면 우리도 늦지 않게 저마다 협력해야 하오. 그래서 평소부터 거래와 교제가 있었던 사람들끼리 특히 친목 언약을…… 하게 된 것이오."

쇼안은 스스로 모두에게 인사하고 나서 곧바로 자야에게 설명했다.

"친목 언약이라지만 특별히 까다로운 조건이 있는 것은 아니오. 단지 자기 이익만 꾀하여 다른 사람을 모함하지 말 것, 그것이 자신을 부유하게 만드는 동시에 일본과 동업자들을 부유하게 하는 일이라는, 이 두 가지뿐이오. 그리고 서로를 어디까지나 친척처럼 대하도록."

자야가 대답했다.

"좋은 말씀이오. 그 정도라면 물론 지킬 수 있소. 그래서 협의한 결과 히데요시 님의 도시계획을 돕자는 겁니까?"

이번에는 조안이 말했다.

"눈치가 빠르시군! 어쨌든 천하를 평정하지 않고는 아무것도 안 되오. 그래서 먼저 교토의 도시계획, 그것이 끝나면 다음에는 내가 사는 오사카."

"오사카는 어떤 거리로 만드나요."

"이것은 본디 석산당(石山堂) 앞거리로, 우대신님이 혼간사와의 싸움에서 그것을 빼앗은 건 그 땅에 큰 성을 쌓아 교토를 수비하며 사카이 항구를 누르려는 속셈이 있었기 때문이었소. 히데요시 님도 그 일에 대해 잘 알고 있소. 그래서 일단 교토의 일이 끝나면 그곳을 본거지, 즉 거성(居城)의 아래거리로 만드는 게 좋겠다는 여러분들 의견이오. 자야 님 역시 별다른 이의 없겠지요?"
"그렇군요, 오사카를 천하인의 거성으로 삼는다……하지만 그러면 사카이 항구를 여러분 마음대로 이용할 수 없게 되지 않을까요?"
"그 점도 깊이 생각하고 있소."
"깊이 생각하다니요……?"
"천하를 다스리기 위해서는 히데요시 님 역시 재력이 필요하오. 게다가 자질구레하게 간섭하지 않고, 말하자면 쌍방이 번영하는 길 말이오."
"그런 길이…… 있다면 명안인데요."
쇼안이 말했다.
"그야 물론이지요. 교역 이익이 만일 1000냥이라면, 히데요시 님에게 한 푼도 바치지 않고 고스란히 가진다 해도 1000냥뿐이지만 10만 냥으로 만든다면 2만 냥을 바쳐도 8만 냥이 되오. 1000냥을 8만 냥으로 만드는 길이 있다면 2만 냥을 아낀다는 것은 어리석은 일이지요."
"이치는 정녕 그렇군요."
"그러므로 오사카에 먼저 큰 성을 쌓게 한 다음 서쪽 정벌에 착수케 하려는 것이오. 이것은 우리의 청이나 도움이 있든 없든 히데요시 님이 해야만 할 일…… 그것이 끝난 다음에는 지쿠젠의 하카타, 그리고 히젠의 가라쓰(唐津), 히라토(平戶) 순서였던가요, 가미야 님?"
"예, 그곳에도 가끔 외국배가 들어옵니다. 그러므로 먼저 중앙의 명령이 닿을 수 있도록 평정하여 배가 드나들기 좋게 항구 공사를 하면 교역지로서 얼마든지 번창할 수 있습니다……그러므로 히데요시 님과 협력관계를 유지할 필요가 있습니다."
자야가 모르는 사나이였지만, 쇼안이 가미야라고 부르는 것을 보니 광산사업을 하고 있다는 가라쓰의 가미야 젠시로인지도 모른다.
그 대담한 말투에 자야는 그만 눈이 휘둥그레졌다.
"즉 히데요시 님에게 기초를 다지게 하는 것은 우리의 기초를 다지는 거나 마찬가지요. 이 일은 한시라도 빠른 편이 좋습니다."
가미야라고 불린 젊은 사나이의 뒤를 이어 소야라는 사람이 자야를 향해 입을 열었다.

"나는 하카다(博多)에 사는 마쓰나가 소야(松永宗也)라는 사람입니다. 하카다에도 시마야(島屋)며 스에쓰구(末次) 같은 큰 상인이 있지만 지금 상태로는 어쩔 도리가 없습니다. 여기 있는 이 가미야 님도 파내면 얼마든지 은이 나오는 광산을 가졌지만 일단 은이 나오기 시작하면 아마코(尼子)가 쳐들어오고 모리가 달려듭니다. 가까스로 모리가 해결될 듯하면 이번에는 오토모(大友)가 쳐들어오는 판국이지요. 그 패들은 칼을 휘두를 줄만 알지 경제에 대해서는 도무지 모른답니다. 그게 젠시로 님이 17살 때 일이었지요?"

"아, 그 고바야카와가 쳐들어와 하카타가 불탔을 때의 일 말입니까?"

"예, 당신 집을 불태우고 은광을 파라느니 강산 지도를 내놓으라느니 하고 강요하는 바람에 잠시 몸을 숨겼던 일 말이오."

"예, 17살 때였습니다. 그들을 위해 광산을 파본들 싸움만 크게 만들 뿐이라고 생각했지요."

그렇게 말한 다음 아직 젊은 가미야 젠시로는 결연하게 덧붙였다.

"아무튼 장래성 있는 무장에게 독으로 독을 다스리게 하여 우선 안정을 도모하지 않고는 이 일본이 지탱될 수 없습니다. 우리 편에 힘이 없으면 교역은커녕 남만인(南蠻人)에게 나라를 빼기고 손들게 될 테니까요."

자야는 다시 그 자리에 모인 사람들 얼굴을 둘러보았다. 모두 상인이었지만 이들은 무장 따위 경멸하고 있음을 알 수 있었다. 더욱이 무장을 경멸하는 그들이 이 자리에서는 히데요시를 후원하는 데 일치된 분위기가 되어 있는 게 이상했다. 히데요시라면 마음대로 조종할 수 있다고 얕보고 있는지? 아니면 농부의 아들로 태어나 자수성가한 자에게서 남다른 장점을 발견한 것인지……?

그러자 그 의문에 대답하듯 요도야가 대담하게 말했다.

"히데요시 님은 아무것도 모르지만 질 좋은 백지여서 말하면 곧 알아주는 분이오. 게다가 사카이 사람들이 교육시킬 수 있는 연줄을 갖고 있으므로 그 점에서 안심이지요. 센노 소에키 님과 쓰다 소큐 님 말이라면 잘 듣거든요. 언제든 이쪽의 생각을 전할 길이 없으면 일하기 어려우니까……."

젊은 가미야가 말했다.

"요도야 님, 나도 한 번 만나보고 싶습니다."

"오사카성이 완성된 뒤 만나도록 하시오. 뭐, 다도나 또는 센노 소에키며 소큐를 통해 접근하면 언제든 기꺼이 만나주실 분이오……."
쇼안이 갑자기 웃음을 터뜨렸다.
"하하……어쨌든 이것으로 기초는 굳어지는 셈이군요."
"굳힙시다, 이쯤에서."
"시바타며 다른 문제가 좀 있지만, 어쨌든 굳힌 것으로 생각해도 무방하겠지요."
이에야스에게 그렇게 전하라는 의미이리라. 쇼안이 자야에게 흘끗 눈짓했다.
"굳혀졌다고 보고, 가미야 님은 그 기념으로 교토 여자를 하나 사서 히젠으로 돌아가겠다며 물색하고 있는 중이오. 하하하……."
문 앞에서는 오늘의 성대한 의식에 도취된 군중이 물결을 이루며 교토로 돌아가고 있었다.

계절의 이치

10월 17일에 노부나가의 장례식을 마치자 히데요시는 다음 날인 18일에 노부타카의 중신 사이토 도시타카(齋藤利堯)와 오카모토 요시카쓰(岡本良勝) 두 사람에게 서신을 보내 드디어 자신의 태도를 분명하게 밝혔다. 겉으로는 그달 8일에 노부타카가 히데요시에게 서신을 보내 히데요시와 시바타의 사이를 화해시키려던 데 대한 회답이었지만, 그 내용은 오히려 노부타카와 시바타에 대한 항쟁 태도를 밝힌 것이었다.

전체 25개 조항으로 된 긴 편지 속에 처음의 7개 조항은 시바타에 대한 불평, 나머지 18개 조항은 주고쿠 정벌 이래 스스로의 전공을 자찬하고, 노부나가의 장례식에 대해서도 노부타카와 노부카쓰에게 뜻을 전했지만 대답이 없고 시바타도 이것을 거행치 않으므로 부득이 자기가 집행했으며 모든 게 노부나가의 은혜에 보답하기 위해서이지 사사로운 마음에서 한 일은 아니다, 이런 큰 공이 있는데도 불구하고 그에 대한 대우를 받지 못한다는 것은 유감천만이라고 적어 보냈다.

이 편지는 당연히 시바타에게도 알려져 시바타는 이제 일전을 벌이지 않으면 안 될 것으로 각오하고 노부타카며 다키가와 등과 긴밀히 연락하여 호리 히데마사와 니와 나가히데들에게 한편이 될 것을 줄곧 종용하고, 밖으로는 모리 데루모토며 요시카와 모토하루며 다시 더 멀리 있는 오슈(奧州)의 다테 마사무네(伊達政宗)와 우호관계를 맺고 있었다.

히데요시는 물론 그런 사정을 훤히 꿰뚫어 보고 있었다. 그래서 17일에 장례식이 끝나자마자, 전쟁 준비를 끝내고 싸움도 불사하겠다는 25개 조항의 답장을 보낼 수 있었던 것이다.

21일에는 본거지인 히메지 성 수비 장수들에게 서신을 보내고 교토와 기나이(畿內) 지역에서 다카야마 우콘, 나카가와 기요히데, 쓰쓰이 준케이, 미요시 야스나가 등으로부터 볼모를 받았다. 또 이케다 부자는 물론 오미의 니와 나가히데에게서도 자신의 명령에 따르겠다는 약속을 받아내고 하세가와 히데카즈, 야마자키 가타이에(山崎片家), 이케다 마고지로(池田孫二郞), 야마오카 가케타카(山岡景隆)에 대해서는 저마다 성을 굳게 지키라고 통첩을 보냈다.

그리고 다음 22일에는 혼간사의 고사(光佐)와 고주(光壽) 부자에게 서신을 보내 먼저 선물을 보내온 데 대해 감사의 뜻을 나타낸 다음 노부타카의 잘못을 적고, 자기는 이 일에 대해 스스로 노부나가의 장례식을 치르고 교토 일대를 굳혀 대항하고 있으며 다시 머지않아 나카무라 가즈우지(中村一氏), 쓰쓰이 준케이들을 네고로(根來)에 보낼 것을 알리고 암암리에 자기에게 대적하는 일이 없도록 하라고 훈시했다.

그러나 11월에 접어들어 벌써 곳곳에 눈이 내리기 시작한 호쿠리쿠의 시바타 쪽에서는, 싸움이 시작되는 것은 각오한 바였지만 이처럼 급속하게 장례식 완료가 그대로 전투 준비 완료가 될 줄은 꿈에도 생각지 못했다. 지금부터 싸움을 벌이면 가장 힘든 겨울철 작전으로 이어지게 된다. 그렇게 되면 노부타카며 다키가와 등과의 협동작전도 바랄 수 없다.

"이대로는 안 된다."

어쨌든 겨울 동안만은 일을 벌이지 말고 눈 녹는 봄까지 기다려야 했다. 시바타는 지난번에 자진해 중재하겠다고 청한 마에다 도시이에에게 후와 가쓰미쓰(不破勝光), 가나모리 나가치카(金森長近), 그리고 나가하마성주인 양자 시바타 가쓰토요를 딸려 보내 히데요시와 화평을 교섭하게 했다.

그들이 야마자키성에 도착한 것은 11월 2일. 히데요시는 그날 접견하지 않고, 이튿날인 3일에 이르러서야 넓은 서원에서 만났다. 그때 히데요시는 처음부터 녹을 듯이 웃는 얼굴이었다.

히데요시는 단정하게 자세를 갖추는 마에다에게 손을 내저으며 말했다.

"허, 반가운 사람을 만났군. 부인께서는 안녕하신가? 네네도 귀하를 그리워하며 어서 만날 수 있는 태평세월이 왔으면 좋겠다고 히메지에 있을 때 말하곤 했는데, 생각해 보니 부부가 다 함께 오랜 사이로군. 그렇지 않은가?"

그렇게 말하며 자리에 앉자마자 시바타의 양자 가쓰토요에게로 시선을 옮겼다.

"그대는 병중이라고 들었는데 이렇게 오다니 수고가 많군. 그러나 걱정할 것 없네. 시바타 님에게 화평할 마음만 있다면 그것으로 끝날 일이지. 이 히데요시에게 이의가 있을 리 있나. 아무튼 반갑네. 준비시켜 놓았으니 오늘은 편히 쉬도록 하게."

후와와 가네모리는 순간 어리둥절하여 얼굴을 마주 보았다. 처음부터 지난번 편지의 조항처럼 맹렬한 힐문을 당할 줄 알았는데 너무 뜻밖이었던 것이다.

"후와도 가네모리도 수고했네. 나도 어떻게 해서든 시바타 님과 일족들 사이의 불화는 피하고 싶은 마음일세. 시바타 님이 마에다 님을 비롯하여 여러분을 보내신 것은 이 히데요시의 진심이 통했다는 증거, 정말 이보다 더 반가운 일은 없을 거네. 미쓰나리, 어서 술상을 내오라고 일러라."

마에다는 그래도 고지식하게 두 손을 짚고 말했다.

"우선 이 마에다의 생각부터……."

그가 이누치요라는 아명을 마타자에몬이라고 고쳤던 무렵 느닷없이 노부나가 앞에 나타난 '원숭이'가, 이제는 마에다에게 저절로 말씨를 고치게 하는 관록을 몸에 지니고 있었다. 무슨 꿈을 꾸고 있는 것 같기도 하고 또 옛날부터 이렇게 될 사람이었다는 생각도 든다.

"오, 들어보세. 가을밤은 아주 기니까. 오늘 밤은 술을 들며 이야기로 지새우세 그려."

"고마우신 말씀. 그 말을 듣고 보니 마에다도 사자로 온 체면이 서는 것 같습니다. 그리고 먼저 시바타 님 마음은……."

"시바타 님 마음……?"

"히데요시 님에게 결코 적의는 없으며 오로지 오다 가문의 앞날에 평화가 있기를 바라는 마음뿐이라는 것을, 이 마에다는 확신하고 있습니다."

"바로 그거야. 그렇지 않으면 안 되지. 우대신님의 특별대우를 받은 이 히데요시에게도 오직 그것 말고는 아무것도 없네. 오다 가문의 평화……란 내부의 싸움을 중지하고 우대신님 뜻을 완수하는 것! 그 밖에 무엇이 있겠는가. 그리고 그 한 길만이 돌아가신 주군이 지향하신 길이라는 걸 알았으면, 이 히데요시가 하는 모든 일을 거울 들여다보듯 훤히 아실 걸세. 그렇지 않은가, 도시이에 님, 옛날부터 이 원숭이는 엉큼한 마음 따위는 털끝만큼도 지닐 수 없는 성미일세. 만사가 창공에 빛나는 해와 같지……자, 편히 앉게. 그리고 이것저것 옛이야기나 하세. 옛이야기 속에는 우대신님 뜻이 반짝반짝 빛나고 있을 테니까."

그때 많은 시동과 시녀들이 술상을 받쳐들고 들어왔다.

히데요시는 점점 더 기분이 좋아지는 모양이었다.

"됐다, 됐어, 그 상을 나란히 놓고…… 그렇지. 오늘은 옛 친구 마에다 님이 싸움을 하지 않고 끝낼 수 있을 것 같다고 말해왔다. 기요마사도 이치마쓰도 스케사쿠도…… 불러오너라. 나의 자랑스러운 시동들이 늠름하게 자란 모습을 보여드리지. 정말 이렇듯 반가울 데가 있나!"

그 말을 듣고 후와와 가네모리는 섬칫한 듯 얼굴을 마주 보았다. 히데요시가 자랑하는 늠름한 시동 가토 기요마사, 후쿠시마 이치마쓰(뒷날의 마사노리(正則)), 가타기리 스케사쿠(뒷날의 가쓰모토(且元)), 가토 요시아키, 와키사카 야스하루, 히라노 나가야스, 가스다니 스케에몬 등은 이미 한창 활동할 나이들이라 그 용맹을 사방에 떨치고 있었다. 그들을 이 자리에 불러오라는 말을 듣고 후와도 가네모리도 무의식중에 어떤 일을 떠올렸다.

'혹시 주연을 빙자하여 여기서 우리를 벨 작정이……?'

만일 히데요시에게 그럴 마음이 있어 여기서 가쓰토요와 마에다를 죽여 버리면 시바타 쪽 세력은 반감된다. 가네모리는 후와와 눈짓을 주고받은 뒤 슬며시 가쓰토요의 무릎을 찔렀다. 가슴병을 앓고 있는 시바타 가쓰토요가 묵묵히 눈을 감고 앉아 있는 게 못내 불안했던 것이다.

"혹시 몸이 불편한 건……."

가쓰토요는 조용히 고개를 저으며 나무라는 시늉을 했다. 그는 지금 히데요시의 말과 인물됨을 순진하게 다시 생각하고 있었다. 양아버지 시바타가 히데요시를 잘못 보았을 거라고는 생각하지 않았지만, 지금 시바타 밑에서 그를 좌우하고 있는 것은 조카 사쿠마 모리마사였다. 사쿠마는 젊은 혈기에 걸핏하면 히데요시를 욕했다.

"고작해야 농사꾼 출신의 교활한 자가 공을 뽐내어 너무 우쭐대고 있습니다. 한 번 혼내주지 않으면 나중에 후회하게 될 겁니다."

기울기 시작한 기운 속에서는, 자중하기를 권하는 말보다 이런 위세를 부리는 감정론이 자칫 환영받기 쉬운 법이다.

"아닙니다, 히데요시를 그같이 작은 인물로 여기다가는 실수할걸요."

신중하게 말하는 가쓰토요보다 사쿠마의 단호한 말이 시바타에게 호감을 받았다. 그러나 지금은 사쿠마의 그 같은 나쁜 감정을 버리고 히데요시의 사람됨을 냉정하게 다시 보지 않으면 안 될 때였다.

'히데요시의 참뜻은 과연 어디에 있을까?'

"가쓰토요 님, 자, 그대부터 먼저 잔을……."

그 말을 듣고 조용히 눈을 뜨니 차려놓은 술상 오른쪽에 죽 늘어앉은 젊은이들 얼굴이 눈에 들어왔다.

상좌에 있는 것이 히데요시의 외척이 된다는 대장장이 아들 가토 기요마사가 틀림없었다. 6척이 넘어 보이는 늠름한 골격에 고집스러워 보이는 눈이 지그시 자신의 이마 위로 향해져 있었다.

다음은 통장수의 아들로 더없는 망나니였다는 후쿠시마 이치마쓰. 이자는 바위병풍을 둘러친 듯한 느낌이었다.

'핼쑥한 곤로쿠의 아들놈…….'

그런 얼굴로 반은 가쓰토요를 무시하는 것처럼 보인다.

다음이 가타기리 스케사쿠이리라. 두 사람보다는 좀 온화하며 그만큼 사려 깊어 보이는 눈길로 가쓰토요와 시선이 부딪치자 보일 듯 말 듯 고개를 숙인 것 같았다.

히데요시는 시녀에게 자기 잔에 술을 따르게 하면서 말했다.

"어떠냐, 기요마사도 이치마쓰도 마음이 놓이느냐, 아니면 맥이 빠지느냐? 이번에야말로 시바타의 목을 자신이 치겠다고 모두들 야단이었지만 아마도 싸움 없이 끝날 것 같다……."

가쓰토요는 그렇게 말하는 히데요시로부터 세 사람 쪽으로, 아직 미열이 가시지 않은 물기 머금은 시선을 조용히 보내며 잔을 들었다.

히데요시가 웃었다.
"하하……."
그 웃음 속에서 가쓰토요는 위협 반 순진함 반을 느꼈다.
"모두 무뚝뚝한 표정들이군. 싸움이 없을 것 같다는 말을 들으니 불만인 모양이지. 허참, 이렇다니까, 마에다 님."
그는 이야기를 다시 마에다에게로 돌렸다.
"하긴 이들에게는 화평 같은 건 아무 뜻 없는 일일지도 모르지. 애당초 태평한 세상이었더라면 기요마사는 지금쯤 낫을 만드느라 뚝딱거리고 있을 것이고, 이치마쓰는 씨름이나 하면서 통을 고치러 다녀야 할지도 모르지. 그런데 난세이므로 이렇듯 세상에 나오게 되었으니 말이야. 여봐라, 이치마쓰!"
"예."
"이를테면 너는 난세의 아들, 천하에 대란이 일어나기를 환영하겠지?"
"그렇습니다."
"못난 것, 눈빛이 달라져 설치는군. 우쭐대지 마라!"
"예."
"너희들이 아무리 대란을 바란다 해도 싸움이 계속되어서야 될 말이냐? 이따금 가슴에 손을 얹고 우대신님 뜻을 되새겨봐라."
"예."
"이 히데요시는 천하의 전란을 종식시키기 위해서라면 언제든 목숨을 던지고 싸우지만, 상대가 화평을 바라는 것을 알면 곧 창을 거두고 손을 잡는다. 여기에는 사사로운 마음이 손톱만큼도 없다. 기요마사, 알겠느냐?"
기요마사는 굵은 대나무 통에서 나오는 듯한 목소리로 말했다.
"예. 그러므로 저희들은 주군을…… 하늘의 뜻으로 우러르며 생사를 함께 하고 있습니다."
히데요시는 또 웃었다.
"하하…… 고지식한 놈이군. 그러나 하늘의 뜻은 내가 아니라 돌아가신 우대신님이다. 나는 다만 우대신님을 대신하여 그 뜻을 따를 따름이다."
그때 이시다 미쓰나리를 선두로 선물을 받쳐 든 시동들이 들어왔다.
시바타 가쓰토요는 여전히 실눈을 뜨고 그들의 움직임과 분위기에 조용히 주의를 기울인다…….

네 사람 앞에 크고 작은 칼과 겨울옷에 목록인 듯한 것을 곁들인 쟁반이 놓였다.

가네모리와 후와는 또 얼굴을 마주 보며 갈수록 히데요시의 마음을 모르겠다는 태도였으나, 가쓰토요에게는 그 말과 행동 뒤에 있는 것이 희미하게나마 이해되기 시작했다. 아마 히데요시는 시바타가 보낸 사자를 항복의 사자인 줄 알고 모두들에게 그것을 깨우쳐주려는 언동인 듯했다.

'양아버지의 마음과는 거리가 멀다…….'

시바타는 일단 이 자리를 무마시켜 놓은 뒤 눈 녹는 봄을 기다리겠다는 속셈이건만…….

히데요시는 모두들 앞에 하사품이 놓여도 그것에 대해서는 한마디도 하지 않았다.

"내 부하인데도 이런 형편이니, 세상에 이 히데요시의 뜻을 아직 모르는 자가 많은 것도 당연하지…… 자, 마에다 님, 가쓰토요 님, 아무도 모르는 것을 시바타 님은 알아주셨으니, 반갑네! 어서들 들게."

그리고 시녀들을 독촉하여 잔에 술을 따르게 한다.

참다못한 가쓰토요는 두 번째 잔을 받아들자 히데요시 쪽으로 홱 돌아앉았다.

"당돌한 말씀이오나, 제가 미련한 탓인지 말씀에 이해하기 어려운 점이 두세 가지 있습니다만."

"응? 이해하기 어려운 점…… 허, 그래, 이 히데요시의 표현이 부족한 탓이겠지. 어떤 점인지 사양 말고 뚜렷이 말해보게."

히데요시는 오히려 기다리고 있었다는 듯이 몸을 앞으로 내밀었다.

가쓰토요는 자기 편 세 사람은 일부러 보지 않고, 늘어앉은 히데요시 쪽 직속 무장들을 냉랭한 시선으로 바라보며 말했다.

"예……만약 제 양부의 마음속에, 화평은 바라지만 귀하의 행동에 납득할 수 없는 대목이 있다고 생각한다면 어떻게 하실는지요?"

히데요시는 자못 뜻밖이라는 눈치였다.

"허, 그때는 그대가 자식으로서 이해관계를 잘 설득하는 것이 좋겠지."

"이해관계……라고 하시면?"

"나는 노부나가 공의 뜻을 받들어 천하를 평정하는 일 외에는 사사로운 마음이 없다. 그러므로 야마자키 결전에서 이겼고, 그 뒤에도 이리저리 손써 이제 그 목적 달성을 위한 실력을 갖추었어. 이것은 시바타 님도 잘 알고 계실 터…… 알겠는가?"

"……."

"만일 입장을 바꿔 시바타 님이 미쓰히데를 토벌해 지금의 내 입장에 계시다면, 이 히데요시는 얼마쯤 불만이 있더라도 그것을 억누르고 시바타 님에게 협력하겠다. 협력하지 않고 적대한다면 돌아가신 주군의 뜻을 관철하는 데 방해하는 불충한 자가 되므로 시바타 님도 용서하지 않을 걸세. 단지 이것뿐이네."

대담한 히데요시의 말에 가네모리와 후와 두 사람이 놀라는 모습이 따갑도록 또렷이 가쓰토요에게 느껴졌다.

마에다만은 잠자코 잔을 입으로 가져가고 있었다. 아마 그는 나중에 히데요시와 단 둘이 남아 천천히 시바타를 납득시킬 방법에 대해 이야기할 셈이리라. 그러나 가쓰토요는 그 두 사람의 이야기 결과도 벌써 훤히 알 수 있을 것만 같았다.

히데요시는 처음의 뜻을 굽혀 여기서 양아버지에게 양보할 생각이 전혀 없다. 히데요시는 천하를 잡는다. 시바타는 그것을 인정하고 협력자로서 막하에 서든가, 아니면 싸워서 파멸을 초래하든가 두 길밖에 없다고 히데요시 자신이 훤히 앞날을 읽고 있음을 알 수 있었다…….

히데요시는 다시 모두들에게 술을 권한 다음 가쓰토요의 이마에 배어나는 창백한 땀을 보자 더욱 더 친숙하게 목소리를 낮추었다.

"그렇지 않은가, 가쓰토요……? 그대는 젊어! 이해해 주겠지. 이 히데요시는 우대신님에게 발탁되어 그 밑에서 자랐다. 지금 이 자리에 앉아 있는 내 직속무장들의 얼굴을 봐도 알겠지. 우대신님이 문벌을 싫어하시어 나를 써 주셨듯 나도 또한 실력과 인물을 으뜸으로 여기며 하나에서 열까지 우대신을 본떠 살아왔네. 그러므로 우대신님이 돌아가시고 나니 우대신님을 대신하여 천하를 얻는 일밖에는 아무것도 모르네…… 아니, 달리 살아갈 길이 없는 불쌍한 사나이지. 그러니 그 사나이가 무엇을 해왔는지 알 수 있을 거야. 안다면 아버님을 설복할 수 있을 걸세. 미쓰히데는 우대신님 뜻의 상징인 하시바 히데요시라는 사나이의 존재를 예사롭게 보았기 때문에 멸망해 버렸다. 알겠는가, 가쓰토요. 지금이 그대가 효심을 보여줄 때일세."

히데요시의 말은 자기 자식 히데카쓰를 타이를 때보다 더 진지하고 간곡했다.

가쓰토요는 듣고 있는 동안 몸이 떨리기 시작했다. 이처럼 은근하고 고압적인 위협이 또 있을까. 히데요시는 천하를 잡는 일밖에 아무것도 모르는 사나이…… 그러므로 아버지를 설복하여 막하에 서도록 권하는 게 가쓰토요의 효심이라고 분명히 말하고 있지 않은가…… 뒤에 어떤 자신감이 있는지 알 수 없으나, 이 같은 말을 태연히 입에 담을 인물을 가쓰토요는 아직 상상도 해본 일이 없었다.

"어떤가, 알겠는가?"

"알기 때문에 몹시 당황하고 있습니다."

"뭐, 알기 때문에 당황하다니 무슨 소리인가. 알았다면 마땅히 실행에 옮겨야지. 그러지 않고는 앞으로 살아갈 수 없을 걸세."

"바로 그 점입니다."

가쓰토요는 스스로 억제할 수 없는 이상한 감정에 눌리는 기분이었다.

"저는 그렇잖아도 병약한 몸이라 살아남을 수 있으리라는 생각은 하지 않습니다."

"허, 이상한 말을 다 하는군. 그러면 어떻게 하겠다는 건가?"

"이대로 볼모로 이 성에 두실 마음이 없으신지요?"

이번에는 마에다가 깜짝 놀라 잔을 내려놓았다.

"가쓰토요 님, 무슨 말씀을 하고 계십니까?"

"무슨 소리요, 하시바 님은 벌써 마음속으로 아버님 가쓰이에와 깨끗이 연을 끊고 계시오."

"그럴 리 있겠소. 시바타 님이 화평을 원한다면 무조건 받아들이겠다고 하시지 않았소?"

"하하…… 마에다 님답지 않은 말씀이군요. 그럴 경우의 화평은 굴복, 굴복하지 않으면 일전을 벌이겠다고 분명히 마음을 정하고 계시오. 그렇지 않습니까, 하시바 님?"

히데요시도 그만 당황하여 손을 내저었다.

"그건 너무 지나친 생각일세. 굴복이라니, 나는 털끝만큼도 그렇게 생각지 않네. 마땅히 협력할 거라고 말했을 뿐일세."
"협력하지 않으면 방해자가 된다, 방해자는 쳐야 한다고 하셨습니다."
"그럼, 가쓰토요 님은 아버님이 이 히데요시에게 협력하지 않을 거라는 말인가?"
"그러실 겁니다."
단호히 말하고 나자 가쓰토요는 왠지 가슴이 후련해지면서 눈두덩이 찡하게 뜨거워졌다.
"사람에게는 저마다 기질이 있습니다. 비록 상대의 말이 이치에 맞는 줄 알면서도 따르지 못하는 가련한 기질이……."
"음."
히데요시는 가슴이날카롭게 도려내지는 듯한 느낌이 들었다. 정녕 가쓰토요의 말대로 히데요시 자신도 시바타의 뒤에는 서지 못하는 격한 성품을 지니고 있었다. 병든 가쓰토요는 그러한 두 사람의 성격상 비극을 뚜렷이 꿰뚫어 보고 있었다.
'아까운 젊은이야…….'
히데요시는 갑자기 가쓰토요가 믿음직스럽고 사랑스럽게 여겨져 가슴이 메었다.
"자네를 볼모로 붙잡아놓고 나에게 협력하도록 시바타 님한테 말해 보라는 것인가?"
가쓰토요는 단호하게 고개를 저었다.
"아니, 그렇지 않습니다. 아무 때고 일전을 벌일 작정이니, 이 가쓰토요를 나가하마성으로 돌려보내는 것은 어리석인 일…… 이것이 귀하의 호의에 대한 저의 보답입니다."
마에다는 당황하여 가쓰토요를 다시 꾸짖었다.
"그게 무슨 소리요!"
가쓰토요의 솔직한 말 때문에 갑자기 자리가 어색해졌다. 어지간히 노련한 히데요시도 이 병든 젊은이에게 이처럼 매섭게 자기 뱃속이 폭로당할 줄은 꿈에도 생각지 못했던 것이다.

히데요시는 어느새 웃는 얼굴을 거두고 있었다.

"가쓰토요 님, 잘 알았네. 과연 자네 말대로 우대신님 뜻을 살리기 위해서는 이 히데요시, 자네의 아버님은 물론이고 누구에게든 한 발도 양보하지 않을 작정이네."

"그러니 이대로 붙잡아두셨다가 베시는 게 좋을 것이라는 겁니다."

히데요시는 손을 내저었다.

"아니, 그건 안 돼! 왜 안 되는지, 그 이유를 말해 줌세."

"예."

"다름 아니라 이번 사자로 이 히데요시의 죽마고우인 마에다 도시이에가 일부러 이렇듯 와주었기 때문일세."

"그럼, 마에다 님 체면을 세워 드리기 위해 이 가쓰토요를 나가하마로 돌려보내고 다시 포위하여 공격하시겠다는 말씀입니까?"

"하하하…… 거기까지는 아직 모르네. 그러나 만일 그렇게 되는 한이 있더라도 여기서는 자네를 무사히 돌려보내 줌세."

"하는 수 없지요. 그럼, 돌아가서 포위될 날을 기다리기로 하지요."

참다못해 마에다가 참견했다.

"가쓰토요 님, 귀하는 병을 앓고 난 몸이라 피로가 심할 테니 잠시 물러나 쉬십시오. 나는 이번 사자로서 양쪽의 기질을 잘 알므로 일이 어려울 거라는 점은 각오하고 왔습니다. 시바타 님께서 나에게 은밀히 말씀하신 것도 있소. 의논은 지금부터이니 하시바 님 마음을 타진한 다음 결과를 알려드리기로 하지요. 자, 이 자리는 우리에게 맡기고 쉬십시오."

"그럼…… 저는 잠시."

가쓰토요도 말이 지나쳤다고 생각했던지 창백한 이마의 땀을 휴지로 닦으면서 일어났다.

"제가 안내하겠습니다."

이시다 미쓰나리가 일어나 손을 잡고 이끌다시피 하여 데리고 나갔다. 가네모리와 후와는 어떻게 될 것인지 조마조마해 하며 뒤돌아보았고 마에다는 잠자코 잔에 술을 따르게 했다.

히데요시는 오히려 황홀한 표정이었다.

"마에다 님."

"예."

"아까운 사람일세, 가쓰토요는……."

"마음에 거슬렸다면 용서하십시오. 모든 것이 다 병 때문인 것 같습니다."

"아니, 그렇지 않네. 진심으로 아버지를 생각한 말이네."

"그렇게 생각하신다면 가쓰토요의 효심에 대해 무슨 선물이라도 내리셨으면……."

"바로 그거야. 나도 무언가 주고 싶네! 그러나 시바타는 그 가쓰토요보다 조카 사쿠마 모리마사를 더 사랑하고 있거든. 난처한 일이야."

"하시바 님."

"새삼스레 왜 그러나?"

"하시바 님은 옛날부터…… 위로는 천문, 아래는 지리라고 하며…… 이 세상일에서 모르는 게 없다고 하셨던 분이 아닙니까?"

익살스러운 투로 말하는 마에다의 눈가가 갑자기 벌게졌다.

"이 세상에서 모르는 일도 못하는 일도 없다고 하던 분…… 어떻습니까. 이 도시이에가 아닌 이누치요를 위해, 어떻게 한 번 선물을……."

다시 한번 익살맞은 태도로 말한 뒤 마에다는 눈시울에 괸 눈물을 술잔 그늘에 숨기며 웃었다.

히데요시는 가슴이 찔리는 듯한 느낌이었다. 성실한 마에다가 무엇을 생각하고 무엇을 말하려는지 잘 알고 있었다. 그러나 그것은 히데요시의 생각과는 거리가 멀었다. 이미 시바타와 히데요시가 양립할 수 있는 시기는 지났다.

그러나 시바타의 휘하에 있는 마에다로서는 무리가 아니었다.

"알았네! 주지. 다른 사람 아닌 마에다의 소망이니 귀하가 원하는 것을 줌세."

그렇게 말한 뒤 히데요시는 이 자리에서 더 이상 마에다에게 말을 시키지 않으려고 입을 다물었다.

"여봐라, 미쓰나리, 오늘 저녁에는 나와 마에다 님 잠자리를 함께 펴라. 옛이야기가 태산 같다……."

마에다도 곧 그것을 깨달았다.

"고맙소. 그럼, 잠자리에서 재미있는 이야기를……."

그때부터 서로 가신들 자랑을 하다가 9시 무렵 주연이 끝났다.

두 사람 다 거나하게 취해 보였으나 나란히 깔린 이부자리 위에 앉으니 둘 다 취기가 깨었다. 그들은 얼굴을 마주 보며 빙그레 웃은 다음 껄껄 소리 내어 웃었다.

"이상하게 되었군그래, 도시이에."

마에다는 잠옷 소매로 무릎을 감싸면서 말했다.

"그렇군요. 세상일이란 반드시 뜻밖의 방향으로만 나아가는 것도 아니련만."

"도시이에, 아까 그 선물 말인데……."

"벌써 또 꿰뚫어 보셨소?"

"그러니까…… 귀하는 나에게, 히데카쓰에게 오다 가문을 잇게 하지 않겠다는 서약서를 쓰게 하고 돌아갈 작정이지?"

"허, 맞았소! 우대신님 장례식 이래 시바타 님은 그것을 몹시 걱정하고 계시오."

"도시이에……."

"음……."

"그대는 그것으로 두 사람 사이가 무마될 거라고 생각하나?"

"……."

"나는 쓰겠네. 몇 장이라도 쓰겠어. 일단 내 자식으로서 하시바라는 성을 준 히데카쓰에게 결코 오다 가문의 뒤를 잇게 하지는 않겠네."

"하시바 님! 그것만으로도 나에 대한 선물은 충분하오."

"그러나 도시이에, 나는 귀하를 속일 수가 없네. 알겠나? 하시바 성을 잇게 한 히데카쓰에게 오다 가문을 상속시키지는 않지만 하시바 성으로 천하를 잡게 할지는 모르네."

"무……무……무슨 말씀이오?"

"천하는 아직 오다 가문의 것이 아니다, 우대신님 뜻에는 있었지만 친척들이며 중신들 머릿속에는 아직 없었다……고 한다면 시바타가 수긍하리라고 생각하는가?"

"음."

"그것을 수긍하지 않는다면 일전을 벌이겠네. 천하를 위해 싸우겠어. 상대에게 눈 녹는 봄까지 시간을 주어도 좋아. 이 마음은 변치 않네."

어느덧 마에다는 무릎 위에 두 손을 단정하게 놓고 생각에 잠겼다.

"아니면 도시이에, 히데카쓰에게 오다 가문을 상속시키지 않는다는 서약서만 있으면 시바타를 설복할 자신이 있단 말인가? 그렇다면 물론 나는 군사를 움직이지 않겠네."

"……."

"앞으로 히데요시에게 사사로운 적은 한 사람도 없네. 아무리 매섭게 대항한 자라도 그 이치를 깨닫는다면 깨끗이 잊고 도와서 크게 써주겠지만 그 이치를 모른다면 비록 가신이나 형제라 할지라도 용서치 않겠네. 그러한 분별 위에서 일을 추진해야 비로소 천하가 평정된다……는 것이 우대신님에게서 이어받은 나의 깨달음이라고 생각해 주게."

마에다는 어느덧 이부자리 위에 앉아 눈물을 뚝뚝 흘리고 있었다. 히데요시가 솔직하게 본심을 털어놓으니 마에다 역시 상대를 속일 수 없었다. 그는 시바타의 속셈을 누구보다 잘 알고 있었다. 시바타는 이번 겨울 동안만 다른 마음이 없는 것처럼 보여 싸움을 피하고 싶을 뿐인 것이다…….

그러나 그것은 이미 히데요시가 너무나 훤히 알고 있는 일이라 꼼짝할 수 없었다. 젊은 가쓰토요는 참지 못하고 히데요시에게 대들었는데 마에다 역시 같은 입장으로 몰릴 것만 같았다.

시바타가 훌륭한가?

히데요시가 옳은가?

그렇게 생각하면 많은 의문이 있지만 그런 관념적인 것을 떠나 문제는 엄격한 현실로 이어져 있었다.

"싸운다면 어느 쪽이 이길 것인가?"

그리고 그 해답은 이제 명쾌하게 나와 있는 것이다. 시바타의 속셈을 꿰뚫고 있는 히데요시가 하는 일 없이 팔짱을 끼고 눈이 녹기를 기다릴 리 없으며 그렇게 되면 분명 시바타의 패배였다.

"도시이에……."

"음……."

"나는 역시 서약서를 쓰겠네. 히데카쓰에게 오다 가문을 상속시킬 생각은 털끝만큼도 없다는 것은 신불도 이미 다 알고 계시네. 그러나 그 이상의 것…… 즉 노부타카를 적으로 돌리지 않겠다고는 쓸 수 없어. 그것은 상대의 태도에 달려 있지. 그렇다 해서 그 말을 입 밖에 뚜렷이 꺼낸다면 귀하는 기타노쇼에 얼굴을 못 내밀걸."

"바로 그거요."

"그러니 여기서 히데요시 혼자 노부타카에게 적의가 없다는 서약서를 써서는 의미가 없으므로 이케다 소뉴와 니와 나가히데 세 사람 연서로 쓰게 하도록 했다……고 말하며 기타노쇼로 돌아가게. 그렇게 하면 시바타가 깨달을지 어떨지. 깨달아준다면 시바타 가문은 무사할 것이고, 노부타카에게도 물론 세 사람의 연서가 나중에 갈 것이니 귀하의 얼굴도 서게 될 걸세. 그러나 여전히 깨닫지 못한다면 그때는 시바타 가문의 종말……."

마에다의 어깨가 갑자기 심하게 흔들리기 시작했다.

'이렇듯 난처한 입장에 놓이다니…….'

어려운 사자로 와서 그 사자의 체면 세우는 방법을 상대 당사자인 히데요시가 생각해내주고 있다.

'옛 친구란 역시 좋은 거로군!'

그러한 감개와 싸움을 피할 수 없다는 전망이 가슴속에 안타깝게 오가자 마에다는 얼굴을 들 수가 없었다…….

마에다는 잠시 뒤 슬그머니 몸을 움직였다.

"잘 알겠소! 춥군, 이만 실례하고 누워야겠소."

"그게 좋겠어. 등골이 몹시 시려오는데."

히데요시도 고개를 끄덕이며 이불을 어깨까지 끌어올리며 누웠다. 시동들은 모두 옆방으로 물러가고 등잔불 타는 소리까지 들릴 듯 조용했다.

마에다가 중얼거렸다.

"우스운 일이야. 3000석 마에다 가문에 태어난 나는 이렇게 사자 노릇을 하고……농사꾼 집에 태어난 귀하는 천하를 생각하고 있으니."

"그보다 더 우스운 건 시바타 가쓰이에라고 생각하지 않는가?"

"글쎄……."

"시바타에게 이 히데요시의 뜻을 이해할 마음이 있었다면 이에야스와 나란히 동쪽의 큰 실력자가 될 수 있었을 것을. 우에스기나 호조에게 향해야 할 창을 일부러 이쪽으로 돌린단 말이야."
"하긴……."
"동쪽으로 향하면 번영의 길, 서쪽으로 향하면 자기뿐 아니라 주군 가문의 파멸. 여기에 이에야스와 시바타의 차이가 있네. 결국 시바타는 우대신님에게 꾸지람 들어가며 종사하지 않고는 아무것도 생각하지 못하는 작은 사람이었어. 그렇지 않은가, 도시이에?"
"음……."
"귀하도 생각해야 할 때를 맞이했네."
"아니, 지금은 그런 말 듣고 싶지 않소. 나는 시바타 휘하의 사자로 와 있는 것이니까."
"그건 알고 있네. 귀하다운 좋은 점이야. 의리를 지킨다는 것은 처세의 요점이지…… 그러나 성으로 돌아가거든 오마쓰 부인과 이야기해 보게. 무엇 때문에 시바타가 이 히데요시를 적으로 삼는지…… 무엇 때문에 우에스기나 호조에게 눈을 돌려 천하통일을 앞당겨 내 가문의 번영을 도모하지 않는지…… 여자지만 오마쓰 님은 남자보다 뛰어난 식견을 지니고 있을 걸세. 이 우스꽝스러운 시바타의 망설임을 잘 알고 있을 터이니 가서 물어보게."
"하시바 님……."
"무언가, 도시이에?"
"귀하는 시바타와 싸우게 되면 나도 적으로 여기겠지?"
"그것을 알았는가?"
"오마쓰에게 말하면 귀하와 싸우지 말라고 반드시 말하겠지. 그래서 오마쓰 이야기를 한 것 아닌가?"
"그럴지도 모르지. 아니, 그럴 거야."
"그러나…… 지금은 그런 말 하지 마시오."
"하지 말라면 취소하지."
"나는 귀하의 서약서를 가지고 돌아가겠소. 귀하 말대로 노부타카 님에게 드릴 것은 나중에 따로 세 사람이 연서한 것을 갖다드린다고 하리다."
"그게 좋을 걸세."
"그리고 그 서약서를 시바타 님에게 들이대고 이 도시이에의 심정을 진심으로 털어놓겠소. 나는 말이오, 하시바 님……."
"음……."
"귀하와 달리 지혜도 재치도 없는 사람이오. 그런 만큼 진심으로 정성을 다하여 설득해 보겠소. 귀하도 싸우는 것은 어리석은 일이라 생각하고…… 그것으로 양보해 주시오."
히데요시는 더 이상 견딜 수 없어 이불 속으로 살며시 기어들었다.
'도시이에는 어쩌면 이렇듯 성실한 사나이란 말인가.'
마에다가 다시 심각한 목소리로 불렀다.
"하시바 님…… 만일 귀하와 시바타가 싸워야 하게 된다면 나는 세상을 버리고 출가할까 하오. 나로서는 어느 쪽도 편들 수 없소."
마에다가 은근히 한숨짓자 이불깃에 반쯤 턱을 묻은 채 히데요시가 대답했다.
"그 말에는 대답하지 않겠네. 귀하는 고지식해. 의리가 지나치게 강해! 그러나 지금 귀하는 이 하시바와 시바타에 대한 의리를 생각하느라 더 크고 소중한 의리를 잊고 있네."
"뭐, 더 크고 소중한 의리…… 우대신님에 대한 의리 말이오, 하시바 님?"
"그렇지, 우대신님이고 생각해도 좋아. 그러나 바꿔 말하면 우대신님의 뜻…… 즉 천황에 대한 의리, 백성에 대한 의리, 국토에 대한 의리지. 이 의리는 셋으로 보이지만 실은 하나…… 역시 일본이라는 나라에 대한 의리라고 하는 편이 옳겠지."
"음, 그 의리를 내가 모른단 말이군……."
"모르는 게 아니네. 알고 있으면서 작은 의리 때문에 괴로워하고 있어. 눈을 크게 뜨고 보게. 우대신님이 남만사를 세우고 오랑캐들의 모자와 바지를 일부러 입고 다니시던 의미를 생각해 보게. 철선을 만들어 하루빨리 온 일본을 평정하려고 애쓰던 목적이 무엇이었는가…… 그것은 모두 일본을 평화롭고 부강하게 만들기 위해서였어. 일본도 세계로 진출하여 서로 돕고 힘을 합쳐 참다운 행복을 모두 누릴 수 있게 하기 위해서였지. 난 말일세, 도시이에."
"음……."
"귀하가 이 커다란 의리에 눈뜨고 그 견지에서 쏘는 화살이라면 조금도 원망하지 않겠네. 그러나 조그마한 의리 때문에 몸부림치다 속세를 벗어나려고 꾀한다면 그때는 비웃음뿐일세. 도시이에는 이누치요 시대의 꿈을 잃고 늙어버렸다고 비웃을 뿐이야."

마에다는 다시 입을 다물었다. 확실히 사나이의 일생은 히데요시의 말대로여야 한다고 생각했다. 그러나 사람은 저마다 지니고 태어난 그릇의 크기가 다른 것 같았다. 노부나가며 히데요시 같이 늘 첫 번째 목표를 지향하는 자와 눈앞의 사소한 일과 감정에 묶여 꼼짝 못 하게 되는 자…… 그리고 지금의 마에다는 히데요시의 말이 아니더라도 후자였다. 왜 마에다가 아는 만큼 시바타는 히데요시를 알아주지 않는 것일까? 왜 히데요시는 마에다처럼 시바타를 불쌍히 여겨주지 않는 것일까……?

히데요시가 다시 입을 열었다.

"이 세상일이란…… 네거리에 설 때마다 어느 길이 가장 큰길인지 생각하며 선택해야 할 일이야. 어느 것이 모든 일본 백성들을 위하는 길이 되는가 하고 말일세. 그 길을 피해 내 몸의 안전만 생각하면 결국 내 몸의 불행이 되어 돌아오네. 임자도 다시 한번 잘 생각해 보도록 하게."

마에다는 대답하는 대신 힘없이 고개를 저었다. 자칫하면 히데요시의 말에 압도되어, 시바타의 사자로 왔으면서도 시바타에게 정이 떨어질 것만 같았다.

'내가 그런 무정한…… 아니, 발밑의 의리도 지키지 못하면서 천하의 일을 어떻게…….'

잠시 뒤 귀 기울이니 잠든 히데요시의 편안한 숨소리가 조용히 들려왔다.

시위 떠난 화살

시바타 가쓰토요가 야마자키성 객실에서 눈을 떴을 때 이미 옆방에서 마에다와 가네모리의 말소리가 들리고 있었다.

옆에 대기하고 있던 시동이 가쓰토요의 얼굴을 살피듯하며 물었다.

"일어나셨습니까? 열이 심하시므로 주군께서 걱정하시어 교토에서 일부러 명의를 부르셨습니다. 지금 이리 안내하겠으니 진찰을 받으십시오."

"뭐, 교토에서 일부러 명의를?"

깜짝 놀라 고개를 쳐들고 보니 나란히 누워 잤던 가네모리와 후와의 이부자리는 깨끗이 치워졌고 방 한구석에 놓인 풍로에서 차 솥이 한가로이 끓고 있었다.

'아차!'

가쓰토요는 입술을 깨물었다. 히데요시의 뱃속은 훤히 알고 있었다. 자신과 양아버지에게 히데요시는 이미 완전한 적이었다. 그 적에게 은혜를 입는다…… 그렇다고 여기서 그것을 거절하는 게 과연 잘하는 일일까……?

지난밤의 취기와 열로 가쓰토요는 온갖 꿈과 환각에 밤새도록 시달렸다. 어쩌다 잠이 들면 곧 히데요시의 부하들이 자기를 포위해 왔다. 가토 기요마사가 있었다. 후쿠시마 이치마쓰도 있었다. 이시다 미쓰나리의 눈도 있고 가타기리 스케사쿠의 창도 나타났다. 그리고 그들에게 에워싸인 가쓰토요.

'여기가 내가 죽을 장소였던가……'

좋다, 깨끗이 싸우다 죽자. 그렇게 생각하여 긴 칼을 들고 덤벼들면 그들은 홱 돌아서 물러갔다.
“어딜 달아나느냐, 돌아서랏!”
‘어차피 이기지 못할 싸움, 어째서 빨리 이 가쓰토요를 치지 않느냐……’
그런 심정으로 안타깝게 소리치면, 시녀들 가운데 가쓰토요가 단 한 사람 총애의 손길을 뻗었던 오미노(阿美乃)의 손이 가쓰토요의 입을 막았다.
“놓아라! 사나이답지 못하다. 어차피 살아남을 수 없는 가쓰토요다. 놓아라! 놓으래도……”
그러나 오미노는 점점 더 강하게 손바닥을 밀어붙이고 결국 숨이 답답해져서 잠이 깨었다. 깨어나면 온 몸에 땀이 흠뻑 밸 정도로 기침이 났다.
‘이곳은 적지이니 누워 있으면 안 된다……’
그때마다 자신을 꾸짖어보지만 높은 열 때문인지 기침이 끝나면 이내 다시 스르르 잠이 오고 가토 기요마사의 커다란 눈이 보이기 시작했다…….
가쓰토요는 고개를 한 번 들어보았다.
‘이만하면 떠날 수 있다, 염려 없어……’
그렇게 마음을 정한 다음 머리를 다시 베개 위에 떨구고 시동에게 물었다.
“일부러 불러주셨다는 교토의 명의란 어떤 분이냐?”
“예, 마나세 마사요시(曲直瀨正慶) 님이라고, 귀인을 진맥하시는 명의라 합니다.”
“그런 사람을 하시바 님이 일부러 교토에서……”
“예, 젊은 몸이니 소중한 분이라시면서.”
“고맙군, 확실히 하시바 님과 일전을 벌일 때까지는 소중한 목숨이니, 호의를 받아들여 진찰받기로 하지.”
이렇게 말해 버리고 나서 생각했다.
‘또 쓸데없는 야유를 했구나……’
시동은 그 말을 예사롭게 들었는지 조용히 절하고 나갔다가 곧 의사를 데리고 들어왔다.
마사요시는 당대에 둘도 없는 명의로 소문난 사람이었다. 그런 사람을 히데요시가 가쓰토요를 위해 일부러 교토에서 불러주었다고 한다…… 가쓰토요에게는 그 속셈이 빤히 들여다보였다.
‘나를 아버지에게서 떼어놓고 주물러볼 생각이구나.’

속이 빤한 그 은혜는 쓸데없는 수고가 되었을 뿐이지만…….

마사요시가 들어오자 가쓰토요는 그러한 감정을 감출 수 없어 모호하게 쓴웃음 지으며 누운 채로 그를 맞아들였다.

"기분이 어떠십니까?"

마사요시는 부드럽게 미소 짓고 가쓰토요에게 다가와 잠자코 손을 내밀어 맥을 짚어보았다. 땀이 밴 손목에 의사의 차가운 손가락이 닿자 오싹 한기가 느껴졌다. 열은 아직 그대로였다. 그러나 젊은 가쓰토요의 손목은 완강하게 공포를 거부하고 있었다.

'뭘, 이 정도를 가지고…….'

"혀를 좀 내밀어 보십시오."

"그럽시다."

마사요시는 이때도 부드러운 눈으로 얼핏 혀를 보았을 뿐이다. 어느 틈에 따라 들어와 있는 시녀와 이시다 미쓰나리 쪽을 돌아보며 의사는 말했다.

"이번에는 가슴을."

미쓰나리의 눈짓으로 늙은 시녀가 공손히 다가와 가쓰토요의 옷깃을 풀어 놓고 물러났다.

마사요시는 그 차가운 손을 거침없이 집어넣어 가슴에서 배로 더듬어갔다. 그것이 끝나자 다시 맥박을 헤아리기 시작했다. 가쓰토요는 그러한 마사요시의 동작보다 그 뒤에 대령하고 있는 이시다 미쓰나리에게 반발을 느끼며 웃는 얼굴로 또 한마디 하고 말았다.

"어떻겠소, 하시바 님이 쳐들어오면 능히 맞설 수 있겠소?"

마사요시는 그 빈정거리는 말을 들었는지 못 들었는지 여전히 미소를 거두지 않고 손을 놓았다.

"나가하마로 돌아가신다고요?"

"그렇소. 뜻밖의 장소에서 뜻밖의 사람에게 수고를 끼쳤군요."

"가시는 길에 몸조심하십시오. 많이 추워졌으니까요."

"병명은?"

마사요시는 못들은 것처럼 또 다른 말을 했다.

"곧 약을 보내 드릴 테니 가시는 도중에 쓰시고, 성으로 돌아가시거든 잠시……

그렇지, 반달 남짓 조용히 휴양하시는 게 좋을 겁니다."
"허, 그건 곤란한데요."
"그러시다면……?"
"그 반달 남짓한 동안에 병은커녕 생사를 결정해야 할 큰일이 일어날 테니까."
가쓰토요가 그렇게 말하자 비로소 마사요시의 눈과 가쓰토요의 눈이 딱 마주쳤다.
"무인(武人)의 생사는 의사들이 상관할 수 없습니다…… 숨지는 날까지 생명을 소중히 하시기를."
"병명은?"
"가슴에 병이 있습니다."
조용히 말한 마사요시는 시녀가 내미는 대야 쪽으로 손을 뻗으며 다시는 가쓰토요를 쳐다보지 않았다.
가쓰토요도 말없이 천장을 쳐다보고 있다.
여전히 방 한구석에서 끓고 있는 물소리 속에 마사요시와 시녀와 이시다 미쓰나리가 나가는 기척이 느껴졌다.
"가슴이라……."
가쓰토요는 불쑥 중얼거리더니 이불을 걷어차고 벌떡 일어나 앉았다.
놀란 시동이 다가와 말했다.
"잠시만 더 가만히……."
그때 가쓰토요는 심한 기침을 하기 시작했다. 벌떡 일어난 것이 목에 걸려 있던 담을 자극한 모양이다. 발작처럼 기침이 계속 터져 나와 숨이 막혔다. 시동에게 등을 문지르게 하면서 가쓰토요는 소매로 입을 가려 기침소리가 옆방에 들리지 않게 하려고 애썼다.
기침이 멈추었다. 휴지를 꺼내 가래를 뱉어보니 역시 피가 섞여 있었다. 오싹하게 다시 한기가 들면서 귓속이 윙 울리기 시작했다. 그러자 이상하게도 그 멍한 귓속에서 쿵쾅거리는 맥박소리와 옆방의 이야기 소리가 이상하게 똑똑히 들려왔다.
"나는 지금까지 하시바 님을 마음이 얕고 고집 센 사람인 줄 알았는데 크게 잘못 알았던 것 같소!"

그것은 말수 적은 후와의 말이었다.

"맞소."

맞장구치는 것은 가네모리였다.

"나도 이번에야 비로소 하시바 님의 참다운 면모를 보았습니다. 하시바 님은 지혜만 있는 게 아니었소. 진실한 마음을 지닌 분이었소."

마에다가 두 사람의 말을 이었다.

"이것으로 하나의 수수께끼가 풀렸군. 아마 가쓰토요 님도 아셨겠지. 단순히 자기 일신만 위해 술책부리는 인물이라면 어떻게 오늘날 같은 큰 성공을 이루었겠소. 하시바 님을 만나는 사람마다 모두 마음이 끌리고 마는 것은 그 밑바닥에 물 흐르는 듯한 정애를 느끼기 때문…… 그것을 알지 못하고 사람을 농락하는 명수라고 하니…… 비방하는 자의 마음이 오히려 한심스럽지."

가쓰토요는 등을 쓰다듬고 있는 시동의 손을 살며시 밀어내고 일어났다.

"이제 걱정하지 않아도 된다."

"……예. 그럼, 곧 시녀를."

"부르지 않아도 돼. 혼자 갈아입겠다. 그대는 옆방에 가서 지금 그리로 갈 거라고 말해 주게."

"예."

시동이 나가자 가쓰토요는 비로소 눈물을 닦아냈다. 노여움보다 역시 고독이 컸다.

'오지 말았으면 좋았을 것을…….'

아버지와 하시바의 관계는 이미 썩은 나뭇잎과 비단의 차이였다. 이 두 가지를 억지로 꿰어 맞추려 하면 할수록 썩은 나뭇잎만 부서질 뿐이다. 마에다와 후와와 가네모리도 이곳에 사자로 옴으로써 아버지와의 거리가 전보다 훨씬 더 벌어지고 말았다. 아니, 그들만 그런 것이 아니었다. 자신까지 심한 동요를 느끼기 시작한 것이 분했다.

'그래, 이것은 사람을 농락하는 게 아닌지도 모른다…….'

세 사람이 칭찬하는 만큼 진실하다고 생각되지는 않았지만 그런 만큼 이 '매력'은 더욱 무서운 데가 있었다. 히데요시는 자신의 신조를 담담하게 토로하고 있는 데 불과하건만 그것이 지혜롭고 진실하며 저절로 큰 길의 뜻에 맞아든다면 어떻게 될 것인가.

가쓰토요는 몇 번이나 비틀거리면서 윗옷을 걸치자 입 속으로 되뇌며 복도로 나갔다.

"돌아가야 한다, 어서……."

이곳에 한시라도 오래 머무는 것은 그만큼 아버지의 힘을 깎는 것임을 확실히 깨닫고 있었다.

가쓰토요의 모습을 보고 마에다가 말했다.

"아니, 마사요시 님 진찰로는 병환이 꽤 위중하다고 들었는데요…… 벌써 일어나셔도 괜찮겠습니까?"

"염려 마시오. 열이 많이 내렸으니까."

"다행이오. 지금 하시바 님이 처방을 주셔서 약을 지으러 교토까지 파발마를 보냈으니 그 약을 가지고 나가하마로 돌아가는 게 좋겠소."

가쓰토요는 단호히 손을 내저었다.

"아니, 그건 사양하겠소. 더 이상 하시바 님 호의를 받는 게 괴롭소. 기타노쇼에서 아버님이 걱정하고 계실 테니 한시라도 빨리."

마에다는 밝은 표정이었다.

"바로 그 일입니다만…… 간밤에 하시바 님과 함께 자면서 이런저런 이야기를 나눴는데 화평에 대해서는 이 마에다에게 생각이 있으니 일단 안심하십시오."

"화평의 여지가……있다는 말씀인가요?"

"그렇소."

"의심스럽소."

가쓰토요는 짐짓 수심의 빛을 짙게 드러냈다

"내 생각은 좀 다르오. 아버지를 만나거든 내 생각도 전해 주시오."

"가쓰토요 님이 보는 바는?"

가쓰토요의 창백한 얼굴이 긴장의 빛을 띠었다.

"하시바 님에게 무릎 꿇고 우리 가문의 안녕을 도모하시라고……."

"글쎄요, 그런 말씀은……."

"거짓말하면 안 되오! 이 마당에 와서 뭘 숨기겠소? 분명히 말씀하시오. 만일 무릎 꿇을 수 없다면 아버님은 에치젠에서, 이 가쓰토요는 나가하마에서 저마다 죽게 될 거라고 말씀하시오."

"그건 너무 지나친 말씀이 아닌지요."

"아니, 아직 멀었소. 그때의 싸움에는 결코 다른 사람의 도움을 부탁하지 말라고 하시오. 니와며 호리 님은 물론이요, 지는 줄 알고 하는 싸움이니 예를 들어 마에다 님에게도 가네모리 님에게도 후와 님에게도 결코 손 내밀지 말라고…… 이 가쓰토요가 말했다고 알려주시오."

마에다는 난처한 표정으로 두 사람과 흘끗 얼굴을 마주 보았다. 아마 병 때문이리라. 번뜩이는 듯한 날카로운 감수성이 마음에 아프게 느껴졌다.

'듣기에는 괴롭지만 그게 진실일지도 모른다…….'

"아무튼 나에게도 생각이 있으니 그것을 잘 말씀드린 다음 가쓰토요 님 말씀도 전해드리지요."

"그렇게 해주시오. 나는 지금 곧 나가하마로 돌아가 명령이 있을 때까지 농성 준비를 하겠소. 이 가쓰토요는……."

가쓰토요는 말하면서 얼굴을 외면했다.

"가쓰토요는 아버님 뜻에 생사를 맡기겠다고……."

"알겠습니다."

"그럼, 곧 준비를."

"귀한 약이니 기다리지 않겠습니까?"

"마에다 님."

"예."

"나는 두렵소. 하시바 님의 인정이 두렵소. 나만이라도 완고한…… 완고하고 어리석은 아버님 편이 되어드리고 싶소……."

마에다는 깊이 한숨지은 뒤 무표정하게 문 앞에 대기하고 있는 가신에게 말했다.

"떠날 준비를 하라."

가쓰토요의 예감은 적중했다.

히데요시는 마에다에게 히데카쓰에게 오다 가문을 잊게 하는 일은 결코 없을 것이며, 앞으로는 서로 화평에 마음 기울여야 한다는 취지의 서약서를 주어서 돌려보냈다.

그들이 11월 4일에 야마자키성을 나와 마에다는 에치젠으로, 가쓰토요는 오미의 나가하마로 출발하자 히데요시는 곧바로 교토로 나가 4일과 5일에 걸쳐 니와 나가히데를 불러 혼고쿠사에서 회담했다. 무엇을 의논했는지는 말할 필요도 없었다. 아마 히데요시가 하는 일이니만큼 시바타 따위는 문제 아니다, 지금은 일본의 혼란을 막아야 하니 그러기 위해 손쓰는 데 누구를 꺼릴 필요 있겠느냐고 처음부터 나가히데를 강하게 눌렀을 게 틀림없다.

그리고 9일에 히데요시는 직접 군사를 이끌고 오미로 들어왔다. 기후에 있는 노부타카를 이대로 내버려둘 수 없어 그를 교토로 모시기 위해서라는 구실이었다. 그러나 세상에서는 그렇게 말하지 않고 시바타와의 불화는 여전히 해소되지 않았으며, 먼저 나가시마성을 공격하기 위한 출병이라고 수군거렸다.

히데요시는 9일에 야마자키성을 나와 세타(瀨田)와 아즈치에 수비군을 들여놓고, 11일에는 호리 히데마사의 사와 산성에 들어갔으며, 12일에는 가쓰토요가 있는 나가하마성을 재빨리 포위하고 말았다.

가쓰토요는 어이없어 말이 나오지 않았다. 마에다가 에치젠으로 돌아가 아버지 시바타와의 이야기가 어떻게 되었는지 아직 그 연락도 오기 전에, 히데요시는 아우 히데나가(秀長)를 시켜 나가하마를 포위하고 요코야마성(橫山城) 수리에 착수했다.

그러나 당장 싸움을 벌일 눈치는 없이, 16일에 자신은 미노에 있는 우지이에의 오카키성(大垣城)으로 들어가 거기서 노부타카의 가신들을 통해 자신에게 항복하도록 당당하게 공작하기 시작했다.

'대체 어떻게 하려는 속셈일까……?'

공격당하게 되면 이길 수 없더라도 훌륭하게 항전하여 아버지와 생사를 함께할 작정이었는데, 포위만 하고 아무 공격을 해오지 않으니 악몽 속에 있는 것처럼 기분 나빴다.

그날도 가쓰토요는 미열이 있었다. 근위무사도 가까이 오지 못하게 하고, 이제는 애첩이나 다름없는 시녀 오미노에게 기침할 때마다 등을 쓰다듬게 하며 팔걸이에 기대 있었다.

"이상한 사람이야, 히데요시 님은. 요코야마성을 쌓고 감시만 하면서, 나에게 사자 한 사람 보내지 않다니."

오미노는 그 말에 무언가 대답해야 할지 말아야 할지 생각하는 듯하다가 입을 열었다.

"저, 어제 기타노쇼에서 중신에게 사자가 온 것을 성주님께서는……?"

"뭐, 아버님에게서 사자가 왔다고? 왜 나에게 알리지 않았나?"

"하지만 성주님께……가 아니라 중신 기노시타 한에몬(木下半右衛門) 님과 도쿠나가 도시마사(德永壽昌) 님께 온 사자라나봐요."

"이상한데. 나도 아버님에게 전할 말이 있다. 좋아, 한에몬을 불러라."

오미노는 고운 미간을 살짝 찌푸렸다.

"그건 아직…… 저……."

"너는 뭔가 들은 게 있는 모양이구나."

"네…… 아니에요."

"나에게 비밀로 하라더냐?"

"예…… 저, 성주님은 결국 하시바 님과 내통했다는 소문이……."

"뭐?"

가쓰토요는 저도 모르게 오미노의 손을 붙들고 찢어질 듯 눈을 부릅뜨며 여자의 얼굴을 들여다보았다.

"내가 아버님을 배반하고 히데요시와 내통했다고……?"

가쓰토요가 힐문하는 바람에 오미노는 겁먹고 눈을 내리깔았다.

"소문입니다…… 근거 없는 말이라고 중신이 사자에게 말하는 것을 들었어요. 게다가 성주님은 병환 중이시니 말씀드리지 말라고…… 그런데 제가 생각 없이 말씀드리고 말았습니다. 용서하세요."

가쓰토요는 오미노의 손을 잡은 채 몸을 부들부들 떨었다.

'근거 없는 말일까……?'

그렇게 생각하니 가쓰토요는 섬뜩하게 가슴에 걸리는 응어리가 있었다.

'대체 아버지와 히데요시 중 누가 더 나를 염려해 주었던가……?'

성으로 돌아와 열이날 때마다 문득 그런 생각이 들 때가 있었다.

가쓰토요가 히데요시에게 마음속을 그대로 이야기할 수 있었던 것은 마음속 어딘가에서 히데요시의 인물을 인정하며 이런 생각을 하고 있었기 때문이 아닐까?

'아무리 응석부려도 화내지 않을 사람…… 아버지에게는 보일 수 없었던 응석을 히데요시에게 보이고 말았다.'

그것이 아버지를 배반한 듯한 개운치 않은 기분을 남기고 있었다…….

"성주님, 왜 그러세요? 눈물을……."

"오미노……."

"예."

"나는 무장으로서는 너무 마음이 약한 사나이일까?"

"아니에요, 부드러운 면도 있으시지만 마음은 굳센 분이십니다……."

"굳센 사나이가 그대 무릎에서 눈물을 흘리나? 좋아, 한에몬을 불러다오. 꾸짖으려는 게 아니다. 아버님에게 엉뚱한 의심을 받고 그냥 있을 수는 없어."

"네. 그럼, 불러오겠어요……."

오미노가 일어나 나가자 가쓰토요는 조용히 눈물을 닦고 자세를 바로 했다. 마침내 히데요시와 자기와 아버지 사이에 인간으로서의 묘한 갈등이 시작된 듯한 느낌이었다.

'이 싸움에서 누가 가장 센가……?'

"부르셨습니까……."

중신 기노시타 한에몬은 이미 용건을 충분히 짐작하고 있는 표정이었다.

"열이 내리면 저도 말씀드릴 게 있었습니다만."

"기타노쇼에서 온 사자에 대한 이야기인가?"

"알고 계셨군요."

"아니, 사자가 온 것 같다는 이야기는 들었네만."

"그렇습니다. 제 생각으로는 이것도 사쿠마 모리마사 님의 억측이라 믿습니다만, 히라타니 분자에몬(平谷文左衛門)이 사자로 와서 주군을 감시하라고……."

"나를 감시하라……."

"예, 얼마 전 하시바 님에게 사자로 갔던 마에다 님, 후와 님, 가네모리 님이 모두 야마자키의 여우로 둔갑해 가지고 온 것 같으니 가쓰토요도 수상하다, 중신들은 충분히 조심하라고…… 큰 주군께서 말씀하셨는데, 곁에서 사쿠마 모리마사 님이 못마땅한 노기 띤 얼굴로 계셨다고……."

가쓰토요는 쓴웃음 지으면서 또 눈물이 왈칵 나올 것만 같았다. 조카인 사쿠마의 기질을 자기보다 더 좋아하고 있는 아버지. 그러나 그러한 의심을 받은 이상 풀지 않으면 안 된다.

"한에몬, 어떻게 하면 좋을까? 이대로 있다가는 난처해질 것 같군."

한에몬은 고개를 끄덕이며 바싹 다가앉았다.

"그 일이라면 염려 마십시오. 오해라는 것을 제가 도쿠나가 님과 함께 사자에게 잘 해명하여 돌려보냈습니다."

그리고 눈살을 모으고 쓴웃음 지으며 덧붙였다.

"사실 사쿠마 님이 설쳐대는 데는…… 보시다시피 히데요시 님은 이 언저리의 방비는 굳혔지만 굳이 싸움을 걸어오지 않고 있습니다. 그러니 그렇듯 날뛸 필요가 없는데. 긁어 부스럼 만드는 일은 삼가야지요."

"한에몬."

"예."

"그대도 하시바 님은 싸울 뜻이 없다고 생각하는가?"

"그것은 이쪽의 태도에 달렸지요. 이쪽에서 배반하지 않는다면 결코 치지 않습니다."

"이쪽에서…… 배반하지 않으면……?"

"예, 준비만 갖춰놓고 싸움은 아직 전혀 걸어오고 있지 않습니다. 세타도, 나가하마도, 사와산도, 오카키도…… 그리고 오늘 들어온 보고에 의하면 시미즈성(清水城)의 이나바 잇테쓰(稻葉一鐵), 이마오성(今尾城)의 다카기 사다히사(高木貞久) 부자, 가네야마성(兼山城)의 모리 나가요시까지 모두 히데요시 쪽에 가담했다고 합니다. 그 편이 공격당하지 않는 최선책이니 저는 머잖아 기후의 노부타카 님도 화해하실 거라고 여깁니다."

"무언가 들은 말이라도 있는가?"

"예, 노부타카 님의 노신 사이토 도시다카가, 노부타카 님에게는 이제 히데요시와 싸울 힘이 없다……고 말하며 간언했다고 합니다. 기후의 노부타카 님이 히데요시와 힘을 합친다면 에치젠에서 사쿠마 님이 아무리 큰 주군께 권하더라도 결코 싸움을 벌이지 않으실 것입니다. 그때까지만 참으십시오. 지금은 오히려 큰 주군께 아무 말씀도 하지 말고 가만히 계시는 게 상책입니다."

"그래, 편들게 되면 공격당하지 않는단 말이지?"

가쓰토요가 내뱉듯 자조의 웃음을 떠올렸을 때 또 한 사람의 노신 도쿠나가 도시마사가 들어왔다.

"아뢰오."

"오, 도시마사. 그대도 부를까 하던 참인데, 무슨 일인가?"

"예, 하시바 님이 사자를 보내왔습니다."

"왔구나, 역시……군사(軍使)겠지."

"그런데……시동 가토 기요마사 님이라며 교토의 명의한테서 지어온 약을 전하러 들렀다 합니다."

"뭐, 약을 갖다 주러?"

"예, 그렇다면 굳이 만날 것까지 없다며 제가 약을 받으려 했더니 주지 않습니다."

"무엇 때문에?"

"약이기 때문이랍니다. 가쓰토요 님 신변에는 믿을 수 없는 시녀와 시동이 있을지도 모른다, 영약이 변해 독약이 된다면 주군의 뜻에 어긋나는 일이므로 직접 뵙고서 드리고 싶으니 그 뜻을 전해 달라는 꽤 완고한 사람입니다."

"가토 기요마사…… 좋아, 만나보마. 병중이라 방도 치우지 못했다 하고, 그렇지, 그대들도 동석하라. 미노, 너도 그대로 있어도 좋다. 경계하는 빛은 보이지 말도록."

그런 다음 가쓰토요는 살며시 눈을 감았다.

"그래, 일부러 약을 가져왔다고……?"

거짓이라 할지라도, 이것이 히데요시가 지닌 묘한 매력의 하나이리라. 그렇게 생각하니 또 속눈썹이 젖어올 것만 같아 견딜 수 없었다.

기요마사는 도시마사에게 안내되어 들어오자 좌중을 흘끗 노려보듯 하며 인사했다.

"지난번 야마자키성에서 뵌 가토 기요마사입니다."

"오, 잘 알고 있소. 하시바 님이 자랑하시던 용맹한 무사, 일기당천의 용사라 들었소. 부럽소, 이 가쓰토요는 이렇듯 병약한 몸이라."

"예, 지금부터 오카키에 계시는 주군께 가는 길에 들렀습니다. 주군께서 특별히 귀하의 병환을 걱정하시어 꼭 이 명약을 갖다드리고 오라시는 분부였습니다."

"고맙소! 진심으로 감사드린다고 인사 전해 주시오."
"그럼, 틀림없이 드렸습니다."
도시마사의 말대로, 기요마사는 가쓰토요 앞으로 다가가 직접 약봉지를 놓더니 다시 두 간쯤 물러나 앉았다.
"병환은 심한 기침이라고 들었습니다. 그 병에 추위는 금물이라, 봄이 되거든 한 번 더 마나세 님에게 청하여 반드시 진찰하게 할 테니 그때까지 몸조심하시라는 주군의 말씀이었습니다."
"거듭 감사하다는 말씀을……."
가쓰토요는 또 아버지의 얼굴을 퍼뜩 떠올리며 숨을 삼켰다. 내 자식을 감시하라는 아버지와, 적의를 가지고 발톱을 갈고 있는 시바타의 자식인 줄 알면서 약을 보내는 히데요시…….
"그럼, 저는 급히 싸움터로 가야 하므로, 이만……."
"뭐, 싸움터?"
기요마사는 아무 가식 없는 밝은 얼굴로 분명하게 말했다.
"예, 싸움터…… 싸움이 벌어졌습니다."
"싸움이 있다는 소리는 못 들었는데, 그게 대체 어딘지……."
기요마사는 상대의 불안을 아는지 모르는지 대답했다.
"예…… 다키가와 가즈마스가 노부카쓰 님에게 모반할 징조가 보여 먼저 북 이세로 가서 이를 치고, 그다음은 기후입니다."
가쓰토요는 가만히 팔걸이로 몸을 내밀었다.
"가즈마스 님이 노부카쓰 님에게……."
가즈마스를 자기편으로 알고 책모를 꾸미고 있는 것은 노부카쓰가 아니라 아버지 시바타……라는 걸 분명히 알므로 섣부른 말을 할 수 없었다. 어쨌든 먼저 가즈마스를 친 뒤 그다음에 기후로 향한다니 얼마나 대담한 비밀의 누설이란 말인가. 여기서 털어놓는다면 기후나 기타노쇼로 곧장 알려진다는 것을 모를 리 없다.
'이것은 분명 히데요시가 시켜서 하는 말이다…….'
그렇게 생각하자 가쓰토요의 가슴이 다시금 확 뜨거워졌다.
'중대한 전략을 나에게 미리 털어놓는 게 아닌가…….'

기후가 함락되면 시바타는 고립되어 싸울 뜻을 잃게 되리라. 그때까지 자중하여 몸조리나 잘하라는……의미라면 조금 전에 한 한에몬의 말과 들어맞는다.

'마에다와 후와, 가네모리뿐 아니라 내 중신들까지 이미 히데요시 편이 되어버린 게 아닐까?'

기요마사는 다시 진지하게 말을 꺼냈다.

"주군께서 귀하께는 무슨 말씀을 드려도 좋다고 하셨으므로 말씀드립니다만……."

가쓰토요는 당황하여 기요마사를 만류했다.

"그 일에 대해서는 잠시……."

"아닙니다. 귀하께는 무슨 말씀을 드려도 좋다고 주군께서……."

다시 한번 기요마사가 말하기 시작하자 가쓰토요는 핼쑥하게 질려 손을 내저었다.

"가토 님! 나는 하시바 님이 미워하시는 시바타 가쓰이에의 자식이오."

기요마사는 다시 한가롭게 말했다.

"그 일이라면 염려 마십시오. 우리 주군께서 귀하의 아버님은 조금도 문제 삼고 있지 않습니다."

"뭐, 문제 삼지 않는다고……."

"예, 저희들에게 늘 말씀하고 계십니다만, 시바타 가쓰이에는 전형적인 옛 무사, 의리 굳은 데가 있으므로 몸을 그르치지 않도록 우리 편에서 배려해 주지 않으면 안 된다고."

동석해 있던 기노시타와 도쿠나가 두 중신도 깜짝 놀랐지만 그 이상의 놀라움이 가쓰토요의 표정을 당황시켰다.

"뭐라고? 몸을 그르치지 않도록 배려해줘야 한다고……고 하시바 님이 말씀하셨단 말이오?"

기요마사는 유쾌하게 웃는 얼굴로 고개를 끄덕였다.

"그렇습니다. 그 굳은 의리를 높이 사서 돌아가신 우대신님이 평생토록 무겁게 써주신 시바타 님이니, 그 저돌적인 근성이 나오지 않게 해주는 게 좋을 거라고 하셨습니다. 게다가 귀하는 총명하시고 중간에 나선 마에다 님의 체면도 있어 모든 것이 두루 원만하게 해결되도록 생각해 놓았으니 기회가 있다면 귀하에게 말씀드려도 좋다고 하셨습니다."
이번에는 도쿠나가가 옆에서 물었다.
"그게 대체 무슨 말이오……? 들어두고 싶소. 안 그렇소, 기노시타 님?"
가쓰토요가 두 사람을 제지했다.
"물을 것 없다! 듣지 않아도 알아. 가쓰토요가 말하더라고 전하시오—가쓰토요는 총명하기는커녕 아버지에게까지 의심받고 있는 못난 자식, 다만 약은 고맙게 받겠다고 전하시오……."
이번에는 기요마사가 나섰다.
"그건 안 됩니다. 말을 꺼내지 않았다면 모르되, 정작 말을 듣기도 전에 알았다고 하시니, 그것이 만일 우리 주군의 뜻과 다를 경우 이 기요마사는 주군을 대할 낯이 없게 됩니다. 기왕 말씀드리려던 것이니 마저 하겠습니다."
젊은 두 사람이 이대로 말다툼하도록 내버려둬서는 안 되겠다 싶어 기노시타 한에몬이 참견했다.
"이야기 도중에 죄송하지만…… 사자의 체면도 있고 하니, 우선 이야기를 하도록……."
"들으란 말인가?"
"……예."
"좋다, 듣기로 하지."
옆에서 오미노가 혼자 조마조마한 마음으로 모두를 바라보고 있었다.
이 자리에서 기요마사의 말을 듣는다면 자신의 입장이 점점 더 괴로워진다……고 가쓰토요는 생각했지만 중신들은 히데요시의 뜻을 조금이라도 알려고 눈을 번뜩이고 있다.
기요마사는 또 유쾌한 목소리로 웃었다.
"하하…… 그렇게 말씀하시니 황송하군요. 그러나 저희 주군의 마음은 활짝 갠 하늘과 같은지라, 그것을 알려드리고 싶은 제 고집이라 생각하시고 용서하십시오. 당초에 시바타 가문의 평안을 도모할 길이란……."
듣지 않아도 안다고 하면서도 가쓰토요 역시 몸을 내밀고 있었다…….
"시바타 님은 최초의 판단을 그르치셨소. 우리 주군이 야마자키에서 미쓰히데를 치고 그 자리에서 긴키를 평정했을 때 그 공을 가볍게 보고, 노부타카 님의 야심에 속아 넘어가 자신도 모르는 사이 오다 가문 후계에 대한 일을 밀어주겠다고 약속하셨소."

"그렇지"

기요마사의 말에 맞장구친 것은 도쿠나가 도시마사였다. 그가 생각해도 맞는 말이었던 것이다.

"아무튼 의리가 굳센 분이라 이 약속이 그 뒤의 시바타 님을 꼼짝 못하게 옭아버리고 말았소. 물론 노부타카 님은 그것을 잘 알고 고삐를 늦추지 않으며 이것저것 선동하셨소. 원인은 모두 이 옛 무사 같은 기질과 최초의 잘못된 판단에 있는 것…… 그러므로 우리 주군이 과감하게 노부타카 님과 대결하여 노부타카 님의 잘못을 고쳐준다면 저절로 해결된다……는 것이 저희 주군의 생각이시오."

"그래서…… 드디어 이번에 북 이세를 공격하신 뒤 몸소 노부타카 님과 부딪치시겠다고……."

기요마사는 서슴지 않고 고개를 끄덕였다.

"그렇습니다. 이제까지 여러 차례 잘못을 지적했지만, 노부타카 님 역시 자기 쪽에는 시바타 님이 있다고 생각하며 야심의 불을 끄지 않고 있습니다. 그래서 일단 공격하여 그 힘을 깨닫도록 해주려는 거지요."

"일단 공격하여……."

"예, 지난번에 가쓰토요 님을 비롯하여 마에다, 후와, 가네모리 세 분이 오셔서 곤혹스러워하시는 모습을 보시고 결단 내리셨습니다. 지금 구로다 간베에, 하치스카 히코에몬 님도 군사를 이끌고 미노로 서둘러 가셨습니다. 그리고 니와 나가히데, 호리 히데마사 두 분은 물론이고, 우지이에, 이나바, 다카기님들도 가담했으며 쓰쓰이 준케이, 호소카와 다다오키, 이케다 쇼뉴, 하치스카 이에마사 등의 강병(强兵) 거의 5만 대군이 기후성을 포위할 것입니다. 그러므로 싸움이 시작되면 승패는 곧 결판납니다. 하지만 다음 달 북쪽 나라에 눈이 내리기 시작하는 것을 본 뒤 싸움을 개시……하기로 마음에 정하고 계십니다."

너무나 엄청난 일에 가쓰토요는 입술을 깨문 채 부들부들 떨기 시작했다. 자기들 넷이서 야마자키성에 사자로 갔던 일이 오히려 히데요시의 출정을 앞당기다니 이 무슨 얄궂은 일이란 말인가. 그렇다면 아버지가 네 사람 다 히데요시에게 홀려 돌아왔다고 안절부절못하는 것도 당연한 일이라 할 수 있다.

겨울은 이미 와버렸다. 이제는 눈이 오기만 기다릴 뿐인 북쪽 나라에서 아무리 발버둥 쳐본들 어쩔 수 없는 일이다.

기요마사는 자신의 호의가 상대를 기쁘게 해줄 것을 믿어 의심치 않는 태도로 도쿠나가에게 다짐했다.

"이제 아셨겠지요? 북쪽 나라에 눈이 오면 노부타카 님은 우리 주군께 항복할 것이고, 귀하의 안녕을 도모해 드리게 될 것입니다. 우리 주군은 노부타카 님이 야심만 버리겠다고 맹세하면 또 풀어져 아마 볼모나 받고 그대로 용서하실 겁니다. 그렇게 되면 시바타 님도 노부타카 님에 대한 괴로운 의리에서 벗어나게 되지요. 우리 주군은 결코 시바타 부자분에 대해 미움을 가지시는 분이 아니오. 눈이 올 때까지만 소중히 몸조심하시어 경솔한 행동을 하지 마시기를…… 이것이 제가 말씀드리고 싶은 모두입니다."

이제 자리를 떠야 할 때라고 생각했는지 기요마사는 조용히 가쓰토요에게 절했다.

도시마사와 한에몬이 허둥지둥 기요마사를 배웅하러 나간 뒤 가쓰토요는 잠시 허공을 노려보며 몸을 떨고 있었다. 또 열이 나기 시작한 모양이었다. 으스스 등골이 시려오면서 바깥의 찬 공기가 오싹하게 피부에 스며들었다.

"성주님."

오미노는 급히 일어나 옷장에서 솜옷을 꺼내와 가쓰토요의 어깨에 걸쳐 주었다.

"몸이 불편하지 않으세요? 소름이 돋으셨어요……."

그러나 가쓰토요는 들리지 않는 모양이었다. 눈꺼풀 속에 아직 늠름한 기요마사와 체구가 그대로 남아 있고, 귀에서는 그 목소리가 커다랗게 소용돌이치고 있었다.

"성주님…… 이제 그분이 갖다 주신 이 약을 곧 달여 잡수시면……?"

"약 말이냐……?"

"예."

"그 약을 아무 생각 없이 먹다가는 죽어야 한다. 이 가쓰토요는……."

"그러시다면 독약이라도?"

"미노."

가쓰토요는 오미노를 불러놓고 갑자기 팔걸이에 얼굴을 묻었다. 심한 기침 발작이 시작된 것이다. 오미노는 급히 뒤로 돌아가 등을 쓰다듬었다.

"이 약은……."

가까스로 기침이 가라앉자 가쓰토요의 눈이 핏발선 것처럼 붉어지더니 한 줄기 눈물이 뺨을 타고 내리며 번뜩였다.

"이 약은 독약이 아니야…… 먹고 싶다, 이 가쓰토요는."

"그럼, 곧 달여 오겠어요."

"아니다, 기다려…… 먹고 싶지만 먹어서는 안 돼. 하시바 님은 분명 아버님의 적이라는 것을 알았어. 그걸 먹으면 내가 아버님을 배반하고 하시바와 내통한 게 된다."

"어머나, 그럴 리가……."

"있기 때문에 두려운 것이다. 히데요시는……."

말을 시작하다가 가쓰토요는 또 몸을 떨었다.

'어쩌면 이것 역시 면밀하게 계산된 히데요시의 계략일지도……'

문득 그런 의심이 번개같이 가슴을 스치고 지나갔다.

"히데요시 님이…… 어떻게 하셨다는 거예요?"

"이제 됐다. 묻지 마라."

"그럼…… 좀 누워서 주무세요."

"그러지…… 아, 그 기요마사라는 자의 건강이 부럽구나."

그때 한에몬과 도시마사가 함께 돌아왔다.

"주군, 일이 묘하게 되었습니다."

도시마사의 말에 한에몬은 안타까운 듯 미간을 모으고 얼굴을 외면하며 앉았다.

"주군 병환에 해로울 것 같아 실은 저희들 마음대로 사자를 돌려보냈습니다만……."

"사자란 조금 전의 그 기요마사 말이겠지."

"그것이……."

한에몬이 말을 시작하자 도시마사가 뒷말을 이었다.

"내가 말씀드리지. 실은 기후성에서도 사자가 와 있었습니다."

"뭐, 기후에서도?"

"예, 노신 오카모토 요시카쓰(岡本良勝) 님이 일부러 오셔서, 히데요시 군이 움직이기 시작하여 머잖아 싸움이 될 터이니 그 시기는 다시 의논하겠지만 나가하마도 기후에 호응하여 군사를 일으키도록 하라고."

"그래서…… 그대들은 뭐라고 대답했나?"

가쓰토요의 볼은 연지를 바른 것같이 다시금 붉게 상기되어 있었다.

가쓰토요의 물음이 너무 과격하여 요시마사는 한에몬을 흘끗 쳐다보았다.

"병환 중이시라 곧 승낙할 수는 없지만 차도가 보이는 대로 잘 말씀드려 협의한 다음 대답해 드리겠다고……."

"그대들은…… 그런 큰일을 어째서 나에게 말하지 않았는가?"

이번에는 한에몬이 나섰다.

"주군! 꾸중들을 것을 각오하고 한 일입니다."

"꾸중들을 것을 각오하고……?"

"예, 사자로 오신 오카모토 님도 이건 좀 무리일 거라고 말했을 정도여서."

"무리라니, 무엇이?"

"요코야마성의 수리는 끝났고, 이 나가하마는 포위되어 있습니다. 따라서 기후에서 어떤 사자가 올 것인지, 이쪽에서 어떤 응대를 할 것인지 히데요시 님은 다 알고 있겠지요."

"알고 있으므로 싸움을 못한다는 말인가?"

"호응하여 군사를 일으킨다면 사흘 안에 낙성될 거라고."

"닥쳐라!"

그러나 가쓰토요는 뒷말을 잇지 못했다. 그 자신, 이 노신들과 같은 생각을 하고 있었기 때문이었다.

한에몬이 다시 말했다.

"황송하오나 이곳은 본디 히데요시 님이 쌓은 성. 어느 성채의 어디에 무엇이 있는지 우리보다 히데요시 님이 오히려 더 잘 아십니다. 이 성은 호쿠리쿠에서 쳐들어오는 적에게는 강하지만 사와산과 오카키가 포위되면 옴짝달싹할 수 없습니다."

"한에몬!"

"예."
"그럼, 히데요시는 내가 아버님에게 반역하게 만들려고 나를 여기에 그대로 둔다는 말인가?"
한에몬보다 쌀쌀한 태도로 도시마사가 말했다.
"주군, 이러시면 몸에 해롭습니다. 사흘도 안 걸려 함락시킬 수 있는 성을 공격하지 않고 약을 보내는 히데요시의 마음을 주군은 어떻게 생각하십니까?"
"책략이지, 히데요시의……."
"정말 모르시겠습니까?"
도시마사는 다시 세차게 고개를 저었다.
"사흘이면 함락시킬 수 있는데 그렇게 하지 않는 것은, 적의가 없는 자는 죽이지 않겠다는 히데요시 님의 무사도라고 생각지 않으십니까?"
도시마사의 말투가 점점 더 거칠어지자 한에몬이 손을 들어 말렸다.
"도쿠나가 님, 병환 중이시니 오늘은 이만……."
"안 돼! 한에몬은 어떻게 생각하나? 아버님 편이 틀림없는 기후에 호응하지 않는 게 좋다는 말인가?"
"오늘은 이만."
"안 된다면 안 돼. 생각하는 바를 똑바로 말하게."
"그럼, 말씀드리지요."
"오, 들어보세."
"히데요시 님은 주군을 기타노쇼의 큰 주군보다 사려있는 분이라 생각하고 계십니다. 그러므로 주군께 효도를 시켜 드리려고……."
"뭐, 아버님에게 의심받는데 효도라고……?"
"그렇습니다. 섣불리 움직이면 시바타 가문의 멸망, 만일의 경우 주군께서 큰 주군을 설득하여 가명을 세우게 해드리려는 심정일 거라고…… 이것은 기후의 노신 오카모토 님도 저희들과 같은 의견이었습니다."
그렇게 말하고 한에몬은 비로소 오만한 중신의 얼굴로 돌아가 가쓰토요를 똑바로 보았다.
잠시 숨 막힐 듯한 긴박한 공기가 서린 뒤 가쓰토요는 불쑥 말했다.
"됐으니, 물러가오."

이젠 더 이상 물어볼 용기가 없었다.

함께 군사를 일으키자고 전하러 온 노부타카의 노신까지, 속으로는 노부타카와 아버지 가쓰이에의 무모함을 인정하고 적인 히데요시에게 경의를 나타내고 있다. 이 일은, 만일 히데요시의 교묘한 설복의 손길이 뻗는다면 기후성도 나가하마성도 대번에 안에서부터 무너질 수 있다는 의미였다.

'과연 승패는 싸우기 전부터 결정되어버리고 말았다…….'

히데요시는 어쩌면 이렇듯 이상한 힘을 가졌단 말인가? 아니, 이것은 히데요시 개인의 힘만이 아니고 그의 통찰력이 정세의 과녁을 꿰뚫고 있는 건지도 모른다.

"미노, 그만 누워야겠다."

"예."

가쓰토요는 오미노의 부축을 받고 일어나 병풍으로 둘러싸인 이부자리 쪽으로 한두 걸음 걸어가다가 멈춰 섰다.

"역시 먹는 게 좋겠다."

"예? 뭐라고 하셨어요?"

"역시 먹어야겠다고 했어."

"저, 약을?"

"그래, 달여 오너라. 그것을 먹고 나서 누우마."

"예."

오미노는 마음 놓이는 듯 다시 가쓰토요를 팔걸이 옆에 부축해 앉혀놓고 곧 북쪽 구석에 놓여 있는 풍로 앞으로 가서 약을 달이기 시작했다.

한약 향기가 사방으로 퍼질 때쯤 바람소리가 거세어졌다. 겨울은 이미 이 북쪽의 하늘과 땅을 감싸기 시작하고 있었다.

"미노……."

"예."

"내가 왜 그 약을 먹을 생각이 났는지 그대는 아느냐?"

오미노는 고개를 갸우뚱하더니 대답했다.

"글쎄요…… 역시 몸이 가장 소중합니다."

"그게 아니야. 나는 히데요시 님 마음을 알지 못한 채 죽고 싶지 않아."

"어머나, 죽다니요……."

"죽지 않는 사람이 어디 있나. 죽음은 불길한 말이 아니야."

"하지만…… 저는 성주님이……살아계셨으면 좋겠어요."

"그래, 이제…… 약을 가져와."

"예."

오미노가 소반에 약사발을 얹어들고 오자 가쓰토요는 그것을 공손하게 받쳐 들었다.

그리고 조용히 한 모금 마시고 조그맣게 말했다.

"아버님, 이 가쓰토요는 결코 하시바 님에게 진 것이 아닙니다. 상대의 인정에 등을 돌린다면 신불이 비웃을 겁니다…… 그러니 이렇게 약을 받아먹고, 유사시에는 반드시 칼을 들고 아버님께 보답하겠습니다."

오미노는 고개를 갸우뚱하며 그 소리를 듣고 있었지만 아무 말도 하지 않았다.

말을 마친 뒤 가쓰토요는 아직도 뜨거운 탕약을 잠자코 후룩후룩 들이켰다…….

매사냥 이야기

겨울 하늘은 눈이 시리도록 새파랗고 이따금 호숫가의 마른풀밭에서 꿩과 산새가 후두둑 날았다.

하마나 호수에 반사되는 눈부신 햇살에 눈을 가늘게 뜨면서 한 몰이꾼이 두세 간 떨어져 있는 동료에게 큰소리로 말을 걸었다.

"벌써 매사냥하시다니 놀라운걸. 고슈에서 돌아오신 것이 12일. 4, 5일은 편히 쉬실 줄 알았더니 이틀 만인 오늘 벌써 매사냥이니…… 대감님은 정말 체력이 대단하셔."

동료는 그 말에는 대답하지 않고 다른 소리를 했다.

"지금 일본에서 가장 큰 영주는 누구일까?"

"그야 물론 우리 대감님이지."

"그럼, 하시바 님이나 주고쿠의 모리보다도 크단 말인가?"

"비교도 안 되지. 부유하신 정도가. 아무튼 고슈에서 신슈, 스루가, 도토우미, 미카와를 손에 넣으셨는데도 여전히 보리밥을 잡수실 만큼 검소하시거든. 우두머리인 오쿠보 히코자에몬(大久保彦左衛門) 님한테 들었는데, 지금 우리 대감님 비위를 맞추지 않는 영주는 하나도 없다더군."

"비위를……."

"그렇다니까. 호조 우지나오는 표면상으로는 화친이라지만 항복이나 다름없는 조건으로 창을 거두었고, 에치젠의 시바타 가쓰이에 님한테서는 얼마 전 고슈 평정을 축하하는 사자가 왔지. 아마 비단 30필, 솜 100뭉치, 게다가 대구를 5짝 가져왔다는데 이것도 다 어떻게 해서든 대감님 비위를 맞춰 한편이 되고 싶기 때문이라지 않나."

"과연, 그러고 보니 오와리의 노부카쓰 님이며 기후의 노부타카 님한테서 귀찮을 정도로 사람이 오고 있지."

"그렇고말고, 하시바 님 사자도 은밀하게 고후까지 찾아오고…… 모두 환심을 사려는 거야."

그러고 있을 때 또 한 사람이 마른 억새를 부스럭거리면서 다가왔다.

"여보게, 이상한데. 오늘은 대감님이 도무지 매를 놓으시려 하지 않네. 무슨 다른 목적이 있으신 모양이야."

"다른 목적……이라니, 뭐지?"

"그게 말일세, 아무래도 여자 일이 아닐까 하고 오쿠보 님이 팔짱낀 채 생각하고 계셨어."

"여자…… 여자라면 소실 말인가?"

"모르겠네. 거기까지 어떻게 알겠어. 고슈에서 도리이 모토타다 님이 바바 노부후사 님 따님을 먼저 가로채고 난 뒤부터 줄곧 여자 탐색을 하고 계신다더군."

그 말을 듣자 한 사람이 입을 떡 벌리고 크게 웃어댔다.

"이 바보가 대감님을 자기에게 견주고 있어. 한창 싸움판에 여자 탐색을 한 건 자네가 아닌가?"

다음 사람이 가로막았다.

"잠깐만, 영웅은 본디 색을 좋아한다는 말이 있어. 내가 고슈에서 들은 바에 의하면 대장님이 눈독들이고 계시던 바바 님 딸을 도리이 님이 가로챘다는 건 사실이야."

첫 번째 사람이 혀를 차며 말했다.

"자네는 또…… 만약 그것이 사실이 아니라면 자네는 대감님을 모함한 것이 돼. 그때는 할복해서 사죄할 텐가?"

"오, 하다마다……."

이런 이야기를 하고 있을 때, 이번에는 옷차림이 훌륭한 무사가 팔짱을 끼고 다가왔다.

"오, 오쿠보 히코자에몬 님이시다."

히코자에몬의 모습을 보자 이에야스를 두둔하던 몰이꾼이 노기를 띠고 말했다.

"오쿠보 님에게 여쭤보겠습니다."

"뭔가?"

히코자에몬은 우람한 팔을 가슴에서 풀어 내리며 걸음을 멈췄다.

"우리 대감님께서는 영웅이시라 여자를 좋아하십니까?"

히코자에몬은 점잖게 말했다.

"응, 좋아하시지. 좀 지나치게 좋아하시지만 우리 역시 좋아하는 건 마찬가지 아닌가?"

"그럼……오쿠보 님도, 대감님도 저희들과 다를 게 없단 말씀입니까?"

"응, 다를 게 없지. 우리도 좋아하지만 주군도 좋아하시지."

"그럼……그럼……고슈에서 도리이 님과 바바 님 따님을 두고 서로 다투었다는 것도 사실입니까?"

"사실이라면 왜?"

"그렇다면 도리이 님은 불충한 신하가 아닙니까?"

히코자에몬은 재미있는 듯 눈을 가늘게 뜨고 웃었다.

"하하하…… 주군이 바바 노부후사에게 절세미인 딸이 있어 어디에 살고 있다는 말을 듣고 당장 맞이하러 보냈더니 그때는 벌써 모토타다가 냉큼 데려간 뒤였다네. 모토타다는 주군이 여자를 지나치게 좋아한다는 걸 알고 있었던 걸세. 여자를 너무 밝히게 되면 끝내 백성에게 미움받게 되니, 주군의 가치를 떨어뜨리지 않으려고 모토타다가 대신 납치해 갔다고 생각하면 충성이 아닌가."

몰이꾼들은 고개를 갸우뚱거린다.

"음, 도리이 님에게 그런 깊은 생각이 있었군요."

이번에는 히코자에몬이 배를 잡고 웃음을 터뜨렸다.

"왓핫핫핫…… 시원찮은 머리로구나, 자네 머리는."

"그, 그런가요?"

"그런 것 같구나, 그때 주군은 벌컥 화가 나셔서 모토타다를 불러 꾸짖었다고 생각하게."

"예……?"
"그러자 모토타다의 답변이 걸작이었지."
"뭐라고 대답하셨는데요?"
"싸움터에서 맨 먼저 적진에 뛰어드는 것은 무문(武門)의 자랑인데, 꾸짖으시다니 뜻밖이라고 했다네. 알겠나? 적진에 맨 먼저 뛰어들었단 말이야. 그랬더니 주군도 지지 않으셨지. 좋다, 그렇다면 그대 창끝으로 취한 것이니 그대로 뒤를 잘 다스리라고 하셨거든, 그래서 미인은 얻었지만 아직도 그곳에 묶여 있다네. 어떤가, 이 승부. 자네들은 어느 쪽의 손을 들어주겠나?"
히코자에몬은 유쾌한 듯 그 자리에 앉으면서 말을 이었다.
"아, 여긴 바람이 없어 따뜻하구나. 자네들도 잠시 낮잠을 자두도록 하게."
세 사람은 얼굴을 마주 쳐다보았다
"그럼, 당장은 매를 풀어놓지 않으십니까?"
"응, 대감님 목표는 다른 곳에 있으신 모양이니 말야."
"그러면 역시 여자사냥인가요?"
"못난 것, 그렇게 단순하게 생각하면 안 돼. 매를 놓아본들 들토끼가 잡힐지 꿩이 잡힐지 모르지 않나. 주군이 하시는 일이니 혹시 학이 나타나기를 기다리고 계신지도 모르지. 상대가 뭔가 생각하고 있을 때 이쪽에서는 잠자면서 쉬는 게 제일이야. 모두 한 줄로 누워 잠이나 자."
히코자에몬은 마른풀 속에 팔다리를 쭉 뻗고 활짝 갠 하늘을 향해 눈을 가늘게 뜨며 기지개를 켰다.
몰이꾼들은 서로 얼굴을 마주 보며 고개를 갸우뚱거렸다. 히코자에몬의 괴벽과 거친 말씨는 근위무사 가운데서도 유별났으므로 개중에는 혼다 사쿠자에몬의 후계자가 생겼다고 험담하는 자도 있었지만, 아무튼 매사냥 도중 잠잔다는 건 너무 무례하다.
히코자에몬은 또 눈을 가늘게 뜨며 손을 내저었다.
"무슨 생각을 하나? 주군은 지금 여자를 만나고 계신다. 우물거리고 있다가는 꾸중 듣는다."
"한 가지 여쭙겠는데요……."
"뭐냐?"

"여자를…… 만나고 계신다고 하셨지요?"

"그래, 고슈와 신슈의 일로부터 호조와의 협상까지 깨끗이 처리되었기 때문에 슬슬 남자의 본성이 고개를 쳐든 거라고 생각해."

"남자의 본성……이라시지만, 이 벽촌에 대감님 상대가 될 만한 여자가 있을까요?"

"있지. 말해줄 테니 어쨌든 드러눕거라. 어, 기분 좋다."

모두들 또 얼굴을 마주 보며 따뜻해진 마른풀 위에 앉았다.

"그 여자는 대체 뉘 집 딸입니까?"

"농부의 딸로 슨슈 가나야(駿州金谷)의 땜장이 여편네가 되었지. 그런데 그 남편이 시마다(島田) 고을 사람들과 작년에 물싸움하다가 몰매를 맞고 그만 죽어버렸다고 생각하게."

"그럼, 과부인가요?"

"과부지. 아무튼 아이가 셋 있어…… 그런데 이 언저리의 친정에 와 있는 것을 알고 부채질한 녀석이 있지. 주군께 직접 호소하여 남편 원수를 갚게 해달라고 말하도록."

히코자에몬은 거기서부터 반쯤 잠이 든 듯한 느릿한 목소리로 말했다.

"지금 농가에서 그 과부의 사정이야기를 듣고 계시는데, 워낙 여자를 좋아하시는 분이라……."

지금까지 이에야스를 변호하던 몰이꾼이 열을 올렸다.

"이거 보십시오! 그럼, 대감님이 농가에서 그 땜장이 과부하고……말입니까?"

"아마 그럴 것이야."

"그럴 리 없소! 그럴 분이 아닙니다!"

"그럼, 어떤 분인가?"

사나이는 되풀이 말했다.

"그럴 리가 없어요! 그렇다면 대감님은 우리보다 더하신 거지. 농가에서…… 그런 당치도 않은."

"거참, 시끄러운 사람일세…… 낮잠이나 자라니까."

"성안에 측실이 없는 것도 아니고, 사이고 마님도 버젓이 계시는데……."

"허, 시끄러워서 낮잠도 못자겠네."

히코자에몬은 벌떡 일어나 하늘에 대고 커다랗게 기지개를 켰다.

"주군의 외도가 우리와 좀 다른 것은 계산이 빠르다는 것뿐이다. 나머지는 아무것도 다를 게 없어."

"계산이 빠르다고요……?"

"그래, 대체적으로 한 여자에게 네댓 명씩 아이를 낳게 하는 분이 아니다. 그렇게 하면 그 여자가 정치에까지 참견하게 되어 쓰키야마 마님 같은 분이 또 나타나고 말 테니, 주군이 하시는 일은 어디까지나 계산속이야."

히코자에몬은 내뱉듯 말한 다음 모두의 반응을 기다리는 표정이었다.

"오쿠보 님은 말씀이 너무 험하십니다……."

한 사람은 외면하고 말았고 한 사람은 예사로 들을 말이 아니라는 듯 히코자에몬을 똑바로 쳐다보았다.

"어째서 한 부인한테서 아이를 많이 낳게 하지 않는 것이 계산이 빠른 겁니까?"

"빠른 거지. 뭘 모르는 녀석이군. 여자는 자식 수에 따라 권력이 정해진다. 혼자 네 다섯 명의 어머니가 되면 거기에는 반드시 간신이라는 벌레가 꾀게 돼. 주군이 살아계신 동안은 괜찮지만 돌아가시면 이것이 원인되어 집안 소동이 일어날지도 몰라."

"하지만 그런……."

"그런 계산을 할 줄 모르시는 주군이 아니란 말이다. 주군의 첫째 마음가짐은 자기보다 나은 가문에서 여자를 맞아들이지 않을 것…… 이건 쓰키야마 마님한테 질리셨기 때문이다. 다음은 한 여자를 많은 자식의 어머니로 만들지 말 것. 그렇게 되면 자연히 평범한 백성 중의 현명한 여자를 찾게 되지. 그러니 어쩌다 매사냥 대신 여자사냥을 했다 해서 놀랄 건 없어. 사이고 마님은 이미 남매를 두셨거든……."

열을 올리던 사나이는 나직이 신음했다.

"음…… 그렇다면 앞으로도 측실은 계속 늘어갈 거라는 말씀이십니까?"

"그런 말씀이지, 저렇게 건강하시니까."

"그럼, 다음 분도 아이 둘을 낳게 되면 물리쳐진다……는 말씀입니까?"

"그런 말씀이지, 나 역시 계산속은 주군 못지않게 밝으니까. 주판알을 튀기면 그렇게 나오거든. 게다가……."

히코자에몬은 어디까지나 이야기를 좋아하는 빈정대는 표정으로 말했다.

"이번 과부에게는 아이가 셋이나 있다. 게다가 죽은 남편의 원수를 갚겠다고 할 정도이니 기질은 센 편. 그렇게 되면 농부에 땜장이 과부라는 천한 신분에서 자식 수까지 모두 주군의 주판에 올라간다. 알겠나, 여기다 또 아들이 둘쯤 태어나봐. 그 자식과, 어머니 눈물로 의붓자식까지 모두 분발하여 가문을 위해 힘쓸 게 당연하지. 그 점이 우리와 주군의 좀 다른 차이라고 알아둬, 알았나."

"예……알 것 같기도 하고……."

"잘 모를 것 같기도……하겠지. 돌아가신 우대신님은 성격이 급한 분으로 늘 가난한 사람들 속에서 인재를 찾으셨다."

"그렇습니다…… 하시바 님도 그 한 사람이겠지요."

"그렇지. 그런데 우리 대감은 성품이 좀 더 느긋하시다. 인재를 가난한 사람들 속에서 찾는 마음은 같지만 바로 쓸 수 있는 남자 속에서 찾지 않고 여자 속에서 찾으시거든."

"오쿠보 님 말씀은 아무래도……."

"알 것 같으면서도 모르겠단 말인가? 핫핫핫하, 여자 속에서 인재를 찾아 자기 씨를 그 몸속에 기르신다는 말이야. 그 아기가 태어날 때쯤에는 여자의 교육도 완전히 끝나게 되는 거지. 어때, 훌륭한 호색가가 아니냐?"

말하며 다시 한번 입을 크게 벌리고 웃은 다음 바지 자락에 붙은 마른풀을 털고 천천히 걷기 시작했다.

"자, 이제 슬슬 가볼까. 주군도 지금쯤 무언가 쏘아 맞혔을 테니 말이야."

그즈음 이에야스는 시노하라(篠原) 마을 농부 우다가와 요자에몬(宇田川與左衛門)의 집 툇마루에서 사람을 물리치고 문제의 땜장이 과부 오아사(阿淺)를 만나고 있었다.

아니, 오아사와 단 둘만 있는 것은 아니었다. 그 자리에는 천연덕스레 떠돌이 장사꾼차림을 한 자야 시로지로가 함께 있었다.

오아사는 아무리 보아도 미인은 아니었다. 처진 볼이 지나치게 둥근 느낌이고 눈도 너무 작았다. 그러나 살결은 무척 희며 빨아들일 것 같은 윤기를 지니고 있다. 나이는 22, 3살로 보였지만 세 아이의 어머니이니 25, 6살은 되었으리라.

이에야스는 그 오아사를 흘끗흘끗 보면서 자야의 이야기를 듣고 있다.

"그럼, 노부타카 님은 싸워보지도 않고 히데요시에게 항복했단 말이지?"

"예, 처음에는 싸울 뜻이 있는 듯했습니다만, 아무튼 5만 가까운 대군에 포위된 데다 가신들 중에 속속 내통하는 자가 나타나는 바람에……."

"방심해서는 안 될 사람이로군, 히데요시는. 그래, 히데요시와 함께 나온 장수는 니와, 쓰쓰이, 호소카와, 이케다, 그 밖에는……."

"예, 호리 히데마사, 우키타 히데이에(宇喜多秀家) 군의 일부, 구로다 간베에, 하치스카 히코에몬 등입니다."

"그렇군, 그렇게 포위되었으니 꼼짝 못 하겠지."

이에야스는 여기서 또 흘끗 오아사에게 눈길을 보내며 말했다.

"편히 앉아라. 자야의 말이니 성으로 데려가 주마."

"……예."

오아사는 다소곳이 자신의 행색을 부끄러워하면서 긴장해 있었다.

이에야스는 자야를 재촉했다.

"그래, 항복 조건은? 히데요시가 하는 일이니 아주 시원하고 간결했겠지."

"예…… 말씀대로 본인인 노부타카 님도 놀라시더랍니다. 첫째는 기요스 회의를 기본으로 하여 산보시 님을 내놓을 것. 둘째는 노부타카 님의 노모와 딸 하나를 볼모로 내놓을 것. 셋째는 노부타카 님의 지도를 그르쳤다는 명목으로 노신 오카모토 요시카쓰와 다카다 히코자에몬(高田彦左衛門)을 볼모로 내놓을 것. 단지 이것뿐이었다 합니다."

"음."

이에야스는 또 오아사의 목덜미에 시선을 보내며 고개를 갸웃거렸다.

"그럼, 그 오카모토와 다카다 두 노신은 이미 히데요시와 내통하고 있었겠군."

자야는 깜짝 놀란 듯 몸을 내밀었다.

"바로 그렇습니다. 두 노신을 남겨두면 참형당하게 될 테니 일부러 볼모 형태로 구했다는 소문이 나고 있습니다."

"그것으로 대강 알았네. 그렇다면 포위망을 풀고 철수하더라도 정월 중순께나 그믐께는 또 되돌아올 작정이겠지."

"되돌아온다……고 하시면?"

"먼저 수족을 잘라놓고 나중에 요리하는 거지. 그렇지 않고는 적과 아군의 사상자가 한없이 많아질 테니까. 두 번으로 나누어 하면 히데요시는 한 명도 손해 보지 않고, 반대로 적 속에서 그럴 듯한 자를 포섭할 수 있거든. 아니, 그 방법이 사람을 살리는 의미에서 옳은 걸세. 그러나……이로써 노부타카 님의 운명은 결정되었군."

자야는 눈을 크게 뜨고 한숨 쉬었다. 시바타의 사자로 온 마에다 일행을 돌려보내고 그 길로 곧 군사를 일으켜 시바타 책동의 근원지인 북 이세를 제압하면서 질풍같이 기후성을 포위한 히데요시였다. 그 히데요시가 노부타카를 단번에 쳐부술 줄 알았더니 어처구니없을 만큼 간단한 조건으로 포위를 풀고 군사를 철수시킨 것이었다. 그 의미는 어지간한 자야도 알 수가 없었다.

'이처럼 간단하게 군사를 철수시킬 바에는 뭣 하러 그런 대군을 동원시켰던 것일까……?'

그것은 진심으로 하는 철수가 아니라고 이에야스는 간단하게 단언하고 있다.

잠시 뒤 자야는 고개를 갸우뚱한 채 다가앉았다

"그러나…… 군사를 한 명도 손해 보지 않기 위해 그런 대군을 동원시켰다면 경비가 막대하게 들 거라고 생각되는데요."

이에야스는 웃으면서 고개 저었다.

"아니지, 그 점이 바로 히데요시의 진면목일세, 그 능란한 전술은 우러러볼 만해."

"그렇다면 굳이 두 번의 출병을 해서 얻는 바가 있다는 말씀입니까?"

이에야스는 간단하게 대답했다.

"물론이지. 우선 첫째는 시바타에 대한 위압. 시바타에게 깊은 사려가 있다면 더 이상 히데요시에게 항거할 수 없을 걸세. 둘째는 기요스 성의 노부카쓰 님에 대한 견제, 셋째는……."

그렇게 말한 다음 이에야스는 입 속으로 부드럽게 흐흐흐 웃었다.

"이 이에야스에 대한 위압이지."

"주군에 대한?"

"그래, 다음에 출병하면 싫든 좋든 노부타카 님은 얻어맞게 되어 있어. 그다음이 시바타, 다음에는 나를 향해 올 거야. 그렇게 되면 나도 선불리 히데요시에게 항거할 수 없지. 히데요시의 수법은 빈틈이 없어."

자야는 신음했다.

"음. 만약 하시바 님이 주군에게 도전해 온다면…… 그 구실은 무엇일까요?"

"글쎄…… 지금 하마마쓰성에 몸을 의탁하고 있는 고노에 사키히사 경을 내놓으라고 트집 잡을지, 아니면 오다와라 정벌을 명령해 올지…… 어쩌면 노부타카 님 사후(死後)의 노부카쓰 님 일로 무슨 일을 꾸미거나, 어떻든 방심할 수 없어."

이에야스는 문득 목소리를 낮추었다.

"자네는 교제가 넓으니 말이네만, 만일 히데요시와의 사이에 성가신 일이 일어났을 때 교섭이나 서로 이야기할 수 있는 사람이 있다면 누굴까?"

"글쎄요……?"

"우리 편은 싸움에는 능하지만 교섭이나 거래는 서툰 자들뿐일세. 전에도 우대신님에게 약점 잡혀 두 눈 뻔히 뜨고 맏아들 노부야스를 할복시켜 버린 예가 있잖나? 히데요시와 맞설 자가 있으리라고는 생각되지 않지만 상대의 뱃속을 들여다볼 정도의 위인은 되어야…… 어떤가, 그대 생각으로는……."

자야는 대답 대신 허공을 물끄러미 노려보기 시작했다.

그러고 보면 무용(武勇)으로는 히데요시 쪽에 결코 지지 않는 미카와 무사지만 지략과 외교수완은 충분하다고 할 수 없었다. 순박하고 강직한 가풍은 때로 외교면에서의 모략과 충돌한다.

"어떤가, 마음에 짚이는 인물이 없는가?"

이에야스가 재촉하자 자야는 입을 열었다.

"노부타카 님 중신의 예도 있으니 어지간히 배짱 있는 자가 아니면……."

그리고 또 생각한다.

"바로 그 점일세. 이편에서 사자로 보낸 자가 히데요시 편이 되어 돌아온다면 웃음거리가 되거든."

"옳은 말씀입니다. 마에다 님이며 가쓰토요 님까지 완전히 손아귀에서 놀아났다고 소문날 만큼 그 방면에 능란한 하시바 님이니까요."

"차라리 혼다 사쿠자를 보낼까도 생각했지만, 그는 농락당하지 않는 대신 일부러 일을 그르쳐 싸움을 만들어버릴지도 모르고, 이이 나오마사는 다케다의 옛 신하를 데리고 동쪽을 방비해야 하며, 히라이와 지카요시는 너무 고지식하고, 사카이 다다쓰구는 생각이 너무 낡았단 말이야……."

"제 생각으로는……."
"누군가?"
"역시 이시카와 가즈마사 님이 낫지 않을까 합니다만."
"음."
이번에는 이에야스가 나직하게 중얼거리며 고개를 갸우뚱했다.
"주군의 생각과 너무 차이 납니까?"
이에야스는 그 말에는 직접 대답하지 않고 늘 그렇듯 모호하게 말했다.
"그는 오카자키성주 대리로 두고 싶은데…… 그럼, 슬슬 성에 돌아가기로 할까."
자야는 공손히 절을 올렸다.
"그럼, 이 여인은 따로 뒤에 성으로 보내드리겠습니다."
"아니, 그럴 것까지 없네. 지금 데리고 돌아가지."
"하오나 이런 차림으로는……."
자야는 점점 더 몸이 굳어져 고개 숙이고 있는 오아사를 꺼려 목소리를 낮췄다.
"아니야, 상관없어."
이에야스는 아무 문제도 아니라는 듯이 손을 내저었다.
"그렇지 않은가, 오아사. 사람의 성품은 몸차림에 있는 게 아니다. 그 마음속에 있는 거야."
"네……네."
"그대를 데리고 돌아가면 모두들 놀랄 거야. 그래, 좋아. 여기저기에 히데요시의 첩자들이 들어와 있을 거거든. 이에야스는 싸움이 끝난 줄 알고 한가로이 여자사냥을 하고 있다……고 생각하게 하여 히데요시를 의아하게 만드는 것도 재미있지 않겠나?"
자야는 무릎을 탁 치며 일어섰다. 이에야스에게 오아사를 권한 것은 자야였다. 그보다도 이미 히데요시의 첩자에게 얼굴이 알려지고 만 자야가, 이에야스를 만나기 위해 생각해낸 것이 오아사의 복수를 청원하는 일이었다. 여자사냥을 한다는 소문이 퍼지면 자야의 활동은 쉬워진다.
자야가 돌아갈 차비를 갖추도록 명령하기 위해 일어났다. 이에야스가 웃으면서 불러 세웠다.

"잠깐."
"더 하실 말씀이?"
"이 여자를 만나보니 아주 내 마음에 들었네. 자야가 주선해 준 여자니 앞으로 성안에서 자아라고 부르지."
"자아……라고요?"
"아, 자라고 짤막하게 불러서는 정이 안 날 테니. 자아라고 부르마. 자야(茶屋)의 자에 아베(阿部)의 아를 쓰면 되겠지."
"그럼, 자아 부인이 되겠군요."
"그렇지. 자아, 그래도 괜찮겠나?"
그렇게 말해 놓고 이에야스로서는 보기 드물게 소리 내어 껄껄 웃었다.

이에야스가 땜장이 과부를 데리고 하마마쓰성으로 돌아왔다는 소문은 그날로 성안팎에 쫙 퍼졌다.
"주군의 버릇이 또 나오셨군. 과부 사냥은 이제 어지간히 했으면 좋으련만."
가신들 중에는 상을 찌푸리는 자도 있었지만 그 반대인 자도 있었다.
"아니야, 그게 좋아. 그쪽이 더 맛이 나거든."
"맛이라니, 무슨 맛인가?"
"보리밥 맛이지. 알겠나, 스루가, 도토우미, 미카와에다 고슈, 신슈 두 곳을 더한 태수로서 보리밥을 잡수실 만한 분이 달리 또 있던가?"
"그야 없지. 이마가와 요시모토 공의 사치는 지금도 이야깃거리가 되고 있으니 말일세."
"바로 그 점이야. 몸소 보리밥을 잡수실 뿐 아니라 나가마쓰마루 님에게도, 후쿠마쓰마루 님에게도 보리밥을 먹이시는 주군이 만약 쌀밥이 아니면 안 먹는 측실을 들여놓으시면 가풍이 어떻게 되겠나?"
"그도 그래."
"절약 검소의 가르침은 단번에 무너지고, 강직한 가풍이 땅에 떨어지겠지. 그 점을 잘 생각하시어 가풍을 소중히 하시는 마음에서 그러시는 거라고 생각되지 않나?"
"그렇군, 땜장이 과부라면 사치는 하지 않겠지. 주군은 여자도 보리밥쯤으로 견디실 모양이시군."

차마 오쿠보 히코자에몬처럼 비꼬는 해석을 하는 자는 없었다. 어쨌든 과부 오아사는 내전으로 들어오자 곧 시녀의 도움을 받아 의상을 갖춰 입고 그날 저녁 식사자리에 나오게 되었다.

그날도 이에야스는 고노에 사키히사와 함께 저녁식사를 할 예정이었다. 아니, 고노에 외에 이시카와 가즈마사와 사카키바라 고헤이타에게도 함께 식사하자고 이른 것은 이 세 사람에게 조금이라도 교토 풍습을 익히게 하여 뒷일을 위해 대비하려는 깊은 사려에서인 게 틀림없었다.

밥상이 나오자 고노에가 정면 자리에 앉았다. 이에야스는 천연덕스러운 표정으로 오아사를 고노에에게 소개했다.

"고노에 님, 오늘 뜻밖의 수확이 있었습니다, 보십시오. 교토풍은 못되지만 제법 귀엽고 근사한 학이 아닙니까?"

"예……?"

고노에는 순간 눈을 깜박거리고 나서 그 의미를 깨닫자 자기 쪽에서 얼굴이 벌게졌다.

"도쿠가와 님에게 교토의 매사냥을 한 번 시켜드리고 싶군요."

"시골 학과는 다른가요?"

"아니, 그거야 사람마다 취향이 다르니까요……."

미쓰히데의 모반 때 미쓰히데가 고노에 저택에 군사를 들여놓아 거기서 니조 궁을 공격했다 해서 히데요시에게 의심받고 추방되어 낙향한 고노에는 이에야스의 은혜를 깊이 느끼면서도 그 세련되지 못함을 딱하게 생각하고 있었다.

이에야스는 그것을 훤히 알고 일부러 고노에로부터 교토와 궁정에 대한 지식을 이것저것 얻으려 하고 있었다.

"그렇다면 시골 학사냥보다 먼저 손써 둘 일이 있다……는 겁니까."

고노에는 몸을 내밀면서 말했다.

"물론 있지요. 히데요시는 예사롭지 않은 사람, 잘못하면 선수를 칠지 모릅니다. 이에 대해 아주 소중한 포석이 있지요."

어느 세상에서나 망명자는 어떻게 해서든 보호자에게 힘이 되어주려고 애쓰는 법인가보다.

"그런 소중한 수가 있는 것을 우리는 무심하게도 모르고 있었군. 가즈마사, 그게 무엇일까?"

이에야스가 고개를 갸우뚱하며 가즈마사에게 묻자 그는 신중하게 대답했다.

"이쯤에서 혼간사와 굳게 손잡아야 한다……는 게 아닐까요?"

고노에는 만족한 듯 또 몸을 내밀며 말했다.

"바로 그거요! 그거요, 그거. 잇코 폭동이 있은 뒤의 오랜 경계를 풀고 이쯤에서 포교를 허락해 두시면 뒤에 큰 힘이 될 겁니다."

이에야스는 비로소 깨달은 것처럼 가즈마사와 고헤이타를 보며 깊이 고개를 끄덕였다.

"과연…… 이거 실수를 했군."

"다섯 영지 안에 숨어 있는 신자 수가 엄청날 텐데, 그들이 등 돌린다면 큰일이지."

고노에는 능란한 이에야스의 유도에 넘어가 말을 이었다.

"아니, 그뿐만이 아니오. 히데요시가 선수치면 도쿠가와 님에게 언제까지나 후회가 남을 겁니다. 지금 히데요시는 후쿠리쿠를 노리고 있을걸요."

"그렇소. 이미 에치젠, 가가, 노토의 순서로 손에 넣을 비책이 서 있는 모양입니다."

"바로 그것입니다. 그 땅은 본디 수비가 매우 튼튼한 잇코 종의 본거지, 그것을 오다 님이 어떤 잔인한 수단으로 손에 넣었는지 잊지 않으셨겠지요."

"그것은 잘……."

"그곳에 시바타를 보낸 것은 완강한 잇코 신도에 대비하기 위해…… 그런 만큼 우대신이며 시바타가 그곳에서 원한받고 있음은 말할 것도 없고, 이것을 알면 히데요시는 반드시 무슨 수든 쓸 사람이오."

"허…… 이거 참."

"시바타의 배후를 교란시키려고 가가, 노토, 엣추를 잇코 종도에게 주겠다고…… 할지도 모를 히데요시지요. 그렇게 되면 이미 혼간사가 귀하 편이 되어 히데요시에게…… 넘어갈 일은 없게 될…… 바로 거기에 잊어버린 소중한 한 수가 있을 것 같은데요."

"그렇군요."

이에야스는 새삼스럽게 다시 가즈마사와 고헤이타를 쳐다보았다.

"정말, 좋은 지혜를 얻었소. 당장 손쓰겠습니다."

이에야스는 다시 새로운 술잔을 고노에 앞에 갖다 놓게 했다.

가즈마사는 고헤이타와 눈이 마주치자 그대로 고개 숙이며 웃음을 참았다. 손쓰는 것을 잊어버리기는커녕, 이미 혼간사에서 고사(光佐)의 사자로 사가미 홋쿄(相模法橋)가 미카와로 향하고 있을 터였다. 그들 사이를 주선한 것은 다름 아닌 가즈마사의 조모인 이시카와 아키의 후실로, 그녀가 폭동 이래 허물어져 있던 염불 도량의 재건을 이에야스에게 줄곧 탄원해 와 이제야 혼간사와의 의절(義絶)이 풀린 참이었다. 물론 이것도 히데요시의 정책을 고려한 계략으로 이에야스의 머리에서 나온 것이었다.

이에야스가 다시 말했다.

"아주 좋은 말을 들었습니다. 이로써 올해는 좋은 새해를 맞을 수 있겠소. 설에는 무대를 마련하여 고노에 님을 위로해 드려야겠는걸……."

이에야스의 잔에 오아사가 조심조심 술을 따랐다. 오아사로서는 이에야스도 감히 가까이 갈 수 없는 사람이건만, 교토에서 온 고노에 사키히사까지 동석하고 있으니…… 뭔가 꿈꾸고 있는 것 같은 기분이었다. 반은 겁먹으며 잔을 채우노라니 이에야스는 또 태연히 농을 걸었다.

"그대의 피부는 빨려들 것처럼 매끄러운데 손은 매우 거칠군."

오아사는 당황하여 손을 오그렸다.

"괜찮아, 괜찮아. 그 손이라면 필요할 때 말먹이도 줄 수 있는 손이야. 그렇잖소, 고노에 님?"

고노에는 일부러 그쪽을 보지 않고 말했다.

"얼마 동안 볼 만할 겁니다."

"볼 만하다니요?"

"히데요시의 속은 알겠지만, 시바타가 무슨 생각을 하고 어떤 수를 쓸 것인지."

"그렇군요."

"우선 첫째로 에치고의 우에스기와 화목을 도모해야 하겠지만, 그것은 히데요시가 먼저 손쓸 것이고……."

"옳지."

"모리도 히데요시의 실력을 알므로 섣불리 시바타의 꾐에 넘어가지 않을 테니, 어쩌면 시고쿠의 조소카베(長曾我部) 정도가 한편이 될지도 모르겠군요."

이에야스가 문득 무언가 생각난 표정으로 말했다.

"고노에 님, 만일 귀하께서 천하를 잡으셨다면 교토 방비를 어떻게 하시겠소? 심심풀이 삼아 한번 들어보고 싶군요."

"심심풀이 삼아 천하의 일을……."

"예, 교토에서는 많은 무사를 기를 수 없습니다. 옛날, 기소(木曾) 님에 대한 좋지 못한 평판을 생각하여 일부러 가마쿠라(鎌倉)에 막부(幕府)를 펴신 요리토모 공의 고사(故事), 게다가 오닌의 난도 있고 하니 교토에는 군사를 두지 않는 게 좋을 거라고 생각하는데요."

"아, 그 일이라면 우대신도 자주 말씀하셨지요. 많은 군사를 교토에 두기는 어렵다. 그러므로 오사카 땅에 큰 성을 쌓겠다고 말씀이오……."

"오사카에?"

이에야스는 또 진지하게 되물은 다음 말을 이었다.

"히데요시는 그것을 해내겠지요. 그러나 만일 주고쿠의 모리가 히데요시보다 뛰어난 실력을 갖추었을 때 거기에 밀칙(密勅)이라도 내린다면 히데요시의 천하는 당장 또 뒤집히겠지요."

고노에는 아무 경계도 하지 않고 유쾌하게 웃었다.

"하하…… 거기에는 한 가지 생각이 있습니다."

"허, 어떤 생각이신지요."

"도쿠가와 님, 내가 천하를 잡았다고 가정한다면 교토의 일곱 군데 곧 히가시산조(東三條), 후시미(伏見), 도바(鳥羽), 단바, 나가사카, 오하라(大原), 구라마(鞍馬)에 저마다 첩자를 두겠소."

"첩자를……."

"그렇소. 그것도 예사 첩자로는 안 됩니다. 당대의 풍류인, 또는 속세를 버리고 풍류를 즐기는 사람…… 다도(茶道)를 하는 것도 좋고, 그림과 시문(詩文)을 즐기는 것도 좋고, 정원꾸미기며 도자기 같은 것으로 사람을 초대하는 것도 좋겠지요. 아무튼 궁중사람을 상대할 수 있는 인물 말이오."

"허, 최고급 풍류인을."

"예, 어디까지나 궁중사람과 친교를 가질 수 있는 인물이 아니면 의미 없습니다. 그렇게 되면 궁중사람들은 이야기를 좋아하니, 오늘은 어디의 누가 궁중에 와서 누구하고 어떤 이야기를 했는지 가만히 앉아서도 알게 되지요. 알게 되면 대책은 있습니다. 밀칙이 내릴 때까지 모르고 있게 되지는 않을 겁니다."

그리고 고노에는 좀 멋쩍은 듯 어깨를 떨어뜨렸다.

"하지만 이건 꿈속의 꿈, 교토에서 쫓겨난 식객 신세이고 보니……."

이에야스는 고노에의 마지막 술회를 못들은 척했다.

"오늘 저녁에는 여러 가지로 좋은 말을 들었습니다. 고노에 님도 피곤하실 테니 이쯤에서 인사드리고 끝내기로 할까?"

그렇게 이르고 잔을 엎은 뒤 다시 오아사 쪽을 찬찬히 바라보았다. 그 눈과 입이 황홀한 듯 풀어져 있어 거친 무장의 그림자는 전혀 없다. 오쿠보 히코자에몬의 말을 빌린다면 방약무인한 '호색한'의 얼굴이었다.

오늘 밤도 고노에만 따로 짓게 한 쌀밥이고 이에야스와 가즈마사와 고헤이타는 3할의 보리를 섞은 밥이었는데, 그것을 맛있게 세 공기나 먹고 나서 고노에를 보냈다.

"가즈마사, 혼간사에서 오는 사자는 언제쯤 도착할까?"

"예, 늦어도 이달 안에는."

"사가미 홋쿄를 따라오는 자가 누구인지 알고 있나?"

"이노우에(井上) 님을 딸려 보내겠다고 시모쓰마 님 편지에 씌어 있었습니다만."

"그래? 이제 혼간사와도 길이 트였다…… 그러나 가즈마사도 고헤이타도 오늘 밤 고노에 님이 마지막에 한 말을 옮기면 안 돼."

"저, 교토의 일곱 군데에 대한 것 말씀입니까?"

"그렇지. 궁중사람은 재미있는 생각을 한단 말이야. 고급풍류인으로 교토 주위를 방비하다니, 듣고 보니 정말 재미있는 식견이야. 그 방비만 충분하다면 천하인의 거성(居城)은 교토 가까이 있을 필요가 없지. 아즈치도 좋고, 슨푸며 가마쿠라여도 상관없겠어. 재미있는 말을 들었군."

이에야스가 말하며 일어섰을 때 오아사는 이미 그 자리에 없었다.

"그럼, 모두들 물러가 쉬어라. 나도 오늘은 기분 좋게 취했으니 팔다리 쭉 뻗고 자야겠다."

이에야스는 점잖은 표정으로 거실을 나갔다.

고헤이타와 가즈마사는 저도 모르게 얼굴을 마주 보고 웃었다.

"팔다리를 쭉 뻗고……."

그렇게 말하며 새로운 측녀에게 가는 이에야스가 우스웠던 것이다.

"은근하게 웃기시는 버릇이 주군에게 생겼어."

웃어버린 스스로를 부끄러워하면서 고헤이타가 말하자 가즈마사는 더 이상 못 참겠다는 듯 소리 내어 껄껄 웃었다.

"핫핫핫…… 억지로 칭찬할 것 없어, 고헤이타. 은근하긴 뭐가 은근해, 멧돼지같이 느끼한데."

"하지만 하실 일은 엄격히 하여 빈틈이 조금도 없잖습니까?"

"그것과 이건 다른 거야. 그런데 이번에 또 싸움 냄새가 풍기기 시작한 것 같은데, 고헤이타."

"싸움 냄새…… 하시바와 시바타의……."

"아니, 그거라면 그리 걱정할 것 없지만, 그 뒤야."

"그 뒤라니요?"

"도쿠가와 가문과 하시바. 그렇게 되면 이건 작은 일이 아니지."

"도쿠가와 가문과 하시바……."

"주군은 시바타와 하시바의 싸움이 끝나는 건 내년 봄 4, 5월—그렇게 되면 하시바에게 전승 축하 사자를 보내야 하는데……라고 하셨어. 이 가즈마사 아니면 고헤이타 자네를 보내실 모양이야."

그리고 무언가 마음에 걸리는 일이 있는지, 그는 미간에 굵은 주름을 새기고 벌떡 일어섰다.

눈보라 성

에치젠 기타노쇼의 하늘과 땅은 며칠 동안 전혀 태양 모습을 볼 수 없는 눈보라 속에 갇혀 있었다. 아무리 덧문을 닫고 겹겹이 병풍을 둘러쳐도 아침이면 머리맡에 가루 같은 눈이 쌓이고 이불깃이 새하얗게 되어 있었다.

그것을 보면 자차히메는 진절머리가 났다. 귓속에서는 줄곧 비바람소리가 윙윙거리고 성안은 어디 할 것 없이 우울한 어두운 회색. 숨 막힐 것 같다는 말이 있지만 이것은 이미 호흡을 멈춘 죽음의 세계 같았다.

그 성에 눈을 뒤집어쓰고 날마다 여기저기서 사자가 오갔다.

'아무리 안달해 본들, 눈이 녹을 때까지는 어쩔 수 없건만…….'

그렇게 생각하니 이따금 안방으로 어머니를 찾아오는 시바타의 모습이 망집에 사로잡힌 귀신처럼 보였다.

'그 귀신을 어머니는 점점 사랑하기 시작하고 있다…….'

여자란 어쩌면 이다지도 비참하고 나약할까?

오늘 아침에도 자차히메는 잠시 이불 속에서 눅눅한 이불깃의 눈가루를 무심히 보고 있다가, 이윽고 손을 뻗어 나란히 자고 있는 다카히메의 코를 쥐었다.

"아직도 자는 거야, 다카는……?"

다카히메는 아직 졸린 듯 한쪽 눈은 뜨고 한쪽 눈은 가늘게 한 채 대답했다.

"일어나도 별수 없으니까……."

"그렇구나, 별수 없다는 건 바로 이걸 두고 하는 말이지."

"언니도 한잠 더 자요. 이래서는 침침해서 책도 못 읽어."
"다카."
"새삼스레 그런 장난은 그만둘래."
"글쎄, 들어봐. 이 성에 우리가 이렇듯 있을 수 있는 건 겨우 봄까지……라고 생각지 않니?"
"그건 언니가 늘 하는 말이잖아."
"봄이 되면 어디로 가야 할지 생각해 둬야 하지 않을까? 철새도 갈 곳은 자기가 정하는 거야."
"언니가 정해요. 나는 따라갈 테니, 기러기처럼……."
자차히메는 혀를 찼다.
"다카는 언제나 거기서 말을 잘라버리는구나. 너도 생각해 봐야 해."
"생각해도 별수가 있어야지, 뭐."
그리고 신기하게도 다카히메는 또렷하게 말했다.
"나는 하늘에 운을 맡겼어요."
"그렇다면, 이 성의 시바타 같은 늙은 남자에게 시집가도 좋단 말이냐?"
"할 수 없지요, 그게 내 운명이라면. 언니는 어떻게 할 건데?"
이번에는 자차히메가 고개를 옆으로 홱 돌리고 입을 다물어버렸다. 자차히메는 남달리 잘 움직이는 머리를 갖고 있었다. 그런 만큼 요즘 자기가 피해갈 곳을 어렴풋하나마 알게 되어 그것이 무섭고 슬프기도 했다.
요즘 어머니 오이치 부인은 의붓아버지와 딸을 가깝게 만들려고 두 사람 사이에 오간 이야기를 빠짐없이 자차히메에게 말한다. 그 말에 의하면 이번 겨울 동안 어쩔 수 없이 하시바와 가쓰이에 사이의 승패가 결정되어, 봄이 오면 성이 함락될 운명은 피할 수 없을 것 같았다.
'그렇게 되면 어머니와 동생들을 위해 나는 어떻게 하면 좋을까…….'
그것이 줄곧 자차히메의 목을 두 손으로 죄어왔다.
자차히메는 다시 스르르 잠드는 다카히메가 얄미웠다.
'이 아이는 어머니처럼 어떤 운명의 물결에도 몸을 맡길 수 있다는 말인가?'
"다카"
불러보았지만 대답은 없고 가벼운 숨소리만 들려왔다. 자차히메는 또 손을 뻗어 동생의 코를 확 비틀었다.
"아야! 너무해, 언니는!"
"다카는 나에게만 생각하게 하고, 너야말로 너무하지 않니?"
말할 때마다 새하얀 입김이 이불깃에서 그대로 조그만 물방울이 되었다. 자차히메는 그것을 손바닥으로 사납게 문질러버렸다.
"일어나자. 이러고 있는 동안에도 우리 네 모녀의 파멸 시간은 다가오고 있어. 각오만은 분명히 해둬야지."
자차히메가 일어나자 다카히메도 마지못해 일어나 이불 위에 앉았다.
"아무리 애써 봐도 별수 없으니 난 언니가 하라는 대로 할 테야."
"그건 무책임한 응석이야. 안 되더라도 생각해서 할 수 있는 일이 있다면 해야지."
"하지만 어머니와 언니에게 맡기겠어. 그 대신 정한 일은 따를 테니까."
"다카!"
자차히메는 끝내 화내고 말았다. 아직 요염한 데는 없으나 지나치게 단정한 얼굴이 그 때문에 한층 더 매섭게 보여 다가가기 어려운 느낌이었다.
"그럼, 정한 일에는 반드시 따르겠지?"
"따르고말고요. 할 수 없지, 뭐."
"그럼, 당장 너 혼자 이 성에서 탈출해."
"뭐? 이 눈보라 속으로……."
"그래. 그리고 교토에 가서 히데요시의 측실이 되거라."
"어머나, 그런 말을……."
"측실이 되어서, 무슨 일이 있어도 우리 네 모녀의 목숨은 빼앗지 않는다, 반드시 구원하여 맞아들이겠다는 서약서를 쓰게 만들어."
"아니, 진심으로 그런 소리를……."
"그것 봐, 못하겠지?"
"그……그런 것은……."
"그러니 무조건 따른다는 말은 하지 말아야지. 너와 나는 한 살 차이, 어머니에게 의논해야 소용없는 일이고 다쓰는 아직 어려. 그러면 내 말상대는 너뿐이니 잘 생각해 봐야 해."

그 말을 듣고 다카히메는 어깨를 떨구고 눈만 들어 물끄러미 언니를 쳐다보며 입을 다물어버렸다. 바깥바람은 여전히 윙윙거리고 덧문에 부딪치는 눈가루 소리가 귀에 들려왔다.

"언니, 추워! 이불을 덮어."

자기가 잘못했다고 생각했는지, 핏발선 눈을 하고 가만히 앉아 있는 언니가 가엾어졌는지 다카히메가 벌떡 일어났을 때였다. 여태껏 자고 있는 줄 알았던 막냇동생 다쓰히메가 갑자기 이불 위에 발딱 일어나 앉았다.

"쉿!"

다카히메에게 주의주고 귀를 기울였다.

"왜 그래, 다쓰?"

"쉿, 어머니와 아버님이."

"뭐?"

"다투고 있어요. 봐요…… 들리지요?"

그 말을 듣고 자차히메는 무릎을 세웠다. 그러자 복도를 사이에 둔 어머니 거실에서 찻잔이라도 깨지는 것 같은 쨍그랑 소리가 났다.

자매는 저도 모르게 일어나 다카히메가 먼저 살며시 추운 복도로 나갔다.

'의붓아버지와 어머니가 다투고 있다…….'

전에는 없었던 일이니만큼 가만히 있을 수 없었다.

복도에도 여기저기 가루를 부어놓은 것처럼 눈이 얼어붙어 있었다. 그것을 밟으니 작게 발자국 소리가 나서 자매는 몸을 바싹 다가붙이고 어머니 거실 입구 장지문에 귀를 댔다.

"아무리 일이 뜻대로 안 된다지만 시바타 가쓰이에, 그렇다 해서 여자의 가르침을 받지는 않소. 말이 지나치다고 생각지 않소, 부인은……?"

아마 시바타가 성나서 오이치 부인을 꾸짖고 있는 모양이었다.

"하지만 도쿠가와 님이 편드신다면 히데요시도 생각을 달리할 텐데요."

"물론이지. 그런 건 이미 손써 놓았소."

"썼어도 상대가 움직이지 않는다면 쓰지 않은 거나 마찬가지지요. 왜 심부름꾼을 사자로 보내셨습니까. 대감을 생각해서 말씀드리는 거예요…… 심부름꾼이 비단 30필, 솜 100뭉치, 대구 5짝의 선물을 가져가야 도쿠가와 님은 웃을 따름이겠지요. 웃지 않는다 하더라도 시바타가 고슈, 신슈의 평정을 축하해 사자를 보냈다…… 단지 그렇게 생각할 거예요. 그보다는 버젓한 영주 격의 사자를 내세워 당당히 도움을 청하는 게 좋으니 지금도 늦지 않다고 말씀드리는 거예요."

복도에 서 있는 세 자매는 서로 얼굴을 마주 보았다. 이처럼 분명하게 말하는 어머니를 처음 보았던 것이다.

다카히메와 다쓰히메는 어머니를 믿음직스럽게 생각했다.

'과연 우리 어머니…….'

자차히메는 가슴이 더욱 슬프게 찢어지는 듯한 심정이었다. 처음에는 시바타를 거부하던 어머니가, 이제는 남편을 생각하는 평범한 아내로 변해 있었다.

'이 비극 속에서…… 여자는 얼마나 정직하고 가련한 심성을 지니게 되는 것일까…….'

"부인이 그토록 우긴다면 말해 주지. 내 가신 중에 도쿠가와 님을 설득할 만한 사람은 아무도 없소."

"아니에요, 사람이 없다고는 생각지 않아요. 도야마(富山)의 삿사 나리마사(佐佐成政) 님, 맏아드님이신 가쓰히사(勝久) 님, 가나자와(金澤)의 사쿠마 모리마사 님, 다이쇼사(大聖寺)의 하이고 고자에몬(拜鄕五左衛門) 님, 고마쓰(小松)의 도쿠야마 고헤에(德山五兵衛) 님, 쓰루가의 비토 도모쓰구(尾藤知次) 님……."

오이치 부인이 손꼽으며 이름을 대자 마침내 시바타의 분노가 폭발했다.

"안 돼!"

손에 들고 있던 물그릇은 이미 도코노마에 던져서 깨어져 있었다. 이번에는 다다미를 박차고 나올 것 같아 세 자매는 얼른 자기네 방으로 돌아왔다.

"부인은 나를 위한다면서 사실은 부인 모녀의 안전을 도모하려는 거요. 그토록 모녀의 안전을 원한다면 부인이 직접 히데요시에게 볼모로 가서 동정을 구하구려."

노한 목소리가 그대로 자매들 방에 들려왔다. 동시에 소리 내어 울며 쓰러지는 어머니의 목소리가 침울한 복도를 건너 흘러왔다.

자차히메는 지그시 입술을 깨물었고 가장 기질 센 막내 다쓰히메는 이불 위에 털썩 주저앉아 훌쩍이기 시작했다.

"다쓰, 울지 마!"

자차히메는 견딜 수 없어 막냇동생을 꾸짖었다.

"나는 두 분이 안 싸우는 게 더 답답했었다. 싸우는 게 당연하지. 사이좋을 까닭이 없어…… 그래서 오히려 마음 놓여."

다쓰히메는 깜짝 놀란 듯 언니를 쳐다보더니 순순히 눈물을 닦았다.

"아, 어머니가 혼자 계셔. 난 할 말이 있으니 갔다 오겠다. 너희들은 그동안 몸단장하렴."

시바타의 거친 발소리가 복도에서 멀어지는 것을 확인하고 자차히메는 급히 솜옷을 겹쳐 입고 방을 나갔다. 여전히 어디나 음산하고 어두웠다.

"어머니, 들어가도 될까요?"

자차히메는 일부러 강하게 말하며 들어가, 오이치 부인이 당황하여 눈물을 닦는 것을 보자 바로 어머니 곁에 앉아 화로를 앞으로 잡아당겼다.

시녀들은 물리쳤는지 곁에 없었다.

"어머니, 여쭈어볼 말씀이 있어요."

"무슨 일이냐, 자차?"

"여쭈어볼 말씀이 있어요. 어머니의 지금 그 눈물, 무슨 눈물인가요?"

"아니, 다짜고짜 눈물이라니……?"

"그건 아버님이 어머니 마음을 알아맞히시므로 그 자리를 모면하기 위한 눈물이었겠지요."

"자차는 또 이상한 소리를 하는구나……."

"그럼, 어찌 된 눈물인가요?"

"듣고 싶다면 말해 주마. 나는 절실하게 느꼈다, 시바타 님은 외교를 통해 평화를 도모하기보다 싸움을 좋아하는 천성임을."

"남자는 모두 다 그럴지도 모르지요. 싸우게 하지 않으면 무슨 짓을 저지를지…… 싸움은 지상에서 사라지지 않는다……는 걸 신불(神佛)은 아시고 그래서 남자를 이 세상에 만들어냈는지도 모르지요. 하지만 제가 묻는 것은 그런 게 아녜요. 어머니의 눈물이에요."

"그러므로 내가 아무리 권해도 도무지 듣지 않으시는구나."

"듣지 않으셔서 우신 거예요?"

"글쎄다……."

"어머니가 생각하는 만큼 시바타 님은 어머니를 생각해 주지 않는다……는 게 슬퍼서 우셨나요?"

"아니…… 자차는 그런 걸 물어서 뭐하려고?"

"각오해야 할 일이 있으므로 묻는 거예요. 아니면…… 네 모녀가 편히 살고 싶어 이것저것 참견한다고 하신…… 아버님 말이 맞았기 때문에 울었던지…… 이 두 가지 밖에 없어요. 어느 쪽 눈물인지 말씀해 주세요."

오이치 부인은 어이없는 듯 자차히메를 바라보았다. 그러나 이윽고 얼굴이 발갛게 물들어갔다. 자차히메의 질문은 남편이 더 소중한지 자식이 더 소중한지 그것을 추궁하고 있는 것이다. 무리도 아니었다. 어머니 하나만 놓치지 않겠다고 필사적으로 살아온 불운한 딸들이었으니…….

오이치 부인은 일부러 엄한 표정을 지으려 애쓰며 말했다.

"자차, 아버님도 너희들도 모두 소중하기 때문에 울었다……고 대답한다면 어쩔 테냐?"

오이치 부인은 남편도 소중하고 자식도 소중했다. 그런 심정도 있다는 것을 이제 자차히메에게 이해시켜 둬야지…… 생각하며 되물은 것이었는데, 자차히메는 사이를 두지 않고 날카롭게 대답했다.

"알겠습니다. 어머니가 그런 심정이시라면 더 이상 여쭐 말씀이 없어요."

오이치 부인은 다시 새로운 불안에 쫓기는 기분이었다.

"자차…… 알겠다니, 무엇을 알겠단 말이냐? 남편도 소중하지만 자식도 소중하다……."

자차히메는 다시 반격하듯 말했다.

"알겠어요. 그러시다면 이제 어머니는 우리 자매들 편이 아니에요. 어머니를 편하게 해드리지요. 남편만 생각하는 여자가 되세요. 저희들은 어머니 사랑을 얻으려고 하지 않겠어요."

"아니……."

오이치 부인은 저도 모르게 숨을 삼키며 눈을 크게 떴다.

'이 아이는 대체 무슨 생각을 하고 있는 것일까?'

어머니를 생각하고 동생들 신상을 걱정하다가 감정이 흥분된 거라고 해석하고 있었는데, 오늘의 태도 속에는 그것만으로는 이해되지 않는 어떤 냉랭함이 느껴졌다. 어머니의 애정을 빼앗긴 의붓아버지에 대한 질투와도 다른 것 같고, 어머니를 걱정하는 애정 속의 초조감과도 달랐다.

"자차."

"왜 그러세요. 전 이제 어머니 심정을 잘 알았어요. 그러니 아무것도 드릴 말씀이 없어요."

"너한테는 없어도 어미에게는 있다. 너 뭔가 결심하는 게 있지?"

"호호……."

그녀는 웃었다. 그리고 웃으면서 그대로 일어섰다.

"살아 있으니까요, 자차도 두 동생도. 결심해야 할 때는 결심해야지요. 하지만 그건 어머니와 아무 상관없는 일…… 어머니는 남편을 위해서만 사시면 되는 거예요."

그리고 얼굴을 바짝 쳐들고 방에서 얼른 나가버렸다.

너무도 어이없는 일에 오이치 부인은 딸을 부를 사이도 없었고, 쫓아갈 마음의 준비도 되어 있지 않았다. 어쨌든 이 성으로 와서 겨울을 맞이한 다음 눈보라치고 있는 곳은 바깥뿐만 아니라 이 모녀들 사이에도 앞이 내다보이지 않는 차가운 눈보라가 몰아치고 있었다.

'결심해야 할 때는 결심해야지요.'

그렇게 단언한 말 속에, 셋이서 무언가 의논한 게 있는 것 같았다.

'그래, 다쓰히메는 말하지 말라면 입이 무겁지만, 이따가 다카히메에게 물어보면 알 수 있겠지…….'

오이치 부인은 손뼉 쳐서 시녀를 불러 화로에 불을 담게 하고 움츠리듯 그 위에 손을 쬐었다.

"가쓰히사 님이 마님을 뵙겠다고 건너오셨습니다."

가쓰히사는 아버지의 아명 곤로쿠를 그대로 이어받은 시바타의 적자로 나이는 나가하마성의 가쓰토요보다 두 살 아래였다.

"도련님이…… 무슨 일일까. 이리로 모셔요."

그러자 섬뜩하게 마음에 짚이는 것이 있어 오이치 부인은 허둥지둥 일어섰다.

가쓰히사는 시녀에게 안내되어 들어오자 아버지보다 훨씬 우아하고 화사한 몸으로 예의바르게 두 손을 짚고 인사했다.

"어머니, 계속되는 눈보라 속에 평안하신지요?"

"정말 눈이 많이도 내리는군요……."

"예, 날씨가 저희 가문을 농락하고 있는 것 같습니다. 벌써 2월 중순인데도 이렇듯 내리퍼부으니."

"자, 화로 곁으로 다가와요. 그래, 무슨 일인가요?"

마음에 걸리는 일을 먼저 물었다.

"아버님 분부를 듣고 전하러 왔습니다."

가쓰히사는 분명히 말한 다음 차분히 무릎 위에 손을 포갰다.

"대감 분부로?"

"예, 어머니 의견을 잘 듣고 오라시는 아버님 분부십니다."

"내 의견…… 내 의견이라면 대감께 여러 번 여쭈어서 오늘 아침에도 몹시 꾸중 들었는데."

그러자 가쓰히사는 얼굴을 좀 붉히며 말했다.

"그 이야기가 아닙니다. 이 세상의 어지러운 바람을 잘 설명해 드린 다음 어머니와 여동생들의 처신에 대한 의견 말입니다."

"네? 나와 아이들의……."

"예, 순서를 좇아 말씀드리지요. 지난해 끝 무렵 기후가 이미 히데요시에게 화해를 청했다는 것은 알고 계시지요……?"

"잘 알고 있어요."

"그런데 정월 그믐께에 이르러 히데요시는 끝내 나가하마의 가쓰토요를 항복시키고 말았습니다."

"네…… 가쓰토요 님도…… 항복했나요?"

"소문을 들으니, 가쓰토요는 병세가 점점 더 악화되어 이제 살 가망이 없나봅니다. 게다가 히데요시는 교토에서 명의를 딸려 보내 휴양시키면서 교묘하게 손아귀에 넣은 모양입니다. 그뿐 아닙니다. 볼모를 보내 항복한 가쓰토요의 중신들은 니와 나가히데의 부하들과 한통속이 되어, 이 에치젠과 오미의 접경인 가타오카(片岡) 덴진산(天神山)에 성채를 쌓고 우리가 쳐나가는 것을 방해하고 있습니다."

"저런!…… 가쓰토요 님 가신들이."

"어머니, 그뿐이라면 그토록 배짱크신 아버님이 어머니 앞에서 그런 어지러운 모습을 보이지 않으셨을 겁니다. 그것은, 그보다 더 큰 불행한 기별이 눈보라 속에 전해졌기 때문입니다."

"가슴이 떨리는군요. 무슨 일인지요?"

"히데요시의 공격에 난공불락을 자랑하던 이세의 가메야마성이 떨어지고 다시 다키가와 가즈마스의 나가시마성도 함락되었다…… 이제 이 에치젠에 편들 자, 오미 앞으로는 한 사람도 없다. 그래서 아버님이 얼마쯤 이성을 잃고 있었으니 어머니에게 그렇게 말씀드리라는 분부셨습니다."

오이치 부인은 등골이 오싹해졌다. 그토록 사태가 급박한 줄 몰랐던 것이다. 가쓰히사는 자세를 바로하고 눈물을 참았다.

"용서하십시오. 저까지 이성을 잃는다면 심부름을 제대로 할 수 없게 됩니다. 어쨌든 이토록 눈보라가 휘몰아치니, 다키가와 님에게서 어떤 요청이 와도 군사 한 명 움직이지 못하는 아버님의 애타는 심정…… 헤아려주십시오."

"알겠어요. 역시 난 여자였어요……."

"아닙니다, 어머니가 염려해 주시는 것은 저희로서도 고마운 일…… 그러나 이미 화평할 때는 지났습니다. 눈이 녹기를 기다렸다가 이편에서 치고나가지 않으면, 히데요시 대군이 밀어닥칠 것은 불 보듯 뻔한 일이지요."

가쓰히사는 다시 자세를 바로하고 조용히 말을 이었다.

오이치 부인은 온몸을 굳힌 채 마음의 동요를 가눌 길 없었다.

'나만 아무것도 모르고 있었던 것일까……?'

전에 없이 맹렬한 분노를 보인 시바타.

어머니에게 절연을 선언하고 나가버린 자차히메.

눈보라와 추위와 가쓰히사의 단정한 모습.

그것은 모두 오이치 부인의 마음을 나락으로 몰아넣는 돌개바람이며 거친 비바람이었다. 따라서 다시 침착하게 이야기하기 시작한 가쓰히사의 말은 잠시 동안 귀에는 들어와도 마음으로는 통하지 않았다.

"이세의 가메야마성에는 사지 신스케(佐治新介)가 농성하고 있었습니다. 병력은 겨우 1000명. 그러나 높은 봉우리 위에 망루가 솟아 있고, 축대도 예사롭지 않으니 이것만은 히데요시도 치지 못할 거라고 다키가와의 편지에 씌어 있더군요. 그런데 이 성 하나 함락시키는 데 히데요시는 4만 대군을 움직여 포위시켰습니다.

아무리 견고한 산성이라도 금광 인부 몇백 명을 동원하여 갱도를 파면서 아래에서 공격하니 견딜 수 없지요. 마침내 다키가와 님 쪽에서 수비장수 사지에게 성을 버리고 나가시마로 탈출해 오라고 권했다 합니다."

"저런…… 1000명에 4만 명이나……."

"예, 그것이 히데요시의 무서운 점이고 또 훌륭한 점이기도 하겠지요. 기략(奇略)이 무궁무진한 것처럼 보이지만 사실 그는 적보다 적은 수로 싸움에 임한 적이 한 번도 없습니다."

"……."

"도전할 때는 반드시 적의 몇 배나 되는 군사를 이끌고 상대의 내부에 교란의 손길을 뻗으면서 쳐들어옵니다. 그러므로 그가 군사를 동원하여 싸워서 진 적은 한 번도 없었습니다. 이기도록 만들어놓고 싸우는 거지요."

"어머나……."

"그 히데요시가 눈이 녹으면 곧바로 쳐들어올 겁니다……."

가쓰히사는 말하며 젊은 계모를 똑바로 쳐다보았다. 오이치 부인은 흠칫했다. 자신도 모르는 사이에 세 딸을 생각하고 있었던 것이다.

"아시겠습니까? 한 번도 진 적 없는 히데요시, 지는 군세로는 결코 싸우지 않는 히데요시가 눈이 녹으면 반드시 쳐들어올 것입니다."

오이치 부인은 당황하여 침을 삼켰다.

"알겠습니다. 그럼, 할복이냐 농성이냐 둘 중의 하나를 택할 때가 되었다고……."

가쓰히사는 조용히 고개 저으며 미소 지었다.

"아닙니다. 한 가지, 오직 한 가지 길뿐입니다."

"그러시면?"

"히데요시 밑에는 설 수 없다. 아버님 생각은 이것 하나뿐입니다."

오이치 부인은 정수리에 칼을 맞은 듯한 느낌이었다.

"역시…… 그렇다면, 한 가지 길밖에."

"싸우다 죽는 거지요. 어머니에게는 기억이 있으시겠지요. 아사이 나가마사 님 부자도 우대신님에게 항복하면 살 수 있는 것을 알면서도 오다니성에서 최후를 마쳤습니다……."

"……네."

"똑같은 운명이 이번에는 이 성에……찾아들게 된다면 어머니와 누이들은 똑같은 비운을 두 번 맞이하는 셈이 되는군요."

가쓰히사는 여기까지 말하고 살며시 두 눈을 감았다.

눈가루는 여전히 바싹 메마른 손으로 덧문을 거칠게 쓰다듬고 있었다. 이따금 건물 전체가 기분 나쁜 소리를 내며 삐걱거렸다.

"아버님은……."

그는 오이치 부인의 일그러진 표정을 차마 볼 수 없어 눈을 감은 채 숨을 가다듬었다.

"아버님은 누이들은 물론 어머니에게 이 불운을 짊어지게 하고 싶지 않다고 하십니다. 그러지 않고는 아사이 나가마사 님과의 무사도 승부에서 지게 된다, 그러므로 되도록 어머니와 지금 작별하고 오라고…… 그러나 이것은 아버님 의견이고, 어머니에게 의견이 있으시다면 들어보고 싶습니다."

"작별을……?"

"예, 지금이라면 에치젠의 마에다 도시이에를 통해 니와 나가히데나 호소카와 후지타카에게 모두 보낼 수 있지만, 만일 싸움이 벌어지고 난 뒤면 사기(士氣)에 관계되는 일이니 그 길도 막힐지 모르겠다……고 아버님은 걱정하고 계셨습니다."

너무나 뜻밖의 말에 오이치 부인은 백치 같은 눈을 하고 대답도 하지 못했다.

가쓰히사는 더욱 조용히 말을 이었다. 되도록 이 불행한 젊은 어머니를 놀라게 하지 않으려는 것이리라.

"그리고…… 자차도 저에게 은밀히 한 이야기가 있습니다."

"뭐, 뭐, 뭐라고요, 자차가 도련님에게?"

가쓰히사는 뜨려던 눈을 다시 감았다.

"예. 젊은 사람 마음은 젊은 사람이 이해해 줄 거라고 생각한 거겠지요. 저더러 본심을 들어달라고 어리광부리듯 말하더군요."

"뭐……뭐라고 하던가요?"

"여자는 남자들 노리갯감이 아니라고 말했습니다."

"그건 그 애의 입버릇이에요. 그 밖에 무슨……."

"친아버지 아사이 나가마사 님과 외숙부인 우대신님 싸움으로 아무것도 모르는 우리는 줄곧 슬픔을 겪어왔다, 그런데 지금 또다시 우리와 아무 상관도 없는 일로 아버님이며 히데요시의 고집과 싸움에 희생되려 하고 있다…… 대체 무엇 때문에 이 세상에 태어났는지 모르겠다고 하더군요."

"어머나…… 그런 말을?"

"저는 잘 압니다. 난세에서는 여자 의견을 남자는…… 들어주고 싶어도 못 들어준다, 더 절박한 운명에 놓여 있다고 저는 자차에게 용서를 빌었습니다. 슬픈 일이지만 용서해 달라고……."

"그러니까 이해해 주던가요?"

가쓰히사는 미소 지으며 고개 저었다.

"제 말에 동의를 얻으려고 사과한 게 아닙니다. 자차의 마음은 잘 알겠으니 반드시 세 사람 목숨을 구할 수 있도록 주선하겠다고 굳게 약속했습니다."

저도 모르게 오이치 부인의 목소리가 커졌다.

"그래서 그랬군요!"

"무슨 말씀이신지……?"

"네……그 애는 조금 전 이 어미에게 자식들의 어머니냐, 남편의 아내냐고 언성을 높여 추궁하고 갔어요. 어머니인 동시에 아내라고 대답했더니 그렇다면 어머니는 필요 없으니 훌륭한 아내가 되라며 호되게 퍼붓고 나갔습니다."

가쓰히사는 오이치 부인이 예상했던 것만큼 놀라지 않았다.

'자차히메라면 충분히 그럴 수 있다.'

그렇게 생각되었고 그 사고방식에 공감되는 점도 있었다. 남편을 생각하고 자식을 생각하며 망설이면서 파국으로 걸어가는 여성의 모습은 너무나 애처로웠다.

"어머니는 어떻게 생각하십니까. 지금 같으면 제가 말씀드린 대로 도모할 수 있을 거라고 생각합니다만."

오이치 부인은 다시 입을 다물었다. 자차히메의 말뜻을 안 것만으로는 가쓰히사에 대한 대답이 되지 않았다.

가쓰히사는 아버지의 결심이 '히데요시 밑에는 서지 못한다'는 것으로 분명히 결정되었으므로 눈이 녹으면 싸움이 벌어질 것이며, 물론 승패를 막론하고 고집으로 버티겠다는 것이었다. 아니, 시바타 자신은 고집으로 버티지만 오이치 모녀에게는 강요하지 않겠다, 강요하면 무사도에서 아사이 나가마사에게 떨어지게 된다며 제의한 것이다.

"이혼하고 싶다."

오이치 부인은 안절부절못하며 허공을 바라보다가 이윽고 무릎 위의 두 손에 시선을 떨구었다. 마음 어딘가에서 오다니성이 불타 함락되던 날 타오르던 불꽃 소리가 들려왔다. 윙윙거리며 소용돌이치는 전화(戰火)의 바람소리가 고막 속에 선명하게 되살아났다.

그때 쳐들어온 적장도 히데요시였는데, 이번에 또 히데요시가 오이치 부인 앞길에 절망의 그물을 펼쳐 가로막고 있었다.

'이 무슨 얄궂은 히데요시와의 악연일까.'

더구나 그 히데요시는 오빠 노부나가에게 발탁되어 노부나가의 원수를 친 사람이다…… 아찔한 현기증이 나서 오이치 부인은 저도 모르게 팔걸이에 손을 얹고 몸을 기대며 눈을 감았다.

"어머니, 어디 편찮으신 것 아닙니까?"

"아니, 아무것도 아니에요. 그저 좀……."

"힘드시다면 시녀를 부르겠습니다. 마음을 정하기 어려우시면 2, 3일 안에 다시 뵈어도 되니까요."

이마를 손으로 짚은 채 오이치 부인은 고개를 저었다.

"아니에요. 그저 잠깐, 옛날의…… 그 오다니성 가까운 들에 있던 시체가 생각나서."

"시체……?"

"네, 그 시체는 까맣게 되어 꿈틀거리고 있었어요. 아니, 꿈틀거리는 것처럼 보였던 것은 시체를 새카맣게 뒤덮은 파리였지요."

가쓰히사는 그 말뜻을 이해하지 못해 다시 한번 눈썹을 모으고 어머니를 바라보았다.

"오늘은 이만 실례하겠습니다."

"아니에요, 괜찮아요."

오이치 부인은 혼자 있게 되는 게 두려운 듯했다.

"사람은 누구나 다 보기 흉한 시체가 되는 거예요."

"그것은…… 확실히."

"내가 이 성에서 떠난다 할지라도……."

"그러시다면?"

"도련님!"

"예!"

"이번에도 똑같은 운명이 기다리고 있을지 몰라요. 그러니…… 나는, 나는 이 성에서 움직이고 싶지 않아요."

"어머니! 그럼, 이혼에 동의하실 수 없다는 말씀이십니까?"

"……네, 세 아이들은 어쨌든, 나는…… 나만은……."

오이치 부인은 입술을 꽉 깨물고 두 손으로 팔걸이를 붙잡았다.

가쓰히사는 세 번째로 눈을 감고 자세를 고쳐 앉았다. 그의 가슴 역시 송곳에 찔린 듯 아파왔다. 이리저리 몰리고 매 맞아 오도 가도 못 하게 된 여자의 대답은 역시 '죽음—'이었던 것이다. 여인에게 남자 같은 의지가 있을 리 없으며 이것은 어디까지나 절망의 죽음이었다.

"어머니, 그 생각을 아버님에게는 2, 3일 동안 말씀드리지 않기로 하지요."

"아니에요, 그런 배려는 하지 마세요…… 내 마음은 정해졌어요."

"나중에 후회하지 않으시겠습니까?"

"도련님!"

오이치 부인은 가까스로 가쓰히사의 얼굴을 똑바로 쳐다보았다. 가쓰히사는 여전히 눈을 감고 있다.

"아버님에게 내 각오를 잘 전해 주세요. 나는 시바타 가쓰이에의 아내, 아이들은 아사이 나가마사가 남긴 자식이라는 것을 깨달았어요."

가쓰히사는 고개를 끄덕이면서 마음속으로 세차게 고개를 젓고 있었다.

'그것이 깨달음이란 말인가…… 이건 더없이 가련한 체념이 아닌가…….'

오이치 부인은 자신의 결심이 무너질까 두려워하는 투로 말을 이었다.

"나는…… 이미 비운과 인연을 끊을 수 없는 여자. 하지만 아이들은 어떤 별을 지니고 태어났는지 모릅니다. 그러니…… 그러니 아이들은……."

"염려 마십시오. 누이들에 대한 일이라면 맹세코 지켜주겠습니다."

"그러면 아버님께서는 내 각오를 허락해 주실까요?"

"그건……."

이번에는 가쓰히사가 말이 막혔다. 아마 아버지는 순순히 허락한다고 하지 않으리라. 무사도에 구애되고 의리를 생각하여 이혼을 계속 주장하리라. 그러나 그 것은 어디까지나 표면상의 일이었다. 마음속으로는 눈물을 흘리리라. 훌륭한 아내가 자신의 최후를 장식해 준다고…….

가쓰히사는 떨리는 목소리를 애써 참으려 말했다.

"어머니! 어머니의 결심, 이 가쓰히사는 잘 알고 있습니다. 완고한 아버님이시지만…… 제가 잘 설득해 보지요."

"부디 잘……."

"알겠습니다. 그럼……."

가쓰히사는 공손히 절하고 일어났다.

"감기 드시면 안 됩니다. 게 누구 없느냐? 불을 갖다드려라."

손뼉 쳐 시녀를 부른 뒤 가쓰히사는 옷 주름을 바로잡고 복도로 나갔다. 복도로 나가자 지금껏 참았던 눈물이 한꺼번에 쏟아져 뺨을 타고 흘러내렸다. 인정, 의리, 무사도, 고집. 그러한 것들이 무섭도록 온 몸을 칭칭 얽어매고 있는 인생이 어쩐지 우스꽝스럽고 얄궂으면서도, 그렇기 때문에 거룩하고 슬픈 삶의 보람도 있는 것 같은 기분마저 든다.

"좋다, 이제 결정되었다! 히데요시, 언제든 쳐들어오너라."

가쓰히사는 입 속으로 중얼거리며 조용히 걸음을 옮기기 시작했다.

고호쿠(江北) 출병

시바타는 3월 17일에 출병할 예정이었으나, 예정을 앞당겨 2월 18일(양력 4월 20일)부터 출병을 시작했다. 에치젠과 오미의 접경에는 아직 군데군데 눈이 남아 있었지만 들에는 벌써 새싹들이 눈에 띄고 강과 개울에는 눈 녹은 물이 넘쳐흐르고 있었다.

북쪽의 우에스기 가게카쓰에게는 엣추 도야마 성주 삿사 나리마사를 맞서게 하고 선봉은 마에다 도시이에의 아들 도시나가(利長)에게 에치젠 군을 이끌게 하여 야마나카(山中)로 향했는데, 가는 곳곳의 골짜기에서 녹다 남은 눈덩이를 깨뜨려가며 진격시켰다.

3월 3일에는 제2진 사쿠마 모리마사의 가가(加賀) 군이 기타노쇼를 떠났고, 이어서 마에다 도시이에의 노토와 엣추 군이 이를 따랐다.

시바타 자신은 8일에 기타노쇼를 떠날 준비를 마치고 그날 밤 안채에서 주연을 벌였다. 모인 자는 시바타와 오이치 부인을 중심으로 가쓰히사와 그 부인, 오이치 부인의 세 딸들, 그리고 후추(府中), 가나자와, 오마쓰, 다이쇼사 등의 인질들이었다.

"부인, 거문고나 한 번 들려주겠소?"

지난날의 눈보라 성은 창 밖에 봄바람을 맞이하고 있었으나 매화와 복숭아와 벚꽃 봉오리는 아직 단단했다.

"네, 서투르나마 한 곡조 타지요."

오이치 부인이 종 모양 창문을 등지고 조용히 거문고 줄을 고르자 시바타는 흐뭇한 듯 실눈을 하고 오이치 부인 모습을 바라보았다. 그렇다. 그것은 어디까지나 거문고 소리를 듣는 표정이 아니라 사랑하는 사람을 바라보는 모습이었다. 오늘밤은 그러한 어머니와 의붓아버지 모습에 딸들도 반발을 보이지 않았다.

'이것이 마지막 이별이 되지 않을까…….'

그러한 감개가 모든 사람 가슴에 감추어져 자못 위로해 주고 싶은 심정이 된 것이리라.

어머니의 거문고가 끝나자 자차히메는 밝은 표정으로 시바타에게 말을 걸었다.

"고대하시던 봄이 왔습니다. 축하드립니다."

"오, 그래. 이쯤에서 한 번 히데요시에게 본때를 보여줘야지."

"기후와 이세에는 연락이 되었습니까?"

시바타는 그 질문을 받자 몇 번이나 고개를 깊이 끄덕였다. 호쿠리쿠 군이 이길 거라고 생각하는 자차히메는 아니다. 그런데도 이런 질문을 하는 것은 시바타의 입으로 자신 있다고 말하게 함으로써 어머니에게 끝까지 희망을 갖게 해주려는 것이리라. 그것이 시바타는 야릇하게 기뻤다.

"기후의 노부타카 님에게도, 다키가와 가즈마스에게도 다 연락되어 있다. 그리고 오미와 고가의 야마나카 나가토시(山中長俊)가 이가 무리를 이끌고 호응하게 되어 있고, 나가하마성 탈취에도 상을 걸어놓았다."

"상을…… 어떤 상입니까?"

"음, 문제없이 성을 빼앗은 자에게는 금 100닢과 녹봉 7000석, 그리고 나의 군사가 50리 이내로 육박했을 때 본성에 불을 질러 점령을 돕는 자에게는 금 25닢, 녹봉 5000석. 또 본성과 성곽을 함께 불사르고 나에게 온 자에게는 금 5닢에 녹봉 1000석을 주겠다고."

곁에서 시바타의 잔에 술을 따르면서 가쓰히사가 덧붙였다.

"나가하마는 그곳의 중요한 급소니까요."

본디 자기 자식의 성이 아니었던가. 그런데도 거기에 상금을 걸어야만 하는 아버지가 딱해서 잠자코 있을 수 없었던 것이다.

시바타는 기분 좋은 듯 잔을 들었다.

"그 밖에도……."

“그 밖에도…… 우리 편이?”

자차히메는 자신의 감정을 교묘히 감추고 다시 물었다. 어머니뿐만 아니라 두 동생의 불안 역시 덜어주고 싶은 마음에서였다.

“게다가…… 전 쇼군 아시카가 요시테루의 가까운 신하를 통하여 모리 데루모토에게 출병을 재촉하도록 요청해 두었고, 시고쿠의 조소카베 모토치카, 그 아우 지카야스(親泰)도 함께 호응하여 군사를 일으킬 것이다. 그리고 고야산(高野山)의 승도(僧徒)가 히데요시의 후방 교란을 맡아주고 있으니 본때를 보여줄 준비는 충분히 되어 있다.”

시바타의 말을 듣자 자차히메는 차츰 신이 나는 모습이었다.

“어머니, 출진하시는 경사스러운 주연이니 아버님에게 어서 술을.”

오이치 부인은 눈부신 듯 딸을 본 다음 술병을 집어 들었다. 이제까지 절망만 보아온 부인은 자차히메가 전에 없이 상냥스러운 것이 무척 기뻤다.

‘이제 어떻게 되더라도 후회 없다.’

자신은 이미 이 성과 운명을 함께할 각오였고 그때는 세 딸들을 성에서 몰래 빠져나가게 할 준비도 되어 있다. 그리고 이렇듯 유유히 술잔을 집어 드는 남편을 보고 있으니 남편의 가슴에 충분한 승산이 있는 듯 보이는 것이었다.

‘싸움의 승패를 여자는 알 수 없다…….’

“어서 드세요.”

“오, 부인에게도 한 잔 주겠소.”

“……네.”

주거니 받거니 하며 그 잔이 가쓰히사 앞으로 가자 그는 자차히메와 얼굴을 마주 보며 미소 지었다. 그들도 이제는 뜻이 잘 통하고 있었다. 슬픔을 초월하여 의지에 사는 자에 대한 애절한 동병상련이…….

이렇게 주연은 10시까지 계속되었고 그것이 끝나자 시바타는 오이치 부인의 부축을 받으며 침실로 들어갔다.

첫 번째 고동 소리에 세 딸들이 눈을 떴을 때, 성안 여기저기는 인마(人馬)의 움직임으로 가득 차 있었다. 덧문을 열고 밝아오는 앞뜰을 내다보니 62살의 시바타가 늠름한 모습으로 말 위에서 이마에 손을 대고 9층 천수각 꼭대기를 올려다보고 있었다.

오늘 아침 이 늙은 장수의 가슴에 오간 것은 무엇이었을까? 자차히메는 문득 마음이 아팠지만 득의(得意)도 실의도 도무지 드러내지 않는 고집 센 시바타의 모습에서는 아무것도 알아낼 수 없었다.

어머니 역시 3층 누각 마루에 서서 물끄러미 인마를 응시하고 있었다.

날은 훤히 밝아오고 눈이 사라진 땅 위에는 서리가 잔뜩 내려 있었다. 사람들은 손에 든 횃불을 끄고 두 번째 고둥소리와 함께 정렬을 끝냈다. 맨 앞에 보병이 늘어서고 다음에 총 부대와 창 부대가 서고 본대(本隊)가 이어졌다. 뒤에는 보급부대가 따른다.

아마 이것이 비극의 출진이 되지 않는다면 하시바 히데요시의 계산은 보기 좋게 분쇄될 것이다. 지금 히데요시에게 감연히 싸움을 거는 사람은 이 북쪽 나라의 사나운 멧돼지 외에 아무도 없었다.

자차히메는 어린 매 같은 눈으로 지그시 전열을 지켜보았다.

이세에서 북 오미로 시바타가 출병했다는 통지를 받자 히데요시는 아직도 여세(餘勢)를 유지하고 있는 다키가와 가즈마스에게 오다 노부카쓰, 가모 우지사토 등을 맡게 하고 자신은 군사를 돌려 곧바로 시바타를 맞아 칠 준비에 들어갔다.

3월 11일에 호리 히데마사의 사와 산성으로 들어가 히데요시 특유의, 상대를 압도하고도 남는 진용을 갖추었다.

선봉 제1진은 사와 산성의 호리 히데마사.

선봉 제2진은 나가하마성주 시바타 가쓰토요.

선봉 제3진은 히데요시 휘하의 기무라 하야토(木村準人), 기노시타 마사토시(木下昌利), 호리오 요시하루(堀尾吉晴).

선봉 제4진은, 마에노 나가야스(前野長泰), 가토 미쓰야스(加藤光泰), 아사노 나가마사, 히토쓰야나기 나오스에(一柳直末).

선봉 제5진은, 이코마 마사카쓰(生駒政勝), 구로다 간베에, 아카시 노리자네(明石則實), 기노시타 요시마사(本下利匡), 오시오 긴에몬노조(大國金石衛門尉), 야마노우치 가즈토요(山內一豊), 구로다 진키치(黑田甚吉).

선봉 제6진은, 히데요시의 조카 미요시 히데쓰구(三好秀次)를 대장으로 한 기시와다(岸和田) 성주 나카무라 가즈우지(中村一氏).

선봉 제7진은 히데요시의 아우 히메지 성주 하시바 히데나가.

선봉 제8진은 야마토고리산(大和郡山)의 쓰쓰이 준케이, 이토 가몬노스케(伊藤掃部助).

선봉 제9진은 하치스카 이에마사, 아카마쓰 노리후사(赤松則房).

선봉 제10진은 가미코다 마사하루(神子田正治), 아카마쓰 노리쓰구(赤松則繼).

선봉 제11진은 미야즈(宮津) 성주 호소카와 다다오키, 셋쓰 다카쓰키(攝津高槻) 성주 다카야마 우콘.

선봉 제12진은 히데요시의 양자 가메야마 성주 하시바 히데카쓰를 대장으로 한 아와지의 스모토(洲本) 성주 센고쿠 히데히사.

선봉 제13진은 이바라키(茨木) 성주 나카가와 기요히데.

히데요시의 근위군은 이 철벽같은 전열 다음에 총으로 무장한 8개 부대를 두고 오른쪽에는 특히 총애하는 부하들, 왼쪽에는 시동들을 두어 북쪽으로 진군해 갔다. 물론 군사 수에서 북국 군을 압도했을 뿐 아니라 이시다 미쓰나리를 미리 파견하여 히데요시 특유의 토민 공작도 여러 가지로 손써 놓았다.

"북국 군은 반드시 패주할 터이니 그때는 요고(余吳), 뉴우(丹生) 등지의 농민들은 물론이요 여러 사찰에 있는 자들도 여기저기 매복해 있다가 적을 몰아쳐 공을 세우도록. 이름 있는 자의 목을 벤 자에게 상금은 물론이고 여러 가지 부역면제 특전을 주리라."

3월 17일 기노모토(木本)에 도착했을 때는 쇼묘사(稱名寺) 등지에서 히데요시의 본진으로 북국 군 진공의 첩보가 날아들었다.

에치고의 우에스기 가게카쓰는 마땅히 히데요시와 호응하여 움직일 것이라 계산하고, 진지에 도착하자마자 엣추 마쓰쿠라(松倉)의 수비장수 스다 미쓰치카(須田滿親) 앞으로 자신만만한 편지를 써 보냈다.

"이세 쪽으로는 오다 노부카쓰가 출병하고, 나는 시즈가타케(賤岳)를 점거하여 지금 야나가세(柳瀨)에 나와 있는 시바타를 맞아 싸울 작정이다. 양쪽 진영을 비교해 볼 때 필승은 틀림없으며 곧 적을 몰아쳐 가가, 엣추까지 추격할 테니 노토와 엣추는 우에스기 가게카쓰에게 전적으로 위임해도 무방하다. 다만 일부러 나에게 호응하여 군사를 동원할 필요는 없다는 것을 덧붙여둔다."

호응하여 군사를 동원할 필요는 없다니, 이 얼마나 히데요시다운 선전인가. 이 말을 들으면 눈이 녹자마자 우에스기 군도 움직이지 않고는 못 배기리라.
"이만하면 이긴 거나 다름없어."
진지에 도착한 히데요시는 왼쪽의 시즈가타케와 좁은 골짜기의 에치젠 길을 바라보며 싱글벙글 웃었다.
"시바타가 성을 비우면 가가, 에치젠, 노토와 혼간사가 날뛸 거야."
히데요시의 말투는 듣는 사람의 수와 계급에 따라 종종 바뀌었다. 그는 인사차 온 자를 포함한 토민과 잡병들 앞에서는 싱글벙글 웃으면서 말했다.
"이제 이겼다."
그러나 일단 기노모토 진지로 돌아오면 매서운 표정과 엄격한 거동으로 바뀌었다.
그는 아우 히데나가와 호소카와 다다오키, 하치스카 히코에몬, 그리고 이 지방 지리에 밝은 구로다 간베에를 본진으로 소집했다. 평상 가운데 양쪽의 포진도(布陣圖)를 펼쳐놓고 신중하게 고개를 갸웃거렸다.
"여간해서 이기기 힘들겠어."
"……그렇지만 적의 수는 고작해야 2만도 안 될 것 같은데요."
무슨 소리인지 이해하지 못하여 히데나가가 말하자 히데요시는 설명했다.
"군사 수만으로 압도할 수 없는 게 하나 있다. 다름 아닌 험준한 지형을 이용해 상대가 언제까지나 나오지 않는 경우다."
"나오지 않는 경우……?"
하치스카 히코에몬 역시 히데요시의 뜻을 이해하지 못하는 모양이다.
"적은 눈이 녹기도 기다리지 않고 일부러 이곳까지 나와 있는데요."
"그렇지, 이곳까지는 확실히 나왔어. 그러나 히코에몬, 앞으로도 나올 거라고 생각하나?"
"글쎄요…… 사쿠마 모리마사가 설쳐대며 이 언저리를, 미노 가도에서 교토 가도까지 불태운 것을 볼 때 반드시 머잖아 치고 나올 거라고……."
거기까지 들은 히데요시는 얼른 손을 내저었다.
"간베에는 어떻게 생각하나?"
이 언저리 출신인 구로다 간베에는 잠시 생각한 뒤 대답했다.
"주군은 시바타의 야나가세 본진, 사쿠마의 유키이치산(行市山) 진지가 모두 지

구전(持久戰)으로 나오리라고 보셨는지요."

"또 간베에가 앞질러 말하는군."

히데요시는 전에 없이 신경질적으로 간베에를 꾸짖고 말했다.

"사쿠마의 진지까지 그렇다는 건 아니야. 그곳은 높이 1700, 800척이나 되어 북국 가도를 서쪽에서 훤히 볼 수 있는 튼튼한 장소다. 그러므로 이것은 진격에도 후퇴에도 든든한 장소라 할 수 있다. 그러나 반대로 야나가세의 시바타 본진은 사쿠마의 동향을 감시하는 위치에 있다. 이것은 시바타가 당분간 나와 싸울 생각이 없음을 나타내고 있어."

간베에는 비로소 깨달은 듯이 물었다.

"아하! 그러면 시바타가 무슨 생각으로 일부러 여기까지 나왔다고 생각하십니까?"

히데요시는 혀를 차며 모두들을 둘러보았다.

"이것은 여기에 대군을 끌어놓고 이세, 기후와 호응하여 우리를 기진맥진하게 만들 작전이라고 본다."

"그렇다면 거기에 대처할 방법이 아군에게도 있겠지요."

"누가 없다고 말했나? 아무래도 간베에는 말이 앞서는군. 시바타가 고집으로라도 우리에게 본때를 보여주자, 그때까지 천험을 이용하여 야유해 보이겠다고…… 물론 우스운 외고집이지만, 그렇다는 걸 안 이상 여간해서는 함락되지 않을 거라고 말했을 뿐이다."

"그럼, 여느 수단이 아니라 비상수단을 말씀해주십시오."

"비상수단 말인가. 좋다, 모두들 더 가까이 다가와."

히데요시는 비로소 입가에 웃음을 지으며 목소리를 낮췄다.

히데요시의 미소를 보고 히데나가와 히코에몬은 휴 한숨지었다. 다다오키와 간베에는 짐짓 근엄한 얼굴이 되었다. 히데요시의 자신만만함이 이 정도로 무너질 리 없다, 무엇인가 말할 때는 반드시 가슴속에 다음 계책을 세우고 있을 때……라는 걸 그들 두 사람은 잘 알고 있었다.

"알겠나, 시바타가 사쿠마의 진지인 유키이치산 후방 야나가세에 본진을 둔 뜻은 두 가지 있다. 하나는 사쿠마가 분발하여 이 기노모토나 나가하마로 진출하는 것을 견제하기 위한 것, 또 하나는 거기 있으면 기타노쇼에서도 스루가에서도 후방 수송을 할 수 있으므로 식량의 어려움은 겪지 않을 거라고 생각한 게 틀림없어."

간베에가 또 시치미 떼고 맞장구쳤다.

"아하. 그래서 시바타에게는 서둘러 결전할 의사가 없다고 판단하신 겁니까?"

"그뿐만이 아니야."

히데요시는 또 한 번 혀를 차듯이 말했으나 이번에는 표정에 자랑스러운 빛이 움직이고 있었다.

"여기서 조급히 결전을 벌이지 않고 무사히 봄을 맞을 수만 있다면 다키가와며 노부타카가 용기를 얻을 뿐 아니라, 주고쿠의 모리, 시코쿠의 조소카베, 그리고 하마마쓰의 이에야스도 생각이 바뀔지 모른다…… 만일 그렇게 되면, 하고 만일을 바라고 있다. 그러므로 당분간은 움직일 생각이 없다고 판단했다."

"그러니 그 뒤의 수단…… 즉 비상수단이란?"

"바로 그거야. 알겠나? 미쓰나리에게도 지시하겠지만 모두들 한 번 유언비어를 퍼뜨려라. 알겠느냐? 히데요시는 내일이라도 북국을 무찌를 작정으로 왔는데 와보고 생각이 변했다고 말이야."

히데나가가 다시 긴장된 얼굴로 물었다.

"어떻게 변했다고 유언을 퍼뜨립니까?"

"험준한 지형과 농성하는 적의 대비가 너무 견고하여 도무지 공격할 틈이 없다고 말하는 거야."

"하지만 그러면 적에게 더욱 자신감을 주고 아군의 사기는 꺾이지 않을까요……?"

"히데나가, 그대는 너무 성급해. 말을 끝까지 들어봐야지. 알겠나, 아무 데도 공격할 틈이 없다, 그래서 히데요시는 할 수 없이 작전을 변경했다고 퍼뜨리는 거다. 이러다가는 장기전이 될 것 같다면서 쓰쓰이 준케이를 먼저 야마토로 돌려보내 쉬게 하고, 호소카와 다다오키도 고향으로 돌려보냈다. 이 사람도 휴양을 시킨다고 하면 싸움에 익숙한 시바타는 눈치챌 것이다. 그런 다음 다다오키는……."

"예."

자기 이름이 불리자 다다오키는 딱딱하게 어깨에 힘을 주었다.

"그대는 미야즈에서 배를 돌려 뒤에서 공격하라는 밀명을 띠고 이 자리에서 사라지는 거야."

"그러면 그것도 유언비어가 됩니까?"

"말할 것도 없지. 여봐라, 히데나가. 춥구나, 장작을 좀 더 지펴라."

본디 임시로 급히 지은 건물이어서 주위에 땅거미가 끼기 시작하면 사실 추위가 몸에 스며들었다.

"됐다, 그리고 그 등불을 이리 더 가까이 가져와. 알겠나, 적에게 유키이치산, 벳쇼산(別所山), 나카타니산(中谷山), 린코쿠산(林谷山), 도치다니산(橡谷山)을 뺏기면 아군의 덴진산(天神山) 성채는 의미를 갖지 못한다. 그래서 히데요시는 느긋하게 공격해야겠다고 고쳐 생각하고 기후를 먼저 칠 작정으로 그쪽으로 돌아갔다…… 고 퍼뜨린다. 알았지. 그러면 이 틈을 기다렸다는 듯 시바타는 움직이지 않더라도 사쿠마는 반드시 오미 평야로 쳐들어올 거야. 승리는 거기에 있다, 이것이 첫 번째 비상대책이다."

히데요시는 여기서 또 날카로운 눈으로 모두를 둘러보였다.

이번에는 간베에가 나직하게 신음하며 몇 번이고 고개를 끄덕였다. 이 히데요시의 책략에는 그도 분명 동의할 수 있었기 때문이다. 그는 마침내 세 번째로 탄복했다.

"과연! 쓰쓰이 님이 야마토로 돌아가고, 호소카와 님이 미야즈로 급히 가신 다음 대장은 기후로 가신다…… 이렇게 되면 덴진산에 농성하고 있는 아군 중에 사쿠마와 내통하는 자가 생기겠군요."

"하하…… 이제 알았나, 간베에."

히데요시는 여기서 비로소 어린애 같은 여느 때의 웃는 얼굴로 돌아갔다.

"그 성채에 있는 자는 본디 시바타 가쓰토요의 가신들. 그리고 시바타는 나가하마성에 막대한 상금을 걸어놓고 있다. 무사히 손에 넣으면 금 100닢에 7000석이라더군. 그래서 내통하는 자가 나타나기만 한다면 일은 끝나는 거야."

"말씀대로 그렇게 되면, 혹시 시바타는 자중할지 모르지만 사쿠마는 가만히 있지 않을 겁니다."

"간베에, 알았구나. 비상수단이란 그런 것이다. 그리고 히데나가."

"예."

"그대는 어떤 사태가 일어나도 이 기노모토를 사쿠마에게 넘겨주면 안 돼. 여기만은 나 대신 지키도록 하라."
"그러면 형님은 정말 기후로 가시는 겁니까?"
"물론이지. 그러나 염려 마라. 적이 평야로 나왔다는 말만 들으면 나의 움직임은 전광석화, 바람을 일으키며 달려오마."
그 말을 듣자 하치스카 히코에몬도 그제야 무릎을 탁 쳤다. 신중한 그는 여기서 겨우 히데요시의 생각을 이해한 모양이었다.
"알았다! 아니, 알았습니다. 이건 덴카쿠 골짜기에서의 우대신님 전투방식과 흡사하군요."
히데요시는 그 말은 가볍게 흘려버렸다.
"돌아갈 때까지의 총대장은 히데나가, 너다."
"예, 잘 명심하겠습니다."
"군사(軍師)로는 간베에가 있지만, 적이 먼저 쳐들어올 곳은 사네산에 있는 호리 히데마사의 진이 아니라 오이와산(大岩山)에 있는 나카가와 기요히데의 성채일 거야."
"이 간베에도 그렇게 생각됩니다."
"알겠느냐, 여기가 중요하다. 내가 기후성을 친다—는 건 시바타의 술책에 빠진 것 같으면서 실은 반대로 그의 간담을 서늘하게 해주는 게 된다. 그가 아무리 고집으로 본때를 보여주려고 생각해도 기후가 함락되면 큰일이라고 마음이 반드시 동요된다. 그렇게 되면 자기는 사네산의 호리 히데마사를 누르기 위해 남고, 사쿠마에게 오이와산 공격을 허락할 거다."
"그렇게 되겠지요."
"아무래도 그때가 이번 싸움의 고비가 될 것이다. 다다오키, 그대는."
"예."
"내가 기후성으로 쳐들어갈 무렵 에치젠 해안으로 배를 타고 돌아가 두세 번 화공(火攻)을 펼쳐라. 상대는 그것으로 충분히 초조감을 느낄 것이다. 문제는 손댈 수 없는 그 산골짜기에서 어떻게 해서든 그들을 빨리 끌어내는 일이다. 알겠나, 알았거든 오늘은 저마다 일찍 진막으로 돌아가 내일 아침 일찍부터 내가 순회할 테니 실수 없이 잘하라고 일러둬라. 그리고 그때부터 아무 데도 공격할 틈이 없다는 유언비어를 퍼뜨리는 거다."

히데요시는 손뼉을 쳐서 미리 일러두었던 주먹밥을 시동들에게 날라 오게 했다.

히데요시는 이튿날 아침, 말을 타고 적과 아군의 포진상태를 보며 돌아다녔다. 따르는 자는 직속 무장들과 양자 히데카쓰, 조카 히데쓰구, 고니시 유키나가, 이시다 미쓰나리 등으로 이날 아침이 되자 히데요시의 말은 또 확 달라졌다.

"이거 만만치 않겠는걸. 과연 시바타는 싸움에 능한 무장, 섣불리 손대었다가는 이 산들이 송장으로 메워지겠어."

사실 기노모토의 본진에서 단 한 줄기, 산골짜기에 북쪽으로 뻗어 있는 북국가도의 양쪽은 첩첩이 에워싸인 산뿐이었다. 서쪽에 보이는 시즈가타케와 나란히 나카가와 기요히데가 농성하는 오이와산, 길 동쪽에는 아우 히데나가의 별동대를 주둔시킨 다나카미산(田上山), 그 앞쪽 서편에는 이와사키산(岩崎山), 신메이산, 도보쿠산, 덴진산이 나란히 있고, 이 덴진산과 동쪽의 사네산이 히데요시 군 최전선이었다.

그리고 그 앞쪽의 나카다니산, 벳쇼산, 유키이치산, 린코쿠산, 하야시다니산에서 시바타의 본진이 있는 야나가세를 지나 우치나카오산(內中尾山)이 아직 군데군데 잔설을 남긴 채 적의 손에 들어 있다.

어느 산이나 그리 높다고는 할 수 없지만 모두 성채를 쌓고 대비를 갖추어 싸우기에 알맞은 험준함을 지니고 있었다. 공격하기는 어렵고 방어하기는 쉬운 천연 요새지였다.

히데요시는 이따금 고개를 갸웃거리고 진지하게 산 높이를 눈으로 재보면서, 말을 몰아 그날로 아군 최전선인 사네산의 호리 히데마사 성채에 이르렀다. 먼저 산꼭대기에 서서 발밑에 우치나카오 산기슭으로 띠처럼 뻗어 있는 북국 가도를 내려다본 다음, 잠시 이마를 손으로 가리고 우치나카오 산봉우리에서 펄럭이는 시바타의 깃발을 지켜보았다.

"요시쓰구."

"예."

갑자기 이름이 불리자 오타니 요시쓰구(大谷吉繼)는 허둥지둥 말에서 내리려 했다.

"그대로도 좋아. 어떤가, 그대 느낌으로는?"

"느낌이라니요?"
"싸우면 어느 쪽에 승산이 있겠느냐 말이다."
"그야 아군이 우세할 것 같은데요……."
어느덧 근신들이 두 사람에게 다가와 숨죽이며 대화를 듣고 있었다. 히데요시는 그것을 의식하면서 엄한 목소리로 물었다.
"진심으로 그렇게 생각하나?"
"물론이지요. 제가 무엇 때문에 아첨하겠습니까."
"그래?…… 하긴. 그대 눈에도 아군이 우세해 보인다면 이 싸움은 길어진다고 여겨야겠는걸."
"예……? 우세해 보이면 길어지다니요?"
히데요시는 고개를 깊이 끄덕였다.
"그대 눈에 그렇게 비쳤다면 적의 눈에도 마찬가지로 보인다는 뜻이지. 그러면 적은 쳐나오지 않을걸."
"과연…… 그래서 길어진다고 하시는군요."
"그렇다, 그렇게 되면 우리도 생각을 달리 해야겠지. 싸움은 이곳뿐이 아니니까."
"북 이세와 기후 말씀인가요?"
모두의 눈과 귀가 두 사람에게 쏠려 있을 때 가까운 골짜기에서 화창한 날씨에 이끌린 꾀꼬리가 한가로이 지저귀기 시작했다. 히데요시는 꾀꼬리 소리를 일부러 못 들은 척했다.
"바로 그거다. 내가 본대를 이끌고 급히 강 북쪽으로 온 것은 시바타를 단숨에 무찌르기 위해서였다. 그런데 상대는 성에서 나올 기색이 없다. 그렇게 되어 대군이 이곳에서 발이 묶이게 되면 아군이 불리하니, 우선 기후로 되돌아가 일단 화의를 맺으면서 우리를 배반한 노부타카를 먼저 쳐야 할 것이다. 그대들은 그렇게 생각하지 않나?"
모두들 얼굴을 흘끗 마주 보았을 뿐 아무 말도 하지 않았다.
히데요시가 생각하는 바는 잘 알고 있었다. 이곳에 본대가 묶여 있는 동안 노부타카 군이 미노에서 배후를 습격해 오면 큰일이다. 따라서 이곳에 오래 머물게 될 것으로 판단된다면 우선 약한 기후부터 먼저 개별적으로 격파해야 한다는 것이다.

'그러나 굳이 그럴 필요가 있을까……?'

여기서 북국을 압박하면서 노부타카의 진격에도 대비할 수단이 충분히 있을 것 같은데……모두들 그런 생각을 하고 있으므로 대답하는 자가 없었다. 히데요시 역시 그것을 너무나 잘 알고 있었다.

"좋다, 내 마음은 결정되었다. 모두들 굳게 성채를 지켜라."

뒤따르는 호리 히데마사를 돌아보며 히데요시는 조용히 말머리를 돌렸다.

"나는 일단 나가하마성으로 들어가 쉬다가 기후를 치고 오겠다. 내가 없는 동안 결코 시바타에게 틈을 보이지 않도록 해라."

그리하여 그날 밤 호리 히데마사의 진막에서 하루 묵고 이튿날 다시 덴진산 서쪽 고지 후미무로산(文室山)에 이르러 적정을 시찰하고 나서 손수 배치도 위에 점점이 거리를 써넣기도 하고 이상야릇한 기호를 적더니 곧장 기노모토의 본진으로 물러갔다.

그리고 적도 아군도 고개가 갸웃거려지는 명령이 곧 내려졌다. 쓰쓰이 군은 야마토로 철수하여 잠시 쉬면서 명령을 기다릴 것. 호소카와 군은 본성으로 철수하여 수군으로서 에치젠 해안에 상륙작전을 감행할 것.

그리하여 군사들이 저마다 명령대로 움직이기 시작하자 온갖 소문이 여기저기 난무하기 시작했다.

"대장은 대체 무슨 생각을 하는 걸까? 나는 둘 다 이해되지 않아."

"뭐, 이해되지 않을 것도 없지. 야마토로 쓰쓰이 군을 돌려보내신 것은 다키카와에 대비하기 위해서이고, 호소카와 군을 돌려보내신 것은 북국 군의 배후를 찌르게 하기 위해서가 아닌가."

"그렇지만 눈앞에 북국 군을 두고 야마토로 휴양을 보낼 게 뭐람……."

"그런 게 아냐. 다키가와는 이름난 악질이거든. 대장님이 본대를 이끌고 이곳에 오셨기 때문에 그 대비가 몹시 허술해져 있어. 만약 다키가와 군과 기후 군이 힘을 합치면 대단한 세력이 될 거야."

그러한 소문 가운데 히데요시 자신도 나가하마성으로 '휴양'하러 간다며 철수한 것이 3월 28일.

쓰쓰이 준케이가 야마토에 도착한 것이 4월 4일.

그리고 시바타의 출병에 호응하여 노부타카도 군사를 동원하여 시미즈성의 이나바 잇테쓰, 오카키성의 우지이에 나오미치 등의 영지로 출격하여 불을 지르고 다닌 것이 4월 13, 4일 무렵.

양군 격돌의 기운이 서서히 신록이 짙어가는 미노, 오미의 하늘과 땅을 휩싸기 시작했다.

전초전

그날 시바타는 일어나자마자 곧 붓을 들어 편지를 써서 기타노쇼성에 나가 있는 나카무라(中村)에게 전하도록 일렀다.

야나가세 진막에서 17, 18, 19일 사흘 동안 오락가락 내리는 비에 젖은 신록을 보고 있는 동안 오이치 부인은 어떻든 세 자매 문제만은 빨리 처리해 두는 편이 낫겠다는 생각이 들어 그 취지를 적은 것이었다. 기타노쇼에서 알려온 통지로는 호소카와의 수군이 일본해에서 해안을 따라 여기저기 불 지르며 다닌다고 한다. 물론 이것은 위협에 지나지 않는다고 보았으며, 세 자매는 호소카와 손에 넘기는 게 가장 좋겠다고 생각했다.

"이것을 나카무라에게 주고, 나는 아직 무사하지만 지루해 하고 있더라고 여자들에게 알리고 오너라."

사자를 보내고 나자 잠시 비가 개었으므로 시바타는 근위무사들에게 명하여 임시 막사 앞에 천막치고 마표를 세우게 한 다음 자신도 그곳으로 나갔다. 비가 오거나 밤이 되면 꼼짝 못 하는 산 속의 요새이므로 날이 개는 대로 여기저기 진지를 한 바퀴 둘러보려고 생각한 것이다.

천막 안의 걸상에 앉아 구름이 벗겨지면서 차츰 푸른 하늘이 펼쳐지는 모습을 보고 있는데 근위무사가 알려왔다.

"유키이치산 진막에서 사쿠마님 형제분이 오셨습니다."

"뭐, 사쿠마 형제가 왔다고?"

"예, 그리고 또 한 사람, 야마지 쇼겐(山路將監) 님을 모시고 오셨습니다."
"흠, 쇼겐과 야스마사(安政)는 나중에 만나겠으니 우선 모리마사만 들라 해라."
"예."
근위무사가 나가자 시바타는 왠지 빙그레 웃는 얼굴이 되었다. 만나서 이야기를 들어보기도 전에, 사쿠마가 무엇 때문에 왔는지 훤히 알 수 있었기 때문이었다.
'녀석도 비에 싫증나 어느 성채를 공격하게 해달라고 할 게 뻔하다.'
"백부님, 들어가도 되겠습니까?"
"오, 들어와, 야마지 쇼겐이 우리 편이 된 거냐?"
"그렇습니다."
그는 갑옷자락을 철커덕거리며 들어오더니 의기양양하게 가슴을 펴고 늠름한 가슴을 쇠 부채로 한 번 탁 쳐보였다.
"비가 그쳤으니 절호의 기회가 왔습니다!"
"조급하게 굴지 마라, 모리마사. 이번은 끈기싸움이다."
"하하하…… 귀신 시바타라는 별명을 가진 분치고는 너무 신중하시군요. 그렇지만 이번만은 움직이지 않을 수 없습니다."
"야마지 쇼겐이 알려왔나?"
"히데요시 놈이 노부타카 님의 교묘한 꾐수에 넘어가 나가하마성에서 나갔습니다."
"뭐, 히데요시가 나가하마성에서 나갔다고……?"
"예! 약속대로 기후 군은 시미즈의 이나바 잇테쓰와 오카키의 우지이에 나오미치들이 영지에 불 지르고 돌아다녔습니다. 이것을 보고 히데요시 놈, 노발대발하여 젊은 시동들을 비롯하여 2만의 군사를 거느리고 16일에 나가하마성에서 나갔다고 합니다. 지금이 좋은 기회이니 결단 내리십시오."
"안 돼!"
"예? 안 되다니요……?"
뜻밖의 대답에 사쿠마는 성내며 걸상에 털썩 앉았다. 사쿠마는 온몸에 넘치는 힘을 주체하지 못하는 기색이다.
"그 히데요시 원숭이가 또 무슨 꾀를 부리고 있다는 겁니까? 뒤에 남은 인원수는 우리와 큰 차이 없는데, 적어도 북극의 귀신 시바타가 호소카와 따위의 배후 공작이 두려워 지금 공격하지 않는다면 기후에 체면이 서지 않을 것입니다."

시바타는 얼굴을 찌푸리며 혀를 찼다.

"서두르지 말라지 않느냐? 누가 호소카와 따위를 두려워한다더냐. 여기서는 침착할수록 득인 것을 알기 때문이야! 알겠나, 만일 히데요시가 정말로 기후를 공격할 작정이더라도 이렇듯 2, 3일 동안 비가 계속 내린 뒤이니 이비강(揖斐川)이 넘쳐 결코 건너지 못할 게다. 그렇다면 기후에는 못 가고 오카키에 머물러 있을 거야."

"오카키에 머물러 있어도 좋습니다. 오카키에서 되돌아오기 전에 반드시 나가하마를 함락시키겠습니다."

"그것이 조급함이야. 나가하마성보다 이곳이 훨씬 더 지키기 좋다. 만일 히데요시가 이비강을 건넜다는 소식이 있거든 그때 움직여도 늦지 않다. 그때까지 참아라."

이번에는 사쿠마가 혀를 찼다. 성큼성큼 일어나 도보쿠산의 히데요시 진지에서 내응해 온 야마지 쇼겐과 아우 야스마사를 큰소리로 불러들였다.

"그만한 것은 저도 충분히 생각하고 있습니다. 여봐라, 야스마사와 야마지 쇼겐을 데려오너라. 쇼겐의 입으로 직접 말씀드리게 하자."

쇼겐은 시바타를 보자 꿇어 엎드렸다. 어쨌든 적에게 항복했던 자신의 행위가 부끄러웠던 것이리라.

"쇼겐인가? 잘 왔다. 히데요시에게 항복한 경위는 묻지 않겠다. 적의 정세를 살피고 왔을 테니까."

"예, 그런 의도에서였던 게 틀림없습니다."

"그래, 그대는 가쓰토요에 대한 이야기는 듣지 못했나?"

"예, 가쓰토요 님은 지난 달 28일, 나가하마성에서 숨지셨습니다."

"뭐, 가쓰토요가 죽었다고…… 살해당했느냐, 아니면 병 때문이냐?"

"병 때문에 재기할 수 없다는 것을 아시고 하시바 님과 성주님 양쪽에 대한 의리를 생각하시어 빈사상태에서 할복하셨습니다."

"음."

시바타는 나직이 신음했다. 병 때문에 점점 신경이 약해진 가쓰토요가 무장으로서는 미웠지만 인간으로서는 불쌍한 생각이 들었다. 시바타는 머리에 떠오르는 상념을 뿌리치듯 말했다.

"그래, 그렇다면 그 일도 더 묻지 않겠다. 그래, 모리마사. 이 두 사람을 불러 무슨 말을 시키려는 거냐?"

"쇼겐, 자네가 탐지한 원숭이에 관한 일을 그대로 말씀드려라."

사쿠마가 말하자 쇼겐은 그제야 똑바로 얼굴을 들었다.

"히데요시 님 군사들 속에 심어두었던 자가 조금 전에 돌아와, 기소강의 범람이 20일에는 진정될 것이니 시간이 걸리면 안 되므로 20일 새벽부터 강을 건너 기후로 쳐들어갈 준비를 하여 기다리고 있다 합니다."

"들으셨습니까? 그러므로 저희들도 20일에 행동을 일으키려는 것이니 말리지 않으시겠지요. 이 자리에서 곧 군사회의를 열어주시기 바랍니다."

사쿠마는 또 한 번 쇠 부채로 힘차게 가슴을 쳤다.

지금은 이미 19일 오후를 지날 무렵. 내일 20일 새벽에 히데요시 군은 이비강을 건너 단번에 기후성으로 쳐들어간다고 한다…….

조카 사쿠마 모리마사의 재촉을 받고 시바타는 저도 모르게 눈을 감았다. 망막 속에 병들어 수척한 가쓰토요가 마지막 힘을 다하여 자기 배에 칼을 찌르는 모습이 환상처럼 어른거렸다.

'그래, 항복한 채로는 역시 죽을 수 없었던 게지, 가쓰토요…….'

사쿠마는 답답한 듯 갑옷 아랫자락을 철커덕거렸다.

"백부님…… 만일 원숭이 놈이, 우리가 움직이기 전에 기후성을 함락하면 어쩌려고 이러십니까? 그래서야 귀신 시바타의 체면이 서겠습니까? 적이 내일 새벽 강을 건널 때 아군도 행동을 일으켜야만, 원숭이 놈 마음이 어지러워질 테고 기후에 대한 의리도 설 것입니다. 이런 좋은 기회를 앞두고 무슨 생각을 하시는 겁니까?"

시바타는 조카의 말을 조용히 가로막았다.

"모리마사…… 쇼겐의 첩자가 한 말, 너도 틀림없이 확인했느냐?"

"물론입니다. 같은 나가하마 군인 오가네(大金)에게서도 똑같은 보고가 있었습니다."

시바타는 결국 승낙했다.

"좋다! 그럼, 군사회의를 열기로 하지. 그러나 모리마사, 이것은 어디까지나 전초전이다. 적의 성채 한둘쯤 빼앗았다 해서 승세를 믿고 함부로 평야로 나가서는 안 돼."

"그 정도는 충분히 알고 있습니다."

"섣불리 평야로 나갔을 때 만일 히데요시가 되돌아온다면…… 마음에 걸리는 일이 있다."

"마음에 걸리는 일이라니요?"

"강 건너의 가이즈에서 스루가와 이곳을 노리며 움직이지 않고 있는 니와 나가히데의 동정이다. 만일 우리가 쳐나갔다가 나가히데가 호수를 건너와 퇴로를 막는다면 어쩌겠느냐? 이 산골짜기에서 당황해 달아나기 시작하는 군병들은 어떤 맹장도 감당하지 못한다. 예전에 아사쿠라 군의 말로를 나는 이 눈으로 똑똑히 보았다."

사쿠마가 웃었다.

"하하…… 이 모리마사 역시 백부님과 마찬가지로 귀신이라는 별명을 가진 사람, 전략에 실수는 없습니다. 백부님 지시대로 적의 허를 찌르지요. 그럼, 집합 봉화를 곧 각 진지로 올리겠습니다."

"좋다, 그러나 너무 깊이 추격하는 건 금한다. 그리고 봉화는 적이 눈치채니, 야스마사, 급히 사자를 보내도록 하라!"

이리하여 마침내 비가 갠 19일, 북국 군 역시 20일 새벽에 공세로 나가기 위해 우치나카오산 시바타의 본진에 모여 군사회의를 열었다.

그 결과 벳쇼산의 마에다 도시이에와 도시나가 부자를 시게산(茂山)으로 옮겨 히데요시 편의 신메이산에 있는 기무라 하야토와 도보쿠산에 있는 기노시타 가즈모토 등에 대비하게 하고, 도치타니산과 린코쿠산과 나카다니산의 도쿠야마 고헤에(德山五兵衛) 군을 저마다 사쿠마 휘하에 배치하여 20일 새벽부터 히데요시 편 최전선인 오이와산의 나카가와 기요히데 진지를 습격하기로 했다.

그날 밤 비는 완전히 개었다. 늦게 뜬 달이 신록으로 짙게 덮인 산들을 은빛으로 비추고 있었다.

사쿠마 모리마사는 유키이치산 진지로 돌아가 모두에게 알렸다.

"하늘이 우리 편을 들었다. 늦게 뜬 달이 길을 비추어줄 것이다. 내일은 새벽 2

시부터 행동을 시작한다."

새로이 휘하에 배치된 후와, 도쿠야마, 하라 외에 아우 야스마사의 군사를 더하니 사쿠마 군은 약 1만5000명.

시바타도 사쿠마의 작전을 돕기 위해 같은 시각에 가도를 10리쯤 남하해 기쓰네즈카(狐塚)까지 본진을 이끌고 가서 사네산의 호리 히데마사에 대비하고, 마에다 도시이에 부자는 벳쇼산에서 5리쯤 되고 신메이산 서북쪽 4정 남짓 되는 시게산으로 옮아가 적에 대비하기로 했다.

그리하여 새벽 2시 정각 유키이치산을 떠날 때 사쿠마 모리마사는 달을 우러러보며 모두들 들으라는 듯이 웃으며 말했다.

"달의 신이여, 이제야말로 귀신이라는 별명을 가진 사쿠마가 싸우는 모습을 보여드리겠습니다. 잘 보십시오. 그리고 내일 밤에는 기노모토의 원숭이 놈 본진에서 다시 만납시다. 그때까지 조용히 산길을 비춰주소서."

그리고 말머리를 모두들 쪽으로 홱 돌렸다.

"용기를 내라, 모두들. 새벽 6시까지는 말굽소리를 죽여 오이와산의 나카가와 기요히데, 이와사키산의 다카야마 우콘, 시즈가타케의 구와야마 시게하루를 포위해야 한다. 그런 다음 잠에 취한 적을 무찌르고 점심은 적의 본진 기노모토 진막에서 틀림없이 먹기로 하자."

사쿠마는 군선(軍扇)을 펼치고 그렇게 말한 뒤 맨 먼저 남쪽을 향해 말을 몰았다. 본대는 유키이치산에서 봉우리를 타고 오이와산을 거쳐 단번에 슈후쿠지 고개(集福寺坂)에서 서쪽으로 내려가, 시오쓰 골짜기(鹽津谷)를 돈 뒤 곤겐 고개(權現坂)를 넘어 요고 호수(余吳湖) 서쪽으로 나아갔다.

그리고 시바타 군은 오이와산 서쪽으로 나가 시즈가타케의 구와야마를 압박한다…….

사쿠마의 말대로 은밀히 행동하는 동안 달빛이 산길을 비쳐주었고 날이 새기 시작하자 뭉게뭉게 피어오른 안개가 그들의 움직임을 부드럽게 감싸주었다. 그리고 느닷없이 산에서 골짜기, 골짜기에서 산으로 최초의 총소리가 갑자기 울려 퍼졌을 때 이미 산꼭대기에서는 안개가 걷히고 없었다.

오이와산은 나카가와 기요히데. 이와사키산은 다카야마 우콘. 호수에 가장 가까운 시즈가타케는 구와야마 시게하루. 모두 1000명 남짓한 군사로 수비하고 있는데 느닷없이 오이와산 성채를 향해 총이 발사되더니 이어서 온 천지를 뒤흔드는 함성이 일었다. 그야말로 허(虛)를 찔린 것이다.

그러나 나카가와 역시 역전의 용사였다.

"이와사키산과 시즈가타케에 급히 위급을 알려라. 적은 틀림없이 사쿠마일 것이다. 힘을 합하여 물리치자."

곧바로 총 부대를 동원하여 마주 쏘게 한 다음 창 부대를 선두로 산기슭의 엷은 안개 속에 돌격명령을 내렸다.

그러나 그때 이미 세 성채의 연락망은 끊겨 있었다. 하는 수 없이 전령이 되돌아와 그것을 알리자 나카가와는 몸소 창을 잡고 훑으면서 멍한 목소리로 물었다.

"적의 수는 얼마나 되느냐?"

"예, 봉우리로부터 골짜기…… 산길마다 깃발과 병사로 꽉 찼습니다. 2만 이상은 되지 않을까 싶습니다……."

"듣기 싫다, 2만으로 보이면 그 3분의 1이라고 생각해. 그런데 거참 이상한 장소에서 죽게 되는구나."

그렇게 중얼거리며 천천히 망루로 올라가 이마 위를 손으로 가렸다. 산기슭의 안개는 말끔히 개어 있었다.

다시 사방에서 함성이 올랐다.

"와!"

"허, 이거 참."

나카가와는 이마 위에 손을 댄 채 눈을 가늘게 떴다. '탕 탕 탕' 하고 총소리가 천지를 뒤흔들고 깃발의 물결이 큰 강이 넘치는 듯한 기세로 산꼭대기로 향해 왔다.

"함성이 대지에 울려 퍼지고 봉화가 하늘을 휘덮는다."

"예, 뭐라고 하셨습니까?"

망루까지 따라와 있던 근위무사가 귀에 손을 대고 되물었다.

"아무것도 아니다. 바람이 이는 듯, 강물이 쏟아지는 듯, 적이지만 과연 훌륭한 공격이구나."

나카가와는 서쪽에 보이는 시즈가타케로 시선을 옮겼다. 거기서는 산기슭에 안개 아닌 포연이 몇 줄기 자욱하게 피어올랐으며 놀란 참새 떼가 이따금 하늘로 날아올랐다.
"구와야마도 공격당하고 있군. 그런데 산꼭대기의 군사가 이상하게 잠잠한 것 같다……."
이번에는 북쪽으로 돌아 이와사키산을 바라보았다. 그곳에서는 산 위의 녹음을 누비듯 깃발이 계속 움직이고 있었다.
"허, 다카야마 우콘이 일부러 적 속으로 쳐들어갈 모양이군. 아니야, 이건…… 퇴로를 열어 산을 버릴 작정인지도 모르겠는걸."
나카가와의 이 관찰은 들어맞았다. 다카야마 우콘은 이때 이미 이와사키산의 성채를 지키기 어렵다고 판단하고, 단번에 적을 돌파해 기노모토의 히데요시 본진에 합세하려 한 것이다.
"좋다, 이로써 결정했다!"
나카가와는 혼자 두세 번 고개를 끄덕인 다음 망루에서 내려갔다.
그리고 근위무사를 모아 간단명료하게 명령 내렸다.
"지금쯤 기노모토 본진에서 히데요시 님에게로 전령이 가고 있을 거다. 모두들 한 시라도 시간을 벌도록 해라. 죽을 자는 죽음을 서두르지 말고, 항복할 자도 달아날 자도 되도록 시간을 끌어라. 적이 도착하면 난전이 벌어질 테니 지시할 수 없다. 저마다 스스로의 재치로 알아서 진퇴를 결정하라. 총과 활은 적이 성채에 이를 때까지 모조리 쏘아버려라. 그럼, 저승에서 다시 만나자."
그때 약속한 대로 산꼭대기에서 곧 봉화가 올랐다.
"적에게 포위당했다, 죽음으로 지켜라!"
봉화가 창공을 향해 세 번 높이 오르자, 나카가와는 적의 정면 동쪽으로 달려갔다.
적은 이미 4, 500미터 가까이까지 다가왔고 이쪽에서는 마구 활을 쏘아대기 시작했다.
"아직 멀다. 활을 허비하지 마라."
나카가와는 울타리 문을 나와 말에서 내린 뒤 늠름하게 창을 한바탕 훑고 나서 그 자리에 딱 멈춰 섰다. 이미 60살이 가까운 나이였다. 생각해 보니 오늘날까지 용케도 살아남았다는 감회가 들었다. 야마자키 싸움 때 노부나가의 뒤를 따라 죽을 작정이었다가 히데요시의 도움으로 살아났는데 이번에 그 히데요시를 위해 죽는 몸이 되었다.

인생의 변천이 어쩐지 우습게 여겨졌다. 아니, 우습다고 호탕하게 한바탕 웃을 수 있는 것도, 실은 그가 죽은 뒤 히데요시가 가문을 훌륭하게 지켜줄 거라고 믿기 때문인지도 모른다.

'탕 탕' 하고 다시금 발밑에서 포연이 피어오르고 귓전을 스치며 탄환이날아갔다.

나카가와는 꼼짝도 않고 다가오는 적의 군세를 노려보았다.

나카가와의 주의로 일단 쏘는 것을 중단했던 이쪽의 화살이 한꺼번에 적의 선봉 쪽으로 비 오듯 날아갔다. 세 곳으로 나뉜, 얼마 안 되는 총도 여기저기서 불을 뿜었다.

적의 선봉은 2, 30간(1정은 60간) 가까이까지 다가왔다가 일단 2, 3정(1정은 109m) 후퇴했다. 나카가와 자신이 호령한 것은 아니었다. 싸움으로 단련된 난세의 사나이들은 빨려들듯 7, 80자루의 창을 나란히 꼬나들고 돌격했다.

"와!"

"와!"

양쪽의 고함소리가 푸른 하늘 아래 서로 얽혀들었다. 그러나 그것도 잠시…… 거기에서 돌아온 자는 한 사람도 없었다.

다시 적의 전진이 시작되었다.

해는 이미 높이 떠올라 투구의 쇠붙이를 지글지글 달구고 있었다. 나카가와는 9자 길이의 창을 짚고 서서 여전히 꼼짝도 하지 않았다. 제2대가 또 나카가와의 오른쪽에서 적 속으로 돌격했다.

활은 이미 다 쏘았고, 총소리도 멈춰 있었다.

'지금쯤 히데요시에게 전령이 닿았을까……?'

나카가와가 문득 그 생각을 하고 있을 때 제3대가 적을 향해 달려 내려갔다. 완전한 혼전이라 적과 아군의 함성이 나카가와 주위를 온통 에워싸는 것 같았다.

누군가가 뒤에서 달려오며 소리쳤다.

"주군! 북쪽을 지키던 군이 패했습니다. 적이 후방에서 이쪽으로……"

나카가와는 그 소리에 비로소 창을 고쳐 잡고 다시 한번 그것을 바싹 잡아당졌다.

"나무아미타불! 나카가와 기요히데의 최후를 지켜주소서."

그리고 곧장 산꼭대기에 이르려는 적 속으로 뛰어들었다.

뒤에서 근위무사들이 우르르 뒤따랐으나 그 수는 20명도 채 못 되었고, 물론 그것이 이 세상에 남긴 나카가와의 마지막 모습이었다.

오이와산은 함락되었다. 시간은 11시 무렵. 선명한 햇볕에 신록이 눈부시게 빛나고 있었다.

같은 시각, 옆의 시즈가타케성에서는 방금 사쿠마의 사자가 도착하여 이 성채의 장수 구와야마와 만나고 있는 참이었다.

다지마의 다케다(竹田)에 1만 석 영지를 가지고 있는 수비장수 구와야마는 그즈음 니와 나가히데 아래에서 이 시즈가타케성을 지키고 있었으며, 처음부터 나카가와처럼 온 힘을 다해 싸울 의사가 없었다. 시바타가 요고 호수 서쪽으로 나와 줄곧 싸움을 거는데도 공격하려 하지 않고 오히려 퇴각할 준비를 하고 있었다. 이런 분위기는 당연히 공격군에게도 곧 전해진다.

"이상한데. 아무래도 성을 버리고 달아날 작정이구나."

이렇게 되면 상대도 사상자를 피하고 싶어지게 마련. 그래서 사쿠마는 나오에다 마타지로(直江田又次郎)를 사자로 보내 전했다.

"곧 성을 넘기고 철수하라. 그러면 우리도 뒤쫓지 않겠다."

산꼭대기의 임시막사에서 사자의 말을 전해 듣고 풍채가 어딘지 이에야스를 닮은 구와야마는 둥그런 얼굴을 갸웃거리며 생각에 잠겼다.

상대가 짜증날 만큼 느긋한 말투로 그는 입을 열었다.

"글쎄, 우리도 싸움에는 자신 있는 무사지만…… 어쨌든 하시바 님이 기후를 공격하러 가고 안 계시니."

사자 나오에다는 혀를 차며 따졌다.

"그러니 이 시즈가타케 진지를 넘겨줄 수 없다는 말이오?"

구와야마는 고개를 크게 갸웃거리며 못내 미련이 남는 듯 다시 물었다.

"글쎄, 그 점이 바로 의논할 점인데, 만약 못 내주겠다면 어떻게 하겠소?"

"그것은 이미 알고 계실 터. 다카야마 우콘은 이미 성을 버렸고, 오이와산의 나카가와는 전사했소. 만약 귀하가 내주지 않는다면 힘으로라도 함락시킬 것은 말할 필요도 없는 일 아니오?"
"하지만 아직 본진인 기노모토가 떨어진 것도 아니고, 니와 님이 전사한 것도 아니니."
"그러면 오이와산과 마찬가지로 전멸당하더라도 싸움을 벌이겠다는 말씀이군요."
"아니, 그건 속단이오."
"뭐, 속단?"
"그렇소. 사네산에서는 호리 님이 보고 계시고, 하시바 님 역시 기별을 들으면 다시 돌아오실 거요. 그때 구와야마가 그냥 성을 버리고 달아났다면 내 체면이 어떻게 되겠소?"
"대체 싸우자는 거요, 말자는 거요!"
구와야마는 갑자기 어색한 표정으로 웃고 나서 털어놓듯 슬그머니 말했다.
"바로 그 점이오, 사자님. 귀하도 무사일 테지요?"
"무사이기 때문에 예를 갖추어 우리가 이길 수 있는 싸움에서 이렇듯 귀하를 상대하고 있는 것이오. 나는 귀하같이 느긋한 사람은 처음 보았소."
"그것은 잘 알고 있소. 그러나 나중에 가서 후회해봤자 소용없는 일 아니겠소? 그래서 이리저리 궁리해 보았는데, 지금은 역시 이 성을 내줄 수 없을 것 같군요."
"뭐, 뭐라고! 그럼, 싸우겠단 말이오? 알았소, 대장님이 팔짱낀 채 고대하고 계시오. 곧 산을 달려 내려가 다시 화살 속에서 만나기로 합시다."
"거보시오, 그러니 성급하다는 거지. 나는 아직 내 생각의 반밖에 말하지 않았소. 지금 성을 내주는 것은 아무래도 좀, 해가 쨍쨍 내리쬐고 있어 낯 뜨겁구려."
"그럼…… 어떻게 하시겠다는 거요?"
"그러니…… 해가 떨어질 때까지 밑에서 공포라도 쏘면서 기다려주지 않겠소? 우리도 가끔 함성을 지르고 활과 공포를 쏘며 상대해 드릴 테니."
"뭐라고요? 밤이 되면 성을 버릴 테니 그때까지 싸우는 것처럼 보이자는 말씀이오?"
"귀하도 무사라 하지 않았소? 대낮에 서로 너무 쉽게 성을 주고받는 것은 아무래도 낯부끄러운 일이거든."
"알았소! 그럼, 해가 지면 틀림없이 성을 내준다는 거지요?"

"내주고 뭐고, 해지기를 기다려 이쪽은 곧 후퇴하겠소. 그러면 양쪽의 체면이 서고 병력도 잃지 않게 되오. 어떻소, 이런 뜻을 사쿠마 님에게 전해 주지 않겠소."

사자는 어이없어 구와야마의 얼굴을 쳐다볼 뿐이었다. 구와야마는 해 질 녘까지 서로 싸우는 척하다가 해가 지면 달아나겠다는 것이다.

'과연, 이러니 말하기 어려웠겠지.'

"어떻소, 전해 주시겠소?"

사자인 나오에다는 저도 모르게 웃음을 터뜨렸다.

"하하하…… 정말 훌륭한 묘안이오. 귀하가 그런 각오시라면 나는 사자이니 전해드려야지요. 아무쪼록 해 질 녘 시간은 꼭 지켜야 합니다."

"그건 이미 충분히 알고 있소. 우리 편에 승산이 없으니 그런 것에 집착하지 않소."

"정말 훌륭한 대장이오. 훌륭해!"

사자는 구와야마에게 쏘는 듯한 야유를 던지며 또 웃었다. 그러나 구와야마는 어디까지나 진지했다.

"사쿠마 님이 승낙해 주신다면 더 이상 기쁜 일이 없겠소. 서로 소중한 녹을 나누어 키운 가신들, 질 줄 뻔히 아는 싸움에서 죽여 버리는 것은 아까운 일이오. 그럼, 부디 잘 부탁하겠소."

나오에다는 싱겁기도 하고 뜻을 이루어 마음속으로 안심도 되었다.

"그럼, 대장님이 승낙해 주시면 밑에서 공포로 신호해 드리지요. 그러나 만일 실탄이 날아오면 그때는 대장께서 승낙하지 않고 곧바로 이 산을 점령하기 시작한 줄 아시오."

"공포를 쏘면 승낙하는 것, 승낙하지 않으면 실탄을 쏘겠다……."

"아셨겠지요? 아무튼 이 일은 내가 맡으리다."

"이제 마음 놓이는군. 부디 사쿠마 님에게 잘 말해 주시오…… 저녁 6시, 우리는 호수 기슭으로 철수를 시작하겠소."

두 사람의 긴 교섭은 이것으로 끝났다.

그리고 나오에다가 돌아가자 곧 산기슭에서 연기를 뿜으며 총소리가 줄곧 나기 시작했고 위에서도 마주 쏘기 시작했다. 알 만 한 자가 듣는다면 양쪽 다 공포를 쏘는 것을 분명 알 수 있는 총소리였으나, 이따금 산꼭대기에서 함성이 일고 아래에서 호응하니 남이 보기에는 충분히 기회를 엿보고 있는 대치로 보였다.

이리하여 이윽고 약속된 해 질 녘이 다가왔다. 호수 너머에 솟아오른 히라(比良)산맥을 붉게 물들이며 차츰 땅거미가 퍼지기 시작하자 구와야마는 마지못해 일어나 모두들에게 호숫가를 향해 산을 내려가라고 명령했다.

"정말 이대로 철수하는 것입니까?"

자기편에게도 답답하게 여겨질 만큼 그는 느릿한 말투로 대답했다.

"그래, 정말이다. 알겠나, 오늘 아침 기노모토를 떠난 전령이 정오에 하시바 님에게 도착했다고 치자. 그러면 곧 되돌아와……."

말하면서 손가락을 꼽아본다.

"여느 사람이라면 내일 저녁 때…… 그러나 상대는 하시바 님이니……."

"그게 무슨 뜻입니까?"

"몇 시에 원군이 도착하느냐는 것이다. 글쎄 어쩌면 새벽녘에 도착할지도 모르지. 좋다, 되도록 천천히 철수하는 게 좋겠다. 내일 아침이면 다시 돌아오게 되겠지. 너무 많이 걸으면 쓸데없는 고생만 하게 돼."

그리하여 일부러 천천히 철수 준비를 시작했다. 밑에서는 산 위의 동정을 지그시 지켜보고 있었다.

우쭐해진 사쿠마 군은 이때 시즈가타케를 포위할 진형을 짜며 한숨 돌리고 있었다. 물론 야영할 예정이었다.

하치가 봉우리(鉢峰)로부터 오이와산과 오노지산(尾野路山), 니와토(庭戶) 해변에서 시즈가타케 서쪽 호리키리(堀切) 언저리에 걸쳐 군사를 배치하여 해가 떨어지자 그 병졸들이 피우는 화톳불이 빨갛게 보였다.

"묘하게 돌아가는걸, 공포만 쏘아대고 성을 버리다니."

"아냐, 대장님께 무슨 생각이 있겠지. 어떻든 명령에 따라야 해."

대장 구와야마의 마음을 짐작하지 못한 채 서쪽으로 느릿느릿 옮아가기 시작한 구와야마 군은 산길에서 호숫가로 내려가는 곳에서 이상한 것을 발견했다. 쓰즈라오자키(葛籠尾崎)의 호숫가를 향해 군선(軍船)이 이쪽으로 속속 다가오고 있었던 것이다. 이미 땅거미가 깔려 발밑은 어두컴컴했다. 그러나 눈 아래 호수는 하늘빛을 반사하여 희끄무레하게 반짝이고 있다. 깃발은 알아볼 수 없으나 잇따라 오는 배를 볼 때, 그것은 서남쪽의 가이즈(海津) 방면에서 오고 있음을 잘 알 수 있었다.

"보고드립니다, 호수에 많은 군선이 보입니다."

전령이 곧 구와야마에게 급히 알리자 그는 호수가 보이는 바위 끝으로 황급히 말을 몰았다.

"흠, 참으로 괴이하다. 별 이상한 일도 다 있군."

자못 감격하는 모습으로 홱 뒤돌아보았다. 주위는 어두워지고 있어 타오르는 이와사키산과 오이와산 성채의 불길이 뚜렷이 보이기 시작했다.

"적일까요, 아군일까요?"

"물론 우미즈에서 오는 니와 나가히데 님 원군이지. 이렇게 되면 진지를 내줄 것 없겠군. 거참, 하시바 님은 정말 운 좋으신 분이야."

"그렇다면 우리 쪽에서 원군을 청했습니까?"

"아니야, 보낼 틈이 없었는데도 오고 있으니 감탄하는 거지……."

구와야마가 감탄하고 있듯 그것은 그야말로 불가사의한 우연이라 해도 과언이 아니었다. 히데요시는 만일의 경우를 생각하여 기노모토의 본진을 비우면서 나가히데에게 쓰루가 가도의 가이즈를 방비하게 해두었다. 그런데 나가히데는 오늘 새벽부터 사쿠마 군이 일제히 행동을 일으킨 것을 알지 못하고 있었다.

"하시바 님이 안 계시는 동안 만일의 일이 생겨서는……."

그렇게 생각하고 아침부터 시동과 직속무사 1000여 명을 6척의 배에 태워 비와호(琵琶湖)를 둘러보러 나왔다. 그러자 그의 휘하인 구와야마의 성채에서 줄곧 총소리가 들려오는 게 아닌가?

"예삿일이 아니다. 적이 시즈가타케를 공격하고 있다. 어서 배를 대라."

그리고 자신은 그대로 상륙하고 가이즈로 배를 곧 돌려보내 주력의 3분의 2를 이곳으로 오도록 조치했다. 나가히데가 상륙한 것은 정오가 조금 지나서였고, 지금은 그 주력부대가 호수를 건너 시즈가타케로 계속 도착하고 있었다.

"모두들 되돌아오라. 그리고 이제부터는 실탄을 쏘아라. 허, 거참 정말 기묘한 일도 다 있군."

구와야마는 고개를 갸웃거리며 일단 버렸던 성채 쪽으로 말머리를 돌렸다.

이 무렵—

오이와산기슭에 진치고 시즈가타케의 동향을 지켜보던 사쿠마와 골짜기의 기쓰네즈카에 본진을 둔 채 꼼짝하지 않는 총대장 시바타와의 사이에 여러 번 사자가 오가고 있었다.

사쿠마는 마지막으로 사자로 보냈던 하라 히코지로(原彦次郎)를 앞에 두고 흥분된 얼굴로 다그쳤다.

"도무지 밑도 끝도 없이 사자만 들락날락거리는군. 백부님이 대체 왜 출격을 왜 승낙하지 않으시는지 이유가 있겠지, 그것을 들어봐야겠다."

하라는 그러한 상대의 감정에 휘말려들지 않으려고 천천히 천막 안을 둘러본 다음 화톳불에 장작을 던졌다.

"여기서 지금 더 움직여서는 안 된다, 사쿠마는 아직 혈기가 가라앉지 않았다고 말씀하셨습니다."

"뭐, 혈기가 가라앉지 않았다고? 나는 혈기에 쫓겨 설치는 게 아니다. 백부님이 노망드셨군. 원숭이 놈이 없는 틈에 모처럼 손에 넣은 이 요지, 이것을 발판으로 나가하마 평야로 진격하지 않고 어쩌시겠다는 건가?"

"예, 거기에 대해 이렇게 말씀하셨습니다. 기노모토에는 하시바 히데나가와 하치스카 히코에몬이 남아 있고 또 눈앞의 사네산에는 호리 히데마사가 있다, 움직일 때가 아니니 곧 유키이치산으로 철수하라고……."

"똑같은 소리!"

사쿠마는 불길이 빨갛게 비치는 눈을 부릅뜨고 이를 갈면서 군선을 흔들었다. 그 바람에 걸상다리가 흙 속에 푹 빠졌다.

"백부님이 움직이기 시작하면 호리 히데마사도 반드시 동요하여 기노모토와 합칠 것이다. 그러면 양쪽에서 공격하는 거야. 히코지로, 히데마사 따위가 뭐 그리 무서우냐고 한 번 더 말하고 오너라."

일어서는 대신 하라는 또 장작을 모닥불 속에 던져 넣었다.

"하지만…… 만일 골짜기를 나가 기노모토를 공격하다가 함락시키기 전에 히데요시가 돌아온다면 아군은 갈 곳이 없게 된다, 그러므로 되돌아오라고."

"닥쳐! 원숭이가 기후에서 되돌아올 때까지 어떻게 가만히 있을 수 있어? 오늘 전령이 도착했다고 쳐도 내일 철수 준비를 갖추어 모레 일찍 기후를 떠나면 여기 도착하는 것은 앞으로 사흘 뒤다. 그때까지 나가하마성을 손에 넣고 그 이북의 땅을 엄중히 굳힐 수 있다. 난 철수하지 않는다."
"그래서는 약속이……."
"그까짓 약속 따위…… 싸움은 물 같은 거다. 싸운다면 승리의 기세를 이용하지 않고 무엇에 쓰나."
하라는 난처한 듯 고개를 흔들었다.
"아무튼…… 결코 깊이 추격하지 않겠다는 약속이었고 오늘 전과는 충분했으니 곧 철수하라, 이건 명령이라고 말씀하셨습니다만……."
"그만 됐다."
하라도 어처구니없어하고 사쿠마 역시 혀를 차며 고개를 홱 돌렸다.
"도무지 말이 안 돼…… 좋다. 내일은 나 혼자 마음껏 행동하겠다. 이젠 사자로 갈 것도 없어. 백부님도 참으로 어이없는 고집쟁이시군."
그때 일단 멈췄던 총소리가 다시 봉우리에서 골짜기로 크게 메아리쳤다.
"어느 성채냐, 방금 그 총소리는? 알아보고 와."
"예."
한 근위무사가 허둥지둥 천막 밖으로 달려 나가자 잇달아 또 탕탕탕 하는 굉음이 땅거미를 가르며 들려왔다.
하라가 고개를 갸웃거리며 일어섰다.
"이상하다, 지금 것은 시즈가타케 같은데……."

히데요시가 사쿠마 군의 출격 보고를 받은 것은 20일 낮이 지나서였다. 사쿠마의 계산에 따르면, 20일 오후에 히데요시는 이미 오카키성을 나가 이비강을 건너 나루터 언저리까지 이르러 있어야 했으나, 히데요시는 전군을 무장시켜 언제든 진격할 수 있도록 충분한 준비를 갖추어놓고도 날이 밝자 전날 한 말을 뒤엎어 강을 건너지 못하게 중지시켰다.
"불어난 물이 아직 줄지 않았군. 하루만 이대로 더 기다려 보기로 할까."
직속무장들 가운데 불만을 느끼는 자가 많았다.
"뭐, 이 정도 물을 못 건널 게 뭡니까? 대장님은 너무 조심성 많으십니다."
그러나 히데요시는 웃으며 말했다.
"나는 홍수하고 싸우러 온 게 아니다. 강물에 한 사람이라도 빠지면 웃음거리가 된다. 그렇다고 갑옷을 벗어서는 안 돼. 어쩌면 오후에 물이 빠질지도 모르니, 물이 줄면 오늘 안으로 강을 건너게 될 수도 있으니까."

그렇듯 모두들 동쪽의 강물에 줄곧 마음을 빼앗기고 가운데 서쪽에서 사쿠마 군이 강 북쪽으로 진출했다는 전령이 와 닿았다. 히데요시는 복잡한 표정으로 회심의 미소를 떠올렸다.

"그래? 큰일 났군. 내가 없는 동안을 노리고 왔다면 이대로 둘 수 없지. 곧 돌아가 자웅을 겨뤄야지. 좋다, 보병 200명 중에서 특히 발 빠른 자 50명을 뽑도록 하라."

가토 미쓰야스에게 명한 뒤 히데요시는 본성 앞 막사로 직접 나가 걸상에 앉아 모여드는 이들을 기다렸다.

그동안 히데요시는 아무리 다물어도 자꾸만 입이 벌어져 견딜 수 없었다. 노부나가는 전에 시바타에게 곧잘 말했었다.

"그대의 전투태세는 마치 멧돼지 같아."

사쿠마도 그러한 시바타의 젊은 시절과 똑같이 저돌적이고 미련한 데가 있었다. 그래서 히데요시는 신중히 생각하고 함정을 파둔 것이었다.

'드디어 멧돼지 놈이 함정에 걸렸어…….'

그렇다 해서 아무 때고 무리한 싸움을 하는 히데요시는 아니었다. 먼저 인원수와 배치로 적을 압도한 다음 적 내부에 이것저것 먹이를 던져 내통자를 만들어놓고, 그런 다음 노부나가처럼 기습을 시도하는 게 히데요시의 전술이었다. 그렇듯 면밀하게 짜놓고 호언장담했다.

"싸우면 반드시 이긴다!"

히데요시의 이 호언장담은 언제든 그대로 실현될 수밖에 없었고, 그것은 히데요시 군의 신앙으로까지 되어 있었다.

선발된 보병 50명이 천막 안으로 잇따라 들어오자 히데요시는 의기양양하게 첫 명령을 내렸다.

"너희들은 지금부터 곧바로 오카키에서 기노모토에 이르는 길목의 마을을 지나가며 말해라. 집집마다 쌀 한 되씩 밥 지어 군량으로 제공할 것. 물론 너희들 뒤에 떠날 군사들 식량이다. 그리고 오다니에 이르면 밤이 될 터. 오다니에서 기노모토까지 마을에서는 밥 외에 말먹이도 내놓고 횃불을 들어 우리를 기다리게 하라. 알겠나. 우리가 도착하기에 앞서 오다니에서 기노모토까지의 길이 횃불로 가득하도록 준비시켜야 한다. 모든 비용은 뒤에 10배로 쳐서 갚아주마. 천하를 가르는 싸움이 이것으로 결정된다고 퍼뜨려라! 새로운 천하인, 히데요시의 명령이라고 분명히 말해라."

첫 번째 선발대, 걸음이 빠른 50명이 앞 다투어 오카키성을 떠나자 히데요시는 비로소 소리 내어 껄껄 웃었다. 지금부터 기노모토로 되돌아간다면 거의 밤새워 강행군하게 된다. 만일 승패를 의심스러워하는 자가 도중에 생긴다면 그야말로 50명 100명 정도의 들도적과 농민 무리라 할지라도 뜻밖의 장애가 될 게 틀림없다. 그러한 장애를 없애기 위해, 이기는 쪽은 히데요시라고 뚜렷이 인식시켜 둘 필요가 있었다. 거기에 마을마다 집집마다 밥을 지어놓도록 명령해 두면 알지 못하는 사이에 한편이 된 기분이 들 테고, 또 강행군하는 장병들의 허기도 채워줄 수 있다.

일석이조, 삼조까지 노리는 히데요시의 궁리는 거기에서 다시 나가하마로부터 기노모토까지의 한길을 횃불로 가득 메우게 하려는 것이었다. 이 횃불을 보면 아마 본대가 도착하기도 전에 적은 착각하여 틀림없이 당황하기 시작하리라.

"히데요시가 온다!"

히데요시는 걸상에서 일어나 이 성의 성주 우지이에를 불렀다.

"자, 이제 이겼다! 우지이에, 우지이에."

우지이에는 순간 가슴이 철렁한 듯 눈을 깜박이며 주위를 둘러본 다음 히데요시 앞에 나와 꿇어 엎드렸다. 그는 히데요시가 만일 강 북쪽으로 되돌아간다면 기후로 돌아오라고 노부타카로부터 밀령을 받고 있었던 것이다.

히데요시는 물론 그것을 알면서 조금도 개의치 않는 호탕한 태도였다. 히데요시는 다시 자기 자랑을 하기 시작했다.

"우지이에, 이제 드디어 천하는 이 히데요시의 손에 들어오게 됐어. 이상한 일이지. 홍수까지 내 편을 들거든. 예정대로 오늘 아침에 강을 건넜다면 내일 아침까지 사쿠마며 시바타를 무찌를 수 없었을 텐데. 그런데 보다시피 이렇게 되지 않았나? 그렇다 해서 내 부하 3만을 몽땅 데리고 가버리면 그대 마음이 불안하겠지. 시바타의 목을 치고 돌아올 때까지 이 성에 1만5000을 남겨 호리오에게 맡겨두고 가겠다. 만일 노부타카가 나오거든 적당히 다뤄주도록."

"예."

우지이에는 대답한 뒤 자신의 당황스러움을 감추지 못하여 불안하게 눈알을 굴렸다. 히데요시가 완전히 속을 꿰뚫어보는 것 같아 저도 모르게 등골이 서늘해졌다.

"들은 대로다. 호리오, 이곳을 단단히 지키도록."

"예."

"날씨 좋군. 강은 건너지 않았어. 사쿠마도 나왔고. 무장은 되어 있지…… 하하하…… 행운의 신이 돕는다니까, 이 히데요시를. 자, 그럼 도중에 군량이 우리를 기다리고 있다. 기노모토까지 숨 돌릴 사이도 없을 게다. 뛰면서 먹고, 뛰면서 마시고, 뛰면서 천하를 잡자꾸나. 생각해 보면 우대신님이 덴가쿠 골짜기에서 대승리를 거두실 때도 이랬었지. 시동들도 이번에는 마음껏 공을 세워라. 자! 그럼, 출발준비를 하자."

하늘은 활짝 개어 줄곧 솔개가 날고 있다. 신록에 동녘바람 내음을 풍기며 나뭇잎을 흔드는 바람과 빛이 상쾌했다.

히데요시는 전군의 사열을 끝내자 가토, 히토쓰야나기 등 몇 기의 근위무사를 거느리고 본대에 앞서서 바람처럼 성문을 나갔다.

때는 오후 4시 조금 전이었다.

히데요시는 말을 몰아 나가마쓰와 다루이(垂井)를 단숨에 달렸다. 그리고 세키가하라로 접어드는 곳에서 두 번째 전령을 만났다. 나카가와 기요히데의 전사 소식과 사쿠마의 출진을 알려온 것이다. 히데요시는 말 위에서 이 보고를 듣고 큰 소리로 외치며 허공을 향해 빌었다.

"나카가와, 용서하라. 반드시 원수를 갚아주마. 그대 뒤는 훌륭히 보살펴줄 테니 용서해 다오."

그 무렵 이미 길은 어두워지고 미리 지시해 놓은 밥이 가는 곳마다 마을 한복판에서 김이 모락모락 오르는 주먹밥이 되어 산더미를 이루고 있다.

히데요시는 그 앞에서 일일이 말을 세웠다.

"수고들 한다. 술이 있거든 내오너라. 그리고 말먹이에 겨를 섞어 말들이 배불리 먹게 하도록. 대가는 후에 10배로 갚겠다. 알겠나, 이번 싸움으로 천하는 히데요시 손에 들어오게 된다. 뒤에 진군해 오는 군사들도 반드시 허기를 채울 수 있게 하라."
그리고 또 다음 마을에 들어가면—
"오, 여기는 팥밥에 떡까지 마련했구나. 그래, 이 히데요시, 꼭 기억하고 있겠다."
또 어떤 마을에서는—
"서둘러라. 시즈가타케로 서둘러라. 알겠나, 빈 쌀자루의 아가리를 묶어 두 개로 잘라 소금물에 적신 뒤 그 속에 밥을 담아 말에 싣고 시즈가타케로 서둘러 가자. 그리고 길가는 군병에게 그 밥을 먹게 하라. 다 먹고 두 사람 몫을 갖는 자가 있더라도 나무라지 마라. 옷이며 수건에 싸가지고 가도 좋다고 해라. 몇 사람 몫을 갖든 그것을 가지고 싸움터로 가는 것이니 결코 낭비가 아니다. 그리고 말먹이에도 표시해 놓고 필요하면 가져가라고 하라. 알겠느냐, 대가는 나중에 10배로 쳐준다. 개개인의 이름은 댈 것 없다. 어느 고을 어느 마을이라고만 하면 된다. 자, 서둘러라, 시즈가타케로!"
이렇듯 히데요시 뒤에서 오카키로 출진하는 군사들은 히데요시의 명령대로 먹으면서 달리고 달리면서 마시고, 글자 그대로 질풍노도처럼 진격을 계속했다.
세키가하라를 지날 무렵 이미 캄캄하여 길은 온통 횃불로 메워졌다. 세키가하라에서 나가하마로 나가 기노모토 본진까지는 오카키에서 약 130리나 된다. 히데요시가 만일 강을 건너 기후성에 도전하고 있었더라면, 사쿠마의 계산대로 아무리 서둘러도 사흘 뒤 밤이나 기노모토에 도착하게 되었으리라. 그런데 오후 8시 넘어 스이조(春照)를 떠나 9시 조금 지나 기노모토에 이르렀다.
한편 병참부대는 나가하마에서 기노모토에 도착했다. 1만5000명 군사가 130리 길을 겨우 5시간 만에 달려온 것이다. 스이조에서 기노모토, 하치가미네에서 미노로 가는 길 일대는 마치 만등회(萬燈會)를 보는 것 같은 횃불 행렬이었다. 히데요시는 그 선두에 서서 기노모토의 본진에 이르자 대뜸 아우 히데나가를 꾸짖었다.
"나카가와를 전사시키다니 분한 일이로다."
그 말에 히데나가가 뭐라고 대답하려 하자 가로막았다.
"알고 있다, 그 몫을 네가 해내라."
말하는 동안에도 애타는 듯 말머리를 돌려 싸움에 참가하러 오는 군사들을 사열하기 시작했다.

"배고픈 자는 없느냐? 지친 말은 쉬게 해줘라. 지금부터 새벽까지 시즈가타케에서 천하가 결정된다. 짚신과 각반도 다 준비되었나?"

히데요시는 늘 자랑으로 삼는 커다란 목청으로 이리 뛰고 저리 뛰며 피로한 줄 모르고 대활약을 펼쳤다.

사쿠마, 무너지다

사쿠마 군은 구와야마로부터 시즈가타케성채를 교묘히 넘겨받았다고 생각하던 참에, 니와 나가히데의 원군이 나타나 일단 산을 내려오던 구와야마 군이 다시 되돌아가기 시작했다는 것을 알고 하는 수 없이 그날 밤은 공격의 고삐를 늦추었다.

이른 새벽부터 산악전을 펼치느라 군사들의 피로가 극심했다. 게다가 마에다 도시이에 등의 움직임은 활기를 잃었고, 시바타 자신도 빨리 철수하라고만 할 뿐 평야로 나올 기색이 없었다.

그래서 오이와산기슭에서 야영하며 날이 새기를 기다렸다가 시즈가타케를 내려가 이와사키산, 오이와산, 시즈가타케의 전선을 확보하고 나가하마로 나가는 평야 출구를 굳힐 계획으로 그날 밤은 야진(野陣)에서 일찍 잠자리에 들었다.

그런데 9시쯤 되자 갑자기 주위가 소란스러워지기 시작했다.

달이 뜨는 것은 12시쯤.

'무슨 일일까……?'

귀 기울이니 잡병들이 떠들며 이야기하는 소리였다.

"아무래도 이상한데. 저 만등회 같은 횃불 행렬은 예삿일이 아니야."

"정말 그래. 이건 아무래도 몇 만의 대군이 오는 모양인데."

"몇 만이라면 여느 대장이 아냐. 이건 미노에 있는 것처럼 꾸미고 히데요시가 어디 숨어 있었던 게 아닐까?"

"바보 같은 소리. 히데요시는 분명 오카키에서 동쪽으로 나가 싸우고 있을 텐데 아무리 빨리 돌아와도 내일 안으로는 여기 도착하지 못해. 그건 그렇고 미노길에서 기노모토까지 온통 횃불바다로군."

"대장님은 알고 계실까?"

"누군가 측근이 알려드렸겠지."

이 소리에 사쿠마는 비로소 벌떡 일어났다.

"여봐라, 게 누구 없느냐? 망루 바위로 오라."

말하면서 곧장 막사를 나가 왼쪽의 큰 바위로 달려 올라갔다. 병졸이 말한 대로 예삿일이 아니었다. 그야말로 눈에 보이는 한 온통 불바다였다.

"히데요시가 돌아온 것 같습니다."

칼을 받쳐들고 온 시동이 말했을 때 등골이 으스스하게 서늘해졌다.

"멍청한 소리 마라. 히데요시라 해도 귀신은 아닐 것이다. 오카키에서 이토록 빨리 올 턱이 있나. 정신 똑바로 차려!"

입으로 엄하게 꾸짖으면서도 곧 정찰을 내보내지 않을 수 없었다.

"야스이, 게 없느냐. 사콘을 불러라."

"옛, 야스이 사콘(安井左近) 여기 있습니다."

"사콘, 영리한 놈으로 골라 척후로 내보내라. 누구 진영인지 잘 탐색해 오라고 해."

"예."

사콘이 허둥지둥 망루바위에서 내려가자 사쿠마는 다시 한번 넋 잃은 듯 횃불의 움직임을 바라보았다. 마음 어딘가에서 뼈아픈 후회가 피와 살을 질근질근 깨무는 것 같았다.

'일단 적을 격파한 다음 반드시 철수할 것. 그런 약속이라면 움직여도 좋다.'

백부 시바타가 거듭거듭 강조했는데도 오늘 저녁나절 끝내 이곳에 야진을 치고 퇴각하기를 거부했던 사쿠마였다.

'만일 이것이 정말 히데요시라면…….'

그때는 이미 체면이고 뭐고 생각할 것 없다. 달이 뜨기를 기다려 철수하는 수밖에 도리 없다…….

그러한 생각을 하며 가만히 서 있는 동안 야스이 사콘이 돌아왔다.

"척후병이 돌아왔습니다."
"돌아왔다고? 이리 데려오너라."
사쿠마는 큰 소리로 대답하면서 직접 야스이 사콘 쪽으로 다가갔다.
"사콘, 역시 히데요시냐?"
"예, 그렇습니다."
사콘의 목소리도 주위를 꺼리며 신음하듯 조그맣게 속삭이고 있었다.
"틀림없느냐?"
"정말 꿈을 꾸는 것 같습니다. 그러나 히데요시는 이미 기노모토 본진에 도착하여, 땀도 닦지 않고 다나카미산으로 올라갔다고 합니다."
다나카미산은 기노모토 북쪽 북극 가도 동쪽에 있으며, 수비대장 하시바 히데나가의 별동대가 점거해 북극군의 동태를 지켜보고 있는 요지였다. 그 다나카미산에 히데요시가 올라갔다고 한다…… 물론 북국 군이 진출하는 상황을 정찰하기 위해서겠지만 어떻게 그가 지금 이 땅에 나타났는지 사쿠마는 도저히 상상되지 않았다. 더욱이 히데요시뿐 아니라 수만 대군이 이미 와 닿아 지금도 산과 들을 메우며 잇따라 다가오고 있었다.
"사콘, 달뜨는 시각은 12시였지?"
"예, 12시 조금 전이면 뜨겠지요."
"사기는 어떠냐, 아군의 사기는?"
"유감스럽지만……."
사콘은 고개 숙이며 말꼬리를 흐렸다.
"그럴 테지…… 원숭이 놈, 늘 대군과 함께 나타나니 말이야."
"예, 성을 비웠을 때도 인원수로는 도저히 미치지 못했는데 니와가 호수를 건너오고, 히데요시도 저렇게 왔으니."
사쿠마는 핏발 선 눈으로 혀를 찼다.
"분하다. 하라를 불러라. 그리고 아우 가쓰마사와 야스마사의 진지에도 사자를 보내야겠다."
말하다 말고 사쿠마는 동북쪽 하늘을 바라보며 이마 위에 손을 얹었다.
"아, 봉화구나, 저건."
다나카미산인 듯한 곳에서 느릿하게 한 줄기 불기둥이 꼬리를 끌고 일어났다

싶자, 그 왼쪽에서 그것에 호응하듯 다시 스르르 두 줄기 불기둥이 하늘을 향하고 있었다…….

사쿠마는 신음했다.

"아뿔싸! 저건 분명 마에다 부자와 후와의 진지다. 에잇, 배반했구나!"

애당초 히데요시가 성을 비웠음을 알리고 20일 새벽 오카키에서 기후로 진격해 간다고 천연덕스럽게 알려왔던 나가하마성 내통자의 말까지 수상쩍게 생각되었다.

"사콘, 달뜨는 대로 곧 철수해야겠다. 곧바로 준비하도록."

사쿠마는 몸소 앞장서서 바위에서 뛰어 내려갔다. 어지간하면 여기서 아침을 맞아 전군이 괴멸하더라도 스스로 나서서 히데요시와 부딪치고 싶었지만, 시바타의 명령에 거역했다는 자책감이 그것을 주저하게 했다.

철수한다면 촌각을 다투어야 한다. 결단 내리면 사쿠마 역시 '귀신'이라는 별명이 붙은 맹장이었다. 하라 히코지로, 하이고 고자에몬, 그리고 시바타 가쓰마사, 도쿠야마 고헤에 등의 진지에 사자를 보냈다.

"달뜨는 동시에 각 부대는 요고 호수를 서쪽으로 돌아 철수할 것."

그러고 나서 사쿠마는 말을 끌어다 놓고 자신도 지그시 하늘을 노려보며 달뜨기를 기다렸다.

이부키산(伊吹山) 줄기 북쪽에 달이 가까스로 떠올랐을 무렵에는 히데요시 역시 일단 올라가 적정을 정찰하던 다나카미산을 내려가 곧장 서쪽으로 가도를 건너 오이와산과 시즈가타케 양쪽이 바라보이는 자우스산(茶臼山)으로 올라가고 있었다.

기쓰네즈카까지 나와 있는 시바타의 본대를 견제할 전략은 이미 의논되었으므로, 사쿠마의 퇴각을 보고 있다가 움직이기 시작하면 곧바로 추격전을 벌이기 위해서였다. 사쿠마와 그의 아우 가쓰마사의 주력을 격멸하면 시바타는 손발이 잘린 결과가 된다.

그러나 손발에 싸움을 걸고 있는 동안 시바타의 본대가 나오면 양쪽에서 적을 맞게 되리라. 그래서 사네산에 있던 호리 히데마사의 주력과 다나카미산에 있던 하시바 히데나가의 군사 약 1만을 기쓰네즈카 앞쪽 히가시노(東野)에 진출시켜 시바타의 출격을 봉쇄해 놓고 자신은 요고 호수 서쪽에서 사쿠마 군 분쇄를 위해 추격전을 펼칠 작정이었다.

자우스산에 오르자마자 북서쪽 끝으로 말을 몰아 은빛으로 흐려진 눈 아래의 분지를 지켜보았다.

"어때, 달이 떴는데 사쿠마 군이 움직이기 시작했나?"

"움직이기 시작한 것 같습니다."

"흠, 저것이로군. 오노지산 쪽으로 깃발을 내리고 물러가는 모양이야."

시동들에게 둘러싸여 히데요시는 그 속도를 세밀히 재는 것 같더니 들으라는 듯이 중얼거렸다.

"허, 불쌍하구나, 사쿠마도. 젊은 시절의 시바타와 꼭 닮은 멧돼지여서 끝내 함정에 걸렸군."

"하오나 저 철수는 정연하여 조금도 빈틈이 없습니다."

"누구냐, 방금 말한 사람은?"

"예, 기요마사입니다."

"기요마사. 잘 들어라, 달뜨기를 기다렸다 후퇴하는 싸움은 아예 하지 말아야 한다."

"예."

"달뜨기를 기다렸다 진격하는 것과는 다르다. 진격하는 거라면 지금 너희들이 느끼는 것처럼 늠름한 용기가 솟는다. 그러나 후퇴한다면 아무리 정연해 보여도 마음속은 어지럽다. 반드시 어딘가에서 파탄이 일어나게 돼. 그런데 지금 몇 시쯤 됐느냐?"

"새벽 2시쯤 된 것 같은데요."

"지금 대답한 건 누구냐."

"후쿠시마 마사노리입니다."

"마사노리. 저 속도로 날이 샐 때까지 얼마나 후퇴할 거라고 생각하느냐?"

"예, 날이 훤히 샐 때까지 고작해야 시즈가타케 왼쪽, 호리키리까지일 거라고 생각합니다."

"호리키리로 나와준다면 더 바랄 게 없겠는데. 호리키리 언저리에 누가 있느냐?"

"사쿠마의 아우 가쓰마사가 있습니다."

"그렇다면 사쿠마의 후군은 누가 맡을 것 같으냐. 오, 너는 헤이스케가 아니냐. 헤이스케, 의견을 말해 봐."

"옛, 역시 하라 히코지로 님일 거라고 모두들 이야기하고 있던 참입니다."

"음, 내 의견과 그리 다르지 않구나. 가쓰모토, 너는 저 후퇴를 보고 우리가 몇 시쯤부터 추격하는 게 좋겠다고 생각하나?"

히데요시는 무척 재미있는 듯 시동 하나하나에게 말을 건넸다.

가타기리 가쓰모토는 고개를 갸웃하며 생각하다가 조심스럽게 대답했다.

"적이 이렇게 이동한다면 아군도 은밀히 시즈가타케로 옮아가 기다렸다가 날이 샐 무렵 일제히 습격하는 게 좋을 거라고 생각합니다."

"지금 곧 덤비지 말고 시즈가타케 북쪽으로 돌아가 기다리란 말이지. 기요마사는 어떻게 생각하나?"

히데요시가 다시 자기 이름을 부르자 기요마사는 몸을 내밀었다.

"가쓰모토의 생각도 나쁘지 않습니다."

"나쁘지 않다…… 기요마사의 대답은 억지로 하는 것 같군. 마사노리는?"

"일대는 가쓰모토가 말한 것처럼 북쪽 산기슭으로 나아가고, 일대는 지금 곧 추격하여 이 밤 안에 적의 간담을 서늘하게 만드는 게 좋겠습니다. 이기는 싸움에 사정 봐줄 건 없다고 생각합니다."

히데요시는 무릎을 치며 직속무사들을 둘러보았다.

"좋다! 마사노리의 의견에 따라 곧바로 적을 추격하면서 일대는 새벽녘에 적이 무너질 때에 대비하여 시즈가타케로 급히 진격한다. 알겠나, 지금 이름을 부르는 자는 저마다 군사를 거느리고 앞서 가도록 하라."

오카키에서 130리 남짓한 길을 5시간 만에 달려온 히데요시는 쉴 틈도 없이 다나카미산에서 자우스산으로 옮겨오고도 도무지 지친 기색을 보이지 않고 곧바로 적에게 도전하려는 것이었다.

"적은 어제 하루 종일 싸우고 숨 돌릴 사이도 없이 살얼음을 디디듯 물러가고 있다. 오늘은 지금까지 금해온 것을 허락할 테니 이름이 불리는 자는 시즈가타케에서 마음껏 적을 유인하여 공을 세워라. 일각이라도 빨리 적을 무찌르면 일각 일찍, 반 시각 빨리 무찌르면 반 시각 일찍 쉴 수 있다고 생각하라."

"옛!"

"그럼, 이름이 불리는 자는 큰 소리로 대답하며 오른쪽으로 나오도록. 후쿠시마 마사노리!"
"예."
"가토 기요마사."
"예."
"가토 요시아키, 가타기리 가쓰모토."
"예."
"와키사카 야스하루, 히라노 나가야스."
"예."
"예."
"가스야 스케에몬…… 스케에몬, 어디 있느냐?"
"예, 스케에몬은 지금 풀숲에서 용변보고 있습니다."
"뭐, 용변 중이라고. 천천히 용변 보도록 그냥 둬라. 용변이 끝나거든 모두에게 뒤처지지 말라고 일러."
"옛, 그렇게 하겠습니다."
"다음은 이시카와 사다토모(石川貞友), 그 아우 나가마쓰."
"예!"
"이상 9명은 히데요시의 측근 시동 명예를 걸고 공을 세워라. 다른 가문의 가신들에게 뒤져선 안 된다!"
"예!"
"스케에몬은 왔느냐?"
"예, 방금……."
"새벽녘까지는 나도 반드시 달려가 너희들 활약을 지켜 보마, 자, 가라!"
"우!"
"우우!"
"우우!"
고르고 고른 용감한 시동들은, 달빛 속에 저마다 자랑하는 창을 세우고 크게 부르짖은 뒤 앞 다투어 말에 올랐다.
눈 아래의 적은 여전히 조용히 퇴각을 계속하고 있었다.

사쿠마의 후군은 히데요시가 예상한 대로 엣추 하라모리 성주 하라 히코지로와 다이쇼지 성주 하이고 고자에몬이 맡고 있었다. 그리고 사쿠마 부대를 무사히 유키이치산줄기의 꼭대기로 철수시키기 위해 아우 가쓰마사가 군사 3000명을 이끌고 시즈가타케성 서북쪽 약 50칸쯤 되는 호리키리 동서쪽에 진을 치고 적의 추격에서 보호하려 기다리고 있었다.

이 후퇴작전에 실패하면 사쿠마로서는 총대장 시바타를 대할 낯이 없으며 그 능력을 영원히 의심받게 된다. 그런 만큼 달빛을 이용한 철수치고는 놀라운 속도라 해도 과언이 아니었다.

그는 후군으로 하여금 추격해 오는 히데요시 군에게 완강히 저항하게 하면서 드디어 날이 훤히 샐 무렵 요고 호수 기슭을 따라 무사히 곤겐 고개 방면으로 철수를 끝냈다.

히데요시는 왜 이것을 치지 않았을까? 당연히 이것을 목표로 움직일 거라고 생각했는데 웬지 그때는 움직이지 않았다. 어쩌면 새벽녘의 안개를 피하느라 그랬는지도 모른다.

날이 완전히 밝았다. 곤겐 고개 방면으로 철수한 사쿠마는 호리키리 동쪽에 있던 군사와 서쪽 군사 일대를 합쳐 곧 뒤로 나아가, 자기를 따르도록 가쓰마사에게 명을 내렸다.

가쓰마사가 서서히 퇴각하기 시작했을 때 비로소 히데요시의 지휘 채가 올라갔다. 이미 이곳으로 옮겨와 호리키리를 포위할 태세를 갖추고 투지를 꾹 누르고 있던 히데요시의 근위무사들이 일제히 적 속으로 돌진했다.

세상에서 말하는 시즈가타케의 일곱 자루 창—가토 기요마사, 후쿠시마 마사노리 등 9명(7명이 아니다)이 이때 아수라처럼 적 속으로 돌입했다.

때는 21일 새벽 5시. 여기저기서 비명소리가 들리고 총성이 울리며 부르짖는 소리, 연락하는 소리가 골짜기에서 마을, 마을에서 산으로 손에 잡힐 듯 메아리쳤다.

가쓰마사 군도, 후군도 이것을 전혀 예상치 못했던 것은 아니었다. 그러나 사쿠마 본대를 엄호하여 후퇴시켰다는 안도감과, 자지도 쉬지도 못한 피로가 한꺼번에 쏟아져 한숨 돌리는 참에 급습당하여 심리적으로 혼란이 몹시 컸다.

상대방이 혼란에 빠지자 히데요시의 시동들은 더욱 기세 올리며 날뛰었다.

"공을 세우는 데 양보는 없다!"

언제나 전군의 사기를 생각하여 개인의 공명은 금지되어 있었다. 그러나 이날만은 그것을 허락한다고 히데요시가 말했으므로 이시카와는 3자 4치의 큰 칼을 휘두르며 말에서 내려 후군 대장의 호위병이 있는 쪽으로 쳐들어갔다. 아니, 쳐들어간다기보다 마구 후려치며 두들겼다는 편이 더 정확할 것이다.

"하시바 히데요시의 근위무사, 이시카와 헤이스케의 자랑인 큰 칼 맛 좀 봐라!"

외치며 눈 깜짝할 사이에 적 8기를 쓰러뜨리고 대장 곁으로 달려갔다.

그때—

"건방지다! 나는 에치젠의 야스이 사콘의 아우 시로고로(四郞五郞)다, 덤벼라……."

대장 오른쪽에서 큰 창을 겨누며 찔러오는 것을 헤이스케는 몸을 날리면서 후려쳤다.

상대는 창을 든 채 가슴 아래까지 깊이 베여 사방이 컴컴해질 만큼 피를 내뿜으며 쓰러졌다. 이시카와는 피를 뒤집어쓴 붉은 귀신같은 모습으로 곧장 옆에 있는 대장에게 덤벼들었다.

"하시바 히데요시의 근위무사, 이시카와 사다토모가 여기 있다. 자랑인 큰 칼 맛 좀 봐라!"

이시카와는 다시 한번 같은 말을 되풀이하며 감색 실로 엮은 갑옷차림에 갈색 말을 타고 십자창을 꼬나든 적장에게 덤벼들었다. 큰 칼이 옆으로 빗나가는 순간 말이 벌떡 일어섰다. 그러나 상대는 능란하게 고삐를 잡아 말을 왼쪽으로 몰았다.

"애송이, 잘 말했다. 다이쇼지의 성주 하이고 히사미쓰다, 덤벼라!"

말이 끝나기 무섭게 창이 확 뻗어왔다.

이시카와는 재빠르게 왼쪽으로 피했지만 창끝이 오른쪽 어깨를 꿰뚫어 등골이 찢기는 듯한 아픔을 느꼈다.

"이놈이!"

움직이는 창을 따라 피보라를 뿌리며 이시카와는 상대의 말에 칼을 후려쳤다. 말이 뛰어올랐고 그는 칼을 미처 뽑지 못했다.

"주군을 도와라!"

"저놈을 잡아라!"

지금까지 어렵지 않게 후군을 맡아 사쿠마를 무사히 철수시킨 하이고의 가신

20여 명 남짓이 부상당한 이시카와 사다토모를 우르르 둘러쌌다. 이시카와의 몸은 잠시 다래끼 속의 물고기처럼 꿈틀거렸으나, 이윽고 난도질당해 아침이슬 속에 그의 모습은 보이지 않게 되었다.

"게 섰거라!"

다시 히사미쓰 뒤를 쫓아와 창을 들이댄 자가 있었다.

"이시카와 사다토모를 대신하여 왔다. 후쿠시마 마사노리다!"

"오, 다이쇼지의 하이고 히사미쓰다."

흙먼지가 어지럽게 피어오른 것은 주위가 호숫가의 황톳길이기 때문이리라. 흙먼지 속에 말이 곤두서고 창이 번뜩이며 걸쭉한 고함소리가 뒤엉켰다. 그러자 다음 순간, 요란한 울음소리를 남기고 말은 북쪽으로 질주했고 땅바닥에는 하이고 히사미쓰의 목 없는 짤막한 시체가 기괴한 모습으로 누워 있었다.

"하시바 히데요시의 근위무사 후쿠시마 마사노리, 다이쇼지의 하이고 히사미쓰의 목을 베었노라."

서로 밀고 당기면서 북으로 옮겨갈 때마다 북국 군의 수는 눈에 띄게 줄어들었다. 가토 기요마사가 야마지 쇼겐을 따라잡은 것은, 기요미즈 골짜기 바로 앞에 있는 소나무 고목 아래에서였다.

"야, 달아나는 거냐, 겁쟁이 무사!"

기요마사는 다짜고짜 상대 앞으로 말을 몰고 가 창을 딱 겨누었다.

"하시바 히데요시의 근위무사 가토 기요마사다. 네놈 이름은?"

"오, 모르고 덤볐더냐, 야마지 쇼겐이다. 덤벼라!"

"간다!"

기요마사는 평소처럼 물어뜯을 듯한 말투로 대꾸하며 말에서 훌쩍 뛰어내렸다.

여기서는 흙먼지 대신 양쪽의 일거수일투족이 슬프리만큼 잘 보였다. 더욱이 이 무렵 군병들의 발길은 이미 멈출 수 없는 패잔병의 흐름으로 바뀌어 혼신의 힘을 다하여 싸운 두 사람이 소나무 밑에서 서로 맞붙어 뒹구는 모습을 가까이 가서 구경하는 자조차 드물었다.

"이러다간 승부가 나지 않는다. 자, 덤벼라!"

"좋다!"

"야마지 쇼겐의 목, 가토 기요마사가……"

아침 해가 높이 떠올라 신록을 선명하게 비추고 요고 호수의 물은 시원스럽게 반짝거리고 있었다. 오직 인간만이 피를 쫓고 피를 구하여 아비규환의 지옥도를 언덕에서 골짜기로, 길에서 풀숲으로 가득 펼치고 있었다.

사쿠마는 곤겐 고개 가까이까지 군사를 후퇴시키자 가까스로 마음이 놓였다.

'이제 유키이치산으로 철수할 수 있겠구나.'

유키이치산으로 철수하여 아우 가쓰마사 군과 합치면 충분히 재기할 수 있을 거라고 생각한 것이다.

그런데 가쓰마사 군에 철수를 명하여 퇴각이 시작될 무렵부터 형세가 완전히 바뀌었다. 그때까지 충분히 준비하고 꼼짝도 하지 않던 히데요시가 갑자기 고둥을 불어대고 총을 쏘는가 싶자 맹호 같은 기세로 가쓰마사 군을 토막 내기 시작한 것이다.

그렇지 않아도 가쓰마사 군은 지칠 대로 지쳐 있었다. 어제부터 계속 싸워온 데다 사쿠마의 철수를 엄호했다. 그것이 끝나 겨우 퇴각하려는데 습격받은 것이다. 이름 있는 자는 어떻든, 병사들은 이미 싸울 뜻을 잃고 저 덤불, 이 골짜기로 사라지기 시작했다. 히데요시가 노린 게 바로 이것이었음을 안 사쿠마는 이를 부드득 갈며 분해했다.

시각은 그럭저럭 9시. 아군의 이름난 대장이 전사했다는 통지가 잇따라 들어왔다.

"좋다, 이대로 있을 수 없다. 다시 한번 치고 나가 가쓰마사를 맞아라."

역시 지칠 대로 지쳐 있는 자기 측근무사에게 명령 내리려는 참에 근위무사가 허둥지둥 뛰어 들어왔다.

"아뢰오!"

"무슨 일이냐. 또 누가 전사했느냐?"

"아닙니다. 큰일 났습니다. 시게산에 있던 마에다 부자의 군사가 진을 버리고 우리의 퇴로로 이동하기 시작했습니다."

"뭣이, 마에다 부자가 우리 뒤로? 그렇다면 배반한 게 아니냐?"

"그런 것 같습니다."

"비켜라! 내 눈으로 보기 전에는 못 믿겠다. 설마 마에다가……."

그러나 허둥지둥 막사를 나가보니 근위무사의 보고대로 마에다 군은 시게산을 내려와 북쪽으로 줄줄이 옮아가기 시작하고 있었다.

사쿠마의 입에서 그제야 절망의 신음이 새어나왔다.

"아뿔싸! 승패는 싸움터 밖에서 결정되고 있었구나! 백부님이 경계하셨던 것은……."

사쿠마는 그대로 잠시 돌처럼 꼼짝도 하지 않았다. 시바타가 줄곧 철수를 명령한 것은 이 일을 걱정해서였다는 것을 깨달았지만 이미 손쓸 길이 없었다. 마에다 군은 본진을 포기하고 계속 산을 내려가 후미무로 산기슭에서 시오쓰를 향해 탈주하는 모양이었다. 이렇게 되면 이제 사쿠마의 본대조차 반격에 응하지 않을 것이었다.

그때 다시 칼로 찌르듯하는 통지가 왔다.

"시즈가타케성채에서 구와야마 군과 니와 군이 달려내려 와 추격대에 가담했습니다."

"추격대 뒤에서 새 병력 3000명이 가세했습니다."

"신메이산의 적이 우리의 퇴로를 끊으려고 움직이기 시작했습니다."

사쿠마는 그 어느 말에도 대꾸하지 않고 갑자기 입을 크게 벌려 웃음을 터뜨렸다.

그러고 보니 마에다 군에게서는 처음부터 싸울 뜻이 느껴지지 않았다. 마에다 부자는 아마 시바타보다 히데요시에게 훨씬 더 깊은 우정을 품고 있었던 것은 아닐까. 그렇다면 어느 쪽을 위해서도 군사를 다치게 하지 않고, 승부가 결정되었을 때 일단 에치젠 후추의 자기 성으로 돌아가 선후책을 강구하려는 게 틀림없었다. 따라서 마에다 군이 싸움터를 벗어나기 시작했다는 것은, 이미 이 국면에서의 승패가 결정된 것으로 보았다는 뜻이다.

더욱이 싸움터를 벗어나는 그 뒤를 좇아 히데요시 군이 신메이산에서 사쿠마 군의 퇴로를 끊을 태세로 단숨에 달려 내려온 것이다. 마에다 군이 일부러 뒤로 돌아 사쿠마에게 쳐들어오지 않더라도, 뒤쫓아 나온 히데요시 군이 그 이상의 효과를 낼 수 있는 결과가 되어 배반당한 것이나 다름없었다.

사쿠마는 다시 한번 깨지는 듯한 소리로 웃었다.

"핫핫하……."

싸움터에서 기회주의로 처신한 사람은 어쩌면 마에다 부자만이 아닌 듯하다……는 것을 이제야 깨닫게 되었다. 가네모리 군도, 후와도, 고마쓰 성의 도쿠야마도 아마 마에다 부자와 같은 심정으로 있는 게 아닐까.

"여기 있으면 위태롭습니다. 적이 세 곳에서 파죽지세로 쳐들어오고 있습니다."

사쿠마는 웃음을 거두고 침을 뱉었다.

"알고 있다! 탐욕스러운 자를 내 편이라 믿었던 어리석은 사쿠마여. 가쓰마사, 야스마사, 이제 끝났다."

사쿠마는 느닷없이 근위무사 손에서 고삐를 받아들고 적을 향해 말머리를 돌리더니 곧장 고개를 달려 내려갔다.

이것으로 사쿠마 군은 완전히 무너지고 말았다. 사쿠마의 뒤를 쫓는 자, 마에다 군에 섞여 달아나는 자, 골짜기에 몸을 숨기는 자, 깃발을 내리고 항복하는 자…….

이윽고 그 사람들 위로 히데요시의 마표가 찬연히 아침 햇살을 반사하며 성난 파도처럼 북으로 밀고 갔다. 이 진격은 어디까지 계속될 것인가? 어쩌면 히데요시는 이대로 단숨에 에치젠으로 쏟아져 들어가려는 게 아닐까?

그러나 모든 진지에서 잘 보이는 봉우리 길로 후미무로 산까지 쳐들어가 단숨에 그것을 손에 넣고 그곳의 적을 항복시킨 뒤, 슈후쿠지 고개까지 추격을 감행한 히데요시는 거기서 군사를 멈추게 했다. 후미무로 산기슭의 조금 높은 언덕이었다.

때는 한낮.

"됐다, 모두들 쉬어라. 쉬면서 요기해라."

곧 장막을 치고 걸상을 놓게 하자 히데요시는 자신도 비로소 근위무사에게 투구를 건네주었다.

"이제 예정대로 되었군! 알겠나? 잘 기억해 둬라. 아직 정오가 되기 전이다. 그렇다. 아침나절이야…… 하하하…… 결국 아침나절에 끝냈어."

공을 다툰 무사들이 그곳으로 잇따라 와 닿았다.

얼마 뒤 슈후쿠지 고개 숲은 마을까지 낮잠 자는 군사들로 가득 메워졌다. 이기고 나서야 모두들 비로소 솜방망이처럼 지쳤음을 깨달은 것이다.

고집의 탑

시바타 가쓰이에는 히데요시의 원군이 도착했다고 들었을 때 한숨지으며 때려 붙이듯 한마디 했다.

"못난 놈!"

히데요시에 대한 욕지거리가 아니었다. 자기 명령을 무시하고 철수하지 않은 조카 사쿠마 모리마사에 대한 노여움과 연민이었다.

이곳 기쓰네즈카 야진은 본진인 나카오산에서 겨우 10리. 그러나 사쿠마를 남겨둔 채 후퇴할 수도 없고, 그렇다 해서 섣불리 전진한다는 것은 꿈에도 생각지 못할 일이다.

'이로써 내 마지막 고집도 먹칠이 되었구나……'

생각하면서 곧 사쿠마에게 후퇴명령을 전하고, 그와 전후하여 적의 추격을 누르면서 철수하는 수밖에 도리 없었다.

"날이 샐 때까지 움직여선 안 된다. 날이 새어 모리마사의 위치를 확인한 다음 후퇴해야 한다. 못난 놈……"

입으로는 그렇게 말하면서도 그날 밤으로 세밀하게 수배를 명했다. 사쿠마를 무사히 철수시키려면 히데요시 군의 우익인 하시바 히데나가와 호리 히데마사 두 부대를 꼼짝 못하도록 이 방면에 못박아두지 않으면 안 된다. 그것이 전략적으로 어떤 의미를 갖는지는 이미 생각하지 않았다. 문제는 히데요시와 일전을 벌여 본때를 보여주고, 그것을 상대방 가슴에 똑똑히 새겨주면 되었다.

"네놈 밑에서 살기보다는 이렇게 죽는 사나이다, 알았나?"

만약 이 방면의 지휘를 히데요시가 맡았다면 시바타는 아마 틀림없이 진두에 서서 도전했을 것이다. 그러나 히데요시는 이곳을 호리 히데마사와 아우 히데나가에게 맡기고 자기는 사쿠마 쪽으로 가버렸다. 그러므로 몇 번이나 욕을 퍼부어도 후련해지지 않는 심정이었다.

"그 못난 녀석이!"

시바타는 히데요시의 버릇도 전술도 사쿠마보다 훨씬 더 잘 알고 있다. 그래서 히데요시가 없는 동안 치고는 물러서는 일을 되풀이하는 게 히데요시의 마음을 어지럽히는 최대의 신경전이라고 남몰래 짐작하고 있었다. 기후 쪽도 버려둘 수 없는 사정에 놓여 있다. 그래서 히데요시가 되돌아서면 물러가고, 전진하면 공격하는…… 일을 두세 번 되풀이하면 정면으로 시바타에게 맞서오든가, 아니면 무슨 구실을 마련하여 화평하자고 청하리라고 보았으므로 사쿠마에게 거듭 철수를 명했었다.

그러나 사쿠마는 공을 서둘러 끝내 일을 그르치고 말았다. 사쿠마가 순순히 철수했더라면 기회주의적인 여러 장수들 역시 가만히 진치고 있을 수밖에 없었을 테고, 그러면 충분히 이편의 위용으로 보일 수 있었으련만…….

시바타는 새벽녘부터 낮까지 지휘 채를 쥔 채 야전 걸상에 앉아 깊은 생각에 잠겨 자기 쪽의 패배 보고를 듣고 있었다. 그리고 마에다 군의 싸움터 이탈 소식을 듣자 비로소 걸상에서 일어나 멘주 이에테루(毛受家照)를 불렀다.

"오늘은 내가 불운하게 죽는 날이 되었구나."

이에테루는 잠시 고개 숙인 채 대답하지 않았다.

"그 못난 놈이 내 명령을 듣지 않고 끝내 히데요시의 함정에 빠져서 마에다 부자에게까지 정을 떼이고 말았다."

시바타는 말하면서 성난 곰처럼 진막 안을 빙빙 돌아다녔다. 멘주 이에테루는 한 손을 가만히 땅에 짚은 채 다음에 나올 시바타의 명령을 기다리고 있다.

"마에다 부자가 철수하면 도쿠야마도 후와도 반드시 싸움터를 버리리라. 그렇게 되면 사쿠마 군은 안개구름처럼 흩어져 사라지고 히데요시는 잠시 뒤 틀림없이 우리들 배후로 돌아올 것이다. 그대도 그렇게 생각하겠지?"

"유감스럽지만 생각하신 그대로인가 합니다."

"더구나 호리 히데마사는 그렇게 될 것을 확신하고 여태껏 우리들에게 쳐들어오지 않는다. 적이지만 아니꼽게 능숙한 놈이야."

"예……."

이에테루는 시바타의 명령이 나오지 않아 초조했다.

"앞으로 반 시각이면 드디어 호리, 히데나가의 두 군사도 움직이리라 생각됩니다만."

"움직이겠지. 적이 움직이기 전에 우리 편이 움직이자. 마에다 부자가 철수한 걸 알면 틀림없이 잡병들이 달아나기 시작할 것이다. 그것을 알므로 분하단 말이다."

"분하신 심정 잘 압니다만 승패는 병가의 상사, 부디 기타노쇼로 곧 철수할 명령을 내려주십시오."

"이에테루!"

"옛."

"그대가 그렇게 말하리라는 것을 알므로 나는 명령 내리지 못하고 있다. 알겠느냐, 거듭 말하지 마라. 승패는 병가의 상사가 아니다. 이번 패배는 모든 것의 끝장이다."

"주군! 저는 그렇게 생각하지 않습니다."

"거듭 말하느냐, 그대는?"

"예, 말씀드립니다. 저는 무의미한 싸움을 피하여 싸움터를 벗어난 마에다 부자의 속셈을 잘 알 것 같습니다."

"뭐라고! 어떻게 안단 말인가?"

"마에다 부자가 쌍방에 의리를 내세워 아무 쪽에도 활을 쏘지 않고 이 자리를 물러가는 것은, 대감께서 기타노쇼로 철수하시라는 무언의 간언일 줄 압니다."

"괴이한 소리를 하는구나, 이에테루!"

"괴이하지 않습니다. 여기서 일단 기타노쇼로 철수하시면, 마에다 부자가 에치젠 성에서 히데요시의 진격을 가로막고 화평을 꾀할 심산임에 틀림없습니다. 그러니 한시바삐 철수명령을 내리시기를 멘주 이에테루는 이렇듯 부탁드립니다."

그러나 시바타는 대꾸하지 않았다. 그 대신 푸른 하늘을 노려보며 다시 천막 안을 천천히 돌기 시작했다.

"주군! 부디 하명을, 지금의 일각은 주군님 무운의 갈림길이 될 겁니다."

"이에테루."

"예."

"그건 안 돼, 안 돼. 이 시바타가 60여 년의 긍지를 버리고 히데요시에게 등 돌려 달아날 수 있는 사나이인지 아닌지 생각해 보라. 물론 명령은 내리지만 그건 철수 명령이 아니다. 달아날 자는 달아나라. 달아나는 자는 말리지 마라. 그러나 이 시바타는 끝까지 히데요시에게 말머리를 돌려 쓰러져 가겠다. 고집이다! 슬픈 고집이다. 말려서는 안 된다."

거기에 나카무라 요사에몬이 달려 들어와 보고했다.

"후미무로산이 적의 손에 떨어졌습니다"

시바타보다 멘주 이에테루가 놀라며 되물었다.

"뭐, 후미무로산이……? 그래…… 사쿠마 님 행방은?"

"생사불명입니다. 뿔뿔이 흩어진 잡병이 우왕좌왕하여 이곳으로 합류해 온 자도 겨우 몇 사람……."

나카무라의 말이 끝나기도 전에 이에테루는 가로막았다.

"주군! 결단을 내리십시오. 그렇지 않으면 사네산에서 아즈마 들로 내려가 앞길을 막고 있는 호리 히데마사가 진격하기 시작할 것입니다. 그에 호응하여 히데요시에게 퇴로를 끊긴다면 끝장입니다."

그러나 시바타는 대꾸하지 않았다. 여전히 짧은 목을 세워 하늘을 노려보고 대지의 풀을 짓밟으며 막사 안을 돌아다니고 있다. 이젠 아무 생각도 하고 있지 않았다.

잇따른 소식이 비운을 더 크게 증폭시켰다. 장막 밖이 떠들썩해진 것은 서서히 탈주하는 자가 나오는 증거이리라. 그 동요가 적 쪽에 감지되면 하시바 히데요시와 호리 히데마사의 우익은 일제히 공격을 개시할 테고, 우익의 공격이 시작되면 히데요시는 틀림없이 좌익에서 퇴로를 쳐올 것이다. 그러한 정해진 싸움의 발자취를 너무나 잘 알고 있으므로 시바타는 꼼짝할 수 없는 분함을 느꼈다.

만일 여기서 시바타에게, 스스로의 목숨을 걸어야 할 '대의(大義)'가 마음에 있었다면 이처럼 주저하지 않을 것이다. 그러나 지금 그의 마음을 지배하고 있는 것은 '대의'가 아니라 '고집'이었다. 어떻게 하여 전국(戰國)이 끝나도록 꾀하느냐가 아니라, 어떻게 해서라도 히데요시에게 굴하지 않는 기백이 있음을 알려주고 싶은 불을 뿜는 듯한 집념뿐이었다.

"주군! 이미 생각하실 시기는 지났습니다. 결단 내리시지 않으면 군사들이 동요를 느낄 겁니다."

갑자기 시바타는 노호했다.

"말을 몰고 와!"

그렇다, 그것은 60여 년의 생애를 싸움터에서 지내온 노무사의 동요된 슬픈 노호였다.

"기치를 안장에 얹어라. 밤색 말이 좋다. 이에테루, 나카무라, 간언은 필요 없다. 봐라, 호리 진지에서 총 쏘기 시작한다. 서둘러라, 말을!"

그리고 막사에서 곧장 밖으로 뛰쳐나갔다.

태양은 하늘 한복판에서 쨍쨍 내려쬐고, 푸른 잎에는 상쾌한 동녘바람이 스치고 있다.

시바타는 하인이 끌고 온 늠름한 말에 홱 올라타면서 비로소 목소리를 부드럽게 하여 말했다.

"용서하라, 모두들. 이 세상에서는 아무것도 보답할 수 없다. 있는 것이라곤 단지 사과뿐이다. 살아서는 안 만나겠다, 간다."

고삐를 확 당겨 말머리를 남쪽으로 돌렸다.

히데요시는 이미 배후를 찌르려 하고 있다. 그 히데요시에게 맞서지 않고 아즈마 들의 호리 진지에 달려들어 싸우다 죽을 작정임에 틀림없다.

호리 히데마사와 하시바 히데나가의 선봉에서 또 총성이 탕탕탕 울려 퍼졌다.

"주군! 기다리십시오! 주군!"

이에테루도 허둥지둥 말을 타고 시바타의 뒤를 미친 듯 쫓아간다…….

시바타는 뒤돌아보지도 소리치지도 부르짖지도 않았다. 이때는 이미 탈주자가 연달아 나와 7000명의 본대가 겨우 3000명이 될까 말까했다. 그러므로 자기 뒤를 따르는 자를 보는 게 틀림없이 무서웠을 것이리라.

진격을 개시한 호리 군은 상대가 충분히 동요하는 것을 보고 움직이기 시작했으므로 이 반격이 뜻밖이었다. 시바타의 뒤를 따라 모래먼지를 일으키며 나간 것은 고작해야 500기나 되었을까. 그러나 얼핏 앞이 잘 내다보이지 않는 산골짜기 길을 그득 메운 대군처럼 보였다.

"물러나지 마라. 도로 돌아가라. 적의 수는 뻔하다. 도로 돌아가라!"
그러나 늙은 맹장의 완고한 반격은 호리 군의 간담을 서늘케 할 충분한 위력이 있었다.
"와!"
전위대가 무너지자 전진한 거리만큼 앞 다투어 물러나기 시작했다.
시바타는 여전히 호도(豪刀)를 휘두르며 맨 먼저 나아간다. 그 앞으로 별안간 말을 몰아 멘주 이에테루가 길을 가로막았다.
"주군!"
시바타의 말이 놀라서 곤두서자 이에테루는 말에서 홱 뛰어내려 다짜고짜 시바타의 말고삐에 매달렸다.
"이토록 말씀드려도 못 물러서십니까!"
"안 물러서, 안 물러서겠다. 비켜라, 이에테루!"
이에테루도 튕겨내듯 말했다.
"못 비키겠습니다. 전진하지 않고는 고집이 서지 않는다고 생각하신다면 이 이에테루를 베고 가십시오."
"이에테루, 억지소리 마라. 사죄하겠다. 죽게 해다오."
"안 됩니다. 이런 산골짜기에서 진흙투성이 목을 적에게 내주시는 게 무슨 고집입니까? 안 됩니다."
"에잇, 방해하면 베고 가겠다!"
"가십시오, 자, 베십시오."
시바타는 칼을 번쩍 휘두르고, 멘주 이에테루는 말코에 몸을 세차게 부딪치며 고삐를 당겼다.
"이때입니다. 주군! 적은 일단 물러갔습니다. 말을 바꾸십시오. 주군 대신 제가 깃발과 투구를 빌려 훌륭히 이 자리에서 고집을 세워 보이겠습니다. 그동안 주군은 일단 기타노쇼로…… 이런저런 분별은 그다음에 하십시오. 에잇, 판단력 없는 못난 주군!"
외치며 이번에는 다짜고짜 시바타의 다리를 잡고 흔들어댔다.
시바타의 칼이 비명을 지르며 허공에서 춤추더니 시바타는 그대로 땅에 내려섰다.

"이에테루……."

"주군! 진흙투성이 목으로는 참다운 고집이 서지 않습니다. 이 자리는 주군 대신 이에테루가 맡겠습니다. 결코 주군의 무용을 손상시키지 않겠습니다. 투구를……."

그 말을 듣자 비로소 시바타는 망연히 길가에 섰다. 이에테루는 투구를 잡고 칼을 빼앗았다. 그리고 자기 말고삐를 시바타에게 주고 그의 밤색 말에 올라탔다.

"근위무사들에게 주군을 부탁하오. 후퇴 전에 주저하여 멘주 이에테루의 죽음을 욕되게 하지 마오."

시바타는 넋 잃은 듯 금으로 된 자기 마표를 쳐다보고 있었다.

멘주 이에테루의 고집은, 그 자신의 체면보다 시바타의 체면을 세워주고 싶은 데 있었다. 그러니만치 이 늙은 장수의 슬픈 고집이 오장에 스며있었다 해도 과언이 아니었다.

그 격한 기질의 노부나가마저 시바타에게만은 중신 우두머리 지위를 허락했고, 감히 제거할 생각도 하지 않았다. 그러므로 시바타의 고집 속에는 노부나가에 대한 사모의 정이 넘쳐 있다. 비록 그것이 대국적으로 보아 좀 지나치게 감정에 빠진 경향은 있다 할지라도 그에게는 충분히 아름답게 보였고, 목숨을 던질 가치가 있다고 생각했다.

멘주 이에테루는 시바타의 마표를 세우고 곧장 적 속으로 돌진해 갔다. 일시적인 일에 지나지 않았지만 그 희생이 없었던들 시바타는 이미 벗어날 수 없는 막다른 길에 몰려 있었을 것이다.

이에테루는 5, 6정쯤 나아가 등 뒤에 시바타의 모습이 없어진 것을 보자, 이번에는 급히 기쓰네즈카에서 9정쯤 뒤쪽인 린코쿠산까지 군사를 돌려 이곳에 웅거했다.

린코쿠산은 엣추 하라모리의 성주 하라 히코지로가 웅거했던 곳으로 지금은 비어 있었다. 그 빈 성에서 농성하며 시바타의 기타노쇼 철수를 완료시키려는 것이었는데, 그때 이미 군사는 300명도 되지 못했다.

히데요시는 슈후쿠사 고개 언저리에서 한동안 휴식한 군사를 모아 잠시 이것을 감시하고 있더니 곧 스스로 북국 가도로 쳐나가 여기서 좌익과 우익이 하나가 되어 린코쿠산을 공격했다.

"시바타가 저기 있다. 놓치지 마라, 잡아라."

기노시타 가즈모토와 오가와 스케타다(小川祐忠)의 군사가 맨 먼저 산에 이르러 분발한 무사가 총 부대를 앞세워 린코쿠산 성채에 쇄도한 것은 오후 1시, 그때 시바타의 마표는 성채를 버리고 다시 후방의 하야시다니산으로 후퇴하고 있었다. 아마 이것이 시바타의 고집을 위해 조금이라도 많은 시간을 내려고 애쓴 멘주 이에테루의 마지막 노력이었으리라.

이에테루는 린코쿠산에서 숨도 돌리지 않고 연달아 물결처럼 하야시다니산으로 쳐들어오는 적을 보자 말했다.

"이만하면 됐어. 이제 내 고집도 서게 됐다."

그리고 형 시게사에몬(茂左衛門)에게 맡겨놓았던 대나무 통에 담아둔 마지막 술을 가져오게 했다. 하늘에는 여전히 구름 한 점 없고 나뭇잎 사이로 새어드는 볕이 눈을 찌를 듯 하얗다.

"이미 주군이 후퇴하신 지 한 시간 남짓 되었으니 이별의 잔을 나누고 형님은 곧 주군 뒤를 따라주십시오."

먼저 한 잔을 형에게 따르고 자신도 입맛을 다시며 죽 들이켰다.

형 시게사에몬은 웃으며 잔을 내려놓았다.

"이에테루, 나도 이곳을 물러나지 않겠다. 너 혼자 죽게 하고 내가 살아서 돌아간다면 어머니가 웃으실걸."

"무슨 말씀을, 여기서 죽는 것은 고집입니다. 나는 주군의 고집을 완수해 드리는 것이오. 그러나 늙으신 어머니에게 둘 다 죽었다고 알려드린다면 하나는 개죽음했다고 이 이에테루까지 꾸지람 듣게 되겠지요."

형은 웃었다.

"하하…… 어쨌든 좋아, 한 번 죽으면 두 번은 안 죽지."

바로 발 밑 골짜기에서 함성과 총소리가 산을 뒤흔들며 솟아올랐다. 이에테루는 본능적으로 무릎을 세우고 적과의 거리를 쟀다. 1정도 되지 않는다.

"형님, 그건 안 됩니다."

말하자마자 칼을 들고 일어선 것은 늙은 어머니를 위해 형을 물러나게 하고 싶은 일념과, 자신의 할복을 적의 잡병들에게 방해당하고 싶지 않았기 때문이었다.

"주군의 고집과, 그것을 이어받는 제 고집을 형님은 모르겠소!"

생각해 보면 기괴한 변명이었다. 물론 이에테루 역시 그 고집의 내용까지 세밀히 생각하여 이해하고 있는 것은 아니리라. 그러므로 고집을 갖지 못한 사람에게는 모든 게 어리석고 완고한 웃음거리에 지나지 않는지도 모른다. 그러나 그것은 시바타 가쓰이에도 멘주 이에테루도 스스로 아름다움이라 믿었던 바를 끝까지 관철하지 않을 수 없는 막다른 길의 자기주장이었다. 그리고 그 늠름한 자기주장을 가진 자를 전국 무사들은 '기개 있는 자'라 불렀고, 훌륭한 '사나이'로 찬양했던 것이리라.

이에테루가 일어서자 형 시게사에몬도 벌떡 일어나 손에 침을 바르고 창을 고쳐 쥐었다.

"형님! 안 된다는데도 모르겠소!"

"모른다."

형은 이미 아우를 보고 있지 않았다.

"고집은 너만의 소유물이 아니다. 내게도 있다."

그때 이미 바로 눈 아래 숲 사이에 와—하는 함성과 더불어 칼날의 흔들거림이 닥쳐왔다.

형은 창을 번쩍 꼬나들고 아우보다 먼저 그쪽으로 달려 나갔다.

"에잇, 무참한 형 같으니, 어머니의 한탄이……."

거기까지 말하자 이에테루는 세차게 차던 혀를 노호 같은 부르짖음으로 바꾸고 자기 또한 정면으로 칼을 휘두르며 적 속으로 뛰어들었다.

"야, 야, 천하에 이름난 귀신 시바타의 칼 끝, 받을 수 있다면 어디 받아 봐라!"

공격군의 칼날은 두 갈래로 쫙 갈라지고 다시 네 갈래로, 여덟 갈래로 갈라지더니 우르르 몰려가기 시작했다.

"천하에 이름난 귀신 시바타의……."

그때 따르던 자는 겨우 20명 남짓.

"형님!"

"뭐냐?"

"바로 지금이오. 어머니를……."

"끈덕지다, 이에테루. 너의 할복할 시기를 잃지 마라."

"할복하면 돌아간단 말이지, 좋앗!"

금 마표는 다시금 나무 사이를 2, 30칸 되돌아가더니 갑자기 풀 위에 앉았다. 물을 끼얹은 듯한 한순간이 지나갔다. 그리고 다시 공격군이 되돌아왔을 때, 주위에 살아 있는 군사의 모습은 하나도 없었다. 있는 것이라곤 점점이 흩어진 시체뿐, 나무 사이로 새어드는 햇볕이 짓궂으리만큼 아름답고 조용했다.

"아니, 이건 시바타 님이 아니다. 가신 멘주 이에테루다. 이에테루가 대신 죽었어."

"오, 그리고 주군을 따라 죽은 듯 보이려고 훌륭히 할복한 것은 그의 형 시게사에몬이다."

그러나 그러한 소리는 이미 이에테루에게도 그의 형에게도 들리지 않으리라. 그들은 하야시다니산의 푸른 잔디 위에서 어디까지나 슬픈 그 '고집'을 좇아 숨져 있었다. 북국 가도로 나가려고 히데요시는 그 옆을 지나다가 잠시 말없이 형제의 시체를 노려보았으나 한마디도 말하지 않았다.

북국 가도로 나서자 히데요시는 바로 시바타의 뒤를 쫓지 않고 일단 기쓰네즈카까지 말을 돌려 싸움터를 둘러보았다. 모두 히데요시의 계산대로였다. 아직 한나절도 못 되어 이 언저리의 모든 전투는 끝나고, 그의 머리 위에 빛나는 승리가 드리워져 있다. 더욱이 이 승리가 지난해 6월 27일의 기요스 회의 때부터 면밀히 짜인 계획대로였음을 아는 자가 히데요시 외에 과연 몇 명이나 있을 것인가.

에치젠의 기타노쇼를 향해 지금 비참하게 후퇴하고 있는 시바타는 히데요시의 거성 나가하마를 선뜻 양도받았을 때 머잖아 그곳을 거점으로 한 오늘의 참패를 연상하고 있었던 것일까. 히데요시가 시바타에게 나가하마를 양도한 것은 이 언저리의 지리와 인정을 환히 알고 있어 시바타와의 결전장으로 가장 유리한 곳이라고 보았기 때문이었는데, 시바타며 그의 아들 가쓰토요는 반대로 히데요시가 양보한 것으로 받아들인 건 아니었을까…….

같은 해인 작년 11월 3일에 시바타의 사자로 야마자키가 갔던 마에다, 후와, 가나모리 등이 여기서 모두 교묘히 싸움터를 이탈하여 결코 히데요시에게 항거하려 하지 않았던 사실을 시바타는 어떻게 생각하면서 후퇴하고 있는 것일까…….

히데요시는 시바타의 기쓰네즈카 진지로 말을 몰아 그 가까이에 흩어져 있는 수많은 시체의 산을 보자 문득 다시 멘주 형제가 할복한 숲 사이의 광경을 떠올렸다.

"과연 대장님 지휘라, 대승리군요."

곁에 따라와 있던 히토쓰야나기 나오스에의 말에 가토 미쓰야스가 맞장구쳤다.

"이제 시바타 군도 거의 전멸했겠지. 어쨌든 못난 시바타 님이야. 이 패전을 내다볼 줄 모르다니."

히데요시는 여느 때 없이 찌푸린 표정으로 외면했다.

"과연 귀신 시바타다. 괴이한 소리 하지 마라."

"……어쨌든 자기 힘도 알지 못하고……."

"닥치지 못할까! 이것이 제 힘을 알지 못한 자의 전투태세냐. 너무 잘 알면서 고집을 관철하는……만만찮은 적이었다."

미쓰야스와 나오스에는 얼굴을 마주 보며 입을 다물어버렸다. 역시 땀과 먼지투성이가 되어 눈만 반짝거리는 히데요시의 옆얼굴에 여느 때와 다른 애수의 빛이 어리는 것을 보았기 때문이었다.

"이치를 설복하고 이익을 주어서 움직이는 자는 조금도 무섭지 않다. 그러나 그 어느 쪽도 취하려 하지 않고 고집을 관철하려는 자만큼 성가신 게 또 있을까. 나오스에, 구로다 간베에에게 심부름 다녀와."

"예……구로다 님에게……?"

"모두들 힘을 합하여 곧 이 시체를 한군데로 모아 장례 지내 주도록. 그리고 마을 사람들에게 일러 적과 이편의 구별은 필요 없으니, 부상 입고 아직 살아 있는 자에게는 도롱이와 삿갓 등을 주어 힘자라는껏 간호해 주라고 해라. 알겠나? 그러지 않고는 이 히데요시의 고집이 서지 않는다."

히데요시는 눈에 번쩍 빛나는 것을 보이고 다시 말머리를 북으로 돌렸다.

"미쓰야스."

"예."

"시바타는 나에게 어떤 이유가 있건 내 밑에는 서지 않겠다고 마음 정하고 있다. 그래서는 천하를 다스릴 수 없으므로 하는 수 없이 쳤다. 그것뿐이다. 그것을 그릇되게 해석하지 마라."

미쓰야스는 여느 때와 다른 히데요시의 침울한 표정에 눈길을 모으고 고개를 끄덕였다.

듣고 보니 확실히 히데요시의 말대로였다. 시바타의 고집. 멘주 형제의 고집. 그리고 그 밖에 또 하나 히데요시의 고집도 있었던 것이다.

히데요시의 명령으로 싸움터 청소가 곧 시작되었다. 시체는 저마다 한군데로 모아지고, 부상자는 마을 사람들 손으로 직사광선을 피한 나무 사이며 골짜기에서 간호되었다.

"과연 대장님은 자비로우셔. 이러니 이기시지."

마을 사람들 목소리를 뒤에 남기고, 히데요시는 곧장 시바타를 쫓아 먼저 간 호리 히데마사 군의 뒤를 따랐다.

'어떤 일이 있어도 굴복하지 않는 시바타…….'

그렇게 보고 있으므로 진격의 손길을 늦출 수 없었다.

그러나 가는 도중 히데요시는 여러 부대에 명을 내렸다.

"사쿠마 모리마사며 시바타의 아들 가쓰히사를 찾아내는 것은 좋으나 죽이지는 말도록."

자기에게 항복하지 않는 것은 시바타 한 사람. 나머지는 설복하기에 따라 항복할 것으로 보고 있기 때문이었다.

이렇듯 히데요시는 그날 밤 에치젠으로 들어가 이마조(今莊)에 묵었지만, 기쓰네즈카에서 부득이 기타노쇼를 향해 후퇴해 간 시바타는 어떻게 되었을까.

시바타는 멘주 이에테루가 적의 진격을 늦추고 있는 동안 가까운 신하 100여 명을 이끌고 야나가세로 피하여 다시 기노메(木目) 고개를 넘어 에치젠으로 들어갔다. 그리고 시바타보다 한 발 먼저 철수하여 후츄성에 들어가 있는 마에다 도시이에의 성 아래 이르기까지 도무지 입을 열지 않았다. 해는 아직 높았으며, 후츄성 아래거리에도 여기저기 배치된 병사가 그늘을 골라 점점이 경비하고 있다.

'어쩌면 마에다가 시바타의 퇴로를 막아 칠 작정이 아닐까…….'

근신들 가운데에는 남몰래 그것을 걱정하는 자도 있었지만, 시바타는 성 아랫길에 이르자 문득 말을 멈추고 시바타 야사에몬을 돌아보았다.

"마에다를 만나고 가자. 그대가 성으로 가서 전하라."

야사에몬은 깜짝 놀라 그 말을 가로막았다.

"그만두십시오. 싸움에서 냉큼 물러선 마에다 부자이니, 이 같은 아군의 꼴을 본다면 무슨 일을 꾀할지 모릅니다."

"성에 가서 전하라, 내가 꼭 하고 싶은 말이 있다고."

"그러나 그것은 너무……."

"걸상을 가져와!"

시바타는 별안간 말에서 내려 대문을 닫아놓은 상민 집 앞 한쪽 그늘로 성큼성큼 걸어갔다.

"아무래도 만나셔야겠습니까?"

"말해 두지 않으면 체면서지 않는 일이 있다. 빨리 가라."

그리는 근위무사가 들고 온 걸상에 앉아 다시 무뚝뚝하게 허공을 바라보았다.

만일의 경우를 생각하여 근신들은 모두 시바타에게 등을 돌리고 엄격한 원진을 지어간다…….

이 광경을 보고 마에다의 경비원들도 이리저리 뛰기 시작했다.

패전한 장수에게 여름 뙤약볕은 너무나 무참했다. 집 한쪽 그늘에 들어섰는데도 주위의 흰 광선이 너무 강렬하여 눈부셨다. 그 흰 광선을 쬔 탓으로 사람도 말도 갑옷도 무기도 모두 날갯죽지 부러진 새처럼 더욱 비참해 보였다. 그 속에서 가만히 걸상에 앉아 시바타는 자기를 버리고 먼저 이 후츄성으로 철수한 마에다 도시이에를 기다리고 있는 것이다.

"오, 오는군."

"역시 갑옷을 입은 채 온다, 방심하지 마라."

성 쪽에서 30명 남짓한 근위무사를 거느리고 오는 마에다는 이미 한숨 돌리고 말도 바꾸었는지 그 활기 넘치는 모습이 이쪽과 크게 차이 났다.

"시바타 님, 무사히 잘 오셨습니다."

말에서 내리자 마에다는 칼잡이만 거느리고 성큼성큼 시바타 앞으로 나가 마련해 놓은 걸상에 앉았다.

"이렇게 된 바에는 한시바삐 기타노쇼성으로 철수하십시오. 미급하나마 제가 여기서 히데요시를 기다리겠습니다."

시바타는 그 말을 듣고 잠시 물끄러미 허공을 바라본 채로 있었다.

"마에다 님."

"예."
"오랜 우정, 이 시바타는 사례할 말도 없소."
"그건 서로 마찬가지지요."
"아니, 그렇지 않소. 나는 옛날부터 히데요시와 사이좋지 못했소. 귀하는 달랐소. 이누치요였던 옛날부터 특히 친했던 사이, 그런데 잘도 오늘까지 이 시바타를 위해 힘써주었소……."
"……."
"아니, 오늘까지가 아니지. 이번에도 이 시바타를 위해 싸움터에서 선뜻 군사를 철수시켰소."
"그것을…… 그것을 알아주십니까?"
주위에서 긴장하여 귀를 쫑긋대고 있던 시바타의 근신들은 이 한마디에 깜짝 놀라 얼굴을 마주 보았다. 아마 두 사람 말이 다 그들에게 뜻밖이었을 것이다.
시바타는 그제야 마에다의 눈으로 시선을 보내며 말했다.
"무사의 고집이란 슬픈 것이오. 귀하는 여기서 히데요시의 진로를 막아 마지막 화평을 도모하려 하고 있소."
"그렇게 하게 해주십시오! 그것이 양쪽에 대한 내 의무입니다."
시바타는 끈덕진 목소리로, 그러나 분명하게 잘라 말했다.
"아니, 그 성의가 뼈에 사무치므로 이것만은 사양하겠소. 마에다 님, 천하의 일은 이미 결정되었소."
"결정되다니요……?"
"분하지만 히데요시 시대로 옮아갔소. 그렇다 해서 히데요시 아래 설 수는 없소. 이 시바타의 천성……을 자신의 아래에 설 사나이로 역시 보지 않는 히데요시이니, 화평에 대한 일은 체념해 주구려. 오늘까지의 성의, 이 시바타는 결코 잊지 않겠소. 그 말이 하고 싶어 일부러 귀하를 여기까지 불러낸 거요."
"그렇다고 뻔히 알면서……."
"그렇지 않소. 그것이 이 시바타의 소원이오. 이제 나에 대한 귀하의 의리는 끝났소. 그러니 이번에는 히데요시와의 의리를 세우고, 나의 이 외고집을 피해 주구려. 그러지 않으면 내 고집이 서지 않소."
"끝까지…… 고집 부리시렵니까?!"

마에다의 눈에 어느덧 이슬이 반짝반짝 깃들고 연거푸 한숨이 흘러나왔다.

"마에다 님, 이해해 주겠지요?"

"아니, 귀하로부터 고집이라는 말을 듣는 것이 이 마에다는 가장 무서웠습니다……."

"하하하…… 그러고 보니 늘 그 말로 괴롭혔군. 그러니 마지막으로 이해해 주구려."

"시바타 님…… 이 마에다에게도 고집은 있다고 생각지 않으십니까?"

"음."

"나에게도 고집은 있습니다. 나는 친구는 물론 남도 배반하고 싶지 않습니다. 진실을 다해 살아왔다고 생각하고 싶습니다. 그러니 마지막으로 한 번 더 진실을 바치고 싶다고 생각하는데요……."

거기까지 말하자 갑자기 시바타는 땀으로 더러워진 손을 들어 가로막았다.

"이제 그 일은 언급하지 말기로 합시다. 귀하의 마음은 너무나 잘 알고 있소. 그보다 내 마지막 소원을 들어주지 않겠소?"

"마지막 소원이라니요?"

"식사 대접을 해주시겠소?"

"해드리다마다요."

"그리고 또 하나…… 히데요시 군이 쳐들어오면 귀하가 선봉을 맡아 기타노쇼를 공격해 주오. 그것이 히데요시의 의심을 제거하는 첫째 수단이 되겠지…… 그러나 그 때문만은 아니오. 새삼스레 이름은 말하지 않겠지만, 성이 함락될 때 죽여선 안 될 사람이 내 성에 살고 있소. 이들을 은밀히 피신시킬 테니, 그들이 무사히 히데요시의 본진으로 갈 수 있도록 도모해 주기 바라오."

이제 무슨 말을 해도 들을 시바타가 아니라는 것을 마에다는 깨달았다. 성과 더불어 죽여선 안 될 사람이란 말할 것도 없이 노부나가의 누이 오이치 부인과 그 세 딸을 가리키는 것이리라.

'거기까지 생각하고 있다면…….'

"마지막 부탁, 들어주시겠소?"

"부득이한 일이니 그렇게 하겠습니다."

"이제 여한이 없소. 그럼, 식사를."

"예."

마에다는 일어나 곧 근위무사를 성안으로 보냈다. 그리고 야진(野陣)에 가지고 다니는 삼칸 찬합을 가져오게 하여 상민 집 뜰에 펼쳐놓고 시바타에게 도시락을 권했다. 근위무사들을 위해서는 따로이 주먹밥을 날라 오게 했으며, 그 접대 도중 시바타의 웃음소리는 들렸으나 마에다의 소리는 들리지 않았다. 물론 술도 얼마쯤 나와 잔을 나누었을 것이다.

"허, 이제 살았소……."

그렇게 말하고 다시 한길로 나온 시바타의 혈색은 처음 이곳에 걸상을 놓게 했을 때보다 몰라볼 만큼 맑아져 있었다.

"히데요시는 재빠른 솜씨로 소문난 사람이오. 따라잡히기 전에 물러가야지. 그럼, 이만."

새로이 끌려온 밤색 말의 목을 토닥거리며 시바타는 말에 올라탔다. 해는 이미 기울고 있었으나 석양빛은 아직 따갑다. 그 석양빛을 등지고 모두들의 모습이 동쪽으로 달려가는 것을 마에다는 엄숙한 표정으로 지켜보았다.

"저것이 고집인가……!"

사람들이 저마다 사상과 행동에 기준을 갖지 못하고 우왕좌왕하는 시대를 난세라고 한다. 난세를 사는 인간의 자기주장은 언제나 슬픈 고집다툼으로 빠져든다. 히데요시에게는 히데요시의 고집이 있고, 시바타에게는 시바타의 고집이 있다…… 그런 줄 알면서도 그 양쪽이 다 허무하게 여겨져 견딜 수 없었다. 히데요시는 노부나가와 마찬가지로 천하평정만 중히 여기고 일을 지나치게 서두르는 느낌이 있고, 시바타는 너무 지나치게 반항에 집착하는 느낌이었다.

시바타의 모습이 후츄에서 사라지자 마에다는 다시 한번 성 아래거리의 경비를 돌아보고 성으로 돌아왔다.

히데요시며 시바타에 비한다면 겨우 6만 석 성주에 지나지 않는 마에다는 다툼의 열에서 멀리 떨어진 낙오자일지도 몰랐다. 일찍이 히데요시가 기노시타 도키치로라 불리며 노부나가의 하인으로 채용되었을 무렵 마에다 이누치요는 이미 노부나가의 측근에서 중용되어 있었건만…… 그런데 히데요시의 200만 석 지배지는 고사하고라도 시바타의 75만 석, 미쓰히데의 54만 석 등에 비해 10분의 1도 안 되는 심한 신분의 거리를 만들고 있었다.

'그러나 내 생활방식은 그리 틀리지 않았다…….'

이제야 곰곰이 그런 생각을 하게 되는 것이었다.

그도 역시 무장이다. 젊은 날의 노부나가 기질을 이어받아 공을 다투는 마음이 결코 없었던 것은 아니지만, 어딘가에서 그의 고삐를 당겨 거친 바람에 거슬러 나아가지 못하게 한 것이 있다. 다름 아니다. 그것은 지난날 아이치 주아미를 베고 잠시 몸을 숨겼을 때 그와 행동을 함께 한 아내 오마쓰의 불심(佛心)이었다. 오마쓰 부인의 사상이 그다지 깊었을 리는 없었지만, 부인은 이상한 현명함을 가지고 불심의 한 면을 포착하여 믿고 있었다. 살아 있는 자는 누구나 부처님 자식이니 살생을 삼가야 한다는 단순한 신앙이었지만, 단순한 만큼 변하기 어려운 것이었다. 어떤 이유를 막론하고 살생을 극력 피하는 게 인간의 의무라고, 마에다에게 줄곧 조언해 마지않았다. 그리고 그것은 노부나가가 혼노사에서 쓰러지고, 미쓰히데가 야마자키에서 패하면서 마침내 부자연스러움 없이 마에다의 마음속에 녹아든 사상이 되었다.

'죽이는 자는 죽임당한다…….'

그러므로 마에다는 히데요시의 고집도 슬펐고, 시바타의 고집도 슬펐다.

마에다는 성으로 돌아가자 아들 도시나가에게 경비를 맡기고 자신은 칼과 투구를 시동에게 들게 한 채 곧장 안으로 들어갔다.

"더위가 아직 가시지 않는군."

서둘러 나와 맞는 부인에게 불쑥 말하고 갑옷을 벗어 시동에게 그것을 궤짝 위로 얹게 했다.

"헛일이었어. 시바타 님은……."

말하며 마루 가까이에 무뚝뚝하게 앉았다.

두 사람이 마주앉자 시동들은 그대로 절하고 옆방으로 물러갔다. 반드시 무슨 중대한 의논이 있을 거라고 짐작한 것이다.

"헛일이었다니요?"

"고집이야, 사사건건."

부인은 한동안 말없이 마에다에게 부채바람만 보내고 있었다. 잠시 잔잔한 시선을 뜰로 보내고 있던 오마쓰 부인이 말했다.

"시바타 님에게 대감의 마음은 통했나요? 헛일이란 이 세상에 없다고 생각하는데요."
"음, 또 당신의 불법 설명이 시작되는군."
"상대에게 지성이 통한다면 인질은 무사히 기타노쇼에서 돌아올 수 있을 테고, 쌍방의 마음이 풀려 반드시 인명이 얼마쯤 구출되겠지요."
마에다는 문득 기타노쇼에 내놓은 인질—자기 딸의 얼굴을 떠올렸다.
"난 말이오, 오마쓰…… 될 수만 있다면 시바타 가문을 멸망에서 구하고 싶었어!"
"저도 같은 생각이에요…… 하지만 그것을 못하게 되더라도 낙담은 마세요."
"히데요시의 창끝에 서서 가신을 죽이지 말라는 뜻인가?"
"히데요시 님에게도 진심을 다하셔요…… 대감께서 싸움터를 버리신 것은 결코 부끄러운 일이 아닙니다. 함부로 사람을 죽이지 않는다! 그것을 대감의 고집, 마에다 가문의 가풍으로 삼으세요."
마에다는 잠시 물끄러미 노을이 지기 시작한 하늘을 바라보았다.
"지금쯤 히데요시는 에치젠으로 들어갔을까……?"
"네, 오늘 밤은 이마노쇼에서 진을 묵으시고 내일 아침에는 항복이냐, 싸움이냐 하고 반드시 단단한 담판이 있겠지요."
"그대는 도시나가한테서 들었구려."
"네, 사자로 올 분은 호리 히데마사 님이라고 저도 중신들도 생각하고 있어요."
"오마쓰."
"네."
"그대는 히데요시가 우리를 그대로 용납할 줄로 생각하는가. 항복하면 즉시 기타노쇼 공격 선봉을 서라고 할 텐데."
마에다가 고민하는 것은 바로 그 일인 듯했다. 여기서 히데요시에게 성을 내주고 항복하는 일보다, 그 뒤의 기타노쇼 공격이 너무 무참하다. 일시적이나마 히데요시 군에 대해 오늘 아침까지 적으로서 야진을 버티어온 자기들 부자인 것이다.
'시바타를 항복시키지 못한 자기를 히데요시는 과연 용납할 마음으로 있는지 어떤지……?'
오마쓰 부인은 손뼉 쳐서 시녀를 불렀다.
"대감께 차를……."

그렇게 이르고 천연덕스레 남편 얼굴을 지켜보았다. 마에다는 역시 감정적으로 시바타에게 편들고 있다. 편들고 있기 때문에 히데요시를 두려워한다.

오마쓰가 생각하기에도 히데요시는 두려웠다. 아득한 옛날부터 히데요시의 눈에는 흰 무지개가 깃들어 있었다. 한 번 눈길만 주어도 상대의 마음을 꿰뚫어 본다. 그리하여 어깨를 툭툭 치며 웃든가, 베어야 한다고 결심하든가 두 가지였다. 결심하면 시바타의 경우와 마찬가지로 아마 추궁의 손을 늦추지 않으리라.

"차가 나왔어요. 먼저 차를 드세요."

"오, 그래……."

"대감!"

"무슨 좋은 생각이라도 있소?"

"생각은 처음부터 있습니다. 먼저 대감 마음속에서 시바타 님을 몰아내고, 그런 뒤 히데요시 님을 버리세요."

말하며 문득 볼우물 짓는 부인의 볼 언저리에, 30년 세월을 뛰어넘은 옛날의 기질 센 소녀 오마쓰의 향기가 살아 있었다.

마에다는 아내의 말을 나무랐다.

"이상한 말 마오. 시바타를 몰아내고 히데요시를 버려서 중립의 길이 있다면 아무 괴로워할 것 없지. 사람을 혼란시키는 말일랑 마오."

오마쓰 부인은 다시금 재치 있는 기질을 보이며 미소 지었다.

"혼란시키는 말이 아니에요. 자고로 혼란이란 마음이 결정되지 않는 데서 생긴다고 류몬 사(龍門寺) 노스님도 말씀하셨어요. 마음을 하나로 분명하게 결정지으세요. 내가 가는 길은 시바타 님 편도 아니고 히데요시 님 편도 아니다. 단지 한결 같이 불살생계(不殺生戒)라고……."

마에다는 짜증냈다.

"그 길을 히데요시가 가게 하겠느냐는 말이오. 기타노쇼 공격 선봉을 맡고 무슨 불살생계란 말인가!"

부인은 다시금 똑바로 남편을 바라보았다.

"말대꾸 같습니다만, 만약 여기 부처님이 계시다면, 어떤 사람이 선봉 맡는 것을 기뻐하실까요?"

"모르오, 그대의 불법 설명 같은 것은."

"모른다는 것으로 끝날 수는 없어요. 적을 위해서도, 우리를 위해서도 불살생계를 마음에 간직한 대장을 선택하실 것입니다. 대감, 내일 일에 대해 부탁이 있습니다."

"그대는…… 나더러 선봉을 맡으란 말이지."

"아니에요, 그 전에 히데요시 님을 꼭 만나게 해주세요. 저는 오랫동안 격조했던 인사를 드리고, 히데요시 님이 좋아하시는 연어라도 구워 식사대접을 하고 싶어요."

"뭐, 그대가 히데요시를 만나겠다고?"

"네, 히데요시 님은 강한 대장이십니다. 하지만 제 뒤에는 부처님이 계세요. 부처님이 히데요시 님에게 지리라고 생각되지 않아요."

"뭐, 뭐라고……?"

마에다는 어처구니없는 듯 아내를 새삼 다시 보았다.

'이 무슨 기질 센 마누라일까…….'

온 나라 남자들이 한꺼번에 덤벼도 맞설 수 없는 히데요시에게, 이 여자는 웃으며 맞서서 지지 않을 거라고 단언하고 있다.

"오마쓰……!"

"네."

"그대는 이번 일로 자칫하면 마에다 가문이 망한다는 것을 알고 있소?"

"알기 때문에 부탁드리는 거예요."

부인은 여전히 둥글고 자그마한 두 볼에서 미소를 지우지 않았다.

"그러나 대감, 멸망하는 뒤에는 흥한다는 문자도 있답니다."

"……?"

"모르시겠어요? 불살생계가 철저한 나라 하나쯤…… 만약 부처님 뜻에 맞는다면 흥하게 하지 못할 것도 없을 거예요. 저는 그것을 시도해 보고 싶습니다."

마에다는 여전히 아내를 바라본 채 말이 없었다.

아마도 오마쓰는 히데요시를 만나 어쩌면 한 나라를 손 안에 넣을 꿈을 그리고 있는 모양이다. 멸망을 두려워하며 고민하는 남편과 웃는 얼굴로 꿈을 그리는 아내…….

'난 괴상한 아내를 가졌어…….'

아직 대꾸할 말이 없는 마에다 앞에 부인은 자신감에 넘쳐 다시 두 손을 짚었다.

"부탁드린 일을 들어주시겠습니까, 대감……?"

마에다는 이 아내에게 늘 짓눌리는 감정을 느끼고 있었다. 그것이 만약 똑똑한 체하는 감정에서의 참견이었다면, 물론 지금쯤 물리쳐버렸을 게 틀림없다. 그러나 그 점에서 오마쓰 부인은 인정에 지기 쉬운 마에다보다 오히려 냉정한 계산과 결단을 지니고 있었다.

소녀 때부터 마에다가 존경해 마지않았던 노부나가의 부인 노히메로부터 칭찬 듣고 있었던 탓인지도 모른다.

"오마쓰를 아내로 데려가는 남자는 행운아야."

마에다는 이따금 스스로 황홀하게 생각하곤 했다.

'좋은 마누라야, 오마쓰는…….'

그러다가 씁쓰레 웃은 적이 몇 번인가 있다. 때로는 억세게 자기주장을 하므로 꾸짖을 때도 있지만 밉거나 주제넘다고 생각한 적은 없었다. 무엇보다도 그 자그마한 몸에서 넘쳐나는 활력이 마에다를 놀라게 했다. 지금껏 빨래하고, 바느질하고, 아이들 뒷바라지며 가신들의 가정, 경제, 정치에 이르기까지 놀랄 만큼 잘 돌보면서 언제나 즐거운 듯 활기차게 모두들의 시중을 들어주고 있다. 그 오마쓰가 자기를 히데요시와 만나게 해준다면, 마에다 가문의 멸망은커녕 융성의 기틀을 잡아 보이겠다고 미소 머금으며 말하고 있는 것이다.

"대감은 제가 여자라서 미덥지 못하다고 역시 생각하시나요? 저는 히데요시 님이 도키치로라 불릴 때부터 알고 지내왔으며, 부인인 네네 님과도 친한 사이이니 만나도 자연스럽지 않을까요……?"

마에다는 잠자코 두세 번 고개를 끄덕인 다음 속으로 생각했다.

'한 번 생각대로 하게 해줘보자.'

"승낙해 주시는 거지요?"

"그대가 하는 일이니 나쁘게는 안 되겠지."

"그럼, 또 한 가지 부탁이 더 있어요."

"뭐, 또 한 가지!"

"네, 히데요시가 도착하시기 전에 호리 히데마사 님이 사자로 오실 거예요. 그때 대감께서는 언제든지 이 성을 히데마사 님에게 내드리겠다고 말씀해 주세요."
"그 일이라면, 그렇게 말해야만 된다고 생각하고 있소."
"그 말씀을 듣고 이제 안심했습니다. 모처럼 맞아들이는데 조금이라도 의심하게 해서는 의미 없는 일이지요. 그럼, 저도 언제 내드려도 되게끔 안살림을 정리해 놓겠어요."
이 부인의 예상은 그대로 들어맞았다. 호리는 다음 22일 새벽에 후츄로 와서 항복을 요구했다. 마에다는 서슴없이 승낙하고, 아내 오마쓰가 오랜만에 히데요시를 만나 식사대접하고 싶다며 기다리고 있다는 뜻을 웃음거리 이야기 삼아 말했다. 호리는 그 말을 곧 히데요시에게 전한 모양이다.
히데요시가 이마노쇼를 떠나 호리병박 마표도 어마어마하게 후츄성으로 들어온 것은 그날 아침 10시가 지나서였다. 성안은 이미 언제 내주어도 좋게끔 정돈되고 열린 성문 앞에 마에다 부자와 나란히 부인 오마쓰가 다소곳이 서 있었다.
히데요시는 자랑하는 사나운 시동들을 거느리고 말을 탄 채 오다가 오마쓰의 모습을 보고 말을 멈췄다. 히데요시의 온 얼굴이 주름투성이가 되었다.
"오!"
승전군 총대장과 성을 내주어야만 하는 패장의 부인이었다. 그런데 시선이 마주치자마자 서로 오! 하며 그리움에 떨리는 목소리로 웃었던 것이다. 죽 늘어선 마에다 가문 군사들은 물론 히데요시 뒤를 따라온 사나운 시동들과 근위무사들도 소리를 삼키며 걸음을 멈췄다.
"허, 아직 젊으시군!"
히데요시가 말 위에서 한 첫마디는 그것이었다. 오마쓰 부인은 그 앞으로 성큼성큼 나아갔다.
"하시바 님! 반갑습니다."
이날도 하늘은 활짝 개어 성문 양쪽에 심어진 수양버들의 녹음이 산들바람에 흔들거리며 시원한 그늘을 짓고 있었다.
"이대로 말을 타고 갈 수는 없다. 모두 멈추어 말을 내려라. 아무리 정벌의 길이라도 옛 친구를 만났으니 이야기 나누지 않고는 못가겠는걸."
히데요시는 큰 소리로 말하며 자기부터 먼저 말에서 내렸다. 이런 야릇한 입성 광경은 아마 이곳 외에서는 볼 수 없으리라. 따라온 자들도 모두 히데요시의 뒤를 이어 말에서 내렸다.

히데요시는 오마쓰 앞으로 다가가 마에다 부자를 흘끗 쳐다보았다. 그리고 오마쓰 부인에게 말했다.

"허, 무척 닮았는걸! 꼭 같구려."

"닮다니요, 누구를 닮았습니까?"

"우리 마누라 말이오, 네네를."

"어머나…… 네네 님은 저같이 경박하지 않습니다. 자, 어서 들어오세요. 정말 반갑습니다. 대체 몇 해만일까요?"

"내가 나가하마에 있을 때였으니 10년은 되겠지. 아무튼 조금도 변치 않았소. 우대신님도 말씀하셨지만, 천하에서 가장 행복한 자는 역시 나와 마에다요."

"그건 또 무슨 말씀이신지?"

"둘 다 일본에서 으뜸가는 마누라를 가졌기 때문이오. 네네도 빈틈없는 여자지만 오마쓰 님은 그 이상이오. 오늘 이 성에서 식사하고 가라는 말을 호리에게서 들었을 때는 등골이 오싹했소……."

오마쓰 부인은 천진난만하게 웃었다.

"호호…… 제가 구워드릴 연어 고기는 그리 비싼 게 아니에요. 하시바 님이야말로 빈틈없으시군요."

"보시오, 오마쓰 님."

"네."

"연어값을 정해둘까요?"

"뭘요…… 저는 그럴 생각은 결코 없습니다. 다만 한동안 북국에서 살았으니 찾아주신다면 에치젠, 가가, 노토, 엣추 등지의 백성들 기풍쯤은 말씀드릴 수 있으리라고…… 단지 그것뿐이랍니다."

"뭣이! 에치젠에 가가, 노토, 엣추라고? 합하면 100만 석이 넘을 텐데."

히데요시는 여기서 또 입을 떡 벌리고 껄껄 웃으며 턱을 쓸었다.

"허, 이거 당치도 않은 포로로군, 무서운걸."

말하면서 정색한 얼굴로 머리 숙이고 있는 마에다의 가신들 사이를 빠져 오마쓰, 히데요시, 호리, 마에다, 도시나가, 그리고 히데요시의 근위무사들은 차례로 성으로 들어갔다.

성안은 깨끗하게 비질되어 있었다. 히데요시는 일부러 성안 모습을 보지 않았다. 이번 싸움은 말하자면 시바타와의 고집 다툼. 시바타의 그릇과 자기 그릇의 크고 작음을 이 기질 센 오마쓰 부인은 반드시 저울질하고 있을 것이다. 심술궂게 성안을 검사하고 돌아본들, 이처럼 빈틈없는 부인이 있는데 어찌 실수 따위가 있으랴.

'보라 해도 보지 않으리라, 여기서는…….'

히데요시는 어린아이 같은 외고집으로, 지금부터 상대가 무슨 말을 꺼내는가에 흥미를 가졌다.

단지 문제인 것은 마에다에게 선봉을 맡으라고 명령했을 때 오마쓰가 할 대답…… 이것도 고집이라고 할 수 있었지만, 히데요시는 시즈가다케 싸움터에서부터 자기에게 항거하지 않고 서슴없이 이탈해 온 마에다에게 어떤 일이 있어도 기타노쇼 공격 선봉을 명하고 싶었다. 그렇게 함으로써 여러 장수는 한층 더 히데요시의 실력에 굴복할 것이고, 시바타 역시 항전의 무의미함을 똑똑히 알아차릴 결과가 된다.

'이 일만은 양보하지 않겠다…….'

따라서 오마쓰 부인이 이러한 히데요시의 고집을 어떻게 받아들일 것인지, 그 방법에 따라 상도 내리고 무참한 벌도 내릴 작정이었다.

일부러 큰방을 피하고, 오마쓰 부인은 다다미 12장이 깔린 작은 서원으로 히데요시를 안내했다.

"자, 어서 들어오십시오. 이 성에서는 여기서 바라보는 히노산(日野山) 조망이 으뜸이랍니다. 네, 요즘은 주인께서 즐겨 차를 드는 방이지요."

"허, 과연 좋구나. 이 마루는 동남쪽으로 트여 있군. 바람이 시원해서 아주 좋은데."

히데요시는 오마쓰 부인이 손수 바로 놓은 보료 위에 책상다리를 하고 앉아 비로소 마에다 부자의 축하인사를 받았다.

형식대로의 축사가 끝나자 곧 다시 오마쓰가 말했다.

"보십시오, 여기저기 절이 많이 보이지요. 이 에치젠뿐만이 아니랍니다. 여기서부터 북쪽으로 가가, 노도, 엣추 모두 불법의 신심이 두터운 특별한 고장입니다."

"아, 그랬었지. 지금도 잇코 신자가 역시 많소?"

"많다 뿐이겠습니까."

대답하고 나서 무엇을 생각했는지 오마쓰 부인은 소매를 입에 대고 호호호 웃었다.

"그토록 훌륭하신 우대신님도 이 언저리 인심만은 꿰뚫어보지 못하셨습니다…… 이상한 일이지요."

"음, 확실히 그래. 무력으로는 좀처럼 심복시킬 수 없는 모양이지."

"바로 그 점입니다. 앞으로는 하시바 님이 다스리실 고장이니 참고되시도록 말씀드립니다만, 시바타 님 역시 그르치시어……."

"시바타도 역시 꿰뚫어보지 못했소?"

"네, 그분은 우대신님의 실패를 그대로 되풀이하셨습니다. 위압적이었지요. 사사건건 두렵게만 만들고 지금껏 민심을 포착하지 못했습니다. 자신이 신앙을 갖지 못한 자는 끝내 불제자의 마음을 모르는 모양입니다."

"그럼, 나도 내일부터 염불을 외기로 할까."

"아, 그 일에 대해 부탁이 있습니다."

"그 일에 대해……?"

"네, 이번 기타노쇼 공격은 되도록 마에다 부자에게 선봉을 명해 주시지 않으시겠습니까."

오마쓰 부인은 천연스레 급소를 찔러놓고 시녀가 날라온 상을 손수 히데요시 앞에 놓았다.

히데요시의 눈이 번쩍 빛나더니 오마쓰 부인에게서 도시이에, 도시나가, 호리에게로 옮아갔다. 이미 이 일은 마에다 부자도 알고 있는 듯 두 사람 다 시치미 떼고 앉아 있다. 히데요시는 오마쓰 부인이 좀 얄미워졌다. 이런 장소에서, 이런 주제넘은 방법으로 상대가 먼저 말을 꺼내리라고는 생각지도 못했던 것이다.

'주제넘은, 그러나 빈틈없는 계집 같으니…….'

그래서 일부러 시치미 떼고 말했다.

"뭣이, 마에다 부자에게 시바타 공격 선봉을 시키라고?"

"네, 그것을 부탁드리는 것은 하시바 님을 위해서도 좋으리라 믿고서 하는 말입니다."

"오마쓰 님."

"네."
"은혜를 파는 일은 이 상 위의 연어만으로 해두시구려."
"무슨 말씀을, 농담으로 들으시다니 천만뜻밖입니다."
"허, 정색을 하시는구려."
"네, 정색하지 않을 수 없지요. 하시바 님! 저는 하시바 님과 이토록 친하게 지낼 수 있는 것을 그지없는 행복으로 여기므로 부탁드리는 겁니다."
"허, 점점 더 모르겠는걸. 마에다 부자가 선봉을 맡으면 이 히데요시가 어떤 덕을 보게 되오?"
"하시바 님, 저는 하시바 님이 시바타 님과 어떻게 다른 분인지를 백성들에게 보여 자랑하고 싶습니다."
"옳거니."
"시바타 님은 기타노쇼성으로 들어가실 때부터 백성들을 두렵게 만들었지요. 백성들은 이번에 하시바 님의 다스림도 같지 않을까 겁먹고 있으니, 일이란 첫인상이 소중합니다."
"그럴 테지, 아무렴."
"좀 자랑 같습니다만 저희 집은 불심이 두터워 불살생계를 받드는 집안으로서 백성들을 따르게 하고 있습니다. 그 마에다 부자가 선봉을 맡게 된다…… 그러나 모두들 안심하라, 이번에 우리를 편드시는 하시바 님은 부처님 자비를 지니신 분, 드디어 이 땅에도 부처님 빛이 비치기 시작했다, 마음 놓고 가업에 매진하라…… 고 선전하며 진군해 나간다면 시바타 님처럼 언제나 폭동에 마음 쓸 일도 없고, 백성들의 비뚤어진 마음도 사라지겠지요. 이것이야말로 영주와 백성을 친밀하게 맺어주는 다시없는 기회. 이러한 호쿠리쿠는 만만세라고, 마에다 가문이 아니고는 할 수 없는 부처님의 알림을 받들어 모신 부탁입니다."
히데요시는 시녀에게서 받은 밥공기를 든 채 멍하니 오마쓰 부인을 보고 있었다.
"하시바 님, 이 사정을 이해하시어 아무쪼록 제 부탁을 허락해 주시도록."
모두들 깨닫고 보니 오마쓰 부인 눈에 촉촉이 눈물이 어리고 그 입술이 실룩거리고 있다. 히데요시는 그것을 보고 가슴이 뜨거워졌다. 그러자 순간 밥 위에 얹은 연어 위로 눈물이 주르르 떨어졌다.

"오마쓰 님."

"네……네."

"졌소, 졌소. 나는 처음부터 그럴 생각이었소. 숨겨서 미안하오. 용서하시오…… 용서하구려……."

히데요시의 눈물을 보자 오마쓰 부인은 뛰어 물러나듯 꿇어 엎드렸다.

"황송하신 말씀을. 부탁을 들어주시는 이상 우리 집안 모두 부처님 뜻을 베풀어 충성을 다해야지요. 그렇잖습니까, 도시이에 님, 도시나가 님……."

오마쓰 부인이 돌아보자 마에다 부자는 정중히 머리를 숙였다.

히데요시는 눈에 눈물을 남긴 채 웃어댔다. 웃으면서 다시 눈물이 솟구치려는 것은, 역시 오마쓰 부인의 마음씨 때문이었다. 재치 있는 여자라면 세상에 결코 적지 않다. 그러나 이토록 분명하게 신앙의 길을 통하여 감히 히데요시에게 지지 않을 만한 여자가 또 있을까!

'결코 예사로운 재치가 아니다. 가문을 생각하는 진심이 굳어져 이루어진 기질 센 여자의 경지이리라.'

"하하하……."

히데요시는 웃으면서 젓가락을 놀리기 시작했다.

"이번 길에 비로소 천하진미를 만났소. 그렇지, 마에다 님? 이만한 진미라면 값어치는 묻지 않으리라. 어쨌든 귀하는 행운아야."

마에다는 면구스러운 모양이었다. 그 역시 이토록 과감한 말로 아내가 히데요시를 설복하리라고는 생각지 못했었다. 불살생계를 받든 선봉…… 그것이라면 성실한 그의 양심도 시바타 공격을 납득할 수 있었다.

시바타도 고집.

히데요시도 고집.

그리고 마에다 가문의 고집 또한 여기에 이르러 훌륭히 통하지 않았는가. 마에다는 여태껏 자신이 망설이고 있었던 일을 잊어버리고 처음부터 이렇듯 선봉을 맡을 작정이었던 것 같은 착각에 사로잡혔다.

"자, 한 공기 더 드세요. 제가 담아 드리겠습니다."

"오, 담아주시겠소, 오마쓰 님?"

"네."

"이 맛, 하시바는 단단히 명심하겠소. 좋은 맛이었소, 불살(不殺)의 맛이구려. 나는 반드시 부인의 간언을 잊지 않으리다. 항복한 자, 항거하지 않는 자는 모두 포섭해 훌륭히 살려보이겠소. 좋은 말을 들려주었소."

오마쓰 부인은 손수 밥을 담아 히데요시 앞에 내밀었다.

"하시바 님, 저는 이제야 부처님을 만난 듯한 심정이 듭니다."

"이 히데요시도 부처님이 될 수 있겠소?"

"황송하신 말씀을. 오랫동안 품어온 호쿠리쿠 백성들의 기원이 부처님에게 통하여 하시바 님 같은 분을 보내주셨다……고 여기며 저는 마음속으로 합장하고 있습니다."

"하하하…… 좋소. 그 기대에 어긋나지 않도록 하리다."

히데요시는 즐거운 듯 눈을 가늘게 뜨고 밥공기에 더운 물을 붓게 하여 입 속으로 후룩후룩 흘려 넣었다.

식사가 끝나자 바로 그 자리에서 군사회의를 열고, 마에다 부자를 선봉으로 하여 히데요시 군은 오정 때 후츄를 떠났다.

성을 호리 히데마사에게 내주고 오마쓰 부인과 딸들을 인질로 남긴 마에다 군의 출발이었지만, 모두들의 걸음걸이는 명랑하고 의욕이 넘쳤다.

유정무정

자차히메는 어젯밤(21일) 늦게 시바타가 100명이 될까 말까 한 인원수로 은밀히 성에 돌아온 것을 환히 알고 있었다.

그리 놀랄 것은 없었다. 이번 싸움에 전혀 승산이 없다는 것은 미리부터 알고 있었다. 하지만 그래도 한 번은 히데요시에게 따끔한 타격을 줄지 모른다……는 기대를 갖고 있었는데, 그것도 못 하고 도망쳐 돌아온 모양이다.

'시바타는 역시 우리 아버지 아사이 나가마사에게는 도저히 미치지 못하는 인물이었다…….'

그것은 친아버지에 대한 사모에서뿐 아니라, 자차히메의 억센 기질에서 나온 대답이었다. 뻔히 질 줄 아는 싸움에 고집 세워 나가서 살아 돌아온다는 게 자차히메는 답답했다.

'친아버지 나가마사는 훌륭히 자결하여 결코 모욕받지 않았건만…….'

아침 일찍 일어나자 자차히메는 넌지시 어머니의 모습을 살폈다. 어머니는 뜻밖에 침착하여, 그날 아침도 세수한 뒤의 화장 순서에 아무 동요도 느껴지지 않았다. 자차히메는 한층 더 시바타가 경멸스러웠다.

'가엾은 어머니…….'

전남편 나가마사는 무장의 고집으로 목숨을 버린 엄한 사람답게 그 아내를 죽게 내버려두지 않았다. 그러나 시바타는 어머니를 구하려는 눈치가 없는 것 같았다.

아니, 어머니만이 아니라 성으로 돌아오자마자 남은 가신 총동원을 명하여 마지막까지 모두들을 길동무로 삼을 작정인 것 같았다. 어린이에서 늙은이까지 모두 소집해 본들 아마 겨우 3000명도 안 되리라. 그렇다면 여기서도 승패는 결정되어 있다.

그렇건만 끝내 항전하는 것을 '고집'이라고 한다면, 고집이란 어쩌면 이토록 무참한 희생을 남에게 강요하는 것일까! 시바타 한 사람의 고집을 세우기 위해 모두들에게 죽으라는 것이나 다름없다. 그 무의미한 행위에 어머니가 오로지 따를 듯한 것이 자차히메는 말할 수 없이 분했다.

자차히메는 어머니의 거실을 엿보고 돌아오자 곧 동생 다카히메와 다쓰히메를 자기 앞에 앉혔다.

"다카도 다쓰도 어젯밤 일을 알고 있니?"

막내 다쓰히메가 살피듯 대답했다.

"응, 아버지가 밤늦게 성으로 돌아오신 일 말이지?"

언제나 조심성 많고 말수적은 다쓰히메가 오늘 아침에는 좀 흥분하고 있는 것 같았다.

"그렇단다, 싸움에 져서 비참한 모습으로 도망쳐 돌아오신 모양이야. 그러니……."

자차히메는 일부러 열어젖힌 창문으로 시원한 바람이 흘러들어오는 성 아래쪽을 가리키면서 말했다.

"이 거리도, 성도, 사람도 이것으로 끝장이다. 이대로 여기 있다가는."

다쓰히메는 잠자코 있었다. 언니가 무슨 말을 꺼내는지 가만히 기다리는 얼굴이었다.

"알겠니, 시바타는 어떤 일이 있어도 우리 자매를 이 성에서 피신시키겠다고 말했다. 물론 실행하겠지만, 우리들만 피신해서 좋을지 어떨지 너희들한테 의논하고 싶다. 어머니 말인데, 어머니를 어떻게 하면 좋을까?"

자차히메는 다카히메와 다쓰히메를 또 둘러보았다.

"알겠니, 시바타 님은 가까스로 이 성에 도망쳐 돌아왔다. 많은 가신들 목숨을 싸움터에서 버리게 하고…… 그러고는 어젯밤부터 줄곧 군사회의 아니냐. 봐! 정문에서도 옆문에서도 저렇게 끊임없이 무사들이 성으로 들어오고 있다. 11, 2

살 난 어린이부터 예순 넘은 늙은이들까지 창을 메고 갑옷을 지고 들어오고 있다……."

그 말을 듣고 다카히메도 다쓰히메도 3층 마루에서 밖을 내다보았다. 녹음 너머로 성을 둘러싼 길이 막 돋은 아침 해로 하얗게 빛나는 거리에 느릿느릿한 사람들 행렬이 이어지고 있다.

"보이지? 저렇게 모두 성으로 불러들이는 것은 보나마나 농성하기 위해서다. 그러나 인원수는 고작해야 3000명쯤이겠지…… 히데요시 군은 3만인지 5만이 된다더라……."

"그럼, 성을 베개 삼아 모두 죽게 되겠군요……."

"그러니 나는 시바타가 밉다. 무엇 때문에 일부러 성에 돌아와 늙은이와 아이들까지 죽게 하느냐. 고집으로 나간 싸움터에서 왜 훌륭하게 죽지 못했느냐 말이야. 가쓰히사 님도 안 돌아오고 사쿠마 님도 안 돌아왔는데, 시바타 님만 도망쳐 돌아와……."

거기까지 이야기하고 말투를 바꾸었다.

"알겠니, 그런 시바타 님 밑에서 어머니를 죽게 해야 할까. 다카, 너부터 생각한 대로 말해 봐."

다카히메는 그때 이미 울상이 되어 있었다.

"그럼, 이길 수는 없나?"

"이기다니! 겨우 3000명도 못 되는 인원수로 완전한 태세를 갖추려면 바깥까지도 배치하지 못해. 아마 아랫성 별성에서 모두들 농성하게 되겠지. 둘레에서 불을 지른다면 그것으로 끝장이야."

다카히메는 몸을 부르르 떨며 애원하듯 언니를 쳐다보았다.

"어머니를 살리고 싶어……."

"알았어, 다카의 마음은…… 그래, 다쓰는?"

다쓰히메는 둘째언니처럼 떨고 있지 않았다. 야무지게 긴장된 둥그스름한 턱을 당기듯하며 말끄러미 윗눈길로 푸른 하늘을 바라보고 있었다.

"나는…… 어머니 마음을 따르는 게 좋다고 생각해."

"어머니 마음이라니?"

"어머니는 이미 마음을 정하고 계시……."

"다쓰야."
"응."
"마음을 정하고 계시다니? 이 성에서 죽으려고 각오하셨으니 그냥 죽게 내버려 두자는 말이냐?"
"응."
다쓰히메는 요즘 부쩍 어른스러워진 눈매를 긴장시키며 고개 끄덕였다.
"어머니는 히데요시를 만나기 싫다고 하셔. 그가 어머니를 사랑했나봐. 그러니 만약 살아난다면 세 번째 남편을 가져야 할 터이니 여기서……라고 말씀하셨어. 아니, 어머니 혼자만 죽게 하지는 않겠어. 이 다쓰도 함께 죽을 거야."
"뭐라고!"
자차히메는 발끈하여 다쓰히메 쪽으로 돌아앉았다.
"어머니를 구하자는 의논에서 너까지 함께 죽겠다니 무슨 소리냐? 용서 못 하겠어. 그것을 용납할 정도라면 무엇 때문에 의논하겠니. 다쓰는 정신이 돌았구나."
험악한 언니 표정에서 노여움을 눈치채고 다쓰히메는 13살이라고 여길 수 없는 신중한 태도로 살그머니 무릎 위의 두 손에 시선을 떨구었다. 그리고 입 속으로 중얼거리듯 말했다.
"사람이란 사는 것만이 행복하다고는 할 수 없지 않을까?"
자차히메는 다시금 퍼붓듯 말했다.
"그것은 불행에 진 약한 자의 체념이야. 다쓰, 사람이란 살기 위해 태어났단다. 어떤 경우에도 살아서 행복을 잡도록 노력해야 해."
다쓰히메도 얼굴을 들었다.
"그럼…… 어머니에게, 히데요시의 뜻에 따라…… 그렇게라도 해서 살라는 말이야?"
"그게 너의 속단이라는 거지. 우선 살고 본 다음, 히데요시의 뜻에 따르지 않아도 될 방법을 생각하는 게 도리야. 네가 만약 어머니와 함께 이 성에서 죽을 각오라면 좀 더 생각이 있을 법한데…… 내 의논이란 너를 죽이는 게 아니야. 죽으려 결심하고 계시는 어머니를 어떻게 하면 말릴 수 있느냐는 애타는 심정에서 하는 말이다. 엉뚱한 소리 하면 용서치 않겠어."
다쓰히메는 다시금 살포시 고개를 숙였다.

"그럼…… 좋은 생각이라도 있어, 언니에게?"
"오, 전혀 없다면 말도 않지. 그 전에 너희들 마음을 물어보았을 뿐이야."
"그럼, 언니 생각을 들려줘."
그 말에 자차히메는 혀를 차며 주위를 둘러보고 나서 말했다.
"알겠니, 우리 셋이 가서 어머니에게 함께 피신하자고 부탁드리는 거야."
"안 들으실 때는?"
"그때는 셋이 다 어머니와 함께 이 성에서……."
"음! 그게 진심이야?"
되물음을 받자 자차히메는 매섭게 고개를 저었다. 눈도 눈썹도 바짝 꼬리를 쳐들고 온몸에서 억셈이 스며나는 자차히메였다.
"죽음의 길동무를 찾아 염치없이 성으로 돌아온 그따위 시바타를 위해 죽는 게 도리일 듯 싶으냐, 우리 셋이 어머니와 함께…… 죽겠다고 말하면 어머니도 반드시 피신하실 거야. 피신하게만 된다면 히데요시 손에 넘어갈 테니 그때는 나에게 생각이 있어."
"그 생각이란?"
"어머니 대신 내가 반드시 히데요시를 설복해 보이마. 히데요시 따위가 우대신 누이의 정절의 길을 그르쳐서야 되겠느냐고 따지는 거지."
이번에는 다카히메가 끼어들었다.
"히데요시가 과연 들어줄까? 마음먹은 일은 반드시 해내는 끈덕진 남자라고 들었는데."
자차히메는 창백하게 웃었다.
"그까짓! 사람에게는 저마다의 약점이 있어. 그가 유달리 허풍쟁이라는 말을 들었어. 어머니에게 정절의 길을 지키게 하는 게 히데요시의 도량을 나타내는 거라고 설복하면 반드시 무례한 짓은 하지 않을 거야. 그 점은 나에게 맡겨둬."
"그럼, 다쓰야, 우리 셋이 어머니에게 부탁드리기로 하자."
다쓰히메는 잠시 가만히 생각한 다음 고개를 꾸벅 끄덕였다. 만약 어머니를 구출하려 한다면 그 방법밖에 없을 것 같았다.
자차히메는 얼굴을 들어 두 사람을 재촉했다.
오이치 부인은 아까부터 해자 너머 큰길을 내려다보고 있었다. 겨울이면 심하게 눈보라가 몰아치는 거리였지만, 지금은 짙은 녹음에 싸여 아시바네 강(足羽川) 가에서 불어오는 바람이 상쾌한 시원함을 날라 왔다. 오늘 아침 일찍부터 떼 지어 성으로 들어오던 사람 그림자도 차츰 끊어지고 하얀 길에 이따금 먼지가 날아오른다. 오른편에 보이는 곤피라(金比羅) 언덕에서 구니미(國見) 언덕 위로 여름 구름이 몇 조각 드문드문 떠 있고 나머지는 끝없는 푸른 하늘이었다.

'이 성이 머잖아 떨어진다……'

왠지 거짓말 같은 생각이 들었다. 녹음 져 늘어선 성 아래 지붕 속에서는 그것을 알고 있을까?

히데요시 군이 들어오면 무엇보다도 먼저 이 성 아래에 불을 지를 것이다. 방어하는 자가 농성하게 되면 공격자는 먼저 주위를 불태우는 게 싸움에 흔히 있는 일이었다. 그때 불 속에서 허둥거릴 군중을 상상하니 오이치 부인은 새삼스레 스스로의 죄 많음을 느끼지 않을 수 없었다. 오다니성이 떨어질 때도 그랬었지만 이번에 또 그 지옥의 불빛을 보아야만 하다니……!

그러나 오이치 부인이 할 수 있는 건 이제 여기서 죽는 일뿐이었다. 이 호쿠리쿠 땅은 오빠 노부나가가 가장 많은 사람의 생명을 뺏은 곳이라고 소문으로 듣고 있다. 하다못해 자기도 여기서 죽어 죄악의 소멸을 바라고 싶다.

'이 마음은 확고하건만……'

오이치 부인은 남쪽으로 트인 난간에 기대어 아까부터 그 생각을 하고 있었다.

'나에게 죽지 말라는 사람이 둘 있다……'

하나는 어젯밤 성에 도착한 남편 시바타이고 또 하나는 딸 자차히메였다. 두 사람 다 끈질겼다.

시바타는 새벽녘에 잠시 얼굴을 보이고 묘한 표정으로 말했다.

"사정이 바뀌었소. 그대는 이 성에서 피해야만 하오."

오이치 부인은 웃기만 했다.

"나는 가신들의 충절에 져서 이 성을 관(棺)으로 삼을 작정이오. 그 속에 그대를 넣을 수는 없어."

자차히메는 또 틈날 때마다 죽는 것은 패배라고 설득했다. 물론 그 말에 결심이 바뀔 오이치 부인은 아니었지만, 자기를 살리려고 애쓰는 이가 이 세상에 둘이나 있다는 것은 명승(名僧)의 공양보다 더 나은 일로 여겨졌다.

'시바타 역시 마찬가지겠지…….'

오이치 부인도 물론 알고 있었다. 그래서 이번에도 상대하지 않고 웃어넘겼지만, 자차히메 쪽에서는 또 뭐라고 말해 올 것만 같았다.

'온다면 뭐라고 설복할까……?'

무심히 그것을 생각하고 있을 때였다. 시녀가 말했다.

"따님 세 분이 오셨습니다."

오이치 부인은 놀라며 시선을 방 안으로 옮겼다. 바깥의 밝음에 익숙한 눈에, 벽장의 먼 안개그림을 등지고 나란히 선 세 딸의 모습이 몹시 어둡게 비쳤다.

여느 때와 달리 자차히메는 노래 부르듯 명랑했다.

"어머니, 청이 있어서 왔습니다."

딸들이 함께 찾아오리라는 것도 알고 있었다. 온다면 무슨 말을 할 것인지도 모두 알고 있었다. 그러니 만큼 어둡고 슬픈 말이날아올 줄 알았는데, 뜻밖에 명랑한 목소리를 듣고 오이치 부인은 마음 놓였다.

"오, 마침 잘 왔다. 나도 부르러 보내려던 참이다."

오이치 부인은 시녀를 돌아보고 일렀다.

"준비한 물건을 이리로"

말할 것까지도 없이 유품이었다. 시녀가 소반에 담은 단검 두 자루와 조그만 약상자를 날라 왔다. 그것을 보자 자차히메는 웃으며 입을 열었다.

"어머니, 이제 그것은 필요 없게 되었어요. 받지 않겠습니다."

"아니, 자차가 또 괴상한 말을."

자차히메는 두 동생을 돌아보며 웃는 얼굴로 고개를 끄덕였다.

"어머니, 우리 셋 모두 생각을 잘못하고 있었어요. 용서하세요."

"생각을 잘못하다니?"

"어머니가 이 성에서 죽고 싶다던 말씀의 뜻을 이제야 모두 알았어요."

오이치 부인은 의아한 듯 고개를 갸웃거렸다.

"이 어미의 심정을 알았다는 말이냐?"

"네, 이곳을 떠나 치욕을 거듭한다는 건 어머니 혼자뿐 아니라 우대신님과 아버지 이름을 더럽히는 일이 됩니다. 그래서 우리도 모두……."

자차히메는 거기서 다시 한번 두 동생을 돌아보고 의미 있게 고개를 끄덕였다.

"점점 더 알 수 없는 말을 하는구나. 어미 마음을 알았으니 어쩌자는 거냐."

"이제는 결코 말리지 않겠습니다. 저희들도 함께 어머니를 따르겠습니다. 지금까지의 일을 용서하세요."

자차히메는 말하며 얌전하게 두 손을 짚었다. 두 동생도 그대로 따랐다.

오이치 부인은 놀라 할 말을 잃었다. 자차히메가 생각하고 생각한 끝에 궁리해 낸 반대의 말인 줄 모르고, 딸들이 진정으로 그런 마음이 된 줄 알았던 모양이다.

자차히메는 그러한 어머니의 당황을 확인한 다음 침착하게 어머니 쪽으로 소반을 도로 밀었다.

"우리는 이것저것 의논했습니다. 그리고 부끄러운 일이지만 다쓰의 생각이 가장 옳다고 깨달아 셋이서 따르기로 했습니다. 성이 떨어질 때 어머니도 긴 칼을 들고 싸우시겠습니까? 만약 그런 각오시라면 저희들도……."

"그건 안 돼. 이거 난처하구나!"

오이치 부인은 그렇게 말한 다음 후회했다.

'아차!'

일단 말을 꺼내면 이 정도의 말로 물러날 자차히메가 아니었다.

'잘 생각해야지. 이대로는…….'

당황하지 않으려 하니 더욱 시선이 움직여진다. 그래서 저도 모르게 그 시선을 창밖으로 돌렸을 때였다. 가도(花堂) 언저리 마을일까, 서남쪽에 봉화인지 방화인지 알 수 없는 연기가 소용돌이치며 마루 위로 뭉게뭉게 피어올랐다.

"아, 저것 좀 봐."

오이치 부인이 손가락질하는 뒤에서 세 딸도 함께 일어섰다. 전화는 이 모녀의 슬픈 대화보다 더 빠른 걸음으로 기타노쇼에 닥쳐온 것이다.

복도에서 부산한 발소리가 들렸다.

"마님께 아뢰오."

갑옷차림을 철거덕거리며 달려온 자가 있다. 시바타와 더불어 아슬아슬하게 싸움터를 벗어나 성으로 돌아온 고지마 와카사(小島若狹)였다. 와카사는 염치없이 오이치 부인의 방문을 열고 다짜고짜 그 자리에 한 무릎을 꿇었다. 모녀의 눈은 일제히 그쪽으로 쏠렸다.

와카사는 다시 한번 외치듯 말했다.

"마님께 아뢰오. 주군의 분부이시니 따님들과 함께 곧 성을 나가실 준비를 하시기 바랍니다."

"와카사 님, 저 서남쪽에 보이는 연기는……?"

"적의 방화입니다만 아직 걱정하실 것 없습니다. 방금 마에다 님에게서 사자가 왔는데 피신시킬 분이 계시면 서북문으로 나오도록, 그러면 문 밖에 기다렸다가 반드시 보호해 드리겠다고 합니다. 결전은 오늘 밤부터 내일에 이르리라 생각되오니 해 질 녘에는 탈출하셔야겠습니다. 그리 아시고 준비하시기를……."

말하자마자 곧 일어서려는 와카사를 오이치 부인은 황급히 불러 세웠다.

"와카사 님, 한 가지 더 물어보고 싶은 게 있어요."

"예! 무슨 말씀이든."

"이 성에 우리들 말고도 피신시켜야 할 사람이 있을 거요. 그들을 이리 데려와 주지 않겠어요."

"마님 외에……누구실까요?"

"마에다 님 따님이 인질로 와 있을 겁니다. 그 따님과 우리 대감의 어린 따님들도 이리로 데려와 주세요. 모두 함께 피신하고 싶어요."

와카사는 깜짝 놀란 듯 오이치 부인 쪽을 다시 보았다. 그는 아사이의 딸 세 명은 피신시키더라도 오이치 부인은 성을 나가지 않을 거라고 시바타에게 들었던 것이다. 그러니만치 오이치 부인의 말은 뜻밖이기도 하고 또 수긍되기도 했다.

'역시 피신하실 생각이 드셨군……'

시바타의 소실이 낳은 두 딸도 데려갈 작정인 모양이다…… 이 문제는 미묘했다. 만일 오이치 부인이 이 성과 운명을 함께 할 작정이라면, 시바타는 자기 딸을 피신시킬 것 같지 않았다.

'주군의 누이도 죽는데 어찌 내 자식을……'

그런 완고한 점이 시바타의 성품이다. 그러므로 오이치 부인이 피신한다면 두 딸도 피신시켜 줄지 몰랐다.

'그렇구나! 그래, 그래야만 하지……'

와카사는 그제야 마음 놓고 대답했다.

"잘 알겠습니다, 제가 반드시 이리로 데려오겠습니다."

"부탁하겠어요."

말하고 오이치 부인은 그녀 나름대로 마음 놓고 있었다. 시바타가 자기를 살리려 하고 있다는 것이 순간적인 경우 자차히메를 설복하는 좋은 분별이 되었던 것이다.

"자차야, 지금 들은 대로 나도 피신하겠다. 시바타 님 따님들도 마에다 님 따님도 함께 피신한다…… 자, 너희들도 채비하거라."

이번에는 멀리서 콩 볶는 듯 총소리가 나기 시작했다.

자차히메는 어머니도 함께 피신한다는 말을 듣고 갑자기 안절부절못했다. 혹시라도 어머니만 피신한다고 했다면 아직 의심했을지 모른다. 그러나 마에다의 인질도 시바타의 소실 딸들도 데려간다는 말을 듣자 자기 나름대로 수긍했다.

'그런 까닭에 마음이 바뀌신 것이다……'

의리며 고집에 곧 마음이 움직이는 어머니……라고 생각하는 탓이었다.

"그럼, 가쓰 님도 마사 님도 함께 피신하는 거지요?"

"그렇게 하자. 시바타 님 역시 따님들을 살리고 싶은 마음은 간절할 테니."

"그러면 우리도 어머니와 함께, 응, 다카도 다쓰도……."

"네, 곧 채비하겠습니다."

두 동생은 언니의 말이 끝나기도 전에 벌써 일어섰다. 연달아 울리는 총소리가 자매들을 완전히 허둥거리게 만들었다.

오이치 부인은 유품을 저마다 몸에 지니게 하고 자신도 채비하기 시작했는데, 그 무렵부터 성안 공기가 확 바뀌었다. 시바타의 명령으로 둘레의 수비를 철저히 하고, 예상대로 아랫성 별성에서 모두 농성하기로 결정되었기 때문이다. 일단 성에 들어온 남녀노소와 성안 행랑채에 살고 있던 졸개 가족이 차례차례 성에서 내보내졌다. 졸개의 아낙은 돈을 조금씩 받고 남편과 아버지를 남긴 채 친척들에 의지하여 흩어져 가야만 되는 것이다.

서남쪽에 처음 올랐던 불길이 해 질 녘에는 열 몇 군데를 헤아리게 되더니 이윽고 해가 떨어진 뒤 밤하늘을 저주스럽게 물들이기 시작했다. 아랫성 별성 안은 해가 떨어져도 여전히 부산하게 오가는 사람 그림자로 숨 막힐 것 같았다. 총알막이 대나무 다발을 짊어진 자, 닫힌 성문 안에 말뚝을 박는 자, 화톳불을 준비하러 달리는 자, 취사준비를 시작하는 자…….

그리고—와카사와 나카무라 분카사이(中村文荷齋)가 각반에 짚신을 신고 샅

갓을 든 시바타의 두 딸과 마에다의 딸을 데리고 오이치 부인 거실로 온 것은 이미 성안이 컴컴해진 뒤였다.

"마님, 약속한 따님들을 데리고 왔습니다. 분카사이가 서북문까지 모시겠습니다. 자, 나가시지요……."

그렇게 말했을 때, 오이치 부인과 세 딸들은 저물어가는 창가에 나란히 서서 밤하늘을 태우는 불길을 바라보고 있었다.

"아, 그리고 주군은 이제 어느 분도 만나지 않으실 테니 편안히 잘 가시라는 분부였습니다."

"그 말씀은 들었어요. 그럼, 와카사 님께서 대감께 잘 여쭤주세요."

"예, 서북문에는 마에다의 사자가 벌써 와 있을 테니 저는 이만 작별하겠습니다."

"안녕히 계시라고 전해 주세요……."

"안녕히."

"그럼, 모두들 분카사이 님 뒤를 따르도록."

그 소리에 모두들 분카사이를 에워싸듯하고 복도로 나갔다. 이따금 여기저기서 말이 울고 욕을 해대는 절박한 사람 목소리가 들려온다. 모두들 정신없이 층계를 내려가 컴컴한 뜰로 안내되었다.

"주군! 마님을 비롯하여 모두 무사히 피신하셨습니다."

아랫성의 다다미를 쌓아 올린 큰방에서 농성 지휘를 하고 있던 시바타는 그 말을 들었을 때 와카사를 돌아보지도 않고 고개를 끄덕였다.

"그래, 잘 했다!"

그러나 순간 말할 수 없는 고독감을 느꼈다.

'이젠 아무도 없구나…….'

3000명 병졸이 자신과 더불어 죽을 셈으로 성에 남아 있다. 그렇건만 아무도 없다는 게 그때의 실감이었다.

'나는 부인이 남아주기를 은근히 기다렸던 모양이다. 고약한 녀석…….'

얼마쯤 꺼림칙함을 느끼면서 사바타는 명했다.

"와카사, 천수각 밑에 풀과 장작을 쌓아두도록 해."

"천수각 밑에……?"

"그래, 언제든지 불지를 수 있도록. 그리고 화약도 장치해 두는 게 좋을 거다. 알겠지, 왜 그것을 명하는지?"

"예."

와카사는 대답하고 희게 반짝이는 시바타의 눈썹을 애처롭게 우러러보았다.

"적이 쳐들어왔을 때 점화하는 거지요?"

시바타는 고개를 끄덕였다.

"살아 있는 목을 줄 수야 없겠지. 그러나 점화할 때는 새로이 지시하마."

"예. 그럼, 곧."

"아, 잠깐, 와카사."

"예."

"오늘 밤에 히데요시의 본대는 아직 오지 않을 거다. 그러니 준비가 끝나거든 졸개 하인들에게까지 술을 나눠주도록 해라."

"예."

"이제는 부식도 아낄 것 없다. 안주도 주도록."

"예."

"좋아, 가라!"

와카사가 달려가고 나자 시바타는 가만히 걸상에 앉아 다시 한번 속으로 중얼거렸다.

'고약한 사나이로다, 시바타는…….'

오이치 부인이 성에 남아준다면 끝까지 히데요시를 골려줄 셈으로 있었던 일이 갑자기 싫어졌다. 피신시킬 자를 내보냈다는 안도감 외에 무엇인지 끝없는 낙담이 숨어 있다.

'어차피 죽을 싸움이다…….'

이러한 느낌이 순식간에 몸속에 퍼져, 그처럼 집착해 온 '고집'의 그림자가 엷어졌다. 어쩌면 그의 고집은 오이치 부인에게 보이기 위해 기를 쓴 오기였는지도 모른다. 만약 그렇다면 시바타라는 사나이는 이 얼마나 순진한 악동이란 말인가……! 태어날 때부터 다투고 싸우는 일만 생각해 온 사나이가 마지막으로 이른 곳은 답답하고 나태한 피로였다.

시바타는 살며시 눈을 감았다. 누군가의 조용한 발소리가 난다. 시동이구나……하고 생각했을 때 갓 지은 주먹밥 냄새가 물신 콧구멍으로 들어왔다.

'저녁을 가져오는구나.'

발소리는 바로 곁에까지 와서 멈추었다.

"대감, 잠을 깨십시오. 저녁 가져왔습니다."

시바타는 깜짝 놀라 눈을 뜨고, 거기 다소곳이 한 무릎을 꿇고 앉아 소반에 얹은 주먹밥을 내미는 오이치 부인을 보고 어리둥절하여 도로 눈을 감았다.

'딸들과 함께 피신한 오이치 부인이 있을 리 없다…….'

있을 리 없는 오이치 부인의 모습을 보았기 때문에 시바타는 꿈을 꾸거나 환각인 줄로만 생각했던 것이다.

"기분이 좋지 않으세요, 대감……?"

다시 물음을 받고 시바타는 눈을 크게 확 부릅떴다. 자기의 약해진 마음을 보고 여우나 너구리 따위가……하고 생각했던 것이다.

"어머, 왜 그런 무서운 얼굴을 하세요?"

"그대는…… 그대는…… 진정 오이치가 맞소?"

"네……네."

"부인은 따님들과 함께 피신했을 터인데…… 그런데 어찌 이 성에 남아 있소? 벌써 사방 성문에 울타리를 치라고 일렀는데."

"용서하세요, 저는 처음부터 성에 남겠다고 말씀드렸습니다."

시바타는 당황해 주위를 둘러보았다. 큰방에는 두 개의 촛대뿐이라 네 구석에 도깨비가 나올 것 같은 침침한 그림자가 음산하게 퍼져 있다. 뒤에 있는 칼잡이 시동의 그림자가 마루 위에 서글프게 흔들리고 있었다. 그 침침한 속에 오이치 부인의 모습만 또렷이 떠올라 보인다. 싱싱하게 자기를 쳐다보는 눈에도, 여느 때는 거만스레 느껴지던 콧마루에도, 조그맣게 다문 처녀 같은 꽃입술에도 야릇한 따뜻함이 스며있다.

한순간 시바타는 두 방망이질하듯 뚝딱거리기 시작한 가슴의 고동을 의식하며 온몸이 한꺼번에 달아올랐다. 환희! 그렇다, 일찍이 그의 생애에서 경험한 적 없는 당황과 환희였다. 어쩌면 미칠 정도로 기쁘다는 편이 맞을지도 모른다. 8만 4000개의 털구멍이 한꺼번에 무엇인가를 외친 것 같은 느낌이었다.

"부인!"

"네."

"그대는 성에 남아서…… 왜 나의 명을 거스르고……."

말을 꺼내자 말이 자기 뜻에 역행하므로 점점 더 몸속이 화끈해졌다.

"용서하세요."

"용서라니……남자란."

"네……네."

"입에 내어 할 말과 할 수 없는 말이 있소…… 이제 와서는 부……부득이한 일이지만 그대는 이 시바타와 함께 죽을 셈이오?"

"따라가고 싶어요."

"그대는…… 그대는……."

시바타는 입에서 튀어나오는 자기 말과 솟구치는 감정에 내둘려 입술을 잔뜩 일그러뜨린 채 눈물을 뚝뚝 떨구었다.

"그대는 기질이 너무 강하오. 딸들의 앞날을 보살펴주고 싶지 않은 거요?"

"네…… 보아주고 싶습니다만, 결국 뜻대로 안 되는 세상……."

"그래서…… 나의…… 이미 정해진 나의 앞길을 보아주겠다는 거요?"

"용서하세요. 저는 시바타 가쓰이에의 아내로서 이 세상을 마치고 싶습니다."

시바타는 다시 무언가 말하려고 했다. 그러나 입술이 크게 떨릴 뿐 말이 되지 않았다.

"조……좋아. 그럼, 그 저녁상을 이리."

시바타는 뒤에 대기한 시동의 눈과 앞에 있는 오이치 부인의 눈을 두려워하며 주먹밥 한 개를 덥석 움켜쥐었다.

"부인…… 이건 그대가 손수 만들었군그래."

"네, 무슨 냄새라도?"

"오, 냄새가 나지. 그대의 손 냄새…… 하얀 임자의…… 좋은 냄새가……."

시바타의 예측대로 그날 밤(22일)은 히데요시 쪽에서 직접 성을 공격하지 않았다.

선봉인 척후가 시바타의 작전을 탐색하려고 불을 지르면서 나타났을 뿐이었다. 그러나 그 움직임으로 도쿠야마와 후와는 이미 히데요시에게 항복했다고 한다. 그리고 다음 날인 23일에 마에다 부자를 선두로 한 히데요시 군이 히노강을 건너고 다시 아시바네강을 건너 성에 육박했다.

마에다는 그 진군 도중 민심 안정을 위해 선전할 자를 먼저 보내 토민들의 마음을 어루만지느라 힘쓰면서 기타노쇼성을 포위하자 한 번 더 시바타에게 마지막 권고를 시도했으나 시바타 쪽은 성문을 열려고도 하지 않았다.

히데요시는 아시바네강 남쪽 기슭 아타고산(愛宕山)에 본진을 두고 총공격 지휘를 했다.

이 대진은, 난세가 낳은 두 세력의 승패를 초월한 고집 다툼이라는 점에서 몹시 색달랐다.

히데요시는 먼저 높이 돌 축대를 쌓아 올리고 입구 위에 9층 망루를 우뚝 솟게 한 천수각을 향해 일제히 총을 쏘게 했다. 그러나 위에서는 아무 반응도 없었다. 어쩌면 거리가 너무 멀어 총알이 닿지 않았는지도 몰랐다. 그래서 이번에는 우수한 군사를 골라 창과 몽둥이를 들고 성안으로 돌입케 했으나 그 언저리는 텅 비어 있었다.

보고를 듣자 히데요시는 웃었다.

"고연 놈 같으니! 아직도 나를 놀라게 할 작정이군. 좋아, 그렇다면 멈추어라."

생각되는 것은, 낮에는 상대하지 않고 있다가 밤을 기다려 시바타 자신이 히데요시의 본진으로 쳐들어오지 않을까 하는 것이었다. 훌륭한 죽음만 생각하는 시바타가 할 만한 일……히데요시는 본진의 대비를 엄중히 하도록 명했다.

이렇듯 23일 역시 히데요시 편의 일방적인 움직임만으로 저물어 주위는 차분한 어둠으로 바뀌었다.

8시 무렵, 그때까지 괴괴하게 밤하늘에 솟아 있던 천수각 5층에서부터 위로 일제히 불이 켜졌다.

"이상한 짓을 하는데."

"드디어 야습할 군사회의를 하는군."

"방심하지 마라. 어디서 쳐 나와도 좋아, 시바타의 목을 노리자."

포위군도 줄곧 화톳불을 피우며 기세를 돋우고 있었다. 이윽고 그들 귀에 울려온 것은 뜻밖에도 북소리와 맑은 퉁소 가락이었다.

"이상한데? 어찌 된 일일까?"
"설마 이 마당에 주연이 벌어질 리는 없겠지."
고개를 갸우뚱하고 있는 동안 이윽고 천수각을 둘러싼 사방의 망루에도 불이 켜졌다.
"거참, 이상한데…… 확실히 술을 마시며 노래 부르고 있구나."
정말 그대로였다. 시바타는 그때 9층 천수각 위에 남은 일족, 가까운 신하, 여자들을 모아놓고 술을 마시고 있었다.
"모두들 용서하라. 그 원숭이 놈 때문에 이렇게 된 것은 분하지만 당황하지 말라. 오늘밤은 마음껏 술을 마시고 한껏 즐긴 다음, 내일은 뜬세상의 틈 사이로 새벽녘 구름처럼 사라지자."
그것은 허무한 고집에 지탱되어 평생을 싸움터에서 지내온 시바타의 마지막 허식이었지만, 그 볼은 싱싱하게 빛나고 눈은 자못 즐거운 듯 풀어져 있었다. 오이치 부인이 남은 줄 알게 된 순간부터 시바타에게 다시 새로운 기력이 되살아난 모양이었다.
"분카사이, 어느 망루에나 술과 안주가 나눠어져 있겠지."
시바타는 이따금 곁에 있는 오이치 부인을 실눈으로 바라보면서 잔을 거듭했다.
"예, 어느 망루나 모두 불이 켜졌습니다. 모두 감사히 술을 들고 있겠지요."
"그래? 와카사와 야사에몬이 돌아오거든 나도 한바탕 춤을 추겠다, 오래간만에……."
"두 분 다 곧 이리 오시겠지요. 와카사 님은 술과 안주를 나눠준 뒤 한 번 더 이 아래 쌓아놓은 장작과 화약을 보고 오겠다고 했습니다만."
"그런가, 모두 잘 해주었다. 그렇잖소, 부인?"
"네……."
"딸들은 도중에 히데요시와 엇갈렸지만 무사히 후츄로 들어간 모양이니 여한이 없다. 나머지는 단지 히데요시 놈을 놀려주면 그것으로 끝난다. 그렇지, 분카사이?"
"예, 오늘밤 히데요시는 겁먹고 있겠지요. 설마 이렇게 승전축하 같은 술잔치를 벌일 줄 꿈에도 모를 테니까요."

"바로 그 점이야. 생각만 해도 웃음이 나오는군. 그러나 그 원숭이 놈이 깜짝 놀라는 것은 지금부터다."

"대감!"

오이치 부인은 잔을 들어 남편 앞으로 내밀었다.

"히데요시 이야기는 그만하세요."

"그래, 하면 나쁜가?"

"이젠 히데요시도 없고 성도 없는 맑디맑은 하늘에 걸린 달이 되고 싶어요."

시바타는 몇 번이고 고개를 끄덕였다. 역시 구애됨에서 벗어나지 못한 자기 자신이 반성되었던 것이다.

"그만두지. 다시는 하지 않겠소, 원숭이 놈 이야기는……나는 그놈을 상대하지 않는 거야."

"자, 드세요. 저도 오늘 밤은 모든 것을 잊고 술을 들겠어요."

"좋아, 그럽시다. 자, 이 시바타가 직접 따라주지. 그렇지, 부인만 들어선 안 되오. 모두들 들라. 알겠나, 곤로쿠 때부터 늘 얼굴을 찌푸리고 어깨를 버티어 온 이 시바타가 오늘 밤은 모두들에게 술을 따르마. 다들 용서하라. 용서해 다오. 내 고집을 세우기 위해, 그 원숭이 놈과……."

또 히데요시 말을 하려다가 시바타는 하하하……하고 크게 웃어젖혔다.

"자, 일생일대의 시바타의 잔, 들라, 들라……."

62살로는 여겨지지 않는 다부진 몸이었으나 술이 취해 일어선 모습에는 역시 슬픈 그늘이 배어 있다.

시바타의 손이 닿은 여섯 첩들 가운데 가장 나이든 오칸(阿閑)이라는 여자가 그에게서 잔이 건네지자 참다못해 흐느껴 울었다.

"왜 우는 건가, 그대는……?"

"네…… 아니에요, 울지 않습니다. 저 같은 것은…… 이미 50살에 가까운 몸, 무엇 때문에 울겠습니까. 대감께서 손수 주시는 잔을 받고 너무 황송해서 나는 눈물입니다."

"하하하…… 오칸이 또 무슨 소리야. 좋아, 좋아, 내일 젊은 사람 중 피신하고 싶은 자는 가게 해주마. 맑은 달이다, 이 시바타는…… 원숭이 놈 일도, 성에 대한 일도 모두 잊고 조용히 하늘에 걸린 달이다. 자, 다음 자에게 잔을 주마."

그때 야사에몬과 와카사가 술과 안주의 분배를 마치고 올라왔다.

"오, 왔구나. 자, 그대들부터 먼저 들어라, 내가 따라주겠네. 알겠나, 술을 마시고 춤도 추겠다. 인생 50년……이라고 우대신님은 때마다 부르셨지만 49살에 돌아가셨다. 나는 이미 62살, 50년을 12년이나 더 살아 원숭이 놈에게 이런……"

말하다가 시바타는 또 크게 웃었다.

야사에몬도 와카사도 시바타의 취기를 보고 놀란 모양이었다. 여느 때의 대주가가 벌써 곤드레가 되어 있다. 아무리 마셔도 무뚝뚝하게 버티며 취기를 끝내 남에게 보이지 않던 시바타가…….

그 무렵부터 오이치 부인은 차츰 마음이 우울해졌다.

'이럴 리 없다…….'

세 딸들을 피신시키고 아랫성 큰방으로 돌아왔을 때는 마음 구석구석까지 겨울 개울물처럼 맑았었는데…….

'대감이 나빠. 저렇게 꾀죄죄한 집착을 보이는 대감…….'

처음에는 진정 담담하게 깨달은 것같이 보이던 시바타가 차츰 애처롭고 가엾은 취기를 드러내 보이고 있다. 고집도 지기 싫은 것도 겉뿐이고, 마음속에 진구렁 같은 동요와 한탄과 집착을 감추고 있다. 이러다가는 끝내 내 목을 얼싸안고 울음을 터뜨리지나 않을까 생각하니 갑자기 무서워졌다.

딸들과 헤어져서까지 함께 죽으려 생각했던 시바타가, 늙고 추악할 뿐인 어리석게 한탄하는 사나이로 변해가는 모습을 보게 된다면 견딜 수 없는 뉘우침이 자신을 사로잡을 것 같았다.

'같이 죽자고 했다가 달아난다면 어떻게 될까?'

북소리가 연거푸 났다. 북은 시녀들 손에서 이윽고 분카사이의 손으로, 다시 야사에몬의 손에 옮아갔다.

퉁소는 와카사가 불고 있다.

차례차례 여자들도 춤추기 시작했고 시바타도 서툰 솜씨로 노래 부르면서 춤추었다. 그동안 오이치 부인은 되도록 그들을 보지 않으려 하며 가만히 자기 마음속을 바라보고 있었다.

지금쯤 딸들은 어디서 어떻게 하고 있을까……? 어머니에게 속아 자기들만 피신하게 된 것을 어떻게 생각하고 있을까.

여기서는 모두들 구애됨을 버리고 마지막을 장식하려고 초조해 하면서도 오히려 숨 막히는 가련함을 펼치고 있다. 사람이란 어째서 이렇듯 거짓을 좋아하는 것일까. 슬플 때는 차라리 조용히 그 맛을 되새기고 있는 게 나쁜 일일까……?

시바타는 오이치 부인에게 또 잔을 들이댔다.

"부인, 더 듭시다. 오늘밤밖에 없는 주연이오."

"대감, 저는 유언시를 남기고 싶습니다."

"오, 유언시를?"

"네, 오늘밤뿐인 목숨이니 그 목숨을 조용히 바라보고 싶습니다."

"좋소. 분카사이, 붓과 벼루를 가져와."

분카사이는 그때 와카사에게서 퉁소를 받아들고 부는 구멍을 줄곧 축이고 있었다.

"예, 알겠습니다."

천천히 퉁소를 놓고 일어섰다. 그가 시바타보다 훨씬 침착해 보인다.

시각은 이미 자정에 가까웠다.

붓과 벼루가 나오자 주위는 순식간에 물을 끼얹은 듯 조용해졌다. 누구나 모두 종이 한 장 너머의 '죽음'과 새로이 대결하게 된 것이 틀림없다. 아니, 그 대결을 두려워하여 술 마시고 노래 부르며 춤추었는지도 모른다.

오이치 부인은 붓을 든 채 문득 일어나 복도로 나갔다. 바람소리가 아련히 허공에서 울고 있다. 눈 아래 어둠 속에는 적이 피운 화톳불이 점점이 보였지만 어느 망루나 이미 불은 꺼져 있었다.

모두들 이별의 술을 나누고 마지막 잠에 떨어진 것일까.

시바타도 일어나 가까이 다가오더니 길게 숨을 내쉬며 하늘을 쳐다보고 사방을 내려다보았다.

"모두들 잠든 모양이군."

오이치 부인은 그 말에 대답하지 않고 멀리서 들려오는 종소리에 귀 기울였다.

무정이냐, 유정이냐?

하늘에 아로새겨진 얼마 안 되는 별들이 덧없는 인간의 행위를 싸늘하게 내려다보고 있는 것 같았다.

시바타가 남쪽의 화톳불을 가리키며 또 말했다.

"저것이 아다고산이로군. 히데요시 놈이 지금쯤 무슨 생각을 하고 있을는지……?"

다시는 그 이름을 입에 담지 않겠다고 약속한 것을 까맣게 잊어버렸는지 말하고는 방 안을 향해 소리쳤다.

"오칸, 술잔을 가져와!"

다시금 몇 사람의 얼굴이 나오자 술자리가 그대로 복도로 옮겨질 것같이 되었다.

오이치 부인은 여전히 시바타에게 등을 돌린 채 서 있었다.

"불은 가져오지 말도록……."

야사에몬이 말하는 뒤를 이어 시바타가 큰소리쳤다.

"놈들의 총알이 여기까지 닿을 리 없어."

오이치 부인은 그때 무언가 검은 것이 반짝 하고 눈앞을 울며 지나간 것 같은 느낌이 들었다.

"두견이……!"

두견새가 과연 이맘 때 이런 곳을 날 줄은 꿈에도 생각지 못했다. 글자 그대로 사면초가 속의 외로운 성. 소리 없는 한순간의 슬픔, 만약 생각이 있어 다가오는 게 있다면 그것은 틀림없이 먼 하늘에서 찾아오는 두견새일 거라고 생각했다.

오이치 부인은 두루마리를 펴놓고 붓을 달렸다.

그러잖아도 총소리 요란한 여름밤이거늘
두견새 너마저 이별을 재촉하느냐.

"다 쓰셨습니까?"

분카사이가 공손히 그것을 받아들고 읽어나가자 시바타는 술잔을 탁 내려놓고 갑자기 엄숙한 얼굴이 되었다.

"분카사이, 붓을."

"예."

시바타는 다시 한번 입 속으로 오이치 부인의 유언시를 읊으면서 불빛 속으로 돌아앉았다.

북국의 차가운 밤 기온이 아마 시바타의 어지러운 마음에 싸움을 건 모양이다. 두세 번 나직이 신음하더니 써내려갔다.

한여름 밤 꿈길 그 덧없는 흔적을
먼 하늘에 올려다오, 산 두견새여.

이번에도 또 분카사이가 야릇한 억양을 붙여 그것을 읽었다. 그러자 여자들의 흐느낌 소리가 일제히 솟구쳤다.

분카사이는 조용히 두 사람의 시를 시바타 앞에 놓고 경건하게 웃는 얼굴로 머리 숙였다.

"저도 한 수 읊고 싶습니다만."

"오, 마음대로……."

"그럼, 그 끝에 계속 적게 해주십시오."

두 사람이 나란히 쓴 옆에 한 단 내려서 시를 적었다.

인연 있어 미련 없이 따라나선 길
저세상에서도 섬기고 또 섬기리.

분카사이는 같은 가락으로 그것을 읽고 나서 시바타 앞에 내밀었다. 시바타는 다시 또 세 수를 되풀이 읽고 있다. 노래의 뜻을 음미한다기보다 이쯤에서 자기를 엄격한 이성(理性) 속으로 돌려보내려는 모양이었다.

시바타가 말했다.

"좋아! 곧 날이 밝겠지. 나는 지금부터 한잠 자야겠다. 그동안……."

분카사이에게서 야사에몬, 와카사의 순서로 시선을 옮긴 뒤 덧붙였다.

"피하고 싶은 자는 이 천수각에서 사라지도록. 남자들도 사양할 것 없다."

"예."

"히데요시는 새벽부터 총공격을 시작하겠지. 그러니 눈을 떴을 때, 이 자리에 남아 있는 자는 이 시바타가 지체없이 찔러 죽이겠다. 알겠나? 야사에몬, 베개!"

시바타는 매섭게 말을 던지고 다시 일어나 안으로 들어갔다.

이제 발걸음도 어지럽지 않고 눈도 살아나 있었다.

병풍이 둘러쳐졌다. 잠옷을 들고 와서 시녀들이 누워 있는 시바타의 몸에 허둥지둥 그것을 입혀준다. 그러자 곧 병풍 안에서 귀에 익은 코고는 소리가 들려왔다.

오이치 부인은 그것을 듣자 비로소 한숨을 내쉬고 그대로 차분히 병풍 안으로 들어갔다.

그날 밤, 이곳을 떠난 자는 측실의 시중을 드는 소녀 네 명뿐.

그리고 날이 훤히 밝아 아다고산에 고둥소리와 꽹과리소리가 요란스레 울리기 시작했을 때, 이 천수각은 여자들이 외는 염불 소리로 그득했다.

싸움은 이른 아침부터 시작되었다. 공격군은 이제 성문을 부수고 뛰어드는 수밖에 도리 없었다. 여기저기서 백병전이 되풀이되다가 마침내 침입해 온 한 무리가 이 천수각 입구에 이르렀다.

시각은 아침 9시—

이미 그 무렵 천수각 위에는 한 여성도 살아남아 있지 않았다.

오이치 부인은 합장한 채 조용히 시바타의 손에 찔렸고, 다른 여자들은 저마다 서로 찌른 뒤 야사에몬과 와카사에게 목이 베어졌다.

이렇듯 한낮이 지나 이 천수각 3층 이상에 남은 자는 시바타의 고집에 목숨을 내걸고 따르려는 우수한 군사 약 300명 남짓…… 이윽고 그 300명과 2층까지 침입해 온 공격군 사이에 좁은 층계를 둘러싸고 지옥의 쟁투가 펼쳐졌다. 공격군이 3층에 이르자 시바타 군은 있는 힘을 다하여 내몰았다. 그러나 그때마다 새로운 군사와 바뀌어 히데요시 군은 되몰아친다.

성을 사방에서 겹겹이 에워싼 공격군의 함성이 줄곧 침입군을 격려하는 데 비해, 시바타 군은 7명이 줄고 10명이 죽었다. 개중에는 공격군 속으로 쳐들어간 채 돌아오지 않는 자도 있었다. 전사한 게 아니라 그대로 무기를 버리고 포로가 되거나 항복한 게 틀림없다.

시바타도 세 번 적을 몰아갔다가 세 번 천수각으로 되돌아왔다. 이것은 적을 베기 위해서라기보다 남아도는 자기 힘을 송두리째 써버리기 위해서였고 죽을 기회를 찾고 있었던 것이었다.

어느덧 해가 기울기 시작했다. 오후 4시쯤이었으리라.

일단 천수각으로 철수한 시바타에게도 분카사이가 땀투성이가 되어 올라왔다.
"주군, 예정하신 4시가 되었습니다."
"음, 알았다!"
시바타는 그때 허리갑옷을 벗고, 합장한 채 죽어 있는 오이치 부인의 시체에서 병풍을 치우는 참이었다.
"분카사이, 밑에 알려라. 불을 질러도 좋아!"
"예."
분카사이가 다시 아래층으로 달려 내려가고 나자 시바타는 이마에 구슬 같은 땀을 흘리며 말없이 오이치 부인 뒤로 시녀들 시체를 쌓았다. 그리고 거기에 이제는 고통의 빛도 없는 오이치 부인의 새하얀 얼굴을 세우고 나자 불쑥 한마디 했다.
"부인, 보시오!"
그런 다음 크게 숨을 몰아쉬었다. 천수각에 서른 몇 구의 시체가 있었지만 살아 있는 것은 그 순간 시바타뿐이었다. 그러나 시바타에게는 그 시체 어느 것도 죽어 있다고 생각되지 않았다. 모두들 그를 바라보며 그에게 말을 걸고 있다.
시바타는 살며시 오이치 부인의 싸늘한 볼을 만져본 다음 입을 꽉 다물고 복도로 나갔다. 살아남은 근위무사는 모두 지금 4층, 5층에서 시바타에게 적을 다가오지 못하게 하려고 필사적이었다. 이제는 최전선이 된 4층에서 뭉게뭉게 일어난 흰 연기가 아직 뜨거운 뙤약볕 속에 구름처럼 피어올랐다.
"여봐라, 공격군들……."
그 연기 위에 나타난 시바타의 모습을 보고 망루를 포위한 공격군은 일제히 이마 위로 손을 쳐들었다.
"이름난 귀신 시바타의 배 가르는 모습을 잘 보아두었다가 뒷날의 본보기로 삼으라!"
밑에서 함성이 와 일었다.
시바타는 한 발을 난간에 걸치고, 그러나 밑에서 올려다보는 몇 천의 눈보다도 뒤에 있는 오이치 부인의 눈을 얼싸안듯 의식하고 있었다.
'이 시바타는 그대를 배반한 사나이가 아니오. 잘 보구려, 늙은 무사의 처절함을……'

번쩍 흰 칼날이 빛을 퉁겨내자 후두둑 무지개를 그리며 피가 뿜어졌다. 왼편 옆구리에 푹 찌른 칼을 곧장 오른편 등뼈로 잡아당겨 칼을 돌려 가슴 아래서 배꼽 아래까지 단숨에 갈랐다. 순간 시바타는 마지막 기력으로 눈을 부릅떴다. 칼을 던지고 오장육부를 끄집어내어 무언가 괴상한 소리를 지르며 공격군 머리 위로 동댕이쳤다.

바로 그 순간이었다. 폭발음이 하나, 둘, 셋, 연거푸 지축을 흔들고 이어 9층 천수각이 풍비박산되어 불길 속에 흩어지기 시작한 것은…….

그다음에 부는 바람

자야 시로지로는 타는 듯 내리쬐는 뙤약볕 아래 야하기 다리로 서둘러 가고 있었다. 겉으로는 도쿠가와 집안에 포목을 대주는 어용상인이지만 실은 도쿠가와 집안을 위해 교토 쪽 첩보를 맡고 있다 해도 좋은 자야였다.

자야는 상인 티가 완전히 몸에 배었다. 이전의 날카로웠던 눈매도 이젠 자못 유복한 장자의 풍모로 바뀌었다. 점원으로 꾸민 호위를 둘 데리고 다리 중앙에 이르자 그는 걸음을 멈추고 강물을 내려다보았다. 그러고는 녹음이 우거진 앞쪽의 오카자키성을 넌지시 쳐다보았다.

"어떠냐, 여기는 별천지 같은 느낌이 드는구나."

"예, 싸움이 있는 곳과 없는 곳은 부는 바람 냄새부터 다르군요."

"그러나 이번엔 어떻게 될지."

"어찌되는가 걱정하시는 것은 이쪽에도 불똥이 튄다는 말씀인가요?"

"대감께선 그렇지 않으시지만…… 아무튼 미카와에는 고집쟁이들만 모여 있으니까."

자야는 그늘도 없는 다리 위에서 일부러 짚신 끈을 고쳐 매었다.

"그렇다면 호쿠리쿠의 일이 처리되어 하시바 님 손이 이 방면으로 뻗친다는 말씀인가요?"

"그렇게 되겠지. 이미 기후의 운명도 결정되었으니 천하를 평정하려면 도쿠가와 가문만 그냥 둘 수는 없겠지."

"그렇게 되면 정말 큰일이군요."
"큰일이다 뿐인가, 대감에게는 평생에 가장 큰 지장이 되겠지. 자, 빨리 가볼까."
"예, 이 오카자키성에는 안 들르시고요."
"그게 말이지……."
걷기 시작하다가 돌아보며 덧붙였다.
"들르지 않고 그냥 하마마쓰로 갈까 했는데 생각이 바뀌었다."
"생각이 바뀌었다면 들르시는 겁니까?"
"들러야 되겠지. 지금 이 성의 성주 대리는 이시카와 가즈마사 님, 그분과 밀담을 나누지 않고 지나가서는 안 될 것 같은 생각이 드는구나."
그것으로 점원은 입을 다물었지만 자야는 혼잣말같이 했다.
"아무튼 기타노쇼성이 함락되어 호쿠리쿠의 형세가 새로워졌다. 여기서 대감께 승전축하 사자를 보내시게 하지 않으면 하시바 님과 뒤에 귀찮은 일이 많아질 것 같아……."
자야는 이런 일들을 이에야스에게 알리고 계책을 꾸미기 위해 하마마쓰로 가는 도중이었는데, 길가며 생각해 보니 미카와 무사들 중에 히데요시와 마주 이야기해서 면목을 손상시키지 않고 감정도 상하지 않게 할 만한 수단이 있는 자가 머리에 떠오르지 않았다. 무뚝뚝하여 히데요시를 천한 신분에서 자수성가했다고 얕보다가는 그야말로 뒷일이 커질 테고, 반대로 히데요시에게 넘어갈 가능성도 충분히 있었다.
히데요시는 그 점에서 야릇한 힘을 지닌 대단한 천재였다. 상대가 매우 소박하다고 점찍으면 틀림없이 그 어깨를 툭툭 쳐서 단번에 자기편으로 만들어버릴 것이다.
'역시 이시카와 님이 아니고는 못 해낼 텐데, 과연 승낙해 주실지……'
자야는 성을 향해 똑바로 가면서 줄곧 그 생각을 하고 있었다.
오카자키성도 지난날의 구조와 완전히 달라졌다. 이에야스의 공적과 보조를 맞추어 성곽과 망루가 훌륭해졌고, 그것을 둘러싼 울창한 숲이 더욱 우거져 듬직한 무게를 더하고 있다. 돌축대며 해자도 3대나 계속된 고투와 번영의 비밀을 하늘에 속삭이고 있다. 바로 얼마 전 함락된 기타노쇼성에 비한다면 망루도 얕고 대지도 좁긴 하지만…….

"성이 문제가 아니다…… 그곳에 사는 사람 마음이 중요하다."

자야는 이마의 땀을 닦으며 익숙한 협문으로 걸어가 정중하게 안내를 청했다.

"교토의 포목상인 자야 시로지로입니다. 성주 대리님께……."

문지기는 자야의 얼굴을 모르는 듯 되물었다.

"뭐, 교토의 포목상인이라고? 대체 무슨 일이오? 성주 대리님은 바쁘신데."

"예, 하마마쓰 대감을 뵈러 가는 길에 잠깐 인사라도 드릴까 하고요."

"말씀드리면 만나주시리라 생각한단 말이지, 성주 대리님이?"

"예, 아마 허락하시리라 믿습니다."

"좋아, 헛일이 아니라면 말씀드리지."

자야는 점원을 돌아보며 씁쓸하게 웃었다. 모든 게 이런 식이다. 소박하고 예의 없으면서도 어딘지 애교가 있다. 그러면서 말할 때는 물어뜯을 듯한 투가 되었다. 미카와 기질……이라고나 할까. 이것이 졸개 하인배에 이르기까지 침투되어 있다. 싸움이 벌어지면 아주 강하지만, 막상 여느 때의 거래나 사교에는 여간 서툰 게 아니었다. 전에 노부나가에게 사자로 갔던 사카이 다다쓰구와 오쿠보 다다요 두 사람이 끝내 이에야스의 맏아들 노부야스를 궁지에 빠뜨린 예도 있었다. 그런데 이번에는 노부나가보다 훨씬 힘든 상대인 히데요시와 접촉하지 않으면 안 되게 된 것이다……

자야는 문 앞에 선 채 잠시 기다렸다. 바로 문 안에는 하인 대기소와 면회소가 있었다. 거기서 기다리게 해준다면 편할 텐데 문지기에게는 그런 융통성이 있을 것 같지 않다.

"자야 님, 들어오시오."

"예, 성주 대리님이 만나주신답니까?"

"장사치."

"예."

"그대는 성주 대리님과 오래전부터 잘 아는 사이인가?"

"예, 꽤 오래전부터."

"그런 것 같군. 공손히 안내하라고 이르셨소. 자, 들어오오."

자야는 또 쓰게 웃었다.

"그럼, 두 점원은 이 대기소에서."

"아, 그래? 둘이 더 있었던가? 좋아, 조용히 기다리고 있구려. 그대들 일은 깜박 잊었소."

"예."

점원을 하인대기소에 기다리게 해두고 본성으로 가는 중문을 들어서니 큰 현관에 젊은 무사 두 사람이 나와 맞아주었다.

"자야 님이오? 이리 들어오시오."

이 역시 문지기와 같은 말투로, 안내된 자야가 장사꾼 모습이므로 떨떠름한 모양이었다.

가즈마사는 본성 작은 서원에서 서기와 무언가 이야기하고 있더니 그의 모습을 보자 말했다.

"오, 자야 님 아니오? 자, 이리 들어오시오."

그리고 서기와 젊은 무사에게 물러가라고 눈짓했다.

자야는 서기와 젊은 무사가 물러날 때까지 문지방 가에서 점잖게 머리를 숙이고 있었다.

이에야스보다 세 살 위인 가즈마사는 이때 이미 45살이었다. 10살에 이에야스의 시동으로 뽑혀 오랫동안 함께 인질생활을 계속했으며, 이에야스의 맏아들 노부야스를 미카와에 맞아들일 때는 일부러 자기 말에 태워 데리고 온 공신이었다. 그러므로 미카와 무사치고는 모나지 않고 풍모며 행동에도 원숙한 중후감이 배어 있다.

"자야 님, 북쪽 일은 드디어 결말난 모양이군요."

"예, 모든 게 하시바 님 생각대로 되었습니다."

"자, 이리 들어오시오. 아무도 듣는 자 없소. 귀하 생각을 들려주시오. 북쪽 나라를 누구에게 맡기셨는가요, 하시바 님은……?"

자야는 가즈마사 앞으로 천천히 다가가 다시 한번 흐르는 땀을 닦았다.

"실은 대감부터 뵈올까 하고 왔습니다만, 하마마쓰 대감께서는 성에 계시겠지요?"

"그렇소, 이미 가이에서 돌아오셨을 거요. 그 나라 법을 정하시고. 하긴 이번 가을에는 또 가이에서 스루가로 직접 돌아보실 모양이오."

"정말 열심이시군요."

"우리도 진심으로 감탄하고 있소. 하시바 님이 성을 공격하고 계실 동안 이쪽에서는 완전히 기반을 굳혀야 한다시면서."

"바로 그것입니다. 기반을 굳히는 데는 아무 불안을 느끼지 않습니다만, 그 앞일이 좀……."

"그렇다면 하시바 님에게 무슨 별다른 눈치라도 있단 말씀이오?"

"아니오, 북쪽 나라 일은 이번에 에치젠과 가가 중에서 노미와 에누마(江沼) 두 고을을 쪼개 니와 나가히데에게 본디 영지인 와카사와 함께 다스리게 하시고, 가가 가운데 이시카와와 가호쿠(河北) 두 고을은 노토와 함께 마에다 도시이에에게 주셨으며……."

"잠깐, 에치젠을 니와 나가히데에게?"

"예. 가가와 노토는 아마 마에다 부자에게 주셨을 겁니다. 부친 도시이에는 노토의 나나오에서 가나자와로 옮겨 성을 쌓겠지요. 그리고 도시나가는 후추에서 가가의 쇼닌(松任)으로, 나나오에는 마에다 야스카쓰(前田安勝)와 오사 렌류(長連龍) 등을 두었으며, 삿사 나리마사는 엣추의 도야마에 두어 우에스기 집안과 교섭하게 하고 있습니다."

"음, 마에다의 영지가 매우 많아졌군. 그래 사쿠마 모리마사는 어찌 되었소. 한참 싸움판에서 행방불명되었다고 들었는데……?"

"도중에 잡히고 말았지요. 사쿠마도, 가쓰히사도…… 처음에는 줄곧 항복을 권한 모양이나 사쿠마가 완강히 거절하므로 교토까지 연행되어 끌려다닌 끝에 목이 잘렸습니다."

"음, 그렇다면 시바타 가문은 끊어졌군."

"모두 고집에만 구애되어 사려가 좀 모자랐다고밖에 할 말이 없습니다."

"그래, 앞으로는 어떻게 움직일 거라고 보시오?"

"이로써 노부타카 님도 끝장나고…… 다음은 오사카에 성을 쌓지 않을까 생각합니다. 천하는 히데요시가 잡았다며, 돌아가신 우대신님의 아즈치 축성을 본떠 여러 영주들에게 부역을 명하겠지요. 그렇게 되면 도쿠가와 가문에도 관련 없지 않을 겁니다."

자야는 말한 다음 지그시 가즈마사를 바라본다.

가즈마사는 천천히 고개를 끄덕였다. 싸움이 끝난다면 도쿠가와 가문에서도 머잖아 승전축하 사자를 보내야 할 것이다.
'그 사신을 누구로 할 것인가?'
그것은 자야만이 아니라 가즈마사도 관심거리였다.
자야는 잠시 주위를 살피듯하며 입을 열었다.
"성주 대리님. 이번 사자는 누가 알맞을까요? 하시바 님에게 보낼 분은?"
가즈마사는 상대의 시선을 피하듯하며 대답했다.
"심부름은 누가 가도 좋겠지만…… 그 뒤에 귀찮은 일이 생길지도 모르겠군."
"그 뒤에……?"
"그렇소, 하시바 님은 반드시 무언가 구실을 만들어 대감이 직접 문안오라고 그 사자에게 분부할 것 같은데요."
이번에는 자야가 몸을 내밀었다. 그가 걱정하고 있는 것도 그 뒷일이었다.
"바로 그것입니다. 만일 사자가 부득이한 일로 알고 그것을 승낙하고 돌아온다면 어떻게 될까요, 성주 대리님?"
가즈마사는 고개를 느릿하게 양옆으로 내저었다.
"대감은 어떻든 중신들이 승낙하지 않을걸. 사자는 돌아와서 할복감이지."
"할복할 줄 알고서야 갈 분이 없을걸요."
"없겠지."
"그렇다고 하시바 님에게 일부러 축하하러 갔다가, 상대가 오라는데 갈 수 없다고 거절할 수도 없지 않을까요."
가즈마사는 볕에 그을린 볼에 비꼬는 웃음을 떠올렸다.
"거절할 수도 있지. 할 수야 있지만, 무뚝뚝하게 거절해서 상대의 감정을 상하게 하고 올 바에는 애당초 축하 따위 하지 않느니만 못한 결과가 되겠지."
자야도 부지중에 미간을 모으고 쓰디쓰게 웃었다.
"그러면 말이 안 되지요…… 상대는 그대로 가만 놔두는 분이 아니거든요."
"그러므로 그 점이 좀……."
"성주 대리님!"
"무슨 묘안이 있소, 자야 님에게?"
"아니, 묘안 같은 게 있을 리 있겠습니까. 그러나 축하사자를 보내지 않고는 끝날 일이 아닐 것같이 여겨지므로……."

"나도 동감이오. 그러나 누가 사자로 가느냐는 문제가 되면……."

"저는 여느 사람으로는 안 된다고 생각합니다. 대감께서 만약 누가 좋겠느냐고 물으신다면."

거기까지 말하자 가즈마사는 날카롭게 자야를 흘끔 쳐다보았다.

"누구 이름을 들어 대답할 작정이오?"

"예."

잠시 숨을 죽이고 오른손을 내어 손가락을 꼽는다.

"이이 님이나 사카키바라 님은 아직 너무 젊어서 하시바 님이 불만스레 여기실 테고……."

"그래서……?"

"혼다 님은 좀 과격하시고…… 사카이, 오쿠보 님은 지난날의 노부야스 님 일도 있고 하니 맡지 않으실 것이며……."

"그래서……?"

"저로서는 역시 성주 대리님과 혼다 사쿠자 님 외에 달리 안 계십니다."

자야는 여기서 또 상대의 뱃속을 꿰뚫어 보려고 가만히 숨을 죽였다.

이시카와 가즈마사는 잠자코 정원을 바라본 채 잠시 대답하지 않았다. 그 모습이 반응 없는 느낌이어서 자야는 말을 이었다.

"이 일은 젊은 분들에게는 이해가 안 되겠지요. 아니, 중신들 가운데도 하시바 님 기질을 뚜렷이 파악하고 있는 사람은 드물 줄 압니다. 하시바 님은 언제부터인지 자신을 천하평정을 위해 태어난 태양의 자손이라고 확신하고 계십니다. 이 확신이 무섭지요…… 하시바 님의 명령을 따르지 않는 자는 평정을 위한 적으로서 반드시 놓치지 않을 겁니다."

"……."

"저는 이번 시바타 공격에서 그것을 똑똑히 보았습니다. 시바타 님의 강한 고집도 고집이려니와 하시바 님 역시 한 발도 양보하지 않는 이상한 강경함이었습니다. 아니, 그뿐이라면 굳이 두려워할 것도 없습니다. 그런데 돌아가신 우대신님보다 나으면 나았지 못지않은 지략을 가지시고 더욱이 이상야릇한 인심교란술까지 터득하고 계십니다. 사카이에서 교토, 오사카의 상인은 말할 것까지도 없고 하시바 님이 어깨를 툭툭 쳐서 편들지 않는 사람이 없습니다…… 노부타카 님 가신도

시바타 가쓰토요의 가신도……."

이시카와 가즈마사는 시선을 돌린 채 몇 번이고 고개를 끄덕였다. 자야가 하려는 말을 그는 너무나 잘 알고 있었다. 히데요시는 인물 그 자체가 세상에 드문 영재일 뿐 아니라, 그가 신봉하는 '천하평정'의 큰 뜻이 바로 신불의 뜻에 맞는 것이다. 신이나 부처는 말하지 않지만, 만인에게 평화를 갈망시켜 그들이 히데요시를 배후에서 크게 떠받치고 있다.

그 점에서는 이에야스도 히데요시와 흡사한 이상을 지니고 있었다. 다만 이에야스의 경우는 조금이라도 현실세계에 평화를 펴나가자는 것이고, 히데요시의 경우는 자기야말로 천하평정을 위해 선택되어 태어난 자라고 확신하며 움직이고 있다. 그 점에 좀 차이가 있으며, 그 얼마쯤의 차이가 또한 커다란 충돌의 위험을 내포하고 있는 거라고 가즈마사는 생각하고 있었다.

잠시 뒤 가즈마사는 숨을 내쉬며 자야를 돌아보았다.

"어쨌든 자야 님 인선은 재미있군. 나와 그 고집불통인 사쿠자 님을 특별히 지명하다니!"

자야는 웃으면서 머리를 숙였다.

"죄송합니다. 제게는 두 분이 아주 닮아 보이므로."

"허, 요즘 망령들었다는 말을 듣는 나와 늘그막에 점점 더 왕성한 고집을 부리는 사쿠자 님이 닮았다니 묘한 소리를 하는구려."

"예, 밖으로 나타난 모습이 아닙니다. 속에 숨겨진 진심을 말한 겁니다."

"음."

"황송하오나 저는 미카와 무사의 정신이 두 분 마음속에 자리 잡고 있다고 보고 있으므로."

가즈마사는 풍부한 표정으로 웃었다.

"하하…… 자야 님이 왕도 물을 먹더니 꽤 능란해졌는걸. 나 같은 사람에게 무슨……."

"아닙니다. 건방진 말씀이지만 하시바 님에게 굴하지 않을 성품이 두 분에게 있다고…… 생각했으므로 이처럼……."

가즈마사는 다시금 얼굴을 돌려 멍하니 뜰을 바라보았다.

자야는 다시 한무릎 다가앉았다.

"성주 대리님, 왕도 물을 먹고 말이 능란해졌다니 천만뜻밖의 말씀을 하시는군요. 저는 이제야 두 영웅이 나란히 설 수 없다는 옛말이 간절히 느껴집니다. 하시바 님의 힘과 기질, 이 두 가지를 잘 알고 대하지 않으면 도쿠가와 가문으로서는 미카타가하라 이래의 큰 난이 될지도 모르겠습니다."

"그렇다면 하시바 님 쪽에서 싸움을 걸어온다는 말이로군."

가즈마사는 여전히 시선을 돌린 채 말했다.

"비록 하시바 님이 싸움을 걸어온다 해도 대감께서 응하지 않으실걸."

"아닙니다, 싸움을 거는 대신 신하의 예를 갖추라고 강요해 올 게 틀림없습니다. 이제 니와 나가히데 님도 호소가와 후지타카 님도 이미 모두 하시바 님 가신이 되었습니다."

"그럼, 그대가 걱정하는 것은 대감께서 하시바 님 부하는 안 될 거라는 말이지."

"그렇습니다, 대감께서는 고사하고 중신들이 승낙하지 않을걸요. 그러므로 역시 단단한 준비가 필요하다고 말씀드리는 겁니다."

가즈마사는 또 웃었다.

"하하…… 잘 알았소. 그러나 걱정하지 마시오. 대감은 그런 분이 아니오. 나도 그대의 말을 명심해 두기로 하지. 그리고 대감의 명령이 내리신다면 심부름도 하리다. 그러니 오늘 밤은 여기서 편히 쉬고 한시바삐 하마마쓰로 가도록 하시오."

자야는 아직 무언가 미처 못 한 말이 있는 것 같아 불만스러웠으나 더 이상 말할 수 없었다.

'이 사람은 과연 이것으로 알아준 것일까?'

기탄없이 말하자면 믿음직하지 못했다. 얼굴빛이 달라져 자기에게 더욱 질문의 화살을 던질 것으로 기대했었다.

"—좋아, 그렇다면 내가 자원해 사자로 가지, 뭐. 하시바 역시 보통 사람이 아닌가."

이런 말을 기대하고, 그렇게 된다면 히데요시에 대해 이런저런 점을 더 자세히 말해 주려고 생각했던 것이다.

그러나 가즈마사는 조금도 진지하게 끌려들지 않는다. 이 사람 역시 히데요시를 너무 가볍게 보고 있는 게 아닐까 생각하니, 잠시 뒤 들어온 음식도 술도 맛이 없었다. 가즈마사는 전과 사람이 달라진 것처럼 보였다. 부드러워지기는 했으나 기백이 어디론지 사라져버린 것 같은 느낌이 든다.

이에야스의 영지가 네 지역에 이르렀으므로 이미 영주 지위는 약속된 거나 마찬가지였다. 그래서 날카로운 기운이 무디어졌는지, 아니면 거만해진 것인지……?

그날 밤은 본성의 한 방에서 점원과 함께 묵게 해주었으나, 다음 날 아침 성을 떠날 때 가즈마사는 다시 얼굴을 보이지 않았다. 그것도 자야로서는 왠지 배신당한 것같이 섭섭했다.

'설마 이 성주 대리로 만족해 버린 것은 아닐 텐데…….'

자야가 떠나자, 가즈마사는 천연스러운 태도로 아들 야스나가(康長)에게 말했다.

"자야는 갔느냐? 그도 좀 말이 많아."

가즈마사는 자야가 하려는 말을 너무나 잘 알고 있었다. 같은 문제로 이미 지난 정월에 그는 이에야스와 다툰 적 있었기 때문이다.

이에야스는 무슨 생각을 하는지, 기요스의 오다 노부카쓰와 줄곧 편지를 주고받고 있었다. 그것이 가즈마사는 왠지 불안스러웠다. 노부카쓰가 노부타카처럼 시바타며 다키가와와 결탁하지 않고 줄곧 이에야스에게 의지해 오는 것은, 틀림없이 그 속셈에 노부타카와 마찬가지로 히데요시에 대한 반감이 있기 때문이다.

노부카쓰는 이에야스가 아직 호조씨와 싸우고 있을 때부터 줄곧 가이에 있는 이에야스의 진중으로 편지며 선물을 보내왔었다. 긴키의 사정이 절박해 있으니 빨리 호조 우지나오와 화평 맺고 군사를 돌려 힘을 빌려달라는 것이었다. 처음에 이에야스는 그 일을 교묘히 이용하여 호조씨와의 사이를 노부카쓰에게 알선케 할 작정인 듯했으며 그것이 가즈마사에게는 위태로운 다리로 보여 견딜 수 없었다. 시바타는 노부타카와 결탁함으로써 스스로 멸망을 초래했다. 이에야스가 노부카쓰를 가까이하는 것은 머지않아 히데요시의 눈을 번뜩이게 하지 않을 수 없으리라.

"기요스와의 교제를 삼가시는 게 좋을 듯합니다. 공연한 오해를 받는 건 쓸데없는 일입니다."

여느 때는 웃으며 수긍하는 이에야스가 그때는 노골적으로 불쾌한 빛을 드러내며 외면했다.

그뿐 아니라 지난 연말 히데요시가 드디어 기후성으로 군사를 출동시켰을 때 노부카쓰는 이에야스를 꼭 만나고 싶다고 요청해 왔다. 이에야스는 쾌히 승낙하고 올 정월에 오카자키성으로 일부러 노부카쓰를 초대하여 회담했다. 더욱이 그 자리에 중신들도 근접시키지 않아 무슨 이야기를 했는지 지금까지 아무도 알지 못했다. 그런 다음 그들은 말을 나란히 하고 기라까지 가서 매사냥을 하기도 했다. 1월 20일의 일이었다.

매사냥에서 돌아오자 가즈마사는 거침없이 이에야스에게 말했다.

"대감, 수확물이 있었습니까?"

"오, 토끼하고 꿩이 좀 있더군."

"그 수확물을 말하는 게 아닙니다."

"뭐라고?"

그때 이에야스는 웃으면서 가즈마사를 나무랐다.

"돌아가신 우대신님과 나는 여느 사이가 아니다. 실의에 빠진 노부카쓰 님을 위로했으니…… 수확물이 그리 없더라도 무방하지 않은가?"

"수확물이 없다면 그만두십시오. 쓸데없는 일입니다."

"쓸데없는 일?"

"예, 토끼며 꿩과 소중한 가신의 생명을 바꿔야 하는 일이 생긴다면 쓸데없는 일이지요."

"닥쳐라, 가즈마사! 그대는 나를 가르칠 작정이냐?"

"예, 때에 따라서는 그렇게 하겠습니다."

"말조심하라, 나에게는 내 나름의 생각이 있다. 두 번 다시 말하지 마라!"

같은 성에 살고 있다면 그 뒤 반드시 이에야스는 그 '생각'을 가즈마사에게 알렸을 게 틀림없지만, 그러고 얼마 안 되어 하마마쓰로 돌아갔기 때문에 그냥 덮어둔 채로 있다. 그러므로 앞으로의 히데요시 행동을 걱정하는 점에서 가즈마사는 결코 자야 못지않았다. 다만 그는 그것을 스스로 입에 담는 일을 엄중히 조심하고 있는 것이다.

자야가 성을 떠난 것을 알자 가즈마사는 맏아들을 돌아보고 온화하게 웃었다.

"야스나가, 오카쓰(於勝)도 불러오너라. 손님이 재미있는 말을 하더구나."

"재미있는 일이라니요. 아까 말이 많다고 하신 손님 말씀입니까?"

"그래, 과연 대감 눈에 들 만한 재주꾼이지만 이번에는 좀 지나치게 지껄였다. 그 가운데 이런 말을 하더군. 어디에 사자로 내보내도 안심할 수 있는 자는 나와 사쿠자 둘뿐이라고 말이야."

"그것이…… 재미있다는 말씀입니까?"

"그래, 재미있지. 너무나 잘못 봐서 말이다. 이 미카와에는 나나 사쿠자 같은 자는 냇가의 자갈만큼이나 수두룩하다. 아무튼 좋아, 오카쓰를 불러 오너라."

가즈마사에게는 아들이 셋 있었다. 맏아들은 야스나가로 이미 성인식을 올렸지만 둘째 아들 가쓰치요(勝千代)와 셋째 아들 한사부로(半三郞)는 아직 모두 앞머리를 깎지 않았다. 모든 것을 이에야스의 출세에 걸고 장가를 늦게 든 탓에 자식과 아버지의 나이 차이가 많다.

잠시 뒤 야스나가가 둘째 아들 가쓰치요를 데리고 들어왔다. 가쓰치요는 몸집은 크지만 아직 14살 밖에 되지 않아 눈동자가 순진하고 어리게 빛나고 있다.

"야스나가, 오카쓰…… 나는 너희 둘에게 오늘 좀 물어볼 말이 있다."

"예, 무슨 말씀이신지요?"

"너희들은 할머님으로부터 부처님의 가르침을 곧잘 들었겠지?"

"네, 들었습니다."

아우 가쓰치요가 대답하자 야스나가는 고개를 갸웃거렸다.

"듣기는 했습니다만 아직 잘 알지 못합니다. 부처님의 가르침은 심오한 것 같아서요."

가즈마사는 고개를 끄덕였다.

"그렇다. 그래서 어느 정도 아는지 아비가 물어보고 싶어졌다. 모르는 것, 아는 것을 그대로 대답해라, 알겠나?"

"네."

"너희들은 이 아비가 무엇 때문에 대감에게 목숨 바쳐 종사하고 있는지 아느냐?"

형 쪽이 대답했다.

"네, 선조 대대로 많은 은혜를 입고 있기 때문입니다."

"음, 오카쓰는 어떻게 생각하느냐?"

"형님과 같습니다…… 게다가 아버지는 대감을 존경하고 좋아하시기 때문이라고 생각합니다."

가즈마사는 고개를 끄덕였다.

"음. 그럼, 묻겠는데, 만일 이 아비가 대감님이 싫어져 대감님보다 더 큰 은혜를 주시는 분이 있다면 대감님 곁을 떠나 그분에게 종사할 거라는 말이구나!"

그 말을 듣자 형제는 가만히 얼굴을 마주 보고 고개를 갸우뚱했다.

'어째서 아버지가 이런 질문을 하실까?'

형이 대답했다.

"아닙니다. 그런 분이 계셔도 아버지는 가지 않으십니다."

아우 쪽은 슬기롭게 고개를 갸우뚱한 채 잠자코 있었다.

가즈마사는 소리 내어 껄껄 웃었다.

"하하, 오카쓰는 고약한데. 모른다고 잠자코 있어서는 고약해. 하하……."

가쓰치요는 어린이답게 고개를 살래살래 저었다.

"아닙니다, 고약하지 않습니다! 지금 어떻게 대답할지 생각하는 중입니다."

"그래. 그럼, 좀 더 생각해 보도록 해라. 형은 아니란 말이지. 아니라면 다른 대답이 있어야만 하지. 이것도 잘 생각한 다음 들려주기 바란다."

가즈마사는 부채를 펴고 천천히 가슴에 부채질하기 시작했다.

한참 뒤 가쓰치요가 말했다.

"모르겠습니다! 형님과 같은 생각입니다…… 아버지는 누가 어떤 큰 은혜를 주시더라도 역시 대감님 곁을 떠나지 않습니다…… 그것은 알겠는데 왜인지는 모르겠습니다."

"좋아, 오카쓰의 답은 나왔다. 야스나가는?"

말을 듣자 형은 가만히 이마의 땀을 씻고 다시 천장을 노려보기 시작했다.

"알고는 있는데 말로 할 수가 없군요."

"허, 참으로 소용없는 입이구나! 그런 입이라면 꿰매버려라."

"그것이…… 무사의 길이기 때문이겠지요. 뒤에 큰 은혜를 줄 사람이 나타나더라도 전의 은혜는 사라지지 않습니다. 그러므로…… 은혜를 갚든가 아니면 절조를 지켜나가든가……."

"야스나가."

"예."

"그러면 큰 공을 세워 과거의 은혜를 갚은 뒤면 나는 다른 데로 가도 괜찮겠느냐?"

"글쎄요……."

"갈 아버지인지, 안 갈 아버지인지, 그것을 먼저 생각해 보거라."

"음, 역시 가실 아버지가 아니십니다."

"그래, 네 말이 맞다. 자, 거기서 좀 더 생각해 봐야 한다. 왜 가지 않을까, 이 아비는……?"

캐묻자 야스나가는 말했다.

"졌습니다. 모르겠는데요. 가르쳐주십시오."

"하하…… 그것으로 대강 너희들 생각이 어느 정도인지 알았다. 할머님이 주신 부처님의 가르침을 아직 도무지 모르고 있군."

형제는 또 얼굴을 마주 보며 순진하게 귀밑머리를 긁적거렸다.

"잘 듣거라, 나는 대감께서 언제부터인지 부처님 길을 똑바로 걸어가시기 때문에 비록 어떤 무리한 말씀을 하시고 지독한 처사를 하시더라도 결코 떠나지 않는 거다."

"부처님 길……?"

"그렇다. 대감께서는 처음에 용감한 무장이셨다. 그런데 어느덧 사려 깊은 무장이 되시고, 요즘 와서는 부처님 길을 걸으시는 분이 되셨다. 알아듣겠느냐? 부처님 길은 사람을 베는 게 아니다. 싸움을 하는 것도 아니다. 한 사람이라도 많이 살리는 것…… 한 사람이라도 많이 키우는 것. 강한 것만이 무장이 아니다. 그런 이치를 터득하셨기 때문에 나는 기꺼이 대감을 따를 수 있다."

아우 가쓰치요는 장난꾸러기같이 머리를 갸우뚱하며 이리저리 생각하더니 말했다.

"아버지, 아버지는 대체 지금 무엇을 하시려는 겁니까? 무슨 필요가 있어서 그런 말씀을 하시는 겁니까? 저는 그것을 모르겠군요."

그는 부처님 길보다도 그런 말을 꺼낸 아버지에게 훨씬 더 흥미를 느끼고 있었다.

가즈마사는 씁쓰레 웃었다.

"못난 것, 말을 돌리지 마라."

가쓰치요는 재빨리 아버지에게 응수했다.

"이번에는 아버지가 말씀을 돌리시는군요. 그렇지요, 형님? 아버지께서 왜 아까 같은 말씀을 하셨는지 그것만 알게 되면 달리 생각해 볼 수도 있을 게 아니오."

형 야스나가는 조심스럽게 잠자코 있었다. 야스나가는 어렴풋이 아버지의 고민을 알고 있었다. 자야가 일부러 들러서 말하고 가기 전에, 실은 이에야스로부터 아버지에게 은밀한 말이 있었다.

"교토 쪽 일은 그럭저럭 히데요시의 뜻대로 결정된 모양이야. 그래서 승전 축하 사자를 보내야 되겠는데 다른 사람으로는 안 되겠어. 그대가 가주지 않겠나?"

그때 야스나가는 아버지를 모시고 하마마쓰성으로 가서 옆방에서 기다리고 있다가 그 이야기를 들었던 것이다.

아버지는 대답했다.

"그것만은 용서해 주십시오."

"왜?"

"교토 쪽으로 심부름 가는 일은 꺼림칙합니다. 이번에 가면 히데요시는 틀림없이 오사카 축성을 도우라고 명할 것입니다. 싫다고 못하고 꼼짝없이 맡아온다면 대감을 비롯한 노신들에게 원망들을 것이고, 거절해서 히데요시의 마음을 상하게 한다면 사자의 체면이 서지 않습니다. 이 일만은 부디 용서해 주시기를……."

이에야스는 그때 화제를 돌려 잠시 다른 잡담을 나누었다. 그리고 30분쯤 지나자 다시 본디의 화제로 돌아가 말했다.

"사자는 역시 가즈마사, 그대가 가줘야겠다. 다른 자로는 마음 놓이지 않아."

협력하되 희생은 되도록 적게 하고 특히 히데요시에게 기회를 틈탈 구실을 주지 않도록 교묘하게 기분을 맞춰주고 오라는 것인 듯했다.

아버지는 또 말했다.

"그것만은 용서해 주십시오…… 아즈치 축성 때 사카이, 오쿠보 두 분의 전례도 있어 축성을 앞둔 사자는 좀 꺼림칙합니다."

이에야스는 불쾌한 태도로 잠시 잠자코 있더니 다시 엄하게 말했다.

"그렇다면 그대는 누구를 보내느냐에 대해 사쿠자와 상의해라. 웬만한 자로는 감당하지 못한다."

그럴 것이었다. 히데요시의 축성은 아마 천하에 그 위력을 알릴 목적에서 하는 게 틀림없으며, 따라서 유복하거나 자기와 위세를 겨룰 자라고 본다면 그에게 많이 부과할 것은 당연한 일이라고 할 수 있다.

아버지 가즈마사는 이에야스의 거실을 나오자 혼다 사쿠자에몬을 찾아가 한 시간 남짓 밀담했다. 이때 무슨 말을 나누었는지 그는 듣지 못했지만 성을 나올 때 아버지의 얼굴빛은 결코 밝지 못했다.

'무언가 있다…… 괴로운 일이.'

야스나가가 그렇게 생각하며 잠자코 있으려니 가즈마사는 씁쓰레 웃으면서 말하기 시작했다.

"그럼, 말해 주마. 너희들이 알지 모를지 모르겠다만……."

"예, 듣고 싶습니다."

"실은 이 아비가 히데요시에게 사자로 가게 될지 모르겠다."

가즈마사는 거기에서 말을 멈추고 또 잠시 조용히 부채질했다.

"그…… 사자로 가시는 일이 무슨……?"

아우 가쓰치요가 눈을 빛내며 아버지 얼굴을 들여다보았다.

"그래…… 이번 사자는 옛날에 슨푸의 이마가와 댁으로 마님과 작은 주군을 모시러 갔던 심부름보다 훨씬 더 어려운 일이다."

"어……어째서 그렇습니까?"

"그것은 이 도쿠가와 가문이 머지않아 히데요시 님 눈의 가시가 될 터이기 때문이다. 내가 히데요시 님이라도 같은 짓을 할지도 모르지. 큰 성을 쌓으니 황금과 재목과 석재와 인부들을 계속 내놓으라고 말이다."

형제는 다시금 고개를 갸웃하며 마주 보았다. 그들은 반은 알고 반은 알 수 없었다. 잘 알고 있는 것은 다만 아버지가 무언지 매우 난처해하고 있다는 것뿐이었다.

"그래서 사자로 가게 되면 너희들도 데려갈까 한다. 데려가면 돌아오지 못할지도 모른다…… 그래도 상관없겠느냐?"

"아버지께서 그렇게 하라고 분부하신다면. 그렇지, 가쓰치요?"

"응."

가쓰치요는 모호하게 대답한 다음 덧붙였다.

"그것이 부처님 길에 합당한 거라고 아버지는 생각하시는군요."

가즈마사는 그제야 만족한 듯 분명하게 고개를 끄덕였다.

"그렇다! 알겠느냐, 이번 일은 나도 좀처럼 결심이 서지 않았었다. 그러나…… 대감께서는 내가 목숨을 걸고 슨푸의 이마가와 댁에서 구출해 말안장 앞에 태워 온 맏아드님 노부야스 님까지도 집안을 위해 천하를 위해서는 눈물을 삼키고 잃어버리셨다…… 나는 그 심중을 헤아려 가까스로 결심한 것인데……."

형제는 어느덧 눈을 깜박이는 것조차 잊고 아버지를 바라보고 있다. 아버지 입에서 노부야스 이야기가 나올 때는 언제나 그 눈에 눈물이 어리는 탓이기도 했다.

"그때의 노부나가 님뿐만 아니겠지. 사람이란 일본 으뜸가는 성을 쌓고 그 위력을 천하에 알리려 할 때는 아무래도 지독해지는 모양이야. 히데요시 님도 이번에 그걸 하신다. 그러므로 지독하게 굴더라도 놀라지 않을 각오와 자질이 없으면 이번 심부름은 못한다."

가쓰치요가 먼저 떨리는 목소리로 말했다.

"아버지! 함께 가면 되는 거지요? 그리고 만일의 경우에는 죽으면 되는 거지요?"

형이 나무랐다.

"서두르지 마, 가쓰치요. 죽느냐 사느냐는 것은 아버지 생각에 계셔. 우리는 어디까지나 아버지 지시대로만 하면 돼. 잠자코 듣기나 해."

"음, 물론 듣고 있지요. 그래서 그 사자로 언제 떠나십니까?"

가즈마사는 오늘도 그 눈에 스민 눈물을 닦으며 미소 지었다.

"그 말을 듣고 안심했다. 나에게는 자질이 있다. 대감님이 다시 하마마쓰로 나를 부르시겠지. 거기서 잘 상의해서 할 일이지만 오래지 않을걸. 앞으로 사흘이나 닷새쯤 되겠지."

"그럼, 그때까지 우리도 준비해야지. 그렇지, 가쓰치요?"

"예."

가즈마사는 두 아들을 바라보고 이번에는 느긋하게 웃었다.

경골연골(硬骨軟骨)

하마마쓰성에서 이에야스를 만난 뒤 자야는 그 길로 다시 훌쩍 떠나갔다. 아마 그 보고는 매우 상세하였을 것이고 이에야스에게서도 무언가 새로운 지시가 있었으리라. 그러나 이에야스도 아무 말이 없었고 자야 역시 아무 데도 들르는 기척이 없었다.

이미 5월로 접어들었다. 시바타의 멸망에 대하여는 히데요시한테서 자기선전을 충분히 겸한 통지가 있었다. 이세에 출진해 있던 가리야의 미즈노 다다시게(水野忠重)한테서도 상세한 그림 도면까지 곁들여 호수 북쪽의 공방전 상황을 알려왔으므로 이에야스는 대체적인 것을 알고 있었다.

알면서 마이동풍적인 태도로 있는 것은 이에야스에게 무엇가 생각하는 바가 있어서겠지만, 언제부터인지 들려오는 히데요시의 오사카 축성에 대한 풍문은 여러 직속 무장들의 신경을 꽤 자극했다.

히데요시는 노부나가처럼 적에게 심한 증오는 보이지 않았다. 그런 의미에서는 오히려 다케다 가문 옛 신하들을 대하는 이에야스의 태도를 본받고 있는 듯 보이기도 했다. 시바타에게 가차 없는 태도로 대했으면서도, 그 앞뒤에서 애매한 행동을 보인 무장은 그대로 휘하에 포섭해 이제 20여 개 지역을 그 손아귀에 넣어 버렸다.

따라서 그의 실력으로 충분히 30여 개 지역 사람들을 동원해 오사카에 성을 쌓을 수 있었다. 그렇다고 그 성이 두려운 것은 아니다. 성이 완성된 뒤의 침략을 사람들은 걱정하는 것이다.

"천하를 평정한다."

그 구실로 덤벼든다면 동쪽의 도쿠가와며 호조, 북쪽의 우에스기 가게카쓰, 주고쿠의 모리 데루모토도 이젠 그에게 맞서지 못할 것이다. 그렇다고 겨우 1년도 안 되는 동안 오다 가문 영토를 거의 모두 손에 넣어버린 히데요시에게 이대로 신하의 예를 취해야 한다는 것은 완고한 미카와 무사로서 견딜 수 없는 노릇이었다.

"거참 희한한 도둑이 나타났어."

"뭐, 도둑?"

"그렇지, 하시바 말일세. 본디 그는 들도둑과 짝지어 태어난 농부의 자식이니 의리고 도덕이고 가릴 리 없겠지만, 어떻든 아케치 미쓰히데를 역적으로 몰더니 그 혓바닥의 침도 마르기 전에 슬쩍 천하를 훔쳤지. 정말 어처구니없는 놈이 나타났어."

이런 풍문이 빛나는 승전 소식과 더불어 어느 틈에 하마마쓰성 안팎으로 퍼져갔다.

이에야스는 그런 소문에도 여전히 마이동풍, 7월에는 다시 스루가에서 가이로 여행하겠다고 말했다.

"대감께서는 대체 어떻게 하실 작정일까?"

5월 초순 어느 오후였다. 장마 같은 비가 처마를 축축이 두드리는 서원에서 이에야스가 가이, 스루가의 새 성채 도면을 줄곧 검토하고 있는 곳에 사쿠자에몬이 어슬렁거리며 들어갔다.

이에야스는 흘끗 보았을 뿐 잠자코 붓을 놓지 않는다.

"주군!"

사쿠자는 이번에 대감이라고 부르지 않았다. 여전한 기름 먹인 종이로 만든 두건을 쓴 모습이었다. 마치 꾸짖는 듯한 버릇없는 말투로 입을 열었다.

"노부카쓰 님은 주군 한 분만 의지하고 계십니다. 대체 무슨 생각으로 고슈에 가시는 겁니까?"

이에야스는 한참 뒤 천천히 붓을 놓고 벼루 뚜껑을 덮은 다음 도면을 접었다. 사쿠자에몬이 하는 말은 잘 알고 있다, 들을 것까지도 없다는 눈치가 그 동작에 뚜렷이 드러났다.

이에야스는 가까스로 돌아보았다.

"사쿠자, 자야는 그대를 만나고 갔나?"

그 말을 듣고 사쿠자에몬은 흥 코웃음 쳤다.

"저는 그 사람과 그리 친한 사이가 아닙니다."

"허, 또 그대의 버릇이 나와서 그가 싫어졌는가?"

"처음부터 관심 없는 사람입니다. 그의 얼굴에는 하시바의 공훈을 늘어놓아 일부러 하마마쓰까지 칭찬하러 왔다고 씌어 있었습니다. 하시바의 독기를 맡고 기가 질렸다고 씌어 있었습니다."

"사쿠자, 그런 이야기라면 밤에 해라. 나는 이제부터 아이들을 만나고 오겠다."

사쿠자에몬은 혀를 차며 고개를 저었다.

"그보다도 사람을 물리쳐주십시오."

"뭐, 사람을 물리치라고……?"

"예, 정신 차리지 않으면 이 성에서도 하시바와 내통할 놈이 나올 것 같군요."

말하면서 사쿠자는 근위무사를 비롯한 모두들을 심술궂게 돌아보았다.

"저에게 별도로 조사한 것이 와 있습니다만, 정말 천하에는 겁쟁이 놈들이 많아서…… 여기 하시바의 독기에 녹아 배신한 놈들의 이름을 조사해 왔습니다. 사람을 물리치시고 보십시오."

이에야스는 모두들을 흘끗 돌아본 다음 미간을 찌푸리고 씁쓸하게 웃었다.

"사쿠자가 이러니 모두들 자리를 비켜라."

그리고 옆방으로 모두 물러가자 물었다.

"또 불평인가, 할아범은?"

그러나 사쿠자는 이미 조금 전의 무뚝뚝한 얼굴이 아니었다.

"주군!"

엄숙한 소리로 불러놓고 빙그레 웃었다.

"히데요시가 승리한 원인을 잘 아셨습니까?"

"뭐, 히데요시가 승리한 원인?"

"예…… 이번에도 야전보다 성 공격에 볼 만한 게 있었습니다. 그러나 히데요시의 참다운 강점은 인해전술…… 이것이 첫째였습니다."

이에야스는 잠시 미심쩍은 얼굴이 되었으나 역시 곧 웃으며 고개를 끄덕였다.

"인해전술이란 인원수로 상대를 압도한다는 뜻인가?"

"예, 그러나 이상할 건 없습니다. 성을 공격할 때는 반드시 성에 있는 군사보다 인원이 많은 법…… 그런데 히데요시의 인해전술에는 또 한 가지 빠뜨릴 수 없는 게 있습니다."

"음, 인원수만이 아니라 반드시 상대 속에 내통자같이 보이는 자를 만들어놓는다는 말이겠지?"

이에야스가 되묻자 사쿠자는 아까와 달리 녹을 듯 웃는 얼굴이 되었다.

"그것을 아셨다면 더 드릴 말씀이 없습니다. 그렇게 되면 공격당하는 쪽의 힘은 반감됩니다. 그래서 히데요시는 계속 이겨온 겁니다. 이쯤에서 잊어서는 안 될 마음가짐이 있어야 할 줄 압니다."

이에야스는 지그시 윗눈길로 사쿠자를 바라보며 사쿠자 이상의 심술궂은 태도로 목소리를 떨구었다.

"괴상한 늙은이로군. 그래서 오늘 나에게 무슨 말을 하러 왔나? 당장 히데요시와 일전을 벌이라는 말인가?"

사쿠자는 또 흥 하고 웃었다. 그 모습이 때로는 이에야스를 놀리는 것 같기도 하다.

"싸우자고 하면 싸우실 주군이오?"

이에야스는 다시금 눈에 웃음을 띠었다.

"뭐라고? 할아범은 미카타가하라에서 싸운 내 성미를 잊었군."

사쿠자는 천연덕스럽게 고개를 끄덕였다.

"잊었습니다. 그즈음의 주군은 용감했었지. 그러나 이젠 잊었습니다…… 잊었어도 상관없지요. 그런데 주군……."

"무슨 말을 하려는 거냐? 말을 돌리지 마."

"언젠가 한 번은 싸워야 합니다. 그때 인해전술에 지지 않을 준비가 있을까요, 주군에게……?"

"나에게 없다면 그대에게는 있다는 건가?"

"무슨 말씀을. 42살이 되신 주군에게 이 사쿠자가 어떻게 일일이 지시할 수 있겠습니까. 생각을 여쭤보러 왔습니다. 그러나 생각이 없으시다면 이제부터 집으로 돌아가 배를 가르고 죽겠습니다. 재미없는 세상에서 산다는 게 이젠 싫증났습니다……."

이에야스는 기가 막히는 듯 사쿠자를 다시 바라보았다. 언제나 엉뚱한 말을 하는 게 습관이었지만 배를 가른다는 말은 좀 지나치다.

"할아범……."

"뭐요, 주군."

"누구와 만나고 왔군?"

"만나서 나쁜가요?"

"싸움투 같은 말을 삼가라. 그대는 히데요시의 이번 승리가 우리 가문 흥망에 관계되는 중대사라고 말하고 싶겠지?"

"그런데도 주군은 팔짱만 끼고 있소. 그러는 동안에 저쪽에선 일을 착착 진행시켜 간단 말입니다. 나는 그 원숭이에게 엎드려 충성 바치는 주군 따위는 보고 싶지 않습니다. 그러므로 할복하는 게 좋은지 어떤지 의논하러 왔을 뿐이오."

이에야스의 눈썹이 꿈틀 움직였다. 너무나 심한 폭언에 화가 치민 게 분명하다. 그러나 그것은 단 한 번뿐, 이에야스는 곧 정원의 녹음으로 시선을 옮기고 숨결을 가다듬었다. 히데요시에게 머리 숙여 종사하는 자기를 보고 싶지 않다—는 말의 이면에 있는 것이 자신에 대한 애정과 신뢰뿐임을 생각하니 꾸짖어서 끝날 일이 아니었다.

"할아범……."

"생각이 있습니까, 주군? 주군은 노부나가 공의 생전에도 결코 가신이 아니었소, 미카와의 친척이었지. 그 주군이 히데요시의 부하로 떨어져가는 꼴을 보고 싶지 않습니다. 이건 결코 이 늙은이 혼자만의 마음이 아니고 미카와에서부터 생사를 함께 해온 모두의 생각인 줄 아십시오."

"알고 있다. 그러나 그대 얼굴에는 다른 것이 씌어 있어."

"다른 것……?"

"그렇다. 나에게 생각이 있다는 것을 꿰뚫어 보고 있어. 그것을 듣지 않고는 못 견딜 만큼 그대도 늙어서 성급해진 거야."

"허, 참으로 재미있군요. 거기까지 알고 계시다면 그 생각을 좀 들어보십시다."

"생각은 되었지만, 막상 그 인선이 문제다."

"음, 역시 사람을 뽑아서 히데요시에게 승전 축하 사자를 보내실 모양이군요?"

"승전 축하 사자를 보내는 것은 무장끼리의 사교다. 그 뒤에 생각이 있다. 서두르지 말고 듣거라."

말을 듣고 사쿠자는 다시금 심술궂은 눈으로 지그시 이에야스를 바라보기 시작했다.

이번에는 이에야스가 사쿠자를 놀리는 듯한 눈초리가 되었다. 이 주종 사이에 흐르는 감정은 결코 여느 주인과 가신의 것이 아니었다. 때로 더없는 친구이고, 때로는 심하게 두들겨 패는 싸움상대이며, 때로는 노골적으로 서로 미워하는 일조차 있었다.

"사쿠자, 나는 이번에 진심으로 히데요시의 승리를 기뻐하고 있다."

"음, 조금도 재미없는걸."

"그래서 나는 축하 사자에게 무엇을 들려 보낼까 생각해 보았다……."

"어물어물하다가는 네 영지를 몽땅 바치게 될지도 모를 일이지요."

그러한 사쿠자의 말에는 상관하지 않고 이에야스는 다시 말을 이었다.

"말 갑옷을 500벌쯤 보낼까, 아니면 황금을 1000닢 준비시킬까?"

"뭐라구요?"

"여러 모로 생각하다가 그런 것으로는 아직 내 기쁨을 표시하는 데 부족하다는 걸 깨달았다. 그래서 나는 눈 딱 감고 내가 가장 소중히 아끼는 그 하쓰바나(初花) 차 항아리를 보내기로 결심했다."

사쿠자는 눈을 크게 떴다.

"허……! 저 마쓰다이라 기요베(松平淸兵衛)가 주군께 드린 차 항아리 말입니까?"

그렇게 말하고는 피식 웃었다.

"주군도 아주 멍청이는 아니신 모양이군요. 그러니까 그 차 항아리를 준단 말이지요……"

요즘같이 쓸 일이 많을 때 황금이니 말 갑옷을 보내겠다고 한다면 실컷 욕을 해줄 작정이었던 사쿠자였으나, 차 항아리 하나를 선물한다는 말을 듣자 히죽 웃으며 고개를 끄덕였다.

"그것을 주겠다고 결심하시다니 장하십니다. 그러나 주군."

"또 무슨 불평이 있나, 할아범?"
"있습니다! 주군은 아직 그 차 항아리에 금박을 칠하지 않으셨을걸요?"
"금박……을?"
"예, 어떻든 명기라는 것에는 금박에 또 금박을 칠하는 법. 주군은 그것을 기요베에게서 받으셨을 때 기쁜 얼굴도 않으셨고 고마워하는 눈치도 없으셨습니다. 그래서는 좋지 못합니다. 곧 기요베를 불러 금박을 칠하게 하십시오."
"과연……!"
이에야스도 어느새 몸을 내밀었다. 주종의 표정이 개구쟁이 같은 눈짓으로 바뀌어 서로 마주 보며 싱긋 웃었다.
"좋은 생각이 있나, 사쿠자?"
"있고말고요. 히데요시는 자수성가한 자라 기쁘게 해주려면 그럴 듯한 거드름이 필요합니다. 주군, 그 항아리는 기요베가 사카이에 가서 생명을 걸고 가까스로 손에 넣은 천하의 명기입니다."
"그게…… 정말인가, 할아범?"
사쿠자는 고개를 저었다.
"모르겠습니다. 그렇게 하지 않으면 금박이 묻지 않습니다. 기요베가 그것을 손에 넣었다는 소문을 듣고 소에키도 유칸도…… 아니, 사카이의 모든 다인들이 이를 갈며 분해했지요……."
"꽤 자세하군."
"모르겠습니다. 아무튼 새로이 천하인이 된 히데요시에게 다인들이 바치려 했던 천하일품인 명기이니까요. 그것을 기요베는 주군에게 바쳤소. 주군은 뛸 듯이 기뻐하며 그 노랑이가 5000석의 영지를 상으로 준다고 하셨소……."
"잠깐, 이 능청맞은 늙은이야, 어지간히 해."
이에야스는 못마땅한 얼굴로 외면했다. 이에야스가 외면하자 사쿠자는 더 신나는 듯 지껄여댔다.
"그게 좋지 못한 겁니다. 히데요시라는 너구리는 언제나 불알 가죽을 너른 방에 펼쳐놓고 그 속에 상대를 홀랑 싸버리는 위인이지요. 이 정도의 금박칠도 하지 않고 어쩔 셈입니까? 아시겠습니까, 주군…… 주군의 인색함은 천하에 소문나 있습니다. 모처럼 천하에 소문난 것을 이럴 때 근사하게 써봐야 하지 않겠습니까? 아무튼 이것이 바로 그 고물 차 항아리의 유래입니다…… 천하에 이름난 주군이 기쁨에 겨워 5000석을 주겠노라 하셨으므로 기요베는 그만 부르르 몸을 떨었습니다."

"뭐, 몸을 떨었다고……?"

"떨었지요. 나중에 틀림없이 아까워할 테니까요. 아까워지면 트집 잡아 죽일지도 모르니 말입니다. 그래서 기요베는 5000석 상금은 만부당한 일이라고 끝까지 사양했지요."

"듣자 듣자하니 마음대로 지껄여대는 늙은이로군."

"그럭저럭 끝나갑니다. 잘 들어보십시오. 그렇다면 무슨 소원이 없느냐고 물으시고는 그의 소원대로 자손 대대로 모든 세금을 면제해 주셨다는 명기…… 그러므로 하마마쓰에서는 이것을 5000석짜리 항아리라고 부릅니다."

이에야스는 마침내 손을 내둘렀다.

"알았다, 그만해! 너도 나에게 그 항아리를 보내게 할 생각으로 왔다는 것을 잘 알았다. 그러니 그 설명을 할 수 있을 사자의 이름을 대라. 네가 하는 짓이니 벌써 그놈과 만나서 은밀히 의논하고 왔을 테지."

사쿠자는 마른 입술을 축였다.

"과연 주군이시라…… 급소를 찌르시는군요. 그러나 그 의논 상대의 이름은, 누구로 정하라는 주군 말씀을 들어보고 서로 생각이 딱 맞지 않으면 댈 수 없습니다. 주군은 천하의 명기 5000석짜리 항아리를 누구에게 들려 히데요시에게 보내실 생각이시오?"

"사쿠자……."

"예."

"이것은 여느 사람은 감당하지 못한다."

"물론 여느 사람은 감당하지 못하지요."

"그대에게 그 일로 은밀히 의논하러 온 것은……."

"하마마쓰에 사는 자는 아닙니다."

"말하지. 그것은 오카자키에서 그대를 몰래 찾아온…… 그렇지?"

"주군!"

"이시카와 가즈마사…… 가즈마사다. 여느 사람은 못 해낼 사자는……."

"주군!"

사쿠자는 다시 한번 외치듯 말한 다음 그 자리에 꿇어 엎드렸다.

"가즈마사는 저더러 사자로 가라고 말했습니다. 그러나 저는 그 일을 맡지 못합니다. 대신 가즈마사만 곤경에 세우지는 않겠습니다. 그가 멸망하면 저도 멸망하고 그가 배를 가르면 저도 가르겠다고 약속했습니다. 가즈마사가 돌아오면 히데요시는 반드시 그가 자기편과 내통했다고 퍼뜨릴 것입니다. 그리고 가즈마사를 베게 할 뿐 아니라 그와 같은 뜻을 가진 자가 가신들 중에 많다고 퍼뜨려 안에서부터 무너뜨릴 수단을 쓰리라는 것은 뻔한 일이지요……."

"사쿠자, 걱정마라. 이 이에야스는 히데요시의 음모에 넘어가 그대나 가즈마사를 베게 할 만큼 무능하지 않다."

"주군!"

"사쿠자……."

사쿠자는 느닷없이 눈물을 뚝뚝 흘리고 그 눈물을 굵은 손가락으로 다다미 위에 쓱쓱 문질러댔다. 이에야스의 인선과 그의 생각이 딱 들어맞은 것이다. 더 이상 아무 할 말이 없을 터이건만 꼭 한 가지 아직 더 말하고 싶은 건 늙은이의 부질없는 넋두리인 것일까.

"주군도 차츰 강대해지셔서 가신 수가 늘었습니다만, 히데요시에게 보낼 사신은 단 한 사람이라는…… 점을 잊지 마십시오."

이에야스도 가슴이 메는 듯 고개를 돌렸다.

"알고 있다. 이번 일은 미카타가하라 싸움 이래 우리 가문의 중대사다."

"그 말씀을 듣고 보니 제게 또 한 가지 부탁이 있습니다. 주군, 들어주십시오."

"누구를 위한 부탁인가, 그것은?"

"불심 깊은 가즈마사와 그의 모친, 그 노파를 대신해 부탁드리고 싶습니다, 주군께."

"뭐, 가즈마사와 그의 모친을 대신해서라고……."

"예, 이미 잇코 종 무리들은 소동을 일으킬 눈치가 없습니다. 가즈마사의 심덕을 봐서 미카와에서의 염불 도장 재흥을 허락해 주십시오. 반드시 좋은 결실을 볼 것입니다."

이에야스는 그 말에 곧 대답하지 않았다. 대답은 하지 않았지만 반대하는 기색은 그리 보이지 않았다.

이에야스는 가볍게 물었다.

"사쿠자, 가즈마사는 그대 집에 와 있나?"

"가즈마사가 아닙니다."

"설마 노모가 찾아온 것은 아니겠지?"

사쿠자는 고개를 저었다.

"가즈마사가 그런 중대한 일을 육친에게 알릴 성 싶습니까. 심부름 온 것은 가즈마사의 중신 와타나베 긴나이(渡邊金內)입니다."

"와타나베 긴나이……?"

"과연 가즈마사는 참으로 좋은 부하를 거느리고 있습니다. 긴나이만이 아니지요. 사노 긴에몬(佐野金右衛門), 혼다 시치베(本田七兵衛), 무라코시 덴시치(村越傳七), 나카지마 사쿠에몬(中島作右衛門) 반 산에몬(伴三右衛門), 아라카와 소자에몬(荒川惣左衛門) 등 모두 가즈마사의 깊은 분별을 본받아 물샐틈없는 마음의 결속이 되어 있습니다만 그 배후에는 렌뇨 도사가 건립한 혼슈사(本宗寺)의 신앙이 큰 배경으로 되어 있습니다."

이에야스는 또 고개를 끄덕였다.

"알고 있다. 알고 있으니 긴나이에게 말하라. 하루 속히 가즈마사를 하마마쓰로 보내도록. 그리고 이것은 나의 속마음이라고 전해라. 염불 도장에 대한 일, 이에야스는 명심해두겠다 하더라고."

"고맙습니다. 과연 우리 주군……."

말하고 나서 사쿠자의 얼굴이 또 일그러졌다. 이번에도 눈물방울이 뚝 떨어졌으나 사쿠자는 닦지 않았다. 그 대신 눈을 꽉 감고 어깨를 부르르 떤 다음 어슬렁 일어섰다.

"그럼, 곧 가즈마사를 하마마쓰로 오게 하겠습니다. 물러갑니다."

사쿠자는 곧장 복도로 나가 허리를 쭉 펴듯하며 중얼거렸다.

"허참, 엉뚱한 데서 가즈마사와 끈기 시합을 하게 되었는걸."

그 말뜻은 아마 아무도 모르리라. 지금도 모를 뿐 아니라 영원히 알지 못한 채 역사의 뒤안길로 말없이 사라져가는 비밀이 되리라.

사쿠자는 생각한다.

'그래도 괜찮아…….'

인간의 참다운 성미를 신이나 부처님 외에 그 누가 알 수 있으랴.

"아니, 때로는 그 신불도 알아줄 것인지……."

사쿠자는 곧장 큰 현관으로 걸어갔다. 본성 현관을 나서자 그는 동쪽에 새로 지은, 흔히들 사쿠자에몬의 성이라고 부르는 무사 주택인 자기 집으로 서둘러 갔다.

아련한 밝음과 견딜 수 없는 안타까움, 이 두 가지 모순이 마음속에서 소용돌이치고 있다. 사쿠자 자신은 이미 죽은 셈 치고 이에야스에게 충성을 다해 왔지만 이번 가즈마사의 임무를 생각하니 자기 일처럼 가슴이 아팠다.

가즈마사가 사자로 간다면 히데요시는 아마 틀림없이 어깨를 툭툭 치며 얼싸안듯 환대할 것이다. 그 고물 차 항아리의 몇 배나 되는 선물도 줄 것이고 도쿠가와 가문의 큰 충신이라고 추켜세우기도 하리라. 게다가 자신의 천하가 된다면 이에야스에게 말해서 몇만 석이나 몇십만 석을 주게 하겠다는 등 인간의 약점과 본능을 반드시 찌르고 들어올 게 틀림없다.

단지 그것뿐이라면 결코 염려할 게 없다. 이쪽에 굵직하고 든든한 고집뼈가 관철되어 있다.

"황송한 분부 감사합니다."

장단을 맞추다 적당히 물러나면 그만인 것이다. 그러나 히데요시는 그 정도로 상대를 놓아줄 인물이 아니라는 게, 노부나가가 죽은 뒤의 행동에서 너무나 뚜렷해졌다. 가즈마사는 자신에게 내통하고 있다고 도쿠가와 가문에 반드시 교묘한 선전을 퍼뜨릴 게 분명하다.

서로 첩자를 보내고 있으므로 때로 뜻하지 않은 비밀이 상대에게 새어나가는 것을 막을 길이 없다. 그럴 때 그게 바로 가즈마사가 알려준 것이라는 말을 종종 퍼뜨리거나, 노부나가처럼 가짜편지 같은 것을 쓰게 하여 여기저기 돌리든지 하면 처음에는 믿지 않던 사람도 나중에 마음이 흔들려 어느덧 경계에서 증오의 눈으로 바뀌어 그 가문에서 배겨날 수 없게 마련이다. 그렇게 되면 히데요시는 다시 유혹의 손을 뻗는다. 참을 수 없어 그 유혹에 응하면 결국 처음부터 내통하고 있었던 결과가 되는 것이다.

히데요시는 그러한 술책의 귀재였다. 그것을 똑똑히 꿰뚫어 보고 있으니만큼 사쿠자는 이에야스가 상의해 왔을 때부터 누구를 추천할 것인지 줄곧 골치를 앓고 있었다. 그런데 갑자기 가즈마사 쪽에서 자기가 가겠으니 말씀드려 달라고 가신인 긴나이에게 편지를 들려서 보내왔다. 그것을 보았을 때 사쿠자는 가슴을 단도로 푹 찔린 듯한 느낌이 들었다. 이것이 가즈마사가 아닌 다른 사람이었다면 그는 당장에 의심했을 터였다.

"벌써 히데요시의 손이 뻗쳐 있었던가……?"

만일 출세만 생각하는 자가 있다면, 지금 히데요시에게 심부름 가는 것이 더없이 좋은 기회라 할 수 있었다. 그러나 사쿠자가 아는 가즈마사는 그런 사나이가 아니었다.

'이것은 그의 불심에서 우러난 일 같다……'

어쨌든 굉장하다. 아마 이로써 히데요시의 귀신같은 재치에 농락되어 스스로의 몸을 함정에 빠뜨려 난도질당하게 되는 일이 틀림없건만…….

사쿠자는 자기 집 앞에 이르자 큰 소리로 스스로 알렸다.

"사쿠자 님이 돌아오셨다."

그리고 현관으로 어슬렁 들어갔다.

거실에 들어가자 사쿠자는 아들 센치요(仙千代)를 불러 겉옷을 벗어던지며 물었다.

"오센, 가즈마사의 심부름꾼은 뭘 하고 있느냐?"

역시 늦게 태어나 가즈마사의 아들과 마찬가지로 아직 앞머리를 깎지 않은 맏아들이었다.

"예, 저와 함께 바둑 두고 있었습니다."

"바둑이 센가, 긴나이는?"

"예, 한 차례 이기면 다음은 지고, 지면 다음에 다시 이깁니다."

사쿠자는 씁쓰레 웃었다.

"그건 네가 너무 약하기 때문이다. 바둑판은 그냥 객실에 있나?"

"예, 두 시간에 너덧 번 승부가 나기 때문에 싫증나서 그냥 도코노마에 밀어놓았습니다."

"어때, 중간에 기다리라고는 하지 않더냐, 긴나이가?"

"예, 이길 때는 한 번도 그러지 않고 질 때는 기다리라는 말을 두세 번 했습니다."
"음, 성미 있는 사나인가 보구나. 생각해가며 기다리라면서 진다는 것은 괴로운 거야."
"그럼, 생각을 해서 일부러 진 것입니까, 저에게?"
"뻔한 일이지. 너는 아직 이겨도 모르고 져도 모른다. 싸움 같으면 큰일 날 일이지. 자기 목을 찾지 않으면 안 되게 될걸……."
그렇게 말하고 사쿠자는 얼굴빛이 달라지는 센치요를 사랑스럽게 바라보았다.
"거짓말이다. 싸움터와 바둑은 다르지. 바둑 따위 잘 두는 놈치고 싸움 잘하는 놈은 없다."
고쳐 말하고 방을 나가려다가 다시 아들을 돌아보았다.
"오센, 너도 만일 충성 시합이나 인내 시합을 이 아비가 명한다면 아무리 고통스럽더라도 하겠지?"
센치요는 화난 표정으로 대답했다.
"저는 어머니 아들입니다."
"심술쟁이 놈! 너는 이 아비보다 어머니를 인내심 강하다고 생각하고 있구나. 어쨌든 좋아. 어머니 자식이라면 결코 뒤로 물러나지 않겠지."
사자를 기다리게 해놓은 다다미 8장 깔린 조촐한 객실 앞으로 곧장 걸어가 기침을 한 번 하고 방문을 열었다.
"에헴!"
"이제 돌아오십니까?"
가즈마사의 사자 와타나베 긴나이는 아직 30살이 될까 말까한 보기에도 무표정한 사나이였으나 둥근 무릎을 고쳐 앉으며 인사하더니 조그맣게 덧붙였다.
"수고를 끼칩니다."
"수고 같은 것은 않네."
"예?"
"수고 같은 것은 않는다고 했네."
상대는 사쿠자의 심중을 헤아리지 못해 살며시 고개를 기울였다. 바둑에 져주는 수를 생각할 때의 표정이 이랬을 거라고 사쿠자는 생각했다.
"이것저것 생각해 봤네만, 가즈마사는 좋지 못한 일을 나에게 부탁했어."

"무슨 말씀이신지요, 좋지 못한 일이라니?"

"그래, 나는 처음에 그대한테 들은 대로 이번 사자로 이시카와 가즈마사를 보내주십사고 여쭐 작정이었다. 주군을 뵈러 나갈 때까지는 말일세."

"그래서요……?"

"그런데 가보니 아무래도 생각한 대로 말이 안 나오더군. 그래서 가즈마사를 사신으로 보내는 일은 이 사쿠자가 크게 반대한다고 말해 버렸네. 곤란한 일이야, 내 입은……."

상대는 한순간 움찔한 다음 쏘는 듯한 눈이 되더니 지그시 사쿠자를 지켜보기 시작했다.

사쿠자는 상대를 보려고도 하지 않았다. 풀어헤친 가슴에 부채질하면서 말을 이었다.

"이 사쿠자에게는 그런 나쁜 버릇이 있어서, 이 버릇은 남이 오른쪽을 보면 왼쪽을 보고 왼쪽을 보면 오른쪽을 본다네. 그러니 오카자키에 돌아가거든 그리 나쁘게 생각 말라고 가즈마사에게 잘 전해 주게."

긴나이는 눈도 깜박이지 않고 물었다.

"죄송하지만…… 혼다 님이 그렇게 여쭈었을 때 대감께서는…… 뭐라고 말씀하셨는지요?"

"오, 내가 가즈마사 이름을 꺼냈더니 주군께서는 무릎을 탁 치시며 그대도 그런가, 나도 그를 보낼 생각이었다고 먼저 말씀하시더군."

"그럼, 대감께서는 승낙해 주셨군요."

사쿠자는 또 무뚝뚝하게 고개를 돌렸다.

"속단하지 말게. 주군이 그렇게 말씀하셨기 때문에 내 버릇이 꿈틀 하고 심술부린 거야."

"어…… 어째서인지요?"

"그걸 내가 알면 걱정 없지. 혼다 사쿠자에몬이란……그런 사나이다. 그래서 나는 내가 주군을 뵈러 온 것은 가즈마사를 사자로 보내선 안 된다고 말씀드리러 왔다고 말해 버렸지."

"그런…… 묘한 일이……."

"그게 있단 말이다, 이 사쿠자에몬에게는…… 주군이 가즈마사로는 마음 놓이지 않는다고 말했다면, 나는 그가 아니면 안 된다고 말했겠지. 그러나 주군이 그를 보내겠다고 하셨으므로 그건 안 된다고 말했네."

"……."

"알겠지, 이게 사쿠자의 버릇일세. 주군은 왜 안 되나, 왜 불찬성이냐고 물으시더군. 그래서 나는 대답했다. 도쿠가와 가문에서는 내가 가장 뻐대 센 놈이고, 가즈마사는 문어라고. 가신들 가운데 가장 물렁뼈라 여기저기 달라붙으려고 하니 원숭이 놈에게 사자로 보낸다는 것은 생각도 못 할 일이라고 말해버렸네."

긴나이의 이마에 분노의 힘줄이 불끈 솟았다. 그러나 그는 거기서 분노를 폭발시키지는 않았다.

"그렇습니까? 그럼, 노인께서는 속으로도 저의 주인을 그런 분이라고 생각하고 계시는지요?"

"아니, 그렇지도 않네. 이건 내 심통에서 나온 버릇이니까. 그다음에 또 이렇게 말했지. 가즈마사를 사신으로 보내 보십시오, 틀림없이 원숭이 놈에게 매수되어 돌아와 어물어물하며 도쿠가와 가문까지 몽땅 팔아버릴지 모른다, 아니, 그렇게는 안 되더라도 아마 나가마루 님을 인질로 내놓겠다는 등…… 당치도 않은 나약한 말을 해서 발밑을 보이고 돌아올 테니 이 사쿠자는 반대한다고 말하고 왔네. 그 고약한 버릇 탓으로 말일세."

긴나이의 무릎에 얹혔던 두 손이 어느 틈에 주먹을 불끈 쥐고 가늘게 떨리기 시작했다.

사쿠자는 다시 말을 이었다.

"아무튼…… 나는 반대지만 주군은 보내실 모양이야. 그러니 내가 그대에게 말한 대로 돌아가서 가즈마사에게 전해주게. 그리고 자기가 직접 나와서 주군에게 청하지 않더라도 이번에는 부르심이 있을 거라고…… 설마 주군하고 싸울 수야 없지 않은가. 나는 그런 물렁뼈로는 도저히 안 될 것으로 알지만 주군이 명하신다면 그냥 욕지거리나 할 뿐이지. 오늘은 이미 늦었으니 내일 아침 일찍 떠나도록 하게. 참, 그대는 바둑을 둔다지? 그 바둑판을 이리 가져오게. 식사 때까지 한 판 둡세."

사쿠자는 떨고 있는 상대에게 서슴지 않고 턱짓했다.

바둑판을 가져오라는 말을 듣자 순간적이었지만 긴나이의 표정에 야릇한 살기가 스쳤다. 자기 주인을 문어라 하고 가문을 팔아버릴지도 모른다는 말을 들었으니, 긴나이 역시 같은 미카와의 피를 이어받은 무사다. 상대와 칼부림하더라도…… 하는 생각이었는지도 모른다.

그 모습을 흘끗 보고 사쿠자는 또 서슴없이 말했다.

"그대는 내 아들에게 일부러 져 줬다는데 이 늙은이에게는 그럴 필요가 없네. 어서 바둑판을 내오게."

긴나이는 다음 순간 벌떡 일어나 바둑판을 날라 왔다. 그 동작에 아직 시퍼런 분노와의 다툼이 역력히 느껴진다.

두 사람 사이에 반듯하게 바둑판을 놓자 사정을 봐주지 않을 듯한 날카로움이 밴 말투로 말했다.

"노인께서는 백을 잡으시겠습니까, 흑을 잡으시겠습니까?"

"흥!"

사쿠자는 비웃었다. 어디까지나 심술궂게 상대를 시험하는 게 이제 이 늙은이의 취미가 되어버린 느낌이었다.

"그대가 먼저 좋은 쪽을 갖게. 내 바둑은 상대에 따라 백이 됐다 흑이 됐다 하는 바둑이 아닐세."

긴나이는 또 어깨를 꿈틀 움직였는데, 그러나 거기서 그의 배짱은 정해진 모양이다. 아직 물어볼 말이 남아 있다. 화를 내서 될 때가 아니다…….

"그럼, 흑을 갖겠습니다."

"당연한 일이지. 두게, 돌을."

어쨌든 이 얼마나 철저한 독설이란 말인가. 긴나이는 생각했다.

'좋아, 이겨주마.'

그리고 야무진 소리를 내며 한 수 두고 말했다.

"그러면 노인께선 반대하셨지만 주군께서 우리 주인이어야만 한다고 말씀하셨단 말이군요?"

사쿠자는 서슴없이 돌을 놓으며 대답했다.

"그렇지, 주군도 꽤 편벽하시거든. 주군이 승낙하셨고 가즈마사가 가겠다…… 고 했으니 하는 수 없지."

"그 말씀을 들으신다면 주인에게도 각오가 있으시겠지요."

"그 각오 말인데…… 웬만한 각오로는 안 된다고 전하게, 가즈마사에게."
"그건 주인의 마음속에 있는 일이니 말씀하실 것까지도 없겠지요."
"뭐, 가즈마사의 마음속에 있어? 나는 내 마음속에 있는 버릇을 말한 걸세. 일단 이렇다고 말을 꺼낸 이상, 나는 끝까지 그의 욕을 계속하겠네. 알겠나? 거봐, 가즈마사가 수상해, 그는 역시 원숭이 놈에게 매수되어 돌아왔다고……."
긴나이는 문득 얼굴을 들어 노인을 다시 보았다. 사쿠자의 말투는 대수롭지 않았으나 바둑은 성격을 노출시킨 다툼바둑이 되어가고 있었다.
'이건 은연중에 무슨 뜻이 있는 게 아닐까……?'
"사람이란 말일세, 긴나이……."
"예."
"심술궂음도 철저하면 천하의 보배일세. 나는 가즈마사가 가문 중에 못 있게 될 때까지 한 발도 욕지거리의 손길을 늦추지 않겠다. 그리고 그가 달아난다면 물론 나도 버젓이 녹을 먹지는 않겠네. 그래서는 배짱겨룸이 안 되거든. 남을 모함한 게 되지. 남을 모함한다는 것은 큰 수치일세."
그렇게 말하며 갑자기 오른쪽 구석을 가르고 들어오는 사쿠자의 맹렬한 수법에 긴나이는 저도 모르게 숨을 삼켰다.
'어쩌면 이 노인은 주인 가즈마사의 심중을 모두 파악하고 있는 게 아닐까?'
그렇게 생각하기 시작하자 긴나이는 마음이 몹시 어지러워졌다.
"그래서 되나? 그러면 그 돌은 못 살걸."
"아닙니다, 이걸로 싸우겠습니다."
"기다려 달라고 하게, 기다려 달라고. 거기서 죽는다면 아직 어려. 그래 가지고는 가즈마사를 못 따라갈걸."
긴나이는 윗눈질로 흘끗 사쿠자를 바라보았다.
"그럼, 말씀대로 기다려 달라고 하겠습니다."
"하하하…… 좀 생각했군. 많이 생각하게. 잘 생각해서 그릇된 수는 쓰지 않도록 하게."
아들 센치요가 촛대를 들고 들어왔다. 정신이 들고 보니 어느덧 밖은 밤이 되어가고 있다.
"식사준비가 되었습니다."

"기다려라!"
사쿠자는 센치요를 눌러놓고 덧붙였다.
"지금 네 원수를 갚고 있다. 잠시 기다려."
그런 다음 생각난 듯이 또 말했다.
"여보게, 긴나이."
"예, 왜 그러십니까?"
"염불도장 말일세, 주군은 명심해 두시겠다고 말씀하셨네."
"예……? 염불도장을 말씀입니까?"
"그렇게 말하면 아네. 자, 다음 수를 놓게."
잠시 뒤 긴나이는 가만히 돌을 놓고 머리를 숙였다. 노인의 바둑은 말보다 그리 세지 않았다. 그러나 여기서 노인에게 이겨서는 오히려 불리하게 될 것 같아 그는 일부러 너덧 수 져주었다.
노인은 자못 기쁜 듯이 말했다.
"상을 들여오너라. 어때, 역시 졌지?"
"졌습니다."
상이 들어오자 노인은 다시 매우 무뚝뚝한 얼굴이 되었는데, 무엇을 생각하고 있는지 긴나이는 끝내 똑똑히 파악하지 못했다.
'말하는 것처럼 미워하거나 반감을 갖고 있는 건 아닌 모양인데……?'
그날 밤 긴나이는 자리에 들어 다시 한번 천천히 사쿠자의 말을 되새겨 보았다.
'화내지 않기를 잘했다.'
나오는 대답은 단지 그것뿐, 무언지 노인에게 접근하기 어려운 한 선이 뚜렷이 마음에 남았다.
'혹시 주인은 알지도 모르지…….'
아침 6시에 일어나 떠날 준비를 하고 있으려니 또다시 센치요가 밥상을 들고 들어왔다.
"폐를 끼쳤소. 부디 아버지에게 잘 말씀드려 주시오."
식사가 끝나도 사쿠자는 나타나지 않았으므로 긴나이는 그대로 현관으로 나가다가 깜짝 놀랐다. 긴나이를 배웅하려고 사쿠자가 현관 밖에서 기다리고 있었던 것이다.

"아이구, 일부러 여기까지…… 황송합니다."

"겉치레 말은 말게."

"예……? 겉치레인사가 아닙니다……."

"됐네, 손님을 배웅하는 것은 우리 집 가풍일세. 조심해서 가게."

"예, 어른께서도 몸조심을."

"말 않더라도 몸조심하네, 내 몸이니까."

그러면서도 긴나이가 절하고 문을 나서자 그 뒷모습을 향해 공손히 머리 숙이는 사쿠자에몬이었다. 아마도 와타나베 긴나이는 사쿠자의 마음에 든 훌륭한 이시카와 집안의 중신이었음이 틀림없다.

긴나이는 걸음을 서둘러 아직 짙은 아침안개 속으로 사라져갔다.

미카와(三河) 사신

이에야스가 히데요시에게 보내는 선물인 하쓰바나의 차 항아리와 칼 한 벌과 말 한 필을 끌고 이시카와 가즈마사가 오카자키성을 출발한 것은 5월 20일이었다.

이시카와 집안 중신 와타나베 긴나이가 하마마쓰에서 돌아오자 가즈마사는 곧 하마마쓰로 가서 이에야스로부터 그것을 명령받고 돌아왔는데, 긴나이에게서 사쿠자에몬의 괴상한 언동을 전해 들었을 때 그는 눈시울을 붉혔다. 사쿠자의 말뜻을 뼈에 사무치도록 잘 알 수 있었던 것이다.

그러나 긴나이가 모든 이야기를 다 끝냈을 때 그것과는 전혀 다른 말로 대답했다.

"그래? 사쿠자가 그렇게 말하던가. 그놈은 내가 이 유서 깊은 성을 맡고 있는 게 샘나서 그러는 거야."

긴나이는 깜짝 놀랐다.

"설마, 그럴 분이……."

그렇게 말을 꺼내자 가즈마사는 다시 딱 잘랐다.

"너무 과대평가하지 마라. 그 고집쟁이는 자기만 충절한 무사라고 우쭐해 있지만 실은 시샘 많은 사나이다. 이번에 내가 하시바 님에게 가게 된 게 속으로는 견딜 수 없는 거야. 두고 봐, 돌아오면 반드시 나를 나쁘게 욕할 것이다."

긴나이는 잠자코 가즈마사를 한참 바라보고 있더니 이윽고 희미한 미소를 띠며 맞장구쳤다.
"과연 그 말씀이 옳습니다."
긴나이에게도 가즈마사가 왜 그런 말을 하는지 차츰 이해되었기 때문이었다.
하마마쓰에서 이에야스의 선물을 가지고 돌아오자 가즈마사는 오카자키에서 하룻밤 묵었다.
이에야스와 가즈마사 사이에 어떤 이야기가 오고 간 것인지? 성이 빌 동안의 뒷일을 이것저것 지시해 놓고 나카지마, 무라고시, 아라카와 등 세 중신에 졸개 12명을 이끌고 밝은 표정으로 성을 나섰다.
"그럼, 다녀오마."
맏아들 야스나가와 둘째 아들 가쓰치요는 정문까지 배웅했는데, 헤어질 때도 말 위에서 태평스레 웃음 지은 얼굴이었다.
그러나 그들이 야하기 다리에 접어들 무렵부터 차츰 미간에 깊은 주름이 잡혀 갔다. 아무리 거듭 생각해 봐도 히데요시와의 대면은 힘겨운 일이었다.
'상대가 어떻게 나올지 보기도 전에 미리 걱정한대서야 쓸데없는 일 아닌가…….'
몇 번이고 스스로에게 타일러 보았지만 또다시 답답한 망설임이 가슴을 눌러왔다.
이미 히데요시는 이에야스를 어떻게 대하리라는 배짱을 완전히 정해버린 것이나 아닐까.
기후의 노부타카는 히데요시 때문에 할복하고 말았다. 그 수법의 교묘함이 가즈마사로서는 몸서리쳐지는 일이었다. 시바타가 멸망하고 나자 히데요시는 노부타카의 아우 노부카쓰에게 명하여 기후성을 치게 했다. 노부타카는 그때 가신들이 거의 달아나버려 성을 내줄 수밖에 도리 없었는데, 설마 히데요시가 노부나가의 아들인 자기를 죽이라고 할 줄은 생각지도 않고 아우 노부카쓰가 요구하는 대로 성을 비우고 오와리 지타 고을의 우쓰미(內海)로 갔다. 그런데 히데요시는 가차 없이 노부카쓰에게 형 노부타카를 할복시키라고 명했던 것이다.
아마 아우 노부카쓰로서도 천만뜻밖의 일이었으리라. 노부카쓰와 노부타카는 같은 날에 태어났다. 그래서 세자 노부타다와 어머니가 같은 노부타카는 셋째 아들로 되어 있었지만 태어난 시간은 노부타카 쪽이 빨랐다. 게다가 성격도 노부타카 쪽이 과격했으므로 내적으로는 노부카쓰가 동생 취급을 받았다.
그 아우의 권고로 기후성을 나올 때 노부타카는 사자로 온 나카가와 간자에몬(中川勘左衛門)에게 목소리를 낮추어 말했다고 전해지고 있다.
"노부카쓰의 중재에 의지하고 있다고 전해 다오."
아마 혈육인 노부카쓰가 히데요시에게 잘 부탁해 작은 성 하나쯤 받게 되리라고 생각했던 게 틀림없다.
그러나 지타 고을의 우쓰미까지 갔을 때 다시금 나카가와가 사자로 와서 노부카쓰의 이름으로 할복을 명해왔다. 기요스 회의 결정에 따르지 않았고, 또 시바타와 결탁하여 가문을 소란케 한 일은 '형'으로서 용서할 수 없으니 할복을 명한다는 것이었다.
"뭐, 노부카쓰가 내 형이라고……?"
처음에 노부타카는 격노했다. 그럴 수밖에 없었다. 이런 결과가 될 줄 알았다면 결코 순순히 성을 내줄 노부타카의 성격이 아니었던 것이다. 성안에 아직 오타 싱에몬(太田新右衛門)을 비롯한 근신들이 남아 있었고, 배겨내지 못한다면 농성하여 시바타처럼 성과 운명을 함께 했을 게 틀림없다.
그런데 순순히 성을 내준 것은 혈육인 노부카쓰에게 한 가닥 희망을 걸고 있었기 때문이 틀림없었다. 아니, 그보다 아직 히데요시를 어딘지 믿고 있었기 때문이리라. 그러나 히데요시는 주인뻘 되는 노부타카에게 직접 손대지 않고, 노부카쓰의 이름으로 교묘하게 할복을 강요해 왔다.
"노부카쓰에게 알려라. 히데요시 놈에게 속아 내 손을 내 스스로 자르는구나, 하더라고……"
그러나 이것도 이미 넋두리였다. 노부타카는 노마(野間)의 오미도사(大御堂寺)에 들어가 분사하고 말았다. 이 절은 미나모토 요리토모가 자기 가신에게 맞아 죽은 부친 요시토모(義朝)의 명복을 빌기 위해 건립한 슬픈 이야기가 깃든 가람이었는데 거기 또 하나 비극의 묘가 생겼다.
노부타카는 흰 옷으로 갈아입고 할복할 때, 허공을 노려보며 소리높이 유언시를 읊었다고 오카자키 사람들은 속삭이고 있다.

그 옛부터 주군을 해할 별이었으니

보복을 기다려라, 하시바 히데요시.

어쩌면 이 시는, 사자로 갔던 나카가와가 주군 노부카쓰의 심중과 죽어간 노부타카의 비분을 생각하고 지은 것인지도 모른다고 가즈마사는 생각하고 있다. 아무리 격노한 뒤라고는 하나 노부타카의 시로서는 너무나 생생하다. 이때 노부타카는 26살.

어쨌든 일단 마음먹은 상대는 단연코 용서치 않는 것이 히데요시의 성미였다. 노부타카의 말대로 다음에는 틀림없이 노부카쓰 차례일 것은 누구나 생각하는 바였으나, 그 노부카쓰가 행인지 불행인지 줄곧 이에야스에게 의지하고 있다. 더욱이 이에야스는 그 노부카쓰와 일부러 오카자키에서 만나고, 며칠이나 함께 매사냥도 하고 있다.

'이에야스에게 딴마음이 없다면 노부카쓰를 베라…….'

어쩌면 히데요시는 이런 말을 하지 않을 것인지. 그렇게 생각하니 길 떠나는 가즈마사의 마음은 침울하기 짝이 없었다.

처음에 가즈마사는 히데요시가 나가하마성에 있는 줄 알았다. 자신이 쌓고 스스로 백성들을 길들인 나가하마성이었다. 그것을 시바타에게 선뜻 주었다가 냉큼 도로 빼앗아버린 것이다. 도로 뺏는 데 있어 이처럼 속속들이 잘 아는 편리한 성은 달리 없을 것이다. 그것도 모르고 좋아하며 받아들인 시바타의 어리석음이 이제는 이미 남의 집안 일이 아닌 도쿠가와 가문의 문제로 서서히 되돌아오고 있다.

그러므로 히데요시가 나가하마에서 사카모토성으로 옮겨갔다는 말을 듣자 가즈마사는 왠지 모르게 한숨지었다.

가즈마사가 사카모토성에 이른 것은 28일이었다. 히데요시는 니와 나가히데가 새로 지은 큰 방에서 눈을 가늘게 뜨고 그를 맞아들였다.

"오, 편지가 먼저 왔기에 기다리고 있었다. 자, 이리 더 가까이 오게."

헤엄치듯 손짓으로 부른 다음 어린아이같이 귀밑머리를 긁적거려 보이기도 한다.

"그래, 우선 이에야스의 전갈부터 들어보자. 그게 올바른 순서겠지. 허참, 내가 그만 너무 기뻐서 말야."

그러나 가즈마사는 말 속의 '이에야스'라고 막 부른 한마디를 예사로 들어 넘기지 않았다. 전에는 언제나 '도쿠가와 님!'이라고 불렀었는데.
"이번 호쿠리쿠 싸움에서 거두신 훌륭한 승리를 축하드립니다."
"응, 그래."
"주군 이에야스 님께서 곧 승전 축하 차 찾아뵈었어야 할 터이나 요즘 몹시 살찌셔서 이런 더위에는 보행이 곤란하므로 제가 대신 뵈러 왔습니다."
"뭐, 이에야스가 살쪄서 허벅지라도 물렀단 말인가."
"바로 그렇습니다."
"하하…… 고슈, 스루가 지방을 너무 뛰어 돌아다닌 탓이겠지. 아니, 나이 먹으면 누구나 몸이 말을 잘 듣지 않는 것일세. 나도 시즈가타케 싸움 때는 130리 길을 되돌아오는 데 5시간이나 걸렸네."
"놀라우십니다. 저희들은 하루 종일 걸릴 길을 5시간이라니……."
"하하…… 그건 그렇고, 노부타카는 가엾게 되었더구먼."
"그렇습니다."
"노부카쓰 님도 무정한 짓을 했더군. 혈육을 할복시키다니…… 하긴 어지간히 참다가 터뜨린 일이겠지만."
"옳은 말씀입니다."
"이에야스도 집안이 늘었지? 새 성이라도 지을 마련이 있는가?"
"그런 데까지는 아직 미처……."
"그래? 미처 손이 안 미친단 말이지. 나는 이번 가을에 오사카에 성을 쌓는다네. 이번에 크게 공을 세웠으므로 이케다 부자를 다른 곳으로 보내고 말일세…… 그렇지, 그대도 6월 2일에 나와 함께 교토로 안 가겠나?"
"교토……에 말씀입니까?"
"이것 봐, 잊어선 안 되네. 그날은 돌아가신 우대신님 1주기일세. 다이토쿠사에서 1주기를 훌륭하게 거행하고 나서 30여 개 지역 사람에게 명해 성을 쌓겠다. 어떤가, 나를 따라 교토로 가보지 않겠나?"
가즈마사는 그칠 줄 모르는 상대의 달변에 휘둘려 온몸에 땀을 흠뻑 흘린 채 선물에 대한 말을 할 틈마저 찾지 못했다.
히데요시의 이야기는 끊임없이 이리저리 비약했다. 멍하니 듣고 있으면 무엇을 말하려는 것인지 모르겠고 정신 분열증에라도 걸리지 않았나 의심될 정도였으나, 잘 새겨들으면 모두 하나의 위협이며 선전이었다. 그 가운데 귀에 따갑게 남아 있는 것은 노부타카를 할복시킨 히데요시가 노부카쓰를 살짝 비난한 일이었다. 아마 히데요시는 어린 산보시만 남기고 노부카쓰도 없애고 싶은 게 틀림없다. 그러면 노부나가의 인사문제는 송두리째 개혁되어 새로이 뜻한 대로 히데요시의 세계가 펼쳐진다.

"주고쿠의 모리는 이미 히데요시에게 화평을 제의했고, 에치고의 우에스기와도 삿사 나리마사를 통해 이야기가 되었다. 시고쿠, 규슈로 천하를 다스려가는 게 우대신님에게 바치는 충성이니 말일세."

이야기할 때마다 도쿠가와 가문만은 빠져 있다. 가즈마사의 마음을 줄곧 이끌어 당기고 있음을 잘 알 수 있었다.

가즈마사가 선물인 차 항아리에 대한 말을 가까스로 꺼내게 된 것은 이럭저럭 한 시간 이상 히데요시의 웅변에 휘둘린 뒤였다.

"뭐, 하쓰바나의 차 항아리를……!"

히데요시는 눈을 크게 떴다. 머리를 썼다고 생각한 것인지, 진심으로 기뻐하며 놀란 것인지는 가즈마사에게도 판단이 서지 않았다.

"그래? 그 명기에 관해서는 나도 다인들에게서 자세히 듣고 있지. 그것을 곧 온 천하에 알려야 되겠군. 소에키를 불러 그 명기를 위한 다회라도 열기로 할까…… 아니, 이런 곳에서 하면 시시하지. 뭐, 나는 이번 겨울까지 천하 으뜸가는 성을 나니와 땅에 완성시켜 보이겠다. 그때 천하 으뜸가는 성에서 온 천하 사람들을 모아놓고 천하 으뜸가는 명기를 둘러싸고 다회를 열겠다…… 그게 좋겠지. 가즈마사, 어떤가?"

가즈마사는 히데요시의 입에서 나오는 '천하'의 수를 조용히 세면서 머리를 숙였다.

"마음에 드신다니 더 이상 기쁠 수 없습니다."

"거참, 이에야스가 내 기호를 잘 알아차렸군. 명기에 대한 집착은 각별한 것인데 내놓을 때 매우 아까워했겠지."

"예, 그 항아리에는 5000석이라는 별명이 붙어 있습니다."

"뭐, 5000석짜리 항아리……?"

"예, 마쓰다이라 기요베가 그것을 주군에게 바쳤을 때 주군께서 답례로 5000석을 주겠다고 말씀하셨으므로."

가즈마사가 가까스로 말의 실마리를 찾아내어 이야기를 시작하자 히데요시는 간단히 가로막았다.

"가즈마사…… 이에야스가 이 항아리의 답례로 5000석을 주겠다고 했나?"

"그렇습니다. 기뻐하시던 주군의 모습이 아직도 눈에 선합니다."

"음, 무슨 소리야? 이 명기에 5000석이라니…… 나는 지난번 시즈가타케에서 적의 목을 자른 시동들에게 모두 5000석씩 주었네. 그래? 겨우 5000석이라……."

가즈마사는 말문이 막혔다. 그 말을 듣고 보니 사쿠자에몬이 이에야스에게 알려준 지혜와, 천하를 너덧 개나 얻은 것같이 기뻐하는 히데요시의 태도와는 풀피리와 큰 소라고둥만큼이나 차이가 있다.

갑자기 히데요시는 목소리를 떨구었다.

"가즈마사……."

가즈마사가 가만히 얼굴을 들자 히데요시는 몸을 내밀 듯하며 말했다.

"이에야스는 재물을 좀 지나치게 아끼는 버릇이 있군."

"예, 백성들이 본받을 정도로 의복과 식사가 검소하십니다. 하지만 그곳에는 아직 긴키와는 비교도 안 되는 황무지가 많기 때문에."

"그런 것을 묻는 게 아닐세. 주군을 위해 목숨 바쳐 일해 온 자들의 대우가 좋지 않다는 걸세."

"말대꾸 같습니다만 모두 만족하고 있습니다."

"음."

히데요시는 정색한 얼굴이 되었다.

"좋아, 내가 한 번 장난 좀 해볼까."

"장난……이라시면?"

"나라 비율로 축성을 도와달라고 부탁하는 거지. 이에야스의 영지는 지금 미카와, 도토우미, 스루가, 가이, 그리고 시나노 일부도 있으니 다섯 나라다. 내 영지는 야마기, 야마토, 가와치, 이즈미, 셋쓰, 오미, 와카사, 에치젠, 가가, 노토, 엣추, 단바, 단고, 다지마, 이나바, 호키, 비젠, 비추, 미마사카, 아와지 등 세어 가면 20 몇 곳이 된다. 즉 4분의 1을 이에야스가 가지고 있으니 오사카 축성 비용 4분의 1을 내라는 거지. 어떤가 가즈마사, 재미있겠지?"

가즈마사는 두려워 온몸에 소름이 돋았다. 히데요시는 분열증은커녕 계산이 뚜렷한 인해전술로 서서히 그물을 죄어오고 있는 것이다. 어쨌든 20 몇 곳과 새 영지를 세어가며 오사카 축성 비용 4분의 1을 내라니 이 얼마나 교묘한 위협이며 비유란 말인가.

가즈마사가 미처 대답하지 못하는 것을 보자 히데요시는 더욱 재미있는 듯이 목소리를 낮추었다.

"어때, 그렇게 말하면 이에야스는 뭐라고 대답할까, 가즈마사?"

가즈마사는 미카와 인간의 피가 서서히 끓어오르는 것을 느꼈다. 어떤 경우에도 결코 화내지 말 것.

'일의 형편에 따라서는 상대 뱃속으로 뛰어들어…….'

그 결심이 위태롭게 흔들리는 것을 느꼈다. 가까스로 그는 말했다.

"그런 말씀을 하시기보다…… 차라리 비용의 절반을 빌려달라고 하시면 어떻겠습니까?"

"뭐라구, 비용의 반을…… 이에야스는 그렇게 유복한가?"

"아닙니다. 그렇게 말하면 분명 일전을 벌이려고 결심하실 겁니다."

"가즈마사……."

"예."

"그대도 재미있는 말을 하는군. 일전을 벌이면 그 비용이 더 들걸."

"그러나 다섯 나라가 다시 수중에 들어오게 되면 그것으로 보상될 줄 압니다."

히데요시는 웃어젖혔다.

"하하…… 농담이다, 농담. 그렇듯 정색하지 말게. 이에야스는 지금 동쪽에 대한 대비로 정신이 없을 걸세. 이에야스에게 딴마음이 없는 한 이 히데요시에게도 딴마음은 없다. 어디 천하의 명기를 한 번 보기로 할까. 이야기는 아마, 그 답례로 5000석……이라는 데서 빗나갔었지."

차츰 해가 기울어 호수 위를 불어오는 시원한 바람이 방 안 가득 흐르고 있었다.

그로부터 얼마 안 되어 넓은 서원에 음식상이 들어왔다. 진중에서 줄곧 살아온 탓인지, 나오는 사람들은 거의 여자들뿐이었다. 그 여자들에게 둘러싸여 히데요시는 기분 좋게 잔을 들어 비운 다음 가즈마사에게 그 잔을 건네고 자기는 한동안 그가 가져온 항아리를 골똘히 들여다보았다.

'과연 저자가 명기를 알아볼 수나 있을까?'

그런 눈길을 가즈마사는 술잔 너머로 상대에게 쏟았다.

"가즈마사……."

"예!"

"이걸 5000석짜리 항아리라니, 그런 엉터리 같은 별명은 하마마쓰로 돌아가거든 곧바로 취소하거라."

"그럴까요?"

"그것은 이 명기에 대한 모독이다. 이를테면 이에야스 밑에서 5000석을 받는 자가 있다면 그가 꼭 5000석 가치밖에 없는 무사라고는 할 수 없겠지."

"예……."

"이에야스와 나는 물건의 가치를 정하는 안목이 틀리다. 이것은 말야, 나 같으면 기꺼이 10만 석은 내놓을 일품이다."

"10만 석……."

"그렇지."

히데요시는 대범하게 끄덕이며 차 항아리를 내려놓았다. 내려놓자마자 다시는 거들떠보지도 않으니 그 말을 그대로 받아들일 수는 없었다.

"나와 이에야스는 신분이 다르다 치고 내가 4만 석 내는 것을 이에야스가 1만 석 낸다면 이치에 맞지만, 10만 석을 5천 석이라니 20분의 1로는 말이 안 된다. 그렇게 생각지 않나?"

"그렇기도 합니다만……."

"그럴 테지, 아무렴. 만일 그대가 내 밑에 있다고 치자. 나는 그대에게 기꺼이 10만 석을 주고 성 하나를 맡겨 영주로 발탁하리라. 즉 10만 석 가치가 충분히 있는 그대에게 20분의 1인 5000석으로는 너무하다고 생각지 않나…… 아니, 이건 차 항아리 이야기일세. 그러니 5000석짜리 항아리로는 안 되네. 하마마쓰로 돌아가거든 10만 석짜리 항아리라고 이름을 고치도록 하게."

즐거운 듯 말한 다음 덧붙였다.

"그런데 가만 있자, 이에야스 밑에서는 모두들 그 말을 믿지 않을걸…… 역시 취소하는 게 좋겠군."

가즈마사는 이 무렵부터 차츰 냉정함을 되찾았다.

5000석과 10만 석. 이런 좋은 미끼로 유혹의 손을 뻗어온다면 사람은 대개 마음이 움직일 터였다. 아니, 처음에는 유혹인 줄 알면서도 차츰 의지하는 마음으로 바뀌어갈 것이리라.

'이것으로 히데요시의 수법을 하나 알았다.'

가즈마사는 일부러 못마땅한 표정을 지으며 조그만 목소리로 말했다.

"그 항아리는 행복하군요. 알아줄 만한 사람 손에 넘어가지 않으면 끝내 5000석짜리 항아리로 끝날 것을 알아봐 주셨으니."

"하하…… 그렇게 생각한다면, 알았나, 항아리를 위해 그 별명을 취소시키게."

"예, 반드시 전해드리겠습니다."

"가즈마사."

"예."

히데요시는 어린이를 타이르는 어버이 같은 투로 은근하게 말했다.

"이에야스가 부럽군. 항아리는 놓쳤지만 그대 같은 훌륭한 가신을 많이 거느리고 있으니. 앞으로도 충성을 다하도록 힘쓰게. 이에야스 가문의 기둥이 되게."

이시카와 가즈마사는 이쯤이 자기편에서 공세를 취해도 될 때라고 보았다.

"옛!"

두 손을 짚은 다음 일부러 잠시 얼굴을 들지 않았다.

"가즈마사, 왜 그러나?"

"아니, 아무것도……."

"그대, 눈물을 글썽이고 있군. 울었구나? 뭘 생각했나, 울보란 말인가, 그대는?"

"이런 꼴을 보여드려 죄송합니다. 그저 문득 부드러우신 말씀에 그만 이끌려……."

"뭐, 내 말에 이끌려서?"

"예…… 더 이상 묻지 말아주십시오."

"가즈마사."

"예!"

"마음에 걸리는 말을 하는구나, 그대는. 나는 눈물을 보면 가만히 못 있는 성미다. 들어보자, 내 말이 마음을 상하게 했나."

가즈마사는 천천히 얼굴을 들고 이번에는 똑바로 히데요시를 쳐다보았다.

"거듭하시는 분부…… 아무 말씀도 안 드리면 오히려 마음을 상하시게 할 테니 말씀드리겠습니다."

"오, 그래야 되지. 들어보자."

"조금 전에 이에야스가 부럽다고 말씀하셨지요."

"암, 그랬지, 그대 같은 좋은 가신을 가졌으니 말일세."

"게다가 이에야스 가문의 기둥이 되라고……하신 그 말씀, 그 말씀을 저희 주인 입에서 듣고 싶었던 겁니다."

"허, 그렇다면 이에야스가 그대를 멀리하고 있다는 말인가."

가즈마사는 세차게 고개를 저었다.

"천만의 말씀! 믿기 때문에 오늘의 심부름도 명한 것이지요. 그러나 입으로는 언제나 엄하게 꾸짖으십니다. 문득 그 일을 생각한 것이 가즈마사의 불찰, 모처럼의 흥을 깨뜨렸습니다. 용서하십시오."

히데요시의 눈이 미묘하게 빛났다. 어쩌면 가즈마사의 술책을 눈치챘는지도 모른다. 다음에 불렀을 때는 반쯤 냉소하는 기미마저 느껴졌다.

"가즈마사, 그렇다면 그대는 그 성미 느린 이에야스가 그대들에게 좀 더 상냥하게 대해 주었으면 좋겠다는 말인가?"

그 되물음을 받고 보니 가즈마사도 점점 더 투지가 솟아오른다.

"이거 참, 뜻밖의 말씀을 하십니다."

"뜻밖의 말이라고……?"

"예, 사람에게는 저마다 타고난 버릇이 있습니다. 그러므로 주인 이에야스 님께서 상냥한 말을 걸어주시리라고는 바라지도 않습니다."

"허, 그런데 왜 울었지?"

"그것을 말씀드리자면, 이에야스 집안의 기둥이 되라고 하신 말씀으로 도로 돌아가게 됩니다. 그저 불현듯…… 사람에게는 그같이, 그저 불현듯 눈물짓는 일이 때로 있는 법, 그 버릇이 가즈마사에게도 있었다고 생각하시고 이대로 용서해 주시기 바랍니다."

히데요시는 웃었다.

"하하…… 그런가, 미안하게 됐군. 그럼, 안 묻기로 하지."

그리고 다시 잔을 가즈마사에게 주라고 시동에게 이르더니 히데요시의 눈은 더욱더 깊은 빛을 띠며 가늘어졌다.

가즈마사는 히데요시의 시선이 자기 몸으로 향해지자 그럴 때마다 피부가 오그라드는 것만 같았다.

'저 익살맞은 상통의 농군이……'

지난날 아네강 싸움 때는 그런 심정으로 찬찬히 뜯어봤던 얼굴이었는데, 이제는 그것이 단련되어 눈부실 만큼 빛나고 있다. 한 번 눈을 내리깔고 보니 섣불리 똑바로 볼 수 없었다. 그렇다고 여기서 이대로 물러난다면 히데요시의 장단에 춤추는 인형이 되고 만다.

잔에 술이 남실남실 따라지자 히데요시는 천연덕스레 말했다.

"어떤가, 가즈마사? 이에야스는 내 마음을 잘 알고 있을까?"

"그것은 돌아가신 우대신님의 뜻을 이으시는 천하 통일에 대한 마음 말씀입니까?"

"그렇지, 알고 있는 모양이구나. 그대까지 곧바로 그런 대답을 하는 것을 보니."

가즈마사는 비로소 히데요시를 똑바로 바라보았다.

"예…… 그 뜻을 알고 계시므로 곧 저를 보내신 것으로 생각합니다."

"가즈마사……"

"예!"

"가신들은 어떨까, 이에야스는 알고 있지만 가신들은?"

"그 점은……"

가즈마사는 일부러 과장되게 고개를 갸웃거렸다. 히데요시 쪽에서 일부러 그가 걸어놓은 덫에 걸려온 것 같기도 하고, 그 반대인 것 같기도 했다.

"가신들은 이에야스만큼은 모르겠지?"

가즈마사는 고개를 갸우뚱한 채 잘라 말했다.

"그러나……알려야만 한다고 생각합니다. 주인 이에야스 님의 첫째 목표는, 가문의 번영도 번영이지만 오닌 이래의 전란을 종식시키고 싶다는 이 한 가지에 있다고 생각하니까요."

"음, 오닌 이래의 전란에 대해 생각한다면 나의 뜻과 같은데……"

"또한 돌아가신 우대신님 뜻이기도 하지요."

"이에야스는 말일세."

"예!"

"가문의 번영이 첫째고 그대가 말하는 일본의 통일은 둘째이리라고 나는 생각하는데……?"

"당치도 않은 말씀!"

가즈마사는 단호히 말하고 미소 지었다. 모든 게 그의 생각대로 말이 진전되어 온 증거였다.

"주인 이에야스 님에게 그런 생각이 있었다면 노부카쓰 님, 시바타 님과 손잡고 기요스 님, 호조님 을 움직이고 우에스기를 꼬드겨 귀하에게 도전했을 게 틀림없습니다. 그러나…… 품은 뜻이 같으므로 귀하께서 긴키를 평정하실 때까지 호조를 누르고, 기요스의 망동을 막으며 우에스기에 대비해 음으로 양으로 도와드렸습니다. 이 점은 아마 직접 싸움터에 나가 싸운 무장 이상으로 전공이 클 것으로 압니다."

히데요시는 지그시 가즈마사를 바라본 채 저도 모르게 고개를 크게 끄덕였다.

"역시 이에야스는 부러워. 좋은 가신을 가지고 있다……."

가즈마사는 다시금 이때다 하고 몸을 내밀 듯하며 말을 이었다.

"저도 말단 노신이고 보니 주인 이에야스 님에게 진퇴를 그르치게 하고 싶지 않습니다. 그러려면 첫째로 주인 이에야스 님보다도 과격한 성미의 중신들을 납득시킬 것…… 이것을 늘 마음에 두고 있습니다."

"그렇겠지. 이에야스의 중신 중에는 과격한 무사들이 많으니까."

히데요시는 히데요시대로 이쯤이 가즈마사에게 유혹의 손을 뻗을 좋은 기회라고 본 모양이다. 자못 천연덕스러운 태도로 말했다.

"첫째로 사카이 다다쓰구, 혼다 헤이하치로, 거기다 혼다 사쿠자, 사카키바라 고헤이타, 오쿠보 다다요…… 아니, 정말 잘도 모였어, 고집쟁이들이."

"예, 모두 이에야스 님을 위해 목숨을 새털보다 가볍게 여기는 자들뿐입니다."

"가즈마사……."

"예!"

"그래, 이들 과격한 무사들을 누를 자신이 그대에게 있나?"

'시작하는구나!'

가즈마사는 짐작했다. 모든 게 그의 예상 가운데 있는 일이었다.

"그것은 그때의 평판 여하에 달렸습니다."

"평판……이라니?"

"돌아가신 우대신님의 염원이 그대로 잘 활용되고 있는지 없는지…… 그것이 귀하에 의해 올바르게 이행되고 있는 한 이에야스 님은 물론 가신들도 결코 딴마음을 품을 리 없습니다."

히데요시는 목구멍까지 보이며 웃어젖혔다.

"하하…… 그럼, 내 행동 여하에 따라 그대에게 자신이 없다는 말이 되잖나?"

이번에는 가즈마사도 잔을 내려놓고 마주 웃어댔다.

"정말 그렇습니다."

"허, 그대의 말은 알아듣기가 쉽군. 그렇잖나, 모두들. 이처럼 분명하게 내 앞에서 말을 한 것은 가즈마사뿐이다. 여봐라, 미쓰나리, 유키나가, 자, 가즈마사를 본받게끔 잔을 받아라."

히데요시는 고니시 유키나가와 이시다 미쓰나리에게 그렇게 명하고 다시 한번 유쾌한 듯 웃었다.

가즈마사는 그들이 주는 잔을 받아들고 천천히 마신 다음 두 사람에게 저마다 잔을 돌렸다.

'이것이 어쩌면 내 몸을 파멸로 이끄는 잔이 되지나 않을까…….'

문득 그런 생각도 했지만 그 일도 충분히 짐작한 뒤의 일이었다.

여기서는 히데요시의 품속에 자진해 뛰어드는 수밖에 없다.

"가즈마사는 나에게 내통하고 있다."

히데요시의 입에서 그런 속삭임이 새어나올 때 가즈마사의 불운은 결정적이 되어가는 것이다.

"이거 참, 생각지도 못한 대접을 받게 되어 가즈마사, 평생토록 잊지 않겠습니다."

"뭘 그러나, 좀 더 들게. 너희들 가즈마사의 잔에 술을 따라라."

"이제 그만하겠습니다. 너무 호의를 받아 실수라도 하게 되면 돌아가서 고집쟁이들에게 혼납니다."

"괜찮아, 좀 더 들게."

히데요시가 손수 일어나려 했으므로 가즈마사는 도로 앉았다. 붙잡으려 하면 단연코 수확물은 놓치지 않는 히데요시의 눈이 다시금 피부를 찌르는 것 같았다.

그날 밤 가즈마사는 곤드레가 되도록 취하여 숙소로 보내졌다. 숙소는 같은 성안에 있는 객실로, 밤중에 목이 타서 문득 눈을 떠보니 자기 곁에 수청 드는 여자가 무릎 꿇고 앉아 졸고 있었다.

그는 여자를 깨우지 않으려고 가만히 손을 뻗어 물병을 집어 들었다. 물병은 남만에서 건너온 팔각 모양의 것으로, 말은 들었지만 만져보는 것은 처음이었다.

'사카이도 벌써 단단히 누르고 있구나…….'

그렇게 생각했을 때 여자가 문득 얼굴을 들었다.

"아, 물을 찾으세요?"

여자는 당황하여 하얀 손가락을 가즈마사의 검고 굵은 손목에 걸고 물을 주르륵 따랐다.

"허, 고맙다. 그대는 줄곧 여기에 있었나?"

"네, 조심성 없이 그만 졸아버려서 죄송합니다."

"뭘, 내가 정신없이 취해버려 여러 모로 귀찮았겠지, 용서해라."

그러자 여자는 좀 난처한 웃음을 띠었다.

"여기 오시자마자 곧 잠드셔서 아무 시중도 들지 않았어요."

"고마워. 이제 됐으니 그만 물러가라."

"네…… 저, 하지만 그래서는……."

"다른 일은 별로 없으니 지금부터 아침까지 한잠 자야겠다. 사양 말고 물러가라."

말한 다음 가즈마사는, 자기가 덮고 있는 이부자리와 여자의 의복이 화려한 색깔의 가가 비단인 것을 깨달았다.

여자는 수줍음과 진지함이 뒤섞인 야릇한 표정으로 다시 가즈마사의 손에 매달렸다.

"부탁이에요. 부디 이대로 곁에 있게 해주세요."

"뭐, 곁에 있게 해달라고……?"

"저, 소중한 손님이니 잘 대접해 드리라고……."

가즈마사는 깜짝 놀라 상대를 다시 바라보았다. 부드러운 등잔 빛을 받은 여자의 얼굴은 이제 겨우 18, 9살쯤 되었을까.

'이건 왕도의 창녀가 아닐까…….'

그 창녀를 데려다 밤의 잠자리 시중을 들게 하다니…….

"부탁이에요, 마음에 안 드신다면 아침까지만이라도."

가즈마사는 그 말을 가로채어 물었다.

"만일 마음에 든다면 어떻게 할 텐가?"

"미카와로 데려가겠다고 하신다면 따라가라는 분부를 받고 있습니다."

"음, 거참 주의 깊은 생각이신데그래. 그대는 어디 태생인가?"

"네, 사카이입니다."

"죽 창녀 노릇을 해왔나?"

여자는 좀 분격한 목소리로 대답했다.

"창녀가 아니에요. 도쿠가와 가문의 큰 기둥, 무용으로 이름나신 어른이라 듣고 자진해 시중들러 왔습니다."

가즈마사는 무심결에 조그맣게 혀를 찼다.

'아직도 히데요시와의 대결이 끝나지 않았단 말인가…… 이것은 대체 무엇을 시험하려는 것일까?'

"그래? 그런 여자였군…… 용서해라. 난 창녀를 잘 모른다. 고집불통의 미카와 인간이라……."

말하면서 슬그머니 이불 위에 일어나 앉았다.

'이 여자를 대체 어떻게 다루면 좋을까?'

아무튼 등 뒤에서 히데요시의 눈이 장난꾸러기처럼 빛나고 있는 것을 잘 알 수 있다. 대범하고 쾌활하게 총애하리라 예상하고 있는지, 긴장해서 거절하리라 생각하고 있는지. 아니면, 이런 데서 여자에게 손대는 사나이여서야 하고 심술궂게 시험해 볼 생각인지도 몰랐다. 어쨌든 가즈마사로서는 매우 익숙지 못한 상대였지만 이것이 히데요시의 지시라면 뒤로 물러설 수 없음을 느낀다.

"오, 우리 고장에서는 볼 수 없는 우아한 여성이군."

가즈마사는 말하며 나잇값도 못하게 볼이 화끈해지는 것에 화가 났다.

"대체 몇 살이지, 그대는?"

"네, 18살이에요."
"18살…… 내 며느릿감으로 알맞은 나이로군. 그래, 이름은 뭐라고 하나?"
"오긴(阿吟)이라고 합니다."
"그래? 오긴이라…… 그런데 부친은 무사인가, 상인인가?"
"칼집 만드는 기술자예요."
"허, 기술자의 딸이라……."
그때 여자의 윗몸이 살그머니 가즈마사의 무릎으로 기울어지더니 뜨거운 손이 그의 손목에 살짝 감겨왔다.
"거참, 볼수록 잘생겼군. 다시없는 선물을 받았는데. 그대를 나에게 주시겠다는 분은 물론 하시바 님이겠지?"
"네……."
"됐어, 반드시 고향으로 데려가 며느리로 삼으마. 이거 참, 반가운 선물이 생겼는데!"
"저, 그러시면……?"
"그러나 지금 당장은 못 데려간다. 미카와 사람에게는 미카와 사람의 도덕이 있으니까."
가즈마사는 어느덧 등골에 줄줄 땀을 흘리고 있었다.
'여기서 상대에게 말을 하게 해서는 큰일이다…….'
그렇게 생각만 해도 머릿속이 화끈하게 타오른다.
"알겠나? 그대 입으로 내가 얼마나 기뻐하던가를 하시바 님에게 잘 전해다오. 사실은 이대로 데려가고 싶지만 그래서는 너무 염치없다. 머지않아 성 공사가 시작될 때 내가 다시 사자로 오게 되겠지. 그때 하시바 님을 위해 반드시 무슨 공을 한 가지 세운 다음 활개를 펴고 아들한테로 데려가마. 알겠지, 그때까지 그대를 하시바 님에게 맡겨두겠다. 그리 알고 마음 단단히 먹고 기다리도록…… 알아들었겠지?"
여자는 찌르는 듯한 눈으로 지그시 가즈마사를 바라보더니 이윽고 천천히 고개 숙였다.
'가즈마사는 며느릿감으로 주신 것으로 알고 있다…….'
그렇게 알게 되자 더 밀고 나갈 만한 창부성을 상대는 지니고 있지 못한 것 같았다.

"알았으면 됐다. 오늘밤은 그대 마음대로 해라. 여기 있어도 좋고, 가서 쉬어도 좋다…… 거참, 좋은 이야깃거리가 생겨서 나도 즐겁다."

여자는 다시 얼굴을 들었다. 그러나 이미 원망하는 얼굴도 아양 떠는 얼굴도 아니었다. 아마 마음 한구석으로 한시름 놓은 것이리라.

가즈마사의 입가에 문득 미소가 솟아올랐다.

'어떻습니까, 하시바 님……?'

새벽달

여기는 서쪽 나라 순례자들이 열네 번째로 발길을 멈추는 오미 시가 고을, 지카마쓰 사(近松寺)에서 서북쪽으로 5정 떨어진 높은 언덕 위에 세워진 미쓰이 관음당(三井觀音堂) 경내였다.

이미 겨울로 접어들어 낙엽수는 모두 벌거숭이였지만, 그 벌거벗은 나무들 사이로 신기하게도 따사로운 봄볕이 누비고 있다.

오른편으로 멀리 지카마쓰사가 바라보이고 왼쪽으로는 미쓰이사(三井寺)로 이름난 온조사(園城寺) 가람이 한눈에 내려다보인다.

그러나 지금 이 언덕에 다다른 15, 6명쯤 되는 주종(主從)에게는 그 조망을 즐기는 눈치가 없었으며, 종자들은 모두 주인의 신변을 몹시 신경질적으로 경계하고 있는 것 같았다.

"수상쩍은 놈은 안 보이겠지?"

47, 8살 난 중신인 듯한 무사가 나직한 소리로 묻자 젊은 종자가 대답했다.

"순례하는 어머니와 아들이 저기서 쉬고 있을 뿐입니다."

"그래? 언덕 밑에서 양쪽 숲까지 망을 잘 보도록."

"예."

젊은 종자들이 앞서거니 뒤서거니 달려갔다.

"성주님, 이 언저리가 좋을 것 같습니다만."

뒤에 남은 것은 주인인 듯한 25, 6살 난 영주와 세 가신이었다. 모두들 나그네 차림이 아닌 가볍게 산책하는 차림이었지만 그 눈은 매섭게 사방을 훑어보고 있다. 네 사람은 고개를 끄덕이고 나서 유난히 양지바른 낙엽 속에 있는 길가 바위에 그대로 걸터앉았다.

주인이 물었다.

"이 남쪽의 좁은 골짜기길이 아이자카산(逢坂山)으로 이어져 있나?"

"예, 히데요시 놈은 머지않아 여기를 지날 것입니다."

주인은 창백한 얼굴을 들어 이마에 손을 대고 그 길목을 바라보았다.

그 모습은 젊은 날의 노부나가와 흡사했다. 지금 히데요시에 의해 이가, 이세, 오와리 세 나라가 주어져 구와나 고을의 나가시마(長島) 성주로 되어 있는 오다 노부카쓰와 그의 세 중신인 쓰가와 요시후유(津川義冬), 오카다 시게타카(岡田重孝), 아사이 다미야마루(淺井田宮丸)였다.

"히데요시의 오사카성은 벌써 준공되었을까?"

"예, 굉장한 구조라고 합니다. 지난날의 아즈치성을 능가하는 크기로 겉보기에는 5층이지만 내부는 8층이라고 들었습니다."

대답한 것은 45, 6살 된 쓰가와로, 지금 이세의 마쓰가시마(松島) 성을 맡고 있는 중신이다.

"아버지 노부나가께서 20여 년 걸려 이룩한 업적인데, 히데요시는 1년 만에 감쪽같이 그 자리를 빼앗았군."

"예, 참으로 생각지도 못할 간교한 놈입니다."

"나는 그렇게만 생각지 않는다. 인생이란 모두 힘이다. 그 힘에 있어 내가 뒤떨어져 있었던 것이다……."

"그러시지만 세상에는 미쓰히데를 선동해 반역케 한 것도 히데요시의 모략이라는 소문조차 나 있습니다."

노부카쓰는 가볍게 혀를 차며 얼굴을 돌렸다.

그는 지금 오사카에서 교토로 돌아오는 히데요시와 만나기 위해 눈 아래 보이는 미쓰이사까지 먼 길을 왔다. 히데요시를 기다리는 동안 잠깐 산책을 나온 것이다. 지난날 아버지 노부나가는 돈다의 쇼도쿠사에서 미노의 살무사인 사이토 도산을 설복시켰다. 그 아들 노부카쓰가 과연 이번 미쓰이사의 회견으로 아버지의 한 무장에 지나지 않던 히데요시와 대등한 교섭을 할 수 있을 것인가. 물론 여기서도 미카와의 사자 이상 가는 고심과 책략이 거듭된 뒤의 회견이므로, 오늘 세 중신과의 산책은 말하자면 남이 듣는 것을 꺼리는 그 책모의 마지막 손질을 위해서였다.

노부카쓰가 얼굴을 외면하고 하늘을 노려보기 시작했으므로 이번에는 오카다가 입을 열었다.

"여기서 분명하게 성주님 생각을 들어두고 싶은 것은…… 첫째로 도쿠가와 님이 성주님께 어떤 확약을 하셨느냐는 겁니다."

"그 일이라면 걱정마라. 이에야스 님은 히데요시 놈에게 은혜도 없거니와 의리도 없으므로 우리들을 충분히 후원해 주겠다고 밀약되어 있다."

"도쿠가와 님이 편들어 주신다면 인척되시는 호조 님도 물론 우리 편이 되어주시겠지요?"

노부카쓰는 오카다를 흘끗 돌아보고 꾸짖듯 말했다.

"뻔한 일이지. 그보다도 오사카에 심부름을 다녀온 그대들의 눈이 히데요시를 잘못 보지나 않았는지, 그것이 마음에 걸리는구나."

이번에는 아사이가 나섰다.

"그 일이라면…… 저희들 세 사람의 눈이 뜻밖에도 일치하였으니."

"히데요시는 우쭐대고 있지만 다른 마음은 그리 없단 말이지?"

"그렇다고 생각합니다."

"히데요시에게 다른 마음이 없다면 어째서 아즈치성에 내 집같이 드나들면서 나더러 오사카까지 나오라고 무례한 말을 하나. 오사카까지 나오라는 것은 나를 부하로 여기는 증거가 아닌가?"

노부카쓰의 언성이 높아졌으므로 쓰가와는 가만히 주위를 둘러보았다.

"황송하오나…… 그것은 성주님 생각이 좀 지나치신 게 아닐까요? 왜냐하면 히데요시 놈은 어디까지나 기요스 회담 결정대로 산보시 님을 오다 가문 상속자로 여기는 탓으로 함부로 내뱉은 말이 아닐까요?"

"함부로 내뱉은 말일까, 그게? 마음에도 없는 말을 함부로 지껄일까?"

"예, 히데요시에게는 그런 경박한 데가 있습니다. 그러므로 성주님을 오사카까지 나오시게 하는 것은 도리에 좀 어긋나지 않습니까……라고 말했더니 솔직히 그것을 인정하고 마침내 이 미쓰이사까지 와서 회견하기로 된 겁니다."

"나는 그게 불안스럽다. 미쓰이사까지 올 수 있다면 어째서 아즈치성까지 못 오나. 아즈치에서 산보시 님과 함께 자리하여 할 말을 하는 게 도리가 아니겠나?"

노부카쓰가 엄하게 우겨대므로 오카다와 쓰가와는 난처한 듯 얼굴을 마주 보았다.

"나는 히데요시가 무엇 때문에 갑자기 회담을 요청했는지 그 속셈을 의식하는 거다. 무언가 꾸미고 있는 게 아닌가 하고…… 오사카 축성이 끝났으면 천하에 호령할 준비는 되었다, 준비가 되었으면 방해되는 것은 이 노부카쓰…… 노부타카는 죽고, 산보시는 아직 철부지 아기가 아닌가?"

오카다와 쓰가와는 다시 얼굴을 마주 보고 서로 굳게 고개를 끄덕였다.

아마 노부카쓰는 새로 완성된 오사카성에 사자로 다녀온 이 세 중신을 의심하고 있는 눈치 같다. 그것은 쓰가와나 오카다로서는 뜻밖의 일이었다. 아니, 아사이 역시 같았다.

어쨌든 히데요시는 세 중신을 통해 서면으로 재촉해 온 것이다.

"노부타카 님의 마지막 모습에 대한 일도 알고 싶고, 완성된 새 성도 보여 드리고 싶으니, 노부카쓰 님에게 한 번 오사카성으로 나오도록 권해 주기 바라오."

이 말을 듣자 노부카쓰는 격노했다. 아버지 노부나가가 20년 걸려 완성한 업적인 그 자리를 겨우 1년 만에 빼앗아버린 히데요시가 마침내 자기에게 신하의 예를 취하도록 강요해 왔다고 생각하니 아찔하도록 분노를 느꼈다.

그래서 곧 세 중신을 히데요시에게 보내 그 무례함을 힐문케 했다. 히데요시는 그 잘못을 인정하고 세 중신의 체면을 세워주어 미쓰이사까지 나와 노부카쓰와 만나기로 한 것이다. 따라서 외교적으로 그들은 훌륭히 그 목적을 이루고 승리를 거둔 터였다. 그런데도 그 세 중신이 아직 오사카를 떠나기도 전에 벌써 야릇한 풍문이 여기저기 나돌았다.

"노부카쓰의 세 중신은 오사카에 왔다가 히데요시의 실력을 보고 마침내 마음이 달라졌다."

이런 뜻밖의 소문이었다. 그들은 나가시마성에 돌아와서야 비로소 그 사실을 알았다.

자기들을 보는 모두들의 눈에 쌀쌀함이 깃들어 있을 뿐 아니라, 보고하러 가자 노부카쓰마저도 이상할 만큼 서먹하게 대했다.

"히데요시가 그대들을 몹시 환대했다면서?"

그리고 양쪽에서 미쓰이사로 가서 앞으로의 일을 의논하기로 결정했다는 말을 전하자 처음에는 도무지 들으려 하지 않았다.

"흥! 내가 뭣 때문에 오미까지 일부러 죽으러 나가야 하나?"

그래서 세 사람은 저마다 간곡하게 설명해 주었다. 지금 히데요시에게 항거하는 것은 상대가 마련해 놓은 함정에 스스로 걸려드는 게 된다. 어떻든 지금은 히데요시 말대로 미쓰이사에서 만나 우선 다른 마음이 없음을 보여 주고, 그런 뒤 이쪽에서 책략을 쓰는 게 좋다고 설득했다. 그 책략이란, 호조씨와 손잡은 도쿠가와 이에야스에게 방심할 수 없는 점이 있다고 노부카쓰 쪽에서 히데요시에게 말을 꺼내놓고 반대로 공공연히 이에야스에게 접근해 가자는 심술궂은 방법이었지만…….

아무튼 그로써 노부카쓰는 일단 납득하고 여기까지 온 것이었다.

그렇건만 지금 이 산 속에서 노부카쓰는 다시금 동요하기 시작하고 있다. 더욱이 그것은 근거도 없이 떠도는 세 중신의 배신에 관한 소문 때문으로 틀림없이 여겨졌다.

쓰가와는 오카다와 얼굴을 마주 보고 신경질이 치미는 감정과 싸우고 있는 듯한 노부카쓰에게로 향해 앉으며 장중한 말투로 입을 열었다.

"큰마음 먹고 말씀드리겠습니다."

"큰마음 먹어…… 큰마음 먹다니 무슨 소리냐?"

"성주님께서 저희들에 대한 의심을 아직 풀지 못하시고 계신 것 같아 큰마음 먹고 저희들 세 사람의 각오를 말씀드리려 합니다."

그 말을 듣자 노부카쓰는 섬칫하여 온몸을 굳히고 몸을 일으켰다. 노부카쓰는 재촉했다.

"들어보자, 말해라! 설마 그대들은 여기서 나더러 히데요시에게 머리를 숙이라고는 않겠지?"

쓰가와는 이미 상대의 감정을 무시한 잔잔한 태도로 말을 이었다.

"황송하오나…… 성주님에게 일단 의심받은 이상 저희들은 미쓰이사를 죽을 장소로 삼자고 합의했습니다."

"미쓰이사를 죽을 장소로? 무엇 때문이냐, 그것은?"

"물론 성주님의 무사하심을 위해서입니다."

"모르겠다. 더욱 모르겠다, 그런 말은."

"성주님! 저희들 셋은 히데요시의 미쓰이사 도착을 기다렸다가 모반을 일으키자고 은밀히 마음속에 작정하고 있습니다."

"뭣이! 그, 그게 정말이냐?"

"되도록이면 성주님에게 알리지 않고 저희들 손으로 쳐버릴 작정입니다. 그러나 만의 하나 실수가 있어서는 큰일이므로 큰마음 먹고 말씀드리는 것입니다."

"음, 그렇다면 그 수단은?"

노부카쓰가 조급하게 몸을 내밀자 이번에는 오카다가 말을 이었다.

"저희들은 히데요시가 밉습니다. 골수에 사무치도록 밉습니다. 저 간악한 놈은 겉으로는 우리 세 사람의 체면을 세워 요청을 들어준 것처럼 해놓고, 뒤로는 무참하게 함정에 빠뜨렸습니다. 저희들이 히데요시에게 내통했다는 등 생각지도 못한 소문을 퍼뜨린 것은 바로 그임에 틀림없습니다. 그러므로 이 원한을 풀지 않고는 저희들의 무사도가 서지 않습니다."

노부카쓰는 어느덧 눈을 부릅뜨고 주먹을 단단히 쥔 채 듣고 있었다.

"히데요시가 미쓰이사에 도착하여 성주님과 회견이 끝난 다음 은밀히 할 말이 있다면서 히데요시에게 만나줄 것을 요청할 것입니다. 그 간악한 놈은 저희들의 딱한 입장을 알고 있으므로 웃으며 승낙할 게 틀림없습니다. 물론 히데요시 곁에도 사람은 있겠지만 은밀히 중대한 진언을 하겠다고 하면 인원수는 그리 많지 않을 것이고…… 거기서 셋이 한꺼번에 덤벼들면 둘은 그 자리에서 죽더라도 한 사람은 틀림없이 그 가느다란 목을 자를 수 있을 겁니다. 그 방법은 이미 충분히 연구해 두었습니다."

노부카쓰의 눈동자는 어느 틈에 우울한 분노의 빛을 잃고 은밀히 활기를 띠기 시작했다. 그가 생각해도 전혀 불가능한 일은 아니라고 생각되었기 때문이리라.

"음."

노부카쓰는 신음하며 나무 사이로 하늘을 쳐다보았다. 그러고는 그 눈길을 곧 미쓰이사의 가람이 겹쳐지는 곳으로 옮아갔다.

세 중신이 히데요시와 내통했다는 소문은 노부카쓰로서도 믿고 싶지 않았다.

그들은 지금 히데요시가 그 소문을 퍼뜨린 거라고 한다…… 그렇다면 세 사람이 격분하는 것도 무리가 아니다. 그 격분과 증오가 히데요시를 죽이자는 음모를 결심하게 한 것이다. 그 심리의 움직임에는 조금의 무리도 느껴지지 않았다.

잠시 생각한 뒤 노부카쓰는 한숨 쉬며 고개를 끄덕였다.

"그래……? 그런 결심을 하고 있었던가?"

이번에는 아사이가 똑바로 노려보며 입을 열었다.

"그러하오니 성주님께서 히데요시와 만나실 때, 되도록 그놈이 경계하지 않도록 적당히 다루어주시기를 부탁드립니다."

노부카쓰는 또 굳게 고개를 끄덕였다.

"알고 있다. 그렇게 결정되었다면 별로 거절할 것도 없지."

"그러고 다음에 또 한 가지…… 만일 세 사람이 모조리 죽게 되었을 때는…… 아니, 결코 그런 일은 없겠지만, 히데요시 놈을 잘못 쳐서 세 사람이 모두 죽게 되었을 때의 각오도 단단히 해놓으시기를 부탁드립니다."

"오…… 그야 당연한 일이지."

이번에는 노부카쓰가 눈을 똑바로 떴다. 확실히 거기까지 생각해 두어야 했다.

그런데 또 한 가지 더 있다. 그것은 셋이 다 죽었지만 히데요시의 목을 잘랐을 경우였다. 만일 히데요시가 죽는다면 천하는 어떤 움직임으로 옮아갈 것인가. 미쓰히데가 죽었을 때와는 비교도 안 될 만큼 큰 혼란이 일어날 게 틀림없다…….

노부카쓰는 솔직하게 머리를 숙였다.

"잘못했다!"

그리고 황급히 고개를 저었다.

"아니! 나는 결코 그대들을 의심하고 있지는 않지만, 다만 지금 그 말로서 그대들을 걱정하게 만들었음을 알았으므로 그 일을 우선 사과하는 것이다."

"저희 마음을 아시겠습니까?"

"알고말고. 알겠나, 나도 그대들과 같은 일을 생각했다. 일부러 오미까지 나온 이상 어떻게든 히데요시 놈을 쳐버리고 싶다고…… 그러나 상대는 워낙 이름난 자라서……."

세 사람은 홀가분해진 얼굴로 서로 마주 보았다.

"그 말씀을 듣고 안심했습니다. 그럼, 잘 생각해 주십시오. 아사이 님이 말씀하시는 만일 경우의 각오를."

노부카쓰는 앙연히 가슴을 젖혔다.

"오, 그거라면 되어 있다. 만일 그대들 셋이 모두 히데요시의 시동들에게 살해된다면 나는 곧바로 오미를 떠나 나가시마로 달려가 도쿠가와 님과 상의하여 싸움을 시작할 따름이다…… 그리고 그대들이 희생되더라도 히데요시의 목을 잘랐을 때는 그 길로 아즈치에 입성하여 산보시를 옹호하고 방자한 히데요시 놈을 징벌했다고 천하에 공포하겠다. 그러면 모두들 전에 아버지의 가신이었으니 히데요시라는 여우에게 홀렸던 1년 동안의 악몽에서 깨어나 저마다 틀림없이 아즈치로 찾아올 것이다. 이 경우도 배후에 도쿠가와와 호조가 있으니 결코 우에스기와 모리에게 약점 잡힐 틈을 주지 않겠다."

세 사람은 가만히 얼굴을 마주 보며 잠시 묵묵히 고개를 숙였다. 아마 그들이 묻고 싶었던 것과 노부카쓰의 대답이 몹시 엇갈린 게 틀림없다.

노부카쓰도 곧 그것을 눈치챘다. 그래서 다시 말투를 강하게 하여 말했다.

"잘 듣거라, 이제 그 뒤 경우에는 그대들이 오다 가문 재흥의 큰 기둥이 되었으므로 자식들에게 저마다 한 나라씩 주어 영주로 삼겠다. 그리고 히데요시를 못 죽이고 희생되었을 경우에도 이 노부카쓰의 목숨이 있는 한 반드시 성 하나씩 주어 지금보다 소홀한 대우는 않겠다. 알아들었겠지?"

두 사람이 묵묵히 입을 다물고 있으므로 쓰가와는 나직한 목쉰 소리로 중얼거리듯 대답했다.

"예…… 알았습니다."

노부카쓰는 쓰가와의 대답으로 얼마쯤 마음 놓은 모양이었다. 그러나 세 사람은 그대로 이상하게 침울했다.

"타합할 일은 그것뿐인가?"

"예."

"그럼, 해가 기울기 전에 절로 돌아가자. 절에 가거든 상대가 눈치채지 않게 충분히 조심하도록."

"그럼……."

이번에는 쓰가와가 먼저 일어나 공손히 노부카쓰에게 절했다. 그리고 노부카쓰가 앞장서 걷기 시작하자 세 사람은 다시 한번 얼굴을 마주 보며 어깨를 떨구었다. 분명히 실망한 표정이었다. 앞뒤에서 종자들이 우르르 모여들어 그들은 곧장 미쓰이사 쪽으로 언덕길을 내려가기 시작했다.

조금 뒤처져 아사이와 어깨를 나란히 한 오카다는 조그맣게 말했다.

"곤란하게 됐는걸……."

"그릇이 다른 모양이다."

아사이는 대답하는 대신 가만히 고개를 끄덕이고는 시선을 아득한 산맥으로 돌려버렸다. 그릇이 다르다는 것은 히데요시와 노부카쓰와의 비교도 되고, 노부나가와 노부카쓰와의 비유로도 들렸다.

노부나가는 '일본 평정'이라는 큰 깃발 아래 '근황(勤皇)' 차원에서 강렬하게 투쟁해 왔다. 그러므로 개인적인 원한으로 일어났다고 여겨진 미쓰히데는 처음부터 서민들의 반감을 사서 별빛만큼의 빛도 발할 수 없었다. 히데요시는 그러한 사정을 상세히 계산에 넣어 '주군의 보복'과 '노부나가의 유업'이라는 두 개의 깃발을 높이 쳐들고 대낮의 태양을 연상케 하는 강한 힘으로 그 계획을 밀고 나갔다.

그러한 앞의 두 사람과 비교해 노부카쓰는 대체 얼마나 큰 각오와 깃발로 맞서려는 것일까…… 세 사람이 알고 싶었던 점은 그 한 가지였던 것이다. 세 사람이 히데요시를 치다가 실수한다면 그 뒤에 누구를 군사(軍師)로 하여 어떤 이상으로 어떤 수단을 쓸 것인지 물으려 했는데 노부카쓰의 대답은 너무나 틀이 좁고 감정적이었다.

—저마다의 자식들에게 나라를 주어 영주로 삼다니!

그들이 미쓰이사에 이르자 얼마 안 있어 히데요시도 아이자카산을 넘어 오미로 들어왔다. 그도 역시 종자들이 많지 않았으며 자랑으로 삼는 시동들에게 앞뒤를 호위케 하고 있었다. 자신은 가마를 탔으며 총 인원이 겨우 300명 남짓이었다.

이 상태라면 만일 큰 충돌이 일어나더라도 노부카쓰 편이 우세할지 모른다. 노부카쓰 편에서는 600명 가까운 무사들을 데려와 인부 속에 섞어 두었다.

히데요시가 숙소에 들자 노부카쓰는 기분 좋게 근위무사를 돌아보았다. 노부카쓰를 위해 본당 옆의 객실을 비워두고 그 자신은 뒷방으로 들어간 것이다.

"뜻밖에 히데요시 놈도 예의를 갖출 생각인 모양이군."

그때도 오카다는 못 들은 척하며 고개를 돌리고 있었다.

두 사람의 대면은 다음 날 아침 10시에 본당에서 이루어졌다.

정면에 금 병풍을 두르고 양쪽에서 8명씩 중신이 참석하였는데, 히데요시 쪽에서 먼저 나와 복도를 건너오는 노부카쓰를 맞았다.

"어이구, 노부카쓰 님. 어서 오십시오."

우선 정중하게 머리 숙이고 난 다음 히데요시는 왓핫핫 하고 눈을 가늘게 뜨며 웃었다.

히데요시와 노부카쓰의 회담은 어처구니없을 만큼 간단하게 끝나버렸다. 히데요시는 노부카쓰에게 거의 입을 열 틈을 주지 않았고, 노부카쓰 역시 자기들의 살의를 눈치채게 하지 않으려고 처음부터 필요 이상으로 과묵했던 탓도 있었다.

히데요시는 우선 입을 크게 벌려 웃어 보이고는 마치 야단치는 듯한 말투로 지껄여댔다.

"듣자니 노부카쓰 님께서는 이 히데요시에게 딴마음이 있다고 여기시어 여러모로 의심하고 계신다던데 저로서는 참으로 뜻밖입니다. 말씀드리기도 황송하오나 노부카쓰 님이 어리실 때부터 늘 돌아가신 우대신님 곁에 있으면서 나이는 좀 다를망정 같은 예의범절로 자라온 히데요시, 몸은 다르지만 마음은 같은 사이인데 어째서 제가 노부카쓰 님에게 딴마음을 품겠습니까. 이 히데요시의 뜻은 일구월심 돌아가신 우대신님 소원을 성취시키는 것뿐입니다. 그렇건만 저를 시기하는 놈이 있어 나쁘게 헐뜯습니다만 그런 것은 저에게 곧바로 들어옵니다. 그리고 조금만 너그럽게 마음을 돌리신다면 히데요시야말로 오다 가문의 주춧돌이라는 것을 아실 터, 의심하시다니 당치도 않사오니 오늘로 푸시고 잊어버리시기를……."

노부카쓰는 이때도 여러 차례 얼굴이 창백해지고 여러 번 표정이 굳어졌다. 무엇보다도 마음에 걸리는 것은 히데요시 편에 모든 게 곧바로 새어나간다는 한마디였다. 생각하기에 따라서는 오늘 있었던 산중의 밀담 같은 것도 다 알고 있다는 투였다.

"하시바 님이 그렇게 말하는 것이라면 거짓은 아니겠지. 그리고 이 노부카쓰에게 의심 같은 것은 없다. 맹세해도 좋아."

히데요시는 무릎을 탁 쳤다.

"그러시겠지요. 저는 노부카쓰 님이 세 중신을 오사카에 보내셨을 때도 잘 말씀드려 오해 없도록 하라고 말했었지요. 그리고 오늘 이렇듯 얼굴을 뵌 것만으로도 만족합니다. 실은 이번에 나가시마성에서는 여러 모로 불편하실 것 같아 유서 깊은 스에모리성을 개축해 드릴까 생각했었지요. 그리고 오사카에 들르시게 하여 제가 쌓은 성을 구경시켜 드릴까 했습니다만…… 그것은 노부카쓰 님에게 굳이 말씀 안 드리기로 하지요. 노부카쓰 님은 역량이 뛰어난 세 중신을 갖고 계시니, 제가 나중에 그들과 잘 의논해 불편 없으시도록 주선하겠습니다."

그 말을 들었을 때 노부카쓰는 마음이 놓이는 것 같기도 하고 칼로 가슴을 푹 찔린 것 같기도 했다. 세 중신은 목숨을 버리고라도 히데요시를 없애려 결심하고 있다. 그렇건만 히데요시 쪽에서는 그 세 중신을 일부러 가까이에 부르겠다는 것이다.

'이게 대체 길조일까, 흉조일까.'

히데요시의 불운이라고 여기면 그렇게도 해석되고, 누군가에게 내통 받아 알고 있다고 생각하면 소름이 끼쳤다.

"그럼, 부디 딴마음이 없다는 것을 믿어주십시오, 노부카쓰 님."

노부카쓰가 일어나자 히데요시는 일부러 복도 밖까지 직접 배웅하며 그 뒷모습에 대고 몇 번이나 머리 숙이고 나서 주위에 들리는 큰 소리로 말했다.

"아주 꼭 닮으셨어. 젊은 날의 우대신님을 다시 만나 뵌 것 같구나. 봐라, 저 목덜미의 머리 난 모양까지 똑같군."

노부카쓰의 세 중신은 그 말을 등 너머로 들으면서 고개 숙이고 멀어져갔다.

노부카쓰가 본당에서 물러난 지 얼마 안 되어 이시다 미쓰나리가 세 중신을 부르러 왔다.

"저의 주군은 오사카 용무가 매우 바빠 내일 아침 일찍 떠나시려 합니다. 그래서 곧 세 중신과 이야기 나누고 싶으니 보내주십사는데요……?"

사자가 돌아가고 나자 노부카쓰는 창백한 얼굴을 일그러뜨리고 쓰가와, 오카다, 아사이를 차례로 바라보았다.

"이상한걸. 저쪽에서 일부러 데리러 오다니."

아사이가 역시 긴장한 표정으로 대답했다.

"하늘의 뜻은 오묘한 것입니다. 의심하게 해서는 큰일이니 곧 찾아가는 게 좋을 듯합니다만."

"오카다도 쓰가와도 이의 없나?"

"예! 아사이 님 말씀이 옳은 줄 압니다."

"좋아. 그럼, 곧 찾아가서 그 미친놈이 무슨 말을 하는지 들어보도록 하라."

"그럼, 이만……."

그들로서는 살아 돌아온다는 것을 기약할 수 없는 일이니만큼 이때도 왠지 섭섭한 느낌이었다.

쓰가와가 말했다.

"황송하오나, 만일의 경우에는 곧바로 이곳을 물러날 수 있도록……."

"알고 있다, 대책은 세워두었다."

그 대책은 물론 세 중신도 확인하고 있는 터라 더 이상 물을 수 없어 그들은 옷깃을 여미고 그대로 히데요시의 숙소로 향했다. 가는 도중 아무도 입을 열지 않았다. 노부나가 이래의 은혜에 보답해 히데요시를 찌를 수밖에 없다고 저마다 마음속으로 되풀이하면서도 모두들 이상하게 불안한 것은, 역시 노부카쓰와 노부나가의 인물됨 차이를 알고 있기 때문이었다.

"내일 돌아간다고 했지, 하시바 님은?"

"그렇소, 하시바 님이 돌아가게 된다면 우리는 이 세상에 없겠지."

"어쨌든 따뜻한 날씨야, 올 겨울은."

본당 뒤로 돌아가자 세 사람은 눈길을 흘끗 마주본 다음 히데요시의 경비망 속으로 들어갔다.

히데요시는 벌써 그들을 기다리고 있었다. 요리는 물론 채소였으나 남만 것인 듯한 술항아리가 세 개 가지런히 상 위에 놓여 있다. 12명의 시동들이 양쪽에 늘어섰으며, 시중꾼으로 절의 동자승이 4명 나와 있었다.

히데요시는 세 사람의 모습을 보자 여전히 녹을 듯 웃는 얼굴로 손짓했다.

"오, 오는군. 자, 이리 들어오게. 그대들 덕분에 노부카쓰도 그럭저럭 조금은 어른이 된 것 같군. 그러나 아직 마음 놓아선 안 되네."

쓰가와는 깜짝 놀라 되물었다.

"아직 마음 놓아서는 안 되다니요?"

"그 눈 속을 보면 알지. 아직도 알았다 망설였다 하는 흔들거리는 눈이다. 어떤가, 그대들에게 괴상하게 무리한 말은 않던가?"

세 사람은 저도 모르게 얼굴을 마주 보았다. 히데요시는 마치 그들이 노부카쓰를 배신하고 자기에게 기대 오는 듯한 말투였다.

"뭘 그리 서로 마주 보고 있나? 하하……노부카쓰로부터 역시 무슨 무리한 말을 듣고 온 모양이군. 셋이서 히데요시를 찌르고 오라 했겠지? 왓핫핫하……!"

히데요시의 개방적인 웃음이 낡은 격자 천장에 메아리쳤을 때 세 중신은 그만 서로 마주 볼 수조차 없게 되었다.

"셋이서 히데요시를 찌르고 오라 했겠지?"

그 한마디는 그들의 간을 단번에 움켜쥐고 뜯어놓았다.

'일이 탄로된 게 아니다. 이 같은 지레짐작으로 남의 간담을 서늘하게 하는 것이 히데요시의 버릇이다……'

세 사람 모두 그것을 잘 알면서도 갑자기 대답할 수가 없었던 것이다.

잠시 뒤 아사이가 입을 열었다.

"황송하지만 지금 그 말씀은…… 우리들에게 도무지 납득되지 않는데, 다시 한 번……."

히데요시는 가볍게 말을 피했다.

"납득되지 않는다면 되묻지 마라. 나는 그대들 셋이 나와 마음을 합해 노부카쓰를 감시해 주므로 안심하고 있는 거야. 그러나 이 세상에 사람의 값어치를 모르는 놈같이 성가신 것은 없거든."

"황송하오나……."

이번에는 쓰가와였다. 히데요시의 말을 그대로 듣고만 있을 수가 없었던 것이다.

"나와 마음을 합해 노부카쓰를 감시한다……."

그 말이 만일 노부카쓰의 귀에 들어간다면 그야말로 무사도가 서지 않는다고 생각한 모양이다.

"지금 하신 말씀, 우리 주군을 감시하다니 당치도 않은 일이라고 생각합니다만?"

히데요시는 멍청스러운 표정으로 팔걸이에서 몸을 내밀었다.

"뭐라고……? 그럼, 그대들은 나와 다른 생각을 가졌단 말이지?"

"우리는 노부카쓰 님 가신입니다."

"허둥대지 마라, 쓰가와. 그러므로 나와 같은 생각이라고 한 거다. 알겠나? 그대들은 돌아가신 우대신님에게서 노부카쓰를 잘 지도하라는 명령을 단단히 받았을 것이다. 나 역시 노부카쓰에게 직접 배속되지는 않았지만 같은 형제 중에서 하나를 양자로 삼아 오다 가문과 친척이 되었으니 노부카쓰의 신상에 변고가 없도록 마음 써 주는 게 뭐 나쁜가. 이러한 사람의 정의도 이해하지 못하고, 노부카쓰는 셋이서 나를 죽이라는 사려 없는 말이나 하는 사나이니 서로 상의해 잘 보살펴주어야 한다고 생각지 않나?"

히데요시는 입을 크게 벌리고 또 순진하게 웃었다.

"아니, 그런 걱정이 없다면 그보다 더 좋을 게 없지. 어쨌든 여기까지 노부카쓰를 불러낸 것은 그대들 공이니 나는 결코 잊지 않겠다. 자, 술잔을 받게."

이렇게 되면 세 사람의 입장은 점점 더 우습게 되어간다. 여기까지 노부카쓰를 데려온 것은 세 사람의 공, 히데요시는 결코 그것을 잊지는 않는다고 한다. 남이 들으면 마치 히데요시의 상을 노리고 내통했다고밖에 들리지 않으리라.

더구나 이 경우에도 반발할 적당한 말이 생각나지 않았다. 세 중신은 히데요시의 말대로 노부나가에 의해 노부카쓰에게 배속되었으며, 히데요시 역시 오다 가문을 위한다는 것을 간판으로 내세우고 있다. 문제는 노부카쓰가 히데요시에게 적의를 품느냐 아니냐에 달려 있다. 히데요시의 실력을 인정하고 순순히 세 나라를 다스리면, 그는 어쩌면 평화로운 생애를 보낼 수 있을지도 모른다.

히데요시는 술을 따르게 하고 싱글벙글 웃으며 말했다.

"어때, 아직도 무슨 할 말이 있나?"

아사이가 다시 신중히 입을 열었다.

"물론 없습니다만, 그러나…… 우리 주군 노부카쓰 님을 감시한다고 하시니 마치 무언가 의심하시는 것같이 들리므로."

"좋아, 좋아, 그렇다면 그 말은 쓰지 않겠네."

히데요시는 간단하게 고개를 끄덕이고 자기 술잔을 아사이에게 주라고 눈짓으로 지시했다. 그리고 자못 즐거운 듯 말했다.

"그러나 노부카쓰에 대한 일은 그대들보다 내가 더 잘 알지도 모르지. 너무 가까이 가면 산 모습은 잘 안 보이는 법이거든."

그 무렵부터 차츰 주위가 컴컴해지고 이 고장 특유의 북풍이 호수 위를 건너와 창 밖에서 불어대기 시작했다. 그 바람 소리에 섞이는 염불 소리가 세 중신의 마음을 더욱 초조하게 했다.

결코 히데요시에게 압도된 것은 아니었지만, 자랑하는 사나운 시동들을 거느리고 천연덕스레 잔을 거듭하는 히데요시에게 털끝만한 틈도 찾아볼 수 없는 것은 사실이었다. 서로의 거리는 겨우 8, 9자이건만, 일어나 히데요시의 가슴팍에 뛰어들기까지에는 오른쪽 윗자리에 있는 후쿠시마 마사노리나 왼쪽 윗자리의 가토 기요마사가 칼을 뽑아 쳐들어오는 게 더 빠를 것 같다.

이 생각은 쓰가와와 아사이, 그리고 오카다도 같았던 모양으로 이따금 시선이 마주치면 은연중에 눈짓하고 있다.

'아직 때가 아니다…….'

그렇다고 술에 만취되어 주정할 히데요시도 아니다. 만약 기회가 있다고 한다면 사나운 시동들이 방심하는 틈을 기다리는 수밖에 도리 없었다.

여러 명의 중들이 들고 온 등불이 차츰 밝은 빛을 더해가자 화제는 히데요시의 시즈가다케 싸움 무용담으로 한동안 바뀌었다.

"거참, 모두 병법은 알아도 군략은 모르는 자들이어서 말일세. 용맹한 자는 많지만 지략 있는 자는 도무지 만날 수 없거든. 굳이 든다면 마에다 부자 정도였을까. 그 점 노부타카도 불쌍한 사람이었지."

그렇게 말하고 히데요시는 갑자기 생각난 듯이 말을 이었다.

"그렇지, 그 일로 말해둬야 할 것이 있었군. 노부타카에게는 중신의 역량을 꿰뚫어 볼 능력이 없었어. 그래서 자기 품에서 도리어 쫓아버려 그런 비참한 최후를 초래했지. 큰 소리로 말할 수는 없지만 그 같은 어리석음이 노부카쓰에게도 없다고는 할 수 없을걸."

이야기가 다시 자기들 주군에 미쳤으므로 세 중신은 모두 몸을 긴장시켰다.

"쓰가와도 아사이도 오카다도 모두 불만스러운 얼굴이지만 노부카쓰에게는 그대들이 모르는 일면이 있다. 어떤가, 차라리 오늘 여기서 내가 자네들을 인질로 내놓으라고 교섭해 그대들을 오사카로 데리고 돌아갈까?"

"뭐…… 뭐…… 뭐라고요. 우리 셋을 인질로?"

쓰가와가 입술이 하얘져서 되묻자 히데요시는 장난하는 것처럼 가느다란 목을 길게 빼며 말했다.

"어때, 내기를 할까? 그러는 편이 나는 그대들을 위하는 길이라고 생각하는

데?"

"그러는 편이…… 우리를 위하는 길이라는 말씀입니까?"

"우선 그렇겠지, 노부카쓰에게도 역시 노부타카같이 의심 많은 점이 있다. 그대들이 나에게 내통하고 있다고 생각할지도 모를 일이야."

히데요시는 갑자기 목소리를 낮추고 싱긋 볼을 허물어뜨렸다.

"뭐라고요?! 우리가 귀하에게 내통하고 있다고 우리 주군이 의심하니 이대로 인질로 삼아 오사카성으로 데려가 주시겠다……는 말씀입니까?"

쓰가와가 다급하게 되묻자 히데요시는 여전히 주위를 꺼리는 듯 작은 목소리로 말했다.

"그런 걱정이 없을 것 같은가? 만일 있다면, 인질이라는 명목으로 그대들 셋의 생명을 내가 지켜주겠다는 거야."

"이 무슨 천만뜻밖의 말씀을!"

"뭐가 뜻밖인가? 그대들 셋이 살아 있음으로써 노부카쓰 가문도 편안해지는 거지. 그러므로 그대들 셋을 살려주려는 거다…… 모르겠나?"

"거절하겠습니다."

"허, 그렇다면 그런 염려는 없다고 보는구나, 쓰가와는. 오카다는 어떤가?"

"쓰가와님과 같지요…… 그런 주군이 아니십니다."

"그렇다면 반가우이. 암, 그래야지. 그러나…… 아사이는 어떤가? 그대도 두 사람과 같은 생각인가."

"말씀하실 것까지도 없지요. 저희들 세 사람은 주군과 일심동체입니다. 귀하께서는 대체 무슨 생각으로 그런 말씀을 하시는지 이 아사이는 도무지 납득되지 않습니다."

"뭐, 납득되지 않는다고……? 그게 진정인가, 아사이?"

"예, 도무지 납득되지 않습니다."

"그럼, 말해 주지."

히데요시는 갑자기 눈을 번들번들 빛냈다.

"노부카쓰는 이에야스와 손잡고 이 히데요시에게 맞서려 하고 있다. 그 일은 이에야스 집안사람이 나에게 알려왔다고 생각하면 돼."

"아니! 그것이……?"

정말이냐고 물으려다가 오카다는 당황해 입을 다물었다. 이에야스의 가신들 가운데 밀고하는 자가 있다고 한다면 모든 게 직통이 아니겠는가……고 깜짝 놀랐던 것이다. 그러나 잘 생각해 보면 이것은 히데요시의 상투 수단, 유혹에 넘어가 마음속을 드러내보여서는 안 된다 싶어 당황해 자제했던 것이다.

"알겠나? 그러한 노부카쓰이므로 나는 차라리 그대들을 인질로 삼아 오사카로 데려가 줄까 말한 거다. 그대들이 노부카쓰의 문중에 없다면 이에야스도 노부카쓰 따위는 믿지 않을걸. 그러나 셋이 다 측근에 있으면 저도 모르게 이에야스도 그럴 마음이 되어 모처럼 안정되어 가던 세상에 다시 또 큰 풍파를 일으키게 될지도 모른다는 게 첫째 이유, 둘째는 아까도 말한 바와 같이 만일 그대들에게 의심 두어 위험해져서는 안 된다는 마음에서다. 이래도 도무지 모르겠는가?"

아사이는 눈앞이 캄캄해지는 것을 느꼈다. 이미 히데요시는 모든 경우를 미리 짐작하고 거의 틀리지 않는 답을 내놓은 것이다.

아사이는 생각했다.

'이제 끝이구나!'

만일 자기가 히데요시에게 달겨 들지는 못하더라도 다음에 덤비는 자의 방패는 되리라 생각하고 탄력 있게 푹 엎드리면서 단도 자루에 손을 대었다.

"예! 알았습니다."

그때 그의 등 뒤에서 걸걸한 중년 사나이의 목소리가 들렸다.

"아뢰오."

"호, 헤이에몬이냐, 무슨 일인가?"

히데요시는 아사이의 어깨 너머로 말을 걸었다. 지금 막 달려들려던 아사이로서는 히데요시의 시선이 자신에게서 돌려진 것만도 절호의 기회였다. 그러나 왠지 후들후들 온몸의 긴장이 풀려 무의식중에 그도 역시 뒤돌아보고 말았다. 그리고 거기 앉아 있는 것이 세 중신들도 잘 아는 히데요시의 심부름꾼 돈다 헤이에몬(富田平右衛門)임을 알았다.

'돈다가 무슨 일로……?'

그 의아심과 흥미 때문에 다시는 일어서지 못하고 말았다.

"황송하오나, 잘 들어보십시오. 대장님이 말씀하신 대로 되었습니다."

"뭐라고, 잘 들어보라고…… 좋아, 모두들 잠깐 조용히 해라. 오, 들린다, 들려.

말울음소리와 사람 발소리로군."

히데요시는 모두들에게 손을 흔들면서 특징 있는 당나귀 귀에 한 손을 대고 싱긋 웃었다. 그러고 보니 확실히 인마의 움직임이 그리 멀지 않은 위치에서 줄곧 밤공기를 어지럽히고 있다.

세 중신은 저도 모르게 입술을 깨물며 얼굴을 마주 보았다. 꼼짝없이 히데요시의 계략에 넘어간 줄 생각했던 것이다.

노부카쓰와 함께 이곳까지 나오게 하여 딴마음이 없는 것같이 보여 놓고서는 밤이 되어 절을 포위했으니 이제는 손쓸 길이 없었다.

"과연 내 생각대로였구나."

히데요시는 세 중신의 얼굴에서 순식간에 핏기가 가시는 것을 실눈으로 바라보면서 가만히 일어나 마루로 나갔다.

"오, 보인다, 보여. 횃불들이 급히 동쪽을 향해 움직이고 있구나, 헤이에몬."

"예!"

"틀림없이 확인하고 왔겠지?"

"예, 틀림없습니다."

"그런가, 다키가와 사부로베(瀧川三郎兵衛)가 이곳 상황을 엿듣고 알려 주었겠지. 쓰가와도 오카다도 이리 와서 봐라."

"와서…… 보라고요?"

"그렇다, 저것 봐. 저렇게 황망히 동쪽을 향해 돌아가는구나."

쓰가와가 맨 먼저 일어섰다.

"누가…… 돌아가고 있습니까?"

"누구라니, 그대들도 참 어리석구나. 물론 그대들 주인인 노부카쓰지."

"옛?"

아사이도 오카다도 튕기듯 벌떡 일어나 마루로 나갔다.

만일 이때 찌를 마음만 있었다면 히데요시의 신변은 허점투성이였다. 그러나 인마의 소리가, 쳐들어오는 히데요시의 복병이 아니라 그들에게 말도 없이 돌아가는 노부카쓰의 군사임을 알고 그 놀라움으로 거기까지 채 생각이 미치지 못했다.

"아! 정말 주군이……."

"뭣 때문에 이 시각에 우리들에게 말도 없이?"

쓰가와와 아사이의 속삭임을 듣고 히데요시는 소리 내어 껄껄 웃었다.

"어떤가, 내 말뜻을 이제는 똑똑히 알았겠지. 노부카쓰는 그대들한테 목이 잘리면 큰일이라 싶어 이 절에서 별안간 도망쳐버린 거야."

"설마 그런 일이?"

"하지만 사실인 걸 어떻게 하나. 딱한 분이야, 의심이 많아서 말이지. 그대들 셋이 모두 나와 손잡은 줄 알고 있다……."

노부카쓰의 세 중신은 말없이 자리로 돌아왔다. 이런 시각에 노부카쓰가 미쓰이사를 떠나버릴 줄은 생각도 못 했으므로 꿈속에서 꿈을 꾸는 것같이 망연했다.

히데요시는 다시 아까 앉았던 팔걸이 옆으로 돌아가 뱃속에서 우러나오는 웃음을 터뜨렸다.

"헤이에몬."

"예!"

"내 눈은 신통력이 있는 모양이군. 지금 대체 몇 시인가?"

"9시입니다."

"그럼, 시간까지 꼭 맞췄구나."

"그저 놀라울 따름입니다."

"좋아, 제 그림자에 겁먹고 달아나는 분은 멋대로 하도록 내버려두는 게 좋겠지. 그런데 멋대로 하도록 내버려둘 수 없는 문제가 하나 남았다."

"그럴까요?"

"그렇고말고. 이봐, 쓰가와, 오카다, 아사이."

세 사람은 소리 없이 히데요시와 시선을 맞추었다.

"알겠나? 이것은 노부카쓰의 의심이 보통이 아닌 데다 그것을 알고 이용하려는 간신이 있기 때문이다."

그 의심을 이용하고 있는 최대의 인물이 바로 자기 자신이라는 것 따위 깨끗이 잊어버리고 히데요시는 점잖게 말했다.

"이름을 대도 좋겠지만…… 말하지 않더라도 그대들은 알고 있겠지. 그대들 셋을 실각시키고 노부카쓰 집안을 마음대로 휘두르려는 소인배다. 그 소인배가 그대들이 나와 손잡았다고 고해바쳤다. 그러므로 멋모르고 나가시마성으로 돌아간다는 것은 위험천만이라고 내가 말한 거다. 어때, 이제 내가 오사카성으로 인질로 데려가려던 이유를 알았겠지?"

세 사람은 다시 한번 얼굴을 마주 보았으나 어느 누구도 아무 말 할 수 없었다. 이처럼 야릇하게 종잡을 수 없는 무시무시함은 맛본 적이 없었다.

'이건 대체 누가 꾸민 계획일까…….'

히데요시의 예언이 들어맞았다는 감탄보다 저항할 수 없는 마물의 손에 조종되어 모두들 그의 뜻대로 춤추고 있는 것 같은 기분이 들어 견딜 수 없었다.

"왜들 그러나? 노부카쓰가 저렇게 하리라는 것을 나는 처음부터 알고 있었다. 자, 술을 들면서 뒷일을 의논하자. 나는 처음부터 그대들 셋을 상대로 하고 있는 거야. 그대들은 돌아가신 우대신님 눈에 든 사람들이었으니까."

다시 시동이 세 사람 앞으로 잔을 날라 오자 그들은 넋 잃은 사람처럼 멍하니 그것을 집어 들어 술을 따르게 했다.

"자, 쭉 들이키게, 나도 마시겠네."

히데요시는 즐거운 듯 입맛을 다시며 한 모금 마시고 나서 다시 심부름꾼을 불렀다.

"헤이에몬, 수고스럽지만 다시 한번 경내를 좀 돌아보고 오지 않겠나? 설마 그럴 염려는 없겠지만 노부카쓰가 이 세 사람을 죽이라고 수상쩍은 놈이라도 숨겨두고 갔으면 안 되니까."

형세는 보기에도 무참하게 뒤바뀌었다. 죽이러 온 세 사람이 칼 맞아 죽지 않도록 히데요시로부터 보호받게 될 줄이야…….

방풍림

햇살은 한결 봄을 느끼게 하여 하마마쓰성 이에야스의 거실 밖에 있는 히쿠마노 이래의 늙은 매화나무는 새하얀 꽃을 피워 환히 빛나 보였다.

이에야스는 거실에서 이따금 그쪽을 보면서 아까부터 벌써 4시간 남짓 사쿠자와 가즈마사를 데리고 이야기하고 있었다. 드문 일이었다. 밤에 하는 세상이야기라면 또 모르지만, 근신을 물리친 중요한 밀담에 이처럼 긴 시간을 들이는 것은 도무지 없었던 일이다.

두 칸 떨어진 숙직실에서는 오쿠보 헤이스케, 이이 만치요, 도리이 마쓰마루, 나가이 덴파치로(永井傳八郞) 등의 시동들이 줄곧 그 일을 수상히 여겼다.

"아무래도 여느 이야기가 아닌 모양이야."

"뻔하지, 일부러 오카자키에서 가즈마사 님을 불러내어 하는 의논이니 경우에 따라서는 싸움이 벌어질지도 몰라."

"싸우게 된다면 상대는 누굴까?"

"뻔하지 않은가, 하시바 히데요시지."

"음, 그러면 점점 더 재미있어지는데."

"아니, 그토록 중대한 일이라면 세 사람만 의논할 리 없지. 요시다의 사카이 다다쓰구 님도 혼다 헤이하치 님도 안 왔잖은가."

"그럼, 무슨 일이라고 생각하나, 자네는?"

"이름난 고집쟁이들이 마주앉아 무슨 의견 차이라도 생긴 게 아닐까? 가끔 사쿠자님 이 굉장히 큰 기침을 하는데 그럴 때는 노인이 대개 화내고 있을 때거든."

그때 또 그 심상치 않은 기침소리가 들려왔으므로 모두들 은연중에 얼굴을 마주 보았다.

이에야스가 부르는 소리가 그 뒤를 이었다.

"게 누구 없느냐? 잠깐 이리 오너라."

마쓰마루가 황급히 일어나 달려갔다.

"부르셨습니까?"

"그래."

이에야스는 여느 때에 없이 볼이 불그레해진 진지한 표정으로 명했다.

"이야기가 오래 걸릴 테니 주방에 가서 식사준비를 하도록 일러라. 알았나, 준비만 해두면 된다. 들여올 때는 다시 이르겠다. 물러가 있거라."

마쓰마루 쪽을 흘끗 보았을 뿐 이에야스는 곧 사쿠자에게로 돌아앉았다.

"그러면 할아범은 세 중신을 베는 게 좋다는 말이지?"

사쿠자는 옆을 향한 채 대답했다.

"어쩔 수 없는 일입니다. 세 중신은 정말 나쁜 운수를 타고났어. 히데요시 놈, 그렇게 하면 노부카쓰가 죽일 게 틀림없다고 미리 속셈을 한 뒤에 한 짓이오."

"음, 가즈마사는 어찌 생각하나?"

가즈마사는 신중하게 두세 번 고개를 갸웃거리고 나서 대답했다.

"저도 그렇게밖에 달리……."

"다른 방도가 없다는 말인가?"

"남의 일이 아니라 가슴 아픕니다만."

이에야스는 다시 한번 신음하며 한숨 쉬었다. 실은 지난 2월에 노부카쓰로부터 또 밀사가 왔던 것이다. 그 말에 의하면 노부카쓰의 중신 오카다, 쓰가와, 아사이 세 사람이 히데요시에게 내통하고 있으므로 베어버리고 싶다. 그러나 베어버리면 히데요시가 그것을 구실로 공격해 올 게 틀림없으니 이에야스도 그렇게 알고 전투준비를 끝내 주기 바란다는 것이었다.

노부카쓰에게서 언젠가 그런 요청이 있으리라고 이에야스를 비롯해 모두들 짐작하고 있었지만, 이에야스가 노부카쓰와 특별히 친하게 왕래한 목적은 따로 있었다. 즉 히데요시가 이에야스의 힘을 어느 정도로 생각하고 있는지 노부카쓰를 대하는 태도에 따라 계산해 보려는 것이었다. 노부카쓰의 배후에 이에야스가 있는 걸 알고도 개의치 않고 태연히 노부카쓰에게 싸움을 걸어올 것인지 어떤지……?

처음에는 사쿠자도 가즈마사도 마음속으로 생각하고 있었다.

"그렇게 무모한 짓은 설마 하지 않겠지."

그것은 아마도 이쪽의 생각일 뿐 히데요시라는 사나이는 그들이 상상하는 그릇 속에 담기는 그런 흔해빠진 인물이 아닌 모양이었다. 노부카쓰의 세 중신을 쉽사리 함정에 빠뜨려놓고 그에게 절대복종이냐 싸움이냐 양단간의 정책으로 나오며 배후의 이에야스 따위는 문제 삼지도 않는 것 같았다.

그렇게 되면 이에야스로서도 가만히 있을 수 없었다. 물론 고집이나 체면 문제가 아니다. 히데요시는 우선 노부카쓰를 처치해 놓고 그다음에 이에야스에게 맞서올 게 틀림없으리라.

"절대복종이냐, 싸움이냐?"

그것은 현재의 노부카쓰 앞에 내밀어진 칼날인 동시에, 내일의 이에야스가 맡아서 대답해야 될 문제라고 뚜렷하게 답이 나온 것이다. 따라서 '절대복종'할 작정이면 일은 간단하지만 그렇지 않다면 지금이 결단의 고비가 된다. 노부카쓰가 처치된 뒤 혼자 맞서기보다 노부카쓰를 방패로 힘을 합하여 맞서는 편이 얼마나 더 유리한지 모른다.

첫째로 노부카쓰와 더불어 싸우면 대의명분이 선다. 이에야스는 노부나가의 가신이나 장수가 아닌 버젓한 친척이며 동맹자였던 것이다. 그러므로 노부나가와의 우의를 생각해 노부카쓰 편이 되어 반역자 히데요시를 처벌한다면 명분상으로 충분히 상대를 공격할 수 있는 입장이 된다.

"우쭐해서 주인 가문 자손들을 차례로 노리는 역적 놈 같으니."

이미 그 배짱은 정해져 있었지만 막상 싸울 시기를 생각하니 결론이 좀처럼 쉽게 나지 않았다. 거기에 노부카쓰로부터 히데요시에게 내통하고 있는 세 중신을 베어 싸움의 계기를 만들겠다는 밀사가 왔던 것이다…….

세 중신이 정말로 히데요시와 내통하고 있다면 물론 문제없었다. 사자에게 알았다는 뜻을 곧 전해서 돌려보내면 된다. 그런데 그 세 중신을 없애는 게 이미 히데요시의 교묘한 책모에 넘어간 일임을 이곳에서는 똑똑히 알고 있으므로, 오늘의 회담이 열리게 된 것이다. 아마 세 중신을 베어버린다면 노부카쓰 자신의 힘이 반으로 줄어들 것이다. 그래서 우선 노부카쓰에게 그것이 오해임을 깨닫게 하는 수단이 있는지 없는지가 문제였다.

사쿠자가 맨 먼저 고개를 저었다.

"안 됩니다, 그것은…… 의심 많은 사람은 뜻대로 안되면 점점 더 사람을 의심하는 법이오. 이쪽에서 야릇한 충고를 하면 머지않아 이번에는 주군도 히데요시와 한통속이라고 의심하게 됩니다."

그러므로 세 중신의 일은 모르는 척하고 노부카쓰를 바람막이숲으로 하여 곧 싸움을 벌이자는 게 사쿠자의 주장이었다.

사쿠자가 곧바로 싸우자고 주장하는 것도 이에야스가 그 말에 굳이 반대하지 않는 것도 가이와 신슈의 일이 일단 결말나 후환이 없어졌기 때문이지만, 그러나 싸움은 고사하고라도 되도록 세 중신들을 살려서 함께 협력해 가는 편이 감정상으로나 계산상으로 상책이므로 이에야스도 가즈마사도 안타까워했다.

"그들은 미쓰이사에서 히데요시가 오사카로 가자는 것을 일부러 뿌리치고 돌아왔다지 않나?"

"그렇습니다. 그런데 노부카쓰 님은 그것을 한층 더 깊이 의심하시는 모양이라……."

"노부카쓰를 암살할 생각으로 일부러 돌아온 줄 여긴단 말이지?"

"제가 얻은 정보로는 다키가와 사부로베가 쓰가와의 마쓰가사키(松崎)성을 몹시 탐내어 세 중신이 변심했다고 노부카쓰 님에게 줄곧 참언하고 있다던데요."

"난처한 일이로군. 그렇게 되는 법이야, 집안이 기울려면."

이에야스와 가즈마사의 대화가 다시 세 중신 이야기로 돌아가자 사쿠자가 말을 가로막았다.

"주군! 여자들 넋두리 같은 말은…… 그만두십시오. 세 중신은 이미 어쩔 수 없는 일이라 체념하고, 이젠 히데요시를 혼내줄 방법이 문제입니다. 그 방법에 미비한 점은 없으십니까?"

"없을 줄로 안다. 그렇지, 가즈마사?"

가즈마사는 다시 눈을 감고 이마에 깊은 주름을 새긴 채 대답했다.

"역시 기슈의 네고로(根來)와 사이가(雜賀) 무리의 폭도들에게 온 힘을 쏟지 않으면 안 될걸요."

"그것은 나도 생각하고 있다."

"이 폭동이 성공하여 사카이에서 오사카로 2만 가까운 무리가 쏟아져 들어간다면 새 성을 갓 지은 히데요시는 매우 골치를 앓을 것입니다."

이에야스는 고개를 크게 끄덕였다.

"그 무리를 움직이게 할 사람은 야스다(保田)의 가오인(花王院)과 사무카와 유키가네(寒川行兼)뿐이다. 그 두 사람에게 내 편지가 도착하면 반드시 성취될 것으로 보고 있다."

가즈마사는 눈을 감은 채 말했다.

"주군! 한 사람 더 보태십시오, 거기에."

"누구냐. 더 있나?"

"전에 기슈를 다스렸던 하타케야마씨의 숨은 세력을 무시해서는 안 됩니다. 하타케야마씨의 지금 주인은 틀림없이 사에몬노스케 사다마사(左衛門佐貞政)라는 분일 겁니다. 이 사람에게도 폭도 무리와 연락시키는 게 좋을 줄 압니다."

"과연 좋은 생각이군."

"그렇게 하면 이 폭도와 아와지(淡路)의 스가 헤이에몬(菅平右衛門) 등의 군용배 200여 척의 기습으로 히데요시는 반드시 싸움 시작부터 마음이 어지럽혀져 미노와 오와리에서 끌고 오는 병력도 반감되리라 생각합니다."

사쿠자가 답답한 듯 곁에서 참견했다.

"가즈마사…… 그대는 병력, 병력하며 병력만 걱정하는데, 여럿 앞에서는 그런 말 마시오."

"알고 있소. 그러나 히데요시라는 인간은 인해전술을 으뜸으로 치는 사람이므로 병력 부족이 마음에 가장 타격을 줄 거요. 그러므로 되도록 여기저기서 반 하시바 깃발을 올리게 하지 않으면 안 되오. 주군! 군용 배는 아와지의 200척 외에 미카와, 도토우미, 스루가의 배를 징집하여 해상으로 히데요시의 마음을 분산시킬 것…… 이것도 잊어서는 안 될 중대한 일입니다."

이에야스는 알고 있다는 듯 고개를 끄덕였다. 히데요시와의 일전을 피할 수 없다는 답이 나온 이상 결코 주저해서는 안 되었다. 하루의 망설임은 기략이 종횡무진한 히데요시에게 그 어떤 묘수를 생각해내게 할지 모른다.

그리고 생각해 보면 노부카쓰가 매우 가엾게 생각되는 것도 사실이었다. 우선 노부카쓰를 쓰러뜨리고 그다음에 같은 수법으로 히데요시는 이에야스를 찾아오리라. 그때까지 기다리지 않고 노부카쓰와 협력한다는 것은 어디까지나 도쿠가와 가문 본위로 생각한 계산으로, 만일 실패한다면 노부카쓰는 지상에서 사라지지만 도쿠가와 가문은 어쨌든 남는다는 속셈이었다.

히데요시도 물론 그것을 짐작하고 있으리라. 노부카쓰가 반기를 든다면 그 뒤에서 조종하는 것은 이에야스일 거라고…… 그러나 그 이에야스도, 노부카쓰가 세 중신을 추방하든가 죽인다면 어이없어 그의 편을 들지 않을 거라고 짐작하고 있다.

'그러므로 지금이 일어날 때…….'

거기에 히데요시보다 한 수 더 깊은 이에야스의 궁리와 결단이 있는 것이었다.

이에야스는 서둘러대는 사쿠자보다 신중한 가즈마사에게 공감하는 눈치로 입을 열었다.

"물론 배는 징집하지만 배만으로는 부족해. 첫째, 세 중신을 마음대로 베어버리라고 대체 누구를 사자로 보내야 되나, 노부카쓰에게로."

"그런 사자라면 누가 가도 상관없지요. 성사시키러 가는 게 아니라 깨러 가는 것이니까요."

이에야스는 가볍게 혀를 찼다.

"아니, 그렇지 않다, 사쿠자. 알겠나, 히데요시는 교묘하게 재간부리면서 공격할 상대의 가신 중에서 틀림없이 내통자를 만들어낸다는 소문이 나 있다. 이 일이 만일 누설된다면 이에야스는 진실의 길에서 벗어난 모사라는 말을 듣겠지. 만일 그런 소문이 난다면 히데요시도 가만 안 있을 테고 고슈, 스루가, 신슈 사람들도 나에게 의심 품어 동요하기 시작할 거야."

"그럼, 주군께서는 어떻게 하겠다는 말씀이십니까?"

"이것은 어디까지나 세 중신의 구명을 도모하는 목적으로 가야 한다."

"들어주지 않을 때는 어떻게 하시려는지요?"

"사쿠자, 그대는 묘한 사나이로군. 나에게 그것까지 말하게 시켜야 하겠나? 말려도 일단 마음먹은 일을 중단할 노부카쓰가 아니라는 것쯤 그대는 모르나?"

사쿠자는 껄껄 웃어젖혔다.

"이것 참, 기가 막히는군요! 짓궂은 주군이셔. 그렇다면 가즈마사, 사카이 시게타다를 사자로 정하면 어떻겠소."

"음, 시게타다라면 좋을지도 모르지."

사카이 시게타다는 사카이 우타노스케의 맏아들로 관록이며 분별이 충분한 중신이었다.

"주군, 어떻습니까, 이 일을 시게타다에게 명하시면?"

이에야스는 간단히 고개를 끄덕였다.

"그대들이 좋다면 이의 없다. 그러나 나는 잠시 자리를 뜨겠다. 내가 세 중신을 죽이고 싶어 하지 않는다는 뜻을 잘 이야기하게끔 그대들이 납득시켜라. 그런 다음 나는 그저 가라고만 명하겠다."

사쿠자는 또 혀를 찼다.

"기가 막히는군! 어쩌면 저리도 능청스러운 너구리일까, 주군은……!"

이에야스가 자리를 뜨자 얼마 뒤 큰방에 나와 있던 사카이 시게타다가 서원으로 불려갔다. 시게타다는 아버지를 닮아 호기스럽기는 하나 온화한 편이었다. 소탈한 사쿠자에 비해 움직임도 듬직하게 무거웠으며, 그와 마주앉아 있으면 상대는 호흡이 답답해진다.

가즈마사가 먼저 입을 열었다.

"사카이 님, 실은 그대에게 중요한 심부름을 맡기게 되었네."

시게타다는 얼굴을 찌푸리며 대답했다.

"어디로 가는 건지요? 나는 사자로는 알맞지 못합니다. 너무 이상한 일로 천거해 주는 것은 사양하고 싶은데……."

"아니, 그게 아니라…… 달리 알맞은 자가 없기 때문에 주군께서 시게타다를 보내야겠다고 직접 말씀하셨네."

"그렇지 않을 겁니다. 사쿠자 님이 지명하셨겠지요."

사쿠자는 하하하……하고 웃어젖혔다.

"꿰뚫어 보는 눈이 있기 때문에 추천한 걸세. 가는 곳은 기요스요, 시게타다."

"기요스……?"

"그래, 지금 노부카쓰 님은 나가시마성에 계시지 않고 기요스에 계시는데, 가서 승낙했다고 단 한마디만 하고 오면 되는 것일세."

"승낙했다…… 무엇을 승낙하는 겁니까?"

"하시바를 상대로 노부카쓰 님이 한바탕 싸움 벌이게 되었네. 주군은 노부나가 공에 대한 은의를 생각하여 후원자 없는 고독한 노부카쓰 님을 도와 주인을 배반한 히데요시 놈에게 당당히 응징의 칼을 뽑겠다고, 자신 있게 가슴을 치며 정의의 싸움이므로 승낙했다고 말하고 오면 되는 걸세."

"사쿠자 님!"

"왜 그러나, 시게타다?"

"설마 농담하고 계신 건 아니겠지요?"

"무슨 말씀인가? 이런 말을 농담으로 할 수 있겠나. 이미 주군의 의향으로 결정된 일. 걸핏하면 신중히 하자는 가즈마사까지도 동의했네."

"음."

시게타다는 가즈마사에게로 눈을 돌리며 물었다.

"틀림없나요, 이시카와 님?"

가즈마사는 고개를 끄덕였다. 그는 이 자리에서 세 중신 이야기를 하지 않는 사쿠자에게 미소를 보냈다. 이 일은 굳이 사자에게 들려줄 필요가 없었다. 그보다는 승낙했으니 나중의 작전을 잘 연락하도록 하라고 그것을 엄중히 다짐해 두어야만 되었다.

"그럼, 주군에게 충분히 승산이 서 있는 모양이군요."

"하하하…… 시게타다 님이 또 이상한 말을 하는군. 승산도 없이 싸움을 벌일 분이오, 우리 주군이……?"

"그렇지만……."

"그렇게 알았으면 사자로 가는 것을 승낙해 주겠지요? 주군이 오신 다음, 그건 짐이 무겁다는 둥 말하지 않겠지."

"주군 명령이라면 하는 수 없지요. 그러나 두 노인께서 어째서 나를 천거했는지 까닭 있을 테니 우선 그것부터 듣고 싶습니다."

이번에는 사쿠자가 가즈마사를 바라보고 싱긋 웃었다. 설명해 주라는 뜻일 것이다.

가즈마사는 눈을 반쯤 감듯하고 윗몸을 세우며 입을 열었다.

"그건 말이오, 상대에게 줄 믿음직함을 고려해 그대가 좋다고 말씀드렸지. 싸움이 결정된 이상 믿음직하게 해주어야지, 믿을 수 없는 한편이라고 느끼게 하면 약해지거든. 그리고 또 한 가지, 작전상 이쪽에서 정하는 일은 엄격하게 지키도록 해야 하는 그 압력이 없어서는 안 되니 말이오."

시게타다는 고개를 무겁게 끄덕였다.

"그것은 두 가지 다 당연한 일입니다. 그러나 그것만이 아니겠지요. 그 두 가지뿐이라면 내가 아니더라도 따로 얼마든지 적임자가 있을 겁니다."

시게타다가 천천히 반격하자 사쿠자는 성급하게 내뱉었다.

"아니, 그것뿐일세! 여러 말 말고 승낙하시오. 주군이 지명하시므로 나와 가즈마사가 찬성했소. 달리 할 말이 없을 거요."

"왜 할 말이 없겠습니까. 그 두 가지뿐이라면 오로지 사양할 따름입니다."

"하하……."

사쿠자는 웃어댔고, 가즈마사는 침울하게 시게타다를 바라보았다.

"뭐가 우습습니까, 노인은?"

"참으로 꽤 성가신 사나이군, 그대는."

"성가신 게 아닙니다. 처음부터 무언가 숨기고 있다는 걸 알기 때문에 사양하겠다는 겁니다. 저는 철없는 어린애가 아닙니다. 노부카쓰 님에게 대답 못할 일을 질문받고 하마마쓰까지 물어보러 나오란 말이오? 그 숨기고 있는 것을 말해 주시오."

"말하면 승낙하는 거지?"

"승낙할 만하면 하겠습니다."

"안 되겠어, 이 사자는……."

사쿠자는 가즈마사를 돌아보고 또 껄껄 소리 내어 웃었다.

"그럼, 말하지, 시게타다. 그 대신 듣고 나서 승낙하지 않겠다면 이 사쿠자가 상대하겠소."

"그건 알았으니 우선 들어봅시다."

사쿠자는 눈을 번쩍 부릅뜨고 주위를 둘러본 다음 윗몸을 쑥 내밀며 소리를 죽였다.

"이것은 주군의 계략은 아니라고 생각하시오. 주군은 요즘 부처님 기질이 왕성해지셔서 나로서 말한다면 좀 미온적이오. 그래서, 나와 가즈마사가 히데요시에게 단연코 지지 않을 수단을 연구했소!"

"단연코 이긴다고 한 것은 주군이 아니었습니까?"

"주군이라고 생각해도 좋지만 어쨌든 승리하기 위해서일세. 승리를 위해서는 이 역시 고삐 풀린 벌말 같은 노부카쓰 님을 도쿠가와 가문의 바람막이로…… 히데요시의 솜씨를 알아보기 위해…… 써보려는 것이 참뜻이야."

"과연…… 이제 얼마쯤 알겠습니다."

"그러나 이 사실은 나와 가즈마사밖에 모르는 일…… 그래서 한 사람쯤 더 알아도 무방한 자가 누구일까 하는 문제가 있었소. 그 결과가 그대였던 거요. 털어놓고 보니 그대도 싫다고는 못 하겠지?"

시게타다는 어깨를 젖히고 두 사람을 바라보고 나서 고개를 끄덕였다.

"그래, 그 단연코 이길 수단이란?"

"단연코 이긴다는 것은 단연코 지지 않는다는 것뿐이오."

"그럼, 그 단연코 지지 않을 수단은?"

"노부카쓰 님을 방풍림으로 삼았다가 적이 굉장히 강하다고 보았을 때는 가즈마사가 직접 히데요시를 찾아가 냉큼 싸움을 중지시키는 거지."

"상대가 그리 강하지 않을 때는?"

"이 사쿠자가 끈덕지게 버티어 히데요시 놈을 없앨 뿐이지……."

시게타다는 말했다.

"그럼, 또 한 가지…… 내가 기요스로 가는 목적은?"

"무턱대고 싸움을 붙이고 오라…… 이것은 주군 명령은 아니지만 동시에 반대하시는 것도 아니오. 노부카쓰 님으로 하여금 안심하고 세 중신을 베어죽이게 하고 오면 되는 거요. 그러면 싸움은 붙게 되니까."

사쿠자는 단숨에 말하고 이번에는 소리 없이 싱긋했다.

"알았소! 이제 알았소!"

시게타다는 연거푸 대답하며 흐흐흐 야릇한 소리를 내었다.

"잘 생각했군요, 두 노신께서."

"생각하지 않고는 살 수 없게 된 세상이오."

"즉 두 노신께서 사리사욕을 떠나 가문을 위해 도모하려는 것이군요."

"오, 사리사욕이 문제가 아니지. 한 몸 한 가문은 물론이요, 때로는 일족에게까지 누를 끼치게 되더라도 상관없소. 그 히데요시의 콧대를 꺾어주고 싶은 것이오."
"그럼, 도쿠가와 가문을 위해서가 아니라 고집 때문인가요?"
"어느 쪽이라고 생각하든 그것은 보는 사람의 마음 나름이니 우리가 알 바 아니오."
사쿠자가 대답하자 가즈마사는 가볍게 한숨 쉬며 단호히 말했다.
"고집 때문은 아니오! 내 가슴속에 사시는 부처님이 그렇게 하라고 명하시므로 하는 것뿐이오."
시게타다는 그제야 미간에 감동의 빛을 띠며 두툼한 가슴을 탁 쳤다.
"알겠습니다! 그러지 않고는 그 히데요시의 날카로운 창끝을 피할 수 없겠지요. 노부카쓰 님을 베고 나면 다음에는 이 댁 차례인 것은 나도 잘 알고 있소. 그 히데요시의 콧대만 꺾는다면 나도 목숨이 아깝지 않을 것 같소."
"목숨은 필요하오, 시게타다. 콧대를 꺾어놓고 히데요시의 거동을 찬찬히 봐주는 거요. 그러니 이번에는 한 번 악인이 되어 노부카쓰 님을 선동하고 오시오."
"하고말고요. 아무리 선동하더라도 이기기만 한다면 결코 나쁜 짓은 아니겠지요. 노부카쓰 님은 이미 히데요시에게 걸려들어 몸을 피할 수 없는 먹이가 된 거요."
"그럼, 주군을 모셔올까, 사쿠자?"
가즈마사가 입을 열자 사쿠자가 일어섰다.
"내가 모셔오지. 알겠소, 시게타다. 주군에게는 아무 말도 하지 않도록 하시오. 알았다고만 하구려. 그리고 세 중신의 처형을 말리지 않았던 것은 죽을 때까지 비밀로 해야 하오."
시게타다는 대답 대신 또 한 번 가슴을 쳤다.
사쿠자는 다리가 저린지 호들갑스레 상을 찡그리고 절름거리면서 나가더니 잠시 뒤 안에서 이에야스를 데리고 왔다.
이에야스는 천천히 팔걸이에 한쪽 팔꿈치를 얹고 시게타다를 향해서가 아니라 가즈마사에게 물었다.
"이야기는 끝났나?"
가즈마사는 단정히 두 손을 짚고 말했다.
"자세한 타합을 위해 사카이 님과 여러 가지로 의논했습니다."

"그런가? 그럼, 시게타다는 곧 떠나겠단 말이지."

"예, 모처럼 저에게 하명하셨다는 말씀을 들었으므로 분발해서 떠나겠습니다."

"저쪽에 가거든 노부카쓰 님과 단 둘이 만나도록 하라."

"그것은 이미 충분히 고려하고 있습니다."

"그럼, 그대를 보내니 기탄없이 의논하라는 취지의 편지를 쓰겠다. 좋아, 아무도 부르지 마라. 내가 직접 벼루를 가져오지."

이에야스는 창 옆에 놓아둔 책상 위에서 벼룻집과 종이를 들고 와 손수 붓으로 써내려갔다.

세 사람은 약속한 듯 천장으로 눈을 돌리고 있다.

시게타다가 기요스를 향해 떠난 것은 덴쇼 12년(1584) 2월 21일이었다. 이 계절이 갖는 의미는 크다. 드디어 싸움이 벌어지게 된다면 도쿠가와 쪽에 가장 편리한 것은 바로 3월이었다. 새삼 시즈가타케 싸움을 떠올릴 것까지도 없이 이 무렵부터 북쪽의 눈이 녹아 산간의 교통이 서서히 자유로워진다. 교통이 자유로워지면 우에스기 가문의 존재가, 그것을 둘러싼 사람들로서는 지극히 마음 놓을 수 없는 일이 된다.

이 일은 이에야스에게도 예외가 아니었다. 그러나 그 이상으로 에치젠에서 가가, 노토, 엣추로 진출해 있는 히데요시로서도 꼼짝달싹할 수 없는 시기였다. 호조 역시 마찬가지이다. 그래서 싸우게 된다면 시기는 3월이 좋고, 그때 싸움을 시작하기 위해서는 2월 중에 모든 준비를 끝내지 않으면 안 된다.

시게타다는 그중책을 맡고 25일 기요스성으로 들어갔다.

노부카쓰는 기다리고 있었던지 그의 도착을 전해 듣자 곧 자기 방으로 불러 수고를 위로했다.

"이에야스 님은 안녕하시겠지?"

"예……."

시게타다는 진지한 얼굴로 덧붙였다.

"측실을 두 분 더 늘리셨습니다. 곧 잉태하시게 되겠지요."

노부카쓰는 놀라며 대답했다.

"허…… 부러운데! 나는 요즘 여자 생각을 할 겨를이 없게 되었다."

"왜 그러십니까?"

"생각하면 할수록……."

노부카쓰는 신경질적으로 주위를 돌아보고 시종과 하녀까지 물리치고는 되물었다.

"내가 어디까지 말했더라, 시게타다?"

"여자를 생각할 겨를조차 없다는 데까지였습니다."

시게타다는 여전히 웃지도 않고 자세도 무너뜨리지 않았다. 큰 바위가 바람 속에 버티고 있는 듯한 장중한 느낌이라 그것이 야릇하게 우스꽝스럽기조차 했다.

"아, 그렇지. 생각하면 할수록 건방진 히데요시 놈 때문에 화가 나서 말이야."

"그건 안 됩니다! 그래서는 안 됩니다."

"무슨 소리야, 뭐가 안 된다는 건가?"

"봄은 만물이 잉태하는 때, 그 젊음으로 히데요시 따위의 일을 걱정하시어 자연의 영위를 게을리하시다니…… 얼마든지 하십시오. 집안에 활기가 솟을 것입니다."

마침내 노부카쓰도 볼이 허물어졌다.

"그럴까? 그대도 하고 왔나?"

"예, 가풍입니다. 싸움이 시작될 때, 출타할 때는 충분히 하라고 할아버지도 말했고 아버지도 실행하신 가풍입니다."

"하하하…… 재미있군! 그럼, 싸움이 시작된다는 말이군, 그대는……?"

"아……."

시게타다는 침착하게 품속에 손을 넣었다.

"남녀의 영위에 대한 이야기에 정신 빠져 주군의 서신이 뒷전이 되었군요. 자, 읽어보십시오."

그렇게 말하고 보랏빛 비단보자기를 풀어 문갑을 꺼내 육중한 동작의 무릎걸음으로 다가가 공손히 노부카쓰 앞에 놓았다. 노부카쓰는 잠시 눈살을 모았으나 곧 그것을 미소로 바꾸고 문갑을 들었다.

노부카쓰가 소리 없이 편지를 읽는 동안 시게타다는 망연한 표정으로 뜰을 바라보았다. 노부나가의 웅대한 뜻을 길러낸 이 성의 소나무 사이사이에 홍매화가 피어 있다. 아니, 홍매화가 아니겠지. 어쩌면 복숭아꽃인지도 모른다. 역시 시게타다에게는 화조풍월(花鳥風月)을 감상하는 신경이 무디었다.

갑자기 시게타다가 말했다.

"허! 신기한 새가 있군요, 저걸 기르고 계십니까?"

"뭐, 새…… 저건 멧새가 아닌가?"

"기르시는 것입니까?"

"멧새 같은 것은 굳이 기르지 않더라도 이곳에 얼마든지 있다. 시게타다는 멧새를 몰랐구나."

"허…… 도무지 몰랐는데요. 아무튼 저는 싸움에 이기는 것밖에 생각지 않기 때문에."

"시게타다."

"예!"

"이 편지에는 만일의 경우에 대비해 그대에게 모든 취지를 일러보냈으니 나로 여기며 기탄없이 의논하라고…… 단지 그 말밖에 씌어 있지 않는데?"

"아니, 그것만으로 부족하십니까? 도쿠가와 가문에는 사자로 갔다가 적에게 내통하는 따위 얼빠진 놈은 없습니다. 그러므로 중요한 사자는 모두 이런 식의 편지를 가지고 나머지는 가슴에 담아 오는데, 이것은 주군 댁의 가풍입니다."

노부카쓰는 이때 불쾌한 빛을 흘끗 보였으나 곧 미소 지었다.

"부럽군! 그래야 되겠지. 그럼, 그대는 이에야스 님한테서 모든 것을 듣고 왔단 말이지."

"염려하실 필요 없습니다. 스루가, 도토우미, 미카와, 고슈, 신슈 다섯 나라를 걸고 곧 대답하겠습니다."

노부카쓰는 이번에는 진심으로 부러운 듯 탄식했다.

"이에야스 님은 행복하시군. 그럼, 내가 먼저 싸움을 걸겠다고 한 말에 대한 이에야스 님 의견은?"

"찬성입니다. 정의에 의해 가담하는 것…… 이미 언제든지 출동할 수 있도록 준비가 완료되어 있습니다."

"허…… 그럼, 또 한 가지…… 싸움이 벌어진다면 진의 배치는?"

"귀하의 작전이 세워지는 대로 이에야스 님이 직접 오와리로 출동하시어 귀하와 마주앉아 결정할 것입니다."

"이에야스 님은 군사를 어느 정도 이끌고 오실지, 물론 알고 있겠지?"

"말씀하실 필요도 없는 일이지요! 전군사입니다."

"그 수효는?"

"요소요소에 폭동, 반란 같은 것이 일어나지 않도록 배치하고도 약 3만."

"네고로와 사이가 무리들에게 교섭해야 하는지의 여부는?"

"물론 그들과 결탁해야 됩니다. 이 폭도 무리들을 출동시키기 위해 이에야스 님은 야스다의 가오인과 사무카와에게 서약서를 보내고 있습니다. 귀하께서도 만일을 위해 한 번 더 사자를 보내주십시오. 이들 무리들에게 사카이로부터 오사카를 습격시켜 히데요시의 손발을 꺾을 것. 손발이 꺾인 적 없는 히데요시인 만큼 이것이 승패의 절반을 결정짓는 중대사입니다."

어느새 노부카쓰의 눈이 번들번들 빛나기 시작하고 눈썹은 앙연히 치켜 올라가고 있었다. 앙연해지면 노부카쓰의 모습은 노부나가와 흡사하게 닮아간다. 혼노사에서 쓰러지기 며칠 전 아즈치성에서 노부나가한테 직접 잔을 받았던 시게타다는 그때도 더할 데 없이 아름다운 '사나이의 얼굴'이라 느끼고 바라보았었는데 지금 보는 노부카쓰도 그에 못지않은 늠름한 무사의 모습이었다.

'생김새는 그리 다르지 않은데, 알맹이는…….'

그러나 시게타다는 그런 눈치를 중후하다기보다 오히려 무신경하게 보이는 사나움 뒤에 숨기고 말을 이었다.

"그럼, 우선 히데요시의 손발을 꺾어놓고 싸움을 시작하기로 하여 폭도 무리를 사카이에서 오사카로 보낸 다음 이것을 배후에서 후원하는 자가 하나라도 많은 게 좋으니 귀하께서는 기슈의 하타케야마 사다마사에게 밀서를 보내시도록……."

어느새 시게타다의 말투는 명령하는 엄격함으로 바뀌어 있었으나 노부카쓰는 이제 불쾌한 빛을 보이지 않았다. 오히려 그럴 듯하다는 듯이 무릎 치며 고개를 끄덕였다.

"그렇군, 깜박 잊을 뻔했어. 좋아, 일이 성취되면 기이(紀伊)와 가와치를 주겠다고 꾀쓰는 방법도 있지. 잘 알았다! 곧 수배하기로 하겠다."

"그리고 이것은 끝으로 제 생각입니다만."

"그대 생각이라?"

"예, 싸움 계략이 개인의 공을 다툴 시대는 아니게 되었습니다. 전군 통솔이 으뜸입니다. 그러므로 이에야스 님과 노부카쓰 님이 타합한 전략 전술은 아무리 위급한 경우라도 무단 변경은 허락되지 않습니다. 만일 무단으로 변경하면 반드시 지게 되는 원인이 됨을 명심하여 주십시오."

"알고 있다! 그 점, 노부카쓰는 철석같다고 그대가 이에야스 님과 가신들에게 전해다오."

"그 말씀을 듣고 안심하겠습니다."

시게타다는 깊숙이 고개를 끄덕이고 다시 말했다.

"이야기는 이미 끝났습니다. 그럼, 이쯤 해두고 무용담이라도."

"시게타다……."

"예!"

"이에야스 님은 내가 세 중신을 베어 그것을 싸움 동기로 삼겠다고 한 말에 대해 아무 이의도 없으셨나?"

"글쎄요…… 세 중신…… 그런 이야기는 도무지 모르겠는데요. 그저 언제 싸움을 시작해도 무방하다고 분발하고는 계셨습니다만……."

시게타다는 고개를 좀 갸웃거리듯하고 미간을 모으며 물었다.

"대체 그 세 중신인지 하는 자들에게…… 무슨 잘못이라도 있었습니까?"

"아냐…… 뭐, 이야기가 없었다면 괜찮아, 이것은 내 자신이 결정할 일이었는지도 모르지."

"그러시겠지요. 저희 주군은 중요한 일을 잊으실 분이 아닙니다. 아무 말씀도 없었던 것은 아마 마음대로 하시라는 뜻이 아닌가 생각됩니다."

"그래? 그럼, 그것도 좋지…… 이제 마음이 홀가분해졌다. 오늘 밤부터는 잠이 잘 오겠지. 그럼, 이쯤에서 시게타다의 무용담이나 들어보기로 할까. 여봐라, 게 누구 없느냐…… 일러두었던 술상을 들여오너라."

노부카쓰가 기분 좋게 손뼉 치자 시게타다는 그제야 한숨을 내쉬었다. 이로써 교묘하게 세 중신 일에는 언급하지 않고 끝났다.

시게타다는 기요스성에서 하룻밤 묵고 곧 하마마쓰로 돌아왔다. 그는 아마 노부카쓰와 이야기해 보고 비로소 세 중신 문제가 지닌 복잡한 의미를 깨달은 모양이었다. 이 문제에, 이에야스를 비롯하여 사쿠자며 가즈마사가 왜 그토록 신경 쓰고 있는 것일까…… 처음에는 단순히 세 중신이 지닌 실력의 말살을 두려워하는 것으로 해석했는데, 노부카쓰와 이야기하는 동안 전혀 다른 의미를 지녔음을 알게 된 것이다.

이에야스의 생각인가, 아니면 가즈마사의 깊은 사려일까, 어쨌든 싸움을 시작해 본 결과가 매우 신통치 않을 경우에는 노부카쓰가 세 중신을 벤 일을 모르고 있었던 것처럼 하고 변명하며 냉큼 군사를 철수시킬 것도 고려하고 있는 듯한 눈치였다.

"그런 어리석은 짓을 하시는 분이라면……."

이 일은 생각하기에 따라서는 매우 교활한 조심성이었지만 그만한 마음의 준비 없이 히데요시에게 맞서 싸울 수는 도저히 없다고 생각되었다. 하지만 그런 혹독한 현실을 노부카쓰는 과연 냉정하게 분석할 수 있을지 없을지…….

기요스성에서 시게타다를 기분 좋게 배웅하고 나자 노부카쓰는 곧 세 중신에게 사자를 보냈다.

"이번 기요스에서 도쿠가와 이에야스의 사자 사카이 시게타다와 밀담한 일에 대해 급히 상의할 것이 있다. 그러므로 3월 3일에 나가시마성으로 집합할 것."

그리고 노부카쓰 자신은 시게타다의 뒤를 쫓다시피 나가시마성으로 돌아갔다.

세 중신의 한 사람인 비슈(尾州)의 호시가자키(星崎) 성주 오카다 시게타카는 이 전갈을 받고 고개를 갸웃거렸다. 도쿠가와 가문과의 밀담이라면 그 내용의 중대함은 말할 것까지도 없는 일이었다.

이미 노부카쓰는 히데요시와 일전을 벌일 작정으로 있다. 아니, 히데요시 쪽에서도 노부카쓰가 이대로 가만히 있지 않을 거라고 벌써 배짱을 정하고 있었다. 그것을 억지로 누르고 있는 게 오카다, 쓰가와, 아사이 등 이른바 세 중신이었다. 그들은 자기들이 동의하지 않는 한 노부카쓰에게 싸움을 벌일 실력은 없으며, 이에야스 역시 결코 경솔하게 편이 되어주지는 않을 것으로 믿고 있었다. 따라서 이번의 상의란 이에야스가 싸움을 벌일 조건으로 무슨 말을 해왔느냐……는 데 대한 의논임이 틀림없다고 생각했다.

세 중신이 동의한 표지로 저마다 가족을 인질로 보내라고 말해 온 것이나 아닐까……? 아니면 이에야스 역시 세 중신이 히데요시에게 내통하고 있다는 괴상한 소문을 듣고 그 진상을 알아보러 온 정도인지……?

어쨌든 여기서는 주저 없이 나가시마성으로 나가보는 수밖에 도리 없었다. 가지 않으면 노부카쓰는 더욱 깊이 의심하고 무슨 생각을 하게 될지 몰랐다.

명령대로 오카다가 3월 3일에 나가시마성으로 출두해 보니 이미 쓰가와도 아사이도 와 있고 서원에서는 지금 삼짇날 국화주가 차려져 나오는 참이었다. 오카다는 왠지 마음 놓였다.

세 중신이 나란히 노부카쓰와 만나는 것은 미쓰이사에서 어색하게 헤어진 뒤 이번이 처음이었으나, 먼저 온 두 사람도 노부카쓰도 매우 정다운 표정으로 담소하고 있었다…….

오카다는 우선 공손히 노부카쓰에게 삼짇날 인사말을 한 다음 자리를 함께 한 중신들 얼굴을 둘러보았다. 아사이, 쓰가와 두 중신 외에 다키가와 사부로베, 히지카타 가쓰히사(土方雄久), 이다 마사이에(飯田正家), 모리 하루미쓰(森晴光) 등이 모두 볼을 불그레 물들이고 앉아 있다.

이런 장소에서 이에야스로부터 온 밀사의 내용은 말할 수 없다. 그래서 잔을 받아들고 시동에게 술을 따르게 하면서 말을 꺼냈다.

"미쓰이사에서는 유감이었습니다. 하시바 님에게 털끝만한 틈도 없어, 오히려 저희들이 포로나 다름없는 입장이 되어버려서"

거기까지 말하자 노부카쓰는 담담하게 손을 내저었다.

"알고 있다. 그렇게 될 줄 알았으므로 내가 냉큼 돌아가 보인 거다. 그러면 히데요시 놈도 이쪽에 대비가 있을지 모른다 싶어 얼마쯤 동요되겠지, 그럴 때는 상대의 의표를 찌르는 게 상책이라고 생각해서 말이다."

"황송합니다. 그러나 히데요시는 적이지만 훌륭한 정략가더군요."

"그렇지. 그러니 우리도 신중하게 잘 의논하여 덤비지 않으면 안 돼. 실은 오카다, 그대가 올 동안 모두들에게 대강 이야기했는데 이에야스에게서 시게타다가 와서—"

"저, 그런 이야기를 이 장소에서는……."

"상관없다! 모두에게 이미 말했다. 이에야스의 말로는 이번이야말로 천하를 가늠하는 중대한 싸움이니 그대들 세 중신을 서둘러 불러서 잘 협의한 다음 의견을 종합해 알려주기 바란다, 그 말에 따라 이에야스는 전군을 이끌고 정의의 싸움에 참가하겠다고 전해 왔다."

"저, 저희들과 협의한 다음……."

"그렇다, 우선 모두의 의견을 종합한 다음 온 힘을 기울이자고……."

오카다는 쓰가와와 아사이에게로 조용히 시선을 옮겼다. 그들이 상상하고 있던 대로 이에야스는 가신들 의논이 합의되어 굳은 결속이 성립되기 전에는 일어날 생각이 없을 거라는 눈길이었으나, 노부카쓰는 그것을 천연덕스러운 태도로 퍼뜩 매섭게 눈에 담았다.

"황송하오나, 그렇다면 이 국화주를 들고 나서 자리를 옮겨 회의하고 싶습니다만."

"오카다!"

"예."

"나는 이미 결심하고 있다. 설마 그대들은 싸움을 벌이는 데 반대 의견은 없겠지?"

"예…… 그러나 이 자리에서는……."

경솔하게 싸움을 벌여서는 안 된다고, 미쓰이사에서부터 더욱 히데요시의 강대함을 보아온 오카다가 말꼬리를 흐리자 노부카쓰는 시원스럽게 고개를 끄덕였다.

"좋아, 좋아. 오늘은 이대로 주연이나 벌이고 회의는 내일부터 하자. 이번만은 어떤 일이 있어도 꼭 이겨야 된다. 그러니 그대들은 특히 히데요시 군략의 약점이 어디에 있으며, 어디서 쓰러뜨릴 틈을 찾을 것인가, 그런 것을 자세히 연구해 모두들에게 알려주도록 해라…… 이제 싸움이 시작되면 주연도 못하겠지. 오늘은 지금부터 예의를 빼고 상하 구별 없이 놀아보자."

너무나 시원스럽게 말을 돌려버리므로 오카다는 문득 불안스러워졌다.

'혹시 무슨 계략을 꾸미고 있는 게 아닐까……?'

삼짇날에는 끝내 아무 말도 꺼낼 기회가 없었다. 싸움이 벌어지면 저마다 정해진 부서에 배치되어 이렇게 모두 얼굴을 대할 수 없을 것이다. 그러므로 오늘은 예의 차리지 말고 놀라는 분부에 오카다를 비롯해 다른 두 중신도 반대할 수 없었다. 노부카쓰가 이에야스의 도움을 얻어 히데요시와 한 싸움 벌이려는 것은 기정된 사실이므로, 감히 싸움을 반대하느니 해서 노부카쓰의 기분을 상하게 할 것까지는 없다고 여긴 것이다.

따라서 오카다도 쓰가와도 취하지 않았다. 아사이만이 완전히 취해 이따금 자기 생각을 불쑥 뇌까렸다.

"난처한 일인데, 이대로 가다간 배가 산으로 오르게 될 것이오."
그러나 주위가 모두 취해 있어 이 말도 노부카쓰의 귀에 들어가지 않았으며, 아무튼 삼짇날은 모든 일이 무사히 끝났다.
그리고 4일에는 마땅히 중대한 회의가 있을 것으로 여겨 세 중신은 넌지시 발언 순서 같은 것을 의논하고 있었는데, 그날도 회의는 열리지 않았다.
한낮이 지나 안에 들어간 채 나오지 않는 노부카쓰가 시동 우두머리를 시켜 전해 왔다.
"회의는 내일 5일로 정했으니 오늘은 저마다 자기 의견을 잘 정리해 놓도록."
대기실에서 만나자 쓰가와는 말했다.
"이번에는 주군도 어지간히 신중해지신 것 같군."
그러나 오카다는 그렇게 생각지 않았다.
"이것은 얼마쯤 반대해 봤자 들어주시지 않을 증거라고 생각되는데."
"아니, 그렇지도 않겠지. 입으로는 감히 반대하지 않더라도 속으로는 모두 히데요시의 놀라운 세력을 두려워하고 있소. 우리 셋이서 조리 있게 설득하면, 주군은 어떻든 주위 사람들도 모두 함께 간할 게 틀림없소."
"그렇게만 되어준다면 좋겠으나 내게는 좀……."
오카다는 그날도 그 이상 말하지 않았다. 이렇듯 하는 일 없이 생각이나 하며 하루를 보내게 하는 것은, 노부카쓰의 결심이 확고함을 깨달으라는 뜻으로 생각되었던 것이다.
5일이 되었다. 이날은 아침부터 흐릿한 날씨로 기온이 몹시 높았다. 7부쯤 피어난 뜰 앞의 벚꽃이 촉촉이 내리는 비를 그대로 빨아들여 봄의 따사로움을 발산시키고 있는 것 같았다.
"모두 큰방으로 모이도록."
근위무사 다키가와 사부로베가 10시쯤 알려와, 세 중신은 노부카쓰보다 한 발 먼저 가 나란히 앉아 기다리고 있었다.
"오늘은 생각한 것을 한마디 남김없이 말씀드리겠소. 쓰가와 님도 아사이 님도 그럴 작정으로 계시오."
오카다의 말에 두 사람은 굳게 고개를 끄덕였다. 맨 먼저 입을 여는 것은 오카다, 거기에 찬성하는 것은 쓰가와, 그러면 주군 노부카쓰의 의견이 확실해진다.

의견이 확실해졌을 때 이번에는 아사이가 입을 열도록 순서가 정해져 있었다.
노부카쓰는 10시 정각에 나왔다. 모인 얼굴들은 삼짇날과 거의 변함없었다.
"그럼, 지금부터 회의 진행."
노부카쓰는 오늘도 이상하리만큼 기분 좋아 보였다.
"이에야스 님이 전군을 동원해 우리를 위해 싸워주겠다고 한다. 그러니 일전을 벌이는 데 반대하는 자는 아무도 없겠지?"
노부카쓰가 너무도 상쾌한 모습이라 오카다는 말이 잘 나오지 않았다.
"말씀드리겠습니다."
"오, 오카다인가? 그대는 호시가자키 성주지. 이에야스 님 직속무장과 함께 미노로 쳐들어가 먼저 진을 쳐주기를 바라는데."
"황송하오나 그 일에 관해 말씀드릴 게 있습니다."
"뭔가, 이에야스 님 직속무장과 함께 가는 게 싫단 말인가?"
"황송하오나…… 이 오카다는 이번 싸움에 반대입니다."
노부카쓰는 뜻밖에도 간단히 대꾸했다.
"뭐, 반대라고……? 그런가? 이유를 들어보자. 어떻든 중대한 싸움이니 어디까지나 모두의 의견을 들어야만 하겠지."
"황공합니다…… 그러시니 저도 말씀드리기가 좋습니다. 성주님께서는 도쿠가와 님이 전군을 이끌고……라고 하셨습니다만 이것은 그리 믿을 수 없는 일로 생각됩니다."
"허, 이유를 들어보자, 이유를."
"왜냐하면 도쿠가와 님 가신인 이시카와 가즈마사 님이 히데요시에게 내통하고 있다는 소문도 나 있습니다만……."
"옳지, 가즈마사가 말이지."
"그러나 그것은 믿지 않습니다. 히데요시 님은 반드시 그런 소문을 퍼뜨릴만한 분입니다. 그러나 이에야스 님이 무엇 때문에 지금 전군을 이끌고 한편이 되겠다고 말하는지 그 심중을 잘 분석해 봐야만 됩니다."
"돌아가신 아버지에 대한 은의만이 아니라는 말이지?"
"황송하오나, 언젠가는 자신에게도 떨어질 불똥으로 보고 주군을 앞세워 교섭은 할지라도 싸울 생각은 없는 게 아닌가 생각됩니다만……."

"알았다! 이에야스 님은 싸울 본심이 아니므로 반대한다는 말이지?"

"예……."

오카다가 고개 숙여 절하고 다음 설명으로 들어가려는 때 쓰가와가 다급하게 입을 열었다.

"주군! 이 쓰가와도 오카다 님과 같은 의견입니다."

"허, 그대도 반대인가?"

"둑을 뚫고 쏟아져 내려오는 탁류는 어떤 힘으로도 막을 수 없습니다. 여기서는 꾹 참는 수밖에 달리 대책이 없는 줄 생각합니다. 그러면 주군과 히데요시의 나이 차이가 있으니 반드시 이쪽에 유리할 때가 있을 겁니다. 주군은 아직 30살도 안되셨지만 히데요시는 이미 50살이 가깝습니다. 머지않아 자연이 그의 생명을 데려갈 때가 오겠지요. 그때까지입니다. 아무쪼록 지금은 참고 견디시도록……."

쓰가와의 말투가 너무나 진지하므로 이번에는 아사이가 몸을 내밀었다.

"주군, 히데요시의 마음을 누를 유일한 수단이 있습니다. 저희들 셋을 인질로 오사카에 보내십시오. 저희들 셋이 오사카에 있으면서 히데요시가 결코 무모한 짓을 못하게 하겠습니다."

노부카쓰는 말했다.

"알았다! 생각한 대로였다. 여봐랏, 모두들!"

노부카쓰의 한마디로 동석해 있던 여러 사람이 일제히 칼을 뽑았다.

"아, 이게…… 무슨 짓이오!"

오카다가 일어서려는 것과 동석해 있던 이다가 쓰가와에게 한칼 내려친 것이 동시였다. 어깨를 누르고 쓰가와는 문 쪽으로 비틀거렸다.

"앗! 무례하구나, 어전에서!"

"잔소리 마랏, 주군 명령이다!"

"뭐, 주군 명령이라고……?"

황급히 상좌를 돌아보니 노부카쓰는 이미 자리를 뜨고 없었다. 아니, 그뿐만이 아니다. 좌우 어느 문이고 벌써 창으로 가로막혀 있다.

"이게 어찌 된 일인가? 무엇 때문에 이런 무례한 짓을……!"

히지카타 가쓰히사가 3자쯤 되는 큰 칼을 오카다에게 바짝 들이대며 외쳤다.

"잘 생각해봣! 가증스러운 배반자 놈 같으니! 갈가리 찢어놓아도 시원치 않겠다."

"우리가 배반자라니, 무슨 증거로 말하는 건가?"

"문답은 필요 없다. 주군 명령이다. 성주님 뜻이다."

다키가와는 작은 칼을 뽑아 들고 기둥을 방패 삼아 태세를 갖춘 쓰가와에게 다짜고짜 옆에서 한 칼 찔렀다.

"비겁한 놈! 네놈이구나, 다키가와……"

깊은 상처에 견디다 못해 쓰가와는 소리쳤다.

"베어라! 어서 베어라! 속았다…… 아사이 님, 오카다 님…… 먼저……."

말을 채 맺기 전에 그 자리에 푹 쓰러졌다. 오카다는 온몸의 피가 왈칵 역류하는 것을 느꼈다.

"좋다! 이렇게 된 바엔 맞서겠다. 덤벼라!"

"주군의 뜻이다, 배반자 놈."

"배반자는 주군이시다. 우리는 가신, 수상한 점이 있다면 왜 힐문한 다음 할복시키지 않나? 뻔히 알면서 히데요시의 책략에 넘어가 우리 셋을 속여서 치다니……."

"베어라! 실없는 소리 듣지 말고 빨리 베어라!"

"오, 벨 수 있다면 어디 베어봐."

히지카타가 뛰어오르며 비스듬히 왼쪽 어깻죽지를 내려쳤으나 오카다는 그 칼을 옆으로 떨쳤다. 주위에 활짝 불꽃이 튀어, 둘러선 사람의 원이 넓어졌다.

아사이는 어느새 상대의 창을 뺏어 예복을 걷어 올리고 모리 하루미쓰와 맞서고 있다.

"겨우 둘뿐이 아닌가! 시간 끌면 야단맞으리라. 서둘러라, 모두들."

다키가와는 뽑은 칼을 늘어뜨린 채 이번에는 지시만 할 뿐 손을 내밀지 않았다.

밖은 여전히 촉촉하게 봄비가 내리고 다다미에 쓰러져 숨이 끊어진 쓰가와의 몸에서는 끈적한 한 줄기의 피가 흘러나오고 있다. 오카다는 그 피를 밟고 미끄러졌다. 그 순간 뒤에서 '으윽!' 하고 비명이 올랐다. 아사이가 모리에게 베였구나…… 생각한 순간 오른쪽 어깨에 달군 인두를 갖다 댄 것 같은 뜨거운 아픔이 스쳐갔다. 히지카타의 큰 칼이 오카다의 가슴팍까지 살점을 가르고 뼈를 부수며 내리쳐진 것이었다.

"부……부……분하다……."

오카다는 그대로 뿜어 나오는 피와 함께 쓰가와 위로 포개져 쓰러지며 숨이 끊어졌다.

출진

이에야스는 노부카쓰가 세 중신을 베었다는 소식을, 가리야 성주 미즈노 다다시게의 밀고로 3월 7일에 이미 알고 있었다.

노부카쓰는 세 중신을 베고 나자 곧 쓰가와의 마쓰가시마성을 다키가와에게 주고, 오카다의 호시가자키성은 미즈노 다다시게에게, 아사이의 가리야스가(刈安賀)성에는 모리를 넣어 지키게 했다.

물론 이런 일을 히데요시가 모르고 있을 리 없었다.

아마 히데요시는 싸움을 앞두고 스스로 수족을 자른 노부카쓰를 마음속으로 비웃었을 게 틀림없다. 그리고 이에야스가 처음으로 그 사실을 알게 된 7일에는 벌써 호리오 요시하루(堀尾吉晴)에게 명했다.

"북 이세로 병력을 동원시켜야 하니 그 준비를 하도록"

그 뒤 다음 날에는 쓰다 야타로(津田彌太郎)에게도 같은 명령을 내렸다.

그리고 자신은 10일에 오사카에서 교토로 들어갔고 11일에는 오미의 사카모토성까지 나가 있었으니, 그 신속한 행동은 그 일에 대비하고 있었던 증거라 할 수 있으리라.

이에야스는 세 중신이 살해된 데 대해서는 아무 감상도 입에 올리지 않고 하마마쓰성에서 곧 군사회의를 열었다.

이에야스는 노부카쓰와 함께 오와리로 출동할 예정이었다. 모두들 모이자 웃어 보이며 온화한 목소리로 말했다.

"이번에 히데요시의 솜씨를 구경하기로 할까? 알겠나, 나는 이제까지 와!—라고만 함성을 지르게 했는데 앞으로는 고쳐야 되겠다."

갑자기 이상한 말을 꺼내는 바람에 사카키바라 고헤이타가 고개를 갸웃했다.

"와!—만으로는 안 됩니까?"

"음, 상대는 히데요시다. 와, 에잇! 하고 말꼬리를 한 번 더 힘 있게 죄어 기합을 넣으라고 일러라. 와, 에잇! 이것이 그대로 승리의 함성이 될 것이다."

모두들 가만히 얼굴을 마주 보며 왠지 모르게 빙그레 웃었다. 이미 작전상의 문제에 대해서는 거의 타합할 게 없었던 것이다.

이에야스가 하마마쓰를 출발하면 그가 펼친 대규모적인 외교전이 생생히 살아나게 된다. 호쿠리쿠에서는 삿사 나리마사가 히데요시의 영지 가가를 찌를 것이고, 시고쿠에서는 조소카베 모토치카가 곧 아와지로 출동할 것이다. 기이에서는 사무카와 우다유가 폭도의 깃발을 날리며 이즈미와 가와치로 침입해 갈 테고, 시즈가타케 싸움에서 패하여 기이에 틀어박혀 있던 야스다는 네고로사의 중들을 꾀어 가와치를 찌르게 되어 있다. 게다가 본거지인 오사카를 히데요시에게 빼앗긴 혼간사 신도, 네고로, 사이가 여러 도당을 모조리 선동해 만약 일이 성취되는 날에는 마에다 도시이에의 손에 들어간 가가며 오사카도 되찾아주겠다는 밀약이 되어 있다.

"사카모토성에서는 히데요시가 놀라겠지. 여기저기 바쁘게 돌아갈 테니 말이야."

모두 모이자 이에야스는 출진 축하상을 내오게 하여 담담하게 찬술을 마신 다음, 모여든 자녀들의 머리를 차례로 쓰다듬고는 곧장 큰 현관에 끌어다 놓은 애마에 올랐다. 3월 7일 오후 2시, 세 중신이 살해되었다는 소식이 있은 지 겨우 3시간 밖에 지나지 않은 때였다. 진영을 곧 오카자키로 이끌고 가 거기서 기요스에 들어가 작전을 펼치기 위해서였다.

이에야스의 얼굴빛과 동작은 여느 때와 조금도 다른 데가 없다. 보기에 따라서는 매사냥을 나갈 때만큼의 흥분도 없는 것 같았다. 그러나 그것이 이에야스의 모든 게 아닌 건 잘 알 수 있었다. 아무튼 불세출의 재주꾼 하시바 히데요시를 상대로 일전을 벌이는 것이다. 병졸 하나의 진퇴만 그르쳐도, 그것은 아마 이에야스의 생애를 결정지을 만한 타격이 되리라.

최초로 동원하는 군사는 약 3만5000명.

그 가운데 8000명을 인솔하고 나머지는 일단 가이, 스루가, 도토우미, 미카와의 여러 곳에서 성을 지키도록 남겨두었다.

하마마쓰성에는 오쿠보 다다요.

오카자키성에는 혼다 사쿠자에몬.

후타마타성에는 사카이 시게타다.

히사노성에는 히사노 사부로자에몬.

가케가와성에는 이시카와 이에나리.

고후성에는 히라이와 시치노스케.

군나이성에는 도리이 모토타다.

스루가의 다나카성에는 고리키 기요나가.

후카사와성에는 미야케 야스사다.

나가쿠보성에는 마키노 야스나리.

누마즈성에는 마쓰다이라 야스시게.

고고쿠사에는 마쓰다이라 이에키요.

시나노의 이나성에는 스가누마 다이젠.

사쿠군(佐久郡)에는 시바타 시게마사.

고모로성에는 아시다 노부모리.

요시다성의 사카이 다다쓰구는 이에야스를 따라 출전했으나 따로 수비장수를 두지 않았으며, 니시오성은 하마마쓰의 오쿠보 다다요에게 함께 지키도록 했다.

선봉은 차츰 그 호담한 용기를 나타내기 시작한 붉은 갑옷차림의 이이 나오마사. 직속무사로는 오쿠다이라 노부마사, 마쓰다이라 마타시치로, 사카키바라 고헤이타, 혼다 헤이하치로, 오쿠보 다다치카, 혼다 요시타카, 마쓰다이라 이에타다, 스가누마 사다미쓰 등등…….

8일 오카자키성에 들어갔을 때, 이 군세를 야사쿠(矢作)에 두고 이에야스는 여기서 이가, 야마토의 무사들이 찾아오기를 기다렸다.

그리고 9일에는 오노(阿野).

10일에는 사카이 다다쓰구와 마쓰다이라 이에타다 등을 나루미로 진격시키고, 다시 12일에는 아쓰다 언저리인 야마자키에 진을 쳤다. 이 무렵부터 비 오는 날이 계속되었으나 떨어진 꽃잎을 밟으며 이가, 야마토의 무사들이 이에야스에게로 잇따라 모여들기 시작했다.

한편 히데요시도 물론 가만히 보고만 있을 리 없었으며, 그는 오카키성의 이케다 쇼뉴 앞으로 여러 번 사자를 보내놓고 선봉을 전진시키고 있었다.

"여기서 히데요시와 협력하여 승리를 거두는 날에는 미노, 오와리, 미카와 세 나라를 주겠다. 서둘러 출진해 주기 바란다."

그리고 히데요시는 모리 나가요시를 꾀어 편으로 삼고, 가리야의 미즈노 다다시게며 니와 우지쓰구(丹羽氏次) 등에게도 손을 뻗쳐 끈질기게 유혹했다.

그러나 우지쓰구와 다다시게는 이 꾐에 넘어가지 않았다. 우지쓰구는 사자로 온 이마이 겐코(今井檢校)에게 몹시 욕해 쫓아 보냈고 미즈노 다다시게는 히데요시에게서 온 유혹 편지를 이에야스에게 보냈다. 거기에는 다다시게에게 미카와와 도토우미 두 나라를 주겠다고 씌어 있었다. 아마 그러한 좋은 미끼로 유인받았지만 히데요시 편이 그리 쉽사리 승리하리라고는 생각되지 않았던 모양이다.

이렇듯 양군은 미노와 오와리의 산야에서 북 이세에 걸쳐 시시각각 전진해 갔다.

이에야스가 기요스성으로 들어가 노부카쓰와 회견한 3월 13일에는 이미 싸움터가 북 이세에 미쳤고, 오미에서는 이케다 쇼뉴와 그의 사위 모리 나가요시가 이누야마(犬山)로 진군을 개시하고 있었다.

히데요시와 이에야스의 지능을 한껏 기울인 전초전이었으나 쌍방이 모두 상대의 의도를 완전히 짐작하지 못한 결점이 있었다. 히데요시는 아마 북 이세에 싸움을 일으켜 이에야스를 그쪽으로 유인해놓고 그 틈을 노려 이누야마성에서 오와리로 한꺼번에 쳐들어가려 했던 게 틀림없으며, 그런 의미에서 반은 성공한 것 같이 보였다.

13일 정오.

이에야스는 기요스성 큰 방에서 사카이 다다쓰구, 이시카와 가즈마사, 마쓰다이라 이에타다, 혼다 헤이하치 등의 중신을 거느리고 노부카쓰와 전략 협의를 하고 있었다.

그 무렵 북 이세의 전운은 이미 방관하고 있을 수 없게 되었다. 나흘 전인 3월 9일에 노부카쓰의 부하장수 고베 마사타케(神戶正武)가 고베성을 나와 가메야마성 공격을 개시하고 있었던 것이다.

그런데 가메야마성의 세키 만테쓰(關萬鐵)는 그 아들 가즈마사(一政)와 함께 잘 싸워 이를 물리치고 이제 가모우 우지사토(蒲生氏鄉)의 응원을 얻어 그 형세가 예측하기 어려운 위험을 내포하고 있었다.

노부카쓰 편에서도 곧 사쿠마 마사카쓰(佐久間正勝), 야마구치 시게마사(山口重政) 두 장수로 하여금 스즈카 군의 미네성(峯城)에 들어가게 하여 이것을 원조할 태세를 갖추었지만 그때 벌써 히데요시 군은 잇따라 북 이세로 진출해 오고 있었다.

당면한 목표는 미네성으로 가모우 우지사토 외에 하세가와 히데카즈, 호리 히데마사, 히네노 히로나리(日根野弘就), 아사노 조키치(淺野長吉), 가토 미쓰야쓰 등의 여러 장수가 현지의 세키 만테쓰, 다키가와 가즈마스들과 힘을 합하여 남북 이세에서의 노부카쓰 세력을 갈라놓을 빛이 짙었다.

그 설명을 듣자 어지간한 이에야스도 침울한 표정으로 생각에 잠겼다.

이에야스는 히데요시가 사카모토에서 곧장 미노, 오와리로 진출해 오리라고는 생각지 않았었다. 이에 대해서는 이에야스 쪽에서 충분히 경계하여 당장 오사카로 되돌아가지 않으면 안 되게끔 손써 놓았다. 그러나 군사 수에 부족을 느끼지 않는 히데요시는, 머지않아 오사카에 유력한 수비대를 남겨놓고 자신이 직접 출진해 올 게 틀림없었다. 그 경우 오미에서 미노, 오와리로 해서 쳐들어올 것인지 아니면 북 이세로 해서 올 것인지에 견해 차이가 생길 것 같았다.

"어떤가, 가즈마사. 히데요시는 이세로 해서 올 것 같지 않은가?"

잠시 뒤 이에야스가 묻자 가즈마사는 사카이 다다쓰구를 돌아보았다. 그는 곧바로 대답하는 것을 피했다.

"아무래도 마음 놓을 수 없는데요. 히데요시의 책략은 늘 의표를 찌르는 것이어서요."

노부카쓰가 입을 열었다.

"뭐니 뭐니 해도 오와리는 우리 집안 대대로 내려오는 본고장이니 허술한 이세부터 먼저 칠 게 틀림없다고 생각하는데."

다다쓰구가 그때 비로소 완고한 눈을 노부카쓰에게로 돌리고 무겁게 입을 열었다.

"노부카쓰 님, 우리에게 무언가 숨기고 계신 것은 없으신지요?"
"뭐, 숨기고 있다니……?"
그렇게 말했으나 노부카쓰는 분명 얼굴빛이 달라져 있었다.
"저는 조금 전에 측간으로 가다가 좀 마음에 걸리는 말을 들었습니다만."
다다쓰구는 거기까지 말하더니 이에야스 쪽으로 홱 돌아앉았다.
"이미 지난 12일 밤에 미네성이 함락되었다고 병졸들이 말하고 있었습니다."
어지간한 이에야스도 놀란 모양이었다.
"뭐, 미네성이 함락되었다고? 걱정스럽군! 비록 병졸들의 허튼 소리라지만 그 말의 근원을 밝혀주십시오, 노부카쓰 님."
"자…… 잘 알았습니다."
노부카쓰는 되도록 얼굴빛을 바꾸지 않으려 노력했지만, 볼이 희미하게 떨리는 것을 알 수 있었다.
"노부카쓰 님은 대감을 이세 방면으로 보내고 싶은 거지요. 이세 방면에는 하시바 히데나가, 히데카쓰가 출병 중이라고 합니다. 게다가 다마루 도모야스(田丸具康), 구키 요시다카(九鬼嘉隆)들의 해상 세력도 있습니다. 미네성을 점령하면 적은 곧 마쓰가시마성으로 공격해 올 겁니다."
다다쓰구가 비웃듯 말하자 가즈마사는 다시 한번 같은 말을 중얼거렸다.
"방심하지 못하겠는데요. 남 이세에서는 바닷길로밖에 연락을 취할 수 없게 되니까요."
이에야스는 잠자코 두 사람을 흘끗 보았을 뿐이었다. 그도 노부카쓰의 희망은 잘 알고 있었다. 오와리는 기소강을 끼고 있으며 본디 오다 가문의 본거지인 것이다. 그러므로 적이 침입하기 어렵다고 생각한다면, 이세에서 이에야스가 싸워주기를 바라는 것도 무리가 아니었다.
그러나 이에야스가 볼 때 이 경우 그런 일은 문제 삼을 게 못 되었다. 아무튼 히데요시의 진출을 막을 수 있는 자는 자신 외에 달리 없다고 확신하고 있다. 따라서 히데요시가 이세로 오면 이세에서, 미노로 오면 미노에서 그와 맞서지 않으면 안 된다.
그렇지만 노부카쓰가 설마 전황을 숨기면서까지 자기를 이세 방면으로 보내려 하리라고는 꿈에도 생각지 못했다. 만일 그 같은 잔재주를 부린다면, 전혀 힘으로 의지할 수 없게 된다.

다다쓰구가 다시 말했다.

"주군! 아무래도 오와리를 뜨지 않는 게 좋을 것 같은데요."

이에야스는 대답하는 대신 입구 쪽으로 눈을 돌렸다. 노부카쓰가 병졸 하나를 데리고 조금 전보다 더 창백한 표정으로 들어왔기 때문이었다.

"근거 없는 소문이던가요, 노부카쓰 님?"

노부카쓰는 몹시 흥분된 투로 말했다.

"그것이…… 전혀 근거 없는 일이 아닌 것 같소. 네 이놈! 본 대로 들은 대로 말해 봐라."

끌려온 병졸은 몸은 늠름했으나 사람이 몹시 착해 보이는 마치 암소 같은 느낌의 사나이였다.

"틀림없습니다, 미네성은 함락되었습니다."

가즈마사가 소리쳤다.

"어젯밤에 말이냐? 성에 있던 사쿠마 님, 야마구치 님, 나카가와 님들은 어떻게 되었느냐?"

"사쿠마 님과 야마구치 님은 오와리로 철수하겠다면서 성을 버리셨습니다. 그러나 나카가와님은 도중에 전사했다고 저희들이 철수해 오는 길에 마을 백성한테서 들었습니다."

"뭣이, 나카가와가 전사했다고?"

노부카쓰도 처음 들은 게 틀림없다. 눈을 붉히며 신경질적으로 언성을 높였다.

나카가와 사다나리(中川貞成)는 기후에 맞서는 오와리의 수비진. 이누야마성주였는데 노부카쓰가 북 이세에 원군으로 파견했던 것이다…….

이에야스 역시 몸을 내밀 듯하며 말했다.

"나카가와가 전사했다면 다시 생각해야만 하오. 그것이 믿을 수 있는 소문인지, 어떤지."

노부카쓰는 야단치듯 몸을 떨며 병졸에게 말했다.

"직접 대답할 것을 허락한다. 도쿠가와 님에게 그때의 일을 상세히 말씀드려라!"

병졸은 그 소리에 기가 눌려 조그맣게 몸을 움츠렸다.

"저는 그저 허둥지둥 지나가는 길에 농부들에게서 들었을 뿐입니다. 참말인지 거짓말인지는 모, 모, 모르겠습니다."

"참말인지 거짓말인지는 모른다고! 이놈, 참말인지 거짓말인지도 모르는 일을 어째서 경솔하게 퍼뜨리느냐?"

"예, 주군 귀에 들어갈……줄은 꿈에도 모르고 그저 미네성에 대해 동료가 묻기에 그대로……."

병졸이 점점 더 오그라들어 떨며 말하는 것을 보고 이에야스는 가볍게 고개를 끄덕였다.

"좋아, 더 이상 모른다면 나가도 된다. 노부카쓰 님……."

노부카쓰는 다시 한번 야단쳤다.

"물러가랏! 나카가와가 전사한 것이 적에게 알려지면 큰일이니, 곧 척후병을 보내 알아보게 합시다."

이에야스는 그 말에는 이미 대답하지 않았다. 전투감독이라고는 하나 이누야마성주를 이세에 응원 보낸 것 자체가 벌써 이에야스에게는 천만뜻밖의 일이었다. 기후에서 오와리를 넘보는 적이 있다면 당장에라도 제일선이 될 이누야마성이 아닌가…….

이에야스가 다시 눈을 감고 생각에 잠겼으므로 노부카쓰는 또 물었다.

"어떻습니까, 곧 척후병을 내보낼까요?"

"좋겠지요."

"그러면 잠시 자리를……."

노부카쓰가 허둥지둥 나가자 다다쓰구가 호들갑스럽게 한숨 쉬었다.

"한심스럽군!"

"다다쓰구."

"예."

"아무래도 히데요시에게 넘어갔는지 모르겠다."

"넘어가다니…… 기분 나쁜 말이군요."

"그대는 곧 구와나(桑名)로 떠날 차비를 해라."

"구와나에 가서 어떻게 합니까?"

"거기서 이세에 있는 아군과 연락하는 거다. 다른 사람은 믿을 수 없다. 그대가 가라."

"그러시면 히데요시 놈이 기후성에 들어간 다음 역시 오와리로 침입하리라고 보십니까?"

"이미 때를 놓쳤는지도 모르겠다. 사카모토에서 오사카로 철수하는 모습이 어쩐지 너무 간단하다고 생각했지."

"너무 간단했다는 것은, 어떤 생각에서이신지?"

"이케다 쇼뉴와 모리 나가요시가 간단하게 편이 되었다는 증거다. 그렇다면 이미 쇼뉴가 이누야마성을 향해 진격하고 있을지도 모를 일이다."

"과연! 그렇다면 사태가 급하군요."

"그리고 그대는 핫토리 한조에게 남 이세로 가라고 일러라."

"핫토리를…… 남 이세로. 그러면 마쓰가사키성으로 보내시는 겁니까?"

"그렇지. 핫토리라면 할 수 있을 거야."

"그럼, 주군은 이 기요스에서 어느 쪽으로?"

거듭 묻자 이에야스는 다시 눈을 감으며 말했다.

"그것을 지금 생각 중인데…… 역시 고마키산(小牧山)이 되겠지."

그때 다시금 얼굴빛이 달라져 노부카쓰가 큰 방으로 되돌아왔다. 그 얼굴빛은 도자기처럼 창백해져 눈만 번들번들 인광을 떨치고 있었다.

"이거…… 큰일 났소."

흥분이라기보다 낭패와 분노로 혀가 이상하게 굳어진다.

"무슨 일입니까?"

웬만한 일에는 꿈쩍하지 않는 가즈마사도 이때는 등골이 오싹하게 서늘해졌다. 좋은 일이 아니다. 나쁜 일임에 틀림없으리라고 직감되는 노부카쓰의 모습이었다. 노부카쓰는 선 채로 한동안 떨고만 있었다.

"말씀하십시오. 전투를 함께 하면 문제는 으레 따르는 법이니까요."

"하여튼 어쩌면 그토록 믿을 수 없는 놈들인지!"

노부카쓰는 다시 한번 이를 부드득 갈았다.

"적의 선봉이 이누야마성에 들어왔습니다."

"뭣이! 이누야마성에 선봉이 들어왔다고……"

"그렇소."

"선봉이 들어왔다면 벌써 낙성된 게 아닙니까?"
"그렇소……."
가즈마사의 뒤를 이어 다다쓰구가 화내며 입을 열었다.
"노부카쓰 님! 감추시지 말고 말하십시오."
이에야스는 다다쓰구를 제지했다.
"잠깐! 생각지 못했던 일은 아니다. 쳐들어온 것은 이케다 쇼뉴겠지요."
"이케다와 모리."
"이케다의 측근에 지난날 이누야마성 치안을 맡았던 히오키 사이조(日置才藏)라는 자가 있는데, 그놈이 상인에게 연락해 성안 내용을 이것저것 탐지케 한 게 틀림없을 거요."
"분하지만 그런 것 같습니다."
"그러니 성주 나카가와를 이세로 보내신 것을 곧바로 알게 된 겁니다. 성주가 출타 중이라면 이때다, 하고…… 이건 쇼뉴가 아닌 나라도 그랬을 테지요. 그래, 이누야마성 수비는 누가 하고 있었던가요?"
"나카가와의 백부인 기요조(淸藏)라는 중에게 방심하지 말라고 단단히 일러두었습니다만……."
"그런 말씀은 마십시오. 성 공격은 상대가 가장 자랑으로 삼는 특기, 게다가 공격군 인원이 훨씬 많았을 것이오."
주위에 어느덧 어둠이 내려 모두들의 얼굴이 희미하게 보이기 시작했다.
이에야스는 그제야 혼다 헤이하치에게 말을 걸었다.
"참으로 재미있게 되었구나, 헤이하치. 우리의 전투태세는 첫 싸움에서 한 대 얻어맞으면 그다음부터 힘이 5배, 10배로 강해진다. 옛날부터 그랬었지."
"옳은 말씀, 온몸의 근육이 분발되어 떨리기 시작하고 있습니다."
"적의 선봉이 귀신이라는 별명이 붙은 모리 나가요시라면 무리도 아니지. 히데요시의 부하인 귀신이 이기느냐, 이에야스의 가신인 귀신이 이기느냐. 하하하…… 재미있게 되어가는걸, 헤이하치."
"그렇습니다! 야전으로 유인해 본때를 보여주겠습니다."
"하하하……."
이에야스는 다시 한번 소리 내어 웃고 나서 아직도 파랗게 질려 서 있는 노부카쓰에게 말했다.

"이것으로 결정되었군요. 걱정 없다고 생각했던 오와리 땅을 짓밟혀서는 안 되니 한 발도 물러설 수 없소. 나는 이세 방면으로 가지 않겠소. 우선 여기서 적을 내몰겠소."

첫 싸움은 이에야스에게 결코 유리한 게 못되었다. 그러나 이것으로 히데요시의 뱃속은 대강 알 수 있을 듯했다. 이누야마성을 점령한 이케다의 행동이 곧 히데요시의 작전을 반영하고 있는 것이다.

아마 이케다 쇼뉴는 이번 싸움에서 히데요시를 감탄케 하려고 공을 서두르고 있을 게 틀림없으며, 그 조바심하는 배후에 히데요시의 명령이 있었다고 보아도 무방했다. 우선 북 이세에서 전투를 개시하여 그 방면으로 출동하는 것처럼 보여 놓고 약점을 타서 이누야마성을 점령하고는 다시 진격해 노부카쓰의 본거지인 기요스성으로 쇄도한다. 성 공격은 히데요시가 가장 자랑으로 여기는 특기였다. 그리하여 기요스성을 포위해 놓고 자기는 기후성으로 나가 총지휘한다.

그쯤 알면 이에야스에게도 대책이 있었다. 이에야스는 오히려 히데요시 자신이 이세 방면으로 출동하게 될 것을 은근히 두려워하고 있었다. 이세에서의 노부카쓰의 지위는 오와리에 있는 경우보다 훨씬 더 위험했고, 수군도 히데요시에게 많이 가담할 것 같은 두려움이 있었다.

게다가 한 가지 더 두려웠던 것은, 첫 싸움 전황이 너무 순조롭게 진전되어간다면 노부카쓰의 발언권이 확대되어 이에야스의 지휘에 방해되지나 않을까 하는 것이었다. 겉으로는 노부카쓰 대 히데요시의 싸움이다. 그러나 어디까지나 겉모습일 뿐이며, 실은 히데요시 대 이에야스 사이의 흥망을 건 일대 결전인 셈이다. 그러므로 이에야스는 첫 싸움의 곤란을 오히려 남몰래 기뻐하기까지 했다.

뜻밖의 이누야마 낙성 비보를 듣고 아직 부들부들 떨며 서 있는 노부카쓰에게 이에야스는 미소 지은 채 걸상을 가리켰다.

"우선 여기 앉으십시오."

그리고 아무렇지도 않은 태도로 펼쳐놓은 도면을 자기 앞으로 가져오게 하였다.

"고헤이타, 지도를."

그리고 조용히 다시 말했다.

"등불을."

촛대에 불이 환하게 켜졌다. 이에야스는 군선(軍扇)을 무릎에 세운 채 한동안 열심히 도면을 보고 있을 뿐 좀처럼 입을 열지 않는다.

혼다 헤이하치가 빙그레 웃은 것은, 적이 이누야마성 전선으로 나온다면 아군이 어떻게 대처할지 하마마쓰에서 재삼재사 검토해 두었기 때문이었다.

'주군도 꽤 능청스러워지셨군…….'

잠시 뒤 이에야스는 곁에 노부카쓰가 있다는 것을 까맣게 잊은 듯 입을 열었다.

"고헤이타, 히데요시가 가장 싫어하는 게 무엇일까?"

"그야 지는 것이겠지요."

"하하하…… 고헤이타 놈이 또 싱거운 소리를. 지는 것이라면 나도 히데요시 이상으로 싫어한다. 그것 말고."

고헤이타는 신중히 고개를 갸웃거렸다.

"그렇다면…… 역적이라는 말이 아닐까요? 미쓰히데를 칠 때 명분으로 내세운 말이었으니까요."

"그렇군, 역적이라…… 좋아, 주인집 재산을 횡령했을 뿐 아니라 그 남은 자식들을 차례로 살해하려고 한다. 이것은 우리나라에도 당나라에도 전례가 없는 악역무도한 짓이다."

말을 꺼낸 고헤이타가 먼저 어리둥절하며 늘어앉은 여러 얼굴을 둘러보았다. 이에야스의 말투가 갑자기 변했으므로, 노부카쓰만은 쏘는 듯한 눈으로 이에야스를 보고 있었으나 다른 사람들은 모두 웃음을 참는 표정이었다.

"정말 이것은 천인공노할 악역무도함, 이것을 그대로 보고만 있다면 의가 안 선다."

고헤이타는 새삼스레 감탄했다.

"과연……! 그래서 어떻게 해야 되는 겁니까, 앞으로……?"

"뻔한 일이지, 이런 역적을 그냥 두어서는 안 된다. 그래서 도쿠가와 이에야스, 결연히 일어나 의병을 총동원하여 돌아가신 노부나가 공의 자제 노부카쓰 님을 위해 싸우겠다. 일본 땅에 아직 무사가 있다면 곧바로 달려와 이 정의의 싸움에 참가하여 천인공노할 역적 하시바 히데요시를 치라고 말이다."

"팻말이라도 세우시겠습니까?"

"바로 그것이다."

이에야스는 다시 부드러운 목소리가 되며 고개를 끄덕였다.

"문장을 잘 음미해 보는 자의 피가 끓도록 해라. 세울 장소는 우선 이누야마성과 여기 이 고마키산 북쪽. 서둘러라!"

"과연……!"

"많을수록 좋다. 그리고 이 언저리에 다 세우고 나거든 사양할 것 없으니 강 건너 미노의 모든 곳에도 거침없이 세우도록 해라."

"알았습니다."

"서둘러라, 곧 준비를 시작하도록."

"예! 그럼……."

"다다쓰구!"

"예!"

"그대도 출발해라, 구와나로. 그리고 핫토리를 남 이세로 급히 보내라. 그러지 않으면 그쪽이 위험해질 것이다."

"그럼, 주군은 어떻게 하시렵니까?"

"오늘 밤부터 고마키산에 진칠 준비를 시작하겠다. 일각만 늦어도 이 기요스성이 위태로워진다. 서둘러라!"

혼다 헤이하치로는 또 빙그레 입술을 이지러뜨리고 웃었다.

'주군도 꽤 능숙해지셨어…….'

이렇게 되고 보면 노부카쓰는 입을 열 틈도 없게 된다.

"그럼…… 도쿠가와 님께서는 고마키산으로?"

이에야스는 노부카쓰에게 가볍게 대꾸했다.

"어디 다른 곳에 이케다의 진군을 막을 만한 곳이 있다면 모릅니다만."

그리고 이번에는 다급하게 헤이하치로에게로 눈을 돌렸다.

"헤이하치! 그대도 서둘러라. 어떤 일이 있어도 이케다와 모리가 전진하지 못하게 막아라."

"그 일이라면……."

헤이하치가 가슴을 툭 치자 이에야스는 다시 노부카쓰에게로 눈을 돌렸다.

"그 팻말은 역적을 조금이라도 빨리 미노로 유인해 내는 수단입니다."

"그렇군요……."

"그뿐이 아닙니다. 그것을 세워두면 마음이 동요되고 있는 영내 백성들을 누르는 길도 됩니다."

"영내 백성들이 동요하고 있다고 생각하십니까?"

"아무튼 이누야마성을 뺏긴 데다 북 이세의 일도 머지않아 여러 사람 귀에 들어갈 것이니 써야 할 수단은 모두 단단히 써둬야 될 것입니다. 싸움이니까요."

진지한 표정으로 다다쓰구가 말했다.

"그럼, 주군! 가겠습니다."

"오, 빨리 가라."

노부카쓰는 완전히 작전에서 멀어졌다. 그러나 그 눈은 감동에 젖어 발갛게 눈물이 어리기 시작했다…….

회의는 도쿠가와의 중신들이 차례차례 자리를 뜨는 것으로 끝났다.

노부카쓰는 안으로 물러가고 이에야스는 가즈마사와 함께 노부카쓰가 마련해 준 바깥채의 큰 서원으로 돌아왔다. 돌아오는 길에 복도에서 이에야스는 가즈마사를 돌아보았다.

"자야는 와 있는가?"

그렇게 물은 다음 미소 지어 보였다.

"역시 궁리를 한 모양이지."

"말씀하신 대로 사람 생각에는 그리 차이가 없는 것 같군요."

"이대로 히데요시가 성급하게 야전을 걸어왔으면 좋겠는데."

"우선 자야 님 보고를 들어보시는 게 좋을 겁니다."

"그렇게 하자. 그러나 오늘부터 당분간은 자야라고 부르지 마라. 마쓰모토 시로지로(松本四郎次郎)는 나의 측근이다."

가즈마사는 조그맣게 고개를 끄덕였다.

"그 마쓰모토가 와 있습니다. 오사카 언저리 일을 자세히 알게 되겠지요."

성 안팎은 인마의 움직임으로 부산스러웠으며, 창문에서 내다보이는 여기저기에서 여러 줄기의 화톳불이 밤하늘에 불길을 뻗치고 있었다.

"주군……."

"뭐냐?"
"이케다가 고마키산 가까이 와서 불을 지르지 않을까요?"
이에야스는 흐흐 웃었다.
"불을 지르면 어떻다는 건가?"
"아니, 별로……."
가즈마사는 그대로 시동에게 서원 장지문을 열게 했다. 이에야스도 그뿐 말없이 서원으로 들어갔는데, 고헤이타에게 팻말을 세우라고 명령한 뜻을 가즈마사도 그제야 깨달은 모양이었다.
그 첫째 목적은 물론 히데요시를 노하게 하기 위한 것이었으나, 둘째 목적은 되도록 이케다를 흥분시키려는 점도 있었다. 히데요시가 가장 싫어하는 역적이라는 팻말을 점령지 주변에 마구 세우게 되면, 이케다가 아니더라도 흥분하리라. 흥분하면 그대로 그 인물의 약점이 드러나게 된다. 이케다가 만일 여기서 화내어 정확한 진군계획도 없이 오와리 마을들을 불태워버리기라도 해준다면 그것은 이에야스가 바라는 대로였다.
뭐니 해도 침입군은 그 고장 토착민들의 협력을 얻는 일이 으뜸이다. 정보를 얻거나 말먹이를 얻는 데도 토착민의 마음을 사로잡지 않으면 안 된다. 더구나 히데요시는 그 묘수를 몸소 알고 있다. 거기에 대항하기 위해서는 이케다로 하여금 오와리 땅을 불태워버리게 하여 토착민의 반감을 사게 해놓고 이에야스의 손으로 이러한 민심을 안정시키는 방법이었다. 그렇게 되면 역적 정벌 팻말은 단순히 골려주기 위한 행위에서 중요한 전략적 의미를 갖는 것으로 앙양되어간다.
'가즈마사 놈, 눈치챘군.'
이에야스가 웃으면서 자리에 앉자 자야가 말했다.
"시로지로, 5시에 도착하여 기다리고 있었습니다."
오늘의 자야는 자못 늠름하게 갑옷을 입고 훌륭한 무사로 돌아가 있다.
이에야스는 점잖게 고개를 끄덕이고 시동들에게 눈짓했다. 네 시동이 동시에 일어나 대청 옆방을 향해 파수섰다.
"어떤가, 사카이와 오사카의 공기는?"
자야는 다시 한번 단정히 머리를 숙였다.
"예, 상인들은 통틀어 솔직히 말은 하지 않습니다만 대감을 좋게 이야기하시

않습니다."

"다시 세상을 혼란시킨다고들 말하겠지?"

"혼란해지면 어쩌나 하는 의구심인 것 같습니다. 개중에는 문제되지 않으리라고 말하는 자도 있는 모양입니다만."

"문제되지 않는다…… 히데요시 쪽이 강하다는 말이로군?"

"예, 그러나 그중에는 반대로 어떤 경우에도 경거망동하시지 않는 대감이시니 승산이 있어 일어난 거라고 말하는 인물도 있습니다."

"그게 누구지?"

"예, 나야 쇼안 무리입니다."

"그 밖에는?"

"그 밖에는, 이것은 처음부터 히데요시와 대감 사이에 미리 타합되어 있는 사기가 아닌가 하는 사람도 있습니다."

"뭐라구! 사기라니 무슨 소리냐?"

"이거 황송합니다. 서로 친하다는 뜻입니다."

"음, 나와 히데요시가 서로 친해서 노부카쓰를 제거하기 위해 깃발을 올렸다는 말이지?"

"그렇습니다. 그런 자들은—두고 봐, 이제 곧 히데요시 님과 도쿠가와 님은 손잡을 테고 노부카쓰 님은 설 곳을 잃어 멸망해 갈 거라고들 말하고 있습니다."

이에야스는 못마땅한 얼굴이 되어 황급히 주위를 둘러보았다. 그러한 소문이 퍼지고 있다면 그것은 히데요시의 책모임에 틀림없다.

"가즈마사, 들었나?"

"예."

"무서운 사나이구나, 히데요시는……."

"예, 방심하셔서는 안 됩니다."

"아픈 곳을 찌르는구나. 나와 히데요시가 막후에서 손잡을지도 모른다고 생각하면, 시고쿠 군이며 폭도 무리들도 반드시 마음이 주저될 것이다. 적이지만 훌륭한……."

거기까지 말하다가 갑자기 이에야스는 목소리를 낮추었다.

"그런 소문이 노부카쓰에게 들어가지 않도록 충분히 주의해야 한다."

"옳은 말씀입니다. 그것은 충분히……."

가즈마사가 똑바로 눈을 뜨고 대답하자 이에야스는 한숨 쉬고 시선을 다시 자야에게로 돌렸다.

"뭐니 뭐니 해도 세상의 평판은 염두에 두어야만 한다. 지금 그 소문같이 세상을 내다보는 자가 있다는 건 무서운 일이야."

"그토록 걱정하실 것은 없을 줄 압니다만."

"아니, 마음 써야 한다. 만일을 위해 묻는데, 그 소문에 대해 말하는 자의 이름을 기억하고 있는가?"

"예, 칼집장이 소로리로 언제나 세상일을 요리조리 비꼬지 않으면 직성이 안 풀리는 사나이입니다."

"음, 칼집장이 소로리라…… 그자는 히데요시에게 드나드는 모양이지. 좋아, 이제 알았다. 그래, 히데요시는 사카이, 오사카의 경비로 누구를 남기고 올 눈치던가?"

자야……가 아닌 마쓰모토로 다시 돌아온 자야의 가장 중요한 탐색 사항은 오사카 언저리의 히데요시의 배치와 방비였다. 이것에 의하여 히데요시가 언제쯤 그 주력을 총동원해 이에야스 앞에 나타나느냐는 판단이 가능하게 된다. 어디까지나 인해전술을 지향하는 히데요시는 그 언저리의 전황에 불안이 있는 동안은 결코 미노에 오지 않을 것이다.

자야는 한층 더 긴장하는 표정이 되었다.

"그것은…… 기시와다성에 나카무라 가즈우지를 넣은 것으로 보아 오사카성 수비장수는 하치스카 히코에몬이 아닐까 생각됩니다만."

"기시와다성은 나카무라 가즈우지……."

이에야스는 문득 미간에 주름을 새기고 생각하더니 말을 이었다.

"그렇다면 새 성의 수비장수는 하치스카겠지."

"기슈의 폭도들 동향을 민감하게 눈치채고 있습니다. 이것은 어쩔 수 없는 일입니다. 네고로, 사이가 무리들이 가끔 사카이 거리로 총을 구하러 오기 때문에 숨길 수 없습니다."

"그렇겠지. 누구나 싫어하는 싸움이다. 싸움이 일어날 것 같으면 분위기로 느낀다. 그렇군, 수비장수는 하치스카……."

이에야스는 다시 한번 같은 말을 중얼거린 다음, 지그시 눈을 움직이지 않고 두 사람을 바라보는 가즈마사에게 갑자기 말을 건넸다.

"아직 늦지 않았군, 가즈마사."

가즈마사는 되물었다.

"늦지 않았다니요……?"

"왜 이리 멍청한가, 그대한테 부탁해 놓은 일 말이다."

"저에게……."

말하다가 문득 가즈마사의 얼굴빛이 달라졌다. 이에야스는 두 번 다시 그 말을 하지 않았다. 가즈마사로서는 몸을 에이는 것보다도 더 괴로운 일이었다. 다름 아니다. 히데요시의 책모에 넘어간 것같이 꾸며 가즈마사로부터 히데요시에게 밀서를 보내라는 것이었다.

히데요시 쪽에서는, 이에야스 쪽 사람들의 싸울 뜻을 상실시키기 위해 히데요시와 이에야스가 단합해 노부카쓰를 제거하려 한다는 소문을 퍼뜨리고 있다. 그러니 그 소문에 넘어간 것처럼 하여 이에야스 측근에서 밀서를 보낸다.

"확실히 이에야스에게는 싸울 뜻이 없다. 기회 보아 히데요시와 손잡을 생각으로 있다."

그러면 충분히 히데요시가 동요되게 만들 수 있을 것이다. 그것이 아직 늦지 않았다는 뜻이었다. 이에야스는 벌써 그 일은 더 이상 언급하지 않았다.

"가즈마사, 고마키산은 가장 높은 곳이 얼마쯤 되던가? 아마, 250척쯤 된다고 생각하는데."

"280척은 됩니다."

"그런가? 북서에 대비하여 미쓰이, 시게요시, 고리의 세 요새를 만들어 이누야마의 방비로 삼지 않으면 안 되겠지, 자야?"

"예."

"이누야마성을 이케다에게 뺏겼다. 그러므로 내일 첫새벽부터 대진을 바꾸겠다. 피곤할 테니 그대는 잠시 쉬어라. 나도 3시간쯤 자야겠다."

그리고 이에야스는 다시 한번 가즈마사에게 가볍게 말했다.

"이것으로 미비한 점은 없겠지? 내일 노부카쓰 님과 함께 고마키산으로 올라가겠다."

머리싸움

이케다 쇼뉴는 이누야마성 망루에 서서 남쪽으로 펼쳐진 아래거리와 북쪽으로 깎아내려진 열 몇 길 되는 기소강의 절경을 천천히 바라보고 있었다. 옆에는 아들 모토스케(元助)와 사위 모리 나가요시가 단려한 얼굴을 나란히 하여 눈부신 봄볕에 실눈을 짓고 있다.

근위무사는 조금 떨어진 곳에 대기하고 있어 세 사람의 말소리가 그들 귀에까지는 들리지 않았다.

이케다는 이마에 손을 얹고 멀리 우누마(鵜沼) 나루터를 바라보며 말했다.

"오와리에 들어가면…… 그곳은 내가 어릴 때부터 줄곧 살아온 땅이다. 이에야스에게 넘겨줘서는 안 돼."

모리는 그 말에는 대답하지 않고 말했다.

"이에야스는 고마키산으로 나오리라 생각합니다만."

"나와도 좋지만, 설마 직접은 안 올 거다. 기요스성에서 지휘할 거야."

"그러나 야전을 자랑으로 삼는 미카와 군이므로 어쩌면……."

"나온다면 더욱 좋지. 자신이 직접 나올 정도라면 미카와의 수비는 틀림없이 허술해질 것이다. 그렇게 되면 나는 미카와로 쳐들어가 후방을 교란시켜 단번에 적의 세력을 꺾어 보이겠다."

그렇게 말한 뒤 덧붙였다.

"그렇다고 그대의 척후를 중시하라는 말은 아니다. 이미 오와리에 발을 걸쳤으니 충분히 활동하도록 해라."
"그럼, 지금부터 곧."
모리는 대답하자 곧 일어섰다.
"저도."
모토스케도 따라 일어났다.
모리 나가요시는 산자에몬의 장남으로 란마루의 형이다. 그는 이 싸움에서 장인 이케다보다 더 공을 서두르고 있었다. 히데요시를 배짱 세고 도량이 큰 실력주의자로 보고 있는 그는 여기서 장인 이상의 전공을 세워 히데요시에게 그 수완과 역량을 인정시키려고 불덩어리같이 되어 있다.
그러나 이누야마성 점령은 뭐니 해도 이케다의 큰 공훈이었다. 이케다는 성주 나카가와 사다나리가 없는 틈을 노려 전에 이누야마의 행정관이었던 히오키 사이조를 잠입시켜 상인들 중에서 인질을 잡아오게 했다. 따라서 중신인 이기 다다쓰구(伊木忠次)와 아들 모토스케의 선발대가 야음을 틈타 우누마의 나룻터에 도착했을 때 강 위에는 매수된 우누마 배들로 가득차 있었다. 성안에서는 배들이 이누야마성 배후에 접근해 함성을 지르고 습격해 들어갈 때까지 아무것도 몰랐을 만큼 순조로웠다.
'장인의 공훈보다 뒤떨어져서는 안 된다…….'
이누야마성이 이케다의 손으로 점령되었으니 다음의 기요스성에서는 어떤 일이 있어도 가장 큰 공로를 세우고 싶었다.
그는 성을 나오자 척후병을 30기 남짓 이끌고 모토스케와 함께 남쪽으로 내려갔다. 하구로(羽黑)에서 가쿠덴(樂田)을 거쳐 고마키로 나오면 거기서 기요스까지는 30리 10정 남짓. 그 언저리의 어느 곳이 진 치기에 알맞은지 확인하러 나왔다.
"이상한데……?"
그는 말을 멈추었다. 앞쪽에 보이는 300척쯤 되어 보이는 산이 고마키산일 게 틀림없다. 그런데 그 산꼭대기에 사람 그림자가 흘끗흘끗 보인다.
"아, 저 기치는 이에야스……?"
앞서 갔던 척후병 하나가 말을 몰고 돌아와 보고했다.
"아뢰오. 도쿠가와 님과 함께 산꼭대기에서 사방을 내려다보고 있는 것은 틀림없는 노부카쓰 님입니다."

"음!"

모리는 나직이 신음하고 모토스케 쪽으로 급히 말을 몰아갔다.

"모토스케 님, 저걸 보시오."

모리가 말을 걸었을 때 모토스케도 눈을 똑바로 뜨고 산꼭대기를 노려보고 있었다.

15일, 한낮이 지나면서 봄볕은 평탄한 산기슭의 신록을 눈부실 만큼 또렷이 부각시키고 있다.

"적도 빈틈없군. 방심해선 안됩니다."

모토스케는 대답 대신 혀를 세게 차며 신경질적으로 입술을 앞니로 깨물었다.

"저 모양으로는 본진을 이리 진격시킬 작정이군. 그러기에 장인어른께 그만큼 말씀드렸는데도……."

"나가요시 님, 좋은?"

"공교롭게도 척후만 할 생각으로……."

"운 좋은 사람이야, 이에야스는……."

"그렇다고 언제까지나 저대로 내버려두지는 않겠다."

"하지만 지금 일본에서 가장 운이 센 사람이 하시바 님과 이에야스 님이니 어쩌면 이것은 운수다툼이 될지도 모르오."

"운이라면 아버님도 세었소. 이누야마성을 그토록 간단히……."

"나가요시 님……"

"무슨 좋은 생각이라도 떠올랐소?"

"이건 이대로 내버려둘 수 없소. 우리도 이누야마 전선에 거점을 만들지 않으면 큰일이 벌어질 거요."

모토스케는 빠르게 말한 다음 고개를 갸우뚱했다.

"아버지에게 의논할 필요는 없겠지."

"의논이라니?"

"일각이 지체되면 그만큼 상대 진영은 강해지는 거요. 오늘 밤 당장 이 언저리 마을들을 불태워버립시다."

"뭐, 마을들을……?"

모리는 숨죽이고 말을 이었다.
"추수하기 전이라면 상대가 식량을 얻지 못하게 하기 위해 그럴 필요도 있겠으나, 지금은 때가……?"
"아니, 우리 세력이 이미 이 땅에 미친 것을 알면 토민들은 두려워서 적에게 편들지 못할 거요."
"하지만 만일 그것이 원한의 씨가 되면 하시바 님 생각에 거역되는 게 아닐까요……? 하시바 님은 민심 수습이 으뜸이라시며 이미 여러 사찰에 대하여 저마다 사찰의 영지를 인정한다고 몰래 알리고 있다던데요."
모토스케는 그 말에 다시 입을 다물었다.
이번에는 잠자코 산꼭대기에서 사방으로 줄곧 눈을 움직이고 있다. 그러자 그 눈에 또 하나, 나무들의 녹음을 누비며 달려오는 아군이 하나 보였다.
"저것은 후방을 감시케 했던 가지무라 요헤에(梶村與兵衛)로군. 그가 들고 있는 게 무엇일까? 팻말 같은데……."
"뭐, 팻말……?"
모리가 수상히 여기며 그쪽으로 말머리를 돌렸을 때 그 군졸은 산 위의 사람 그림자를 보지 못한 모양인 듯 큰 소리로 외치며 다가왔다.
"아뢰오! 앞마을에 사람들이 많이 모여 떠들고 있기에 가까이 가보니 이런 팻말이 서 있었습니다."
"어디 보자, 뭐라고 써 있는지."
모리는 손을 내밀어 그것을 받아들고 괴상한 소리를 질렀다.
"야, 야……!"
그리고 그것을 모토스케에게로 내밀었다. 모토스케는 한 번 보자마자 사나운 신음소리를 내며 눈이 시뻘개졌다. 그 팻말 첫머리에는 놀랄 만한 말이 씌어 있었다.
"하시바 히데요시는 농군의 자식"
아마 모리는 그 글씨를 보자마자 이 팻말이 무엇을 의미하는지 직감한 모양이었다. 그래서 일단 모토스케에게 주고 허둥지둥 말을 가까이 붙여 그와 함께 팻말을 읽었다.

하시바 히데요시는 농군의 자식, 본디 말 앞에서 달리던 졸개에 지나지 않았다. 그렇건만 일단 노부나가 공의 총애를 받고 장수로 발탁되어 큰 녹을 먹게 되더니 하늘보다 높고 바다보다 깊은 그 큰 은혜를 망각하고, 노부나가 공이 돌아가신 뒤 드디어 주군의 자리를 빼앗으려 꾀할 뿐 아니라, 주군의 아들 노부타카 공을 그 생모며 딸과 함께 학살하고, 지금은 노부카쓰 공에게마저 칼을 뽑는구나. 말로 다할 수 없는 그 대역무도함을 가만히 보고 있을 수 없어 우리 주군 이에야스는 노부나가 공과의 옛정을 생각하고 신의를 존중해 노부카쓰 공의 약한 힘을 돕고저 궐기했노라. 만일 히데요시의 천인공노할 반역에 격분하고 정의의 중함을 생각하는 자 있다면, 조상의 명예를 걸고 이 의군에 참가하여 역적을 토벌하고 이 나라 민심 안정을 도모할지어다.

덴쇼 12년(1584)

사카키바라 고헤이타

다 읽고 나자 두 사람 다 잠시 말이 없었고 얼굴도 마주 보지 않았다.

말 앞에서 달리던 졸개라는 말은 고사하고라도 '천인공노할 반역'에 이르러서는 히데요시의 격노가 상상되어 함부로 입도 열 수 없었던 것이다.

"사카키바라 놈이……!"

잠시 뒤 모리가 말을 움직이자 모토스케는 팻말을 둘러메고 말머리를 돌렸다.

"어디로 가는 거요, 모토스케 님."

"못 참겠소. 아버지에게 보이겠소!"

"보여드리는 게 좋을 것 같소?"

"이것이 하시바 님 귀에 들어가는 날에는 이누야마성 점령의 공도 수포로 돌아가오…… 보이겠소! 그리고 당장 병력을 진격시켜 고마키산을 우리 손에 넣어야 하오."

"모토스케 님!"

그러나 그때 모토스케는 이미 말에 채찍을 휘갈기며 달려 나가고 있었다.

이런 팻말이 서는 것을 보면 적의 준비도 진전되고 있다……고 생각하니 일각도 지체할 수 없는 심정이었다.

"모토스케 님!"

모리는 다시 한번 부르고 나서 모토스케의 뒤를 좇았다.

'여기서는 어떤 일이 있어도 무공을 세워야지…….'

그렇게 조바심하고 있는 자신이 이케다 부자의 작전 결정에 따르게 되는 파국에 빠져서는 안 된다 싶어 황급히 성으로 돌아갈 마음이 생긴 것이다.

산꼭대기 사람들은 아직 여전히 왔다 갔다 할 뿐 내려갈 기척이 없다. 아마 여기서는 실지 현장에 대해 줄곧 작전을 꾸미고 있는 것이리라. 모리가 말을 달리기 시작했으므로 따르던 자들도 일제히 말을 돌렸다. 그렇게 되니 적도 그들을 보지 않을 수 없었다.

흙먼지를 일으키며 북쪽으로 달려가는 일대의 배후에서 총성이 탕탕 뒤쫓았다.

그러나 그때 이미 모토스케와 모리는 사정거리에서 벗어나 있었다.

성에 돌아오니 여기에도 벌써 같은 문장의 다른 팻말이 와 있어 아버지 쇼뉴가 못마땅한 얼굴로 읽고 있는 참이었다.

"아버지, 그것을 어디서……?"

모토스케는 반 무장차림의 쇼뉴가 미간을 찌푸리며 읽고 있는 팻말 곁에 자신이 들고 온 것을 난폭하게 동댕이쳤다.

"이건 변두리 강변에 서 있던 것을 가마우지 사육자가 발견하고 가져온 거다. 그것은 어디 세워져 있더냐?"

"이것은 고마키산 언저리 마을에…… 망할 자식, 이누야마성 아래까지."

쇼뉴가 제지했다.

"화내지 마라. 이건 우리를 화내게 하려는 짓이다. 사카키바라라는 놈은 꽤 지혜꾸러기라는 말을 들었다. 화내어 뛰쳐나오면 어디다 병졸을 매복시켜 놓았다가 공을 세우려는 생각이겠지, 뭘. 그까짓 어린애 장난 같은 팻말쯤 가지고."

입으로는 모토스케를 제지하면서도 이케다의 이마에 구불구불한 힘줄이 서 있다.

'히데요시가 이것을 본다면…….'

그에게도 그런 불안이 있기 때문이었다.

곁에 대기하고 있던 중신 이기가 말했다.

"이렇게 쓰는 일도 쉬운 게 아닙니다. 이런 것까지 준비하고 있는 이상 어지간히 조심하지 않으면 안 될 겁니다."

"싸움에 조심성은 으레 따르는 법, 누구에게나 목은 두 개 없으니까. 그러나 이런 일에 속을 썩여서는 안 돼. 모리, 눈에 띄는 대로 곧 뽑아서 불태워버리라고 모두에게 일러놓게."

모리는 줄곧 땀을 닦으면서 대답했다.

"물론이지요."

그리고 곧 시동에게 말했다.

"지도를 가져오너라. 지금 보고 온 것을 써넣어두지 않으면 안 됩니다, 장인어른. 적은 고마키산을 본진으로 하여 거기서 이누야마를 노릴 작정으로 있습니다."

"역시 고마키인가!"

"그러므로 저도 곧 이누야마와 적진 사이로 진출할까 생각합니다."

시동이 갖고 온 지도를 모리가 성급하게 펼치자 모토스케는 분명하게 잘라말했다.

"나는 고마키산을 단번에 이 손으로 점령하지 못하면 틀림없이 후회가 남으리라 생각하오."

그리고 군선으로 고마키산을 가리켰다.

그러나 이케다는 대답이 없다. 대답하는 대신 고개를 갸웃하며 모두들 아직 철없다고 말하고 싶은 듯한 표정이었다.

"시간을 끌수록 적진은 견고해지겠지요. 오늘 밤 곧 야습하도록 허락해 주십시오."

"야습하겠단 말이지……."

이케다는 손에 들고 있던 팻말을 비로소 곁에 내려놓았다.

"기소강을 밤에 건넜던 것같이는 안 될 거다, 모토스케."

"잘 알고 있습니다. 그러나 한 발이라도 기요스에 더 다가가 하시바 님 도착을 기다리는 것이……."

"나는 이에야스의 전투태세를 몇 번이나 보아왔다. 아네강에서도 나가시노에서도. 야전이 되면 미카와 군은 잡병들까지 맹호로 바뀌지."

"그럼, 이렇게 속수무책으로 있겠다는 겁니까? 하시바 님은 아직 좀처럼 도착하실 것 같지 않은데……."

모토스케가 대들자 이케다는 갑자기 엄숙한 얼굴이 되었다.
"속수무책으로 있으라고는 하지 않는다. 다만 상대가 바라는 대로 걸려들지 말라는 것이다."
이케다는 여기서 한층 더 목쉰 소리를 높였다.
"싸움이란 때로 참아야 하는 것이다! 그저 진격만 하면 되는 게 아니지. 만일…… 여기서 이누야마성을 지키고 있더라도 이에야스는 아마 십중팔구 자기 쪽에서 싸움을 걸어오지 않을 것이다. 시간을 끄는 성 공격 따위는 하고 있을 수 없으니까. 그러니 우리들은 하시바 님의 도착을 기다려 대군을 집결시킨다. 그렇게 되면 대항하기 위해서라도 이에야스는 반드시 그 정면에 되도록 많은 병력을 집결시켜야만 한다. 몇 번이고 말해 주었듯 그렇게 되면 미카와는 빈껍데기다. 거기서 우리가 미카와를 찌른다…… 알았나? 미카와가 습격당한 것을 알면 이에야스는 되돌아갈 수밖에 없다. 그가 되돌아가면 하시바 님 대군은 그대로 오와리를 단번에 휩쓸어버리고 진격해 간다. 그것으로 승부는 결정되는 거야."
이케다는 단숨에 말하고 도면에서 눈을 돌려 아들과 사위를 보며 혀를 찼다.
"둘 다 몹시 불만인 모양이구나. 그럼, 그대들은 어떻게 하겠다는 건가? 우선 모리 님 의견부터 들어보자."
"저는……."
모리는 몸을 내밀 듯하여 군선 끝으로 이누야마와 고마키 사이에 있는 하구로를 짚었다.
"곧바로 기요스를 찌르는 것처럼 보여 놓고 여기에 진을 친 다음 만일 고마키에 틈이 엿보이면 습격할까 합니다."
"옳지, 하구로…… 그렇다면 이누야마의 전위부대라고 봐도 되겠군. 이기."
중신 이기를 불러 이케다는 물었다.
"이 하구로는 여기서 얼마만한 거리인가?"
"예, 이누야마에서 남쪽으로 10리쯤, 고마키에서는 20리쯤 됩니다."
"20리건 10리건 상관없다. 저쪽에서 올 때까지 만일의 경우에는 이 성에 들어갈 수 있으니까. 그럼, 해보게."
이케다는 아들 모토스케보다 사위 모리에게 양보하고 있는 것 같았다.
"허락내리셨으니 곧 차비하겠습니다."

"그래, 모토스케는 어떻게 하겠다는 거냐. 역시 야습이냐?"
모토스케는 앙연히 대답했다.
"예! 속수무책이 아니라는 것을 알려주기 위해, 아버지의 작전을 상대가 눈치채지 못하게 하기 위해서라도 곧장 나가서 싸워야만 합니다."
"음, 수법을 알아채지 못하게 하기 위해서란 말이지."
"그렇게 되면 그들 역시 잠시도 마음 놓을 수 없게 되어 고달파질 게 틀림없으니 나중을 위해서도 충분히 유리합니다. 그리고 이누야마성을 뺏은 다음 아무 손도 쓰지 않았다는 것을 알게 된다면 하시바 님도 머지않아 우리들을 가볍게 대하겠지요. 끊임없이 적을 괴롭혀야만 저희들도 무사로서 체면이 서게 될 것입니다."
"음."
이케다는 눈을 감고 생각하기 시작했다. 그는 미카와 군이 야전에 용맹한 것이 역시 마음에 걸렸다.
"모토스케."
"예!"
"약속할 수 있겠나?"
"무엇을 말입니까."
"어떤 일이 있어도 깊이 쫓지 않고, 또 어떤 때에도 큰 충돌을 피하여 적을 혼내준 다음 곧 말을 돌려 성으로 돌아온다고."
모토스케는 눈을 빛내며 되물었다.
"그렇게 하겠습니다. 약속한다면 허락해 주시겠습니까?"
"언제든지 철수할 수 있다고 약속한다면 허락해 주마."
이케다 역시 방관하고 있는 것은 아니며 적을 낭패시키고 싶은 심정에는 변함없었다. 그리고 여기서 모토스케며 모리를 억누르면 사기에 관계될지 모른다는 위구심도 있었다.
'아무튼 이에야스 쪽에서 이런 팻말까지 세우고 도전해 왔으니까…….'
"허락내리셨다! 그럼, 우리도 빨리 준비하자."
모토스케도 모리도 용기백배하여 자리에서 일어나려고 하므로 이케다는 다시 한번 다짐하고 모리의 하구로 진출과 모토스케의 유격을 허락해 주었다.
"아무쪼록 방심하지 말고 내 말을 잘 명심하도록."

그날 밤의 일이었다. 히데요시의 비명(秘命)을 받들고 히토쓰야나기가 찾아온 것은…….

“하시바 님은 귀하의 이누야마 탈취를 장하다! 장하다! 하고 춤출 듯이 기뻐하셨습니다.”

“그토록 너무 과분하게 칭찬하셔도 곤란하군.”

“큰 공을 세운 이케다 님에게 만일의 일이 있으면 큰일이니 20일까지는 틀림없이 긴키를 손에 넣고 대군을 이끌고 가겠다, 가면 이레 동안에 싸움을 이겨 보이겠다, 이 뜻을 부디 잘 전하라고 분부하셨습니다.”

이케다는 몇 번이나 고개를 끄덕였다.

여기서 히데요시에게 이케다 가문이 지닌 실력을 나타내 두는 것은 자손을 위해 아주 중요한 일이라고 그는 생각하고 있다.

이미 히데요시의 천하는 확고하다……그렇다면 노부카쓰가 멸망한 뒤의 미노, 오와리에서 운 좋으면 이세, 미카와까지 그 세력을 뻗을 절호의 기회인 것이다. 그날 밤 안으로 곧 되돌아가야 한다는 히토쓰야나기를 억지로 말려 성에 묵게 하여 다음날 첫새벽에 배로 기후에 건너가게 일러놓고, 일부러 성 안팎을 직접 돌아보고 난 다음 이케다는 침소에 들었다.

좀처럼 잠이 오지 않았다. 만일 야습이라도 있으면 일선인 하구로에 사위가 대기하고 있으니 이럴 때 충분히 자두어야 한다고 생각했지만, 이케다 같은 백전노장에게도 역시 감상 비슷한 감개가 있었다.

예전에 노부나가가 덴가쿠 골짜기에서 이마가와 요시모토를 쳤을 때의 흥분…… 그리고 노부나가가 혼노사에서 죽은 것을 알았을 때의 당황…….

‘앞으로 대체 어떻게 되어갈 것인가……!’

그렇게 생각하며 복수전에서 죽을 각오였었다. 그런데 히데요시와 함께 크게 승리를 거두어 이제 다시 오와리에서 전진의 꿈을 꾸고 있는 것이다.

잠이 오지 않아 여러 차례 뒤척이는 동안 이케다는 문득 성 마당에서 파수꾼이 떠드는 소리를 들었다.

‘무슨 일이 일어났구나!’

벌떡 자리를 차고 일어나 높은 누마루로 나가자 그는 신음했다.

남쪽 하늘이 시뻘겋게 물들어 있다.

불이다……!

이케다는 누마루에서 마당을 오가는 병졸들의 그림자에 대고 큰 소리로 물었다.

"게 누구 없느냐. 저 하늘은 어찌 된 것이냐?"

그는 자기 곁으로 달려오는 근위무사의 발소리를 의식하면서 망루로 뛰어 올라갔다. 왠지 가슴이 이상하게 설렌다. 싸움터의 화재이므로 방화인 것은 알고 있으나 그것이 적이라는 예감보다는 내 편이 아닌가 하는 두려움이 가슴을 울렁거리게 한다.

오와리의 민심은 노부나가 이래 매우 자의식 강하고 그 애향심이 강렬하게 자라오고 있다. 노부나가의 손으로 우선 관문이 폐지되어 출입이 자유로워졌는데도 도둑이 자취를 감추었다는 긍지는 그들의 가슴에 지금도 끊임없이 살아 있다. 따라서 이 땅에서 한 번 민심을 잃게 되면 비록 말은 없을지라도 그 저항이 무섭다. 그들은 십중팔구 그 방화의 주인공을 통치적 재능이 없는 자로 인정하고 오래오래 경멸하며 원망할 게 틀림없다.

이케다는 망루에 뛰어올라 남쪽 하늘을 향해 이마에 손을 얹고 한동안 말없이 불길을 바라보았다. 방화는 한군데가 아니었다. 여기저기 화염에 휩싸인 곳이 대여섯 군데가 넘는다. 그것이 수증기를 짙게 품은 밤하늘의 구름에 비쳐 중천까지 시뻘겋게 물들이고 있다.

싸움터를 달려본 사람에게는 누구나 그런 기억이 있겠지만 불을 지르며 돌아가는 자의 심리와 화재를 당한 백성과 상인들의 심리는 무서우리만큼 대조적이다. 한쪽은 미쳐서 날뛰는 악귀이고 한쪽은 짓밟혀 타 죽는 등불의 나방과 흡사했다. 그러므로 한 번 전화를 입은 자는 평생 상대를 저주하게 된다.

이케다는 방화의 불길이 이만저만한 게 아닌 걸 보고 문득 생각했다.

'만일 적이 한 짓이라면…… 이것만으로도 나는 이기게 되는데…….'

"아직 아무 소식 없느냐? 불을 지른 게 어느 쪽이냐. 적인지 우리 쪽인지 아는 대로 곧 알리라고 전해라."

"예!"

곧 한 사람이 망루를 뛰어 내려갔으나 좀처럼 돌아오지 않았다.

밤의 화재는 가깝게 보인다. 이것은 어쩌면 모리가 진을 몰아나간 하구로보다 훨씬 앞쪽인지 모른다…….

"아뢰오!"

근위무사가 다시 뛰어올라왔을 때 이케다는 어둠을 뚫고 황급히 성으로 접근하는 기마병 일대가 있는 것을 보았다. 횃불을 들지 않았으나 구름 위의 달과 불길의 반영으로 검고 작은 선이 뻗은 것처럼 보인다.

'적은 아닐 것이다. 아무도 막는 자가 없는 걸 보니…….'

"아뢰오, 야습한 아군이 방금 무사히 성으로 돌아왔습니다."

"그것은 보았다. 불을 지른 것이 적인지 우리 편인지 아직 모르나?"

그 젊은 무사는 의기양양해서 대답했다.

"물론 우리 편입니다! 적이 성채를 쌓고 있는 고마키 언저리를 불태워 그들을 몹시 놀라게 하고 돌아왔으니, 앞으로는 토민들도 도쿠가와 군에게 함부로 협력하지 않을 것으로 생각됩니다."

이케다는 온몸을 떨며 노호했다.

"못난 놈 같으니!"

이케다로서는 꿈의 절반이 허물어진 듯한 느낌이었다. 분노의 이면에서 후회도 가슴을 찔렀다.

'수의가 부족했다!'

이 땅에서 노부나가가 거둔 성공은, 토민들과의 화친에 있다 해도 지나친 말이 아니다. 기치보시로 불리던 소년시절부터 그는 마을에서 마을로 돌아다녔다. 촌민들과 알몸으로 씨름했고 춤도 함께 추었다. 그리고 이 땅을 튼튼하게 다져놓을 수 있었던 게 그 뒤의 큰 뜻을 성취하는 데 밑받침이 되었다. 더욱이 이케다는 그 노부나가와 함께 언제나 그림자가 따르듯 늘 곁에서 함께 자라온 몸이 아니던가. 그런 만큼 모든 마을 노인들에게서 환영받을 영주가 될 꿈을 안고 왔던 것이다.

'오, 이케다 님이 이 땅에 돌아오셨다!'

그런데 오늘 밤의 방화는 그렇듯 반가운 환영을 받아야만 할 이케다를, 여러 마을을 불태워 버리는 폭군으로 일변시키고 말았다.

"불러라! 불렀! 모토스케를."

그는 소리치며 망루를 뛰어 내려갔다. 꿈을 깨뜨린 타격이 얼마나 컸는지 도중에 몇 번인가 발을 헛디딜 뻔했다. 큰 마당에 나가보니 야군은 병졸들까지도 야릇한 흥분으로 들떠 있었다.

"지펴라, 화톳불을. 작은주군이 적의 간담을 서늘케 하고 돌아왔다!"

"이제야 가슴이 후련하구나."

"봐라, 아직도 하늘이 뻘겋군."

이케다는 눈을 치뜨고 이런 대화 속을 빠져나가 샛문 앞마당에 마련한 막사로 들어갔다.

"모토스케를 불러라! 빨리…… 그놈이 무슨 생각으로 이런 바보짓을 했을까."

걸상에 앉아 또 한 번 소리치고 나서 그는 가슴이 철렁 내려앉았다.

'나는 모토스케를 여럿 앞에 불러내어 대체 어쩔 작정인 것일까?'

문득 그런 생각을 한 것이다. 무용도 재능도 남에게 지지 않는 모토스케를 베어야 한단 말인가……?

"이기를 불러라, 이기를."

경솔하게 모토스케를 불러 후회해도 소용없는 결과를 초래해서는 안 된다 싶어 황급히 중신 이기 다다쓰구의 이름을 불렀으나 그때 이미 근위무사에게 불려 모토스케가 먼저 장막 안으로 들어오고 말았다.

모토스케는 버티어선 채 이케다를 똑바로 보며 말했다.

"아버지! 꾸중을 각오하고 불을 질렀습니다."

"뭐, 뭐라고! 네가 아닐 것이다. 부하 중에 네 명령에 불복한 놈이 있었으리라. 물론 그것은 네 책임이다. 그러나 중대한 싸움을 앞두었기에 직접 불을 질러 군율을 깨뜨린 놈을 내가 여기서 처형하겠다. 내놔라, 그놈을!"

이케다가 분노와 낭패로 말미암아 갑자기 칼을 뽑아들자 모토스케는 웃지도 않고 아버지의 시퍼런 칼날을 흘끗 쳐다보더니 그 앞에 털썩 책상다리를 하고 주저앉았다.

"하수인은 따로 없습니다. 저를 베십시오."

화톳불빛에 비친 그 옆얼굴은 아버지 이케다 이상으로 대담하고 침착했다. 이케다는 당황했다. 가장 두려워하던 사태가 순식간에 눈앞에 닥쳐왔다. 모토스케는 방화죄를 자기 혼자 책임질 각오였던 것이다.

"이 모토스케의 명령 없이 누가 그런 짓을 하겠습니까? 어서 베십시오."

"못난 놈! 그대는 이 아비를 상닙으로 만들 작정이냐?"

"무슨 말씀을, 아버지와 이야기해 봤자 모르시는 일…… 모르시는 일이라기보다 하시바 님께서 단단히 금지하신 것을 일부러 의논할 만큼 저는 정신 나가지 않았습니다. 자, 베어서 군율을 바로잡으신 다음 이 전투가 여느 싸움이 아니라는 것을 잘 깨달으십시오."

"뭐, 뭐, 뭐라고?"

이케다는 칼을 든 채 다시금 발을 구르며 이기 다다쓰구의 이름을 불렀다.

"이기! 이 미친놈을 끌고 나가라. 이 고집통은 한 번 말을 꺼내면 사리를 분별 못하게 되는 바보 놈이다. 빨리 끌어내 근신시켜라."

그 고함 소리가 채 끝나기도 전에 장막 밖에서 대답했다.

"이기, 지금 대령했습니다…… 일어섯!"

이어 누군가를 끌고 오는 기척이었다. 모토스케도 얼굴을 번쩍 들어 그쪽을 바라보았다. 막사 안에 들어온 것은 이기와 그의 가신에게 두 손을 뒷결박당한 23, 4살 된 낯선 무사였다.

"일어서랏! 고얀 놈 같으니!"

이기는 다시 한번 그 무사를 꾸짖은 다음 이케다에게 돌아섰다.

"고마키 주변 마을을 불 지른 고연 놈을 잡아끌고 왔습니다. 방심하지 마십시오. 작은주군 모토스케 님 행동으로 돌리려는 이놈은 적의 첩자입니다."

"뭣이! 적의 첩자라고?"

"예, 그 이름까지 자백했습니다. 사카키바라 고헤이타의 부하 다메이 스케고로(爲井助五郎)라는 놈."

이기는 거만스레 말하고 덧붙였다.

"이 자리에서 처형하십시오. 그렇지 않으면 앞으로 어떤 잔재주를 계속 부릴지 모릅니다. 그 팻말이며 방화며……."

"좋다!"

이기가 포승을 끄르자 망연히 넋을 잃고 있는 무사를 발아래 꿇어앉히고 이케다는 칼을 홱 쳐들었다.

"앗!"

사람들은 숨을 삼켰다. 이케다의 베는 솜씨가 너무나 빨랐던 것이다. 자랑으로 삼는 칼 밑에 무사의 목이 이미 뒹굴고, 이기는 모토스케를 막사 밖으로 재빨리 끌어냈다.

시동이 달려와 이케다의 피 묻은 칼을 말끔히 닦았을 때는, 이기의 다른 가신이 벌써 베어 팽개친 무사의 유해와 목을 치우기 시작하고 있었다.

이케다는 그동안 한마디도 입을 열지 않았다. 마음을 놓았다기보다 마음속에 남아 있는 뒷맛이 개운치 않은 몇 가지 의문 때문에 말도 하고 싶지 않았던 것이다.

이케다는 잠자코 걸상에 앉았다.

"모두들 나가거라. 나는 여기서 한잠 자겠다."

팔짱 끼고 오만하게 두 다리를 벌려 디딘 채 눈을 감았다. 이케다는 한동안 꼼짝도 하지 않고 자기 숨소리를 세고 있었다. 맥박도 숨도 어지럽지 않다. 그러나 차츰 마음이 안정될 때까지는 의문이 몇 가지나 겹쳐 있는지 잘 알지 못했다.

어째서 모토스케는 히데요시조차 엄금하고 있는 오와리에서의 방화를 해치워 버린 것일까? 순간적으로 이기가 끌어내 온 무사는 누구였을까? 정말로 도쿠가와의 장수 사카키바라 고헤이타의 가신이었을까?

'혹은 모토스케도 불을 질렀고 도쿠가와 쪽에서도 우리에게 죄를 뒤집어 씌우려고 따로 불을 질렀던 것은 아닐까……?'

모토스케가 전혀 하지도 않은 일에 자기를 베라고 했을 리는 없었다. 그렇다면 모토스케도 역시 불을 지르고 다녔다는 것은 의심할 여지가 없다.

'그렇다, 이기를 불러 물어봐야만 한다……'

그러나 우선 무엇을 물어야 하느냐에 대해 다시 한동안 망설여졌다.

"게 누구 없느냐? 이기를 불러오너라."

앉은 채로 한잠 자고 방금 깨어난 것같이 하여 근위무사를 불렀을 때 주위에는 이미 새벽이 깃들기 시작하고 있었다.

이기는 이케다가 부르러 보내기를 기다리고 있었던 듯 지난밤 그대로의 갑옷차림으로 얼마 안 있어 들어왔다.

"둘이서만 할 이야기가 있다. 모두들 잠시 나가 있거라."

이기의 도착을 알려온 근위무사에게 말하고 이케다는 비로소 주위를 돌아보았다.

"이기, 아까 내가 목을 벤 게 누군가?"

이기는 몹시 화난 표정으로 대답했다.
"제 가신입니다."
"뭐, 그대의 가신이라고? 그럼, 사카키바라의 첩자라고 한 것은……?"
거기까지 말하고 이케다는 말을 끊었다. 물어볼 것도 없는 일이었다. 이기의 가신이 사카키바라의 첩자일 리 없다.
"이기, 모토스케는 대체 무슨 생각으로 불을 지른 것일까?"
"그것을 먼저 작은주군에게 물어 보셨더라면 그렇듯 불쌍한 자를 잃지 않아도 되었을 겁니다. 주군도 좀 더 앞뒤를 생각하시고 칼을 뽑으십시오."
이케다는 깨끗이 사과했다.
"잘못했다! 그럼, 그자에게 대신하라고 그대가 타일렀었던가……? 안됐다! 유족들에게 이 쇼뉴가 후하게 보상하겠다."
이기는 아직도 화난 표정이었다.
"작은주군은 주군을 경솔한 분이라고 저에게 평하셨습니다."
"뭐, 경솔하다고……?"
"사람이 지나치게 호인이라고도 말했습니다. 아버지는 하시바 님을 아직도 친구로 생각하고 계시지만 그쪽에서는 그저 가신으로 여기고 있을 뿐이다. 그러므로 아무리 큰 전공을 세운다 해도 미노, 오와리, 이세, 미카와 등을 결코 고스란히 줄 리 없다. 주기는커녕 까딱하다가는 도쿠가와 님 정면에 내세워져 전멸당하게 될지도 모른다. 그 어리석음을 우선 깨우쳐놓지 않으면 우리 가문의 말로—말하자면 주군에 대한 경종이라 생각하고 했을 것입니다."
이케다는 한순간 얼굴이 붉어졌으나 곧 입을 열지는 않았다.
'화내면 안 된다!'
이케다는 자신을 억눌렀다. 이케다와 히데요시 사이의 우정을 모토스케는 아직 모를지도 모른다. 그것을 모른다면 모토스케의 위구심은 아버지를 생각하고 가문을 걱정하는 마음의 발로이니 조금도 탓할 일이 못된다.
그러나 어쨌든 불을 지른 의미는 납득할 수 없었다.
'그렇게 함으로써 대체 무슨 이득이 있단 말인가……?'
"이기……."
"예."

"아무튼 모토스케를 불러다오. 아니, 나는 화내지 않겠다. 모토스케의 생각을 들어보고 싶은 거다. 내가 하시바 님을 보는 눈은 아마 후할지도 모르지. 그러나 이해되지 않는 점도 있다. 화내지 않겠으니 불러다오."

이기는 잠시 생각하더니 고개를 끄덕였다.

"그럼, 불러오지요."

그리고 나가 곧 모토스케를 데리고 왔다. 모토스케는 아까보다 더 매서운 무표정한 얼굴로 들어와 선 채로 아버지에게 말했다.

"부르셨다고요?"

"서 있지 말고 앉거라."

모토스케는 그러나 걸상에 앉지 않고 그 자리에 책상다리를 하고 앉았다.

"불을 지른 것은 너냐?"

"알고 계시면서 아버지는 다른 사람을 베셨습니다."

"그게 너에게는 불만이구나."

"불만이라고는 하지 않습니다만, 저 역시 생각이 있어서 한 일입니다."

"그 생각을 말해 봐라. 불을 질러서 우리에게 얼마나 이득이 있느냐?"

"아버지는 이번 적을 미쓰히데나 시바타의 경우와 같이 생각하고 계십니다."

"미쓰히데나 시바타보다 약하다고는 생각지 않지만, 강하다고 생각하는 마음은 싸움에서 금물이다. 그것을 가리켜 겁쟁이라고 나는 말한다."

"그렇지 않습니다. 우리의 군략으로는 적의 강함을 아는 것은 겁쟁이가 아니라 준비의 기초가 됩니다. 이제까지 하시바 님은 언제나 인해전술로 승리했습니다. 하지만 이번에는 그렇게 안 됩니다. 더욱이 하시바 님은 적을 우습게 보고 계십니다."

"하시바 님이 우습게 보고 있다면 네가 의견을 말씀드리면 좋지 않은가? 불을 질러 토민의 마음을 잃을 필요가 어디 있느냐?"

이케다는 냉정하게 이론적으로 말했다고 생각했으나, 모토스케는 그러니까 말이 통하지 않는다는 듯이 머리를 흔들었다.

"이쪽에서 의견을 말씀드린다고 들어줄 하시바 님이라고 생각하십니까? 그야말로 오히려 코웃음 치며 당장 격파하라고 하실 겁니다. 그렇게 되면 이케다 군은 적의 미끼가 되지요."

"그래서 불을 질렀나…… 모르겠다, 그런 말로는."

"모르실 것입니다, 아버지는."

"뭐라고, 모토스케!"

"저는 아버지에게 배수진을 치게 하고 싶은 겁니다. 아니, 그것이 사실 지금 이케다 군이 놓인 위치입니다. 뒤에는 싸움에 져본 일 없는 하시바 님, 앞에는 그 이상으로 냉정한 도쿠가와 님. 그 둘 사이에 끼어 토민 따위에게 의지해 본들 무엇이 어떻게 되겠습니까? 사방 어디를 보나 모두 적! 그 각오를 재촉하기 위하여 자진해서 불을 질렀습니다. 잘못입니까, 아버지……?"

이케다는 잠시 숨죽이고 모토스케를 노려보았다. 분노의 소용돌이가 아직 가슴에 있었으나 지금 그것을 모토스케에게 보여서는 안 된다는 자제심도 있었다.

냉정하게 들어보니 모토스케의 말에도 일리가 있는 것 같다. 히데요시는 싸움에 져본 일이 없으므로 다른 사람에게 냉혹한 데가 있었다. 이에야스의 훌륭한 싸움 솜씨는 충분히 알고 있었고, 선봉으로 진격해 온 자기 군사가 그리 쉽사리 이기리라고도 생각지 않았다. 그렇다 해서 모토스케가 말하듯 방화까지 해서 일부러 형세를 악화시킬 필요는 어디 있을까.

한참 있다가 이케다는 내뱉었다.

"모르겠다. 방화로 아군의 마음을 긴장시킨다는 그저 그 이익만을 위해서인가, 모토스케?"

"무슨 말씀을…… 적을 강하게 만드는 것이지요……."

"뭐, 적을 강하게 만든다고? 모토스케! 적이 강하기 때문에 그대는 마음 쓰고 있는 게 아니냐?"

모토스케는 말대꾸했다.

"강한 데다 더욱 강하게 만드는 겁니다! 그런 뒤 우리 힘으로는 도저히 안 되겠다고 하시바 님에게 인계하는 거지요. 그러면 하시바 님은 비로소 교만한 콧대를 꺾고 반성할 것입니다."

"교만한 콧대……?"

"그렇습니다. 하시바 님이 천하를 잡을 사람이라면, 한 번은 뼈저리게 느끼게 해주어야 될 일입니다. 그런 다음에 승리한다면 비로소 '이케다, 잘 싸워주었다' 하고 말과 뱃속이 일치됩니다. 그것을 체험하지 못하고 이겼다고 칭찬한다면 그건 입에 발린 거짓 칭찬입니다."

이케다는 신음했다.

"음."

나이 차이란 무섭다. 그러고 보니 이케다 시대 사람에게는 어딘지 마음씨 좋은 어리석음이 있다. 추켜주면 뻔히 추켜세우는 줄 알면서 그것에 넘어가는 어린아이 같은 데가…….

그런데 모토스케의 계산은 좀 더 영악하여 매섭게 급소를 찌르고 있다. 적을 강하게 만들어 진짜로 하시바를 괴롭혀 놓고, 그것으로 자신의 수고를 인식시키려 하다니 이 얼마나 빈틈없는 계산법이란 말인가.

"그럼, 너는 하시바 님 원군이 올 때까지 도쿠가와 군에게 이기지 못한단 말인가."

모토스케는 방약무인하게 혀를 찼다.

"또 시작하시는군…… 원군이 오기 전에 이길 수 있는 적이 아닙니다. 그보다는 너무 안이하게 승리 같은 것을 생각하지 마시고 우리 가문의 장래를 더 깊이 걱정하셔야 합니다. 그것을 위해 모토스케, 목이 잘려도 좋다고 생각하여 불 질렀다고 말씀드리는 것을 아직도 못 알아들으십니까?"

이번에는 전보다 훨씬 화가 누그러졌다.

'그렇구나, 거기에 모토스케의 조바심이 있었군. 그러고 보니 나는 좀 어리석었는지도 모르겠다.'

"그럼, 만일 하시바 님이 방화 건으로 우리를 책망할 때는 뭐라고 하지?"

모토스케는 시원하게 대답했다.

"그 역적의 팻말을 보여주면 되지요. 그것을 읽은 토민들이 완강하게 적대시하므로 부득이 불을 질렀다고 하는 겁니다. 그 팻말도 전혀 거짓말은 아닙니다. 사실을 사실대로 하시바 님에게 들려줄 필요가 있습니다."

이케다는 움찔 어깨를 움직이며 나직이 말했다.

"알았다! 알았으니 물러가 쉬어라."

말끝이 가늘게 떨리는 것은 알았다기보다 무서웠기 때문이리라.

아우 데루마사(輝政)는 이제 21살이며 이처럼 과격하지 않다. 이번에도 충분히 부자의 거리를 지키면서 이케다의 말에 복종하고 있다. 그러나 26살 난 모토스케는, 여느 때는 말이 없으나 일단 입을 열면 무엇이든 과감한 논법으로 이야기한다. 팻말의 문장이 터무니없는 거짓말은 아니라는 말을 들으니 히데요시만이 아니라 이케다 역시 가슴을 찔리는 느낌이 드는데, 이것이 만일 히데요시 귀에 들어간다면 어찌할 생각인지.

노부나가의 유모 아들로 태어나 노부나가와 함께 자란 이케다였다. 아버지 때부터 오다 가문을 섬겨 그 관계는 모토스케까지 이미 3대에 걸치고 있다. 지난날 노부나가의 아우 노부유키를 없애버린 것도 그였으며, 실은 그때와 같은 뒷맛이 개운치 않은 불쾌감이 이번에도 없지 않았다. 야마자키 전투에서 아케치의 부하 장수 마쓰다나 사이토 군을 무찔렀을 때와 같은 상쾌함은, 적이 노부나가의 아들 노부카쓰라고 생각하는 것만으로도 있을 수 없었던 것이다.

그 급소를 아들 모토스케에게 찔린 생각이 든다. 하지만 스스로 천하를 호령할 실력을 못 가졌으니 이길 것으로 여겨지는 편에 붙어 어쨌든 살아남을 생각을 할 수밖에 없는 게 난세에 사는 영주들의 운명이 아니던가.

'어쩔 수 없는 일이다…….'

그렇게 생각한 뒤 다시 화가 치민 것은, 자기에게 자식이 없었다면 과연 히데요시 편을 들었을까 하는 생각이 문득 들었기 때문이다. 그에게는 모토스케, 데루마사, 조키치(長吉), 나가마사(長政) 외에 네 딸이 있다. 그들의 장래를 생각지 않을 수 없는 것이 자식을 둔 어버이 심정이었다.

이케다는 황급히 고개를 흔들어 망상을 털어버렸다. 자식들이 없었다면 노부카쓰나 이에야스 편에 서서 그 팻말을 자기 손으로 세웠을지도 모른다고 생각하니 정말 견딜 수 없었다.

눈앞에 이미 모토스케는 없었다. 사방은 완전히 훤해지고 중신인 이기 한 사람만이 지그시 자기에게 시선을 보내고 있었다.

"이기."

"예."

"모토스케는 무서운 말을 하는 놈이구나."

"노하시지 않으신 걸 다행으로 생각합니다."

"나는 그가 하는 말을 듣고 있는 동안 이상한 생각이 들었다."

"이상한 생각……이시라니요?"

"노부카쓰 님은 처음부터 밉지 않았다. 그런데 이에야스 역시 미워할 수 없을 것 같은……이상한 기분이다."

이기는 대답하는 대신 꺼져가는 모닥불에 묵묵히 장작을 지폈다.

"나는 이쯤에서 죽는 편이 나을지도 모르겠군."

"무슨 말씀이십니까?"

"아니, 농담이다! 이것은 농담이지만…… 그런데……."

벌떡 걸상에서 일어났으나 그는 자기가 무엇 때문에 일어났는지 알 수 없었다.

정신이 들고 보니 작은 새들의 지저귐 소리가 어지럽게 들려온다.

용호(龍虎)의 계략

17일 이른 아침이었다. 이에야스는 일단 구와나에 보내두었던 사카이 다다쓰구를 불러 말고삐를 나란히 고마키산 진지로 올라갔다.

그는 곧 장수들을 모아 작전회의를 열었다. 고마키산 남쪽 기슭을 지키던 혼다 헤이하치로, 고마키산에 있던 이시카와 가즈마사, 북쪽으로 나가 적의 동정을 살피던 사카키바라 고헤이타, 게다가 동북쪽 네고야(根小屋)에 있던 오쿠다이라 노부마사(信昌 ; 구하치로), 이이 나오마사 외에 노부카쓰의 부하장수 아마노 가게토시 등이 땀을 씻으며 모여들었다.

이에야스는 진지 구축 상황을 한 바퀴 돌아보고 나서 좋다 나쁘다 말 한마디 없이 막사로 들어가 도면을 펴놓고 들여다보더니 누구에게랄 것 없이 불쑥 말했다.

"해야만 되겠는걸. 이케다의 방화 덕분에 토민들은 모두 우리 편이 되어주었다. 고리에는 노부카쓰 님이며 우리 친척이 있기 때문이겠지만 서남쪽의 미쓰이, 시게요시, 고리—이렇듯 요새가 모두 완전히 구축되었다."

고리의 친척이란 이에야스의 맏며느리 도쿠히메와 노부카쓰의 외숙부 이코마 지카마사를 가리키는 것이었다.

"이렇듯 준비가 완료되었으니 히데요시가 언제 쳐들어와도 그가 서툰 야전으로 유인할 수 있다. 그렇게 되면 슬슬 의논해 둬야 할걸."

다다쓰구가 그 뒤를 맡고 나섰다.

"옳은 말씀! 모두 근질근질하겠지요…… 이누야마성 때문에 울화가 치밀어서."
그러나 아무도 대답하지 않았다. 이에야스가 무엇을 생각하고 무엇을 명령할 것인지 마른침만 삼키고 있다.
"싸움이란 때가 있다. 이쯤에서 한 번 콧대를 꺾어놓지 않으면 토민들도 불안해할 테고 적도 만만히 여겨 우쭐해질 것이다. 그래서 이 하구로에 진출해 있는 모리 나가요시만은 혼내어 이누야마성으로 쫓아버려야 할 텐데 누가 적당할까?"
다다쓰구는 싱글벙글 웃으며 모두들을 둘러보았다. 그러나 아무도 입을 열지 않는다. 이런 말을 할 때의 이에야스는 이미 마음속에 모든 것을 결정하고 있음을 잘 알기 때문이었다. 그러자 생각했던 대로 이에야스는 혼다 헤이하치로 다다카쓰를 돌아보았다.
"헤이하치."
"아, 역시 이 헤이하치로군."
"아니다, 아냐, 덤비지 마라. 모리 군도 공을 세우려 분발하고 있다. 어쩌면 이케다가 원군을 보낼지도 모른다. 그대는 만일 이케다가 출동할 경우에 대비해 단단히 산기슭을 정비하고 있도록."
헤이하치는 좀 시무룩해져 알았다는 뜻으로 간단하게 대답했다.
"승복!"
"고헤이타."
"예!"
고헤이타는 윗몸을 확 내밀었다.
"제가 하는 겁니까?"
"그대가 세운 팻말은 효력이 컸다. 그대는 우선 모리 군을 유혹해라."
"유혹하라……시는…… 것은?"
"적을 끌어내기만 하면 돼. 나오거든 곧 물러서라."
"물러서라는 말씀입니까?"
"물러서는 것도 공격하는 것도 다 계략이다."
이에야스는 간단하게 말한 다음 강직하기로 이름난 오쿠다이라 노부마사를 돌아보고 졸음이 오는 듯한 소리로 말했다.
"노부마사, 그대는 내 사위, 이케다의 사위와 맞서 사위끼리 겨루어봐라."

사위끼리 겨루라니 잘도 생각해냈다고 다다쓰구와 가즈마사는 무의식중에 얼굴을 마주 보았다.

아무리 싸움이 일상의 밥 먹듯 되풀이되고 있는 시대지만, 막상 싸움이 벌어지면 그때마다 생명에 관계된다. 그러므로 작전회의의 마지막은 언제나 선동의 교묘함에 달려 있다. 걸핏하면 징조가 좋으니, 재수가 좋으니, 벌써 이겼느니 온갖 현상을 내세워 그것을 암시로 삼아 두려운 마음을 억눌러가는 것이다. 바꾸어 말하면, 이성적으로 계산한 다음 이윽고 이성을 초월한 열광으로 인간을 몰아치지 않으면 안 되기 때문이었다.

이에야스는 몸을 긴장하며 얼굴을 든 노부마사에게 천연덕스럽게 명령했다.

"고헤이타가 모리 군을 끌어내거든 그대가 격퇴시켜라."

그러고는 시치미 떼고 되물었다.

"그대의 군사는 얼마나 되지?"

"1000명 남짓입니다."

"그래? 모리 군은 겨우 3000명이다. 1000명이면 충분하지. 히데요시의 인해전술과는 다르니까 말이다, 노부마사."

"예!"

"상대가 그대임을 알면 모리는 분발할 것이다."

"잘 알고 있습니다."

"저쪽도 이에야스의 사위니 져서는 안 된다고 틀림없이 생각할 것이다. 이에야스의 사위와 이케다의 사위, 그 우열을 똑똑히 양편에 보여주도록."

노부마사는 입술을 한일자로 꽉 다문 채 꾸벅 고개를 끄덕여 보이고 미소 지었다.

"첫 싸움의 승패는 전군의 사기에 관계된다. 꼭 이겨야 한다."

"여부가 있겠습니까?"

"고헤이타와 헤이하치가 그대를 부러워하겠지만, 이케다와 이에야스의 차이를 그대와 모리의 차이로 보여주어라. 그러면 이쪽의 사기는 오르고 그쪽은 시들어 버릴 것이다……."

그리고 이에야스는 생각난 듯 흐흐흐 웃었다.

"나가시노 농성 때 일을 생각하면 이번 싸움 따위는 약과일 것이다, 노부마사."

그 말을 듣자 노부마사는 이에야스를 흘끗 쳐다보았을 뿐 잠자코 있었다. 사위 대 사위…… 그 말의 이면에 이길 수 없으면 죽으라는 비장한 각오를 재촉하는 뜻이 있는 듯한 생각이 드는 것이었다. 이에야스에게 새삼 들을 것도 없이 이번에는 결코 져서는 안 될 싸움이라고 노부마사는 생각하고 있었다. 첫 싸움에서는 이미 노부카쓰가 이세와 이누야마에서 지고 있다. 일부러 이에야스까지 출병해 와서 이번에도 역시 져버린다면 권위를 의심받게 되리라.

이에야스는 노부마사에게서 다다쓰구에게로 시선을 돌렸다.

"다다쓰구, 그대는 유격군으로 노부마사의 뒤를 봐주어라. 별일 없으리라 생각되지만."

"예, 알겠습니다."

"그러면 됐겠지. 모리를 이누야마성으로 한 차례 몰아넣은 다음 그 뒤 히데요시가 오기를 기다린다…… 그렇지, 아마노 가게토시는 길을 안내해 주어라."

"예, 그런데 언제부터 행동을?"

노부카쓰의 부하장수 가게토시가 묻자 이에야스는 엄숙하게 대답했다.

"지금 곧, 해떨어지기 전에 쫓아버려라."

적이 행동을 일으킨다면 날이 밝기 전 짙은 안개를 이용해 출동할 게 틀림없다. 그 점을 확인한 다음 이쪽에서 곧 행동을 시작하라는 것이었다. 지금부터 든든히 요기하고 나가면 적은 마침 마음 놓고 점심준비를 하고 있을 때이다. 거기에 당당히 쳐들어가 우선 조그만 허점을 찌르자는 것이다.

그들은 이에야스의 명령을 받고 저마다 진지로 돌아가 행동에 옮겼다.

산 위의 본진은 이시카와 가즈마사.

남쪽 산 밑의 혼다 헤이하치로는 군사를 동쪽에서부터 니주보리(二重堀) 가까이로 조용히 배치하여 유사시에는 일제히 싸움터로 달려갈 태세를 취하고, 사카이 다다쓰구는 그 혼다 군의 선두에 나섰다.

최전선의 사카키바라 고헤이타 군은 하구로의 모리 나가요시와 맞서고 있었으므로 가쿠덴, 하치만 선에 진출하여 사카키바라 군 왼쪽으로 나오는 오쿠다이라 노부마사의 대형을 지켜보고 있다.

모두들 행동 개시하자 뒷일을 이시카와 가즈마사에게 맡기고 이에야스는 산을 내려가 기요스로 냉큼 철수하고 말았다.

이미 벚꽃도 복사꽃도 다 져버려 어디 할 것 없이 부드러운 신록의 새 싹으로 뒤덮여 있다.

"오늘은 유별나게 꾀꼬리가 우는구나."

적을 유인하도록 명령받은 고헤이타는 볕도 안 나고 언제 개일지도 모른 찌푸린 하늘을 쳐다보고 하구로의 언덕에 줄지어 서 있는 모리 군의 기치를 바라보며 중얼거렸다.

"사위 대 사위라……! 이번에는 노부마사에게 공을 세우게 해줘야겠는데, 이걸 어떻게 꾀어낸담."

우선 정면에서 하구로를 습격하는 것처럼 꾸며 행동을 시작하고 물러나 기회를 엿본 다음 오쿠다이라 군과의 충돌광경을 지켜보는 수밖에 없다.

오쿠다이라 군 선두가 사카키바라 군의 전선과 나란히 되기 시작할 무렵 갑자기 적이 술렁거리기 시작했다. 이런 대낮의 도전은 아마 생각지도 못했을 게 틀림없다. 그러나 그런 셈치고는 뜻밖에 반격이 재빨랐다. 한 줄기의 선봉대가 곧바로 고헤이타의 진영을 향해 뽀얗게 메마른 길을 뻗어온다.

'그렇다면 일부러 유인할 필요도 없겠는걸.'

고헤이타는 곧 전령을 불렀다.

"총 부대에게 저 선두 지휘자를 향해 쏘라고 전해라. 그것을 신호로 아군도 전진한다."

전령은 제2선에 매복시킨 총 부대에게 그것을 알렸다.

여전히 줄기차게 꾀꼬리가 울고 있다. 햇빛은 엷었으나 바람이 없어 갑옷 속에 땀이 흠뻑 배었다.

탕탕탕. 총소리가 언덕에서 숲으로 메아리치자 힘차게 밀고 나오던 모리 군의 전진이 멈춰졌다. 맨 앞에 진격해 온 모리 군의 선봉, 나베타 구라노스케(鍋田內藏允)가 총에 맞아 말 위에서 떨어진 것이다.

"와!"

그와 동시에 사카키바라 군이 함성 지르며 하구로를 향해 진격했고, 탕탕탕 하고 다음에 사방을 뒤흔든 총소리는 모리 군에서 쏜 것이었다.

여기저기 숲속에서 새들이 떼 지어 푸드득 하늘로 날아오르고 이곳저곳에서 지르는 함성이 그에 뒤따랐다. 그것만으로도 이 언저리 하늘과 땅은 벌써 완전히 싸움터의 광포한 분위기로 확 바뀌었다.

나베타가 총에 맞은 일은 모리 나가요시의 피를 역류시켰다.

"뭐, 나베타가 죽었다고……!"

그는 하치만 숲 본진에서 자기편을 셋으로 나누어 한꺼번에 적을 고마키 선까지 몰아버리려고 그 지휘를 시작하고 있었는데, 이 때문에 작전을 바꾸었다.

"두고 봐라, 사카키바라 놈!"

꽃이 아직 지다 만 겹벚꽃 가지를 노려보며 경련을 일으키듯 웃었다.

이때 이미 하구로 성에서는 호리오 시게스케(堀尾茂助), 야마노우치 이노에몬(山內猪右衛門) 두 사람이 히데요시의 명을 받아 진출해 온다는 통지를 받고 있었다. 젊은 모리에게는 그것도 매우 불만이었다. 모리 형제는 아버지가 없는 탓으로 나가요시도 란마루도 모두 경쟁심이 남달리 강했다. 그러므로 호리오와 야마노우치가 오기 전에 좀 더 전선으로 진출해 승리의 실마리를 자기 손에 넣으려고 조바심하는 것이었다.

"스케사에몬을 불러라! 고헤이타놈이 이 나가요시를 깔보았다."

세 군데로 나누어 우익의 지휘를 맡겼던 노로 스케사에몬(野呂助左衛門)을 불러들여 명했다.

"나베타가 전사했다. 복수전이다. 총병력 3000명이 한 덩어리가 되어 우선 사카키바라 군을 무찔러버려라!"

노로 스케사에몬은 잠시 고개를 갸웃거렸다.

"잘 알았습니다."

곧 진막을 나가 명령대로 총병력을 통합시키기 시작했다. 무르익은 봄날 공기를 뒤흔드는 소라고둥 소리. 길 양편에 학익진을 펼치는 기치들.

밭에서 숲, 숲에서 언덕으로 겹겹의 종대를 지어 밀고 나온 모리 군을 보자 고헤이타는 선두를 오른쪽으로 확 돌려 물러나기 시작했다. 아마 적의 눈에는 귀신이라는 별명이 붙은 모리가 무서워 꽁무니 빼는 것으로 보였을 게 틀림없다.

"이때다, 덤벼라."

"쫓아서 흩트려라!"

고헤이타가 돌아선 방향으로 모리 군 대열이 돌아서려 했을 때 왼쪽 숲속에서 이상한 함성이 올랐다.

"와—에잇!"
"와—에잇!"
사위끼리 맞붙으라고 명령받은 오쿠다이라 군이 이에야스의 명령대로 지르는 이번 싸움 최초의 함성이었다.
"와—!"
이것으로는 마음이 긴장되지 않는다. 끝으로 다시 한번 '에잇!' 하고 맺으면서 돌격하라고…… 이 함성 소리는 그러나 모리 군을 그리 당황하게 만들지 않았다.
"오, 오쿠다이라가 목표다. 사카키바라는 쫓지 마라."
노로 스케사에몬 부자는 진두에 서서 곧바로 그것을 맞아 칠 태세를 갖추면서 그대로 걸음을 늦추지 않았다.
그때 마구 밀고 쳐들어오는 모리 군 속으로 말을 몰며 세 칸 자루 창을 확 내지른 자가 있다.
"병졸은 상대하지 마랏! 이케다 쇼뉴의 사위 모리 나가요시는 어디 있느냐? 오쿠다이라 노부마사, 모리와 대적하겠다!"
그것은 모리 이상으로 용감하게 분발한 노부마사였다. 모리 군은 길을 쫙 갈랐다가 당황하여 다시 가로막았다.
노부마사는 전혀 뒤돌아보려고 하지 않았다. 검은 실로 미늘을 얽어맨 갑옷차림에 세 칸 자루 창을 휘두르면서 찌른다기보다 옆으로 후려치는 듯한 느낌이었다. 말도 칠흑 같은 살갗을 땀으로 적시고 날카로운 울음소리와 함께 주저 없이 상대 위로 덮쳐간다. 그렇게 되니 적군은, 보내놓고 뒤에서 치려고 창과 칼을 겨루어 보았지만 그때 이미 노부마사는 그들의 손이 미치지 않는 곳으로 전진하고 있었다.
"대장을 지켜라!"
"뒤따라라, 모두들……."
노부마사를 따르는 가신과의 거리는 2, 30칸이나 벌어져 있다. 그러나 적 속으로 뛰어든 노부마사를 그대로 버려둔다는 것은 생각지도 못할 일이다. 뒤따르는 자 역시 질풍같이 모리 군 속으로 돌진하는 수밖에 없었다.
"모리는 어디 있느냐? 오쿠다이라가 대적하겠다!"
모리는 본진에서 떨어진 하치만 숲 언덕 밑 대나무밭에서 그 소리를 들었다.

"뭐라고 말했나, 지금 그 소리는…… 아군의 진격이 멈춘 게 아니냐?"
그러나 아무도 아직 신변 가까이 적장이 섞여든 줄 꿈에도 모르고 말 재갈을 잡은 채 고개를 갸웃거리고 있다.
"글쎄요, 무엇일까요?"
그러자 그 숲 옆을 질풍같이 달려 지금 나왔던 본진 쪽으로 다시 달려간 자가 있다.
"게 누구냐? 우리 편은 아니다!"
모리는 안장 위에서 발돋움했다. 그러자 그 귀에 이번에는 똑똑히 맞바람을 타고 노부마사의 목소리가 들려왔다.
"모리 나가요시는 어디 있느냐? 이에야스의 사위 오쿠다이라 노부마사, 대적하겠다!"
'이상하군. 등 뒤에서 노부마사의 목소리가……?'
말머리를 홱 돌렸을 때 뒤따라 달려든 오쿠다이라 군 때문에 '와앗' 하며 길을 비킨 자기편의 웅성거림이 일었다.
"적이 뒤로 돌아갔다."
"방심하지 마라."
"포위해서 쳐라."
모리는 다시 말머리를 돌리는 수밖에 없었다. 그리고 그 찰나, 비로소 자기편 대열이 이미 분산되려 하고 있는 것을 보았다.
"스케사에몬! 스케사에몬은 어찌 됐나? 왼쪽으로 피해라. 왼쪽으로 피해서 대열을 무너뜨리지 마라."
그때 또다시 하구로와 이누야마 사이 언덕 언저리에서 함성이 일어났다.
"와—에잇!"
"와—에잇!"
그것은 노부마사가 모리 군 속으로 쏜살같이 뛰어든 것을 보고 싸움에 익숙한 사카이 다다쓰구가 보내는 응원이었다.
"주군!"
노로 스케사에몬이 말에서 뛰어내려 구르듯 모리 앞에 한 무릎을 꿇었다.
"적에게 포위당했습니다. 뒷일은 제가…… 주군께서는 곧 이누야마성으로!"

"뭣이, 포위당했다구? 모, 못 물러난다. 어떻게 물러나겠나?"
그 귀에 또다시 숲 너머에서 노부마사의 목소리가 들려왔다.
"이케다의 사위 모리는 어디 있나? 이에야스의 사위 오쿠다이라다. 겁먹지 말고 당장 나와 승부를 겨루자. 모리는 어디 있나……?"

하구로가 습격당했다는 통지가 이누야마성의 이케다 쇼뉴에게 온 것은 노부마사가 3000명 모리 군 속으로 똑바로 쳐들어간 즈음이었다.
"뭣이…… 나가요시가 습격당했다고……?"
이케다는 한순간 놀란 모양이었으나 곧 대담한 웃음을 떠올렸다.
"걱정할 것 없다. 그런 경우의 일은 이미 의논되어 있으니까."
일단 전령을 내보내고 난 다음 모토스케와 데루마사 두 아들을 부르러 보냈다.
그리고 모토스케보다 먼저 온 데루마사에게 명했다.
"하구로가 공격받고 있다는구나. 너희들이 응원 나가 무사히 이 성으로 후퇴시켜라."
"예! 곧 달려가 적을 혼내어 격퇴시키겠습니다."
21살 난 데루마사는 분발해 장막 밖으로 나가려고 한다.
그때 맏아들 모토스케가 들어왔다.
"기다려, 아우야!"
모토스케는 아우 데루마사를 눌러놓고 엄숙한 표정으로 아버지에게 말했다.
"나가요시는 그냥 두어도 성으로 후퇴합니다. 지금 출격해서는 안 됩니다."
"뭐라구, 출격해서는 안 된단 말이냐?"
"물론이지요! 이기에게 탐색시켜 보니 출동해 온 것은 사카이 다다쓰구와 오쿠다이라 노부마사뿐, 뒤에는 이이 나오마사와 혼다 헤이하치의 정예가 팔을 걷어붙이고 기다리고 있답니다."
"그러므로 응원하러 가라지 않느냐? 여기서 나가요시를 죽인다면 그야말로 앞으로의 사기에 영향이 크다."
모토스케는 완강하게 대들었다.
"안 됩니다! 만일 본대가 성을 나갔다가 혼다 군에게 퇴로를 끊기면 어쩌시렵니까? 이미 강을 건너와 있는 우리들은 물러날 곳도 도망갈 곳도 없어지게 됩니다."

듣고 보니 이케다도 불안해졌다. 도쿠가와 군 가운데서도 싸움 잘하는 혼다 헤이하치라고 잡병 졸개들에 이르기까지 널리 알려져 있다. 그런데 사카이 군은 출동했으나 혼다 군이 아직 움직이지 않는다면, 이것은 이케다가 움직이기를 대기하고 있다고밖에 생각되지 않았다.

"그렇군…… 그럼, 구태여 원군을 보내지 않아도 나가요시는 후퇴할 거라는 말이지."

"그것이 약속입니다. 그 약속을 어기고 자멸할 만큼 어리석지는 않을 겁니다."

"좋아, 그럼, 성을 충분히 경비하며 성문을 열어놓고 기다려라."

여차하면 성으로 돌아오라고 명령해 놓았으므로 마침내 원병은 단념했다.

싸움터에서는 그 무렵부터 모리 군이 흩어지기 시작했다. 오쿠다이라 군의 중앙 돌파와 사카이 군의 뜻하지 않은 배후 출현이 원인이었다.

노부마사의 우렁찬 외침을 듣고 이를 악물면서 덤벼들려는 모리의 말 재갈을 노로 스케사에몬은 잡고 놓지 않았다.

"성으로! 조금이라도 빨리 성으로! 그렇지 않으면 희생이 커질 뿐입니다…… 에잇! 하는 수 없다!"

말하자마자 스케사에몬은 손에 든 창으로 모리가 탄 말 엉덩이를 힘껏 후려쳤다. 말은 미친 듯 날뛰며 이누야마 쪽으로 질주하기 시작했다.

그렇게 되니 갈팡질팡하던 모리 군은 어느덧 서로 앞다투는 패주의 길로 옮아갔다.

이케다 모토스케의 생각으로는 혼다 군과 이이 군이 두려워 원군을 보내지 않은 것은 아니었다. 히데요시가 출동해 오기 전의 충돌을 그는 무의미한 일로 생각했던 것이다. 적의 방심을 엿보아 상대를 교란시키는 것은 좋으나, 되도록 대부대의 충돌은 피하며 병력을 고스란히 보유해 두지 않으면 안 된다고 생각했다. 이렇게 함으로써 도쿠가와 군의 완강함을 히데요시에게 충분히 알려주게 된다. 그렇지 않으면 히데요시는 승리를 이케다 군의 공으로 인정하기보다 도쿠가와 군을 약하다고 받아들일 우려가 있다.

그러나 한 차례 적과 충돌해 본 모리의 심정은 완전히 달라졌다. 비참하게 패주하기 시작한 아군을 보자 분해서 처음에 충분히 계산해 두었던 책략이 그만

날아가 버렸다.

그는 성 앞 7, 800미터까지 오자 다시 말머리를 적에게 돌리고 미친 듯 고함질렀다.

"멈춰라! 멈춰서 다시 반격하자. 이미 성에서 원군이 나왔을 것이니 되돌아가 적을 무찔러라."

그 소리에 멈추는 자와 도망하는 자가 뒤섞였다.

날은 어느덧 저물어 17일 달이 동쪽 산마루에 떠올라 있다. 화톳불이 여기저기 눈에 띄기 시작했다.

"물러나지 마라! 물러나는 놈은……."

그때 피 묻은 칼을 들고 말도 타지 않은 채 헐레벌떡 달려온 한 젊은 무사가 있었다. 그는 모리의 말 앞에 한 무릎을 꿇었다.

"아뢰오! 주군을 무사히 성으로 모셔가라는 유언을 남기고 노로 스케사에몬 부자는 마쓰다이라 이에히로 님과 싸우다 전사하셨습니다. 주군께서는 한시라도 빨리……."

"뭣이, 노로 부자가 전사했다고?"

"예, 주군 대신 기꺼이 죽는다고 하셨습니다. 지금은 군졸 하나라도 더 많이 성 안으로……."

"음."

어지간한 모리도 이 중신의 전사에 크게 타격받은 모양이었다. 뚫어질 듯 허공을 노려보았다.

"스케사!"

모리는 외치며 어린아이같이 몸부림쳤다.

"이대로 돌아가란 말인가, 그대는……?"

"예, 한시바삐…… 그렇게 하지 않으면 오쿠다이라 노부마사가 곧 이곳으로 쫓아올 것입니다. 부디 말을……."

그 말을 뒷받침하듯 길이 구부러진 잡목 숲 그늘에서 한 무리의 기마무사가 나타났다.

사방은 달빛으로 점점 환해져 추격해 오는 무사들 투구의 전립이 번쩍번쩍 빛나면서 거리를 좁혀온다.

"에잇! 실패했구나, 오늘 싸움은……."

이를 갈며 모리는 마침내 말머리를 북으로 돌렸다. 말을 돌리고 나자 다시는 뒤돌아보지 않았다. '패장'의 낙인은 언젠가 씻어버릴 기회가 오리라.

'이것은 아직 첫 싸움이다…….'

모리는 스스로에게 타이르며 성문을 열어젖히고 창을 든 채 기다리는 데루마사 군 사이를 헤치고 질풍처럼 뛰어 들어갔다.

성안에서 공격군에 대한 위협사격이 시작되었다.

'탕탕탕!'

패주해 온 모리 군 가운데 1500명쯤이 성안으로 밀려들어오고 나자 그 뒤는 추격해 온 오쿠다이라 군과 사카이 군이었다.

그렇게 되자 성에서는 이제 문을 닫을 수밖에 도리 없었다. 미처 성안에 들어오지 못한 병사들은 문을 열라고 고래고래 소리치든가, 원망스러운 듯 적을 향해 되돌아가기도 했다. 돌아간 자들은 대부분 항복했을 게 틀림없다.

성 가까이 진격해 온 공격군은 성안에서 발포하는 것을 보고 아무 미련 없이 재빨리 군사를 통솔하여 철수하기 시작했다. 따라서 이것은 이에야스며 다다쓰구가 예상한 대로 싸움이 이루어졌다고 할 수 있다. 다만 노부마사만이 모리 나가요시를 미처 못 친 것이 불만스러운 모양이었으나 성안에 들어가버린 적을 무모하게 공격하지는 않았다.

"적이 모조리 철수했습니다."

망루에서 내려온 경비병이 모토스케의 막사에 알려왔을 때, 모토스케와 모리는 걸상에 앉아 핏발선 눈으로 서로 노려보고 있었다. 화톳불 불꽃은 약했으며 점점 밝아진 달빛이 차츰 대지에 스며드는 것같이 보였다.

"그럼, 모토스케 님이 구원군은 필요 없다고 장인어른께 말씀드린 거요?"

모리가 따지고 들자 모토스케는 혀를 찼다.

"처음부터 그런 약속이었소. 그것이……."

"무슨 소리요? 약속한 것은 무단으로 진격하지 않는다는 뜻이었는데. 오늘 경우는 적이 우리에게 도전해 온 싸움이오."

"도전해 오면 물러나는 게 좋다고 분명 말해 두었을 터, 무사히 돌아왔으니 되었잖소."

모리는 이를 악물었다.

“그대는 되었을지 모르나 아까운 중신을 잃고…… 이 나가요시는 뜻밖의 일에 어처구니가 없소.”

“나가요시 님!”

“뭐요?”

“그대는 오늘 싸움을 졌다고 생각하오?”

“그럼, 모토스케 님은 아군의 태반을 잃은 싸움을 이겼다고 생각하시오?”

“아무렴. 이겼다고는 못할망정 진 것은 아니오. 이만하면 된 거요. 우리는 오와리로 쳐들어와 이 성을 손에 넣었소. 그러자 적이 이것을 탈환하려고 밀고 들어왔소. 그 적을 모리 군이 훌륭하게 방어했으므로 적은 성을 단념하고 되돌아갔소…… 어디에 패전이 있소? 이번 싸움은, 그런 패전은 당연하고도 남을 만큼 당연한 일이오.”

“하지만 뻔히 접근해 온 적을 보고도 쏘지 못하고…….”

“그만두시오. 만일 이케다 군이 출동해 사카이, 오쿠다이라 두 군사와 싸우고 있는 동안 혼다, 이이 등이 성을 노리고 공격해 온다면 어떻게 할 테요? 오늘 싸움은 이긴 것은 아니나 결코 진 것도 아니오! 그만큼 어려운 싸움이라는 것을 하시바 님에게 알려두지 않으면 안 되오.”

모토스케가 잘라 말하는 것을 듣고 모리는 지그시 상대를 노려본 채 부들부들 떨기 시작했다. 듣고 보니 모토스케의 말에도 일리가 있으므로 더 대들 수도 없다. 그렇다고 자기가 공을 세웠다고는 생각되지 않았다.

‘이에야스가 이기고 이케다 부자도 이긴 싸움에서 나만 진 것일까……!’

모리 나가요시는 마음이 석연치 않았다.

히데요시 선풍(旋風)

히데요시는 나무향기가 아직 감도는 성안을 바쁘게 돌아다니고 있었다. 그가 '천하인'의 위엄을 과시하려고 지은 오사카성은, 막상 싸움이 시작되어 여기저기 지시하러 다녀보니 좀 지나치게 넓은 느낌이 들었다. 천하의 여러 영주들이 찾아들면 자기가 직접 안내했다.

"어떤가, 이 100칸 복도는?"

바깥채와 안채의 넓이를 알리기 위해 일부러 길게 만들게 한 복도였으나 지금 거기를 오가다 보니 자신이 우스워졌다.

'용케도 이렇게……!'

조금 전 바깥채에서 안채로 들어가 노부나가의 누이 오이치 부인이 남기고 죽은 아사이 나가마사의 유자녀인 세 딸들에게 이번 싸움의 무용담을 신나고 재미있게 이야기해 주고 있는데, 바깥채에서 곧 나오시라는 전갈이 또 왔다. 네고로, 사이가의 폭도 무리를 한시바삐 쫓아버리도록 명령해 두었던 나카무라 가즈우지에게서 밀사가 왔다는 알림이었다.

"뭐, 가즈우지한테서 소식이? 그럼, 기시와다의 승리도 결정되었군. 그렇게 되면 나도 드디어 세 아가씨와 잠시 이별해야겠는데."

히데요시는 세 딸 가운데 막내인 다쓰히메가 어머니 오이치 부인의 모습과 마음씨를 가장 많이 닮은 것 같아 좋았으나, 아직 너무 어려 이야기는 언제나 두 언니를 상대로 하게 되었다.

"이에야스는 아무것도 모르는 시골 놈이라 내가 직접 갈 필요도 없겠지만, 그렇다고 내버려둘 수는 없지. 눈이 번쩍 뜨이도록 따귀라도 갈기고 와야겠다."

그런 말을 하는 히데요시의 말꼬리를 잡고 언니 자차히메가 비꼬며 말했다.

"때리러 갔다가 얻어맞지 않도록 조심하세요."

무리도 아니라고 생각한다. 성장이 너무도 파란만장하다. 심술궂고, 비꼬기 좋아하며 어딘지 자포자기한 느낌도 풍긴다.

히데요시는 화가 치미는 것을 웃음으로 얼버무렸다.

"그래, 방심은 큰 적이니 역시 조심하는 게 좋겠지."

그렇게 대답하고 방을 나왔는데 긴 복도를 걸어가는 동안 이상하게도 자차히메의 그 말이 화가 났다. 자기에게 도전해 올 만큼 건방진 놈은 이제 이 나라 안에 없으리라 생각하고 있었는데, 똑똑지 못한 노부카쓰에게 넘어가 가장 똑똑한 줄 알았던 이에야스가 괘씸하게도 도전해 온 게 아닌가.

'아사이의 딸년과 똑같은 놈이다, 이에야스는…….'

이에야스 따위와 당장에 싸울 생각은 없었다. 언젠가 자연스럽게 자기 손아귀에 쥐고 고작해야 두세 나라 영주로서 두말 못하게 할 작정이었는데, 그쪽에서 자진해 싸움을 걸어왔으니 버려둘 수 없다.

'좀 더 약은 놈인 줄 알았는데 나를 화내게 하다니…….'

화났다고 스스로 느껴지니 그 작전에 실수가 있을 리 없었다.

히데요시는 긴 복도를 다 건너자, 역시 영주의 위엄을 의식해 만들게 한 다다미 80장을 깐 접견실로 조그만 몸을 바쁘게 움직여갔다.

방 안 꾸밈새까지 모두 노부나가의 방식을 그대로 따랐다. 일곱 기둥에 일곱 중방, 군데군데 금빛 찬란한 장식이 위압하듯 번쩍이고 있다. 한 칸이나 되는 장지문에는 커다란 붉은 술이 드리워졌고 히데요시가 그 앞에 서면 네 시동이 양옆에서 이것을 연다.

"오."

히데요시가 말을 건네자, 한 단 아래 앉아 있던 사신이 납작하게 꿇어 엎드렸다. 이렇게 말하면 히데요시는 과연 자수성가한 사람다운 거만함이 몸에 밴 것 같이 보이나 그다음 연출이 상상 외였다.

"오, 시모무라(下村) 아닌가. 그대가 일부러 사자로 왔나? 수고가 많다. 그대라면 내가 잘난 체하며 윗자리에 앉을 필요도 없지. 가까이 앉아 이야기하자."
윗자리의 보료며 팔걸이를 그대로 두고 어정어정 상대 곁으로 다가가 어깨라도 칠 만한 자리에 앉는 것이다. 시동들이 허둥지둥 보료와 팔걸이를 들고 왔다. 이것만으로도 고지식한 무사는 눈물짓게 된다.

'어쩌면 이렇듯 옛일을 잊지 않고 인정이 많을까!'

그런데 오늘 사자는 꿇어 엎드리기는 했으나 표정은 그리 달라지지 않았다. 어쩌면 이 정도의 인사말에 금방 기뻐해 보이다가는 반대로 멸시당할 것을 알고 있는지도 모른다.

"주인 가즈우지의 전갈을 말씀드리겠습니다."

"들어보자. 폭도는 이미 격퇴시켰겠지? 나는 오와리 일이 걱정되어 내일 오사카를 떠날까 하고 있었는데."

"황송하오나 아직 격퇴시키지 못하고 있습니다."

"뭐, 아직도 꾸물거리고 있는가?"

"네고로, 사이가의 폭도는 기시와다성 언저리까지 진출해 야스다, 사무카와 등의 지휘로 다가왔다가는 물러서고 물러서는 척하다가는 다시 다가오곤 합니다. 아주 만만치 않은 상대입니다."

"그럼, 묻겠는데, 원군이라도 청하러 왔나?"

"아닙니다!"

상대는 세차게 고개 젓고 눈을 번들거렸다.

"지금은 대감님에게 하나라도 더 많은 병사가 필요하실 때…… 그러니 저에게 가서 기시와다에 대해서는 걱정 마시도록 말씀드리라고……."

히데요시는 시치미 떼고 물었다.

"이것 봐, 그대는 그 말을 일부러 하러 왔나?"

"그런 게 아닙니다!"

상대는 또 같은 말을 하고 고개 저었다.

"그럴 테지. 이런 중대한 싸움판에서 그대 같은 용사를 사자로 보낼 리 없다. 무슨 그럴 듯한 정보라도 들어왔나?"

"그런 게 아닙니다!"

"또 아니란 말인가? 그럼, 무슨 일이지?"

"슬픈 소식입니다."

"슬픈 소식……이라니 좋지 못한 소식이란 말인가, 시모무라?"

"예, 구와나에서 사카이에 도착한 뱃사람들이, 오와리에서 모리 나가요시 님이 폭도들에게 말할 수 없는 패배를 당했다고 소문을 퍼뜨리고 있습니다. 그래서 이것을 곧바로 말씀드리라는 주인의 명……."

"뭐, 뭐라구?"

히데요시는 한순간 침을 꼴깍 삼키며 몸을 내밀었다.

"뭣이, 모리가 크게 패전했다고?"

히데요시의 말투가 낮고 처절한 느낌이었으므로 사자의 표정도 굳어졌다.

"예, 이누야마성에서 기요스를 향해 진격하여, 하구로라는 곳에 진치고 있을 때 도쿠가와 군에게 습격당했다고 합니다."

"그래, 모리의 안부는?"

"가까스로 이누야마성으로 도망해 들어갔다는 소문입니다."

"소문이겠지."

히데요시는 그제야 비로소 볼을 허물어뜨렸다.

"하하하…… 이에야스도 꽤 그럴 듯한 소문을 퍼뜨리는군. 걱정할 것 없다. 나에게도 이에야스의 중신들이 이것저것 내통해 오고 있으니까."

상대는 되물었다.

"예? 도쿠가와 님 중신에게서……."

"암, 그렇지. 이것은 비밀이다…… 아니, 이젠 비밀히 할 것도 없겠지. 그런 소문을 퍼뜨리고 좋아하고 있는 놈들에게 말해 주는 게 좋을지도 모르지. 내통자는 이시카와 가즈마사인데……."

"이시카와 가즈마사 님이……?"

"하하하…… 이쪽도 속수무책으로 있으라는 법은 없으니까. 그럼, 가즈우지의 전갈은 그 일을 알리라는 것뿐인가?"

"예, 말씀드리면 대감에게 좋은 생각이 있으실 거라고 말씀하셨습니다."

"수고했다. 속히 돌아가 걱정 말라고 일러라. 나는 자신만만, 움직이면 곧 승리해 보일 테니 그쪽에서나 빨리 폭도를 무찌르라고 일러라."

"예."

"아참, 그대한테 이것을 주마. 알겠나, 이번 일로 이 히데요시의 지반도 굳어진다. 노부카쓰, 이에야스들이 덤벼들어 이 히데요시를 천하인의 지위에 억지로 떠받쳐 올리고 있는 싸움이다. 잘 싸워라."

히데요시는 허리에 찼던 단도를 끌러 성큼 사자의 손에 쥐어주고 다시 한번 큰 소리로 웃으며 일어섰다.

나올 때와 같은 유연한 태도로 접견실을 나가 다시 자랑으로 여기는 100칸 복도에 이르자 뒤따르는 이시다 미쓰나리를 돌아보았다.

"미쓰나리…… 히데마사를 불러다오, 안채의 내 방으로."

그렇게 말했을 때는 미간에 깊은 주름이 잡혀 있었다.

나카무라 가즈우지의 사자가 한 말은 히데요시의 마음에 꽤 심하게 울렸던 모양이다.

"예."

"은밀히 이야기할 것이 있으니 빨리 오라고 해라."

미쓰나리는 알아듣고 복도에서 바깥채로 되돌아갔다. 히데마사는 히데요시의 막냇누이 아사히히메(朝日姬)의 남편 사지 히데마사(佐治秀正)였다.

히데마사는 지금 이 드넓은 새 성의 창고를 맡고 있는 충실하기 이를 데 없는 정직한 사람이었다. 그 히데마사에게 누이동생을 시집보내기 위해 히데요시는 그녀의 전남편 후쿠다 요시나리(福田吉成)와 이혼시켰다. 거기에는 여러 가지 복잡한 이유가 있었으나 아무튼 지금 히데요시는 착실하고 정직한 히데마사를 입으로는 '침향도 피우지 않고 방귀도 안 뀌는 사나이'라는 둥 놀려대면서도 자기 이름의 '히데(秀)' 자에 정직한 사람이라는 '마사(正)'자를 붙여 히데마사라고 이름 지어주고 매우 신용하고 있었다.

엄숙한 표정으로 100칸 복도를 다 건너자 히데요시는 사방 100미터나 되는 안마당에 면해 있는 자기 거실로 빠른 걸음으로 들어갔다.

미쓰나리가 히데마사를 안내해 오자 히데요시는 미쓰나리도 유코도 물리치고 넓은 서원에 단둘이 마주앉았다. 그 말버릇은 변함없이 비약했다. 유코가 내놓고 간 차를 마시면서 시치미 떼고 말을 꺼냈다.

"어떤가, 안사람 기분은? 그대 내외에게 아이가 없는 것은 너무 사이좋아서라는 소문이던데?"

히데마사는 딱딱하게 앉은 채 입을 열었다.
"농담 말씀만…… 그래, 은밀한 말씀이란?"
"그러나 내게도 자식이 없다. 나는 너무 분주해 한가하게 말을 탈 틈이 없기 때문이다. 내 흉내일랑 내지 말고 아이를 낳게 해보게나."
"예, 그러나 그것은……."
"애쓰지만 뜻대로 안 된단 말이지? 자식이란 좋은 것인 모양이더라. 낳아만 놓으면 말이다…… 누님 아들 히데쓰구를 봐. 이제 제법 의젓하게 젊은 대장노릇을 하고 있지 않나?"
거기까지 말한 다음 히데요시는 생각난 듯 웃었다.
"그렇게만 말할 수도 없겠지. 돌아가신 우대신님같이 천만인보다 뛰어난 분에게도 노부타카, 노부카쓰 같은 자식이 생겼으니."
"용무를 말씀해 주십시오."
"용무라…… 그것은 다름 아니라, 나는 모레 21일에 이 성을 출발한다."
"21일……?"
"그래, 서두르지 않으면 안 되게 되었다. 좀 이해할 수 없는 일이 생겨서."
"걱정스럽군요…… 무슨 일이신지?"
"이케다가 들어 있는 이누야마성에는 이나바 잇테쓰도 이미 나가 있을 터, 그 이케다와 이나바가 있으면서 모리를 패퇴시켰다는 것은 이해되지 않는다. 내가 출동하지 않으면 모두들 옹졸한 생각으로 움직일 염려가 있다. 아무래도 상대를 오다 가문이라고 생각하고 있으니까."
히데마사는 그 한마디 한마디에 단정하게 고개를 끄덕이면서 또 되물었다.
"그래, 저에 대한 용무는?"
히데요시는 씁쓸하게 웃었다. 이 고지식한 사나이는 대국을 보고 상대의 뱃속을 알아차리려 하지 않고 명령받을 것만 서두르고 있다.
무리도 아니라고 히데요시는 생각한다. 히데요시가 히데마사를 매부로 삼은 것은 어떤 의미에서는 죄를 보상하기 위한 일이었다. 아사히히메의 첫 남편은 후쿠다 진베에(副田甚兵衛)라는 강직한 오와리 무사. 아직 히데요시가 나가하마에서 겨우 4만 석 받을 즈음의 일이었으므로 상대도 갑옷 한 벌뿐인 빈곤한 살림. 그래서 히데요시는 이혼시켜 둘째 남편 후쿠다 요시나리에게 시집보냈다. 그런데 그 아사히히메는 첫 남편 진베에를 못 잊어, 용모와 재주로는 비교도 안 되는 둘째 남편에게 조금도 정을 붙이려 하지 않았다.

"이거 실수했는걸. 여자가 좋아하는 남자와 남자가 좋아하는 남자는 다른 모양이다."

그래서 다시 셋째 남편 히데마사를 이번에는 누이동생의 행복을 위주로 생각해 짝지어준 것이다. 그 결과 지금은 그녀도 완전히 만족하고 있는 모양이다. 상대는 히데요시의 명령을 기다리듯 마누라의 명령에도 순종할 거라고 생각하니 웃음이 나왔다.

히데요시는 웃음을 참고 진지한 얼굴로 말했다.

"용무라고? 용무는 중대한 것이다. 그대의 안사람을 인질로 내놓기 바란다."

히데마사는 얼굴빛이 달라져 되물었다.

"무슨 말씀이십니까? 여편네를 인질로 내놓으라는 말씀입니까?"

히데요시는 웃음을 참고 심술궂은 눈초리로 말했다.

"그렇다. 인질로 내놓는 거야, 이 성에. 그대를 마음대로 부려먹으려면 마누라를 인질로 잡아두는 게 으뜸이지."

"그러시면 저도 함께 출진합니까?"

"아니, 출진은 하지 않아도 좋아. 출진 이상으로 중대한 임무가 그대에게 있다."

"그래요……? 그게 무엇인지요?"

그 갸름하고 성실한 얼굴이 우스우리만큼 진지하게 굳어져 히데요시는 저도 모르게 실소할 뻔했다. 희극무대에 나오는 어리석은 영주의 모습을 문득 떠올렸기 때문이다. 그렇다고 이 경우에 웃는 건 그를 모독하는 게 된다. 어쨌든 상대는 매부인 것이다.

'노모를 안심시키려고 짝지어준 남편이니까…….'

히데마사의 아내 아사히히메는 히데요시의 어머니가 눈에 넣어도 아프지 않을 만큼 사랑하는 막내딸이었다. 그리고 어머니도 아사히히메도 히데요시와는 다른 평범한 세계에서 살고 있다. 그들의 소원은 천하나 국가와는 거리가 먼 안온한 나날 속에 있다.

그 아사히히메가 마음에 맞는 남편을 맞아 다정하게 지낼 수 있도록 노모는 히데요시에게 계속 요구하고 있었다. 따라서 히데요시는 속으로 히데마사를 누이를 위해 장만해 준 무난한 '노리개'라고 생각하고 있다. 녹봉은 4700석, 주택은 정문 밖에 마련해 주었으며 틀림없이 또박또박 출근했으나 여태까지 그리 기대를 해본 적은 없다. 그러나 이번에 그 히데마사의 용도를 생각해냈다. 물론 이것도 누이가 사랑스러워서이기는 했지만…….

"히데마사."

"예!"

"이번은 예사 싸움이 아니다. 아직 이 새 성 언저리의 적을 남겨두고 나는 오와리로 출진하지 않으면 안 된다."

"걱정하시는 마음 잘 알겠습니다."

"수비장수는 하치스카 히코에몬이지만 그대에게도 그 이상의 중요한 역할을 일러두고 가겠다."

"예!"

"다름 아닌 인질의 감시다. 알겠나? 그대의 안사람을 우선 이 성 곡성으로 옮기고, 그다음에 이코마 지카마사, 야마노우치 가즈토요는 물론 호리, 하세가와, 히노네, 다카가와, 쓰쓰이, 이나바, 가모, 호소가와 등의 중신들 인질을 모두 같은 곡성에 가둬두고 주인이 만일 싸움터에서 비겁한 행동을 할 때는 가차 없이 베어버린다고 일러두어라."

"저, 우리 편 장수 중신들의 인질을?"

"오, 모두 저마다 내놓도록 명령해 놓았다. 머지않아 그들이 잇따라 성에 들어올 것이다. 그대도 마누라를 내놓도록! 내놓고 그대 심중에도 수상한 대목이 있다면 베어야 해."

"저, 제 마음에 수상한 대목이……?"

"있으면 마누라 목도 치는 거야."

진지하게 말하고 히데요시는 또 웃음을 참았다. 히데요시는 외곬으로 정직한 히데마사에게 그의 결심을 깨닫게 하여 인질로부터 저마다의 혈육을 격려시키려는 것이었다.

물론 여기에는 이유가 있다. 히데요시 자신 시바타와의 싸움에서 충분히 경험해 온 바였지만 인질이란 그 대장에게서만 징발해서는 의미가 없었다. 중신들 마음이 움직여 내통이라도 하게 되면 상대는 완전히 무력해진다.

더욱이 이번에는 노부타카가 죽은 뒤의 노부카쓰가 적이다. 만일 여러 영주의 중신들이 그 주군에게 오다 가문의 '은의(恩義)'를 설득하는 날에는 적잖게 동요된다. 그래서 출진하는 영주 외에 그 중신들로부터도 저마다 인질을 받아 그 감시와 취급을 매부 히데마사에게 명하고 가려는 것이었다.

우직함에 가까운 히데마사의 성실함은 세상에 정평 나 있다. 그 히데마사가 자기 아내인 히데요시의 누이까지 성안에 불러들여 수상한 거동이 있으면 목을 친다고 말한다면 인질들은 우스움과 전율을 동시에 느끼고 히데요시의 뜻에 맞도록 행동할 게 틀림없었다. 그 일에 대한 계산은 가혹하게만 하는 것을 피하고, 딴마음을 갖지 않은 자에게는 어딘지 익살맞은 우스꽝스러움을 느끼게 하자는 히데요시다운 그럴 듯한 생각에서였다.

"어때 알았는가, 이 히데요시의 결심을?"

히데마사는 이마에 축축하게 진땀을 흘리며 딱딱하게 가슴을 펴고 대답했다.

"예……예!"

"알겠나, 여기 인질 명단이 있다. 이들을 단단히 감시해라. 만일 이 인질의 배우자 중에서 적과 내통하는 자가 나올 때는, 그대는 물론이고 마누라인 아사히도 무사하지 못할 것이다."

"틀림없이…… 가슴에 새겨두겠습니다."

"그리고 인질을 늦게 보내는 자는 그대가 자꾸 독촉해야 된다. 이 임무는 수비장수 다음가는 큰 역할이다."

거기까지 말하자 상대가 너무 긴장해 있으므로 히데요시는 마침내 웃음을 터뜨렸다.

"이것은 직책상의 이득인데, 모처럼의 좋은 기회니 어디의 누구 마누라는 어떤 용모의 여자이며 또 어디에 어떤 처녀가 있는지 자세히 조사해 두도록 해라. 그리고 뒤에 그대 내외가 쓸모 있는 젊은이를 골라 중매라도 서 주게끔 연줄을 만들어놓아라. 그러면 이번의 심한 취급도 언젠가는 감사의 근원이 될 테니까."

"잘 알겠습니다."

"좋아, 그것뿐이다. 곧 시작해라."

이렇듯 히데요시 쪽에는 여태까지와 전혀 다른 바람이 불기 시작했다. 하늘을 찌르는 8층짜리 새 성에 갑옷 차림 입성자들에 섞여 수많은 인질 여인들이 탄 가마가 잇따라 들어왔다. 개중에는 아이를 데리고 걸어오는 자도 있었으며, 그들은 모두 새 성을 쳐다보고 새삼스럽게 그 위용에 감탄해 마지않았다.

아마 히데요시는 그 여러 사람들을 단순한 인질로 이용할 뿐 아니라 머지않아 자신의 위력을 선전시킬 선전원으로도 삼을 속셈인 것이리라. 언제나 일석이조, 삼조를 노려 마지않는 히데요시였다.

그들 인질과 엇갈려 히데요시가 자신만만하게 호리병박 마표를 쳐들고 오사카성을 떠난 것은 3월 21일 아침이었다.

히데요시는 이에야스가 마음 놓을 수 없는 적임을 잘 알고 있었다. 아마 지금 무장들 가운데 그보다 우수한 전략가는 없을 것으로 여겨졌다. 따라서 이에야스 역시 히데요시의 실력을 자세히 알 터이므로 결코 시바타처럼 고집 세게 무모한 싸움은 하지 않을 것으로 믿고 있었다. 그 판단 속에는 어쩌면 이시카와 가즈마사로부터 온 밀서의 영향도 얼마쯤 있었을지 모른다.

'이에야스는 우대신님에게까지도 끝내 틈을 보이지 않은 사나이였으니까.'

따라서 이에야스가 진심으로 노부카쓰와 합심할 생각이 없다는 것은 처음부터 꿰뚫어 보고 있었다.

'이길 수 있는 싸움이 아닌 줄 알면서 노부카쓰를 후원한다. 이에야스 역시 자기 눈으로 천하를 볼 줄 모르는 사나이인가…….'

히데요시의 생각으로는, 이에야스가 그 가슴속에 온갖 모계를 간직하고 있으면서도 마침내 노부카쓰와의 정의에 구애되고 감정에 못 이겨 움직이지 않으면 안 되었던 것으로 여겨졌다.

그러므로 한 차례 호되게 연합군을 치는 것으로 대세는 곧 결정될 터이며, 아마도 이에야스는 자랑으로 여기는 장수들을 소중히 간직하기 위해 불리하다고 보면 재빨리 미카와로 철수하여 거기서 화의를 청해 올 게 틀림없다고 판단하고 있었다.

'이번에야말로 인해전술이 가장 크게 효과를 나타낼 때…….'

이 싸움에서 멋지게 승리를 거두면 우에스기, 호조는 물론 주고쿠의 모리도 시고쿠의 조소카베도 자연히 히데요시에게 복종하게 될 것은 뻔한 일이었다. 그쯤 되는 이에야스이므로 이케다나 모리로는 당해낼 수 없을 거라고 처음부터 계산하고 있었으니만큼 그 진영의 어마어마함은 일찍이 볼 수 없었을 정도였다.

제1진에는 기무라 시게코레(木村重茲), 가토 미쓰야스, 가미코다 마사하루, 히네노 히로나리, 히네노 히타치(常陸), 야마다 가타이에(山田堅家), 다가 쓰네노리(多賀常則) 등 6000명을 선발대로 내보내고…….

제2진에는 하세가와 히데카즈, 호소카와 다다오키, 다카야마 우콘의 5300명.

제3진에는 나카가와 히데마사, 나가하마 무리, 기노시타 도시히사, 도쿠나가 도시마사(德永壽昌), 오가와 스케타다(小川祐忠)의 6200명.

제4진에는 다카바타케 마고지로(高畠孫次郎), 하치야 요리타카(蜂屋賴隆), 가나모리 나가치카의 4500명.

제5진은 니와 나가히데의 3000명.

제6진은 히데요시의 본대로 이것을 6단으로 나누어 맨 처음에 가모우 우지사토의 2000명에 고가 무리 1000명을 합쳐 오른쪽에 두고, 왼쪽에는 마에노 나가야스(前野長康), 이코마 지카마사, 구로다, 하치스카, 아카시, 아카마쓰의 여러 부대를 합쳐 4000명을 두었다. 다음에 호리 히데마사와 엣추 무리, 이나바 잇테쓰의 5500명. 3단이 쓰쓰이 준케이의 7000명. 4단이 하시바 히데나가의 7000명. 5단에는 자랑으로 삼는 사나운 시동들과 총 부대를 합해 4850명을 두고, 다음에 직속무사 4000명의 중앙으로 히데요시가 말을 몬다…….

제7진의 후방 경비는 아사노 나가마사와 후쿠시마 마사노리의 1800명.

총병력 6만2150명이라는 대군을 8만 명이라 칭하고 오미에서 미노 방면으로 물밀 듯 마구 밀고 나갔다.

오사카를 떠난 지 나흘 만인 24일에 본진이 기후성에 도착하여 그날 안으로 제1진은 기소강을 건너 이누야마성과 그 남쪽 2500미터 거리에 있는 고로마루(五郎丸)로 먼저 가서 우선 그 위풍으로 동쪽 군을 압도하려고 한 것이다.

기후성에 들어가자 히데요시는 이케다로부터 보고하러 와 있던 이기를 곧 불러서 모리 나가요시의 하구로 패전에 대한 상황을 들었다.

"모리는 이케다 가문의 사위, 그 사위에게 이케다 님이 원군을 보내지 않았던가?"

히데요시는 성에 들어오자 곧 부지런히 무장을 풀고 편히 쉬고 있었으나, 이기에게는 매우 불쾌한 얼굴로 보였다.

"예, 그 일에 관하여 저희 주군께서 특별히 말씀드리라는 분부가……."

"뭐냐, 말해 봐라."

"물론 원병을 내보낼 작정이었습니다만 적 쪽인 혼다 헤이하치로의 경비가 심해 만일 나갔다가 이누야마성을 습격받아서는 안 되리라 여겨 사사로운 감정을 누르고 있었습니다."

"뭐, 혼다 헤이하치로가……?"

눈을 크게 부라리는 바람에 이기는 납작하게 목을 움츠리며 엎드렸다.

"예……예!"

당연히 한 차례 벼락 떨어질 것으로 예기하고 있는 모양이다.

"그런가. 그거 참, 잘했다!"

"예……? 뭐라고 하셨습니까?"

"잘했다. 성을 나가지 않기 잘했다고 칭찬한 것이다."

"예……."

"앞으로도 있을 일이니 유의해라. 이케다 님은 더없이 충성스러운 사람이다. 그러나 가끔 강제로 움직이는 게 흠이다. 싸움에는 승리만 있는 것이 아니다. 불리할 때는 꾹 참고 기회를 보는 인내심이 없으면 안 된다. 잘 참았다고 전해라. 이번의 적은 이때까지 못 보던 강적이다. 좋아, 급히 이누야마로 돌아가라."

이기는 멍하니 있다가 허둥지둥 머리를 숙였다. 상대가 야단맞을 줄 알고 있으면 칭찬하고 칭찬받을 줄 알면 야단친다.

"하하…… 이케다의 중신 녀석이 여우에 홀린 듯한 상통을 하고 나갔다. 미쓰나리!"

"예!"

"그대는 일러둔 대로 이 언저리 사찰에 금지와 허락에 대한 공문을 보낼 준비를 곧 해라."

이시다 미쓰나리에게 명해 놓고 쉴 사이 없이 또 지시했다.

"유코, 차 같은 것은 지금 끓이지 않아도 된다. 종이와 붓, 종이와 붓."

기록을 맡아보는 유코는 지시받자 허둥지둥 풍로 옆을 떠나 창가 책상 위에서 붓과 종이를 들고 히데요시 곁으로 와 앉았다.

"편지다, 준비되었나?"

"예, 좋습니다."

"이름은 히타치(常陸) 오타(太田) 성주 사타케 요시시게(佐竹義重)."

"히타치의 사타케 님……."

"편지 내용을 말하겠다. 그대로 적어라. 됐나? 이에야스는 이번에 표리를 나타내어 젊은 노부카쓰를 속여 자기 마음대로 이용하여 까닭 없이 중신 셋을 나가시마에서 처형하게 했다. 그러므로 히데요시는 이가, 이세에 출병하여 미네(峯), 고베, 구스노키의 여러 성을 함락시켜 균형을 잡고 비슈에서는 이케다, 모리 등이 지난 13일에 이누야마성과 그 밖의 여러 군대를 쳐부수었으며 지난 22일에는…… 22일이면 그저께군…… 네고로, 사이가의 폭도 3만이 공격해 왔지만 역시 목 5000을 베어 기슈 밖까지 마음껏 우리의 힘을 발휘했다……."

붓을 놀리고 있던 유코가 깜짝 놀라 되물었다.

"잠깐! 저 사이가, 네고로의 폭도는 정말로 목을 5000이나 베어 결말난 겁니까?"

히데요시는 흥이 깨어져 혀를 찼다.

"알 게 뭐냐, 그런 일을! 쓸데없는 것을 묻는구나, 유코는. 나는 지금 끝난 일의 기록을 구술하고 있는 게 아니다. 사타케 요시시게에게 보내는 편지를 쓰게 하고 있는 거다."

히데요시에게 야단맞고 유코는 희미하게 웃었다.

"황송합니다."

"웃는구나?"

"용서하십시오. 이것은 전략이었군요."

"전략이 아니다. 그렇게 될 게 틀림없거든. 21일에 나는 오사카를 출발했다. 내가 출발한 것을 알면 폭도 무리는 때가 왔구나, 하고 기시와다성에 밀어닥친다. 그러면 나카무라 가즈우지, 이코마 지카마사, 그리고 하치스카의 아들 이에마사 등이 그들을 무찔러버리는 것은 22일이다."

유코는 또 입을 가리고 웃었다.

"호호…… 그렇다면 잘랐다는 목 5000도 그렇게……되었을 거라는 것입니까?"

"뻔한 일이지. 3만의 승병과 토착민들이 모여 봉기한 폭도들이니 5000쯤 죽지 않으면 안 물러선다. 물러나면 5000으로 계산하는 것은 병가의 정법, 그대도 똑똑히 알아두어라."

"참으로…… 놀랍습니다."
"자, 그다음이다. 목 5000을 치고 기슈까지 마음껏 우리 힘을 발휘하고 있던 중, 이에야스가 기요스에 진치고 있으므로 내일은 강을 건너 기요스까지 쳐들어갈 것이며, 이에야스에 대하여는 앞으로 어떤 일이 있어도 일체 용납하지 않고 철저하게 징벌할 것이다. 이 시기에 동쪽 나라는 서로 모의하고 계책을 강구하기 바라며 기소 요시마사, 우에스기 가게카쓰는 모두 이 히데요시의 더없는 편이므로 이들과 서로 도모하여 수단을 마련하는 게 긴요할 줄 안다. 우선은 서둘러 이것을 근황 보고로 삼는다. 4월 25일 기후에서 히데요시……."
유코는 말하는 대로 붓을 놀리면서 가끔 몰래 히데요시를 쳐다보았다. 히데요시는 반쯤 황홀한 표정으로 청산유수로 구술해 갔으며, 그것이 요즘 와서는 일종의 독특한 기백에 찬 명문이 되어 거의 한 자도 가감할 수 없는 품격을 갖추기 시작하고 있다.
"다 썼습니다."
"좋아. 그럼, 다음에는 기소강과 나가라강 사이에 있는 다케가바나(竹鼻)성의 후와 히로쓰나에게 항복을 권하는 편지다."
"후와 히로쓰나 님에게 말씀입니까?"
"그렇다, 그놈에게 보내는 편지는 글씨를 굵게 써라. 기소강 서쪽에 있으면서 이 히데요시에게 대든다는 것은 건방지기 짝이 없다. 알았나? 이번에 히데요시는 8만 대군을 이끌고 기후성에 이르러, 지금부터 강을 건너가 비슈를 단번에 쓸어버리고자……."
거기까지 말했을 때 이시다 미쓰나리가 손에 팻말을 하나 들고 들어왔다. 그것을 보자 히데요시는 구술을 멈추고 물었다.
"미쓰나리, 그건 뭐냐?"
미쓰나리는 잠시 주위를 돌아보고 나서 대답했다.
"괘씸하기 짝이 없는 팻말을 사카키바라 고헤이타 놈이 강 서쪽에까지 돌아가며 세우고 있습니다."
"사카키바라 고헤이타라고?"
"예, 이에야스의 큰 시동 사카키바라가 건방진 짓을……."
"혼자서 화내지 마라, 못난 것. 읽어 봐, 거기서. 뭐라고 쓰여 있나?"

"읽어도 좋습니까, 이 괘씸한 문장을?"
히데요시는 소리 내어 껄껄 웃었다.
"그대가 화낼 건 없다. 이상한 놈이군. 어서 읽어라."
"그럼, 읽겠습니다."
히데요시에게 다시 재촉받고 미쓰나리는 팻말 앞면을 히데요시에게 보이도록 고쳐 쥐고 거친 숨결로 읽기 시작했다.
"하시바 히데요시는 농군의 자식, 본디 말 앞에서 뛰어가던 졸개에 지나지 않는……."
"뭐라구, 미쓰나리! 뭐라고 했나?"
예상했던 대로 히데요시의 얼굴이 단번에 창백해졌다. 그가 가장 싫어하는 문구가 맨 먼저 읽힌 것이다.
"그게 대체 어디에 세워져 있었지? 가져온 자는 누구냐?"
"예, 장소는 기후와 다케가바나 사이에 있는 가사마쓰(笠松) 변두리. 괘씸하다면서 잡아 빼온 것은 히토쓰야나기입니다."
"뭐, 히토쓰야나기가 뽑아왔다고. 좋아, 히토쓰야나기를 이곳에 불러라!"
"예, 여봐라, 누구 대기실에서 가서 히토쓰야나기 님을……."
미쓰나리가 말하려 하자 히데요시는 불쾌한 듯 꾸짖어댔다.
"남을 보내지 마라. 그대가 가서 불러오너라!"
"예. 그럼, 곧……."
팻말을 그 자리에 놓고 미쓰나리는 나갔다.
"유코."
"예!"
"꾸물대고 있지 말고 그 팻말을."
"예, 읽으란 말씀입니까?"
"가져오란 말이다."
"예."
갑자기 분위기가 확 바뀌었으므로 유코는 공손히 팻말을 들어다가 일부러 글씨를 보지 않고 히데요시에게 내놓았다.
"유코!"

"예……예!"
"그대는 이 팻말에서 왜 눈을 돌리는 거지? 읽어봐라."
"이런 것은 일부러 읽지 않으셔도……."
"읽으면 화가 치밀 뿐이란 말인가, 아니면 읽지 않아도 내용을 알고 있단 말인가?"
"예……예!"
유코는 대답이 막혀 허겁지겁 무릎 위에서 손을 비볐다.
"이것은 적이 일부러 화내시게 하려고 없는 일을 꾸며 썼지 않나 생각됩니다…… 그러니 보셔서 기분 상하시는 것은 적이 바라는 바이니 웃으며 내버리시는 게 좋으리라고……."
"닥쳐라, 유코!"
"옛."
"아니꼬운 말을 하는구나. 이 팻말이 나를 노하게 하기 위한 잡소리라는 것을 모를 만한 히데요시인 줄 아느냐?"
"죄송합니다."
"내가 읽으라고 한 것은 상대의 잡소리에 내가 얼마쯤 참을 수 있는지 시험하기 위해서다. 읽으라면 냉큼 읽어라."
"그럼, 저 무슨 말이 있어도……?"
"읽어라! 그까짓 이에야스의 직속무사 따위가……."
"그럼……."
유코는 난처한 표정으로 팻말을 집어 들었으나 역시 그대로 읽지는 않았다.
"기가 차서, 무슨 말을 이렇게…… 대감님의 말할 수 없는 대역무도함을 가만히 보고 있을 수 없어 나의 주군 이에야스가 노부나가 공과의 신의를 위해 궐기했다고 쓰여 있습니다."
히데요시는 내뱉듯 말했다.
"그렇게 쓸 게 뻔하지. 그것만이 아니겠지. 내가 몹시 흥분할 말이 쓰여 있을 게다."
"그렇게 알고 계시면서 참으로 심술궂으십니다. 이것을 보니 저도 이시다 님 이상으로 기분이 나빠집니다."

"어떤 구절이 기분 나쁘나? 기분 나빠지는 구절을 읽어라."

"이거 참, 입장 난처하게 됐군요. 말 앞에서 뛰어가던 졸개가 노부나가 공의 총애를 받고 많은 녹을 받기 시작하더니 큰 은혜를 잊고 주인 자리를 빼앗으려 한다고 쓰여 있습니다."

"그런 것도 쓸 게 분명하다. 노부타카에 관해서도 쓰여 있겠지?"

"아, 그렇습니다. 죽은 주인의 아들 노부타카 공을 그 생모와 딸과 함께 학살하고 지금 노부카쓰 님에게 또 칼을 들었다. 말할 수 없는 대역무도라고……."

"역시 쓰여 있구나."

"그러기에 이런 것은……."

"핫핫핫하, 역시 예상이 들어맞았다."

"뭐, 뭐라고 말씀하셨습니까?"

"쓸 만한 것은 쓰여 있다고 말했다. 그 한 줄이 빠져 있으면 팻말의 의미가 없지. 사카키바라 고헤이타라는 놈, 쓸 만한 사나이로구나."

유코는 안도의 빛을 떠올렸다.

"역시 배짱이 크십니다. 그 말씀을 듣고 이제 안심했습니다."

"좋다, 히토쓰야나기가 올 것이니 그 팻말을 이리 가져오너라."

"어떻게 하시렵니까?"

"칼 걸이 옆에 세워놓고 오는 자마다 보여주겠다. 히데요시가 이런 것으로 화내서야 되겠는가. 더없는 진중의 위안거리다."

거기에 미쓰나리가 반 무장 차림의 히토쓰야나기를 데리고 들어왔다.

미쓰나리의 얼굴빛도 아직 그대로였지만 불려 온 히토쓰야나기도 그 이상으로 흥분되어 있다.

"부르셔서 왔습니다."

그렇게 말하는 히토쓰야나기는 방바닥을 짚은 오른팔에 축축하게 피를 묻히고 있었다.

"히토쓰야나기!"

"옛!"

"그대는 이 팻말을 보고 있던 놈을 베고 왔구나."

"이…… 이것은…… 예, 저, 큰소리로 백성들에게 읽어주고 있기에."

"그놈은 무사던가, 상인이던가?"
"중이었습니다."
"바보 같은 놈!"
"옛!"
"그럴 때 어째서 웃어주지 못하나. 도쿠가와 군은 창이나 칼로는 당하지 못하리라 짐작하고 욕으로 이기려 한다, 불쌍하게 되었군…… 그렇게 말하며 유유히 그 눈앞에서 빠버리는 거야."
"예!"
"그것을 일부러 이렇게 가져왔나?…… 이것을 내게 보여서 어떻게 할 셈인가. 자, 그것부터 들어보자."
일단 가라앉은 듯 보였던 히데요시의 노기가 히토쓰야나기를 향해 다시 폭발한 느낌이었다.
유코는 몰래 미쓰나리를 바라보며 보일 듯 말 듯 고개를 흔들어 보였다.
"어째서 가만히 있는가? 그대도 이미 어엿한 대장, 이 팻말을 갖고 올 때는 그만한 생각이 있어서 한 짓이 아니겠나. 그 생각을 그대로 말해 봐."
히데요시에게 추궁받고 히토쓰야나기는 놀라 미쓰나리를 바라보았다. 그 말을 듣고 보니 과연 이치에 맞는 말이었으나 이런 식으로 그 화풀이 대상이 될 줄은 꿈에도 몰랐을 것이다.
히토쓰야나기가 대답하지 못하고 묵묵히 있으려니 히데요시의 화살이 미쓰나리에게로 돌려졌다.
"미쓰나리!"
"예!"
"그대도 노발대발해 이것을 내 앞에 갖고 왔구나."
"예, 가져왔습니다."
"어째서 가져왔나? 그대를 측근에 둔 것은 쓸 만한 데가 있을 것 같아서였다."
"황공하게 생각하고 있습니다."
"그런 인사말은 아직 이르다. 이에야스의 가신 사카키바라에게는 어떻든 이 팻말을 세울 만한 생각이 있었다. 그것을 보고 히토쓰야나기 바보가 백성들이 지켜보는 앞에서 중을 베었다. 이것은 팻말을 세운 효과가 충분히 있었다는 게 된다."

미쓰나리의 얼굴에서 차츰 분노의 빛이 사라졌다.
"그 이에야스의 가신이 세운 팻말에 대해 이 히데요시의 가신인 그대에게는 어떤 생각이 있는지 어디 말 좀 해봐."
"예!"
"만일 아무 생각도 없다면 그대는 사카키바라와 도저히 견줄 수 없는 어리석은 신하다!"
"황송하오나……."
미쓰나리는 대들 듯한 눈초리로 히데요시를 똑바로 쳐다보았다.
"그 대책이 물론 마음속에 있으므로 보여드린 것입니다."
"뭐라고……? 할 말이 없다고 해서 허튼 소리 하면 용서 않겠다."
"뜻밖에 기분을 상하시게 했으니 제 생각을 말씀드리겠습니다."
"좋아, 들어보자. 들은 다음에 실수가 있으면 내 곁에 두지 않겠다."
"대감님, 사카키바라 고헤이타의 목에 10만 석을 걸어주십시오."
"뭐……뭐라구?"
"사카키바라의 목에 10만 석. 그 가치는 충분히 있습니다."
"이유를 대라. 나는 웃으면서 집어치우라고 말하고 있는 거다."
"그것은 안 됩니다. 첫째로 이것을 보고 격노하셨습니다. 그토록 노하시는 것을 저희들은 일찍이 본 일이 없습니다."
"음."
"노하게끔 만들어 노하게 했습니다. 사카키바라는 훌륭한 놈입니다. 그러므로 그 목에 10만 석을 내걸어 이것이 히데요시의 분풀이라고 적과 우리 편에 똑똑히 보여주시도록, 이것이 저희들 대책입니다."
"그러면…… 그대는 이 히데요시에게 분노를 감추지 말라는 말인가?"
"분노를 감춘다……는 그런 잔재주를 부릴 분이라고 남이 생각한다면 천만뜻밖의 일…… 노하실 때는 백뢰(百雷)가 떨어지듯 격분하십시오. 팻말을 가져온 히토쓰야나기 님을 꾸중하시는 것은 당치도 않다고 생각합니다."
듣고 있던 유코가 깜짝 놀라 눈을 둥그렇게 떴다.
"뭐라고, 내가 히토쓰야나기를 꾸짖었다고?"
히데요시는 쏘는 듯한 눈초리로 미쓰나리를 노려보았다.

"내가 히토쓰야나기를 야단칠 게 뭐냐? 그 팻말을 보여 어떻게 할 셈인지 물어본 거다. 쓸데없는 말은 지껄이지 마라, 못난 것."

미쓰나리는 다시 한번 몸을 앞으로 내밀 듯하며 말했다.

"그러므로 사카키바라의 목에 10만 석을 내걸어주십사고 부탁드렸습니다."

"미쓰나리!"

"예."

"그렇다면 그것은 히토쓰야나기의 의견이냐?"

"히토쓰야나기 님 의견인 동시에 제 의견이기도 합니다. 대감께서 노하셨다, 노하시면 이런 말을 부탁드리자고 방금 대기실에서 둘이서 의논하고 오는 참입니다. 그렇지요, 히토쓰야나기 님?"

히토쓰야나기는 어리둥절하여 대답했다.

"트……틀림없이 그렇습니다."

히데요시는 혀를 찼다.

'미쓰나리 놈이 건방지게 재주부려 히토쓰야나기를 감싸고 있군그래.'

그러나 그것은 이상하게도 히데요시의 분노를 달래는 힘을 갖고 있었다. 지위도 문벌도 없는 데다 재치마저 없으면 목은 없는 것이나 마찬가지다. 그러나 그 점에 있어 이시다 미쓰나리의 두뇌는 얄미울 정도로 잘 움직인다.

눈 깜짝할 새 생각해내어 오히려 히데요시를 타이르려 하는 것이다.

'화났을 때는 백뢰가 떨어지듯 격노하라니 이 얼마나 얄미운 반격인가.'

잠시 두 사람을 번갈아 노려보더니 갑자기 히데요시는 입을 크게 벌리고 웃어젖혔다.

"미쓰나리."

"예."

"그대는 단단히 조심하지 않으면 제 꾀에 빠져 몸을 망칠 우려가 있다."

"예…… 유의하겠습니다."

"이번 일은 그대 자신의 양심이 더 잘 알고 있을 것이다. 인간은 찰나적인 순간에는 재치 있게 말하는 법이다. 미리부터 생각하고 있었던 것처럼 꾸미는 건 거짓말이나 같다……."

"……."

"그러나 오늘은 불문에 붙인다. 순간적인 임기응변이긴 하나 그대의 날카로운 재치를 가상히 여겨 용서한다. 과연 이 히데요시는 오늘 불같이 격노했노라!"

"황공합니다."

"격노했으니 그대 말대로 백뢰가 떨어지듯 행동하겠다. 유코!"

갑자기 큰소리로 부르는 바람에 유코는 움찔하여 몸으로 대답했다.

"예!"

"종이! 붓!"

"예……예! 뭐라고 쓰면 됩니까?"

"팻말 문안이다, 됐나!"

"알았습니다. 자, 그럼……."

"하나, 사카키바라 고헤이타"

"하나, 사카키바라 고헤이타……."

"위의 사람은 미숙하여 사리를 분간하지 못하고 히데요시의 악평을 마구 지껄여대는 괘씸하기 짝이 없는 간악한 인물이다. 그 목을 쳐서 가져오는 자에게 적과 아군, 신분의 상하를 막론하고 10만 석의 공로상을 수여할 것이다. 하시바 히데요시."

"예, 훌륭한 문장이십니다."

히데요시는 그 말에는 대답하지 않고, 어떻게 되는지 숨죽이고 있는 히토쓰야나기를 엄청나게 큰 소리로 또 불렀다.

"히토쓰야나기!"

히토쓰야나기는 상대에게 이끌려 펄쩍 뛸 만큼 큰 소리로 대답했다.

"예!"

히데요시는 칼을 내리치듯 날카로운 태도로 명령했다.

"나는 노하고 있다. 열화같이 노하고 있단 말이다."

"예!"

"지금 유코가 써주는 그 글을 작성해 강 서쪽은 물론 강 동쪽 도쿠가와 군 코앞에까지 수없이 팻말을 세우게 하라."

"그 사카키바라의 목에 정말로 10만 석을 내거시는 겁니까?"

"못난 것!"

"예."
"이 히데요시가 거짓말하겠나? 더욱이 그대는 그것이 상책이라고 미쓰나리와 의논한 다음 일부러 나에게 말하지 않았느냐."
"그렇습니다."
"이케다의 눈앞에도 세워라. 그리고 모리 진지 옆에도 세우게 해라. 멍청한 놈들이지. 내가 도착하기 전에 꼴사나운 패전이나 하고. 서둘러라! 내일 나는 강을 건너 곧 아군 진지를 순시한다. 그때 팻말이 보이지 않으면 그대 위에도 또 한 번 벼락이 30개나 50개쯤 떨어질 것으로 각오해라!"
"모든 것을 잘 알았습니다. 그럼, 이만."
히토쓰야나기가 얼굴을 긴장시키고 물러나자 히데요시는 곧 이시다 미쓰나리에게로 돌아앉았다.
"화는 아직 가라앉지 않았다, 미쓰나리!"
"예……."
"벼락은 아직 다 떨어지지 않았다. 아직 2, 300개는 남아 있단 말이다."
"죄송합니다. 그럼, 한꺼번에 이곳에 떨어뜨리시고 그만 맑은 하늘을 보여 주십시오."
"못난 것, 벼락이 그렇게 마음대로 떨어지는 줄 아나?"
"그러시지만 눈 속은 이미 많이 맑아지신 것 같습니다."
미쓰나리가 공손히 절하자 히데요시는 마침내 입을 누르고 웃음을 터뜨렸다.
"미쓰나리."
"예……예!"
"당분간 나는 화내고 있겠다. 이번 소나기는 계속될 것으로 생각해라."
"그렇게 되면 기소강물이 불어난다는 말씀이신데."
"내일 새벽에 강을 건너겠다. 일단 이누야마성에 벼락을 떨구고 그 길로 곧 전선 시찰이다. 준비에 실수가 있으면 그대 배꼽도 뽑아버릴 테다."
"예. 그럼, 곧 그 준비를 갖춰놓겠습니다."
"잠깐! 미쓰나리."
"예."
"그대, 지금 일어설 때 피식 웃었겠다?"

"황송합니다. 마음 놓은 게 웃음이 되었는지도 모르겠습니다."

"웃을 때는 남에게 감추듯 웃지 마라. 웃을 때는 이렇게 웃어라! 앗핫핫핫하……."

"예, 앞으로는 그렇게 웃겠습니다."

"좋다, 가라!"

"그럼, 물러가겠습니다."

"잠깐!"

"예! 아직도 마음에 걸리시는 것이?"

"걱정스러운 놈이야. 네놈의 재주는 코에서 입가로 빤히 나타나 있다. 됐다, 히데쓰구를 불러라."

히데요시는 세 번째로 유코에게 말했다.

"붓!"

유코가 다시 붓을 들고 준비했을 때 미쓰나리의 전갈로 조카 히데쓰구가 들어왔으나, 히데요시는 벌써 무슨 다른 생각을 하고 있는 듯 그쪽은 한 번 흘끗 쳐다보았을 뿐이었다.

"됐나, 유코? 이번에도 중요한 편지다."

"준비는 되어 있습니다."

"이것은 속으로는 놀리는 말이지만 겉으로는 어디까지나 어마어마한 밀서같이 해야 한다."

"누구 앞으로 보내시는 것입니까?"

"좋아, 문안은 그대가 꾸며라. 내가 부르는 대로 하지 않는 편이 재미있겠지. 나는 이번에는 대강의 뜻만 말하기로 하지."

"예. 그럼, 내용만 듣고 문안은 제가 꾸미겠습니다."

"알겠나, 이에야스는 생각했던 것보다 바보가 아닌가 하고……."

"옳지."

"받을 자의 이름은 나중에 말한다. 그것에 개의치 말고 대의만 잘 들어라—히데요시가 기후에 도착했다고 들었으면 이미 어느 정도의 조처가 있을 법한데 아직도 밀사를 보내지 않는 것은 어찌 된 일인가? 그렇다면 히데요시도 체면상 이에야스에게 철퇴를 내리지 않으면 안 되겠다. 아무튼 내일 새벽 강을 건너 이에야스의 솜씨를 보기로 하겠다. 그때에 이르러도 개심의 빛이 안 보인다면 하는 수 없다. 히데요시는 드디어 큰 결심을 할 것이다. 중신들 가운데 이에야스의 잘못을 깨달은 자는 불문에 붙이겠으나, 천하의 눈도 있으니 이에야스 자신은 용서치 않을 것이다. 이 점을 심사숙고한 다음 이에야스로 하여금 더 이상 과오가 없도록 하라고……."

유코는 요점을 줄줄 써놓으며 물었다.

"그럼…… 받을 사람은?"

"이에야스의 중신 이시카와 가즈마사인데 겉봉에 이시카와 님이라고만 적어둬."

"알았습니다."

"그럴 듯하게 써라."

"예!"

유코가 신중한 표정으로 벼루를 끌어당기자 히데요시는 벌써 조카 히데쓰구에게로 시선을 돌리고 있었다.

"히데쓰구."

"예."

"그대는 지금 몇 살이지?"

"예, 19살입니다."

"19살이라면 말해 주겠다. 그대는 내게 친자식이 없는 것을 알고 있겠지?"

"압니다."

"그러니 내가 천하를 장악했을 때 내 혈통 중에서 대를 이을 적자를 고르지 않으면 안 된다. 그대도 그 후계자 가운데 한 사람이다."

"예……?"

"뭘 그리 어리둥절하고 있나? 그대는 미요시의 아들이자 내 누님의 아들이다. 그러므로 이번은 그대에게 그 실력이 있는지 없는지 시험당하는 싸움인 줄 알아라. 과연 천하를 호령할 수 있는 대장군감인지, 아니면 2만 석 3만 석이 고작 분수에 맞는지, 어쩌면 5, 60만 석의 보좌역인지."

"예……."

"하하하…… 실력 나름, 솜씨 나름의 세상이란 즐거운 거야. 싸움에도 아까 말한 분수에 맞는 방법이 있다. 충분히 네 실력을 발휘하도록 해라."

"예."

"좋아, 물러가라. 나는 지금 천하인의 분별을 수양하지 않으면 안 된다. 분주하구나, 사람의 일생이란."

그렇게 말하고는 다시 유코를 홱 돌아보았다.

"아직도 궁리 중이냐? 그것 참!"

들으라는 듯 말하고는 허공으로 두 손을 쭉 뻗었다.

유코는 긴장한 채로 문안을 꾸미고 있다.

충심

다음 날인 3월 27일. 이케다와 모리가 가네야마(金山)에서 이누야마에 이르는 배를 거의 모두 모아놓고 기다리는데 히데요시가 도착했다.

날은 활짝 개어 있었으나, 19일부터 여러 차례 내린 비 때문에 기소강물은 아직 흐려 있었다. 이 비만 오지 않았다면 이케다와 모리는 이케지리(池尻)까지 히데요시를 마중 나가 거기서 뒷일을 의논할 예정이었으나, 홍수가 날 경우에는 올 것 없다는 히데요시의 통지를 받았으므로 삼가고 있었다.

강을 메운 배 안에서 호리병박 마표가 오와리 강기슭에 대어지자 이케다도 모리도 서둘러 나가 히데요시를 맞았다. 이누야마성으로 곧 안내하면 거기서 당연히 앞으로의 전략전술 회의가 있을 것으로 생각하고 있었다.

히데요시는 갑옷을 입고 있지 않았다. 즐겨 쓰는 당나라 식 투구에 전투복 차림이었다. 그는 두 사람을 만나자 곧 전에 없이 엄격한 표정으로 말을 꺼냈다.

"우선 이에야스의 진지를 봐두자. 전선의 아군 진지에도 실수는 없겠지만 이에야스의 진 구성을 봐두지 않으면 앞으로의 대책을 세우기 어렵다."

이케다보다 먼저 아들 모토스케가 대드는 듯한 투로 말했다.

"그러시면 이누야마성에 들르지 않으시고 이대로 곧……?"

히데요시는 그쪽으로 흘끗 눈을 돌렸다.

"이에야스의 진지를 봐두고 싶다. 준비는 되어 있겠지?"

"여부가 있겠습니까? 그러면 곧 니노미야(二宮)산으로 안내하겠습니다."

"그런가……"

히데요시는 점잖게 고개를 끄덕였다.

"그럼, 일단 이누야마성에서 식사라도 들고 나서 가기로 하자."

준비가 되어 있지 않으면 여기서 큰소리로 야단칠 생각이었음이 틀림없다. 이케다는 사위 모리를 슬그머니 바라보고 히데요시의 뒤를 따랐다.

"이케다 님."

"예."

"이 오와리는 그대 일족에게 선사할 생각이므로 히데요시도 힘껏 노력하겠다."

이케다는 어리둥절해서 대답했다.

"예…… 저, 너무나 과분한 말씀입니다."

이렇게 되면 싸움하는 주체는 이케다 부자이고 히데요시는 응원하러 온 셈이 된다.

성에 들어와서도 히데요시는 웬일인지 웃는 얼굴을 보이지 않았다. 한 시간 남짓 쉬고 나자 곧 니노미야산으로 올라가겠다고 또 성을 나섰다.

"어쩐지 기분 나쁜 눈치로구나."

전투 때는 성에 남아 있으리라는 지시를 받고 이케다가 넌지시 모토스케에게 속삭이자 그는 얼른 고개를 돌리고 말았다. 섣불리 뭐라고 말하면 빈정거리는 말을 들을 듯한 생각이 들었던 것이다.

"이렇게 맑게 개어 멀리까지 한눈에 볼 수 있는 날씨를 헛되이 보낼 셈인가?"

니노미야산에 올라가 남쪽 고마키의 적진을 바라보자 그제야 히데요시는 언제나의 호쾌한 웃음을 터뜨렸다.

"핫핫하…… 참으로 경치 좋구나. 이에야스 놈, 자신은 진지에 있으면서 나에게 야전을 강요하려는군…… 알겠나, 모토스케?"

그러나 그 뒤 이케다 부자로서는 역시 따끔하게 아픈 한마디를 던졌다.

"저 작은 산을 먼저 차지했더라면 기요스성을 공격하는 것으로 끝났을 텐데."

니노미야산에서 고마키산과 그 언저리의 지형, 도로, 마을 등을 곧 돌아보고 나서 히데요시는 곧 전방 진지 순시에 나섰다.

"고마키산 적진과 가장 가까운 곳이 어디지?"

"니주보리입니다."

"좋아, 거기부터 먼저 안내해라."

그러자 옆에서 미쓰나리가 말했다.

"갑옷도 입지 않으신 그런 차림으로는."

히데요시는 미쓰나리보다 모토스케와 모리를 의식하는 몸짓으로 거만하게 일소에 붙였다.

"뭣이! 내 몸에 적의 화살이나 총알이 박힐 줄 아나? 그대들 눈에는 안 보이겠지. 고마키산에 이에야스는 아직 안 나와 있다. 이에야스가 없는 동안에 나를 알아보고 싸움을 걸어올 자가 있을 줄 아나?"

그리고 말에 올랐다.

히데요시의 그 관찰은 들어맞았다. 고마키산 동북쪽 니주보리에 와보니 과연 산 위에 이에야스의 마표는 없고 사카키바라의 수레무늬 깃발만이 자못 한가롭게 봄바람에 나부끼고 있었다.

"음, 저기서 지키는 자는 누구인가?"

"사카키바라입니다."

모리가 대답하자 충분히 알고 있다는 듯이 히데요시는 웃었다.

"하하…… 저게 고헤이타냐. 나를 우대신님 말 앞을 달리던 졸개라고 욕한 사나이로구나."

이때도 모토스케는 섬칫했다. 모리가 흥분된 태도로 말했다.

"예, 대장님께서는 벌써 그 팻말을……?"

"팻말뿐인가, 회람문도 나와 있지."

히데요시는 가볍게 말을 던지고 거침없이 적의 울타리 문 곁으로 말을 몰아간다.

이번에는 모토스케가 당황해서 말했다.

"그렇게 가까이 가시면……!"

"총알이 와 닿는다는 말인가?"

"적도 벌써 대장님인 줄 알고 있습니다."

히데요시는 밉살스러울 만큼 대담한 태도로 말했다.

"모를 리 있겠는가. 알리기 위해서 천하에 널리 알려진 호리병박 기치를 세우고 있는 거다."

"만일의 사태라도 일어나면……."
"모토스케."
"예!"
"만일의 일이 생긴다면 그대들 부자에게 천하를 그대로 고스란히 주겠다. 하하…… 고헤이타 따위가 쏘는 총알에 맞아 죽을 정도의 히데요시라면 냉큼 죽어 없어지는 게 좋겠지."
히데요시는 마치 장난꾸러기 남자아이처럼 기어코 적의 울타리 문에 말을 바싹 갖다 대고 일부러 그 안을 들여다보았다. 모토스케나 모리보다도 따라와 있는 히네노 부자와 호리 히데마사가 깜짝 놀라 부리나케 말을 몰고 가서 막았다.
"위험하십니다!"
바로 그 순간이었다. 산 위에서 타타탕……하고 한꺼번에 총성이 울려퍼졌다. 사람들은 정신없이 히데요시를 감쌌다. 다만 모토스케만이 심술궂은 눈으로 순간 히데요시의 표정을 살폈다.
'대장이 해서는 안 되는 짓을……'
이 교활한 허풍장이가 어떻게 볼썽사납게 놀라는지 그것을 즐기려는 심정이었다. 아마 이 순간 히데요시의 얼굴빛을 살핀 자는 모토스케만이 아니었을 게 틀림없다. 히데요시의 말을 둘러싸던 사람들까지 한순간 핏기를 잃고 말았다.
"핫핫핫하!"
히데요시는 엉뚱하게도 큰 소리로 웃어젖히며 말 위에서 군선을 홱 펼쳤다.
"쏴라, 쏴라. 히데요시는 여기 있다, 여기."
그 얼굴빛에는 털끝만한 변화도 없다. 모토스케는 등줄기가 서늘했다. 아버지 이케다의 신앙에 가까운 히데요시 숭배에 적잖게 반발을 느껴오던 모토스케였다.
'인간의 실력에 대단한 차이가 있을 게 뭐냐. 히데요시는 단지 여느 사람보다 운 좋고 뛰어나게 교활할 뿐인 것이다……'
그런 생각으로 차가운 눈초리로 봐왔던 모토스케였는데 지금의 히데요시는 초인이라 해도 과언이 아니었다. 전혀 공포의 빛을 보이지 않고 태연하게 개구쟁이처럼 부채를 펼쳐 흔들어 보일 줄이야…….
산 위에서 여기까지 분명 백발백중의 거리는 아니었다. 어쨌든 모두 한결같이 파랗게 질린 가운데 히데요시만 여전히 울타리 문에 바싹 붙어 걸으면서 히네노를 불렀다.

"히노네, 히노네."

그때 두 번째 일제사격이 울려 퍼졌다. 이번에는 총알거리의 가까움이 공기를 가르면서 느껴졌다.

"부르셨습니까?"

"이 진지는 그대 부자가 지키도록 하게."

"예."

"알겠나, 적은 저렇듯 진지싸움을 할 각오이니 이쪽도 서둘러선 안 된다. 여기서 동쪽에 걸쳐 55칸, 남북으로 40칸의 높은 흙보루를 쌓아 올려라."

"예…… 여기서 동쪽으로…… 즉 동서쪽으로 55칸."

"그렇다, 남북으로 40칸. 이쪽도 여기를 움직일 성 싶으냐고 대비해 보이는 거다."

"예."

"그럼, 그대는 곧 이곳으로 진을 옮기도록 해라. 다음은 어디냐, 모토스케?"

그 말을 들었을 때 모토스케의 이마에는 축축이 땀방울이 흐르고 있었다.

'저 총성 속에서도 정확하게 진지 구축을 생각하고 있었구나.'

그것은 체면이나 겉치레로 될 수 있는 일이 아니었다.

'역시 예사 인간이 아니다!'

그렇게 생각하니 이번에는 목소리마저 떨려나왔다.

"예, 다음은 다나카 요새입니다."

"가자, 안내해라."

"옛."

"모토스케, 어떠냐, 고헤이타 따위의 총알은 내 몸을 비켜서 지나가지 않던가?"

"예…… 정말 놀랐습니다."

"히데마사!"

"예!"

호리 히데마사가 말을 가까이 몰아왔다.

"이 니주보리와 다음의 다나카 요새는 소중한 급소다. 그대들에게 경비를 맡긴다. 어쩌면 결전장은 이 언저리가 될 것이다."

모리는 자기 이름이 이쯤에서 나오지나 않을까 하고 발돋움하듯 귀 기울이고 있다.

니주보리에서 다나카까지는 1000미터쯤밖에 떨어져 있지 않다. 거기에는 지금 모리가 일대의 병력을 내보내 적의 파수를 보게 하고 있다. 따라서 모리도 당연히 이곳에 진출하도록 명령이 내릴 것으로 알고 있었다. 그러므로 불리기 전부터 말고삐에 힘주며 귀 기울이고 있었으나 호리에게 말하는 히데요시의 이야기 속에 그의 이름은 좀처럼 나오지 않았다.

"히데마사……."

"예."

"그대는 맨 동쪽에 자리 잡고 히네노 부자를 충분히 원조하도록."

"예, 그러면 저의 오른편에는 누가 대비합니까?"

"거기는 우선 호소가와 다다오키를 배치해야 되겠지. 다다오키는 나무랄 데 없으니까. 어떤가, 그대 생각은?"

"호소가와 님이라면 저도 겨룰 만한 보람이 있다고 봅니다."

"그리고 그 오른쪽에는 하세가와 히데카즈, 또 그 오른편에는 누구를 둘까?"

"가토 미쓰야스라면?"

"아니, 미쓰야스로는 안 돼. 그렇지, 다다사부로가 좋겠군. 다다사부로로 하자."

다다사부로란 가모우 우지사토를 가리키는 것이다.

"다다사부로를 두고 그 오른편에 다카야마 우콘, 그다음이 미쓰야스다."

모리는 히데요시 뒤로 점점 더 말을 바싹 붙였다. 여기가 결전장이 될 것이라는 중요한 적의 정면에 아직 자기 이름이 나오지 않았다. 이때부터 모토스케도 같은 생각에 사로잡힌 듯 이따금 히데요시를 흘끗흘끗 보다가는 모리의 눈치를 살폈다.

"그러면 가토 미쓰야스가 이 진지의 우익이 됩니까?"

"우익은 미쓰야스가 아니다. 우익은 기무라 하야토다. 그래서 다나카 요새에는 약 1만, 히네노 부자를 합해 약 1만2000명이다."

말하는 동안 모두 벌써 다나카 요새에 닿았다.

히데요시의 순찰은 꼼꼼하기 이를 데 없었다. 정면에 동서로 16칸, 남북으로

30칸의 울타리문을 구축해 그것을 중앙에 두고 생선비늘 모양으로 호리, 호소가와, 하세가와, 가모우, 다카야마, 가토, 기무라 등에게 전공을 다투게 할 의사로 보였다. 물론 이곳이, 후방에 있을 히데요시의 본진 전방경비가 된다.

어쨌든 이누야마성에서 회의를 열지 않고 일일이 현지에서 부서를 결정하는 것은 일찍이 없었던 일이었다. 생각하기에 따라서는 이렇게 할 속셈으로 이누야마성에 들르는 것을 주저했다고도 할 수 있다.

다나카 성채에서 히데요시는 외구보산(外久保山), 내구보산(內久保山)으로 야마자키산 성채를 두루 돌아보며 저마다 수비장수의 이름을 대고 보루와 울타리문 길이까지 지시했다.

외구보산은 니와 나가히데의 3000명.

내구보산은 모리 나가치카와 하치야 요리다카의 3500명.

야마자키산은 이나바 잇테쓰와 그 아들 사다미치의 3800명.

야마자키산의 지시를 마치고 오즈카(王塚) 성채에 도착했을 때 모리는 그만 풀죽어 어깨를 축 늘어뜨리고 있었다. 히데요시는 하구로 패전에 노하여 모리를 중요한 곳에 두지 않을 생각이라고 보는 수밖에 없었다.

오즈카에 도착했을 때 해는 이미 기울고 있었다. 히데요시는 여기서도 천천히 좁은 들길과 서 있는 나무 이름까지 물으며 몇 번이나 이마에 손을 대고 남쪽의 고마키산을 바라보았다.

그러고 나서 얼굴빛이 변해 있는 모리를 슬쩍 쳐다보았다.

"어디, 몸이라도 불편한가?"

따끔하게 비꼬고 나서 덧붙였다.

"몸이 불편하다면 이 중요한 성채는 맡길 수 없는데."

"아닙니다, 몸 같은 건 조금도 불편하지……."

"그렇다면 다행이군. 이 성채는 최우익 방어진이다. 최우익에는 쓰쓰이 준케이와 이토 스케토키(伊東祐時)의 7000명을 배치하겠는데 그것을 충분히 도와주지 않으면 안 된다. 알고 있을 테지?"

"그럼…… 이 오즈카를 저에게?"

"부탁한다, 단단히 그대에게."

"예, 명심하겠습니다. 감사합니다."

목소리에 활기를 띠고 대답했으나 그 흥분도 이누야마성으로 미처 돌아가기 전에 또 차츰 사라져갔다. 역시 히데요시는 하구로 패전을 계산에 넣어 자신의 실력을 과소평가하고 있는 것 같아 견딜 수 없었다. 최우익 성채에 있는 쓰쓰이, 이토의 대군과 왼쪽에 배치된 이나바 부자 사이에 끼어 모리 군은 있어도 좋고 없어도 좋은 존재같이 느껴진다.

이 불안과 불만은 이케다 부자에게도 있었다.

그들 역시 마땅히 최전선에 배치되어 이에야스의 주력과 대치될 것으로 생각하고 있었다. 그러나 이누야마성에 돌아와 새로이 작성된 배치 문서를 보면 이케다 부자는 그대로 이누야마성에 머무르게 되어 있었다. 전에는 이누야마가 최전선이었다. 그 최전선 거점을 함락한 것은 이케다 부자이다. 그것이 히데요시의 후방 경비진보다 더 뒤쪽으로 남겨진 게 된다.

히데요시의 교활함에 유난히 의혹을 품고 줄곧 적의 강대함을 주장해 온 모토스케는 이 배치도를 보고 뜨끔했다.

'혹시 히데요시는 내 마음을 꿰뚫어 보고 있는 게 아닐까……?'

신예부대가 왔으므로 그것과 교체시켰다고 생각하면 아무렇지도 않은 일이었지만 최후방에 남겨지면 공을 세울 기회가 없다.

그러나 히데요시는 그날 밤 이케다와 함께 식사하면서 듣기에 따라서는 입에 발린 칭찬을 서슴없이 했다.

"뭐니 해도 이 성을 손에 넣은 것은 그대의 큰 공훈…… 이에야스의 속셈은 이미 알았다. 앞으로는 내가 본진을 가쿠덴으로 진격시켜 적이 쳐나오기를 유유히 기다리겠다. 그대는 안심하고 한동안 푹 쉬도록."

이 말을 듣고 사람 좋은 이케다는 눈시울을 붉히며 히데요시의 우정에 감동했으나, 이튿날이 되자 역시 아들이며 사위와 같은 불안을 느꼈다.

"이케다 부자로는 감당할 수 없으므로 내가 출동했다. 내가 나온 이상 이케다 따위는 이미……."

그런 불안이 이케다 부자로 하여금 어떤 손을 쓰지 않고는 견딜 수 없게 만들어갔다. 그들이 중신을 모아놓고 중대한 회의를 시작한 것은 다음 날인 28일 밤부터였다.

28일이 되자 양군의 움직임이 그지없이 활발해졌다.

히데요시가 생각한 대로 그가 전선을 다 돌고 나자 곧 가랑비가 내리더니 28일 이른 아침에는 꽤 본격적으로 내렸다. 그 빗속에 히데요시 군도 배치에 따라 잇따라 움직였고 도쿠가와 군도 이에야스가 직접 기요스성을 출발하여 고마키로 진을 옮겼다. 노부카스도 히데요시의 도착을 전해 듣고 서둘러 나가시마를 떠나 고마키로 진을 옮기기 시작했다.

어느 성채에서나 망치와 자귀 소리가 울리고 말과 사람이 혼잡을 이루었다. 그 속에 사카키바라 고헤이타의 그 역적 선전 팻말 문장이 이번에는 딱딱한 한문으로 고쳐져 회람문이 되어 히데요시 쪽 여러 장수 앞으로 또다시 보내졌다.

"하시바 히데요시는 농군의 자식……."

언제든지 덤벼라, 하는 도전에 쌍방의 대장 사이에서 전투 시기는 시시각각 무르익어갔다.

이케다는 본성의 큰 서원을 히데요시에게 내주고 자기는 아래 성 서원으로 물러나 그곳에 일족과 노신을 불러 모으고 입을 열었다.

"나는 하시바 님 우정에 보답해야만 한다."

사실 진심으로 그렇게 믿고 있는 말투였다.

"하시바 님은 나에게 피로할 터이니 한동안 쉬라고 말씀하셨다. 또 이 오와리는 나에게 주기로 한 것이니 히데요시도 크게 힘쓰겠다고도 하셨다. 그런 말을 듣고 그 호의를 받아들여 그냥 가만히 보고만 있는 것은 당치도 않다. 우리 역시 비책을 써서 이 싸움에서 하시바 님의 훌륭한 명성을 천하에 떨치게 하지 않으면 체면이 안 선다."

그 말이 우스웠지만 모토스케는 이미 그것을 거역하지 않았다. 사람 좋은 아버지가 히데요시 숭배에 여념 없는 것은 그만큼 히데요시에게 실력과 매력이 있기 때문이라고 지금은 그도 납득하고 있다.

그런데 이번에는 아우 데루마사가 고개를 갸웃하고 입을 열었다.

"아버님 말씀대로 정말 그럴까요? 저는 좀 수긍되지 않는 점이 있습니다."

"뭐라고? 무엇이 수긍되지 않느냐. 하시바 님은 결코 나를 꺼려서 멀리할 분이 아니다. 이것은 이 애비가 오랫동안 사귀어 와서 잘 알고 있다. 너는 대체 무엇이 수긍되지 않는다는 거냐?"

"수긍되지 않습니다. 아버님도 지금 말씀하셨지요. 결코 나를 멀리할 분이 아니라고. 그것은 그가 멀리하고 있는 게 아닐까 하고 아버님께서 생각하시기 때문에 나오는 말씀입니다."

"뭐라고! 말을 돌리지 마라. 무장이라면 알기 쉽게 말해라. 멀리하실 분이 아니라는 말이 멀리할까 겁내고 있다는…… 에잇! 귀찮다, 미심쩍은 점이 있으면 그렇게 갑갑한 소리 하지 말고 한마디로 말해라!"

"한마디로 말씀드리지요. 여기서 무슨 공을 세우지 않으면 아버님도, 그리고 모리 님도 무사의 체면이 서지 않는다는 말씀이지요?"

"뭐…… 뭐라고!"

"아버님은 하시바 님 비위를 맞추려 하십니다. 그런 기분으로 저는 싸우고 싶지 않습니다."

아우의 과격한 말을 모토스케는 웃으면서 가로막았다.

"잠깐, 기다려, 아우! 이봐, 이봐……."

모토스케는 데루마사의 소매를 쳤다.

"아버님은 하시바 님 비위를 맞추려는 게 아니다. 진심으로 봉사하고 싶으신 것이다."

"봉사……?"

"그렇다. 하인의 봉사와는 다르지만 반한 여자에게 바치는 것 같은 그런 심정의 봉사 말이다."

이케다는 못마땅해서 혀를 찼다.

"닥쳐라! 이놈들아. 너희들은 싸움을 뭘로 알고 있나? 말조심해라. 반한 여자……? 터무니없는 예를 들면 용납 않겠다. 한마디로 말해라! 한마디로. 알겠나, 이것은 무사가 자기를 알아주는 사람을 위해서 죽으려는 기개다."

모토스케는 웃었다.

"아버님, 요즘 무사는 자기를 알아주는 사람을 위해서 좀처럼 죽지 않습니다. 그 뒤에는 저마다 속셈이 있으니까요. 그렇지, 나가요시 님?"

물음받자 슬그머니 진영에서 빠져나와 있던 모리는 화가 났다.

"무슨 회의입니까, 오늘 밤은. 우선 장인어른의 의견을 들어봅시다."

"그렇지, 바로 그것인데, 거기 대해 나에게 필승의 의견이 있다."

"아버님……."

아우가 또 가로막으려는 것을 형 모토스케가 눌렀다.

"아우, 뭘 그러나? 아버님이 반하신 하시바 님에게 우리도 반해 보자. 하시바 님은 그만한 가치가 있는 분이다."

"그렇고말고. 모토스케도 데루마사도 아직 젊다. 아비가 믿을 만한 인물인데 잘못 볼 리 있나."

"그럼, 말씀의 요점을 제가 여기 적어두겠습니다."

중신 이기가 능란하게 말의 초점을 잡아 붓을 들고 이케다를 재촉했다.

"전에도 얼마쯤 말한 적 있지만 어제부터 오늘까지 눈치를 보니 내가 생각했던 대로 이에야스는 미카와에서 계속 군사를 불러들이고 있다."

"그 말씀이 확실히 맞습니다."

"여기서 무엇보다도 중요한 것은 대진을 오래 끌지 않을 것. 7만 가까운 대군을 이끌고 오래 머무르게 되면 식량만도 여간 큰일이 아니다. 그러므로 내가 하시바 님에게 청 드려 오카자키로 뚫고 들어가겠다."

"오카자키까지 출동하시렵니까?"

"그렇다. 미카와는 머잖아 텅 빌 테니 기회를 봐서 뚫고 들어가면 이에야스는 싫어도 미카와로 철수하지 않으면 안 될 것이다."

모토스케는 이미 그 계획을 여러 번 듣고 있었으므로 가볍게 고개를 끄덕일 뿐이었으나, 모리는 몸을 앞으로 내밀었다. 모리는 아마 이케다의 이 작전에 참가하여 하구로에서의 불명예를 씻어야 한다고 필사적인 게 틀림없다.

"그래서…… 그러면 그 책략을 하시바 님이 허락해 주실까요?"

"내가 청하면 허락이고 뭐고 없지."

이케다는 자신에 찬 모습이다.

"하시바 님 속셈은 장기전이 가장 걱정이거든. 우리에게 비결이 있다고 하면 부탁한다고 말씀하실 게 틀림없다! 알겠나, 우리들이 오카자키를 찌르고 이에야스가 낭패해서 되돌아간다면 노부카쓰 님 혼자가 된다…… 이것은 하시바 님이 곧 쳐부수겠지. 그러면 싸움은 단번에 끝장난다."

모토스케가 말했다.

"아버님, 그 계획은, 계획으로서는 훌륭합니다만……."

"뭐, 계획으로서는……?"

이케다는 이야기를 중단당해 짜증내며 혀를 찼다.
"계획부터 말하지 않으면 순서가 되느냐? 잠자코 있어."
모리가 눈을 빛내며 이케다를 성원했다.
"옳은 말씀. 그러면 그것을 실행하실 군사 배치는?"
"바로 그것이다, 의논이란…… 이에야스가 되돌아오면 우리는 그것을 맞아 미카와에서 싸우지 않으면 안 된다. 전부 쳐부술 필요는 없겠지만 무사히 철수할 만한 준비는 필요하다. 거기에 어느 정도의 병력이 필요한지가 문제다."
"이케다 군 6000에 저희들 3000, 합계 9000명으로는 부족합니까?"
모토스케가 가로막았다.
"나가요시 님, 9000명으로 될 리 있겠습니까? 이에야스가 만일 총병력을 이끌고 돌아온다면 병력이 얼마쯤 되리라고 계산하십니까?"
"글쎄……."
"적지에서 싸우려면 이에야스 총병력의 곱절은 있어야 합니다. 그렇다면 이에야스 군을 1만5000이라 보더라도 3만…… 그러므로 나도 생각하면서 망설이고 있는 겁니다. 약 절반수의 군사를 하시바 님이 쪼개주느냐 안 주느냐…… 그리고 3만이 넘는 대군을 나누어 이에야스에게 눈치채이지 않게 은밀히 행동할 수 있느냐 없느냐. 문제는 이 점에 달려 있지요."
모토스케가 설명하자 데루마사는 의아한 듯 고개를 갸우뚱했다.
"3만? 그렇게 많이는 필요 없습니다."
"어째서 필요 없다고 생각하나, 아우는?"
"기습에는 대군이 필요 없습니다. 고작해야 되돌아오는 적과 같은 수, 적이 1만5000이면 우리도 그 정도로 충분할 줄 압니다."
"만일 전진 도중 적에게 발각되어 오카자키성에 도착하기 전에 습격당해도 말인가?"
"그렇소."
데루마사도 끝까지 버티었다.
"일단 기습당하면 적은 당황합니다. 당황한 1만5000과 침묵하며 숨죽여 진격하는 1만5000은 숫자상으로는 같지만 그 힘의 비교는 3만 대 1만5000과 같게 될 것입니다."

이케다는 데루마사의 말에 무릎을 쳤다.

"그렇지! 기습하면 1만5000은 충분히 3만으로 보이는 법이다."

"그러나 실제로 3만이 있으면 상대는 싸울 마음을 잃게 됩니다. 싸울 뜻을 잃게 하는 게 가장 상책인 줄 압니다만……."

거기까지 말하고 모토스케는 스스로 제 말의 모순을 깨달았다. 히데요시가 3만 대군을 쪼개줄 리도 없으며, 쪼개주더라도 은밀히 움직일 수 없다고 말한 것은 자기였다.

이번에는 중신 히오키가 재촉했다.

"그러면 얼마쯤의 병력을, 또 누구를 이 작전에 참가시킬 생각이신지 그것부터 먼저 주군 의견을 여쭈어보겠습니다."

"바로 그것인데, 나는 하시바 님에게 미요시 히데쓰구 님을 그 침입군 총대장으로 모시겠다고 말씀드려볼 생각이다."

"저, 총대장을 따로 모십니까……?"

모리가 실망한 듯 입을 열었으나 이케다는 그것을 무시했다.

"히데쓰구 님은 하시바 님 조카. 하시바 님에게는 더없이 귀여운 사람이다. 그에게 공을 세우게 해서 의리를 갚지 않으면 안 될 형편이기 때문이다."

이케다는 실눈을 짓고 비책의 진 배치를 하기 시작했다.

히데쓰구 이름이 나오자 모리도 데루마사도 노골적으로 불쾌한 얼굴을 했다.

"히데쓰구 님은 이제 19살 아닙니까? 총대장으로 모실 만큼 싸움에 익숙할는지요?"

데루마사가 참견했으나 그때 이미 이케다는 아들들의 걱정 따위는 전혀 문제삼지 않았다. 어쩌면 이 점이 비책 중의 가장 비책이었는지도 모른다.

"못난 소리……!"

이케다는 데루마사를 누르고 말을 이었다.

"총지휘는 물론 내가 한다. 그러나 명목상으로는 히데쓰구 님을 총대장으로 하여 그에게 공을 세우게 해서 하시바 님에게 의리를 갚는 거다."

"그런 것에 또 의리라니……!"

"오, 의리를 잊어서는 무장이 아니다. 무장은 의리에 살고 의리에 죽는 것이 본분이다. 사실 하시바 님은 이번에 히데쓰구 님에게 공을 세우게 해서 될 수 있으면 양자로 삼고 싶어 하신다. 나는 그 속셈을 환히 알고 있다. 알므로 히데쓰구 님을 모시겠다고 청하는 거다."

이기 다다쓰구가 말했다.

"그러시면 그것도 책략의 하나로군요."

이케다는 이미 조금 전에 '의리'니 뭐니 한 것을 잊은 듯이 말했다.

"히데쓰구 님을 대장으로 모시겠다고 하면 하시바 님은 반드시 내 소원을 들어주어 필요한 만큼 군사를 쪼개주신다…… 그래, 참 아까 말한 병력수인데 이케다 군과 모리 군으로는 물론 모자란다. 여기다 히데쓰구 님에게 8000을 딸리게 하고, 그 위에 감독군으로 호리 히데마사의 3000을 얻어 총병력 2만으로 편성하면 더할 나위 없겠지. 어떤가, 다른 의견 있나?"

"다른 의견은 없습니다만 하시바 님이 과연 허락하실까요?"

"자신 있다. 내게 맡겨라!"

"말씀 여쭙겠습니다."

"뭔가, 나가요시, 무엇이 미심쩍은가?"

"총대장은 미요시 히데쓰구 님, 감독군은 호리 히데마사 님, 그러면 우리들은 대체 어떻게 되는 겁니까?"

"허참, 이름은 남에게 양보하고 실제로는 우리가 싸우는 것 아니냐. 어떻게 되다니 한심하구나. 나와 모토스케가 선봉에 서겠다. 제2군은 물론 나가요시 그대다! 3군에는 호리를 배치하고 4군에 히데쓰구 님을 둔다. 총대장은 후방에 있는 법이니까. 여기에 이케다 진 편성의 묘가 있는 것이다."

이케다는 일이 벌써 성사된 것을 상상하는 모양이었다.

"선봉이니 제2군이니 하지만 오카자키성으로 들어설 때는 우리 모두 나란히 들어가자꾸나, 나가요시."

모리는 겨우 납득된 듯 머리 숙였다.

"예……부디!"

그러나 데루마사는 여전히 고개를 갸웃거리고 있다. 그는 아직도 히데쓰구가 총대장이라는 데 구애되는 듯하다.

'기묘한 의리 같은 것을 생각하여 싸움에 익숙지 못한 총대장을 데리고 가도 괜찮을까……?'

모토스케는 이미 아버지 생각을 움직일 수 없다고 생각했다. 이것을 실행하지 않는다면 모리도 출세할 수 없을 것이고, 아버지의 입장도 체면이 서지 않을 듯한 생각이 들었다.

"아버지, 이 계획은 잠시 하시바 님에게 비밀로 하십시오. 아직도 이에야스 군이 미카와에서 잇따라 진출해 오고 있습니다. 미카와가 텅 비었다고 생각될 때까지 기다려 말을 꺼내는 게 좋겠습니다. 저로서는 그 밖에 다른 의견은 없습니다."

그 한마디로 일은 결정되었다.

이케다 일족이 여러 번 회의를 거듭한 다음 미카와 침입을 히데요시에게 제의한 것은 4월 4일이었다. 이때 이케다는 물론 모토스케며 데루마사며 모리도 이미 모두 납득하고 그것을 위해 온 힘을 기울일 결심이 되어 있었다. 진로는 지도상으로 검토를 거듭한 다음 실제로 밀사를 보내 자세히 탐지시켰다.

그때까지 전선에서는 자질구레한 분규가 여러 차례 있었고, 히데요시는 겉으로 듬직하게 이곳에 자리 잡고 싸우겠다는 의사를 보이기 위해 이와사키에서 니주보리에 걸쳐 하룻밤 사이에 높이 2칸 반, 토방 15칸, 말이 지나다닐 8척의 큰 둑을 만들어 깜짝 놀라게도 했지만 그 마음이 아주 편한 것은 아니었다.

이에야스는 미카와까지 통로를 확보하여 자유로이 가까운 거리를 오가고 있지만, 오사카에서 나와 있는 히데요시의 보급은 그리 쉬운 게 못되었다. 니주보리의 둑을 만들 때도 괭이가 모자라 멀리 오미의 나가하마에서 200자루를 보내오게 하지 않으면 안 될 지경이었다. 따라서 어떻게든 장기전으로 끌지 않고 끝낼 방법이 없을까 속으로 줄곧 궁리하고 있다.

그 조바심을 충분히 알아차리고 이케다는 이누야마 본성으로 히데요시를 찾아갔다.

히데요시는 그때 허리에 뜸을 뜨고 있었는데, 이케다가 들어와 품에서 도면을 내놓자 웃으면서 일어나 앉았다.

"이케다가 조바심 났구나. 초조해 하면 이에야스가 기뻐하지."

"허참, 하시바 님은 조바심이 안 나십니까?"

"초조하지 않은걸. 나는 여기에서 유유히 휴양하고 있다. 오와리는 내 고향이다. 고향 바람은 몸에 이롭지."

"여전한 큰소리, 정말 놀랍습니다."

"큰소리가 아니야. 나는 머잖아 나카무라 마을에 한 번 몰래 가볼까 생각 중이다. 그 마을에 지즈루(千鶴)라는 매우 귀여운 소꿉친구 처녀가 있었다. 잠깐 만나보고 싶은 마음이 드는구나."

"그만두십시오. 그 무렵의 처녀라면 이젠 30살 넘은 할멈이 됐겠소."

"그런데 그 지도는 뭐지? 미카와에라도 침입하려는 건가?"

"어! 하시바 님께서도 역시 그것을 생각하셨던 모양이군요. 그렇지요, 이곳에 침입해 이에야스를 미카와로 되돌아가게 하는 수밖에 도리 없습니다."

"옳지…… 이 길로 간단 말이지. 이것은 가시와이(柏井)까지 남하해 강을 건너 오바타(小幡), 시루시바(印場) 중간에서 미카와로 가는 통로를 끊고, 그다음에 나가쿠테(長久手) 동쪽의 이와사키성을 뺏는 거로군."

"그렇습니다…… 이 성을 발판으로 다음은 단숨에 오카자키를 칩니다."

"음, 참으로 대단한 침입인걸."

"찬성해 주시렵니까? 우리들이 오카자키를 치면 이에야스는 오와리에서 싸울 구실이 없어집니다. 늦어도 반달, 빠르면 열흘로 싸움은 끝나지요."

"들어보니 해롭지는 않겠군."

"찬성해 주시겠지요?"

"아니, 그러나 찬성 않기로 하겠네. 나는 그대를 죽이고 싶지 않다. 말벗은 살려두고 싶어. 오랜 친구는 말이야……."

그렇게 말하고 히데요시는 거리낌 없이 웃어젖혔다.

"하시바 님, 그렇게 말씀하시면 저는 더욱 가만히 있을 수 없습니다."

이케다는 어디까지나 진지하게 히데요시의 말을 믿었다.

"하시바 님이 여러 모로 우리들을 위로해 주시므로 그 온정이 고마워 우리 일족이 분발한 나머지 세운 비책입니다. 이제 위로의 말은 그만두십시오."

"허……."

히데요시는 눈을 크게 떴다. 이토록 신용받게 되면 웃을 수 없게 된다.

"이 이케다가 하시바 님 신의에 보답하여 마지막 봉사로 여기는 일이니 부탁입니다. 부디 우리를 써주십시오!"

"이거 참, 놀라운데. 이렇듯 대진하고 있는 경우에 침입한다는 것은 대단한 위험이 따르는 일……."

"각오하고 있습니다! 그 위험을 무릅쓰지 않으면, 뻔히 알면서 이에야스의 계략대로 넘어가는 것입니다. 이에야스는 이 장기전에 질려 우리들이 퇴진할 때를 노리고 있는 게 분명합니다. 야전에서의 추격은 이에야스가 가장 자랑으로 삼는 특기, 물론 그것을 알고 계실 테지만……."

"알고 있지. 알고는 있지만……."

그대로는 안심이 안 된다……고 말하려다 히데요시는 당황해 나중 말을 삼켜 버렸다. 상대가 너무 순수하므로 히데요시 같은 사나이도 생각대로 함부로 말할 수 없다. 상대는 어디까지나 표리 없는 성실성에 가득 찬 사람이다.

"나는 하시바 님이…… 이케다, 잘 말했다!고 하시며 허락해 주신다면 더없이 기쁘겠습니다. 위로의 말씀은 이제 마음 괴롭습니다. 부디 허락해 주십시오."

"음, 아주 골똘히 생각했군."

"무사는 자기를 알아주는 사람을 위해 죽는 것…… 하시바 님, 아무튼 우리들 작전을 들어주십시오."

"그야 듣겠지만……."

"귀하가 우리를 위로하시면 하실수록 뒤로 물러날 수 없습니다."

이케다는 어디까지나 히데요시가 자기 신변을 걱정해 주저하는 것으로 단정하고 있다.

"이 침입의 총대장으로 미요시 히데쓰구 님을 모시고 싶습니다."

"뭐, 히데쓰구를 총대장으로?"

"그렇습니다. 그리고 선봉은 저와 아들 모토스케가 맡고, 제2진은 사위 모리 나가요시. 작은아들 데루마사도 참가시키겠지만 이것만으로는 모두 일족이므로 경쟁심이 부족할 우려가 있습니다. 그러니 제3진에 호리 히데마사를 배속시켜 주십시오."

"많이 생각했구나, 이케다는……."

"물론 필승의 대비가 아니면 의미가 없습니다. 호리는 제3군 대장이며 전군의 전투 감시 역, 아들놈들에게 결코 제멋대로의 싸움은 안 시키겠습니다. 그리고 제4군에 총대장 미요시 히데쓰구 님을 두고 총병력 2만으로 밀고 나간다면 아무리 배짱 센 이에야스라도 버려둘 수 없게 될 겁니다. 고마키산으로 나갔다가 오가자키에서 후방과의 연락을 끊기게 되면 스루가, 도토우미, 가이 세 나라에서 설쳐댈 것입니다. 아니, 분부시라면 오카자키만 치고 곧 돌아와도 좋습니다. 더욱이 여기에는 미카와에서 우리에게 내통한 자도 있습니다."

"뭐, 미카와에서 내통한 자가……?"

"있습니다. 우리들을 안내할 자가……."

이케다는 지그시 눈썹을 쳐들고 따져들 듯 무릎을 들이댔다.

히데요시는 아직 승낙하지 않았다. 그 이유는 이케다의 추측대로 히데요시 자신이 내심 이 싸움에 매우 어려움을 느끼고 있기 때문이었다. 겉으로는 어디까지나 태연한 척하고 있지만, 이에야스가 크게 쳐들어올 기색을 보이지 않고 대치한 채로 날을 보낸다면 이에야스의 손실과 히데요시의 손실은 비교되지 않았다.

'어떻게든 어려움을 뚫고 나가지 않으면…….'

따라서 히데요시 역시 이케다와 같은 작전을 이것저것 생각해 보고 있었다. 그러나 알맞은 인물이 생각나지 않았다. 서로 대치해 있는 싸움터에서 싸우지 않고 적의 영지로 침입하는 것이니 들어갈 때까지 은밀을 요하는 건 말할 필요도 없고 적이 눈치챈 시기에 따라 그 지휘에 천변만화의 술책을 필요로 한다. 만일 그 지휘를 그르친다면 적 영내에 고립된 군사의 구원문제며 그 밖의 일로 말할 수 없는 수고가 따르게 된다. 죽임당하는 것을 보고만 있을 수 없어 다시 병력을 쪼개어 보내야 할 일이 생긴다면 병력의 균형이 크게 무너져 아군 참패의 원인이 될지도 모른다. 그래서 생각을 정하지 못하고 있는 때 이케다가 이같이 열성적인 제의를 해온 것이다.

'눈 딱 감고 시켜볼까…….'

히데요시는 문득 그런 생각을 했다. 만일 실수해 적중에 남게 될 때는 모른 척 내버려 둔다…… 그런 각오라면 허락해 줘도 좋겠는데…… 거기까지 생각하다가 히데요시는 자신을 꾸짖었다. 그렇게 한다면 이 정직한 자가 너무 불쌍하다. 보라! 나를 끝까지 믿고 숨죽이며 대답을 기다리는 이케다의 자비스러운 부처님 같은 얼굴을…….

"이케다……."

"허락해 주십니까?"

"단념하게. 아니, 만일 한다 하더라도 좀 더 나중의 일이다."

이케다는 말대답했다.

"아니, 단념하지 않겠습니다. 이 작전을 단념한다면 아군은 꼼짝 못할 것입니다."

"이케다……."

"예."

"싸움은 때로 인내심 겨룸이다. 우리가 몇 년이라도 여기서 버틴다면 제아무리 이에야스라도 조급해지기 시작한다. 나는 지금 두 가지 생각을 하고 있다. 그 하나는 우에스기 가게카쓰를 신슈에서 차츰 움직이게 하는 일. 또 하나는 내가 태연히 오사카에도 가고 교토에도 가며 이곳에만 오로지 붙어 있지 않고 마음대로 이 싸움을 지휘해 나가는 것. 그렇게 되면 서로의 조바심이 확 달라진다. 나에게는 그만한 실력이 있다. 그러나 이에야스에게는 없지. 우에스기가 움직이기 시작하면 이곳에 마음이 없게 된다."

그러나 이케다는 그 말을 듣고 있지 않았다.

"이건 제 생각이 잘못이었나 봅니다."

"잘못이라는 것을 알았나?"

"저는 반드시 이길 줄 알고 있으므로 하시바 님 조카 미요시 히데쓰구 님을 총대장으로 모시겠다고 말했습니다. 그러나 하시바 님은 만일의 경우만 걱정하시는군요. 좋습니다. 히데쓰구 님을 모시겠다는 것은 제 잘못이었으니 이 자리에서 취소하기로 하지요."

"뭐라구? 히데쓰구가 죽는 게 두려워 내가 허락하지 않는 줄 아는가?"

"저는 이겨서 공을 세우게 해줄 마음이었습니다. 그러나 미처 생각이 모자랐습니다. 취소하지요."

이번에는 히데요시의 얼굴이 정말로 빨개졌다.

"이케다! 그대는 내가 히데쓰구를 아껴서 허락하지 않는 줄 아나?"

히데요시는 상대의 단순한 일념에 저도 모르게 휘말려들었다.

"뜻밖의 말을 하는 사나이로구나, 그대는! 나는 오랜 친구인 그대를 잃고 싶지 않다. 아니, 만일 실수하면 그대만이 아니라 모토스케와 데루마사와 사위 모리도 다함께 죽을 우려가 있다. 그러므로 기다리라는 말을 그대는 못 알아듣겠나?"

따지고 드는 바람에 이케다는 눈물을 뚝뚝 떨어뜨렸다.

"그렇다면 더욱 허락해 주십시오. 그 말을 듣고는 정말 이대로 물러설 수 없습니다. 우리가 만일 실수했을 때는 구원병도 필요 없습니다. 어리석은 한탄도 결코 하지 않겠습니다. 그러니 우리에게 신의를 관철시키게 해 주십시오……."

히데요시는 순간 멍하니 이케다를 내려다보았다.

'어쩌면 이토록 한없이 선량할까……!'

이토록 믿고 있는 인간의 모습을 본 적이 없다.

"이케다……."

"허락해 주십니까, 하시바 님?"

"그대는 요즘 세상에 보기 드문 큰 인물이로다!"

"그러시니 더욱 안타깝습니다. 여기서 한 번 제 진심을 받아주십시오."

히데요시는 울고 싶어졌다. 그러나 울고 싶어진 심정의 이면에서 히데요시다운 타산도 곧 움직이고 있었다.

'이렇게까지 결심하고 있으니 고생 좀 시켜도 무방하지 않겠나?'

히데요시는 아랫배에 힘을 주며 승낙했다.

"좋다! 그대에게 내통한다는 자를 데리고 오게. 그자와 만난 뒤 그대의 작전에 이 히데요시의 의견을 첨가해 허락하기로 하지."

"허락해 주시겠습니까?"

"그래, 그 내통자는?"

"이 앞의 오구사(大草) 마을에서 봉기를 계획하고 니시오 가도의 사카에(榮) 저택에 농성하고 있는 모리카와 공에몬(森川權右衛門)이라는 자로 총 600정을 갖고 있으며, 그 언저리의 많은 사람들을 우리에게 가담시킨 다음 안내역을 맡겠다는 약속입니다. 그에게 하시바 님 도장이 찍힌 서류를 주신다면 분발해 미카와 교란에 앞장설 것입니다."

"좋다, 그를 데려오도록. 총대장은 물론 히데쓰구로 한다. 해상으로 수군도 동원시키겠다. 출발 전에는 나도 가쿠덴으로 본진을 옮겨 드디어 히데요시가 정면으로 공격하는 척하며 그대의 행동을 옹호하겠다. 그런데 이케다, 이것이 미리 새어나갈 염려는 없겠지?"

"당치도 않은 말씀!"

이케다는 크게 고개 저으며 가슴팍을 쳐보였다.

"우리 부자의 목숨에 관계되는 일, 그러므로 오늘까지 귀하에게도 몰래 은밀히 모의해 온 것입니다."

"좋아, 앞으로도 충분히 조심하라."

"여부가 있겠습니까!"

"그리고 전투 감시 역으로 히데마사를…… 역시 그대 말대로 두기로 하자. 그 대신 히데마사와 연락을 잘 취하도록……."

마침내 히데요시는 이케다의 선량함에 감동되어 미카와 침입 책략을 채택했다. 채택하고 나자 벌써 한눈팔지 않고 그 성공을 위해 히데요시는 온 지혜를 다 쥐어짰다.

이케다는 비로소 환하게 미소 지었다.

이케다(池田) 전법

비가 오락가락했다. 그때마다 안개가 걷혔다 끼었다 했다.

날이 개면 이에야스는 막사에서 나와 적진의 변화를 자세히 살폈다. 살필 때마다 적의 진지는 개미탑을 보는 것같이 급속도로 반영구적인 방비로 바뀌어간다. 이에야스는 그때마다 입가에 웃음이 떠올랐다. 히데요시의 성격으로 판단할 때 반영구적으로 움직이지 않겠다고 꾸며 보이는 건 움직이고 싶어 죽겠다는 것으로 생각되기 때문이었다.

4월 2일에 적은 산기슭의 우바가후토코로까지 한 차례 싸움을 걸어왔다. 그러나 그것을 냉큼 쫓아버렸을 뿐 이에야스는 더 이상 멀리 추격시키지 않았다. 그리고 니주보리의 히네노 부자가 아군 진지 바로 앞까지 나왔을 때도 다다쓰구와 얼굴을 마주 보고는 반격을 참았다.

"유인이다, 유인. 꾐수에 넘어가지 마라. 이렇게 있는 한 우리 편의 승리다."

다다쓰구도 웃으며 맞장구쳤다.

"산 하나가 이렇듯 요긴할 줄이야…… 히데요시도 안타까워할 것입니다."

"아무렴. 어째서 뺏지 못했느냐고 이케다는 야단맞았겠지."

"어쨌든 이대로는 따분해 죽겠습니다. 어떻게 좀 쳐들어갈 수단이라도 생각해 내야지요."

"서두르지 마라. 이건 끈기 시합이다. 그러는 동안 따분하여 히데요시가 틀림없이 기후나 사카모토로 철수할 때가 오겠지. 히데요시가 돌아가면 그때 좀 놀려주자."

"그렇다면 언제쯤 승부가 나는 겁니까?"

"모른다, 그것은 상대에게 물어봐라."

"기묘한 싸움이 되어버렸군요. 이래서는 앞일을 내다볼 수 없겠는데요."

"다다쓰구."

"예."

"싸우지 않고도 이길 수 있는 싸움에서 일부러 성급하게 집적거릴 필요는 없겠지. 이제 두고 봐라. 이러다가 반드시 적 편에서 싸움을 걸 구실을 만들어 주겠지."

"그렇지만 저렇듯 부지런히 진지를 구축하고 있습니다. 장기 주둔을 각오하고 있는 모양이지요."

"하하하…… 이제 조금만 더 있으면 진지 일도 끝난다. 끝나면 일이 없어지지. 없어졌을 때가 구경거리다. 인간이란 하는 일 없이 가만히 있는 게 큰 고통거리거든."

이런 문답은 다다쓰구하고만 하는 게 아니었다. 고헤이타만은 싱글벙글 웃으며 태연했지만 나오마사, 헤이하치, 오쿠다이라도 모두 똑같은 말을 이에야스에게 하러 왔다가 똑같은 설득을 듣고 돌아갔다.

오늘은 4월 7일이었다.

이날은 아침부터 적의 움직임이 있었다. 북쪽 정면의 내구보, 이와사키, 외구보 등지에서 병졸들이 진출해 와 고헤이타 군과 소규모 싸움을 벌였다.

'대체 무엇 때문에 움직였을까……?'

이에야스는 숙소를 나와 이마에 손을 얹고 북쪽의 적진을 한동안 가만히 바라보고 서 있었다.

이미 해가 기울기 시작하면서 푸르른 신록이 길을 가로막아, 눈에 보이는 한 다시금 잠잠해진 채 저물어가는 듯했다. 그때 총 부대 지휘를 맡긴 자야가 얼굴빛이 달라져 한 농군을 데리고 찾아왔다.

"아뢰오. 적이 어젯밤부터 고마쓰사(小松寺) 북쪽에서 니노미야 마을과 혼조(本庄) 마을을 거쳐 이케노우치(池內)로부터 미카와 가도 쪽으로 계속 남하하는 중이라는 정보입니다."

"뭣이, 적이 남하하고 있다고……?"

한순간 이에야스의 얼굴에 당황하는 빛이 스쳤다.
"바보 같은 소리 마라, 기요노부. 그런 어리석은 수를 쓸 히데요시인 줄 아나!"
말은 그렇게 했으나 곧 생각을 고친 듯 앞장서서 이슬비 속을 걷기 시작했다.
"따라와, 막사로."
자야 시로지로—지금은 근위무사인 마쓰모토 기요노부는 눈짓으로 농군을 재촉하며 그 뒤를 따랐다. 기요노부의 생각으로도 적군의 남하는 뜻밖이었다. 그는 모든 면에서 히데요시의 성격을 검토하고, 히데요시는 이에야스와 결전을 벌이지 않을 것으로 짐작하고 있었다. 견고한 성채를 쌓아 장기 주둔 준비를 갖추고 그대로 무슨 정치적인 수를 써서 화평조건을 내놓는다. 그 조건이 어떠한 것일까? 앞으로의 흥정은 그렇게 전개될 거라고 내다보고 있었다.
이 기요노부의 생각에, 고마키산의 수비를 직접 맡고 있는 이시카와 가즈마사도 같은 의견이었다.
"여기서는 먼저 시작한 쪽의 희생이 클 테니까. 그런 것쯤 모르는 히데요시는 아니겠지."
그 히데요시 군이 어젯밤부터 은밀히 남하하기 시작했다는 농군의 밀고가 들어왔다. 그것도 신분을 모르는 농군이 아니었다. 가시와이 마을의 조자에몬(長左衛門)이라는 자로, 전부터 노부나가가 폭도며 그 밖의 사고에 대비해 은밀히 수당을 주어 백성들 속에 양성하고 있던 36인 가운데 한 사람이었던 것이다.
이에야스는 이중으로 둘러친 울타리 문을 급한 걸음걸이로 지나 숙소 마당에 들어서자 곧장 안으로 들어가지 않고 기요노부와 농군을 돌아보았다. 태평스레 안에 들어가 있을 수 없었던 것이리라.
"기요노부, 그 정보를 가져온 것은 거기 있는 농군인가?"
"예."
기요노부는 이에야스에게 대답하고 농군을 돌아보았다.
"대장님이시다. 조자에몬이라고 했지? 다시 한번 보고 들은 대로 말씀 드려라."
"예, 그러나……."
농군은 왠지 우물거렸다.
"저는 저, 기요스 대감님을 찾아온 것입니다."
"걱정마라. 기요스의 노부카쓰 님을 도우러 오신 도쿠가와 님이시다."

"그러나…… 저는 돌아가신 우대신님에게서 녹을 받고 있는 자의 자식 놈이라……."

"잘 알았다! 그러므로 그 취지를 대장님께 말씀드린 다음 내가 다시 기요스 대감에게 말씀드리겠다."

"그러면 순서가 틀리는 것 같아서……."

이에야스는 이 같은 두 사람의 문답을 듣고 있는 동안 직감했다.

'이것은 믿을 수 있다!'

"좋다, 노부카쓰 님을 이곳으로 모셔 와라."

이에야스는 말하고 천천히 마루에 앉았다.

"음, 그러면 지금도 적은 우리 배후를 위협하며 진격하고 있단 말인가. 여봐라, 농군!"

"예…… 예."

"그대의 충의는 충의 같으면서도 미적지근하다. 때가 늦으면 그대의 정보는 쓸모없게 될지 모른다."

농군은 찔끔하여 이에야스를 쳐다보고 소리를 높였다.

"말씀드리겠습니다! 일각을 다툴 때라는 것을 깨달았습니다. 말씀드리겠습니다."

농군이 조급해 하며 몸을 내밀자 이에야스는 고개를 크게 끄덕였다.

"직접 대답하도록. 그 눈으로 보았는가, 적의 군세를?"

"예, 틀림없이 보았습니다. 기치는 이케다 군, 그다음은 모리 군이라고 보았습니다."

"그래서 곧바로 알리러 달려왔나?"

"아닙니다. 혹시나 적의 양동작전에 넘어가선 안 된다 싶어 여기저기 탐지해 보았습니다."

"여기저기라니……?"

"예, 오구사 마을의 모리카와와 무라세(村瀨) 등이 폭동을 일으켜 줄곧 미카와를 엿보고 있으므로 그들과 친밀한 사람에게 탐지해 보았습니다."

"모리카와, 무라세……."

"예, 그랬더니 모리카와 쪽에 친하게 출입하는 기타노(北野)라는 자가 저한테 이렇게 말했습니다."

"모리카와 쪽에 출입하는 기타노…… 모두 무사들이구나!"

"예."

32, 3살 난 농군은 볕에 탄 고지식해 보이는 얼굴에 한껏 분발한 빛을 띠우고 연거푸 침을 삼켰다.

"이번에 모리카와 님은 동지를 모아 하시바에 편들어 미카와에 침입하기로 결정되었다. 하시바 님은 매우 기뻐하시며 모리카와 님에게 미카와에서 5만 석을 주시겠다고 증명서를 써주셨다. 우리도 그것을 보고 왔으니 그대도 마을 사람들을 설득시켜 편이 되는 게 좋을 것이다. 자신도 여기저기 설득하러 다니겠다고……."

"허, 5만 석을 약속받고 미카와로 간단 말이지?"

"예…… 예, 그것만이 아닙니다. 이 일을 마을 사람들에게 알리고 다녀라, 그리고 우리 편이 안 되겠다는 자가 있거든 용서 없이 베어버려라, 직접 벨 수 없다면 이 기타노에게 말해라, 내가 모조리 목을 쳐 주겠다……고 강제로 담판하며 가까운 마을을 돌아다니고 있습니다."

이에야스는 그동안 눈을 깜박이는 것도 잊은 듯 농군을 바라보고 있었다. 이것이 사실이라면 마침내 적은 더 이상 참지 못하고 싸움을 걸어온 게 된다. 더욱이 그것은 이에야스가 몇 번이나 '있을 수 있는 경우'로 생각해 온 미카와 침입 수법이었다.

'적이 대대적인 침입을 계획한다면 우리도 작은 침입을 하면 되는 것…….'

그때 노부카쓰가 기요노부에게 안내되어 들어왔다.

"그대인가, 적군의 남하를 알리러 왔다는 자는?"

노부카쓰는 이에야스와는 다른 의미로 당황하고 있었다. 그는 이미 이에야스의 협력 없이 승리할 수 없다는 것을 뼈저리게 느끼고 있다. 그러므로 여기서 미카와로 돌아가겠다는 이에야스의 말을 듣는 게 무엇보다 두려웠다.

"엉터리없는 말을 하러 와서 모두를 속인다면 용서 않겠다."

이에야스는 그때 벌써 기요노부를 손짓해 불러 다음 수배를 명하고 있었다.

"니와 우지쓰구와 미즈노 다다시게를 불러다오. 그리고 이 산에 올라와 부역하고 있는 백성을 모두 산에서 내려가게 하여라."

나가쿠테에 있는 이와사키성의 니와 우지쓰구와 가리야성의 미즈노 다다시게는 이 언저리의 지리와 인정에 익숙한 자들이었다. 백성들을 산에서 내려가게 하는 것은 물론 비밀을 지키기 위해서이리라.

기요노부가 여러 장수를 부르러 나간 동안 또 한 사람, 산을 내려가는 인부들과 반대로 임시숙소에 당도한 30살 남짓 된 졸개 차림 사나이가 있었다.

"저는 핫토리 헤이로쿠(服部平六)라는 이가 사람인데, 대감께 직접 말씀드릴 게 있어 달려왔습니다."

울타리 문을 경비하던 가즈마사의 부하가 그 말을 전하자 가즈마사는 곧 자신이 직접 그 사나이를 이에야스 앞으로 데리고 갔다.

"전부터 모리의 진중에 몰래 두었던 핫토리 헤이로쿠, 황급히 드릴 말씀이 있어 방금 달려왔습니다."

가즈마사가 말하자 이에야스는 작전회의가 준비된 임시진막 회의실에서 손짓해 불렀다.

"기다리고 있었다, 가까이 오너라. 이케다 전법, 대충 짐작하고는 있었으나 드디어 움직이기 시작한 모양이지?"

"그렇습니다. 어제 하시바 님의 허락이 내렸으므로 밤이 되면 은밀히 남하하여 미카와로 가는 통로를 차단할 목적으로 있습니다."

"그래, 이케다와 모리의 첫 목표는?"

"은밀히 결정된 것이므로 자세히는 모르겠습니다만 맨 먼저 이와사키 남쪽인 이와사키성을 목표로 하여 격파하고, 나가쿠테로 해서 미카와에 들어가는 줄 알고 있습니다."

"그러면 총대장은 이케다인가, 아니면 호리 히데마사인가?"

"미요시 히데쓰구 님입니다."

"뭐라고? 미요시 히데쓰구……라면 하시바가 특히 사랑하고 있는 조카가 아닌가……!"

"예, 그 히데쓰구 님이 총대장으로 후방에 있습니다."

"음."

이에야스는 옆에 대령해 있는 가즈마사를 바라보고 문득 입가에 웃음을 떠올렸다.

"그러냐? 그렇다면 이제 더 의심할 여지가 없다. 잘 알려주었다. 물러가 쉬어라."

핫토리는 그러나 곧 일어서려 하지 않았다.

"백성들은 모두 아군 편을 들고 있습니다. 그 까닭은, 상금을 노리고 적에게 붙은 무사들이 자기들을 따르지 않으면 그대로 두지 않겠다며 칼부림으로 위협하고 다녔기 때문에 백성들이 굉장히 화내고 있습니다."

이에야스는 고개를 끄덕였다.

"알고 있다. 모리카와라는 자와 한패인 기타노라는 무사이지."

"대감께서 알고 계셨군요……?"

"모르고야 싸움이 되나. 앞으로도 잘 탐지하여라."

핫토리가 매우 놀라며 이윽고 물러가고 나자 이에야스는 다시 한번 가즈마사와 얼굴을 마주 보고 흐흐흐 웃었다.

"이건 작은 도전이 아닌 모양이구나, 가즈마사?"

"예, 총대장이 히데쓰구라면 전황 여하에 따라서는 반드시 히데요시가 직접 나올 게 틀림없습니다."

"그렇다면 드디어 이 이에야스와 히데요시가 맞설 때가 온 셈이로구나."

"주군!"

"무언가, 가즈마사?"

"부디 경거망동 마시기를……."

"못난 것아, 싸움터에서 이 이에야스가 그대 지시를 받을 성 싶으냐!"

"……그러시겠지만, 조심에 또 조심하시기를."

그때 미즈노 다다시게를 선두로 니와 우지쓰구, 사카이 다다쓰구, 이이 나오마사, 오스카 야스타카, 혼다 헤이하치들이 차례로 들어왔다.

이에야스는 신중파인 가즈마사에게 간단하게 웃어 보이긴 했으나 속으로는 결코 이 싸움을 낙관하고 있지 않았다. 낙관은커녕 지난날의 미카타가하라 이상으로 신중히 생각한 대진으로 승패를 결정하는 열쇠가 될 거라고 생각하고 있다. 이미 불혹을 넘었으므로 겉으로는 어디까지나 온건하게 여러 사람의 의견을 채택하는 것처럼 보이게 진행시키면서 자신의 속셈은 회의를 열기 전부터 단단히 결정되어 있었다.

그는 죽 늘어선 여러 장수의 저마다 흥분된 표정을 돌아보고 탐색하듯 말했다.

"드디어 움직이기 시작했는데, 어떻게 하면 좋겠는가? 적의 선봉은 니와 우지쓰구가 없는 틈을 노려 이와사키성으로 공격해 올 게 분명하다. 우선 이것부터 구원해야 할까, 우지쓰구."

그러자 당사자인 니와 우지쓰구보다 먼저 가리야의 미즈노 다다시게가 가로막았다.

"그러면 뒷전을 치게 됩니다. 이 경우 니와 님에게는 딱한 일이지만 이와사키성을 포기하고 적의 후군 미요시 히데쓰구의 군세를 추격하는 게 상책이라 생각됩니다."

이에야스는 그 말에는 대답하지 않고 물었다.

"우지쓰구, 그대 성에는 지금 인원이 얼마쯤 남아 있나?"

"예, 아우 우지시게 이하 약 300명 있습니다."

"300명이라…… 선봉인 이케다 군은 6000명은 되겠지. 6000과 300……!"

"대장님!"

"내버려둘 수 없지. 그래서야 되겠나?"

니와 우지쓰구는 그 자리의 분위기에 선동되어 신들린 사람처럼 말했다.

"대장님! 그 말씀만으로도 저는 충분합니다. 그런 작은 성은 언제든 되찾을 수 있습니다. 그보다는 미즈노 님 말씀대로 이런 경우에는 싸움에 익숙지 못한 미요시 히데쓰구 군을 추격해 쳐부수어 적의 전진을 막는 게 다급한 일인 줄 압니다."

"그렇지, 히데쓰구 군을 때려 부수면 이케다나 모리가 그대로 진격하지 못할 거야. 할 수 없이 되돌아와 구원하려고 하겠지."

"그렇습니다. 그렇게 되돌아오는 적을 꽉 잡아 단숨에 무찔러버리는 게 상책입니다."

"그런가, 과연 그렇겠군…… 고헤이타는 어떻게 생각하나?"

"제가 선봉을 맡고 싶습니다."

"선봉…… 무슨 선봉이란 말인가, 성급하게?"

"히데쓰구 추격, 이 고헤이타에게 맨 먼저."

고헤이타는 이에야스의 속셈을 환히 알므로 이야기를 빨리 이와사키성에서 돌려버리려는 것이다. 이번에는 오스카 야스타카가 몸을 내밀었다.

"선봉을 저에게!"

"아니, 이 고헤이타에게!"

"보시오, 두 분 다 잠깐. 선봉은 이 고장에 밝은 미즈노 다다시게가 맡고 싶습니다."

이에야스는 일부러 눈을 감았다.

"그렇게 성급하게 말하지 마라. 생각이 흐트러진다."

틈을 주지 않고 헤이하치가 입을 열었다.

"바로 그것입니다! 히데쓰구를 추격하면 히데요시가 뒤에서 다시 우리를 추격해 올 것입니다. 그런 상황을 충분히 고려하신 다음 주군의 재량을 바랄 뿐입니다."

이에야스는 눈을 감은 채 고개를 끄덕였다. 얄미울 정도로 그의 의사가 잘 통하는 가신들이었다.

잠시 뒤 이에야스는 입을 열었다.

"좋아, 그대들 생각은 잘 알았다!"

아무도 그의 뜻을 거역하는 사람은 없다. 그런 의미에서 이에야스는 세상에 더없이 행복한 대장이었다.

"계획이 결정되었으면 서둘러야 한다. 알겠나, 적은 2만에 가까운 대군, 우리는 그 절반이다. 그러므로 이와사키성 구원은 잠시 뒤로 미루고 우선 히데쓰구 군을 추격한다."

좌중은 잠잠해져서 한동안 숨소리도 들리지 않았다.

"이 추격을 결코 오래 끌어서는 안 된다. 우리가 히데쓰구를 추격하는 것을 알면 히데요시 역시 당장 결전을 벌이려고 우리 뒤를 쫓아올 것이다."

"……."

"따라서 추격하는 도중에 임기응변으로 미카와 무사의 야전의 묘미를 실컷 맛보여줘야겠는데……그러려면—"

다시 한번 모두들을 돌아보았다.

"선봉의 오른쪽 대비는 오스카 야스타카, 그대에게 명한다."

"예…… 저에게 선봉을? 감사합니다!"

"알겠나? 오른쪽 대비다. 왼쪽 선봉은 사카키바라 고헤이타."

"예! 알겠습니다."

"미즈노 다다시게는 아들 가쓰나리(勝成)와 함께 이 선봉에 앞서서 추격군 지휘를 하라. 그리고 안내는 니와 우지쓰구. 그대는 백성들 거취에 충분히 마음 쓰면서 하도록."

미즈노 다다시게는 이 이상하게 둘러대는 말의 멋진 표현에 놀라 되물었다.

"저, 선봉에 앞서서…… 말씀입니까?"

"뻔한 일이지. 그대들 부자와 니와 우지쓰구가 4500명. 그 뒤에 고헤이타와 오스카다."

헤이하치가 얼마쯤 조급하게 물었다.

"주군! 그러면 이 추격군 총대장은…… 총대장은 누구입니까?"

"뭐, 총대장? 뻔한 일을 묻는구나, 헤이하치. 말할 것도 없이 이 이에야스와 노부카쓰 님이다."

"옛? 주군이 직접 산을 내려가시겠습니까?"

이에야스는 그 말에는 일부러 상대하지 않았다. 처음에는 그 자신도 이 추격군 총대장은 다다쓰구나 헤이하치에게 명할까 생각했었는데 도중에 생각이 바뀌었다. 이에야스가 고마키산에 있는 줄 알면 아마 히데요시도 가쿠덴에서 움직이지 않을 것이다. 여기서 히데요시를 야전으로 유인해 질풍신뢰(疾風迅雷)의 기상을 자랑하는 히데요시와 기동성의 묘를 한 번 다투어보고 싶은 생각이 들었던 것이다.

"내 직속으로는 마쓰다이라 이에타다, 혼다 야스시게, 오카베 나가모리, 그리고 고슈의 아나야마 무리들을 인솔한다."

"그럼, 이 고마키 본진에는?"

"헤이하치, 그대는 다다쓰구, 가즈마사, 사다미쓰 등과 함께 여기서 히데요시의 거동을 단단히 감시해라. 이것도 임기응변으로, 만일 히데요시가 움직일 경우 누가 그 뒤를 쫓든 지시하지 않겠다. 알았나?"

모두들 다시 숙연해졌다. 이에야스 자신이 진두에 서려고 하는…… 그 격렬한 결의가 모두들의 마음에 순식간에 긴장을 가져오게 한 것이다.

이에야스는 웃었다.

"하하……! 이번 싸움이 성공이냐 실패냐 하는 것은 여기에 달려 있는 것 같다. 오랜만에…… 내가 나간 걸 알면 히데요시도 가만있지 않겠지. 화려한 것을 좋아하는 성격이니까."

"음."

가즈마사는 한숨 쉬었다. 이에야스가 무엇을 생각하고 있는지 그만은 추측한 모양이다.

이에야스의 웃음소리를 듣자 모두들 생각난 듯 속삭이기 시작했다. 누구나 모두 따분하던 참이므로 사기가 충천했다.

"그럼, 곧 돌아가 저마다 준비를 서둘러라. 출동은 오후 8시, 비밀히 산을 내려가 날이 밝기 전에 쇼나이강을 건너 오바타성에 들어갈 것."

그리고 이에야스는 헤이하치를 손짓해 불러 노부카쓰에게 이것을 알리게 했다.

노부카쓰를 작전회의에 참석시키지 않은 것은 이에야스의 위로이며 경계이기도 했다. 함께 간다 해도 그리 도움될 것 같지 않았지만 그를 고마키산에 남겨둘 수도 없었다. 만일 남겨두고 간다면 노부카쓰는 불안과 의심 때문에 소중한 시기에 경거망동할 우려가 있기 때문이었다.

모두들 용기백배해 숙소를 나간 뒤 이에야스는 다다쓰구, 헤이하치, 가즈마사 세 중신에게 히데요시의 동향을 충분히 감시하도록 새로이 밀명을 내렸다.

"이번 싸움은 이케다 전법으로 시작되었지만 나중에는 히데요시 대 이에야스의 솜씨다툼, 운수다툼이 된다. 이 산을 단단히 부탁한다."

저녁나절부터 안개 같은 비가 내리기 시작하여 시야가 전혀 보이지 않게 되었다. 대낮에 이케다 군의 남하를 숨기려고 양동작전을 해온 북쪽 정면의 소규모 전투도 잠잠해지고, 밤의 장막이 드리워지자 적과 아군 진영에서 지피는 화톳불 불길마저 흐릿하고 작아 보였다.

출동은 어디까지나 은밀하게—

부역 온 백성들을 미리 산에서 내려가게 해놓았으므로 얼마쯤의 군세가 어느 방면으로 출동했는지 장수들 외에는 아군들도 몰랐다. 그 총병력은 지금 이에야스가 현지에서 이동시킬 수 있는 최대한의 것이었다. 고마키와 그 주변에 남겨둔 군세는 약 6500명. 나머지인 1만3000명 남짓이 총동원되었다. 따라서 이 싸움에서 만일 히데요시에게 종횡으로 활약할 기회를 주게 된다면 이에야스로서는 그 평생 노력의 대부분을 잃게 될 것이 분명했다.

적도 여전히 계속 남하하고 있음이 틀림없다.

선발대인 미즈노 다다시게와 니와 우지쓰구는 가스가이 들판(春日井原)으로 길을 잡아 오바타성으로 가면서, 도중에 만난 토민을 그대로 놓아주지 않고 안내를 명한다는 구실로 동행시켰다. 그리고 가쓰강(勝川)을 거쳐 쇼나이강을 건너 가와무라(川村)로 해서 오바타성에 들어가 이에야스의 도착을 기다렸다.

이에야스는 노부카쓰와 함께 약 9000명 군사를 거느리고 이이 나오마사에게 전위를 맡기고 이치노히사다(市之久田), 아오야마(春山), 도요바(豊場), 뇨이(如意) 등지의 여러 마을을 지나 류겐사(龍源寺)에서 잠시 쉬고는 투구를 쓰고 가쓰산(勝山)에서 우시마키(牛牧)를 거쳐 성으로 들어갔다.

한편—

은밀히 시노키, 가시와이에 진출하고 있던 이케다 이하 군사들은 8일 오후 10시에 다시 행동을 시작하여 미카와로 향했다.

그들은 앞쪽의 쇼나이강을 상류, 중류, 하류 세 곳으로 갈라 건너기로 하여 이케다 부자와 모리는 오도메(大留) 마을의 다이니치도(大日堂) 나루터를 건너 남쪽 시루시바와 아라이로 나가 미카와 가도로 향하고, 호리 히데마사는 노타(野田) 나루를 건너 나가쿠테로 갔으며, 미요시 히데쓰구는 마쓰도(松戶) 나루터를 건너 남쪽으로 진출해 이노코이시(猪子石)의 시라야마(白山) 숲에 진을 쳤다.

물론 그들은 이에야스가 그들과 거의 같은 시간에 오바타성으로 들어간 것을 아직 모르고 있었다.

달력으로는 이미 4월 9일이었지만 야음을 틈타서 진격하는 이케다 군으로서는 아직 8일의 연장이었다. 촉촉이 내리는 이슬비 속으로 조용히 말을 몰면서 이케다는 아까부터 여러 번 재채기를 했다.

"감기 드신 게 아닙니까?"

말고삐를 나란히 하고 있는 둘째 아들 데루마사가 말을 걸자 이케다는 웃으며 혀를 찼다.

"못난 소리 마라. 밤 행군에서 재채기가 나오는 것은 새벽이 가까웠다는 표시다."

"새벽녘에 감기 든다고 들었으므로 염려되어 그럽니다."

"쓸데없는 소리. 단련하는 방식이 틀리다. 이 언저리는 그 옛날 우대신님을 모시고 마음껏 밤놀이를 다녔던 마을이다, 흐흐흐흐."

"뭐가 우스우십니까, 그렇듯 묘한 웃음을?"

"음…… 생각이 나서. 우대신님이며 하시바 님과 여러 마을을 춤추며 돌아다니던 옛날 일이."

이케다는 거기서 또 한 차례 크게 재채기를 했다.

"재채기하는 걸 보니 누가 내 말을 하는 모양이군."

"누가…… 말입니까?"

"마을 사람들이지. 재미있는 일이야……."

이케다는 매우 기분 좋아 보였다.

"나는 더없이 좋은 영주가 되어 보이겠다."

"예…… 뭐라고 말씀하셨습니까?"

"그 옛날처럼 싸움이 끝나면 마을 사람들과 춤추겠다. 영주와 백성이 하나 되어 춤추고 돌아간다…… 유쾌한 일이지. 지금도 눈에 선하군."

"아버지……."

"왜?"

"이긴 뒤의 이야기는 아직 이른 것 같습니다."

"하하하…… 여기까지 오면 이제 이르지도 않지. 우리가 탄 말은 미카와를 향해 진격하고 있다."

그런 다음 이케다는 생각난 듯이 또 말했다.

"하시바 님이 우리 의견을 잘도 들어주셨구나. 이런 상태라면 오카자키에 쳐들어갈 때까지 이에야스는 우리들 침입을 눈치채지 못할지 모른다."

둘째 아들 데루마사는 대답하지 않았다. 아버지 말대로 이미 길은 미카와 가도. 모처럼 기분 좋은 아버지에게 싫은 소리를 할 건 없다고 생각한 것이다.

부자는 한동안 말없이 다시 어둠 속을 나아갔다. 틀림없이 새벽이 가까워진 모양으로 싸늘한 머리 위의 하늘이 차츰 밝아오는 것 같았다.

"비가 그쳤구나……."

문득 손을 내밀고 중얼거렸을 때 앞쪽에서 한 사람, 대열과 반대로 아버지 앞으로 말을 달려오는 자가 있었다.

"아뢰오."

"뭐냐?"

"날이 밝아옵니다. 니와 우지쓰구의 이와사키성이 보이는데 어떻게 하면 좋겠습니까?"

아직 얼굴이 잘 보이지 않았으나 목소리로 미루어 중신 가타기리 한에몬이었다.

"어떻게 하다니 무슨 말인가, 가타기리?"

"새벽녘의 제물로 삼아 짓밟아버리고 지나가는 편이 뒷일을 위해서 좋지 않겠습니까?"

"뭐라구…… 제물을 바칠 곳은 오카자키성이다. 버려둬라, 버려둬. 그런 작은 성 따위는 거들떠보지 마라."

이케다는 껄껄 웃어버리며 말도 멈추지 않았다.

이케다가 그냥 지나치려는 것을 보자 이번에는 이기 다다쓰구가 입을 열었다.

"말씀드리겠습니다."

"뭔가, 이기. 그대도 이와사키성을 쳐부수라는 말인가?"

"그렇지는 않습니다만, 가타기리 님 제안이 주군에게 잘 통하지 않은 것같이 느껴졌으므로."

"뭐, 통하지 않았다니 무슨 소리냐? 내 귀는 아직 멀지 않았다."

말하며 말을 멈추었다.

"비가 개었구나. 좋은 징조로군."

이기는 가타기리의 말을 보충할 생각으로 말했다.

"주군, 우리는 거들떠보지 않고 통과할 작정이더라도, 성에서 만일 싸움을 걸어올 경우에는 귀찮으리라고 가타기리 님은 말씀드린 것으로 압니다만."

"저쪽에서 싸움을 걸어온다고……?"

"예, 토민의 보고에 의하면 니와 우지쓰구는 고마키에 있고 이 성은 아우 우지시게가 지키고 있다고 합니다. 그 우지시게 놈은 기승스러워 좀처럼 남에게 지지 않으려는 사나이입니다."

"인원은 얼마나 되나?"

"약 300명……."

"하하하…… 겨우 300명으로는 아무리 기승스러운 사나이라도 우리들 앞을 막아서지 못할 게다. 내버려둬라."

"명령이시라면 물론…… 그러나 본대를 이대로 나아가게 하려면 소수의 병력이라도 남겨두고 가는 게 뒷일을 위해 좋을 것으로 생각됩니다만."

그러자 처음에 입을 연 가타기리가 다시 몸을 내밀었다.

"바로 그것입니다. 제가 잡은 토민의 말에 의하면 니와 우지시게는 이미 우리들 움직임을 알고 목숨이 있는 한 성 아래를 지나가게 하지 않겠다며 분기하고 있답니다."

"음, 그런 괘씸한 말을 하고 있다더냐. 그러나……."

이케다는 말 위에서 크게 고개를 갸웃거렸다. 이 작전에서 무엇보다도 중요한 것은 진격 속도였다. 적이 알아차리기 전에 오카자키성에 다가가 성에 있는 혼다 사쿠자에몬과 이에야스와의 연락을 끊어버리는 것…… 그러므로 히데요시로부터도 부디 도중에 지체하지 말라는 주의를 듣고 온 것이다.

"그럼, 저쪽에서 통과시키지 않을 거라는 말인가, 가타기리?"

"통과시키지 않을 때의 대책이 필요하다는 말이겠지요. 그렇잖습니까, 가타기리 님?"

"그렇습니다. 이기 님 말씀같이 저쪽에서 출격해 와도 상대하지 않고 나아가려면 따로 소수 병력을 쪼개 그것을 상대하게 해야 하니 그 일을 고려해 주십사고 말씀드린 겁니다."

"그런가? 그저 짓밟고만 지나간다면 우지시게가 곧 고마키에 연락한다는 말이지."

날이 밝기 시작하자 봄날의 해돋이는 빨랐다. 머리 위는 벌써 훤해져 안개가 내린 지상의 풍물이 연한 먹빛으로 눈에 보이기 시작했다. 보니 이케다가 머물러 서 있는 바로 7, 8칸 앞쪽에 나무가 두세 그루 서 있고 그 밑에 조그만 빈터가 있었다.

"그런가, 저쪽에서 싸움을 걸어오는 경우……."

이케다는 화가 치미는 듯 혀를 차며 그 빈터로 말을 몰라고 말구종에게 턱짓했다. 아무리 적은 수의 적이라도 습격해 오면 상대해야만 된다.

'차라리 짓밟고 지나갈까? 아니면 소수 인원을 남기고 갈 것인가……?'

그 두 가지 길밖에 없는데, 이케다는 여기서 이런 생각을 하게 된 일이 화가 나 견딜 수 없었다. 그의 가슴속에 옛날의 꿈이 달콤하게 나래를 펴고 있었으니만큼 더욱 아니꼬운 생각이 든 모양이다.

누군가가 말했다.
"성이 보입니다."
"오! 보이기 시작하는구나. 뭐, 저걸 성이라고 할 수 있나? 큰 지주 집보다도 못하구나. 좋아, 저 빈터로 끌고 가서 말을 세워라. 남을 자를 결정해 주마."
그러나 병력을 얼마쯤 남기고 가야 하는지가 또 이케다의 비위를 건드렸다. 오카자키성에 있는 혼다 사쿠자에몬의 용맹스러움을 알고 있으니만큼 이곳에 남기는 병력이 아까웠던 것이다. 그러나 상대가 300명이라면 이쪽은 그 두 배나 세 배의 병력을 남겨두지 않으면 안 된다.
'이곳에 누구를 남겨둘 것인가……?'
그것을 생각하느라 이케다는 적의 성이 보인다는 것은 적의 시야 속에 아군도 이미 들어가 있다는 것을 까맣게 잊고 있었다.
"좋아, 남을 자들을 정하자. 가타기리, 이기, 이리 나와."
말했을 때 말을 붙잡고 있던 말구종이 보기 흉하게 나동그라지고 동시에 말이 무릎을 털썩 꿇고 말았다.
"앗!"
아니, 무릎을 꺾었다고 생각한 순간 타다당 하고 밝아오는 천지를 뒤흔드는 총성이 한 발 울렸다.
"오! 말이 맞았다."
"적이다!"
"주군을……."
이케다는 자기 앞에 사람 울타리가 만들어지는 동안 타다당 하고 또다시 7, 8자루의 총이 불을 뿜는 소리를 들었다.
"이놈들이!"
과연 보기 흉하게 당황하고 있지는 않았다. 말고삐를 쥔 채 땅 위에 서서 그는 분노를 참을 수 없어 쓰러진 말의 어깨를 세차게 차고 있었다.
"맞았구나, 어깨에서 가슴을 뚫었어. 죽는다, 이 말은."
말은 힘없이 두 다리를 꺾은 채 슬픈 듯 주인을 올려다보며 일어나려고 허우적거리고 있다.
"가타기리!"

"예!"
"이기!"
"여기 있습니다."
"이렇게 되면 용서할 수 없다. 이대로는 재수 없어 사기에도 관계된다. 아침 제물로 이와사키성을 밟아 뭉개고 지나가자."
"그럼, 이대로 맞싸워서……."
"맞싸우는 게 아니다. 희생의 제물로 바치는 거다. 한 놈도 남기지 마라. 곧 덤벼라."
"아버지……."
둘째 아들 데루마사가 뭐라고 말했으나 머리끝까지 흥분한 이케다의 귀에는 들리지 않았으며, 잠시 뒤 적이 발포한 망루를 향해 이쪽의 총 부대가 연속적으로 총을 쏘기 시작했다.
타다당.
타다당.
차츰 주위가 환해지고, 총소리에 놀라 푸드득거리며 날아오르는 새들 무리가 검정깨를 뿌린 듯 하늘에 보였다. 이케다는 대신 탈 말을 끌어올 때까지 장승처럼 버티고 서서 점점 똑똑하게 보여 오는 이와사키성을 노려보고 있었다.
옆에는 이미 가타기리도 이기도 없었다. 둘째 아들 데루마사도 아버지의 명령이 떨어지자 곧장 성으로 달려갔다. 짓밟고 지나가는 편이 뒤에 병력을 남겨두고 가는 것보다 쉬우리라는 것은 처음부터 두 중신의 의견이었다. 그러므로 데루마사도 순간적으로 아버지 의견에 따랐던 것이리라.
그러나 대신 탈 말이 끌려오자 이케다는 문득 마음속으로 후회했다.
'쓸데없이 지체했다고 히데요시가 말하지 않을까……?'
질책 들어도 이미 하는 수 없었다. 밝아진 대지에는 그의 시야 가득히 아군이 성으로 향해가고 있었다. 누구나 기치에 긍지를 겨루며 나아가고 있다.
"빨리 이기면 되는 거야!"
스스로에게 소리치며 말에 오르려 했을 때 오른쪽 발꿈치가 뜨끔하게 몹시 아픈 것 같았지만 말은 이미 걸음을 옮기고 있었다. 고삐를 쥔 엔도 도타(遠藤藤太)가 이케다의 창을 이시자카 한쿠로(石坂半九郎)에게 넘겨주고 달리기 시작한 것이다.

"오, 아군 선봉이 벌써 성문에 이르렀다. 도타, 저 개울 가까이 숲으로 말을 몰아라."

고작해야 300명. 더욱이 성주 니와 우지쓰구는 지금 출타 중이다. 한 발이라도 발포했다는 것으로 무사의 고집은 충분히 섰으므로 상대도 곧 항복하겠지…… 그렇게 생각한 것은 이케다뿐 아니라 그에게 성 공격을 권유한 두 중신의 예상이기도 했다.

그런데 전선으로 말을 몰고 와보니 상대는 십자로 문을 열어젖혀 쳐나오고 있다.

"건방진 놈이구나, 우지시게라는 사나이는. 이시자카, 창을!"

이케다는 참다못해 졸개 손에서 창을 받아들고 말 위에서 크게 쑥 훑다가 다시금 뜨끔하게 오른쪽 뒤꿈치의 아픔을 느꼈다. 등자에 힘이 주어진 찰나 온 신경을 도려내는 것 같은 격심한 아픔을 느낀 것이다.

'이상한데……?!'

또다시 달려 나가려는 졸개를 부르며 이케다는 얼굴을 찡그렸다.

"기다려! 내가 일부러 나갈 건 없겠다, 기다려라."

사실 싸움은 이케다가 갈 것까지도 없었다. 니와 우지시게는 젊은 혈기에 내맡겨 출격은 했으나 이케다 군의 일제 사격을 당하자 그대로 성으로 물러가 문을 닫을 틈도 없었다. 이케다 군이 물밀듯 성안으로 한꺼번에 쏟아져 들어갔다.

안개는 차츰 걷혔으나 땅 위는 양군에게 짓밟혀 진구렁같이 되었다. 용감하게 싸우다 죽어간 군사들의 시체와 진흙 위에 엷은 아침햇살이 비칠 무렵 성안에 살아남은 사람 그림자는 이미 볼 수 없게 되었다. 새벽 6시에 시작된 싸움이 아침 8시에 이케다 군의 완전한 승리로 끝나 있었던 것이다.

그때 이케다가 뜻밖의 말을 꺼냈다.

예정보다 훨씬 빨리 끝나 이케다 군의 사기는 오를 대로 올라 있었다. 글자 그대로 아침 식전에 이와사키성을 짓밟아버린 것이다.

"이것으로 후환 없이 진격할 수 있다."

"주군께서도 만족하시겠지. 진격 속도에 전혀 영향이 없으니까."

"이쯤에서 아침식사하고 곧 떠나면 된다."

가타기리와 이기는 성안에 적이 없는 것을 확인하고 급히 이케다에게로 되돌아왔다.

이케다 역시 겉으로는 기분 좋았다.

"운 좋구나, 수고들 했다."

말에 오른 채 두 사람의 노고를 위로하고 말했다.

"우지시게의 목은 어디 있는가? 적이지만 장한 젊은이, 우리는 예의를 다하고 가야겠지."

두 사람은 그 말뜻을 미처 알아듣지 못하여 물었다.

"예의를 다하다……니요?"

"목을 확인하겠다. 이 언저리에 적당한 장소가 있겠지. 곧 그 준비를 시켜라."

"옛…… 저, 목을 확인……."

놀라서 얼굴을 마주 보는 두 사람을 이케다는 외면했다.

"저기 저 성 북쪽에 있는 산은 뭐라고 하나?"

"예, 저것은 로쿠보산(六坊山)이라 합니다."

"좋아, 저 산에서 확인하자. 적이지만 장한 젊은 무사이니, 정중하게 다뤄줘라. 그리고……."

이케다는 다시 두 사람을 눈부신 듯 바라보았다.

"그동안 군사들은 되도록 성안에 숨겨 쉬게 하고, 경비를 철저히 하도록."

"주군!"

"뭐냐?"

가타기리가 말을 꺼냈다.

"갈 길이 급합니다. 그런 일은 안 하셔도……."

이케다는 가로막았다.

"지시는 안 받겠다! 잠도 못 잔 싸움이다. 군사도 지쳐 있겠지. 아니, 그보다도 우지시게에 대한 예의는 무사의 정, 그동안의 휴식이니 일석이조다. 나는 저 로쿠보산에서 기다리겠다. 말을 끌어라."

"아버지!"

이번에도 참다못해 데루마사가 불렀으나 이케다는 이미 돌아보지 않았다.

그들로서는 아마 이보다 더 뜻밖의 일은 없었을 것이다. 촌음을 아끼며 줄곧 진격해 온 이케다가 여기서 우지시게의 목을 확인하고 가겠다고 말한 것이니…… 어떤 자는 목 확인을 핑계 삼아 군사를 쉬게 하기 위한 것이라고 해석했고, 어떤 자는 이와사키성 함락으로 마음 놓은 것일까 하고 억측했다.

그러나 이케다가 그 말을 꺼낸 이유는 따로 있었다. 새벽에 말이 총에 맞았을 때 뛰어내리다가 그는 오른쪽 발의 복사뼈를 심하게 삐었다. 그때는 그리 고통을 느끼지 않았는데 차츰 심하게 쑤시기 시작했다. 그러나 그는 징조가 좋다고 분기하고 있는 아군에게 그 말을 하기가 부끄럽게 여겨졌다. 그래서 치료하기 위해 목 확인을 핑계 삼은 것인데, 막상 결정하고 보니 그것은 마땅히 해주어야만 될 일로 완고하게 여겨졌다.

'싸움에 이겼다! 행운은 우리들 머리 위에 있으니까…….'

"아버지!"

이번에 쫓아와서 말을 건넨 것은 맏아들 모토스케였다. 이케다는 모토스케를 흘끗 본 채 입을 다물고 그대로 말을 몰았다.

"아버지!"

혀를 차며 말머리를 나란히 하자 모토스케는 그제야 아버지 입가에 고통의 빛이 감추어져 있음을 알았다.

"아니, 얼굴빛이 좋지 않으십니다. 어디 부상이라도?"

이케다는 눈짓으로 눌렀다.

"쉿! 우선 하시바 님에게 이 승리를 알려두어라. 걱정할 건 없다. 삐었을 뿐이다."

말꼬리를 낮추어 오른 발을 두들겨 보였다. 모토스케는 그것을 어떻게 알아들었는지 고개를 끄덕이고 다시 뒤로 달려가 버렸다.

이케다는 아침햇살에 이슬이 반짝이는 로쿠보산에 진막을 치게 하고 목 확인을 시작했다.

'지금 여기서 이렇게 시간을 허비해선 안 될 텐데…….'

마음속으로는 뒤따라 진격해 오는 모리 군과 호리 군을 줄곧 걱정하고 있었다. 호리 히데마사는 이와사키성의 북쪽 산에 가까운 가네하기 들판(金萩原)에서 휴식하며 이케다 군의 성 공격이 끝나기를 기다리고 있고, 히데쓰구는 마쓰도 나루터를 건너 이노코이시의 시라야마 숲에 진치고 있다. 그들이 선봉의 이케다 군을 따라 진격을 멈추고 있다고 생각하니 제정신이 아니었다. 그러므로 말에서 내리자 곧 아픔을 참으며 발을 디뎌보고 서너 발자국 걸어보기도 했다. 그럴 때마다 찌르는 듯한 통증이 가슴 복판에서 머리끝까지 뻗힌다. 여간 심하게 삔 것이 아닌 모양이다. 틀림없이 복사뼈에 가까운 뼈가 부러진 것이다……고 생각하자 필요 이상으로 꾸민 목소리와 말투로 측근들에게 말을 걸었다.

"징조가 좋다. 적군의 목은 얼마쯤 베었나? 다리가 좀 화끈거리는군, 소주가 있겠지?"

보급품 짐 속에서 그것을 가져다 아무렇지도 않은 듯 복사뼈를 내놓고 술을 뿜기도 했다. 상처를 소독하는 소주가 찡 하고 차갑게 뼈에 스며들 만큼 국부는 이미 열이 심하고 푸르스름하게 부어올라 있다.

'뭘, 이까짓 아픔쯤…….'

초에 토란을 갈아 섞어 바르면 통증이 좀 가실 텐데…… 생각하면서 부상한 곳을 눈치채이지 않으려고 그대로 곧 갑옷을 고쳐 입었다.

도중에 한 번 이기가 이상한 듯 잠깐 물었다.

"왜 그러십니까?"

"아무것도 아니야. 오늘의 승리는 매우 훌륭하다! 이건 앞일이 좋을 징조다. 그렇지, 이기?"

그때도 그대로 이야기를 다른 데로 돌려버렸다.

이 싸움에서, 무엇보다도 중요한 것은 사기를 높이는 일이라고 골수에 새겨 알고 있는 이케다의 고집이었다. 그러나 그 이케다도 잠시 뒤에는 눈을 꼿꼿이 뜨고 숨을 삼키지 않으면 안 되었다.

이케다의 확인을 받을 머리수가 300을 넘는다고 한다. 모두 다투어 베어왔으므로 확인해 주도록 가타기리가 부탁하러 들어왔던 것이다.

'시간이 많이 걸리겠는걸…….'

이케다는 야릇한 조바심을 느끼면서 우선 니와 우지시게의 목을 보았다. 22살 난 우지시게의 목은 예법대로 머리가 빗질되고 피 묻은 게 깨끗이 닦여져 가늘게 뜬 눈이 이케다를 비웃고 있는 듯 보인다.

"음, 이것은 매우…… 앞날이 좋을 징조로군."

아픔을 참으며 이케다는 또 허탈하게 웃었다.

난전(亂戰)

이에야스는 오바타성에 머물면서 8일 한밤에 척후를 내보내 적정을 살피게 했다. 가랑비가 아직 오락가락하고 있었다. 땅 위에는 길이 어슴푸레하게 보였고, 갑옷 입은 채 내다보는 성 창문으로는 새 잎사귀의 향기로운 내음이 땀에 밴 듯 느껴지는 밤이었다.

척후 임무를 받은 혼다 히로타카는 20여 명 부하에 7, 8명의 마을 사람들을 뒤섞어 이를 넷으로 나누어 야다강(矢田川) 줄기를 자세히 살피게 했다. 그리고 이들의 보고를 종합해 닭이 홰를 칠 무렵 오바타성으로 돌아왔다.

이에야스는 히로타카의 입을 통해 이케다 쇼뉴와 모리 나가요시가 밤새워 미카와로 치닫고 있다는 것을 들었다.

한숨 쉬며 이에야스는 혼잣말처럼 중얼거렸다.

"이와사키성은 그냥 두고 갈 모양이로군. 호리 히데마사 군은 이케다 군을 바로 뒤쫓고 있나?"

"아닙니다. 조금 뒤처져 있으므로 호리는 어쩌면 우리들의 진출을 눈치챘을지도 모릅니다."

"음, 그러면 미요시 히데쓰구는?"

"강건너 이노코이시의 시라야마 숲까지 와서 야영하고 있습니다."

"그래, 그럼 됐다!"

이에야스는 극도로 긴장해 대령하고 있는 직속무사들을 돌아보았다.

“그럼, 나가 볼까.”

말하며 그제야 웃었다. 가장 후방인 히데쓰구 군의 위치만 확인하면 곧 행동에 옮기기로 되어 있었다.

선봉 장수는 오스카 야스타카, 이어 사카키바라 고헤이타, 오카베 나가모리(岡部長盛), 미즈노 다다시게 부자의 차례로 역시 니와 우지쓰구가 길잡이였다. 목표인 이노코이시는 오바타 남쪽으로 1500미터쯤. 은밀히 진출하여 날이 새기를 기다려 시라야마 숲의 히데쓰구 군을 단숨에 짓밟아버릴 셈이었다.

히데쓰구의 군사 8000명이 어떤 자세로 이 공격을 맞을 것인가. 호리 히데마사며 이케다 쇼뉴가 이 기습을 알고 어떤 반격으로 나올 것인가. 이에 대해서는 모두 한결같이 임기응변과 장기인 야전으로 저마다 격파전을 벌일 수밖에 없다.

성을 나서자, 이에야스는 노부카쓰와 함께 오모리, 시루시바를 지나 야다강을 건너 곧장 이노코이시의 시라야마 숲으로 향하는 여러 선발부대와 갈라져 혼치마을(本地村) 남쪽의 곤도지산(權道寺山)으로 올라갔다. 거기에 본진을 두고 우선 밤이 새기를 기다리려는 것이었다. 날이 밝으면 호리 히데마사 군의 위치가 확실해진다. 이를 확인한 뒤 곧 다음 행동으로 들어갈 참이었다.

곤도지산에 거의 올랐을 무렵 벌써 먼동이 트고 있었다.

이케다가 이와사키성을 칠까? 아니면 버리고 진격할까 생각하고 있을 무렵이었다.

“날이 새면 무엇보다도 먼저 호리 군의 위치를 확인해 따로 공격해야 한다. 나이토 시로자(內藤四郎左)와 다카키 몬도(高木主水)는 그 준비를 하도록.”

이에야스가 명령하고 있을 때 어디선가 함성이 와 하고 일었다.

“시라야마 숲인가, 아니면 한길 쪽인가?”

‘한길 쪽이면 이케다가 이와사키성을 공격하는 것일 텐데…….’

이에야스는 눈도 깜박이지 않고 귀기울였다.

이케다 군이 이와사키성을 공격하고 있었다.

19살 난 미요시 히데쓰구는 시라야마 숲 천막 속에서 꾸벅꾸벅 졸고 있었다. 전투 경험은 그리 없었다. 그러나 숙부 히데요시며 아버지 무사시(武藏)에게서 무장의 길에 대해 늘 무서우리만큼 들었다. 그런 만큼 히데쓰구도 여기서 이케다 형제며 모리 나가요시와 더불어 무용을 겨루어 볼 작정이었는데, 주위에서 오히려 그를 지나치게 감싸주는 경향이 있었다. 게다가 총대장으로서 가장 후방에 위치하고 있다는 것이 그로서는 불만이었다. 적은 언제나 앞쪽에만 있는 줄 아는 탓이리라.

"이런 데서 잔뜩 긴장해 있을 필요는 없다. 잠시 쉬었다가 내일 아침이나 든든히 먹고 나서 싸우는 거다."

히데쓰구는 상황에 충분히 대처하느라고 측근인 기노시타 도시나오(木下利直)며 도시마사(利匡)와 함께 상의한 뒤 거기에 군사를 멈춘 것이었다. 도시나오와 도시마사, 그리고 시동 우두머리 다나카 요시마사(田中吉政) 등은 히데쓰구를 지나치게 아껴서 저희들이 앞질러 진중을 순회하고 이것저것 준비를 갖추게 했다.

"촌각을 다투는 진군이다. 언제 명령이 떨어질지 모르니 빨리 아침식사를 끝내둬라."

이 말이 떨어지자 병사들은 저마다 숲속에서 식사 준비에 들어갔다.

물론 히데쓰구도 잠을 잘 생각은 없었다. 병사를 쉬게 하고 내일에 대비하는 명장이 된 셈으로 있으려 했다. 그런데 어느덧 그만 꾸벅꾸벅 꿈길로 달려가고 있을 무렵 때아닌 기습의 함성을 들은 것이다.

"요시마사! 저 고함 소리는……?"

튀다시피 벌떡 일어난 히데쓰구는 창을 집어 들고 천막 밖으로 나갔다.

아직 날이 다 밝지 않았으나 여기저기 모닥불이 깔려 있고 넋 잃은 병사들의 모습이 보였다.

"무언가! 실랑이가 일어났나? 군기를 혼란케 하는 자는 용서 않겠다."

바로 그때였다. 기노시타 도시마사가 구르듯 그의 발치로 뛰어들었다.

"히데쓰구 님, 적입니다!"

"무……무……무엇이라고?"

"도쿠가와 군의 새벽 습격입니다. 자, 평소의 단련을 살리는 것은 바로 이 순간, 마음을 침착하게 가지시고……."

그렇게 말하는 도시마사 쪽이 오히려 히데쓰구의 눈에 우습게 보일 만큼 당황하고 있다.

히데쓰구는 꾸짖었다.

"덤비지 마라! 늘 말해 두었지만 한 놈도 빠짐없이 마구 찔러라. 숙부님 이름을 더럽히지 마라!"

말로 하면 간단했다. 히데쓰구는 후닥닥 창을 집어 들고 방향 따윈 아랑곳없이 뛰어나가려 한다. 흰 실로 미늘을 얽어 짠 갑옷에 역시 같은 흰색의 소매 없는 겉옷 차림이었고, 말도 타지 않았다. 도시마사가 달려들 듯 끌어안았다.

"안 됩니다, 히데쓰구 님은 대장입니다."

"오, 대장이니까 맨 앞에 뛰어나가는 거다."

"안 됩니다. 그냥 나가시면 바로 총 앞에……."

이때 타다당……하고 2, 30자루의 총소리가 왼편에서 크게 울렸다.

"아……!"

두려움을 모르는 것도 싸움터에 익숙지 못한 젊음 때문. 그는 이 총소리에 억지로 땅바닥에 쓰러뜨려지자 처음으로 온몸에 오한이 스쳤다. 본능적으로 생명의 위험을 느꼈던 것이다.

한번 공포를 느끼자 안타깝게도 온몸이 떨린다. '와, 와' 하고 함성이 귓가에 울려왔으나 그것이 어느 방향에서 오는지 어느 쪽으로 움직이는지 도무지 분간할 수 없었다.

이쯤 되니 분발한 구령마저 나오지 않았으며, 숙부의 사나운 시동 가토 기요마사가 싸움이 시작될 때는 상대 얼굴도 보이지 않고 사람 수도 알 수 없으니 다만 덮어놓고 상대에게 부딪쳐 나갈 뿐이라고 말한 게 생각났다. 그러나 무턱대고 부딪쳐 갈 그 상대가 대체 어디에 있는지조차 알 수 없었다.

"나간다!"

히데쓰구를 호위하고 있던 대열에서 하나가 토끼처럼 앞쪽을 향해 뛰어 나갔다.

'적은 가깝다!'

그때야 비로소 가까워진 적을 본능적으로 느끼고 다짜고짜 칼을 뽑아들었다.

"칼을…… 칼을 꽂으시오. 지금 곧 말을……."

눈앞에 막아서서 팔 덮개를 탁 친 사람은 다나카 요시마사였다.

"대장과 졸병은 다릅니다. 칼을 꽂으시고 빨리 말에!"

그때야 히데쓰구는 겨우 주위가 보이기 시작했다. 훤하게 날이 밝았는데 그때까지 그의 눈은 제 기능을 잃고 눈앞에 비치는 것조차 알아보지 못했던 것이다.

"미요시 히데쓰구의 수하, 시라이 빙고(白井備後)!"

앞쪽의 여남은 칸 떨어진 나무 사이에서 이름을 외치는 히데쓰구의 직속무사에게 적군이 하나 덮치듯 달려오는 게 눈에 보였다.

'아, 금방 튀어나간 건 빙고였구나……!'

그 생각을 한 순간 적은 머리 위로 창을 쳐들 듯한 자세로 무섭게 부르짖으면서 빙고에게 와락 부딪쳐 갔다.

"미즈노 다다시게의 가신, 요네자와 우메보시노스케(米澤梅干之助)!"

"윽!"

그 순간 단말마의 신음소리를 지르며 한 사람이 말 위에서 굴러떨어졌다. 말은 미친 듯 오른쪽으로 화살처럼 달려가 버렸다.

"히데쓰구 님! 자, 말을 타십시오!"

다시 급히 다그치자 히데쓰구는 요시마사로부터 말고삐를 받아 쥐고 정신없이 말 위로 뛰어올랐다. 말 위에 오르니 이상하게도 공포심이 사라졌다.

"요시마사!"

"옛!"

"적은…… 적은 누구냐!"

"도쿠가와 직속부대입니다."

"고전일 것 같다. 빨리! 빨리 호리 히데마사와 이케다 쇼뉴에게 급한 상황을 알려라."

"예, 알겠습니다. 우선 급하신 대로……."

그 장소를 피하라고 했을 것이나 그 말에 겹쳐 또 한 가닥의 고함소리가 히데쓰구의 고막을 후려쳤다.

"히데쓰구 님을 지켜라. 후퇴! 빨리 후퇴다!"

그것이 기노시타 도시나오의 목소리임을 알았을 때, 벌써 한 사람이 재빨리 히데쓰구의 말을 몰고 숲속을 달리기 시작했다.

"도망가지 않는다. 말을 세워라. 되돌아와라! 이 비겁한 놈아!"

히데쓰구는 말안장을 마구 흔들어대며 외쳤으나 자기가 지금 무슨 말을 하며 무엇을 하려 하고 있는지 전혀 알지 못했다. '타당 타다당' 하고 이번에는 발밑에서 총성이 울렸다.

한 번 불꽃이 튕기기 시작하면 어느 부대가 어디서 어떤 전투를 하고 있는지 아군끼리라도 전황을 알 수 없다. 시라야마 숲을 공격중인 미즈노 다다시게 부대는 눈에 핏발을 세워 진군하면서 지금 다다시게가 아들 가쓰나리를 무섭게 꾸짖어대고 있었다.

"가쓰나리, 그 꼴이 뭐냐! 여긴 이미 미요시 군의 한복판이다."

날이 밝고 보니 아들 가쓰나리는 유서 깊은 비장의 투구를 걸머진 채 나아가고 있다. 아버지 다다시게는, 젊은 가쓰나리가 당황한 끝에 투구 쓰는 것을 잊은 줄 생각했던 것이다.

"그 꼴이라니, 무슨?"

"투구 말이야. 넌 투구를 뭣 때문에 갖고 다니냐? 이럴 때 써야지, 언제 쓰는 건가. 바보 같은 녀석! 쓰지도 않는 투구면 똥통이나 해!"

전시에 쓰는 말이라 절도도 꾸밈도 없었다. 애정이며 증오며 분노마저도 욕설로 바뀐다.

"뭐요, 똥통으로……?"

"그렇다, 싸움터에 나와 투구를 잊고 다니는 바보를 어디다 써먹겠냐?"

가쓰나리는 이를 갈며 다다시게를 돌아보았다.

"아버지!"

"할 말이 있느냐?"

"눈알을 어디다 두고 계십니까? 이 가쓰나리, 어제부터 눈을 앓고 있기에 이 투구를 쓰지 않는 겁니다. 그런 것도 보지 못할 정도면 아버지 눈도 틀렸소. 그럼!"

"기다려! 앞서 가는 건 위법이다. 기다려!"

"싫습니다! 제대로 못 보는 아버지를 믿고 있다간 안 되겠어요. 이 가쓰나리, 투구를 똥통으로 쓸 사나이인지, 어디 첫 목을 잘라와 다시 뵙시다. 실례!"

외치고는 다시 말을 몰아 화살처럼 본진으로 돌진해 나갔다.

한편—

이와사키 북쪽, 가나하기 들판에서 쉬고 있던 호리 히데마사는 이케다 쇼뉴로부터 이와사키성을 공격한다는 통지를 받고 얼마 안 있어 시라야마 숲 방면에서 총성이 들렸으므로 곧바로 사태를 알아차렸다.

"게 누구 없느냐. 곧 척후를!"

싸움에 익숙한 호리 히데마사는 곧 히노키가네(檜根) 방면으로 진을 이동시키면서 전군에게 과감한 지령을 내렸다.

"도쿠가와 군이 추격해 와서 시라야마 숲에 있는 아군을 치는 게 틀림없다. 가나레강(香流川) 앞으로 진지를 이동시켜 거기서 적이 오기를 기다려라. 후퇴는 한 치도 금한다. 그 대신 말 탄 적장을 쓰러뜨린 자는 100석씩 녹봉을 늘려주겠다. 다투어 나가라."

호리 히데마사의 입장은 전술에 익숙지 못한 히데쓰구를 교묘하게 도우며, 때로 곧잘 탈선하는 이케다 쇼뉴의 단점을 보강하는 데 있었다. 그러므로 그는 모든 경우에 대해 신중히 생각을 거듭하고 있었던 것이다.

부대는 가나레강 앞으로 무사히 이동했다.

그때 최선발 척후가 도중에서 만난 히데쓰구의 시동 우두머리 다나카 요시마사와 함께 와서 시라야마 숲의 패전을 알렸다.

"뭣이? 아군에게 불리하단 말이지. 그럼, 그걸 곧 모리 님에게!"

이 급한 상황은 모리 나가요시에게 전해지고 나아가 이케다 쇼뉴에게도 날아가, 나가쿠테 일대는 상쾌한 아침 해가 내리비치는 가운데 순식간에 격렬한 혈투장으로 바뀌었다.

우선 시라야마 숲의 히데쓰구 부대를 휘둘러 혼란 속에 몰아넣은 오스카 군과 사카키바라 군은 미즈노 군에게 뒤를 부탁하고 곧 호리 히데마사 군에게 달려들었다.

오스카 야스타카와 사카키바라 고헤이타는 이케다 쇼뉴와 모리 나가요시처럼 옹서 간이었다. 야스타카의 딸이 고헤이타의 아내이므로 두 집 사이는 매우 친밀했다. 그러므로 장수와 졸개들 사이에 안면이 많았고 첫 싸움에서도 모두들 서로 뒤떨어지지 않는 눈부신 활동을 보였으므로, 이번에도 야스타카가 제1진을 맡아 왼쪽으로 적의 주의를 유도해 놓았을 때 고헤이타가 오른쪽을 찔러 한꺼번에 혼란에 빠뜨리자고 타합되어 있었다. 그러나 막상 적과 접전이 시작되자 두 장수의 사전 타합은 완전히 무시되어 버렸다. '싸움터의 광기'가 두 가문의 안 면있는 장병들을 격심한 경쟁의식 속으로 몰아넣어버린 것이었다.

"오스카 군에게 지지 마라!"

"그래, 친척 군대한테 지다니 무슨 낯으로 주군을 대하겠나!"

"이기기만 하면 돼. 사카키바라의 날랜 걸음을 보여줘라."

사이를 두고 돌격할 예정이던 사카키바라 군과 오스카 군은 가나레강 언저리에 이르러 서로 앞을 다투는 혼성부대가 되고 말았다. 전투에 익숙한 호리 히데마사가 어찌 이 꼴을 그냥 보아 넘기랴.

그는 진두에 서서 쳐들어가려는 부하들을 무섭게 눌러 때를 기다리고 있었다.

"아직 나가지 마라. 끌어들일 수 있을 만큼 끌어라, 알겠나? 그리고 일제히 기마무사를 노려 총을 쏘는 거다. 기마무사의 목 하나에 100석이다. 잊지 마라!"

이렇게 되어 있는 대세를 모르고 성급한 오스카 군과 사카키바라 군은 함성을 지르면서 호리 부대의 사정거리 안으로 들어갔다. 타타탕 하고 호리 부대의 둘째 대열 언저리에서 총성이 일었다. 이미 쌍방의 선두는 14, 5칸 정도로 접근하여 눈을 치뜨고 이를 악물면서 충돌하려고 태세를 갖춘 바로 그 직전이었다.

"앗!"

"오!"

정확히 조준된 총탄에 맞은 최선두의 기마무사가 창끝을 나란히 한 보병들 위로 허공을 뒹굴며 떨어져간다…….

타탕!

타탕!

이것은 서로 공을 다투어 성급히 덤벼든 공격군의 출격을 보기 좋게 꺾었다. 개중에는 혈기 충천하여 발길을 멈추지 않는 자도 더러 있었으나, 한 기마무사가 말에서 떨어질 때마다 그 주위의 가신이며 졸개들이 모두 주인 곁으로 몰려들므로 우르르 돌격해 오는 적군은 일단 막을 수 있었다. 그리고 반대로 충분히 준비하고 있던 호리 군이 창끝을 나란히 공격군 속으로 쳐들어갔다.

여기저기서 심한 격투가 벌어졌다. 노호와 고함소리와 도망하는 자와 쫓는 자와, 치는 자와 맞아 쓰러지는 자…… 이렇듯 겨우 잠깐 동안에 형세는 역전되어 순식간에 언저리 땅바닥은 공간들을 만들어간다.

"멀리까지 추격하지 마라, 돌아오라."

히데마사가 호령할 무렵 이 히노키가네 전투에서 이에야스의 선봉부대는 완전히 패하고 있었다. 시라야마 숲에서는 이기고 여기서는 지고, 이렇듯 양군의 형세는 글자 그대로 함부로 판단할 수 없는 혼란스러운 난전이 되어가고 있었다. 로쿠보산에서 시체 검사를 하고 있는 이케다며 곤도산까지 나아가 있는 이에야스는 아직 이 일을 모르고 있으리라.

일단 곤도산으로 진을 진출시킨 이에야스는 아침 해가 언저리를 환히 비출 무렵 진을 다시 이로가네산(色根山)으로 이동시켰다. 이로가네산은 시라야마 숲 동남쪽, 여기에 포진하면 호리 히데마사와 이케다 쇼뉴의 두 부대를 가로막을 수 있으리라 생각했기 때문이었다. 이 두 부대가 하나로 합류되면 야전의 묘를 발휘할 수 없다. 끝까지 양군을 떼어놓고 저마다 격파시키려는 이에야스였다.

"아뢰오, 시라야마 숲의 아군이 마침내 미요시 군을 무찔렀다고 합니다."

전하러 온 자는 무술보다 셈에 뛰어나 본진의 잡용주관(雜用主管)을 명령받고 있는 혼다 마사노부였다.

이에야스는 웃지도 않고 지그시 맑게 개어가는 하늘을 바라보며 무뚝뚝하게 말했다.

"당연한 일."

여느 때도 그러했지만 싸움터에서는 특히 무뚝뚝한 이에야스였다. 싸움터 심리를 지나치게 잘 알므로 공로를 자랑하지 못하게 하려는 마음 씀이 틀림없으리라.

"사후 정보를 재빨리 수집해라. 호리 군은 아직 무찌르지 못했는가?"

"소식이 들어올 때가 된 것 같습니다만……그럼, 저는 밖에서."

마사노부는 허둥지둥 사라졌다가 얼마 안 있어 되돌아왔다.

"주군! 흉한 소식이……."

"흉한 소식……? 싸움터에서는 이기나 지나 흉보는 있기 마련이다. 누가 전사했다더냐?"

"정찰 나갔던 나이토 마사나리(內藤正成)와 다카기 기요히데(高木淸秀)가 험악한 표정으로 돌아왔습니다."

"들라 해라, 이리로."

"예, 두 분, 주군 앞으로 빨리."

말이 끝나기도 전에 마사나리와 기요히데, 그리고 이번 전투의 감시역을 맡은 졸개대장 와타나베 한조 등 셋이 허둥지둥 들어왔다.

"주군! 아군 선봉대가 히노키가네의 호리 군에게 패전하여 이리로 후퇴 중입니다."

"뭣이, 이리로 패주해 온다고……?"

와타나베 한조가 단숨에 말했다.

"예, 그뿐 아니라 적군은 신나서 거의 과반수가 아군을 추격해 오고 있습니다. 그러므로 지금이 바로 절호의 기회, 경계가 허술한 적의 본진으로 직속무장 전원이 곧바로 달려들면 승리는 반드시 저희 것이라고 생각합니다."

나이토 마사나리가 가로막았다.

"기다려, 한조! 그렇듯 무모한 말은 미카와 한 나라의 주군으로 계실 때라면 몰라도, 오늘의 주군께 권할 것은 못 되오. 주군! 선봉이 패했습니다. 그냥 바로 오카자키성으로 철수하시기 바랍니다."

그러자 이번에는 함께 돌아온 다카키 기요히데가 반대했다.

"주군! 이 기요히데는 나이토 님에게 동의할 수 없습니다. 이제야말로 바로 적에게 달려드는 게 상책이라고 생각합니다."

세 사람이 두 가지로 알리는 보고와 진언에 대해 이에야스는 빙그레 웃기 시작했다. 이기면 침묵, 지면 웃는……이에야스도 물론 마음의 동요가 없지 않았으나, 자기감정을 그대로 부하들에게 눈치채게 하는 일은 없었다.

혼다 마사노부가 얼굴빛이 달라져 두 사람 사이에 끼어들었다.

"아뢰오. 저는 나이토 님에게 동의합니다. 와타나베, 다카키 두 분은 어찌 그렇듯 터무니없는 말씀을 드리는 거요. 졌을 때는 물러나는 게 싸움, 무리하면 크게 다치는 법이오!"

장소가 싸움터이니만치 잔뜩 흥분한 와타나베 한조는 눈을 부라리며 혼다 마사노부에게 대들었다.

"뭣이! 졌을 때는 물러나는 게 싸움의 정법이라고……? 귀하는 대체 언제 전법을 배웠소? 어느 전투에서 어떤 경험을 해보았다는 거요."

다카키가 뒤를 가로맡았다.

"그렇소! 혼다 님, 귀하는 자리에 앉아 수판알을 튕겼을 뿐 싸움터에서 생명을 걸고 싸운 적은 없었을 거요. 싸움이란 생명을 걸고 하는 흥정이오. 다다미에 앉아 하는 수판이나 매사냥과는 다르단 말이오. 쓸데없는 참견은 삼가시오."

"그러면……."

"그러면이고 개뿔이고 필요 없소. 우리는 귀하한테 말하는 게 아니오. 주군!"

이에야스는 여전히 입가에 미소 띤 채 잠자코 있다.
“이대로 있을 게 아니라 급히 달려들어야 합니다. 그렇지 않으면 적은 중도에서 되돌아가 예사 힘으로는 격파할 수 없는 방비를 갖출 겁니다.”
불을 뿜는 듯한 눈초리로 다카키는 이에야스에게 육박해갔다.
“알았다.”
이에야스는 잠시 뒤 비로소 머리를 끄덕였다. 자못 깊이 생각한 결과인 듯 보였으나 사실은 처음부터 그럴 셈이었던 것이다.
“말을 끌어라! 전진이다.”
“옛!”
이로써 모든 것은 결정되었다.
하인 우두머리 히사에몬(久右衛門)이 말고삐를 잡고 말을 세우자, 이에야스는 뚱뚱한 몸으로 천천히 올라타 소리높이 불렀다.
“나오마사!”
붉은 화살막이 무장차림을 늠름하게 갖춘 19살 난 젊은 무사 이이 나오마사는 말 앞에 한쪽 무릎을 꿇으며 튕기듯 분발된 목소리로 외쳤다.
“옛!”
“그럼, 쳐들어간다. 기다렸지, 가라!”
“예!”
다카키와 와타나베는 나이토와 마사노부를 날카롭게 쳐다보고 어깨를 으쓱하며 이에야스 앞에 섰다.
이에야스는 그 길로 이로가네산을 내려가 야사쿠(岩作)로 나가 다시 가나레강을 건너 나가쿠테의 후지가네산(富士根山)을 향해 간다…….
그 무렵—
이케다 쇼뉴는 로쿠보산에서 시체 검사를 끝내고 있었다. 전쟁 도중이므로 목장부(首帳)에 단지 새로 기입만 해도 될 터인데, 일일이 구식을 따르는 검사방법에 술까지 먹으면서 했으니 모르는 이들 눈에는 승전한 이케다가 득의만면해서 자랑스럽게 뽐내는 것으로 보였음에 틀림없다.
그러나 이케다는 적의 목을 살피면서 몇 번이나 오른편 뒤꿈치를 디뎌 보았는지 모른다. 탈것 준비는 없다. 그렇다면 되도록 부상을 감추고 진두에서 말을 몰아가고 싶었다.

'말은 총 맞아 죽고 발을 삐다니…….'

그러나 싸움에는 이기고 있다. 이것을 불운의 씨로 생각했다간 가시마(鹿島) 신궁의 신에 대해 죄송한 일이다. 이렇게 생각했을 때였다.

"아뢰오!"

한 근위무사가 구르듯 천막 입구에 무릎 꿇었다.

이케다는 놀라며 윗몸을 움직였다.

"뭐냐? 덤비긴…… 곧 끝난다."

그러나 근위무사는 이케다의 발언을 무시하고 말을 계속했다.

"시라야마 숲에 있던 미요시 군이 적의 추격으로 궤멸했다고 합니다."

"뭣이?"

이케다도 놀랐지만 곁에 있던 이기 다다쓰구도, 가타기리 한에몬도 한꺼번에 얼어붙은 듯 긴장했다.

"총대장 히데쓰구 님의 시동 우두머리 다나카 요시마사 님이 몸에 상처입고 왔습니다."

"들라 해라!"

쏘아붙이듯 말하고 이케다는 입술을 깨물었다. 발이 아픈 게 문제가 아니었다. 마음속속들이 도려내는 듯한 충격이었다.

'히데요시에게 미안하다! 히데쓰구를 당하게 해서는…….'

그때 다나카 요시마사가 유령 같은 표정으로 이케다의 근위무사들에게 부축받으며 들어왔다.

"요시마사!"

"예……옛……."

"상처는 가볍다. 못난 것, 눈을 떠라!"

"옛."

"히데쓰구 님은, 히데쓰구 님은…… 어떻게 됐나? 생사는……생사는……."

다급한 물음을 받고 요시마사는 물끄러미 허공으로 시선을 돌렸다.

"빨리 구원을……."

"생사는!"

"여전하니…… 조금이라도 빨리……."

"이에야스 자신이냐, 적은……?"

거기까지 묻고 이케다는 혀를 찼다. 요시마사가 굉장히 지쳐 있는 것을 알고 다그쳐묻는 스스로에게 오히려 화가 났던 것이다.

"요시마사를 치료해 줘라. 그리고……."

이케다는 당황해 시선을 이리저리 보내다가 둘째 아들 데루마사에게 눈길을 멈추었다.

"데루마사, 모토스케에게 말하고 왓!"

"옛, 형님께……."

"큰일 났다! 히데요시 님에게 의리가 서지 않는다. 아니, 의리가 아니라 무사의 체통이 서지 않는다."

"아버지!"

"만일 히데쓰구 님에게…… 아니, 기노시타 도시나오, 도시마사가 붙어 있으니 그럴 리 없겠지만, 만일의 경우…… 너희들도 살아서는 돌아오지 말라고…… 일러라!"

데루마사는 순간 아버지의 당황한 모습을 잠시 딱한 듯 바라보다가 다시 표정을 고쳐 대답했다.

"예, 알겠습니다."

그리고 재빨리 나갔다. 이를 기다렸다는 듯 모두들 일어섰다.

"말을 끌어내라! 목표는 시라야마 숲이다."

"예."

"뭘 꾸물대고 있나, 서둘러랏!"

해는 벌써 중천에 높았고 이따금 구름이 이를 가렸다. 마음에 혼란이 없다면 푸른 새잎들이 하늘거리는 상쾌한 바람의 속삭임에 졸음이라도 올 것 같은 고요한 늦은 봄 한나절 가까운 때…….

이케다는 발의 아픔도 잊었다.

'히데요시에게 미안하다!'

이 생각으로 줄곧 가슴속이 들끓어 로쿠보산을 쫓기듯 뛰어 내려갔다. 타타타탕 하고 다시 새로운 총성이 나가쿠테의 산과 들을 뒤흔들었다.

이케다가 로쿠보산을 허둥지둥 달려 내려가 나가쿠테로 나간 무렵, 싸움터는 이미 아군과 적군의 구별도 할 수 없을 만큼 걷잡을 수 없는 혼란의 도가니 속이었다. 그것이 백전연마로 몸에 밴 용맹을 그에게서 더욱 앗아갔는데, 도중에 만난 패잔병들은 모두 그 소속이 달랐다…….

맨 먼저 만난 졸개 하나에게 물었다.

"누구 부하냐!"

"미요시 군입니다."

그 사나이는 외치자마자 날듯이 길가 숲으로 줄행랑쳤다.

다음에 만난 젊은 잡병에게는 말 위에서 질타했다.

"왜 싸움터를 버리고 물러서나. 돌아가! 비겁한 놈!"

그러자 그 잡병은 증오에 가득한 시선을 던지면서 소리 질렀다.

"우리는 호리 군이오. 도망하는 게 아니오, 진격이오."

그러고는 역시 번개처럼 빠르게 미카와 방면으로 달아났다. 이것도 물론 아군이 지리라 보고 전장 이탈을 꾀하고 있는 반 미친 상태의 고함소리였다.

세 번째 만난 꽤 나이 들어 보이는 잡병은 온몸에 상처 입어 창에 몸을 의지하고 있었다.

"누구 부하냐!"

이케다가 묻자 그는 휘청거리며 창을 겨누었다. 벌써 시력마저 잃은 듯했다.

"적인가, 그대는……?"

잡병은 그 대답은 하지 않고 입을 열었다.

"오쿠보 시치로에몬의 가신 이소베……."

그러나 이름도 다 대지 못하고 그냥 땅바닥에 풀썩 나자빠졌다.

오쿠보 시치로에몬이라면 이에야스의 막하인 다다요가 틀림없다. 그 가신이 여기까지 왔다면 사위 모리 나가요시는 어떻게 되었을까?

'히데요시에게 미안하다.'

이케다가 이와사키성 따위에 구애받지 않고 곧장 미카와로 향했더라면 아군은 아무도 이 언저리에 없었을 터인데…….

이 언저리 지형은 도쿠가와 군의 장기인 야전에 가장 알맞은 곳 같았으며, 호리 군까지 패잔병을 내고 있는 것을 보니 미요시 히데쓰구뿐 아니라 호리 히데마사며 모리 나가요시도 분명 고전하고 있으리라.

총성이 앞뒤에서 줄곧 들려오기 시작했다. 이케다 자신이 싸움터 한복판에 들어선 증거였다. 총알이 귓전을 스쳐 왼편 소나무에 박혔다. 하늘은 맑았다. 그리고 그 하늘 여기저기에서 '와, 와' 하고 함성이 쏟아지듯 들리는 것은 이케다 자신의 당황을 말하는 거라고 스스로 분명히 알게 되어 더욱 초조해졌다.

그럴 수밖에. 그 무렵 이미 전황은 처음의 일승일패 균형을 완전히 상실해 버리고 있었다. 게다가 히데쓰구를 쳐부순 여세를 몰아 호리 군에게 달려든 오스카, 사카키바라 두 부대가 히노키가네에서 패하여 혼란에 빠져 있는데 이에야스의 명령으로 출격해 온 19살 난 이이 나오마사가 강병 3000명을 이끌고 600자루의 총 끝을 나란히 하여 호리 군에게 맞붙어온 것이다. 호리 군은 허둥대기 시작하고, 반대로 사카키바라와 오스카 군이 퇴세를 만회하여 미카와의 명예를 걸고 아귀처럼 덤비기 시작했다.

뭐니 해도 이 싸움터에서의 큰 짐은 미요시 히데쓰구였다. 그는 전투에 익숙지 못할 뿐 아니라, 아들 없는 히데요시가 극진히 사랑하는 친조카이므로 모든 사람들의 뇌리에 말할 수 없는 무거운 부담이 되고 있었다.

히데요시에게 만약 실수가 있었다면 바로 이 점이었다. 이케다는 처음부터 그에 대해 지나치게 신경 썼고, 호리 히데마사 또한 시라야마 숲에 대해 지나치게 걱정해 오히려 활발한 활동을 제약받고 있었다. 그가 만약 재빨리 히데쓰구를 버리고 나가요시와 함께 이케다 군에 합세했다면 도쿠가와 군에 충분히 대항할 수 있었을 것이다.

그러나 호리 군이 실제로 모리 군과 합류한 것은 호리 군이 적의 맹공격을 견디다 못해 지리멸렬되다시피 쫓겨 가던 때였다. 도도히 흐르는 물의 힘은 막아내기 어려운 것. 모리 군이 그 때문에 오히려 전투력을 반 이상이나 상실하는 결과가 된 것은 뻔한 일이었다.

이렇듯 모든 전황은 이에야스가 생각한 대로 펼쳐져 갔다. 이이 나오마사는 최선봉에서 호리 군을 쫓으면서 모리 나가요시에게 달려들었고, 사카키바라 고헤이타와 오스카 야스타카가 그 뒤를 따랐다.

모리는 이를 갈면서 이를 맞아 싸웠다.

바로 그때, 로쿠보산을 내려오는 이케다 군과 모리 군의 중간을 뚫고, 이에야스가 직접 휘하 직속군사를 몰고 마지막 일전을 위해 후지가네산을 재빨리 내려왔다. 이케다의 귓전에 울린 총성과 함성이 사방팔방에서 울려온 것은 바로 이 때문이었다.

다시금 패주병 네 사람이 그의 말 앞에 기진맥진하여 쓰러졌을 때 그의 곁에는 이미 장남 모토스케도, 둘째 아들 데루마사의 모습도 없었다. 온 신경을 불길처럼 곤두세운 육박전이 그들의 피부에까지 벌써 닥쳐와 있는 증거였다.

여기서도 그는 자신을 꾸짖듯 물었다.

"누구 부하냐? 정신 차려!"

네 사람은 주종관계인 것 같았다. 그리 신분 있는 자는 아니다. 그러나 주인인 듯한 22, 3살 난 젊은이는 창에 찔렸는지 오른편 옆구리를 꽉 누른 채 허공을 노려보았다.

"모리 군입니다……."

"모리 군도 허물어지고 있나? 상처는 대단치 않다. 머리 숙이지 마랏!"

그러나 젊은이는 그대로 머리를 꺾듯이 푹 숙였고, 부축하고 있던 50살이 가까워 보이는 하인은 당황하여 젊은이의 몸을 흔들면서 대답했다.

"모리 님은 전사하셨습니다."

"뭣이! 나가요시가 전사했다고……?"

"예, 적군을 막으려고 말 위에서 지휘하시다가 총에 미간을 맞고 그대로 말에서 떨어져……."

"말없이 주…… 주……죽었단 말이지."

"그 목을 오쿠보 다다요의 부하 혼다 하치조(本田八藏)라는 놈이 분명 베어갔습니다."

이케다는 순간 눈앞이 캄캄해졌다. 온몸으로 패전을 깨닫게 됨과 동시에 찡! 하고 발의 상처가 아팠다.

그때 바로 눈앞에서 '와앗' 하고 그가 서 있는 언덕이 울렸다. 모리 군의 완전한 붕괴로 이에야스 직속부대의 압력이 한꺼번에 이케다 군에게 닥쳐온 것이다.

'드디어 왔구나!'

싸움에 익숙한 이케다는 순간 그것을 깨달았다. 눈앞에서 숨을 거둔 무사를 하인들이 허둥지둥 뒤쪽 숲속으로 나르는 동안, 이케다는 자기를 남겨두고 적을 향해 달음질치는 휘하 군병들의 발걸음을 지켜보고 있었다. 모두 한결같이 상반신만이 쓰러질 듯 붕붕 떠서 앞으로 나아간다. 초조한 병사들의 이런 당황한 모습은 체력을 한 시간도 버티어주지 못한다.

그럴 수밖에 없다고 그는 생각한다. 이케다쯤 되는 사람도 놀라서 어쩔 줄 모르는 판국이다. 처음 전투에 이겼다고 우쭐대던 군병들이 이런 꼴로 허우적거리는 것도 무리가 아니었다. 이러한 자세로 행진하는 군병은, 적병이 뜻밖에 연약해 부딪치자마자 쩔쩔매며 등이라도 돌려준다면 사기가 되살아나지만 그렇지 않으면 기진맥진하여 주저앉든가 자포자기되어 전멸하는 게 고작이다. 아마 지금쯤이 동요된 병졸들 선두에서 성미가 깐깐해 지기 싫어하는 모토스케는 미친 듯 창을 휘두르고 있을 것이고, 어린 데루마사는 그 이상으로 흥분해 있을 것이다.

그렇게 생각했을 때 다시금 오른편 앞쪽에서 '와' 하고 군병들이 부딪는 함성이 인다.

타타탕!

이번에는 가까운 곳에서 총성이 울렸다

"위험합니다!"

말고삐를 잡고 있던 졸개가 이케다의 말을 길가에서 풀숲으로 후닥닥 끌어넣었다. 적의 선봉이 저만큼 눈앞 언덕 아래에서 모습을 드러냈기 때문이다.

"미친 녀석!"

이케다는 꾸짖었다. 꾸짖어대고 고삐를 잡자 그는 적의 정면으로 말을 돌리지 않고 그냥 풀숲을 헤치며 곧장 숲속으로 나아갔다.

그 말을 둘러싸듯 30여 명의 젊은 무사들이 길을 비켰다.

"주군을, 주군을 부탁한다!"

이렇게 말한 것은 이와사키성 공격을 진언했던 가타기리 한에몬인 듯, 그도 그냥 앞으로 쓰러질 듯한 자세로 적을 향해 나아갔다.

숲속은 눈부신 햇빛과 파릇한 신록의 그림자가 교차되고 있었다.

이케다는 무슨 생각을 했는지 선뜻 말을 세우고 얼굴을 찌푸리며 그 자리에 내려섰다. 졸개가 황급히 걸상을 가져왔으나 그는 이미 풀 위에 털썩 주저앉고 있었다.

"미안하오! 히데요시 님…… 히데쓰구 님을 죽여버렸소……."

모두들 눈짓으로 이케다의 주변을 떠나 경비에 임하려고 흩어졌다. 사위 모리 나가요시의 전사 보고를 듣고 낙심한 것으로 근위무사들은 생각했다.

"그 대신 내 자식도 사위도, 그리고 나도 뒤따르리다…… 용서하오."

싸우려고 해도 발의 통증이 너무나 심해 말조차 타기 어려웠다. 물론 도보로 싸운다는 것은 있을 수 없는 일. 그렇다면 그의 최후는 저절로 결정되리라…….

"야, 적이 다가온다!"

"놈들, 덤벼라!"

이번에는 바로 곁에서 소리가 나더니 한 무사가 토끼처럼 재빨리 경호망을 뚫고 이케다에게로 달려왔다.

"이케다 쇼뉴 님인 줄 아오. 덤비시오!"

이케다의 시선이 상대에게 흘끗 옮겨졌을 때, 그 무사는 구부정하게 미끄럼 타는 듯한 자세로 눈앞까지 나와 있었다.

'좋은 자세로군! 이기는 자세다!'

생각하면서 이케다는 목소리만은 엄청난 크기로 질타했다.

"누구냐, 이름을 대라!"

"이에야스의 직속무장, 나가이 나오카쓰!"

"음, 장한 젊은이로군. 덤벼라……!"

퉁기듯 대답했으나 몸도 일으키지 않고 칼도 뽑지 않았다.

아마 그 모습은 상대의 눈에 꿈쩍도 하지 않는 큰 바위처럼 보였을 것이다. 창을 들이댄 채 옆으로 돌면서 이마의 땀을 후려치듯 팔 가리개로 털었다.

뒤쫓아 온 이케다의 가신 하나가 곁에서 몸을 날려 달려들었다.

"이놈! 주군을 네가 어떻게 하려구!"

상대는 몸을 납작하게 엎드려 피하며 들고 있던 창을 다가오는 또 한 무사의 목을 향해 내질렀다.

"윽!"

그 무사는 꽂혀서 곤두선 창을 잡아 몸을 뒤로 젖히면서 나동그라지고, 앞서 달려들었던 가신이 또다시 나가이에게 쳐들어갔다. 나가이는 다시금 번개 같은 속도로 칼을 뽑으면서 몸을 날려 피했다. 소리가 살짝 났으나 칼날은 맞부딪치지 않았다. 그러나 다음 순간 두 사람이 맞붙었을 때 나가이의 왼손 검지에서 피가

뚝뚝 떨어지고 있었다. 아니다, 그 손가락은 벌써 날아가고 없는지 모른다. 칼이 맞닿지 않았던 것은 훌륭한 솜씨라고 이케다는 생각했다.

'이 녀석, 사람을 베려고 아직 칼날을 아끼고 있구나……'

나가이가 펄쩍 뛰어들며 비스듬히 이케다의 가신을 후려쳤다.

"야앗!"

"흐윽!"

단말마의 신음소리가 나직한 여운을 남기자 다음 순간 흰 칼날은 곧장 이케다를 향해 오고 있었다. 그토록 사나운 행동이 지난 순간에도 상대의 숨결은 어지럽지 않다. 구슬 같은 땀방울이 솟아나는데도 그 눈과 입술은 정면을 똑바로 보며 추호도 흔들리지 않았다.

"허……!"

이케다는 칼을 뽑았다. 사사노유키(篠雪)라고 이름 지은, 그가 자랑으로 여기는 애도였다.

"나가이 나오카쓰라고 했겠다?"

"그렇소!"

"쇼뉴에게 좋은 눈요기를 시켜주었다. 그냥 자결한다면 인정에 어긋날 터, 그대의 그 의기를 봐서 칼을 뽑았다."

"상대하겠소! 실례!"

"기다려!"

"무, 무, 무엇이라고, 겁이 났소?"

"바보 녀석, 보아하니 그대는 칼을 소중히 하는 사나이. 이 쇼뉴의 목을 베고 나거든, 이 사사노유키를 가져가 쓰도록 해라."

"이거 참, 감사한 말씀……"

"그리고 틈이 있어 만일 연줄이 닿거든 이 쇼뉴, 히데요시 님에게 죄송하다는 말을 남기고 죽었다고 알려라. 그뿐이다. 덤벼라!"

"실례!"

그림같이 아름다운 광선과 연둣빛 신록 반점들 속에서 이번에도 하얀 칼날이 소리 없이 맹렬하게 허공에서 좌우로 흘렀다.

이케다는 결코 대결을 소홀히 하지는 않았다. 옛날부터 긍지를 갖고 살아온 무장이 온 힘을 다하지 않고 죽는다는 건 생각조차 못할 일이었다. 그래서는 상대에게도 미안한 일이라고 생각했다.

"사정은 두지 않는다."

"오!"

두 사람의 칼날은 태양과 푸른 그림자 무늬 속에서 다시 엉켜 붙었다. 아무도 이 격투에 개입하는 자가 없는 게 이상스러웠다. 아니, 그처럼 이미 난전이 되어버려 나아가고 물러서는 등 언저리를 왔다 갔다 하면서도 누구나 자기 눈앞밖에 보이지 않게 되었다고도 할 수 있다.

나가이가 틈을 발견하고 온몸으로 이케다에게 부딪쳐 왔다.

"얏!"

그 찰나, 이케다는 다시 온몸이 쪼개지는 듯한 골절의 아픔을 느끼고 쓰러지면서 상대를 칭찬했다.

"장하다!"

그것이 마지막이었다. 나가이는 나는 새처럼 달려들어 그 윗몸을 타고 앉아 목을 잘랐다. 그러나 그는 목을 손에 움켜쥐고 일어나자 한순간 넋 잃은 사람처럼 그 자리에 우뚝 섰다. 짓밟힌 풀 위에 사방으로 흩어진 피, 그 피를 바라보는 눈에 햇볕이 눈부시다. 귀는 웽웽거리고 온몸은 거의 마비되어 감각을 잃은 듯했다.

"이겼다!"

자기만이 아니다. 아군은 어디서든…….

'나는 적으로부터 칭찬받았다…… 훌륭한 일을 했다…….'

이번에는 허둥지둥 이케다의 손에서 명검 '사사노유키'를 뺏은 다음 칼집을 뽑아 칼을 꽂았다. 불현듯 목 없는 시체가 웃는 것 같았다. 아니, 웃는 게 아니라 울었던 것이다…….

'보았는가, 나가이? 이것이 무장의 마지막 모습이다…….'

나가이 나오카쓰는 세차게 고개를 흔들고 미친 듯 노획물을 높이 쳐들었다.

"미카와 오하마의 나가이 나오카쓰, 적의 대장 이케다 쇼뉴의 목을 쳤노라!"

가까이에서 답하는 자는 없고, 흩어진 시체들이 일제히 박수치는 것 같았다.

'됐어! 이긴 거다! 공을 세운 거야!'

나가이는 뒤에서 다가오는 이에야스의 기치를 향해 힘껏 달리기 시작했다.

주변은 갑자기 고요해지고 어디선지 모르게 벌써 파리들이 날아와 무참히 쓰러져 늘어진 채 햇빛을 받고 있는 이케다의 잘려나간 목 언저리에 앉았다.

"와!"

다시금 오른편 풀숲을 밟아 헤치며 이케다 군이 달아났다.

이 무렵에는 이미 모토스케도 전사하고 없었다. 다만 아버지와 형의 죽음을 모르는 둘째 아들 데루마사만이 퇴세를 만회하려고 미친 듯 몸부림치고 있었으나 승패는 이미 결정적이었다.

고동이 울리기 시작했다.

이에야스 군이 승리를 확인하고 병력을 다시 통합하기 시작하는지도 모른다.

시체에 몰려드는 파리는 밝은 햇볕 아래 점점 수가 늘어났다.

노루와 호리병박

히데요시가 이에야스의 이케다 군 추격을 안 것은 같은 9일 아침 9시쯤이었다.

그때까지 히데요시는 가쿠덴에 머물며 고마키 언저리의 도쿠가와 군과 줄곧 소규모 접전을 시도하고 있었다. 물론 양동작전으로서, 아군의 미카와 침입을 이에야스가 모르게 하려는 데 목적이 있었다.

"이에야스가 오늘 낮까지 모르고 있으면 재미있어지겠는데……."

일어나자마자 히데요시는 보기 드물게 운동한다면서 말을 끌게 하여 진지 주변을 두어 바퀴 돌고 돌아왔다.

그의 짐작으로는, 아군의 침입을 이에야스가 오늘까지 모르고 있지는 않을 것이다. 알면 이에야스는 반드시 움직인다. 움직일 때는 내 솜씨를 보여줄 때라고 생각하고 있었다. 이에야스는 본국의 위기를 전해 듣고 정신이 나가리라. 그 추격전을 강행하는 것이다.

'이것은 시즈가타케의 재판이 되리라.'

이에야스가 아무리 야전에 뛰어나다 해도 멈춰 서서 싸울 기회를 찾아내지 못한다면, 사쿠마 모리마사의 경우와 똑같은 곤경에 내몰려 수습할 수 없이 무너져갈 것이다.

'결전은 오늘이다!'

진막으로 돌아와 식사하면서 히데요시는 곁에 앉은 이시다 미쓰나리를 보고 혼잣말처럼 말했다.

"오늘 낮에는 이케다도 미카와에 들어가 있겠지."
"물론 들어가겠지만, 이에야스가 아직 모르고 있을까요?"
"알면서 가만있을 성싶으냐? 오사카성이 공격받는 줄 알면 나인들 이렇게 앉아 국물을 훌쩍일 수 있겠느냐."
그는 웃으면서 상을 물린 다음 유코를 불러 이곳저곳에 편지 쓰게 했다.
바로 그때 니주보리의 히네노로부터 이에야스가 벌써 고마키산을 내려가고 없다는 기별을 받았다.
"뭐, 이에야스가 없다고?"
말하며 히데요시는 벌써 자리를 박차듯 일어나 있었다. 편지를 받아 적던 유코가 말했다.
"그럼, 이 편지는 일단 중지할까요……?"
거기까지 말했을 때, 히데요시의 모습은 벌써 막사 안에 없었다.
오늘은 처음부터 히데요시도 출진할 생각으로 있었다. 아마 편지 구술이 끝난 뒤 류센사(龍泉寺)를 향해 출발할 셈이었음이 틀림없다.
히데요시 자신이 출발한 뒤의 배치는 이미 정해져 있었다. 약 6만 병력을 여전히 엄중하게 고마키산 주위에 남겨놓고, 히데요시는 호리오 요시하루(堀尾吉晴), 히토쓰야나기 스에야스, 기무라 하야토(木村隼人) 등과 함께 늘 자랑으로 여기는 직속무장들을 이끌고 또 한 번 시즈가타케 일곱 창의 공명을 꿈꾸고 있었는지도 모른다.
그 계획에 얼마쯤 차질이 생겼다.
'싸움터에서는 조그만 차질이 승패를 결정하는 큰일이 된다…….'
히데요시는 진막을 나오자 그냥 말에 올라타며 한마디 외쳤다.
"간다!"
자랑하던 마표도, 창도, 깃발도 모두 히데요시의 모습이 질풍을 일으키며 달려 나간 뒤에야 움직이기 시작했다. 덴가쿠 골짜기로 출진하던 노부나가의 모습이 그러했듯, 처음에는 단지 히데요시 혼자뿐…….
당나라식 마린초로 뒤태를 장식한 투구에 화사한 붉은 비단 전투복 차림으로 뒤돌아보지도 않고 류센사를 향해 달려간다. 이런 때의 히데요시는 전혀 아무것도 생각지 않는 젊은이같이 보였다.

가쿠덴에 이르기까지 히데요시는 아직 나가쿠테에서 아군이 패전한 것을 모르고 있었다. 이에야스의 출발이 예상 외로 빨랐던 것을 알고 이 싸움의 앞길에 위구심을 느끼기 시작했으나 설마 지리라고는 생각지 않았던 것이다. 본디 그의 사전에 패전이라는 글자는 없다.

류센사에서 명령이 떨어지기만 기다리고 있던 호리오의 진막에 가까이 가자 소리쳤다.

"시게스케! 스에야스! 오늘 싸움은 우리에게 이롭지 못할지도 모른다. 서두르자!"

개구쟁이 악동처럼 고함지르며 말에서 내려서자, 비로소 아군의 패전을 들었다.

"그러면 이케다는 이와사키성을 치고 있었단 말인가?"

"예, 친 뒤에 시체 점검을 하고 있었습니다."

"허, 이런!"

히데요시는 폐부에서 쥐어짜는 듯한 묘한 소리를 섞어 한숨지었다. 온갖 철저한 계산으로 단번에 이에야스 군을 혼란케 하려던 책략이, 오히려 아군 구원이라는 전혀 다른 의미를 가진 출병으로 바뀌고 말았다.

"그 좋은 인재가!"

히데요시는 내뱉듯 말하고 무릎을 쳤다.

"그토록 말해 두었는데, 이와사키성 따위를……!"

이케다가 행진대열을 계속 뻗어 나갔더라면 이에야스도 거기로 쫓아가, 충분히 결전을 연기시켰을 텐데…… 생각하니 진심으로 화가 치밀었다. 그러나 다음 순간 그러한 감정에 구애되는 것은 백해무익하다는 것을 곧 깨달았다.

"그 이케다를 내보낸 것은 이 히데요시다. 좋다. 이케다를 구출하면서 쳐부숴라. 이에야스를…… 철저하게 풍비박산 나게 쳐부숴라."

마음의 방향을 깨끗이 바꾸고 그것을 향해 히데요시는 곧 온 힘을 기울였다. 그런 뜻에서 보면 히데요시의 기분전환은 마치 명인의 검의 변화와도 흡사했다. 히데요시는 우선 호리오, 히토쓰야나기, 기무라 등 세 부대를 나가쿠테로 급히 보내놓고, 자신은 이에야스 공격군으로 출발했다.

그 총병력은 3만8000명.

패전을 그대로 승리로 이끌지 않고는 못 견디는 히데요시의 성격과 기상이었다.

"무슨 수를 써서라도 이에야스의 직속무장을 포위해라. 둘러싸서 하나도 남기지 마라. 적은 싸움에 지쳐 있지만 아군은 신예부대다."

그 무렵—

이에야스의 빈자리를 지키고 있던 고마키산 본진에서는 이시카와 가즈마사와 사카이 다다쓰구, 그리고 맹장 혼다 헤이하치 세 사람이 입에 거품을 물며 격론을 벌이고 있었다.

"그렇다면 내 의견에 못 따르겠다는 말이오?"

"못 따르겠다는 게 아니야. 다만 부족한 점이 있다는 걸세."

펄펄 날뛰는 헤이하치로에게 가즈마사는 못마땅한 표정으로 맞서 대꾸하고 있었다. 다다쓰구는 이따금 혀를 차면서 두 사람을 번갈아 노려보고 있다. 모두 투구만 안 썼을 뿐 엄중한 무장을 하고 있었고, 뭐라고 지껄일 때마다 걸상이 삐걱거렸다.

"뭐, 내 생각에 부족한 점이 있다고. 그냥 들어 넘길 수 없소. 어디가 모자라오, 자, 말해 보시오, 가즈마사!"

가즈마사는 연장자다운 침착성을 보이면서 반격했다.

"모든 게 주군의 생각 속에 있던 일이야. 헤이하치 님은 그것을 생각지 못하는가? 주군이 이케다 군을 추격해 간 것을 눈치채면 히데요시가 또다시 이를 추격한다…… 그만한 것도 생각지 못할 주군이 아닐세. 섣불리 이누야마성 따위를 공격해 봐, 수습하지 못하게 될 걸세."

"에잇! 분통터지는군!"

헤이하치는 다시 한번 이를 갈고 혀를 찼다. 그의 생각으로는 히데요시가 허둥지둥 가쿠덴를 떠났으니 그 틈에 가즈마사, 다다쓰구, 헤이하치 셋이서 허술한 이누야마성을 단숨에 손아귀에 넣자는 것이었다.

그렇게 되면 침입할 작정으로 나갔던 적이 오히려 호되게 침입당하는 결과가 된다. 바로 이 순간을 두고 더 좋은 기회는 없다, 곧 공격하자고 하는 데 대해 가즈마사가 완강히 반대하고 있는 것이다.

가즈마사의 주장은, 그 같은 위험을 저질러 만일의 경우 적에게 포위되어 고마키산으로 되돌아오지 못하게 된다면 어떻게 하는가? 이에야스는 우리들에게 이곳을 엄중히 방비하라고 명하고 갔지 틈이 나면 이누야마성을 치라고 하지 않았다. 만일 이에야스 군이 이케다 군을 무찌르고 돌아왔을 때 고마키산이 적의 손에 떨어져 있다면, 비록 이누야마성을 손에 넣었더라도 결코 이익이 되지 않는다. 오히려 일시적으로 혼란을 일으켜, 사태가 악화되면 기요스까지 불가피한 후퇴를 하게 되리라. 그렇게 되면 성 공격에 능숙한 히데요시에게 이누야마, 기요스 두 곳에서 저마다 따로따로 포위당할 위험이 있다는 것이었다.

"내 말은, 이누야마성에 이대로 모두 가서 남자는 게 아니오. 누구 한 사람만 남고 두 사람은 이곳으로 돌아와…… 고마키와 이누야마 둘을 한꺼번에 손에 넣자는 책략이오. 그런데 왜 이누야마와 고마키를 마치 바꾸자는 것처럼 말을 비꼬아 반대하는가 말이오?"

"안 돼, 지금은 두 마리 토끼를 쫓을 때가 아니오. 여기서 가만히 주군의 다음 지시를 기다려야 하네."

"이시카와 님!"

"몇 번 이야기해도 마찬가지야. 고마키 성 수비를 맡은 가즈마사, 결코 찬성할 수 없소."

"귀하는 진중에 어떤 소문이 있는지 아시오?"

"무슨 소문? 모르네, 알고 싶지도 않아."

"알려고도 하지 않을 거요. 귀하가 히데요시에게 밀사를 보내고 있다, 이시카와 가즈마사는 어쩌면 히데요시와 내통하고 있는 게 아닐까…… 하는 소문을 모를 것이오."

"뭣이…… 내가 히데요시와 내통하고 있다고?"

"오, 그 때문에 이누야마성을 공격 못하게 하는 거지요…… 그런 소문이 나돌아도 나는 모르는 척했소."

"닥쳐! 말조심하게, 헤이하치……."

두 사람이 조금도 양보하지 않으므로 사카이 다다쓰구가 참다못해 끼어들었다.

"적과 내통하느니 하는 온전치 못한 소리는 말게."

"소문이라고 말했소. 소문은 내 책임이 아니오. 남의 입을 막을 수야 있겠소?"

아직 더 말하려는 헤이하치를 다다쓰구는 눌러놓았다.
"그러면 가즈마사는 어떻든 이누야마 공격을 안 한다는 거지?"
"그렇소, 이겨도 큰 이득이 없고 지게 되면 그야말로 큰일이니까."
그 말을 듣자 다다쓰구는 머리를 크게 끄덕였다.
"좋아, 나도 그만두었다. 헤이하치, 그대도 그만둬."
그러고는 사나운 기세로 털고 일어섰다. 다다쓰구는 그러한 태도로 헤이하치의 불평을 누르려 했던 게 틀림없다. 속으로는 헤이하치의 이누야마 공격에 찬성이었으나, 가즈마사가 이처럼 완강히 반대하는 데는 어쩔 수 없다…… 그렇게 여기게 하여 헤이하치의 분노를 가라앉힐 셈이었는데, 화가 치민 헤이하치는 그것을 거꾸로 받아들였다. 다다쓰구도 가즈마사에게 설득당한 것으로 생각했던 것이다.
"그런가? 알았소!"
그는 분개한 태도로 바윗덩이 같은 팔을 내밀어, 다짜고짜 자기 투구를 집어 들더니 자리를 박차고 일어났다. 적과 아군 사이에 이름난, 세 가닥의 노루 뿔이 달린 큰 투구였다.
"나는 어쨌든 여기에 있을 수 없어."
"잠깐, 헤이하치!"
"아니, 필요 없어. 이누야마 공격을 못 하면 안 해도 좋아. 나는 혼자 각오를 했소!"
"잠깐 기다리래도."
"못 기다리겠소."
당황해서 붙잡으려는 가즈마사에게 퍼붓듯 소리 지르고는, 그 길로 북쪽의 자기 진으로 돌아가 이누야마와는 반대로 히데요시의 뒤를 쫓기 시작했다.
"손쓰지 못하고 있을 바에는 히데요시와 어울려 죽어주겠다!"
본능적으로 이에야스의 위기를 느끼고 한 일이었지만 그 행동은 완전히 이성을 초월하고 있었다. 그는 겨우 500명 남짓한 군사를 이끌고 류센사를 출발한 히데요시의 본대를 따라잡자, 말을 더욱 힘차게 몰아 호리병 마표의 대열과 나란히 가면서 갑자기 총을 쏘아댔다.
나가쿠테로 서둘러 가고 있던 히데요시는 이것을 보고 눈이 휘둥그레졌다. 새삼스레 어떤 자냐고 물어볼 것까지도 없었다. 히데요시의 후미를 마구 뒤로 하고, 개울을 사이에 둔 건너편 길을 다가오는 맨 앞의 노루 뿔 달린 큰 투구로 그것이 바로 혼다 헤이하치로임을 단번에 알 수 있었기 때문이었다.

양군 거리가 강폭만 사이에 두게 되자 헤이하치는 고함을 질렀다.

"야, 멈춰라, 원숭이 녀석! 아니면, 이 투구가 무서워서 못 서는 건가. 호리병박이 미카와의 노루를 만나 쭈그러졌나?"

그 욕설과 쏘아대는 총에 견디다 못해 콧김 센 시동들이 히데요시에게 말했다.

"주군! 저 무례한 파리 떼 같은 녀석, 주물러 터뜨려버리면 안됩니까?"

그러나 히데요시는 허락하지 않았다. 그는 이 욕설을 무슨 생각이 있어서 하는 진로 방해로 보았기 때문이었다.

"야, 그 대군은 흙덩어리냐, 인형이냐. 살아 있는 무사는 없나?"

그때마다 히데요시의 직속무사들은 술렁대며 걸음을 멈추려 한다. 분명 파리처럼 성가시다.

"주군, 한 주먹으로 저 버릇없는 놈을……."

"내버려둬라. 내버려두고 나가쿠테로 서둘러라. 저렇게 엉뚱한 짓을 할 수 있는 놈은 살려두는 거야. 죽으려고 드는 놈을 죽여 봐야 저쪽 소원풀이 해 주는 것밖에 더 되나……."

전혀 상대해주지 않는 줄 알자, 헤이하치는 이번에 히데요시 군 앞쪽으로 나가 귀찮게 굴기 시작했다.

"히데요시의 호리병박을 미카와의 노루가 먹어치워 버리겠다. 멈추지 못할까?"

마치 피가 머리끝까지 오른 개구쟁이 같았다. 참다못한 히데요시 군 쪽에서 겨냥하여 쏘기 시작했다.

정상을 벗어난 인간의 행동은 싸움터에서 결코 보기 드문 게 아니다. 조우전(遭遇戰)의 경우 십중팔구 흥분하게 되는데, 만일 반 이상 흥분하게 되면 크게 이기든가 지게 된다.

인간의 이성은 상대의 빈틈을 잘 발견해 냄과 동시에 공포감도 곱절로 늘린다. 따라서 적당히 흥분시키고 적당히 가라앉히는 게 용병의 묘이다.

히데요시는 아군이 혼다 군과 싸우는 것을 굳이 말리지 않았으나 진군을 정지시키지도 않았다. 그는 쉬지 않고 서둘러 말을 몰면서 때때로 큰 소리로 웃었다.

"재미있는 녀석이군, 헤이하치라는 놈은. 이에야스는 좋은 부하를 뒀구먼. 목숨을 내던지고 우리의 진출을 지연시키려 하다니. 저놈을 언젠가 내 부하로 만들어야지. 죽이지 마, 죽이지 마라."

이 말은 약이 오르기 시작한 아군을 아슬아슬한 고비에서 억눌러 마침내 나가쿠테 가까이에 이르렀다.

이 무렵 이케다 군은 안도 나오쓰구(安藤直次)에게 모토스케 역시 목을 베이고 겨우 살아남은 데루마사를 옹위하여 그 군사들이 시다미(志段味), 미즈노, 시노키, 가시와이 방면으로 패주하는 중이었으며 시각은 벌써 한낮을 넘고 있었다.

혼다 헤이하치로는 차츰 마음의 냉정을 되찾았다. 자기를 상대하지 않는 히데요시의 서두름이 무엇을 의미하는지 알게 된 것이다.

'히데요시 놈, 오로지 주군과의 결전만 요구하고 있군!'

그쯤 되면 헤이하치 역시 도중에서 어물거리고 있을 형편이 못 되었다. 조금이라도 빨리 이에야스의 본대와 합류해 히데요시 대군을 맞아 싸워야 한다.

"좋다. 그럼, 먼저 가서 매복하고 있을 테다. 노루 먹이가 될 걸 각오하고 어디 천천히 오너라!"

헤이하치는 욕지거리를 퍼붓고 대낮의 쨍쨍 내리쬐는 햇볕 아래에서 히데요시 군을 앞지르기 시작했다. 겨우 500기 남짓밖에 되지 않으므로 그 진퇴는 민첩하고 가벼웠다.

히데요시는 여전히 상대가 되어주지 않고 야다강을 건너 구사카케를 지나 마침내 혼다 군을 잃고 말았다. 총성은 차츰 줄어들고 겹겹이 둘러싸인 사방의 녹음에 화창한 늦은 봄볕이 거짓말같이 아늑히 비치고 있다.

'아무래도 이상한데……?'

히데요시가 고개를 갸웃거린 것은 오후 1시. 나가쿠테에 벌써 들어왔건만 아무데도 적의 자취가 보이지 않았기 때문이었다.

'이건 그 노루 놈에게 속았는지도 모른다…….'

혼다 헤이하치가 그 이상한 도전 방법으로 일부러 자기를 나가쿠테로 유도한 게 아닐까 하는 의심이었다. 만약 그렇다면, 이에야스는 그동안 이케다 군을 쫓아 히데요시와 반대로 고마키 방면으로 후퇴한 것처럼 보이면서 진격한 게 된다.

'만일 내가 없는 틈에 공격당한다면 어떻게 될까?'

지략에 뛰어난 히데요시이므로 한 번 의심이 솟기 시작하자 그것은 그대로 스스로를 묶는 오랏줄이 되었다. 그는 이나바 잇테쓰를 큰 소리로 불러 급히 적정을 정찰하도록 명했다. 아마 히데요시의 생애에서 이처럼 혹독하게 계산이 뒤틀어진 전투는 처음이었으리라. 아니꼬운 혼다 헤이하치의 도전에 배알을 꾹 참고 곧장 달려온 싸움터에 적의 모습이 없는 것이다.

히데요시는 하치스카 히코에몬의 아들 이에마사와 히네노 히노나리에게 다시 정찰을 명했다.

"잇테쓰가 늦는구나. 너희들도 팔방으로 사람을 보내 탐지케 해라. 이에야스는 어디로 갔나, 어디에 엎디어 있는가?"

목표한 상대의 본진을 알 수 없게 되었으니 상상 외로 무시무시한 기분이 그를 짓눌러왔다.

한편 히데요시를 큰 의혹 속으로 몰아넣은 헤이하치는 그 무렵 어디에 있었던 것일까. 헤이하치는 말을 몰아 전날 이에야스가 머문 오바타성으로 향하고 있었다. 그는 자기가 홧김에 한 히데요시 군에의 진군 방해가 이에야스의 진퇴에 굉장한 도움을 주었다는 것을 전혀 알지 못했다.

'이런 때 오바타성으로 물러앉다니 주군도 참 멍청하지……!'

조카 미요시 히데쓰구를 비롯해 이케다, 호리 두 부대를 전멸당한 히데요시는 지금 초조할 대로 초조해 있다. 지금이야말로 승전으로 사기충천한 아군을 몰아 히데요시를 단번에 쳐부술 절호의 기회인데.

고마키에는 아직 사카이 다다쓰구와 이시카와 가즈마사가 도사리고 있으므로 적은 서둘러 원군을 보낼 수 없는 처지.

'그런데 그따위 조그만 승리에 도취해서……!'

헤이하치는 아직 늦지 않다고 믿고 있었다. 이제부터라도 이에야스에게 권해 히데요시 군을 뒤에서 찌르면, 히데요시는 나가쿠테 산야에서 포로가 되다시피 되는 것이다. 이것을 솜씨 있는 야전법으로 종횡으로 헤치며 무찌른다면 해질 무렵까지 대세가 정해지리라.

'눈앞에 천하가 굴러들어오고 있는데 그걸 뺏을 생각은 않고 오바타에 들어가 쉬고 있다니 이 무슨 한심한 주군이람.'

그렇게 격해 있었던 만큼 오바타성에 들어와 피 묻은 갑옷을 아직 그대로 입은 채 경비하기 시작하는 군졸들 사이를 바람처럼 빠져나갔다.

"주군은 어디 계시오? 주군, 주군…… 직속무장놈들도 어리석지, 주군에게 이 좋은 기회를 진언한 자가 하나도 없었단 말인가!"

말에서 훌쩍 뛰어내린 그는 붉은 귀신같은 무서운 형상 그대로 이에야스의 장막 안으로 뛰어들며 고함을 질러댔다.

"주군! 이게, 무슨 꼴입니까?"

이에야스는 막 투구를 벗고 이마의 땀을 닦는 참이었다.

"아니, 헤이하치 아닌가?"

"예, 헤이하치입니다. 주군! 히데요시는 지금 초조한 나머지 나가쿠테까지 나와 멍하니 있습니다. 천하는 지금 하늘에 둥둥 떠 있습니다. 빨리 투구를…… 말을……."

"서두르지 마라!"

"급합니다, 주군! 잠꼬대할 때가 아닙니다."

"잠꼬대하다니, 침착하게 굴어. 히데요시가 어떻게 되었다는 거냐?"

말하면서 이에야스는 시동에게 일러 갑옷 끈을 풀게 했다. 헤이하치는 펄쩍 뛰며 시동을 꾸짖었다.

"풀지 마라! 주군! 귀에 들리지 않습니까, 이 헤이하치의 목소리가?"

"들린다, 조용히 해라."

이에야스는 한 번 손을 멈춘 시동에게 그냥 갑옷을 벗기게 하며 물어뜯을 듯한 표정으로 노려보고 선 헤이하치에게 웃어보였다.

"우선 저기 좀 앉거라!"

"주군은…… 주군은 우리에게 승산이 없다는 겁니까?"

"아니야, 있겠지. 있지만 나가지 않는다."

"무슨 말씀을 하십니까? 이길 수 있는 싸움이지만 안 나가다니……?"

이에야스는 고개를 크게 끄덕이고 표정을 굳혔다.

"그렇다. 이젠 가도 늦다."

"아니, 아직 늦지 않습니다! 히데요시는 지금 나가쿠테에서 우리들을 찾고 있을 겁니다."

이에야스는 천천히 머리를 저었다.

"벌써 눈치채고 서둘러 돌아가고 있을 게다."
"어디로 돌아간단 말입니까?"
"가쿠덴으로. 그렇지 않으면 그대 같은 사나운 녀석에게 퇴로를 차단당한다. 그만한 것도 모를 히데요시가 아니다. 말 좀 들어, 나베!"
이에야스가 헤이하치의 아명 나베노스케(鍋之助)의 나베로 부를 때는, 반드시 꾸중이나 충고를 할 때였다. 헤이하치 역시 나베라고 불렸을 때는 소년시절을 회상하게 되어 왠지 분노의 과녁을 잃고 말았다.
"모르는 소리만 하시는 주군님! 왜 모릅니까, 이 절호의 기회를? 평생 후회될 텐데."
시동이 내온 걸상에 앉아 그제야 손바닥으로 아래턱의 땀을 훔쳤다.
"싸움이란 너무 이겨도 안 되는 거다."
"무……무……무슨 말씀을……?"
"이럴 때는 히데요시를 달아나게 두는 게 참다운 싸움이란 말이다."
"흥, 그런 말씀을 하다가는 언젠가 히데요시에게 목덜미를 잡힐 것입니다. 그래도 이겼다고 하시겠습니까?"
이에야스는 그 말에 대꾸하지 않았다.
"지금 히데요시를 무찔러 봐, 온 나라가 다시 혼란에 빠진다."
조용히 하늘을 쳐다보며 중얼거리는 듯한 목소리가 되었다.
"나에게는 아직 히데요시만 한 힘이 없다. 흥분해서 히데요시를 쳐봐라. 노부나가를 기습한 미쓰히데와 같은 변을 당한다. 미쓰히데는 이기고도 진 거야."
"점점 더 이상한 말씀만 하십니다."
"이상한 게 아냐, 나베! 이럴 때는 깊이 신불의 뜻을 살펴야 하는 거다. 신불은 이제 싸움에 진저리내고 계신다…… 이런 때 일부러 히데요시를 쳐서 세상을 더욱 어지럽게 해서는 안 된다는 말이다. 나대신 히데요시에게 천하를 잡게 한다 하더라도 히데요시 밑에 안 서면 되잖은가. 알겠나? 내가 여기서 히데요시를 쳐봐. 온 일본 땅의 영주들을 모두 상대해 싸우지 않으면 안 된다. 그러한 나대신 히데요시가 모든 화살을 받으며 서 있어 준다…… 히데요시로도 다스려지는데, 일부러 천하를 난세로 몰아넣으면 내 맹세는 거짓이 된다. 나는 신불의 뜻을 받들어 빨리 전쟁 없는 나라를 이루겠다고 마음속으로 기원해 왔어."

이에야스의 눈이 헤이하치의 얼굴에 똑바로 주시되자, 그는 잠시 답답해서 코를 훌쩍였다.

"거짓말입니다. 그건…… 거짓말입니다! 주군은 천하를 차지해야 합니다. 그것이 소원일 것입니다…… 주군은 공연히 떨고 있는 겁니다."

이에야스는 벌써 헤이하치를 무시하고 혼다 마사노부와 이야기하고 있었다. 마사노부에게 히데요시가 철수하는 모습을 조사시켜 이에 대비케 하면서 이에야스도 되도록 빨리 고마키산 본진으로 돌아가려는 속셈인 듯했다.

'오늘의 전승을 일시적인 것으로 하고 다시 전의 대진 상태로 돌아가려는구나……'

헤이하치는 화가 머리끝까지 치밀어 진막 밖으로 나가버렸다. 좀처럼 화가 가라앉을 것 같지 않았다.

'모처럼의 승리를……!'

이렇게 생각하니 이에야스가 괘씸해 견딜 수 없었다.

'이상한 사람이 되어버렸다, 우리 대장은.'

신이나 부처가 설마 소리 내어 서약을 깨뜨리지 말라고 했을 리 없고 노부타카와 이에야스와 호조 부자가 손잡는다면 온 일본을 상대해도 거뜬히 싸울 수 있을 텐데 히데요시를 몹시 두려워하고 있다.

'이쯤이 주군 능력의 한계였던가.'

본디 천하를 취할 그릇이 못되어 스루가, 도토우미, 미카와에다 고슈, 신슈 일부를 손에 넣었으니 이로서 충분하다고 생각하고 있는 게 아닐까?

'무엇이 주군을 그렇게 만들었을까?'

밖은 아직 해가 중천에 높았고 성 둘레에는 휴식을 얻은 사람과 말로 넘쳤다. 간밤에 한잠도 못 잤으므로 풀 위에 쓰러져 죽은 듯 자고 있는 군사들이 많았다.

풀을 차헤치듯 하며 성문 앞에 기다리게 해두었던 미우라 구베에(三浦九兵衛)와 마키 소지로(牧惣次郎)에게로 돌아오니, 거기에 또 하나 눈에 핏발을 세우고 그를 기다리는 사나이가 있었다.

"혼다 님!"

맨 먼저 히데쓰구의 진지로 쳐들어가 승전하도록 만든 미즈노 다다시게였다.

"다다시게 님이군, 무슨 볼일이 있소?"

"주군은 히데요시 공격을 허락지 않소. 귀하도 나와 함께 가주지 않겠는가?"

"어디에 가자는 거요?"

"주군에게…… 히데요시는 오늘 밤 류센사까지 물러갔다가 야영하고, 동이 틀 때를 기다려 이 오바타성을 칠 뱃심인 걸 알았소. 그냥 버려두면 큰일이니 오늘 야습해서 히데요시의 목을 날려야만 하오."

헤이하치는 시무룩하게 머리를 흔들었다.

"안 되오! 곧 추격해 가자는 것도 허락지 않는데 야습 같은 것은 더더욱 허락하지 않을 거요."

"허락하지 않는다고 버려둘 수는 없지. 내일 새벽에는……."

"알고 있소! 내일 아침에는 주군도 깨닫게 될 것이오. 그러나 지금은 히데요시의 새 수법에 질려 있어 말을 건넬 수 없소. 내 생각으로는……."

"귀하 생각으로는?"

"주군을 그렇듯 맥 빠진 겁쟁이로 만든 것은 꾀보 같은 마사노부나, 이시카와 가즈마사 놈들인 것 같아. 아무래도 가즈마사가 수상해! 그놈은 내게 비어 있는 이누야마성조차 공격하지 못하게 했거든……."

내뱉듯 말하고 헤이하치는 그냥 몸을 돌려 마키 소지로의 진막으로 성큼성큼 들어가 버렸다.

그 무렵 히데요시는 벌써 나가쿠테로부터 류센사로 철수하여, 미즈노 다다시게가 말한 바와 같이 새로이 오바타성을 공격하기 위해 군사회의를 열고 있었다. 따라서 오늘 밤 그대로 오바타에서 지내면 이에야스 군은 그야말로 큰 타격을 받지 않을 수 없는 판국이 되었다.

작은 욕심, 큰 욕심

이에야스는 근위무사들을 물리치고 자야 시로지로인 마쓰모토 기요노부와 단둘이 모닥불을 사이에 두고 마주앉아 있었다.

밤은 벌써 깊었고, 여러 첩자들이 알려오는 정보가 피아간의 위치만은 뚜렷이 확인시켜 주고 있었다. 히데요시는 호소가와 다다오키와 호리오 요시하루를 류센사에 남겨두고 자신은 이나바 잇테쓰, 가모 우지사토 등과 더불어 가미조로 철수해 야영하고 있었다.

"그렇다면 대감께서는 혼다, 미즈노 두 대장의 야습을 허락하지 않으셨군요?"

기요노부가 소리죽여 말하자 이에야스는 머리를 끄덕이며 짧은 목을 빼고 눈을 껌벅거렸다.

"가즈마사는 뭐라고 하던가?"

"그보다도 왜 야습을 허락하지 않으셨는지, 그것부터 들었으면 합니다."

"왜? 내 속셈을 모르고는 가즈마사의 의견을 말하지 못하겠다는 건가?"

"그렇지는 않습니다만…… 그 말씀을 들으면 이시카와 님 생각을 말씀드리기 쉬울 것 같습니다."

"그만큼 가즈마사의 뱃속이 복잡하다는 건가?"

"그렇습니다."

"좋아, 그러면 말하지. 나는 노부나가나 히데요시와는 다른 방향으로 천하를 노릴까 생각하고 있다."

"다른 방향으로 천하를……?"

"그렇다. 노부나가도 히데요시도…… 아니, 다케다도 아케치도, 모두 힘만 믿고 너무 지나치게 일을 서둘러댔다. 알겠나, 그것을……?"

"알 듯합니다."

"그렇게 지나치게 덤빈 데 큰 틈이 있었던 거야. 히데요시도 왠지 그렇게 되어가는 것 같아."

"과연……."

"나는 서두르지 않는다. 급한 나머지 오늘 야습을 허락하여 조그만 국면에서 이겨본들 얼마나 이익이 있겠는가? 만일 실패해서 다다마사나 다다시게를 잃게 된다면 그야말로 큰 손해지. 큰 손해를 걸고 작은 이득을 얻는…… 것은 수지가 맞지 않아."

"그렇게 말씀하시지만, 만일 히데요시의 목을 벨 수 있다면……."

"그 뒤에 오는 혼란을 나 혼자 뒤집어쓰게 된다. 그러므로 그것도 내 수판과는 맞지 않는 셈이야."

이에야스는 목소리를 떨어뜨리고 빙그레 웃었다.

"기요노부, 솟아오르는 아침 해를 끌어내리지는 못하는 법. 히데요시를 오늘날까지 지켜주신 신불이 여기서 갑자기 손바닥을 뒤집으리라고는 생각지 마라. 이겨도 덕이 되지 않고, 패하면 큰 손해를 보는 야습을 내가 어찌 허락하겠는가!"

"또 한 가지 여쭙고자 합니다. 그 솟아오르는 아침 해인 히데요시가 내일 첫새벽을 기해 4만 대군으로 이 성에 밀어닥칠 때는 어떻게 하시렵니까?"

"기요노부!"

"예."

"염려 마라. 싸움이 안 된다."

"예? 싸움이 안 된다……고 하시면?"

"나는 내일 아침까지 여기 있지 않는다. 자정이 지나면 달이 뜨기를 기다려 이곳을 떠나버린다. 제아무리 잘난 히데요시라도 상대가 없는 싸움은 못하겠지…… 그러는 동안 서둘러 무리하는 히데요시에게서 젊고 무리하지 않는 나에게로 신불의 뜻이 옮아오겠지. 사람이란 일부러 직접 손대거나 죽이지 않아도 신불께서 그 수명을 거두는 때가 있는 것이다. 그러므로 신불의 뜻에 따라 부하도 죽이지 않고 히데요시도 죽이지 않는…… 이 방법으로 나는 천하를 잡기로 정했다."
마쓰모토 기요노부는 무릎을 치며 몸을 앞으로 내밀었다.
"참으로 놀랍습니다!"
얼굴 가득히 감동의 빛을 떠올리고 몸을 내민 기요노부를 보며 이에야스는 또 한 번 천연덕스러운 표정으로 머리를 끄덕였다.
"싸움을 피해라, 빨리 이 성을 철수하는 게 좋겠다……고 가즈마사도 말했구먼?"
"예, 그렇습니다!"
기요노부는 벅차오르는 감정을 누르면서 말했다.
"이기고 있는 싸움인 까닭에 여러 장수들 가운데 반대하는 자가 많을 것이다, 그러나 여기서 히데요시 님에게 도전해서는 안 된다, 이 뜻을 잘 납득하시도록 말씀드리라고……."
거기까지 말하자 못 견디겠는 듯 얼굴을 돌리고 눈물을 닦았다.
"기쁩니다, 대감! 저도 이시카와 님과 같은 의견입니다."
"그래? 그 말을 들으니 나도 더욱 자신감이 커지는 것 같구나……."
"바로 그 말씀입니다. 진실로 천하를 노릴 만한 자라면 눈앞에 있는 사람을 상대로 해서는 안 된다. 하늘을 상대해야 한다고……."
"가즈마사가 그랬나?"
"예……예, 히데요시는 사람…… 대감께서는 그 위에 서서 신불의 눈을 가지시도록. 신불은 언제나 백성들 편. 히데요시가 그 백성을 위해 일하는 한 대감께서는 이를 칭송하며 도울 만한 넓으신 마음을 가지시라고…… 예, 이시카와 님 말씀과 대감의 심경이 바로 들어맞았습니다."
이에야스는 무뚝뚝한 표정으로 기요노부를 쳐다본 채 세 번째로 머리를 크게 끄덕였다.
"히데요시를 칭송하며 일하게 하라고 말했던가?"
"예, 그렇게 해야만 히데요시 님보다 그릇이 위라고…… 여기서는 지는 게 이기는 것이라고 하셨습니다."
"알았다, 나는 졌다고 생각하지 않는다. 이번 일도 이것이 계략이며 어디까지나 싸우고 있는 거야."

그리고 이에야스는 비로소 긴장을 풀었다.

"기요노부, 그대는 지금부터 헤이하치의 진으로 가서 오늘의 공훈은 그가 으뜸이라고 말해 주고 오게."

"알겠습니다."

"그가 히데요시의 진출을 한 시간 남짓 늦추었다. 그동안에 나는 이 성으로 냉큼 빠져나와 히데요시의 콧대를 꺾어줄 수 있었던 거다. 콧대를 꺾어주는 것은 한 번으로는 안 돼. 그러니 두 번째 콧대를 꺾을 준비를 시작하라고……."

"두 번째 콧대를 꺾는다……?"

"그렇지. 오늘 밤의 야습도 그 가운데 하나일 수 있지. 그러나 이것은 상대도 어느 정도 예기하고 있을 테니 그리 상책이 못된다. 그보다도 날이 밝아 이제 총공격을……하고 뛰어들어 보니 그 성이 텅 비어 있다면…… 핫하하…… 그편이 콧대 꺾는 재미가 훨씬 크지…… 그래서 새벽 1시를 기하여 고마키로 철수한다고 하면 그 멧돼지 무사도 알아들을 거야. 피를 흘려 이겨 보이는 것은 낮에 하는 싸움으로 충분하다. 나머지는 지략으로 이겨보라고 말하라."

"알겠습니다! 과연 이거야말로 신출귀몰. 미카와 군 야전의 묘미는 바로 여기에 있다고 하겠습니다."

"그렇게 하라. 서둘러라."

이에야스는 기요노부와 함께 자신도 걸상에서 일어났다.

"마사노부, 마사노부……."

소리 높여 혼다 마사노부를 불러 퇴각준비를 명했다.

그날 밤 히데요시 군 진영도, 도쿠가와 군의 오바타성도 먼동이 틀 때까지 하늘을 태우는 화톳불의 불바다였다. 가까운 마을 사람들은 어느 쪽에서든 반드시 야습이 있을 것으로 알고 두려움에 떨며 숨죽이고 있었다.

그러나 한밤중의 큰 충돌은 끝내 일어나지 않고, 이윽고 밤하늘이 훤히 밝으면서 히데요시 군 쪽에서 먼저 인마의 움직임이 느껴졌다.

히데요시는 이날 아침에도 아직 캄캄한 동녘 하늘을 향해 두 손뼉을 치며 빌고 나서 자랑하는 공작꼬리 전투복을 걸치고 말에 올랐다. 사기를 돋우기 위해 직속 무장들의 여러 부대를 말없이 한 바퀴 돌았으며 곁에는 언제나 이시다 미쓰나리가 따르고 있었다. 무공이 있는 사나운 시동들은 저마다 창끝으로 얻은 공훈에 정신 팔려 대국에 대한 안목이 미치지 못했으나, 미쓰나리는 지력으로 완력에 대항하려 겨루고 있으므로 그 눈길이 때때로 히데요시마저 알지 못하는 데까지 미치고 있다. 히데요시가 그를 곁에서 떼어놓지 않는 것은 그 때문이었다.

여기저기 어둠 속에서 아직 출격준비를 서두르고 있는 병졸들의 틈바구니를 벗어나 가미조로부터 이치야나기, 기무라 등이 야영하고 있는 류센사가 바라보이는 언덕에 이르자 말을 멈추었다.

오바타성 공격을 벌써 명령받고 있으므로 류센사에서는 군사들 이동이 이미 시작되고 있는 모양이었다.

"미쓰나리……."

"예……."

"그대가 이에야스라면 어떻게 하겠나, 오늘 싸움은?"

미쓰나리는 그 뜻을 미처 깨닫지 못하고 되물었다.

"어떻게 하다니, 무엇을 말씀입니까?"

"어제 싸움은 어쨌든 이겼다, 이에야스가……그러나 그 승리로 말미암아 모처럼 애써 쌓은 고마키산도 견고한 기요스성도 아닌 곳에서 나와 결전을 벌이지 않으면 안 되게 됐다…… 이기고도 진다는 게 바로 이런 것이라고 생각하지 않나?"

"그렇군요…… 오바타 같은 작은 성에서 결전을 벌이면 견디지 못하겠지요."

"그러니 그대가 이에야스라면 어떻게 하겠는가?"

미쓰나리는 히데요시의 옆얼굴에 흘끗 시선을 보내며 대답했다.

"싸움에 대한 일은 잘 모르겠습니다. 주군이시라면 어떻게 하시겠습니까?"

"뭣이, 싸움에 대한 것은 잘 모른다고?"

"예."

"교활한 녀석이군. 전투를 모르면 영주가 될 수 없을걸. 내 지혜만 뽑아내려 하는구나."

"예, 그러나……."

"그러나, 뭐야?"

"주군께서는 이에야스 님을 오바타성에서 치실 작정이십니까?"

"오, 이번에는 용서 없다. 모리에게나 우에스기에게도 반드시 쳐 보이겠다고 했다. 그렇게 못하면 거짓말쟁이가 되지."

"이에야스도 그것을 알고 있겠지요."

"응, 물론 알고 있고말고."

"그러니 만약 주군께서 이에야스라면 어떻게 하시겠느냐는 겁니다."

히데요시는 문제도 아니라는 듯 대답했다.

"하하하…… 내가 이에야스라면 어젯밤에 벌써 오바타성을 내버렸을 것이다."

미쓰나리는 흰 이마에 주름을 잡으며 감탄한 듯 말했다.

"과연…… 그러나 이만한 대군이 뒤에 배치되어 있는데 그 가운데서 과연 무사히 철수할 수 있을까요?"

히데요시는 또 한 번 거침없이 웃었다.

"할 수 있다 마다! 세상에는 작은 욕심과 큰 욕심의 구별이 있다. 욕심이 큰 자라면 어떠한 궁지에 빠져도 틀림없는 계산을 하게 마련이다."

"……그렇겠군요."

"이에야스에게는 좋은 부하가 있다. 그 혼다 헤이하치로 같은 자에게 야습시켜 우리의 주의를 그쪽으로 빼앗아놓고 그동안 싹 빠져나간다. 그렇게 하면 혼다 군사만의 희생으로 대세에는 변화가 없어진다. 다시 고마키에서 대진해 싸운다면 실제 불리한 것은 이에야스보다 이 히데요시란 말야."

"주군!"

"뭐야? 남의 의견을 실컷 듣고 나서 나오는 꾀는 지혜가 아니야, 미쓰나리."

"못난 놈의 의견은 언제나 뒤에 나오는 법입니다. 그런데 그건 잘 알겠습니다만, 좀 염려되는 게 있습니다."

"무엇이 염려되느냐?"

"이에야스가 그 정도의 수판질을 못할 사람일까요?"

"뭐라고……?"

순간 히데요시의 표정이 무섭게 굳어진 것 같았다. 솔직히 말해 그는 지난 밤 그 일에 대해 잘못 생각한 게 있었다. 그것은 히데요시가 지닌 가장 아름다운 성품이기도 했는데, 이케다 부자의 전사가 인정 많은 그의 가슴을 너무도 심하게 쥐어뜯어 놓았던 것이다.

"어디까지나 나를 믿고 의리를 지켜온 사람 좋은 쇼뉴……."

그 실력과 결점을 환히 잘 알면서 그만 조카 히데쓰구를 총대장으로 딸려 주고 말았다…….

'히데쓰구가 맨 먼저 공격당하지 않았다면 이케다 부자는 패하긴 했어도 죽지는 않았을는지…….'

미운 점이 전혀 없었던 이케다였으므로 그의 얼굴이 눈앞에 어른거렸으며, 붉은 갑옷차림에 붉게 물들인 백곰 털을 허리에 차고 역시 붉게 물들인 백곰 털 지휘 채를 든 모토스케의 늠름한 모습이 생각나 이에야스의 계획에 대한 추리 검토가 부족했던 것이다.

"저는 이에야스가 바로 그런 수판질을 한 것 같습니다. 그래서 나가쿠테 싸움터에서 얼른 몸을 피했던 것같이 생각되는군요…… 아니, 그것도 주군께서 이제 하신 말씀을 듣고서야 비로소 느낀 겁니다만."

"미쓰나리!"

"예."

"이에야스를 큰 욕심을 가진 사나이……라고 보는 모양이구나?"

"예…… 물론 주군에게는 미치지 못합니다만."

"그런가? 좋다, 잘 말했다! 잘 말했어, 미쓰나리!"

"무슨 말씀이신지 모르겠습니다. 어떻게 하시겠다는 겁니까?"

"이에야스를 살려주는 거야!"

히데요시는 눈을 부릅뜨며 무릎을 쳤다.

"나는 큰 욕심을 갖고 있다. 일본을 다 휩쓸고 나면 다음은 명나라까지 평정할 계획이다. 그런 때 이에야스는 쓸모 있는 놈이야. 그렇지, 내가 그걸 잊고 있었군. 왓핫핫핫핫……!"

히데요시는 입을 떡 벌리고 웃어 보이면서도 자기 표정이 솔직히 웃음지은 게 아님을 잘 알고 있었다.

'아차!'

마음속 깊이 그렇게 생각하고, 이를 적당히 얼버무리기 위한 웃음이었다. 아니…… 그 웃음이 다만 측근 앞에서만 꾸며대는 것이었다면 이처럼 당황하지는 않았으리라.

'그 정도의 일로 당황할 줄 아나!'

히데요시는 자신이 잘못 생각한 실책에 대하여 격렬히 반발하고, 거기서 우러나는 불만을 짓눌러버려야 속이 후련해지는 성격이었다.

말머리를 홱 돌리면서 히데요시는 또 한 번 빠른 속도로 말했다.

"미쓰나리, 따라와! 주고쿠 정벌 때 노부나가 님은 나에게 그 큰 임무를 무사히 수행하면 주고쿠, 시고쿠를 깨끗이 주겠다고 하셨다…… 그때 나는 필요 없습니다! 하고 분명히 대답드렸다. 나는 장차 조선을 비롯해 명나라를 얻고자 합니다, 좁은 일본 따위는 안중에 없습니다라고……"

미쓰나리는 멍하니 있었다. 히데요시의 말뜻을 몰라서가 아니었다. 이런 경우, 멍해 있는 듯 보이지 않으면 히데요시의 긴장이 풀리지 않는 것을 알기 때문이었다.

"아니, 모르겠느냐?"

"예…… 예, 저 조선으로부터 명나라까지 말씀입니까?"

"그렇다!"

히데요시는 가슴을 치며 또 크게 웃었다. 이번에는 먼젓번보다 덜 웃는 웃음이었다.

"핫핫핫핫, 그것이 이 히데요시의 뜻이다. 그쯤 되면 사람 손이 모자란다. 이에야스 따위는 살려두면 손발처럼 써먹을 때가 온다. 그것을 깜박 잊을 뻔했다. 알겠나? 이에야스를 살려두고, 우리는 곧 가쿠덴으로 철수한다."

"예, 잘 알겠습니다."

"말귀를 알아듣지 못하는 녀석들에게는 내가 이케다 부자의 죽음에 넋이 빠져 오바타성 따위는 안중에 없으니 그냥 철수한다고 명령해라. 서둘러라. 이나바, 가모에게 그대가 어서 알려주고 오너라!"

미쓰나리는 웃음을 참고 정색하면서 등을 돌렸다. 그러나 일단 등을 돌리니 웃음이 절로 치민다.

'아뿔사!'

이에야스가 철수했다는 걸 알아차리고 뒤늦은 탄식 대신 조선, 명나라 이름까지 들먹이다니…….

'그러나 이건 뒷날 사실이 될지도 모른다.'

문득 그런 생각이 든 것은 히데요시의 성품을 너무도 잘 알기 때문이었다. 히데요시의 발상은 언제나 천진난만했다. 예사 인간들 같으면 어림없는 망상으로 그냥 안개나 구름처럼 사라질 것들을 히데요시는 끈덕지게 다듬어 기어코 살려내는 천부적 재주를 가졌다.

날이 밝았다.

히데요시 군의 호리오, 이치야나기, 기무라 부대 여러 선봉들은 이에야스가 버리고 간 오바타성에 이르러 어리둥절해 있을 무렵이리라. 히데요시는 이들 부대에는 아랑곳없이 서둘러 병력을 돌려 북으로 올라갔다.

가미조에서 가쿠덴으로 돌아가기까지 히데요시의 마음속은 사람을 어리둥절케 한 드높은 웃음과는 정반대였다. 그는 얕볼 수 없는 이에야스 작전의 능란함을 몸소 겪고 그 실력을 비로소 알게 된 것이었다.

'내가 생각하던 것보다 만만치 않은 사나이다.'

이제까지 뛰어난 무장이라고는 보아왔으나 고작해야 모리, 우에스기, 호조 따위 정도로 생각하고 있었다. 그런데 맞부딪치고 보니 그렇지 않았다. 당당히 자기와 어깨를 겨루었고 오히려 앞지른 행동을 보여주었다. 아무리 자신 있게 생각한들, 오늘까지의 경우는 히데요시의 완전한 패배였다.

'재빠르게 비워버린 작은 성인지도 모르고, 히데요시 정도의 대장이 분발하여 공격하고 있었더라면……!'

생각만 해도 등골이 서늘하여 식은땀이 겨드랑이에 흘렀다. 이에야스는 그 꼴을 비웃어주려고 아무 미련도 없이 물러간 게 분명하다.

'고얀 녀석……!'

그리하여 한 걸음 먼저 고마키로 돌아가 가쿠덴으로부터 이누야마에 이르는 히데요시의 허술한 후방을 찌른다면 그 승부조차 알 수 없게 될 것이다.

'내가 이케다의 죽음에 역시 지나치게 마음썼구먼…….'

그러므로 가쿠덴에 돌아와 본진이 무사한 것을 알았을 때 그는 연달아 한숨이 나왔다.

'이렇게 되면 예사 전법으로는 해결되지 않는다.'

돌아와 보니, 이케다 부자와 모리 나가요시를 잃었을 뿐 아무 변화 없는 전날 그대로의 대진이 있을 뿐이었다. 공격하지 않으면 이에야스는 움직이지 않고, 이에야스가 움직이지 않으면 히데요시도 움직이지 못한다. 못 박힌 채 있으면 손실이 있는 건 이에야스가 아니라 히데요시였다.

'그런 수판셈을 철저하게 놓아보고, 이에야스 놈은 산 위에서 천천히 나를 내려다보고 있다.'

히데요시가 가쿠덴의 본진에 돌아오니 구사일생으로 시라야마 숲에서 피해 온 조카 미요시 히데쓰구가 그를 기다리고 있었다. 히데쓰구가 기노시타 도시나오를 데리고 막사에서 처분을 기다린다고 전해 들었을 때, 히데요시는 혀를 차며 미쓰나리를 꾸짖었다.

"나중에 처리하겠다. 바빠, 지금은……."

당장 만났다가는 형편에 따라 반드시 할복을 명할 것 같은 기분이어서 스스로 두려웠던 것이다.

'이에야스 놈!'

어떻게 해줄까 그 해결책을 마련하지 않고는 꼼짝도 할 수 없을 듯한 기분이 든다. 조선이며 명나라를 얻겠다는 큰 배포도 지금의 전란에 대처하는 수단은 되지 못한다.

'내가 난처할진대 이에야스 놈도 쩔쩔매고 있을 게 틀림없을 텐데…….'

일단 그렇게 생각해 보았으나 다른 방법은 발견되지 않는다.

본진에 들어가자 히데요시는 유코에게 차를 끓여오게 하여 마시면서 잠시 혼자서 큰 벽을 향해 앉아 있었다.

'이에야스를…… 이에야스 놈을…….'

그리고 갑작스레 큰 소리로 악쓰듯 말을 던졌다.

"배고프다. 밥상을!"

그때는 벌써 사방이 완전히 어두워져 있었다.

밥상이 들어오자 히데요시는 시무룩한 목소리로 일렀다.

"망루에 섰던 자가 돌아오면 직접 이리로 들게 해라."

그러고 나서 수저를 들었다. 젓가락을 들어도 여느 때와 같은 농담은 나오지 않았다. 활짝 벌어진 귀에, 쌍까풀이 져서 속에서부터 번뜩이는 눈, 높은 광대뼈와 깡마른 볼…… 이것들이 가만히 표정을 굳히면 그것은 바로 살기와 통한다. 드나드는 시동들은 자연히 발소리를 죽였고 근위무사들도 이야기꾼도 숨죽이고 있었다.

만약 히데요시의 등 뒤에 이케다 부자를 추도하는 한 줄기 향불 연기가 오르고 있지 않았다면 그들은 어쩌면 히데요시의 가슴속을 꿰뚫어보았을지도 모른다. 그는 지금 이케다 부자의 죽음을 슬퍼하는 것처럼 보이게 해놓고, 실은 50살이 다 되어 부닥친 이 큰 벽을 있는 힘을 다해 밀어서 열어젖히려 하고 있는 것이다. 오사카에서 기슈 방면의 일도 마음에 걸렸고, 우에스기며 조소카베의 거취도 마음 놓이지 않았다. 여기서 만일 장기전으로 들어가 히데요시 군의 패전이 널리 세상에 알려진다면 그의 공적은 폭삭 사그라지는 것이다

'이에야스 놈이 이런 큰 장애가 되어 내 앞을 가로막을 줄이야!'

식사 도중 척후 나갔던 두 사람이 돌아왔다. 그리고 그들은 모두 고마키산의 적이 잠자듯 기척 없다는 말을 알리고 물러갔다.

'짐작한 대로구나…….'

식사를 마치고 상을 물리자 히데요시는 비로소 숨죽이고 도사려 앉아 있는 오무라 유코에게 말을 건넸다.

"유코……."

"예."

"이번에는 우리들이 좀 진 것 같구나."

"예."

"이럴 때 군사(軍師)님이 살아 있다면 뭐라고 했을까?"

"군사님……이라시면, 저 다케나카 님 말씀이십니까?"

"그렇지, 한베에 말이다."

유코는 살피듯 눈을 아래로 깔았다.

"글쎄요…… 역시 구로다 간베 님에게 상의하시도록…… 하라고 말씀하시지 않겠습니까?"

조심스럽게 대답한 다음 슬쩍 덧붙였다.

"다케나카 님이 주고쿠 진중에서 돌아가시기 전에 하셨다는 말씀을 들었습니다만, 주군께서는……."

"뭐, 한베에가 한 말……? 자기가 죽은 뒤의 상의는 구로다에게 하라고 했다는 말인가?"

"아닙니다, 어지간한 다케나카 님도 돌아가신 우대신님과 주군에게만은 맞설

수 없었다고 속을 털어놓았다는 이야기였습니다."

"뭐라고, 한베에가 그런 말을 했단 말인가?"

"예. 나는 끝내 노부나가와 주군에게 혹사당하고 죽어간다. 유감스러우나 두 분 다 사람됨이 나보다 월등 두드러지므로 어쩔 수 없었으나, 왜 내가 좀 더 바보스럽게 태어나지 않았던가…… 바보로 태어났더라면 큰 영주가 되었을 텐데 분하다……고 말씀하셨답니다."

거기까지 듣자 히데요시의 몸이 끌리듯 앞으로 내밀어지고 있었다.

"참말이냐, 그 말이? 한베에가 나……이 히데요시에게 혹사당했다고?"

히데요시는 유코가 하는 뜻밖의 말에 침을 삼키며 눈을 부릅떴다. 노부나가의 일은 모르되, 히데요시만은 한베에를 참으로 얻기 어려운 군사로 알고 깎듯이 대우했던 것이다. 그 다케나카 한베에가 죽음의 자리에서 바보스럽게 태어나지 않은 일을 한탄했다고 한다…….

"예, 자신이 좀 더 둔한 인간으로 태어났더라면 노부나가 님이며 주군이 5000, 8000의 병력을 맡겨 마음대로 공을 세우게 했을 텐데, 얼마쯤 똑똑해서 싸움에 능하게 태어난 탓으로 군사라는 이름으로 곁에 두시어 졸개 하나 얻지 못했다. 이를테면 위험한 놈이라는 딱지가 붙어 갇혀 있는 것과 마찬가지. 그리하여 나보다 똑똑지 못한 녀석들은 큰 영주가 되어 나가는데 나는 언제까지나 주군에게 끌려다니는 개나 다름없으니 앞이 뻔하다, 이쯤이 아마 내가 죽을 장소일 거라고 병상에서 말씀했다고 합니다."

"음."

히데요시는 앓듯이 한숨을 내쉬었다. 그러고 보니 한베에가 뛰어난 의견을 내놓을 때마다 '이자가 적이었다면……!' 하고 불현듯 공포와도 흡사한 것을 느낀 적이 분명 있었다.

"그래? 한베에는 그러한 심정으로 죽어갔던가?"

"예, 사람이 가진 자리의 차이란 무서운 겁니다. 이번 경우만 해도 이에야스 님은 이기고도 오히려 떨고 있는 게 아닌가 싶습니다."

"그런가, 한베에가 그런 말을……."

히데요시는 벌써 유코의 말을 듣고 있지 않았다. 한베에를 바로 그 자리에서 이에야스로 바꾸어놓고 자기의 벽을 다시 대하고 있었다.

'한베에 같은 사람까지 그렇게 지나친 생각을 하는데…….'
"유코!"
"예……예."
"그 말을 잘 들려주었다! 한베에가 그렇게 말했던가, 내게 고삐를 잡힌 개라고?"
"타고난 자리의 차이입니다."
"그런가? 알았다! 이에야스도 마찬가지다. 원수로 삼기보다 우리 편으로 끌어넣는다면……."
"예……?"
"아니, 괜찮아. 결심했다! 핫하하하…… 인간이란 때로 자기가 만든 호리병박 속에 갇히는 수가 있다. 이것을 부수고 나가보면 사방은 무한한 푸른 하늘이지. 알았다! 핫핫핫하, 미쓰나리! 미쓰나리!"
히데요시는 옆방에 대기해 있는 미쓰나리를 소리높이 불러들였다.
"고마키산의 이시카와 가즈마사에게 밀사를 보낼 테니 준비해 두어라."
그리고 밝게 웃으며 유코를 돌아보았다.
"유코, 붓, 종이!"
"예, 알겠습니다."
"이에야스는 노려본댔자 겨우 일본 천하일 거다. 나는 명나라로 해서 천축(天竺)까지…… 다 같이 노린다 하더라도 천하에는 크고 작음이 있는 법이야. 자, 준비됐나?"
그는 촛대를 당겨놓고 가만히 허공을 쏘아보았다.

화평 공물(供物)

마쓰모토 기요노부는 다시 이전의 자야 시로지로로 돌아가 두 점원을 데리고 하마마쓰에서 교토로 돌아오는 도중이었다.

계절은 어느덧 동짓달 그믐께. 오카자키로 통하는 가도의 잎 떨어진 느티나무 가로수에 삭풍이 소리 내며 불어대고 있었다.

자야는 이따금 걸음을 멈추고 짚신 끈을 고쳐매 면서 왠지 모르게 눈시울이 뜨거워져 견딜 수 없었다. 봄부터 이 달 초까지 1년 가까이 계속된 싸움이 끝나고, 지금 이에야스와 히데요시 사이에 화의가 성립되려 하고 있다. 아니, 성립될 것으로 알고 다시 평민으로 돌아가도록 허락받은 자야였다.

자야는 걸음을 멈추고 기다리는 점원에게 말했다.

"옛날에는 평민이 되려고 애쓰면서도 때때로 무사생활을 잊지 못했었지. 그런데 이번만은 진정 그 생활에서 벗어날 수 있을 것 같구나."

점원들은 주인이 무슨 말을 하려는지 모르는 듯 삿갓 속에서 애매하게 얼굴을 마주 보며 서로 고개를 끄덕였다.

"무사란 죄가 너무 많아."

"싸움을 하기 때문일까요?"

"그래, 싸움도 하지."

자야는 그들이 알아듣도록 말하려는 것도 아닌 듯 허리를 펴고 어두운 하늘을 보며 한숨 쉬었다.

"의리라는 눈에 보이지 않는 오랏줄에 칭칭 감겨 꼼짝달싹 못하고…… 주위사람들도 너무 단순하거든."
"그럴까요?"
"그래. 내가 왜 이런 말을 하는지, 너희들은 모르겠지?"
"예."
"핫하하…… 알 리가 없지. 내가 알아들을 만큼 말을 못했지."
"예, 그렇습니다."
"실은 나는 지금 오카자키에서 어떤 분을 만나고 갈까 그만둘까 망설이고 있는 중이야."
"오카자키의…… 누구신지?"
"음, 말해도 별수는 없지만."
그는 스스로에게 타이르듯 덧붙였다.
"성주 대리 이시카와 가즈마사 님 말이야."
점원들은 다시 흘끗 서로 쳐다보며 말없이 걸었다. 그들에게는 성주 대리란 그저 높은 지위의 대장 정도일 뿐, 그 이상의 감개는 아무것도 없었다.
자야는 그것을 눈치챘는지 다시 씁쓸한 표정으로 웃었다.
"이시카와 님은 이번 싸움에서 얼마나 많은 부하들의 생명을 건졌는지 모르는 큰 은인이야."
"부하들 생명을요?"
"그래, 그분은 고마키에서 우리들로 하여금 쓸데없는 싸움을 일체 못하게 했지. 그런데 지금 그분은 부하들에게 생명의 위협을 받고 있다."
"큰 은인이……말씀입니까?"
"그렇다!"
자야는 목을 움츠렸다.
"어, 춥다. 진눈깨비가 올 모양이군."
"예."
"좋아, 역시 들렀다 가자. 장사치로 돌아가면 다시 만날 일도 없을 테니."
자야 시로지로는 떨어지는 비를 한 번 바라보고는 삿갓을 기울여 걸음을 재촉했다. 지금 이시카와 가즈마사를 찾아가도 할 말은 없었다. 화의의 조건이 벌써 결정되었기 때문에 자야가 의견을 내놓을 여지는 전혀 없었다.

그런데도 오카자키를 지나쳐버릴 수 없는 것은 어찌 된 까닭일까? 가즈마사의 괴로운 입장을 진정으로 잘 아는 것은 이에야스와 자기뿐…… 아니, 어쩌면 한 사람 더 혼다 사쿠자에몬이나 알고 있는지…… 그렇게 생각하며 가만히 가즈마사 앞에 가서 서주고 싶은 심정에서였다.

'만약 가즈마사가 내 앞에서 불평이라도 한 가지 말해 준다면……'

그렇게 한들 다만 두 손을 붙들고 울어줄 따름이었지만, 그런데도 역시 찾아가지 않을 수 없었다.

이번 전쟁은 처음부터 복잡하기 이를 데 없는 기괴한 싸움이었다. 이겨서도 안 되고 지면 일신의 파멸. 이것을 가슴에 숨겨둔 채 나가쿠테 일전에서 크게 승리하자 이에야스 쪽 가신들의 주장은 뚜렷이 둘로 갈라졌다. 그보다도 이에야스와 가즈마사를 제외하고는 주전론 한 가지로 굳어버렸다 해도 과언이 아니다

'히데요시 따위 두려울 것 없다!'

본디 날쌔고 단순한 미카와 무사였다. 히데요시가 멈칫한 동안에 추격해 단번에 숨구멍을 막아버리는 게 옳지 않느냐는 식으로 결전을 바라는 것은 당연했다.

이에야스가 지금은 히데요시를 칠 때가 아니라고 설득하면 할수록 그들은 핏대를 올렸다. 다른 뜻이 있는 게 아니다. 이에야스가 자기들의 노고를 위로할 셈으로 큰일을 머뭇거린다…… 그래서는 미안하다고 고지식하게 생각해서 하는 주장이었다.

따라서 이에야스 외에 그들의 이렇듯 강경한 주전론 앞에 서게 되는 것은 가즈마사 한 사람뿐이었다. 혼다 마사노부 등이 입을 열어도 상대조차 하지 않고 맞서왔다.

"주군의 기를 죽이는 자는 가즈마사다."

"그렇다, 가즈마사에게 히데요시의 손이 뻗쳐 있다."

"그게 틀림없어. 히데요시에게 사신으로 갔다가 속아 넘어가 돌아온 거야."

이러한 사람들을 억누르면서 이에야스는 철두철미 히데요시와의 결전을 피했다.

히데요시 역시 나가쿠테에서 가쿠덴으로 철수하자 본진을 고마쓰데라산(小松

寺山)으로 전진시켜 마치 금방이라도 공격을 개시할 것 같은 기색으로 대치했다.

뒤에 들은 바에 의하면 고마쓰데라산 본진에서 히데요시는 바둑만 두고 있었다 한다.

"적의 동태가 변했습니다."

전선에서 전갈이 오면 돌아보지도 않고 대답했다.

"저쪽에서 나오기만 하면 싸운다. 나오기만 하면……."

그러나 그는 이에야스 쪽에서 공격해 오지 않으리라는 것을 잘 알고 있었다 한다.

'그 때문에 서로 얼마나 많은 생명을 버리지 않고 건졌는가…….'

물론 그동안 이에야스의 뜻을 받든 가즈마사가 히데요시 쪽과 연락하고 있었기 때문이긴 했지만……

오카자키성 안에 들어서자 자야는 다시 생각난 듯 한숨을 내쉬고 그 무렵의 창백하고 극도로 긴장해 있던 가즈마사의 얼굴을 그려보았다. 자칫 한 발자국만 잘못 디뎌도 어떤 파탄을 만날지 모르는 가즈마사의 위태로운 흥정이었다.

상대는 이름난 지장 히데요시. 그 히데요시를 상대로 서로 지지 않는 모략을 짜나가지 않으면 안 되었던 가즈마사의 입장. 만일 히데요시의 뱃속을 잘못 읽어 틈을 보이는 결과가 된다면, 히데요시 군이 성난 파도처럼 고마키산을 휩쓸어 갔을 게 틀림없었다.

따라서 이쪽도 공격하지 않으나, 적으로 하여금 결코 공격케 해서는 안 된다. 이에야스의 속셈이라면서 히데요시에게 밀고하는 것은, 바로 이에야스의 속셈임과 동시에 히데요시의 이익이 되도록 치밀히 계산하여 산출된 유일한 답이어야 했다. 그 사이에 한 치의 차질이라도 있게 되면, 민감한 히데요시는 가즈마사가 이에야스의 뜻을 받들어 움직이고 있음을 쉽게 꿰뚫어볼 테고, 그렇게 되면 어떤 피해를 입을지 모르는 일이었다.

이렇듯 쌍방에 싸움의 불리함을 강조하면서 정확하게 히데요시 군의 동향을 파악하여 이에 대응해 아군을 포진하여 갔기 때문에 그 전공은 이루 말할 수 없이 컸다.

히데요시는 4월 내내 고마쓰데라산에 머물며 가즈마사의 밀고가 충분히 믿을 만한 것임을 확인하자 비로소 기소강에 다리를 놓게 하여 이를 건너가 가가미

들판(各務原)을 거쳐 미노의 오우라(大浦)로 들어갔다. 전선의 고정된 상태를 타개하기 위해 동쪽 미노 땅의 여러 성을 공격하는 것처럼 보이면서 움직이기 시작하여 가가노이성(加賀野井城), 다케가바나성을 공격하고 일단 오사카성으로 철수한 게 6월 28일이었다.

히데요시는 이때 이세 방면에서도 활발하게 군사를 움직였다. 마쓰가시마, 미네의 여러 성에서 고베, 고후, 지구사, 하마다, 구스를 함락시켜 갔지만 이것은 벌써 이에야스를 항복시키기 위한 일과는 전혀 별개의 목적이 되어 있었다.

이에야스와의 화평을 이루려면 우선 노부카쓰와 화의하지 않으면 안 된다—그런 생각으로 한 작전이었고, 또한 그렇게 생각하게끔 가즈마사는 공작해 나갔다.

이에야스는 의리에 얽매여 노부카쓰를 돕기 위해 출병했다. 따라서 본인인 노부카쓰가 히데요시와 화의한다면 모든 게 끝난 것으로 알고 도쿠가와 군은 철수할 수 있게 되는 것이다. 그 뒤에도 소규모 전투는 가끔 있었으나, 벌써 쌍방의 속셈이 정해져 있으므로 히데요시도 이에야스도 저마다 체통을 상하는 일 없이 노부카쓰와 히데요시의 강화가 이루어지도록 충분한 뜻을 가진 움직임이었다 해도 과언이 아니다.

그리하여 8월 28일에 오사카로부터 다시 출진한 히데요시와의 사이에 고마키 주변에서 정찰전이 있었으나, 그것을 마지막으로 휴전상태에 들어가 이에야스는 9월 27일에 기요스로 들어가고 10월 10일에는 미카와로 철수해 그때부터 강화교섭에 들어갔던 것이다.

그리고 지금 히데요시와의 모든 교섭을 위임받아 처리해 온 이시카와 가즈마사에게 짓눌려 있는 문제는, 히데요시가 이에야스에게 요구한 인질문제였다. 이에야스의 자식 하나에, 가즈마사와 사쿠자에몬 두 중신의 자식을 곁들여 오사카로 보내도록 제의해 왔기 때문에 온 가문이 분노로 들끓고 있었다.

"가즈마사는 대체 어느 편인가?"

"이긴 쪽에서 인질을 낸다고……? 듣지도 못한 말이다. 왜 안 된다고 일갈하고 오지 못했는가!"

가즈마사가 사는 오카자키성 별성에 자야가 도착했을 때 진눈깨비가 본격적으로 내리기 시작했다.

안내를 위해 나온 젊은 무사가 선선히 안으로 들어가긴 했으나 예상과 달리 좀처럼 돌아오지 않았다. 자야는 잠시 고개를 갸웃거렸다. 자기가 일부러 들렀다면 혹시 친히 마중 나오지 않을지…… 그만큼 외로운 고립 속에 몰려 있을 게 틀림없는 가즈마사라고 예기하고 왔는데 뜻밖이었다.

잠시 뒤 젊은 무사가 돌아와 긴 말은 필요 없다는 노골적인 복선을 깐 말을 전했다.

"잠깐이라면 뵐 수 있다고 말씀하십니다만?"

자야는 고개를 갸우뚱한 채 대답했다.

"그야 뭐…… 번잡한 일들로 바쁘신 줄 알지만, 교토로 돌아가면 언제 또 뵙게 될지 모릅니다. 그래서 잠시 얼굴이나 뵙고 갈까 해서요."

점원을 대기실에 남겨놓고 발을 씻은 다음 현관으로 올라갔다.

"가즈마사 님은 편안하신지요?"

서원으로 건너가는 복도에서 다시 한번 안내하는 무사에게 묻자 젊은 무사는 잠시 더듬거리듯 말끝을 흐렸다.

"예……예. 아무튼 마음의 괴로움이……."

어쩌면 가즈마사로부터 꾸중을 들었는지도 모른다.

서원으로 들어서니 가즈마사는 벌써 촛대를 갖다놓고 기다리고 있었다.

자야는 생각했다.

'여위었구나!'

유난히 높은 광대뼈가 불쾌한 그늘을 그려내고 단정히 앉은 어깨까지 뾰족해 보였다.

"이거 바쁘신 가운데 실례가 많습니다."

자야가 두 손을 짚자 가즈마사는 가까이하기 어려운 말투로 말했다.

"무슨 볼일인가? 그대는 이제 쉬게 되었다고? 그렇다면 가문 사람도 아니고 친구도 아니오. 일부러 들러줄 것까지도 없을 텐데."

그리고 두 무사에게 명했다.

"모두 물러가도 좋다."

무사들보다 자야가 오히려 놀랐다. 뜻밖이기도 했다. 얼마 전까지 함께 이에야스 곁에서 중요한 일에 참여한 사이였고, 자기가 무엇 때문에 떠돌이무사가 되고 무엇 때문에 상인이 되려 하는지도 잘 알고 있을 가즈마사가 아니었던가……!

젊은 무사들이 물러간 뒤에도 가즈마사는 한참 동안 자야를 쳐다보지 않았다.

"이시카와 님, 심려가 많으실 것으로 생각합니다."

"걱정 마시오!"

"예……?"

"이시카와 가즈마사, 상인이 된 그대에게 동정받아 기뻐할 만큼 약하지 않소."

자야는 순간 침을 삼키고 가즈마사를 쳐다보았다. 가즈마사가 이 같은 말을 하는 것은 자야의 상상 이상으로 주위의 바람이 차가운 증거라고 생각되었다.

"참고 삼아 분명히 말해 두지. 지금 이 가즈마사를 찾는 자에게는 어느 누구 할 것 없이 가신들의 눈길이 번뜩이고 있소."

"예? 찾아오는 자에게……?"

"너무 고지식해서 예절을 차리다 생명을 버린다는 건 억울한 일이야. 그대는 교토로 올라가는 몸…… 교토는 지금 히데요시의 세력 아래 있다는 사실을 모르오?"

이 말을 듣고 자야는 아차 하고 놀랐다.

'가즈마사는 이 자야의 신변을 염려하고 있다……!'

자야 시로지로는 가슴이 메었다.

가문의 으뜸가는 충신이, 자기를 찾아오는 자들의 생명을 염려해야 할 만큼 큰 오해를 받고 있다……

"이시카와 님, 이 자야는 무사와 인연을 끊는 이번 길에서 큰마음 먹고 여쭈어 볼 말씀이 있어 찾아뵈었습니다."

가즈마사는 여전히 얼굴을 돌리고 대답했다.

"말해 보오. 대답할 수 있는 일이라면 옛정을 보아 말을 못하지는 않으리다."

"고마우신 말씀……"

자야는 어디까지나 공손히 절하고 물었다.

"히데요시 쪽에서 요청한 인질문제, 주군께서는 허락하셨습니까?"

"그 일 말인가……"

가즈마사는 큰 한숨과 함께 비로소 자야를 똑바로 보았다. 처음 순간의 불쾌한 표정과 정반대인 슬프고도 맑은 눈매였다.

“그 일로 머지않아 이 가즈마사가 또 히데요시 님을 찾아가기로 되어 있소.”
“승낙한다는 내용 전달입니까?”
“아니, 거절하기 위해서요.”
“예! 그러면 주군 마음은……?”
“자야, 이 가문의 일은 주군 혼자서 정하기 어려운 일도 있는 것이오.”
“그러나 그것은…….”
“크게 반대하는 장본인은 지명을 받아 센치요를 인질로 보내게 되어 있는 혼다 사쿠자……사쿠자의 눈에 흙이 들어가기 전에는 히데요시에게 자식들을 인질로 보내지 않겠다, 굳이 강요한다면 센치요를 데리고 떠돌이무사 노릇을 하겠다고 여러 사람 앞에서 분명히 잘라 말했소.”
자야는 머리를 끄덕였다. 사쿠자가 한 말이라면 그리 신경 쓸 필요 없다, 사쿠자에몬과 가즈마사는 애초부터 이에야스와 타협이 있었을 터……라고 생각했기 때문이었다.
“자야.”
“예.”
“그대는 사카이에 지기들이 있지.”
“예, 나야 쇼안, 쓰다 소큐, 모즈야 소안, 스미요시야 소무 등이 있습니다.”
“소에키(리큐)는 어떻소. 안면이 없었던가?”
“있습니다. 요즈음은 히데요시 님이 특별히 아끼는 모양입니다.”
가즈마사는 머리를 끄덕이고 그냥 말머리를 돌렸다.
“이번 인질문제는 히데요시 님에게 무리가 있었소.”
“예…….”
“노부카쓰 님과 히데요시 님 사이의 화의에 주군께서 한 말씀도 훼방하시지 않은 것은 끝까지 의리를 지키려는 훌륭한 마음씨…… 이긴 싸움에서 조금도 보수를 바라지 않고 말없이 군사를 후퇴시킬 무장이 일찍이 있었던가?”
“그야 없었지요!”
“그러한 주군에게 인질을 내라고 한 것은 큰 잘못. 노부카쓰 님에게라면 어떤 조건을 내세우건 우리가 알 바 아니지만……도쿠가와 가문에까지 요구한다는 것은 군사를 철수하게 하고 나서 속임수를 내놓은 것……이라는 말을 듣고 보니 이 가즈마사도 다녀오지 않을 수 없게 되었소."

자야 시로지로는 달라붙을 듯한 눈매로 지그시 가즈마사를 쳐다보았다. 가즈마사 역시 자야를 바라본 채 어느덧 눈자위가 붉게 물들고 있다. 짐작컨대 이러한 상황에 놓인 가즈마사의 고충을 뒤에서 히데요시의 귀에 넣을 수단이 없을까 하고 수수께끼를 걸고 있는 게 틀림없었다.

자야가 아는 한 이에야스도 사쿠자에몬도 가즈마사도 인질 문제를 부득이한 일로 받아들일 속셈으로 있을 터였다. 그런데 가신들의 강경론이 이것을 용납하지 않는 모양이었다.

그러고 보니 그 강경론에는 확실히 일리가 있었다. 이에야스는 어디까지나 이번 싸움을 노부카쓰의 싸움이라고 생각했다. 부탁받은 대로 도왔으며, 화의에 즈음해 노부카쓰의 뜻에 일임하고 깨끗이 병력을 철수한 것으로 되어 있다. 그런데 인질을 내놓게 된다면 노부카쓰와 함께 히데요시에게 패한 것으로 보이게 된다.

만약 이에야스가 의리로 노부카쓰를 돕고, 화의문제에 상관하지 않고 병력을 시원히 철수시킨 것이라면 이에야스와 히데요시 사이는 무승부. 새로이 양쪽의 제휴를 도모하려면 히데요시 쪽에서도 인질과 동등한 그 무엇을 이에야스에게 내놓아야만 하는 게 당연했다.

그러나 이것은 표면적인 이유고, 가즈마사도 모르는 바 아니리라. 그러한 일을 잘 알면서도 가즈마사가 굳이 인질에 대한 일을 전하지 않으면 안 되었던 것은 히데요시에게서 한마디 듣고 물러난 게 분명했다.

"그대는 이에야스의 힘과 나의 힘을 같다고 생각하는가."

물론 그 일은 이에야스 자신도 잘 알고 있다. 따라서 문중에 강경론만 나오지 않았던들 그냥 그렇게 될 가능성이 충분히 있었는데…….

"이시카와 님, 그렇다면 대감께서도 그러한 이치에 꺾여서 인질은 안 된다고……?"

"이치에는 주군도 승복하지 않으면 안 되오. 그러므로 나는 거절하기 위해 가는 것인데……."

자야 시로지로는 침을 꿀꺽 삼키며 몸을 앞으로 내밀었다.

"그렇다면 혹시 제가 도움될 만한 일이 없겠습니까? 인질을 거절당하여 만일 쌍방이 다시 싸우게 된다면……히데요시 님에게도 큰 손해가 되지 않을까 해서요."

"바로 그 문제일세!"

"예."

"그대는 장사치, 손실과 이득을 잘 알 것이오. 히데요시 님에게 그러한 수판셈을 전할 만한 줄이 있었으면 하는데."

"그야 뭐…… 그런데, 이시카와 님의 마지막 속셈은…… 이렇게 말씀드려도 지나치지 않을는지……"

가즈마사는 눈길을 돌려 촛불의 심지를 잘랐다. 주위가 환히 밝아지자 화로의 재가 하얗게 눈에 띄었다.

"마지막에는 말이야, 자야, 다 버릴 작정이오, 나도 사쿠자도……."

"황송합니다, 그 뜻을 짐작하겠습니다."

"히데요시 님이 뭐라고 할지 모르겠네만 내게 묘안이 하나 있는데……."

"어떤 묘안이신지?"

"히데요시 님에게는 자식이 없소."

"예, 그렇습니다."

"그러므로 오기마루 님을 양자로 받아달라는 거야. 인질은 결코 아니다! 그 양자에 내 자식과 사쿠자의 자식을 딸려 보낸다……이 제안이 통한다면 오다, 도쿠가와 사이와 마찬가지로 두 가문은 친척이 되는 거지."

그렇게 말한 다음 가즈마사는 엄숙하게 웃었다.

"이것이 통하지 않으면 가신들을 누를 힘이 내게 없소. 배를 가를 수밖에. 오사카성문에 가즈마사의 창자로 미카와 무사의 그림을 그려줄 따름이지."

자야는 얼어붙은 듯한 표정으로 가즈마사를 쳐다보았다. 이로서 가즈마사의 속셈을 또렷이 알았다. 가즈마사는—인질은 승복할 수 없다, 그러나 만약 양자로 맞아준다면 히데요시의 요구를 받아들여 오만 부인이 낳은 둘째 아들 오기마루에게 가즈마사의 아들 야스나가와 사쿠자에몬의 아들 센치요를 시동으로 딸려서 보낸다.

"그것으로 납득하지 않으시면 나로서는 주군 이에야스를 설득할 수 없습니다."

명분이냐, 실리냐—터놓고 히데요시에게 마지막으로 싸움을 걸 작정임에 틀림없었다. 그러나 히데요시가 과연 그대로 이해해 줄지 어떨지…… 생각하면 가즈마사도 자신이 없는 모양이다.

자야가 생각해도 마찬가지였다. 그럴 수밖에 없는 것이, 이번 전쟁에서 히데요시가 명분에 몹시 신경 쓰고 있기 때문이었다.

세상 사람들이 이에야스의 강함을 칭송하며 오사카성 안까지 쑥덕공론이 퍼져 있다.

"이번 싸움은 히데요시 님이 졌다."

그러므로 히데요시는 양자 건에 대해 좀처럼 승인할 것 같지 않았다.

"한 가지만 더 여쭤보겠습니다."

"물어보시오, 말하던 참이니까."

"이 요구를 히데요시 님이 시원스럽게 들어주는 대신 다른 조건을 내놓으면 이시카와 님은 어떻게 하시렵니까?"

"뭐? 승인하는 대신 다른 조건을?"

"예, 제게는 그렇게 생각됩니다. 여기서는 비록 친척이라는 명목이라도 화의를 맺는 게 히데요시 님에게 유리합니다. 그러므로 꿋꿋이 밀고 나가면 승낙할 것으로……."

"그리고 그 대신 무엇을 요구하리라고 생각하는가?"

"예, 이 자야 생각으로는……."

자야는 신중히 고개를 갸웃거리며 가즈마사의 표정을 살폈다.

"이에야스 님이 오기마루 도련님을 모시고 오사카성으로 직접 오도록…… 그렇게 말할 것 같지 않습니까?"

"뭐, 우리 주군이 직접……?"

가즈마사의 미간이 순간 난처함으로 흐려졌다. 듣고 보니 가즈마사에게도 분명 그렇게 생각되었다.

'문제는 히데요시의 체통을 세우는 데 있다.'

배짱 좋게 이에야스의 아들 오기마루를 양자로 삼은 것처럼 보이면서, 이에야스를 오사카성으로 불러 많은 영주들 앞에서 신하 취급을 해 보이는 것. 이로서 자기 지위와 실력을 분명히 나타내 보인다면 히데요시의 체통은 충분히 서고 직성도 풀릴지 모른다.

"과연 있을 수 있는 일……."
"저는 아마 그렇게 되지 않을까 싶습니다만, 그런 경우에는 승낙하실지요, 이시카와 님께서는?"
가즈마사는 힘없이 고개 저으며 탄식했다.
"주군이 승낙하시더라도, 가신들이 오사카로 보내지 않을 거요. 속여서 벨 작정이라고 더욱 의심하며 떠들어댈 거야."
이번에는 자야가 몇 번이고 조그맣게 고개를 끄덕여 보였다. 그 역시 무리한 일이라고 처음부터 알고 있는 것이었다.
"이만큼 여쭈어보았으니, 이 자야는 저 나름대로 한 번 수를 써볼까 합니다만……?"
자야는 가즈마사의 침통한 얼굴을 더 보고 앉아 있을 수 없어 살며시 자리를 뜰 눈치를 보였다.
"그렇군, 그렇게 요구할 것이 분명해! 그런 생각이 드는군."
가즈마사는 허공을 쳐다보고 한 번 더 되뇐 다음 물었다.
"그냥 돌아가겠소?"
"예, 사정 말씀을 듣고 보니 억지로 재워 달랠 수도 없군요. 잠시 인사만 여쭙고 성 아래 여관에 들기로 하겠습니다."
"자야 님."
"예."
"성을 나갈 때 조심하오. 그대가 생각하는 것보다 이 집안의 분노는 굉장하오."
"속도 모르고! 정말 미카와 사람들의 큰 결점이군요."
"아니, 단순하고 뼈대 센 이것 또한 얻기 어려운 장점이오. 그들이 이 가즈마사를 얼빠진 녀석이라고 욕하며 분통을 터뜨릴 동안 주군께서는 오히려 평안하실 테니까."
"정말 감탄했습니다. 실로 가문의 주춧돌이십니다. 그럼, 부디 몸조심하시고 큰 임무를 다하시도록……."
"고맙소. 그럼, 그대도……."
가즈마사는 손뼉을 쳐서 아까 그 젊은 무사를 불렀다.
"손님이 돌아가신다. 현관까지 전송하도록."

"예."
자야는 더 말하지 않고 공손히 절하고 곧장 복도로 나가면서 생각했다.
'야릇한 충성도 다 있구나…….'
히데요시라는 폭넓은 인간은 평범한 이들이 사람을 헤아리는 척도를 훨씬 뛰어넘고 있다. 그런 만큼 히데요시의 모든 언행이 소박한 미카와 무사들에게는 사기술이나 모략으로 보이는 모양이었다. 어쩌면 대장으로서는 경박하고 변덕 많아 아니꼬운지도 모른다. 그렇다 해서 그 히데요시에게 사자로 오가며 인질 요청을 전했다 하여 가즈마사에게 출입하는 사람에게까지 눈길을 번뜩인다는 것은 놀라운 편협성이라 아니할 수 없다.
'혹시 이시카와 님까지 신경질이 지나친 것은 아닐까……?'
그러한 생각을 하면서 성문을 나와 함께 간 두 점원에게 무언가 말을 건네려고 뒤돌아보았을 때였다.
"게 섰거라!"
해자 가장자리 소나무 가로수 밑에서 얼굴을 감싼 두 무사가 튀어나와 앞을 가로막았다. 캄캄한 밤이 되어 주위는 남녀의 구별을 가까스로 할 정도로 어두웠다.
'역시 감시하고 있었구나. 이거 참, 놀라운데!'
속으로 어처구니없으면서도 자야는 걸음을 멈추었다.
"예, 무슨 일이신지요?"
"그대 이름은 무엇인가?"
"자야라고 부릅니다만, 무슨……?"
"자야라면 마쓰모토 기요노부 님이군."
"예, 그렇습니다. 얼마 전까지 그렇게 불린 무사였습니다…… 그러나 지금은 무사를 그만두고 포목장사가 된 자야입니다."
말하면서 자야는 상대가 칼집을 열고 있는 것을 보고 더욱 어처구니가 없었다.
"좋아, 자야든 마쓰모토든 그건 우리가 알 바 아니다."
검은 그림자는 조심스럽게 일정한 거리를 지켰다.
"그대는 성안으로 누구를 찾아갔던가?"
자야는 유치하다는 생각이 들면서 벌컥 화가 치밀었다.

"말하지 않으면 어떻게 하겠소?"
"베겠다!"
참으로 깨끗이 대쪽을 가르는 듯한 대답이었다.
"호! 그건 또 무슨 까닭인지 들어볼 만하구려."
자야에게도 역시 미카와 무사의 피가 흐르고 있다. 말꼬리에 웃음을 섞은 것은 그나마 자제한 탓이었다.
"이 성에 인사하러 들어갔다가 베인다면 좀 이야깃거리가 되겠소! 혹시 이 자야에게 무슨 실수라도 있었는지요?"
"있지."
"그렇게만 말씀하시면 알 수 없소. 무슨 미흡함이 있었소?"
"그대는 지금부터 교토로 돌아가는 거지?"
"그렇소, 교토에 있는 도쿠가와 집안 포목 어용상인 자야니까요."
"그대는 히데요시에게 가까이 출입하는 자와 특별히 친하다고 듣고 있다. 개중에는 그대를 고마키 진중에 숨어든 히데요시의 첩자라고도 하나 그렇게까지는 믿지 않는다."
자야는 탄복한 듯 한숨을 쉬었다.
"옳거니. 그러한 소문이 있었습니까? 과연 그것은 믿지 않으시는 게 좋겠소. 이 자야가 정말 간첩이라면 대감께서 벌써 베었을 터. 그런데 나의 행방을 말한다면……?"
"말하라, 똑똑히."
"하하하, 알고 계실 텐데, 이 성의 성주 대리…… 이시카와 님께 작별 인사하러 갔던 사실을."
자야가 시원스럽게 대답하자 두 그림자는 잠시 얼굴을 마주 보았다. 처음의 그 성급했던 태도가 좀 누그러졌다.
"말하라, 성주 대리가 그대에게 한 말을."
"무슨 말씀을. 우리가 주고받은 것은 흔한 세상이야기들이오……."
"그것을 말하라."
"말하지 않는다면 역시 베겠소, 이 자야를?"
"그렇다. 베겠다!"

다시금 치솟는 분노를 누르며 자야는 웃었다.

"허참, 그렇다면 말하지 않을 수 없군. 여기서 베이면 끝장이니. 히데요시가 인질을 내놓으라 한다면서 매우 화내고 계셨습니다."

"화내고 있었다고?"

"그렇소. 거듭 요구해 온다면, 배를 갈라 창자를 내던져 오사카성문에 그림을 그리겠다고…… 그야말로 노발대발하셨소……."

"거짓은 아닐 테지?"

"거짓? 거짓이라니! 이 자야도 전에는 미카와 무사. 칼날이 무서워 거짓말 따위를 지껄이는 겁쟁이는 아니오. 그래서 분명하게 말씀드렸소. 그렇게 화내면 큰 손해라고."

"뭐, 손해!"

상대는 다시 얼굴을 마주 보며 머리를 끄덕였다. 두 점원은 나무그늘에 몸을 숨기고 조마조마하여 몸을 떨면서 사태가 어떻게 될 것인지 주고받는 말에 귀 기울이고 있었다.

"무엇이 손해인가? 모를 소리를 하는구나, 그대는. 말해 봐, 그 손해의 뜻을……."

상대는 어느 틈에 칼자루에서 손을 떼고 우스우리만큼 소박하게 자야의 의견을 듣는 태도로 바뀌었다.

'과연 이런 때는 이시카와가 말한 무어라 말할 수 없이 좋은 점이 있구나!'

자야의 마음도 어느 결에 풀어졌다.

"그 손해 되는 이유를 말씀드리지요. 저쪽에서 인질을 요구한 게 무엇 때문일까 잘 생각해 보십시오. 이것은 히데요시가 자기 얼굴을 좀 세워달라고 애걸하는 부탁이오. 인질도 받지 않고 화의 맺는다면 세상이 웃을 것 아니겠느냐는 어린애 같은 수작이 아니겠소. 그러므로 이쪽에서 그렇듯 화만 내지 말고, 그것은 안 되겠다고 깨끗이 거절하면 될 게 아니냐……고 말했소. 그렇잖소? 이시카와 님은 사자니 한 번은 주군에게 전해야만 되겠지. 그러나 전해 놓고 인질을 거절하는데 무슨 지장이 있겠느냐고 말이오."

상대는 신음했다.

"음! 그래, 성주 대리께서는 뭐라고 하시던가?"

"과연 그렇군, 이건 화낸 내가 점잖지 못했다고 합디다."
"점잖지 못했다고……?"
"그렇소. 그까짓 일로 오사카성문에 창자를 내던질 것까지는 없다는 것이오. 그건 못하겠다고 깨끗이 거절하면 저쪽에서 꺾여 다르게 나올 것 아니겠는가. 그때는 또 그때대로 전하면 되는 법. 체통이 서지 않아 곤란한 것은 이쪽이 아니라 히데요시 쪽이라고 하시면서 웃으셨소."
"과연!"
"그래서 나도 교토로 돌아가 혹시 도움된다면 돕겠다고 했소."
"무엇을 돕겠다는 거요?"
"미카와 무사들의 각오가 히데요시 귀에 들어가도록 오사카성을 드나드는 상인들에게, 통하지도 않는 억지소리는 안 하는 게 좋다고 소문을 퍼뜨릴 작정이오. 이것은 특별히 이시카와 님 부탁은 아니나, 교섭에는 이러한 세상의 뜬소문이 사람을 거뜬히 움직이는 법이니……."
여기까지 말하자 자야는 저도 모르게 웃음이 터져 나올 것 같았다. 조금 전까지 금방에라도 한칼에 베어버릴 듯 달려들던 그들이 쑥스러움을 감추느라 가슴 젖히고 걸음을 옮기기 시작한 것이다.
"잠깐 기다리시오. 말이 끝나지 않았소."
"좋아, 이젠 됐어."
"그쪽 일은 끝났어도 내게 볼일이 있소."
"뭐, 볼일이 있다고?"
"그렇소, 여기서 가도로 나가 숙소를 잡아야겠는데 또다시 당신 같은 분들이 나타나면 어디 무서워 견디겠소?"
"바래다 달라는 건가?"
"바래다주는 것만으로는 마음 놓이지 않소. 안심하고 잘 수 있도록, 오늘 밤 숙소 밖에 감시군을 놓아주시는 게 참다운 친절이 아니겠소?"
"하긴 그렇군."
상대는 머리를 크게 끄덕이고 동행에게 말했다.
"그렇게 하지."
그도 역시 고개를 끄덕이면서 말했다.

"그럼, 따라오시오."

자야는 질려 있는 두 점원을 재촉하면서 왠지 울고 싶은 심정이었다. 어린이 같은 단순한 순박함을 지니고 있는 미카와 무사. 이 단순함이 있는 한, 장남 노부야스를 잃고 지금은 이에야스의 장자가 되어 있는 오기마루를 인질로 내놓겠다는 말을 들을 리 없을 것이다. 그러나 자야가 가즈마사는 분명 이를 거절할 작정으로 있다는 말을 해주자, 그것만으로 벌써 죽일 뜻을 깨끗이 버리고 길잡이로 변해 있다. 대쪽을 가른 듯하다는 건 이런 일을 두고 말하는 것이리라.

그러니만치 앞으로의 일이 걱정스러웠다. 히데요시가 과연 뭐라고 할 것인지? 가즈마사가 다음에 전해올 말이 다시금 그들을 분노의 도가니로 몰아넣지 않으리라는 보장이 없다…….

성큼성큼 거리 쪽으로 앞서가는 두 사람 뒤를 따르면서 자야는 다시 말을 걸었다.

"이거 참, 고맙소. 여기서 미카와 사람들이 단단히 배짱을 정하지 않으면…… 그렇지 않소, 여러분?"

"물론."

"어느 정도까지는 히데요시의 요구를 들어주고, 어느 선부터는 결코 안 된다는 그런 한계 말이오."

한 사람이 무뚝뚝하게 대답했다.

"그건 이미 정해졌소. 이긴 싸움에서 아무 조건도 내세우지 않고 뒷일을 모두 노부카쓰 님에게 맡긴 채 군사를 철수했으니 이것이 최대의 양보지, 더 이상은 없소!"

"과연. 그러나 히데요시 쪽에서도 싸움에 졌다고는 생각하지 않고 있소. 바로 그 점이 어려운 것이오. 조금만 더 싸웠더라면 반드시 이겼으리라고 분명 생각하고 있을 테니 그런 문제에 대해서도 조금은 생각해 둘 필요가 있지 않겠소?"

"그럴 필요는 없소."

"그렇다면 다시 싸움이 붙으면……?"

"그때는 맛을 보여줄 뿐이지."

자야는 그 정도로 말을 그쳤다. 진다고는 전혀 생각지 않는다. 바로 이 점에 소중한 강함이 있는 것이니 이에야스나 가즈마사가 설복하느라 애쓰는 고충에 동정이 갔다. 아군의 약점을 억지로 설복해 이 큰 자신감을 흔들어놓는다면 그야말로 교각살우(矯角殺牛)의 어리석은 노릇, 이 장렬한 사기를 다시 되찾을 길 없을 것이다.

'그랬었군. 그래서 똑같은 속셈을 가졌으면서도 혼다 사쿠자는 강한 외고집으로 밀어붙이는구나."

그날 밤 자야와 점원들은 두 무사가 안내해 준 에치젠야(越前屋)라는 여인숙에 묵었다. 여인숙 주인은 이 두 무사를 잘 알고 있는 듯했다.

자야는 굳이 그 이름을 묻지 않았고, 막걸리를 한 사발씩 들이켜고 잠들었는데 밤중에 측간에 가기 위해 일어났다가 깜박 놀랐다. 저토록 의리가 굳을 수 있을까. 그들은 한밤중인데도 이 여인숙을 조용히 둘러싸 자야들을 경호해 주고 있었다. 저쪽 모퉁이, 이쪽 처마 밑, 세어보니 그림자가 네댓 개로 불어나 있다.

자야 시로지로는 그 그림자를 보고 그날 밤 오히려 잠들지 못했다. 우직하다고는 생각하고 싶지 않았다. 역시 철벽같은 의리감을 갖고 있다. 이같이 정직하고 강직한 기풍이 달리 또 있을 것인가……? 그러니만치 무섭게 느껴지는 것은 모순이면서도 모순이 아니었다.

'과연 이래서 제물이 되겠다고 가즈마사 님은 생각하셨군!'

다음 날 아침 자야는 날도 밝기 전에 오카자키를 떠나 교토로 향했다. 그 역시 화평의 제물이 되어야겠다고 깊이 결심했기 때문이었다.

다도삼략(茶道三略)

오사카성 안에 세워진 히데요시의 자랑거리인 산 속 다도 정자.

거기서 오늘 조회가 열렸다. 온 뜰에 가득 내린 서리가 동녘 하늘의 붉은 빛을 받아 몹시 장엄하게 보이는 곳. 모인 이들이 내쉬는 입김마저 하얗게 보이는 맑은 하늘이었다. 이 다도 정자는 다다미 3장 깔린 작은 방으로, 그곳에서 사립문에 이르기까지 센 소에키가 나와 예법대로 사람들을 안내했다. 히데요시는 싸움터에서 보는 그와는 전혀 사람이 달라진 것 같은 점잖은 태도로 쓰다 소큐, 나야 쇼안, 모즈야 소안, 스미요시야 소무 등 사카이 사람들과 함께 방에 앉았다.

여기서 그가 티 없는 마음을 한 잔의 차에 몰두하려 한다고 생각한다면 큰 오산. 그는 지금 이 다실에서 이제부터 차례로 천하의 영주들을 어리둥절케 해주려는 그 연극 연출을 연습해 보려는 것이었다.

우선 고대광실 같은 9층 성곽을 보여 그 위력을 유감없이 과시하고, 다음에 한가로운 바람에도 쓰러질 것같이 초라한 작은 정자로 안내하는 것이다. 그리고 히데요시가 점잖은 표정으로 손수 차를 끓여 내놓으면 무장들은 대개 안개 속에 들어선 듯 어리둥절해진다. 따로 세운 황금다실에서 금으로 된 차 솥을 과시하는 기분과 점잖게 이곳에 앉아 있는 것은 오십보백보, 결국 사람을 사람같이 여기지 않는 히데요시 성격의 표리에 지나지 않았다.

다도 정자에 모인 사람들도 물론 그것을 잘 알고 있다. 아니, 알고 있는 것 이상이었다. 그들은 그들 나름대로 히데요시를 사카이 사람들의 우두머리나 무력

담당 정도로만 알고 있는지도 모른다.

어쨌든 사용되는 도구들은 모두 천하일품들이었다. 솔직히 말해 이런 것들이 터무니없는 가짜라 하더라도 지금의 히데요시는 아직 알쏭달쏭하여 잘 모르는 듯했다. 그렇다 해서 히데요시가 몰취미하다든가 저속한 인간이 되지는 않는다. 그의 인생에서는 아직 이러한 일을 즐길 만한 시간의 여유가 전혀 없었던 것이다. 따라서 그는 사카이 사람들이며 다도인들을 둘도 없는 첩자요, 돈벌이하는 중이라고 생각하고 있다.

그러한 그들이 점잖은 표정으로 모여 우선 회식하고 난 다음 소에키의 안내로 다회를 시작했다. 그동안 히데요시는 심술 사나운 시골 농군이 낯선 곳에 초대받은 것 같은 묘한 자세로, 소에키의 손놀림을 보기도 하고 소큐의 목을 바라보기도 한다. 거기에는 무언지 산뜻하고 엄숙한 분위기가 깃들어 있어 왠지 감미롭고 쓸쓸하고 안타까웠다.

마지막으로 소무가 차를 마시는 것을 기다려 히데요시는 입을 열었다.

"이 도를 대체로 알긴 하겠는데…… 이 자리에서 천하의 일을 말해서는 안 된다는 규율을 나만은 특별히 면해 주어야겠다. 여긴 나와 그대들이 비밀회의 하기 안성맞춤인 장소니까."

맨 먼저 쇼안이 웃었다.

"하하하! 설마 소에키 님도 안 된다고 하시지는 않겠지요. 실은 저희들도 말씀드릴 게 여러 가지 있습니다만."

쇼안은 거침없이 말했으나 소에키는 결코 웃거나 머리를 끄덕이지 않았다. 겉으로는 그따위 다도를 떠난 사람은 상대하지 않는다는 듯 조용한 모습으로 소리 없이 차 도구를 닦고 있다. 그러면서도 부르면, 선선히 대답한다.

"소에키."

"예."

"우선 묻고 싶은 게 이에야스 일인데, 그 뒤 그대에게 무슨 소식이 없나?"

"예, 아베 아무개라는 자가 총을 사러 왔었다고 했지요, 소무 님?"

"예, 200자루 남짓 고슈 금(甲州金)으로 구입해 갔답니다."

"음, 우리한테 싸울 용의가 있다는 것을 보이는 수단이지. 그렇다면 사카이 무리 중에도 이에야스에게 통하는 자들이 있는 모양이군."

"물론 있겠지요."
"그런데 내게 인질을 내라고 한 일에 대한 반응은 듣지 못했는가?"
쇼안이 웃는 얼굴로 다시 말했다.
"하시바 님, 다실 예법은 하시바 님이 파계하셨으니 저희도 예절을 젖혀놓기로 하고, 그런 소소한 일보다 더 중요한 일이 있습니다."
"더 중요한 일……?"
"그렇습니다, 이제 나라 안은 다 평정되었습니다. 좀 더 시야를 넓혀 대국으로 눈을 돌리셔야겠기에."
"대국이라니…… 천하 말인가?"
"그렇습니다."
쇼안은 무릎 위에서 손을 비볐다.
"천하는 일본 60주 정도로 작은 게 아닙니다. 조선에서 당나라, 천축, 남방의 여러 섬들로부터 유럽까지 있습니다."
"음, 그것이…… 바로 천하지."
"그렇고말고요. 이것들은 모두 한 태양 아래 있는 나라들, 천하를 일본 60주로 생각하는 시대는 지났습니다. 그 증거로 사카이 항구에는 저렇듯 남만 배들이 드나들고 있잖습니까?"
히데요시는 말했다.
"바로 그것일세! 나도 사실은 주고쿠 정벌 때, 노부나가 공이 내게 시고쿠와 주고쿠를 주겠다고 하셨을 때 대꾸했던 말이 있지."
"허, 그건 처음 듣는 말씀입니다."
"시고쿠, 주고쿠는 필요 없습니다, 머지않아 명나라 400여 주를 얻고자 합니다라고 말이야."
히데요시는 그곳이 좁은 다도 정자 안인 것도 잊은 듯 지붕이 날아갈 듯한 소리로 마구 웃어댔다.
"이거 참, 놀라운 예절이신데요."
소에키가 씁쓰레하게 웃자 히데요시는 순순히 머리를 긁적이며 목을 움츠렸다.
"용서하게, 용서해. 그런데 그 천하에 무슨 일이라도 일어났는가?"
"일어나고 있지요. 명나라 관리 놈들이 왜구니 뭐니 하며 일본과의 교역을 거부하고 있는 동안 남만선은 에스파니아, 포르투갈 외에 영국, 네덜란드 등 새로 생긴 나라들이 천축으로부터 명나라를 향해 잇따라 들어오고 있습니다. 내버려두면 명나라 땅도 조선 땅도 모두 그들이 나눠가질 것입니다. 도쿠가와 님을 상대로 손바닥만 한 데서 다투고 있을 때가 아닙니다."

쇼안의 말에 히데요시는 못마땅한 얼굴로 또다시 관자놀이를 긁었다.

"쇼안, 그대는 나를 부추겨 이에야스를 위해 무언가 하려 생각하고 있는 것 같구나."

심술궂은 윗눈질로 꾸짖자 쇼안은 태연한 얼굴로 대답했다.

"바로 그렇습니다."

"뭐, 그렇다고……?"

"예, 저는 이에야스 님 한 분뿐만 아니라 사카이 사람들을 위해, 온 일본의 백성들을 위한 일로서 더욱이 대감을 위하는 일……을 생각하고 싶습니다."

"음, 그것은 분명 그렇군."

"대감과 노부나가 님의 차이점이 이제 슬슬 나타나야 할 때……노부나가 님 시대에는 우선 일본의 통일이 그 목적의 모두였습니다. 그러나 대감께서 그것으로 만족하신다면 후세사람들이 뭐라고 평하겠습니까? 히데요시는 결국 노부나가를 흉내 낸 데 지나지 않았다고 할 것입니다."

"쇼안!"

"예."

"그대는 과감한 소리를 불쑥불쑥 잘 하는 사나이로군."

"예, 그런 일로 화내실 대감이 아니라는 것을 알므로 그리 말을 꾸미지 않습니다."

"추켜올리지 마라!"

히데요시는 쏘아붙이듯 말해놓고 아무렇지도 않은 듯 눈길을 좁혔다.

"그렇긴 해. 확실히 쇼안이 말한 대로야. 후세사람들은 나를 우대신님 뜻을 받들어 우대신님을 본받아 살아간 사나이라고 할 게 틀림없어. 이를테면 이처럼 차도구를 만지고 있는 일도 우대신님 흉내라고 본다면 흉내니까. 그렇지, 소에키?"

그러나 소에키는 대답하지 않고 소리 내어 끓는 차 솥 뚜껑을 닦고 있었다.

"대감, 이제는 좁은 일본 땅에서 나는 쌀만 목표로 삼아 농민들을 괴롭힐 시대가 아닙니다."
"그건 그래, 나도 언제나 그 일을 생각하고 있어."
"재물이라면 쌀……밖에 생각지 못하여 얼마 안 되는 땅을 서로 뺏고 빼앗기는 그런 무장들은 어쨌든 대감에 의해 평정되었다…… 이미 되었다 해도 과언이 아닙니다."
"또 추켜올리나, 그대는?"
"추켜올리는 것과는 뜻의 크기가 다릅니다. 땅에서 나는 쌀만이 부(富)가 아니라는 것을 이쯤에서 똑똑히 모든 사람에게 알려주어야 합니다. 사카이 사람들이나, 이들과 손잡고 있는 큰 상인들 생각은 훨씬 앞서 있습니다."
"그렇겠군."
"규슈 가라쓰의 가미야는 산에서 무한한 부를 캐내려고 멀리 마카오까지 아들들을 보내 채광법과 금 가공기술을 배우게 하고 있으며, 또한 부젠의 나카쓰(中津)에서 오가(大賀) 아무개는 남만철을 도입해 칼을 만들어 이것을 다시 해외에 내다팔아 큰 이익을 얻고 있습니다. 그러므로 이제 제멋대로 날뛰는 해적들을 엄하게 다스려 새로운 천하를 바라보는 눈으로 바다에 임한다면 해야 할 일이 무한히 있습니다."
쇼안이 열심히 말하자, 히데요시는 깨끗이 수긍하고 다시 말했다.
"알았다, 알았어. 그래서 이에야스를 어떻게 하라는 건가, 쇼안?"
급소를 찔렀으나 쇼안은 도무지 머뭇거리는 기색도 없이 밝게 웃었다.
"대감도 성급하십니다. 모처럼 화제의 큰 꽃이 피었는데, 이에야스 님 일 따위는 뒤로 미루어도 좋지 않습니까?"
"그런데 그대는 누구 부탁을 받고 내게 그걸 말할 작정이지?"
"실은 그렇습니다만……."
"부탁한 그 상대의 이름을 내게 알려라. 그러면 나도 그대 이야기대로 이 눈을 세계로 돌릴 수도 있네."
"예, 예, 그렇게 마음에 걸리신다면 말씀드리지요. 자야 시로지로라는 자로부터 부탁받았습니다."
"뭐, 자야한테서……?"
"예, 그도 나중에 반드시 큰 배를 만들어 세계의 바다에 띄울 사나이라고 이

쇼안도, 소큐 님도, 소에키 님도 모두들 여기고 있는 얼마쯤 기대할 만한 사나이입니다."

"그 자가 뭐라고 했나? 이에야스를 괴롭히지 말라고 하던가."

"그게 아니고 이시카와 가즈마사를 너무 쪼아대지 말라고 부탁받았습니다."

"흥, 이시카와 가즈마사를 말이지……."

"대감!"

"뭐야, 새삼스럽게."

"이쯤에서 분명한 해외 정책을 세우십시오."

"이야기를 또 허풍으로 돌려댈 셈인가?"

"허풍이 아닙니다. 이것이 1년 늦으면 그만큼 남만인에게 여기저기 땅을 빼앗기게 됩니다. 천축, 샴, 안남, 자카르타, 루손, 명나라…… 이렇게 그들은 시시각각 발판을 넓혀 이르는 곳마다 우리 일본 사람들을 방해하며 괴롭히고 있습니다. 이 일본인들의 뒷받침을 해주는 일만 해도 돌아가신 우대신님 뜻보다 훨씬 앞서는 게 아니겠습니까?"

"알았다, 알았어. 그렇게 되면 가장 덕 보는 것은 사카이 사람들이지. 그대들은 나를 사카이 무리의 우두머리나 뭐처럼 알고 있다. 그러나 좋다. 그것이 새로운 방향이라면 잘 궁리해봐야겠지."

"바로 그 말씀입니다. 일본 국내의 군비 같은 건 도무지 문제도 안 됩니다. 눈을 세계로 돌리시고, 우대신님이 할 수 없었던 일을 해나가신다……면 사람을 보는 눈도 달라질 겁니다."

"뭐, 사람을 보는 눈이라고……!"

"예, 좁은 땅을 두고 다툴 때는 베어야 할 성가신 자도, 넓은 세계에서는 용서해 어디엔가 쓸 수 있을 것입니다. 우대신님의 결점은 사람을 너무 많이 벤 데 있다고, 생각 있는 사람들은 한결같이 말하는 것 같습니다."

"음!"

히데요시는 신음했다. 다시금 그의 눈이 별처럼 반짝이기 시작했다.

"쇼안."

"예."

"그대들은 내게 해외로 눈을 돌려라, 그리고 큰 뜻을 이루기 위해 필요한 인간인지 필요 없는 인간인지, 인간의 가치를 정하는 표준을 거기에 두라는 뜻이렷다?"

"바로 그렇습니다, 죄송합니다."

"알았다! 그렇게 되면 이에야스는 나의 부하 우두머리가 될 얻기 어려운 사나이……라는 말을 하고 싶은 게로군."

거기까지 말하고 히데요시는 다시 거침없이 웃기 시작했다. 웃으면서 히데요시는 적잖게 속으로 화내고 있었다.

'요 사카이 놈들, 내 뱃속을 훤히 들여다보고 있군!'

요즘 히데요시의 가슴속에 오가는 것은, 자신이 노부나가 이상 가는 인간이라는 증거를 세상 사람들에게 어떻게 보여줄까 하는 문제였다. 그렇게 하지 않으면, 히데요시는 노부나가가 평정하기 시작한 천하를 그가 남긴 뜻을 내세우거나 복수를 핑계 삼아 훔친 자라는 소리를 들을지도 모른다. 그러한 관점에서 보면 인재 등용 방법도, 질풍을 휘몰아가는 전투법도, 사카이에 대한 주목도, 오사카에 쌓은 성도 무엇 하나 노부나가의 흉내 아닌 게 없다고 할 수 있다.

'그렇게 되어서는 안 된다…….'

줄곧 생각하고 있는 일을 사카이 상인들은 민감하게 알아차리고 그 급소를 찔러 들어오는 셈인데, 오늘의 쇼안 이야기를 종합해 보면 모두 한결같이 이에야스를 위한 획책이 되어간다.

히데요시는 거침없이 웃었다.

"하하…… 이에야스라는 자는 역시 상당히 수완 있는 사나이 같아. 그대들을 완전히 주물러 나를 대하게 하고 있거든."

비꼰다기보다 히데요시 특유의 그 정도는 다 안다는 식으로 미리 누르는 것이었는데, 그 말을 듣자 쇼안의 얼굴빛이 단번에 굳어졌다.

"대감!"

"뭔가, 내 말이 못마땅한가?"

"예, 마음에 들지 않습니다."

"허, 어떻게 안 드나?"

"대감, 저희들을 이에야스에게 움직여져 대감을 대하고 있는 보잘것없는 자로 알고 계십니까?"

"그렇지 않단 말인가?"
"저희들은 이에야스 님과 대감을 대립시켜 생각해 본 일이 없습니다. 저희들이 생각하는 것은 오직 일본의 발전, 이것 하나뿐입니다."
"음, 크게 나오는데, 쇼안이?"
"예, 조그만 일로 이러쿵저러쿵하고 있으면 일본은 못 뻗어납니다. 일본의 평정이 끝나고 곧 국내 총생산을 실제로 답사하시어 조사하십시오. 그렇게 해보면 확실한 답이 나올 것입니다. 이를테면……."
쇼안은 자신의 말이 좀 격렬한지 아닌지 알고 싶은 듯 소에키와 소큐에게로 흘끗 눈길을 보냈다. 두 사람 다 눈을 꿈벅했을 뿐 태연히 앉아 있다. 이 깜박임은 그렇게 크게 나가야 된다는 뜻인 것 같았다.
"이를테면…… 일본은 60여 개 지역, 대감께서 이를 모두 평정하신다면 한 지역씩 주고 싶은 가신이 60여 명밖에 없겠습니까? 아마 그 수는 300 내지 400이 될 것입니다. 그렇다면 공훈에 대한 상을 내리는 데서 막혀버리겠지요. 옛날 남북조시대, 겐무(建武) 중흥의 대업이 붕괴한 것도 바로 그 때문이었습니다. 그러므로 눈을 넓게 떠 세계에서 토지를 대신할 수 있는 부를 수집하는…… 이 큰일을 하실 수 있는 분은 대감 한 분……이라고 생각하므로 국내 문제는 되도록 온건하게 서둘러 처리하시라는 겁니다. 이에야스 님 문제는 그 도중에 나타난 조그마한 일이지요…… 그러나 대감께서 살려둘 수 없다, 몇 년 안으로 두들겨 부숴야지…… 하신다면 저희들이야 '예, 그렇습니까,' 할 뿐이지요."
히데요시는 다시 한번 웃고 코끝에서 황급히 손을 내저었다.
"그만! 알았다, 그만!"
히데요시가 말을 가로막자 쇼안도 역시 쑥스러운 듯 웃었다.
"하하…… 이거 참, 당치도 않은 다도를 했습니다. 용서하십시오."
"사과할 건 없다. 그대가 사과하면 이번에는 또 무슨 말을 꺼낼지 간담이 서늘해진다. 그렇지, 소에키?"
"예……."
소에키는 그래도 입을 열지 않는다. 곁에서 소무가 자못 감탄한 듯, 그러나 좌중의 분위기를 충분히 의식하면서 입을 열었다.
"쇼안 님 말씀에는 실로 놀랐소."

"아니, 뭘 놀랐다는 거요?"

"대감 앞에서 우리들이 생각하는 것은 오로지 일본의 발전뿐이라고 큰소리칠 분은 아마 쇼안 님뿐일 거요."

"하하…… 그럼, 사카이 사람들의 발전을 위해서라고 하는 편이 좋았을까요. 그러나 일본의 발전이 없으면 사카이의 번영도 우리들의 번영도 있을 수 없소. 남만 여러 나라들은 국왕에서 승려, 뱃사람 할 것 없이 일치단결해 다니는데 일본 사람만 뿔뿔이 흩어져 돌아다니고 있소. 나라 안이 하나가 안 되면 해외로 뻗어나갔자 떠돌이 유민, 유민으로서 무엇을 하겠소."

소무도 웃음을 거두고 진지하게 고개를 끄덕였다.

"실로 그렇습니다. 지금 일본에서 명나라, 안남, 캄보디아, 루손 등을 노리고 세계의 바다로 나가 있는 배는 100척이 넘을 것이오. 그들이 한결같이 일본나라 기치를 들고 나가게 되어야 할 텐데 하는 말씀을 대감께 드리려는 것입니다."

히데요시는 그때 벌써 모두들에게서 시선을 떼고 일어날 자세였다.

"중요한 일을 잊고 있었다. 그럼, 잡담은 이만하고……."

"예."

히데요시가 일어나자 모두 일어섰다.

벌써 밝은 아침 해가 비치기 시작하여 서리의 흰 빛이 더욱 선명하게 반짝이기 시작하고 있었다. 그 햇빛 속을 히데요시는 조금 전과는 완전히 다른 엄숙한 표정으로 잠시 걸어가다가 문득 걸음을 멈추고 그의 자랑거리인 천수각을 우러러보았다. 지하를 합해 9층인 대천수각은 해맑은 푸른 아침하늘에 뚜렷이 치솟아 차츰 도시계획이 되어가는 나니와 거리를 내려다보고 있다. 아마 이 위용을 우러르며, 이날 아침도 강어귀에서 나들이 배가 몇천 척 붐비고 있을 게 틀림없다. 이 땅의 발전을 예상하고 사카이와 교토에서 연달아 상인들의 이주가 계속되어 인구가 벌써 교토를 능가하려 하고 있다.

히데요시는 잠시 눈도 깜박이지 않고 천수각을 노려보고 나서 불쑥 한마디 입속으로 중얼거렸다.

"일본의 번영이라……!"

그리고 뜰을 바라보고 있는 측근들 따위는 잊어버린 듯 다시금 부리나케 본성 자기 거실 쪽으로 걸어갔다.

"미쓰나리, 도미타 사콘(富田左近)과 쓰다 하야토(津田隼人)를 급히 불러라."

100칸 복도를 급히 건너가면서 마중 나온 이시다 미쓰나리에게 이르자 히데요시는 벌써 다도에 대한 일도 사카이 사람들에 대한 일도 재빨리 머리에서 몰아내고 있었다.

"이에야스에 대한 일, 빨리 처리하자."

히데요시의 전령 쓰다 하야토와 도미타 사콘이 온 것은 그로부터 한 시간 남짓 지난 뒤였다.

히데요시는 두 사람이 앉기 무섭게 몸을 밀어내며 말했다.

"그대들, 다시 한번 하마마쓰의 이에야스에게 가야 되겠다."

두 사람은 잠시 서로 얼굴을 마주 보았다. 도미타 사콘이 두 손을 짚은 채로 물었다.

"그럼, 이시카와 님으로부터 인질 건을 거절한다는 답이라도……?"

두 사람은 전에 한 번 오카자키로 이에야스를 찾아간 적 있었다. 노부카쓰와 히데요시 사이의 화의성립을 알리기 위해 노부카쓰의 중신 다키가와 가쓰토시와 히지카타 가쓰히사가 갈 때, 히데요시의 사자로서 역시 화평을 알리기 위해 함께 갔던 것이다. 이시카와 가즈마사가 오사카로 나와 인질에 대한 말을 듣고 난처해하며 돌아간 것은, 이 두 사람들에 대한 답례라는 명목으로 오사카에 왔을 때였다.

"아니, 바로 그 일이야. 가즈마사한테서 답이 오기 전에 가야 한다."

"그러시면 인질을 독촉하는 사자입니까?"

히데요시는 흐흐흐 웃었다.

"그대들도 그렇게 생각하나?"

"예……?"

"내가 이시카와에게 인질을 내라 했다고 생각하는가?"

두 사람은 다시금 얼굴을 마주 보며 눈을 깜박거렸다. 인질을 내라고 하면서 내지 않으면 용서 없다고 가즈마사를 다그친 사람은 바로 히데요시 자신이 아니었던가.

"음."

히데요시는 다시 한번 점잖게 머리를 끄덕인 다음 덧붙였다.

"그대들까지 그렇게 생각하고 있는 걸 보니 가즈마사도 잘못 알고 있기 쉽겠구나. 그러니 가즈마사가 오기 전에 다녀와야 한다."

"그러시면 주군께서는 인질을 내라고 하신 말씀이 아니었습니까?"

"그렇다."

히데요시는 그 자리에서 미리 마련된 편지를 두 사람 앞에 내놓았다.

"혹시 내 말이 모자랐는지도 모른다 싶어 그 뜻을 여기 적어놓았으니 그대들 입으로도 전하라. 여느 때 같으면 인질을 받지 않고는 용서하지 못할 일이라고 말했던 것뿐이다. 즉 이에야스의 맏아들에 중신들 아들 둘을, 하고 말이다. 그러나 이제는 일본을 위해 사사로운 정을 버리고 빨리 천하통일을 도모해야 할 때. 이름 없는 영주라면 또 모르거니와, 이에야스 정도의 위인이면 그만한 사리는 잘 알고 있을 터. 그러므로 이에야스의 아들을 내 양자로 기르면서 함께 힘을 합하여 통일 성취의 길로 나가고 싶다. 그러니 양자될 아들의 한 팔이 될 만한 중신들 자식을 딸려 보내라……고 말한 것을 가즈마사 놈, 미욱스럽게 당황하여 인질로 알고 간 듯한 생각이 들거든. 알겠나? 이건 결코 인질이 아니야. 나의 소중한 양자로 삼겠다고 한 것이다. 오해가 있어서는 안 되니 한 번 더 다짐하고 오너라, 알겠나?"

두 사람은 여우에 홀린 듯 다시 얼굴을 마주 보며 눈을 껌벅거렸다.

히데요시는 더욱 태연한 모습이었다.

"모르겠나, 둘 다? 좋아, 알겠다. 그대들 둘이 잘못 알고 있을 때는 이시카와 가즈마사도 분명 잘못 해석하고 있을 게다."

참다못해 도미타 사콘이 입을 열었다.

"황송하오나…… 그러시면, 저, 이시카와 님에게 인질을 내놓으라고 하셨던 그 말씀을 취소하시는 겁니까?"

"뭐, 취소라고?"

"예, 저희들도 동석했던 그 자리에서 주군께서 분명 그렇게 말씀하신 것으로…… 기억하고 있습니다만……?"

"사콘!"

"예."

"그대는 귀를 어디다 달고 다니나?"

도미타 사콘은 시무룩해졌다.

"보시다시피 얼굴 양쪽에 다른 사람보다 얼마쯤 큰 것을 달고 있습니다."

"그게 장식품이 아니라면 똑똑히 들어라. 나는 인질을 내놓으라고 해야 할 터이나 그렇듯 쩨쩨한 소리는 하지 않는다고 말한 것이다. 인질이 아니고 양자로 달라……고 말한 거야. 그 뒷말을 그대들이 잘못 들었으니 이시카와 가즈마사도 분명 잘못 듣고 갔을 것이다. 따라서 이건 어디까지나 양자이니 그런 줄 알도록 전하고 오라."

이번에는 사콘도 납득되었는지 쓰다 하야토와 함께 고개를 끄덕였다.

"그러면 한 말씀 더 여쭙고 싶습니다."

"말귀도 못 알아듣느냐. 또 한 말씀이라니, 뭔가?"

"황송하오나 저편에서는 인질로 알고 있을지도 모릅니다. 분명 이시카와 님 귀는 제 것보다 작았으니까요."

"흥, 그래서 어떻다는 거냐?"

"저편에서 지레짐작하고 노발대발해서 이제 와서는 어떤 타협을 해와도 승복할 수 없다고 한다면 어떻게 할까요? 그런 경우 우리는 모른다면서 편지만 두고 그냥 돌아와도 될까요?"

"사콘!"

"예."

"그대는 진정 불알을 찬 사나이인가?"

"염려 마십시오. 그것도 남보다 얼마쯤……."

"크단 말이지? 그러나 크기만 한 너구리 종류의 것으로는 쓸모가 없다. 그런 때는 버티어라."

"어떻게 버팁니까?"

"이시카와 가즈마사에게 배를 가르라고 해라, 알겠나? 내가 혹시나 해서 편지에도 잘못 듣고 있지나 않느냐고 써놓았다. 그대도 그 자리에서 함께 들었던 일이다. 그것을 가즈마사가 잘못 듣고 나와 이에야스 사이에 일부러 파문이 일도록 했다면 그게 용서할 수 있는 일인가?"

"과연……!"

"우리 주인 히데요시는 그렇듯 옹색한 인물이 아니다. 그런 것을 타협이니 하면서 트집 잡는다면 이대로 돌아갈 수 없다, 이시가와의 목을 받아가야겠다고 말해라."

"또 한 가지 드릴 말씀이 있습니다."

"끈덕진 녀석이로군. 또 무엇이 있나?"

도미타 사콘은 점잖게 머리를 끄덕이고는 다시 한번 쓰다 하야토와 눈짓을 주고받았다.

"만일 저희들이 그렇게 말해서 이시카와 님이 배를 가른 경우, 그 목을 들고 돌아와도 좋습니까?"

"뭐……?"

"주군! 이것은 주군이 생각하고 계시듯 그리 간단한 일로 여겨지지 않습니다. 저쪽 편에서 어떻게 되어가고 있는지는 잘 모르겠습니다만, 인질이든 양자든 내놓는 편에서는 결국 오십보백보. 거절당했을 경우도 잘 생각해 두어야 할 것 같습니다."

도미타의 말에 곁에 앉은 쓰다 하야토도 머리를 끄덕였다. 두 사람 다 이번 일로 이시카와 가즈마사가 얼마나 난처해했었는지 알기 때문이었다.

히데요시는 갑자기 큰소리로 꾸짖었다.

"못난 녀석!"

"예?"

"그대들은 이 히데요시를 어떻게 생각하고 있는 거냐? 그대들에게는 익숙한 주인이지만 이에야스에게는 이 세상에서 가장 무서운 인물이 히데요시다. 내가 이른 대로 말해라. 이에야스가 하지 못한다고 할 리 없다."

"예…… 그 점은 잘 알고 있습니다만 사자로서 만일 경우의 뱃심 없이는 주군을 욕되게 하지 않을까 싶어 두려운 겁니다."

히데요시는 다시 고함질렀다.

"두려워 마라! 만일 거절하거든 큰소리로 웃어줘라. 우리 주인 히데요시는 이에야스가 말 상대되는 놈이라고 하셨는데 이건 큰 착오였다. 이런 멍청이라면 말 상대는커녕 짐이 될 뿐이다. 주군이 양자로 삼겠다 하더라도 우리들이 시키지 않겠다며 얼른 자리를 박차고 오라, 알겠나?"

도미타 사콘은 싱긋 웃으며 쓰다 하야토를 돌아보았다.

"알겠소, 하야토? 그렇게 듣고 보니 역시!"

"잘 알았습니다. 그러나 특별한 사명인 만큼 이 하야토도 한 말씀드리고 싶으니 용서해 주시기를."

"그대도 질문인가? 그래, 말해 보라."

"별일 아닙니다, 만약 저편에서 두말없이 승낙했을 때의 일입니다."

"허, 그대는 승낙했을 경우를 묻는 건가?"

"예. 그런 경우 이에야스 님 자제님을 저희들에게 데려가라고 할 때는 그냥 모시고 와도 좋습니까?"

쓰다 하야토가 말하자 히데요시는 외면하며 못마땅한 표정이 되었다.

"그때는 거절해라."

"뭐라고 거절하면 좋겠습니까?"

"이에야스의 아들을 이 히데요시가 일본 으뜸가는 오사카로 데려와 양자로 삼는 것이다. 세상눈도 있고 하니 충분히 준비를 갖춘 뒤 세상에 알리고 싶다. 언제 모시고 오겠는지 그것만 알면 돌아가 곧 준비하겠다……고 말하고 오너라."

"그럼, 또 한 가지……."

"귀찮구나, 뭔가?"

"그때 이에야스 님이 직접 데려오라고 말씀드리지 않아도 괜찮을지요?"

히데요시는 찔끔하여 또 외면했다. 쓰다 하야토의 질문은 가장 날카롭게 히데요시의 폐부를 찔렀다. 인질……이라고 꺼내놓은 말을 양자로 양보하여 타협할 마음이 된 것은, 물론 이에야스를 오사카성으로 불러내려는 속셈이 있어서 한 일이었다. 이에야스가 오사카로 와서 히데요시에게 인사만 해준다면, 비록 '양자'라고 명분은 바뀌었으나 여러 영주들은 이를 '인질'로 해석할 것이니 그 점에서 히데요시의 권위는 조금도 손상되지 않는다. 그러나 히데요시가 '인질'을 '양자'로 양보했음에도 불구하고 이에야스가 여전히 오사카에 오지 않는다면, 인질을 거절당한 거나 큰 차이 없는 체통 잃는 꼴이 된다.

이제 쓰다 하야토에게 그렇다고 대답한다면 그는 또 직접 데려오지 않겠다고 할 경우에 대해 물을 게 틀림없다. 히데요시는 머릿속에서 부리나케 그런 셈을 계속하면서 마음속과는 반대되는 말을 했다.

"하야토……그대 생각으로는 이에야스가 예 하고 선뜻 데리고 올 것 같은가,

어떤가?"

"황송하오나, 그것까지는……."

"알 수 없겠지. 그대들이 알 수 있겠나. 이에야스는 아마 마음속으로는 아, 고마운 일이라고 우리들에게 감사할 것이나 가신들 중에 그건 안 된다, 조심성 없는 노릇, 만약 오사카성으로 갔다가 그 자리에서 목이 달아나면 어떻게 하나…… 하고 반대하는 자가 반드시 있을 것이다. 그러니 저편에서 거절하거든 이렇게 말하게 해라. 이에야스는 병이 나서 못 온다고. 알겠나? 병도 이만저만한 큰 병이 아니다. 그러므로 낫게 되면 반드시 올라온다는 식으로 해서 양자 행렬만은 제대로 격식을 갖추도록 일러라."

"잘 알겠습니다."

"이제 더 물을 게 없나?"

"알고 싶었던 것, 모두 명심했습니다."

"그럼, 서둘러 출발하도록."

그리고 무엇을 생각했는지 히데요시는 다시 말했다.

"잠시 기다려. 술을 내리겠다."

그리고 옆에 앉은 미쓰나리를 돌아보았다.

"어때, 이번 일에 대한 내 처분이 퍽 관대하지?"

녹을 듯한 웃음을 지으며 두 사람을 번갈아 보았다. 여기서부터가 히데요시가 가장 장기로 삼는 선전술의 영역이었다. 두 사람이 하마마쓰에 가면 정식 응대를 끝낸 다음 반드시 주안상 대접이 있을 터. 그때의 잡담 재료를 두 사람에게 한껏 일러주려는 심산이었다.

"이에야스는 참으로 천성적으로 훌륭한 무장이다. 이에야스의 부하들에게 내가 진심으로 칭찬하더라고 일러라. 이에야스는 고마키 싸움 때 작전에 빈틈이 없었다. 그것이 첫째이고, 둘째는 도무지 당황한 흔적이 없다. 여느 인간이 할 수 있는 일이 아니지. 셋째는 앞날을 보는 눈이 날카로워 천하에 대한 신념이 철저하다. 이것이 미쓰히데나 시바타였더라면 반드시 시고쿠의 조소카베나 사가미의 호조에게 선동되어 무익한 싸움을 벌였겠지만, 그 무모함에 빠지지 않았다. 천하에 대한 일이 눈에 보이니 말이야…… 내가 이에야스의 맏아들 오기마루를 양자로 삼겠다는 원인이 바로 거기에 있다. 이에야스의 피를 타고난 오기마루를 내 손으로 키운다면 어떤 명장이 될지 그게 견딜 수 없는 즐거움이야!"

히데요시는 진정 즐거운 듯 실눈을 지으며 웃었다. 미쓰나리의 지시로 시동들이 잔을 날라 오자 두 사람에게 술을 따라주면서 다시 말을 이었다.

"아주 뛰어난 자식을 한 번 길러 보겠다는 것이 내 소원이다. 알겠나, 그대들은?"

"예…… 자식을 기르시는 일이?"

"그래, 알겠나? 앞으로의 일본은 어제까지의 일본이 아니다."

"그러시다면……?"

"어제까지 일본의 목표는, 어떻게 하면 국내를 평정하느냐에 있었다."

"과연……."

"그런데 우대신님과 이 히데요시에 의해 국내 평정은 이제 1, 2년 안으로 완성된다. 그러니 이번에는 세계로 크게 뻗어나가는 일본이 되는 거다."

쓰다 하야토와 도미타 사콘은 다시 시선을 주고받으며 머리를 끄덕였다.

"그렇게 되면 모든 게 옛날 그대로여서는 쓸모없다. 사람도, 물건도, 사고방식도, 무사도도. 알겠나? 겨우 60여 개 지역밖에 안 되는 오늘의 일본 따위는 대단한 게 못된다. 그러나 사람만은 단번에 기를 수 없으니 지금부터 그런 계획으로 세계를 노릴 수 있는 큼직한 인간을 키워 내놓아야만 하거든."

하야토는 다시 사콘을 돌아보며 말했다.

"과연…… 오기마루 님을 원하시는 참뜻을 비로소 분명히 알겠습니다."

"하하하…… 이에야스의 부하들에게 잘 일러주어라. 나는 머잖아 히데마사며 오기마루와 함께 산더미 같은 군선을 만들어 세계의 바다로 몰고 나갈 것이다. 그 준비를 하고 있다고. 그러기 위해서는 든든한 수비장수가 필요하다. 그러므로 유능한 자가 있다면 지난날의 적과 편 같은 것은 문제 삼지 않겠다. 새로운 일본을 위해 얼마든지 천거해 달라고 부탁해 두어라."

"잘 알았습니다."

"그러면 이 정도로 잔을 비우고 가즈마사가 마음 놓도록 서둘러 떠나는 게 좋겠군."

두 사람은 시키는 대로 잔을 놓고 물러나갔다. 벌써 사자임무를 몇 차례 맡았으므로 그들도 충분히 히데요시의 깊은 생각을 잘 알고 있는 것 같았다.

두 사람이 나가자 히데요시는 잠시 묵묵히 허공을 바라보기 시작했다. 시동들에게 주안상을 치우게 하면서 미쓰나리가 의아해 하며 물었다.

"주군, 웬일이십니까?"

히데요시는 느닷없이 말했다.

"미쓰나리, 나는 이에야스가 밉구나!"

"이 무슨 주군답지 않으신 말씀을……?"

"그놈은 자식을 양자로 빼앗겨도 이 성에 인사하러 오지 않을지 모른다."

"오지 않으면 어떻게 하시렵니까?"

"오지 않을 때는……."

히데요시는 두 눈에 살기를 깃들이더니 곧 그 뒤를 웃음으로 덮었다.

"하하하……오지 않도록 내버려둘 성싶으냐? 반드시 오게 만든다! 그러나 어쨌든 미운 사나이다."

그리고 다시 목소리를 낮추어 다시금 그 눈에 무서운 번뜩임을 담고 속삭였다…….

"미쓰나리, 지금 한 말은 아무에게도 하지 마라."

오해의 바다

도미타 사콘과 쓰다 하야토가 하마마쓰에 도착한 것은 12월 2일이었다. 두 사람은 도중에 오카자키에 들러 이시카와 가즈마사를 만나 이야기 나눈 다음 하마마쓰에 도착해 혼다 사쿠자에몬의 저택을 찾아갔으며, 가즈마사 역시 이들의 뒤를 좇다시피 하마마쓰성으로 뒤따라왔다.

이에야스가 사자를 대면하기 전에 먼저 만나 타합해 둘 필요가 있었기 때문인데, 이 일은 가신들 사이에 곧 야릇한 소문의 물결을 일게 했다. 이번 오기마루의 양자 문제는 모두 가즈마사의 책략에서 나온 것이라고 했다.

"들어봤나, 오기마루 님의 인질 문제?"

"음, 인질로 내놓을 이유가 없다고 반대하는 사람이 많으므로 이번에는 양자로 하자고 말해 왔다더군."

"아냐, 그런 게 아니야. 그 사자는 미리 오카자키에 들러 모든 것을 가즈마사 님과 타합해 놓고 왔다는 거야."

"그것도 들었어. 가즈마사 님은 대체 도쿠가와 집안 가신인지, 아니면 하시바의 가신인지 분간할 수 없어."

"그래, 그렇지만 여기서 그런 고약한 이야기를 하는 것은 상서롭지 못해. 아무튼 하시바 히데요시가 그를 무척 신용하고 있는 것만은 틀림없어. 주군은 대체 뭐라고 하실지."

"거절하실 거야. 노부야스 님이 돌아가신 뒤로 어머니는 다르지만 오기마루 님이 맏아드님이시니 세자로 결정된 건 아니지만 마땅히 으뜸으로 여겨질 분이 아닌가. 그런 분을 인질로 내놓는 게 마음 내키지 않는다면 양자로 삼겠다는……그 따위 구실로 사자를 보내왔으니 말이야."

"내 말뜻은 그런 게 아냐. 만약 주군께서 양자로 보내겠다고 하실 때 그대로 잠자코 있어도 좋은가 아닌가를 말하는 거야."

"나는 분명히 반대하겠어."

"나도 반대야. 요전번 예도 있으니까. 노부야스 님 할복자결 때처럼."

"음. 그때 이쪽에서 노부나가 공에게 보낸 사자는 오쿠보 다다요 님과 사카이 다다쓰구님이었는데, 주군은 아직껏 마음속에 한 점 응어리를 남기고 계신 모양이더군."

"아무튼 우리 모두 가즈마사 님을 만나 자세한 사정을 한 번 설명해 달라고 해볼까?"

"가즈마사 님은 우리에게 솔직히 속을 털어놓고 이야기해 줄 위인이 아니야."

문제는 히데요시의 요구가 마음에 들지 않는 데 있었지만, 히데요시에게 신뢰받고 있다는 이유로 어느덧 그 화살이 가즈마사에게로 뒤바뀌어가는 듯했다.

오늘도 본성의 중신 대기실에 모인 이들은 그 일만 화제로 삼아, 걸핏하면 가즈마사에 대한 의혹을 풍겼다. 그러한 뜬소문을 가즈마사도 물론 모를 리 없었다. 그러나 진눈깨비 섞인 비를 무릅쓰고 오카자키에서 뒤쫓아 온 가즈마사는 별실에서 옷을 갈아입자 중신 대기실에는 얼굴도 내밀지 않고 이에야스의 거실로 들어갔다.

이에야스의 거실에는 오후 3시에 사자를 대면하기 위해 혼다 마사노부와 사쿠자에몬이 와 있었는데, 가즈마사가 들어서자 하던 말을 뚝 그치고 그를 맞았다. 가즈마사는 그 자리의 냉랭한 분위기를 온몸에 느꼈다.

"시간 맞추어 오느라고 땀을 뺐소. 사자를 대면하시기 전에 어떻게든 당도하려고 말이오."

시각은 오후 1시가 되려 하고 있었다.

가즈마사가 이에야스에게 인사하자 마사노부가 먼저 말문을 열었다.

"참으로 수고가 많으십니다. 사자의 의향을 대강 알았기 때문에, 회답하실 것에 대해 여러 가지로 상의하여 지금 막 결정을 보고 있는 참입니다."

가즈마사는 그 말에는 곧 대답하지 않았다. 일단 집어넣었던 수건으로 다시 한번 옷깃 언저리를 닦으면서 사쿠자에몬에게도 이에야스에게도 아니게 말했다.
"날씨가 얼마나 차가운지 땀났던 자리가 으스스하군요."
그러고 나서 물었다.
"어떻게 결정을 보셨는지?"
이에야스 역시 그 말에는 직접 대답하지 않고 물었다.
"오카자키에 들러서 왔다지, 사자들이?"
"예, 그 때문에 허둥지둥 달려왔습니다. 제가 들은 이야기와 여기서의 말이 틀려서는 큰일이라 싶어서요."
이에야스는 고개를 꾸벅 끄덕였다.
"마사노부, 결정된 것을 가즈마사에게 들려줘라."
"예, 아무튼 설도 이미 눈앞에 다가왔으니 여기서 직접적인 회답은 피하고, 새해가 되면 이쪽에서 곧 회답을 드리겠다고 하며 오늘은 연회를 베풀고 선물이나 내놓는 정도로 돌아가게 하는 게 좋겠다고 결론 났습니다만."
그 말을 듣자 가즈마사는 세차게 고개를 저었다.
"서투른 짓이오!"
"그러시면 귀하께서 뭐 특별히 들으신 이야기라도……?"
"들은 게 아니오. 마음에 걸리는 게 있소."
가즈마사는 한마디로 마사노부의 입을 막아놓고 이에야스 쪽으로 몸을 돌렸다.
"히데요시의 기질은 주군도 잘 알고 계시지요?"
이에야스는 상대의 말투가 날카로우므로 슬그머니 외면했다.
"알고 있지만…… 그러나 직접적인 대답은 피하는 게 좋겠지."
"직접적인 대답이 문제가 아닙니다. 인질을 내놓으라는 데 대한 답을 오늘까지 질질 끌어온 뒤란 말씀입니다."
"음, 그래서 그대는 어떻게 하자는 건가?"
"곧 승낙하시어 오사카성에서 설을 맞으시도록 하시는 게 좋겠습니다."
"흠."
이에야스는 입을 다물고 별다른 말이 없었다.

사쿠자에몬이 늙은이다운 태도로 윗몸을 구부리며 말했다.

"가즈마사…… 네 사람뿐이니 말을 꾸밀 필요는 없겠지. 주군은 이제야 오기마루 님에게 아버지로서의 책임을 느끼신 모양이야."

"책임을……?"

"그렇지. 지금까지 주군은, 오기 님에게도 그 어머니에게도 무엇 하나 어버이다운 일을 하신 게 없소. 그래서 불안해진 거요. 오기 님이 오사카에 가서 히데요시에게 진심으로 사랑받게 되면, 친어버이의 냉정함을 알게 되어 오히려 자신을 저주하게 되지나 않을까 하고 말이오…… 그렇지 않습니까, 주군? 그래서 아무튼 설을 지낼 때까지 슬하에 두어 나도 너를 이렇듯 귀여워했노라고 여기게 만들고 싶다…… 말하자면, 박정하게 대했던 일을 얼버무려 꾸미지 않고는 떠나보낼 수 없는 묘한 어버이의 어리석은 심정일 거요."

그렇게 말하고는 어깨를 흔들며 심술궂게 흐흐흐 웃었다. 이에야스는 못마땅한 얼굴로 혀를 찼다.

사쿠자에몬의 말대로, 그는 지난날 그 일이 있은 뒤부터 오기마루와 그의 생모 오만 부인에게 몹시 냉담했었다. 세자인 노부야스가 부자간의 간격을 메워주려고 줄곧 애를 많이 썼지만, 사쿠자에몬의 손을 거쳐 나카무라네 집에서 데려온 다음 지리후의 신관에게 맡기는 등 오아이 부인이 낳은 자식들만큼 사랑하려고 하지 않았다.

그러므로 가신들 사이에 야릇한 풍문이 떠돌기까지 한 적도 있다. 이에야스가 오만 부인의 정조를 의심하고 있는 게 아닐까 하는 것이었다. 그런 일은 물론 없었다. 다만 이에야스가 걱정하는 일은, 노부야스의 경우와 마찬가지로 자기 손으로 기르지 않은 데 대한 위구심이었다.

'자식은 태생보다 기르기에 따른다…….'

자기 곁을 떠나 자란 오기마루에게 이에야스의 마음이 통하지 않는 데가 생겨 그 일로 또 노부야스와 같은 뜻밖의 실패를 가져오게 되지나 않을까 하고…… 그런데 그 오기마루를 히데요시에게 보내지 않으면 안 되게 되었다. 이렇게 되고 보니 아비로서의 책임을 다하지 못한 일이 갑자기 크나큰 자책의 씨앗이 되어 왔다.

사쿠자는 그것을 알므로 놀리듯 웃는 것이었다. 사쿠자는 여전히 비꼬는 투로 말을 이었다.
"주군의 마음은 말이오, 가즈마사…… 이 성에서 설을 지내게만 하면 오기마루 님이 뜻대로의 사람이 될 줄 알고 계시오. 우스운 이야기지. 그렇잖소, 가즈마사?"
가즈마사는 사쿠자에게로 조용히 몸을 돌렸다.
"그렇다면 사쿠자 님은 나와 마찬가지로 오기마루 님을 곧 오사카에 보내는 게 좋겠다는 말씀이군요?"
사쿠자에몬은 부르르 몸을 떨며 고개를 저었다.
"원, 당치도 않은 말씀! 나는 이번 일에 분노를 느끼고 있소. 인질이 양자로 바뀐 정도로 찬성 따위 할 수 있는 문제의 일이 아니오. 도무지 말도 안 되는 소리이니 당장에라도 사자를 쫓아 보내 한바탕 싸울 각오를 하자는 게 나의 바뀌지 않는 입장이오."
여기까지 말하고 사쿠자에몬은 다시 빙그레 웃기 시작했다.
"내가 아무리 일전을 주장한다 해도 주군이 그건 안 돼, 히데요시에게는 도저히 못 당하니 양자로 보내 비위를 맞추자고 하신다면 이 늙은이도 어쩔 수 없는 일이지만……."
가즈마사는 사쿠자의 말을 가로막았다.
"알겠소! 귀하는 어떻든 이 가즈마사를 겁쟁이라고 욕할 작정이겠지?"
"그렇소. 이 사쿠자의 눈이 시퍼렇게 살아 있는 동안 히데요시 따위에게 머리 숙여서야 될 말이오."
가즈마사는 다시 한번 사쿠자에게 고개를 크게 끄덕여 보인 다음 말했다.
"주군! 이 가즈마사가 부탁드립니다. 상대가 한 걸음 양보해 양자로 삼겠다고 한 것이니 이쯤에서 결단 내리셨으면 합니다."
"해를 넘겨서는 좋지 않다는 말이지?"
"예, 그렇게 되면 주군께 손해될 것입니다."
"손해…… 손해될 까닭이 뭔가? 나는 도무지 모르겠는걸."
이에야스가 묻자 가즈마사는 가슴을 확 젖히고 노려보듯하며 말했다.
"해를 넘기면 가신들의 억울한 감정이 반감된다는 것을 모르십니까!"
"뭣이, 가신들의 억울한 감정이?"
이에야스가 놀라 되묻자 가즈마사는 대들 듯 또 한무릎 바싹 다가앉았다.

“그렇습니다! 여기서 오기마루 님을 오사카로 보내 얻는 효과는 첫째, 가신들에게 억울함을 뼈저리게 느끼도록 하는 것입니다.”
“음.”
“그 억울함이 도쿠가와 집안의 단결을 한층 굳히는 기틀이 된다고 판단하십시오. 여기서는 상대의 억지를 그대로 통하게 했다, 억울해서 못 견디겠다고 말씀하십시오. 그러면 사쿠자에몬 같은 이도 웃지 않을 것입니다.”
이번에는 사쿠자가 당황해서 말했다.
“이상한 데서 내 이름을 쳐들지 마오.”
가즈마사는 되쏘아 붙였다.
“쳐들어도 상관없소! 지금 곧 오기마루 님을 보낸다 해서, 물론 히데요시의 목적이 그것만으로 이루어지는 건 아닙니다. 오기마루 님과의 관계를 내세워, 주군께 오사카성으로 와달라는 다음 사자가 올 것입니다. 상대의 속셈은, 여러 영주들이 모여든 오사카성에서 주군에게 머리 숙이게 하려는 데 있습니다…… 그러므로 양자 일로 문제를 복잡하게 만든다면 두 번째 사자의 태도가 훨씬 강경해질 겁니다.”
이에야스는 일부러 태연함을 꾸미며 말했다.
“가즈마사, 그러면 양자 일에 대해 두말없이 승낙해 둘 경우 오사카에는 가지 않아도 된다…… 거절할 수 있다는 이야기인가?”
가즈마사는 두 눈에 번들번들 불길을 깃들이며 머리를 끄덕였다.
“그렇습니다. 나에게 다른 뜻은 없다, 그러므로 오기마루도 두말없이 보냈다, 그리고 오기마루를 보고 싶지만 아무튼 가신들이 인질을 빼앗긴 데다 호출까지 받는다면서 납득하지 않는다, 그러니 우선 얼마 동안은 보고 싶은 마음을 참고 기회를 보자고 답하신다면 히데요시도 굳이 와달라고 하지 못할 겁니다. 이것이 오기 님을 새해 전에 보내는 둘째 효과입니다.”
사쿠자에몬이 다시 참견했다.
“과연 가즈마사는 굉장한 책략가야! 그대는 그 능한 구변으로 히데요시까지 주물러놓고 왔군.”
“뭐라고? 히데요시를 주물러놓았다고…….”
“화내지 말게. 그대가 도쿠가와 집안 가신인지 하시바의 가신인지 모르겠다고 모두들 쑥덕공론하고 있다네."

"이거 참, 천만뜻밖인데……."

말하다가 가즈마사는 곧 그만두었다. 사쿠자에몬과는 서로 가슴을 털어놓고 두 사람이 저마다의 입장에서 이에야스를 위해 목숨을 바치자고 맹세해온 사이였다.

'사쿠자는 아마 그러한 맹세를 이에야스가 알아채지 못하게 하려는 게 틀림없다…….'

가즈마사는 다시 이에야스에게로 몸을 돌렸다.

"주군, 결단 내리십시오. 시각이 절박합니다."

이에야스는 화로 속의 부젓가락을 꽉 쥔 채 눈을 감고 있었다.

잠자코 있는 것이 견딜 수 없는 듯 마사노부가 한마디 했다.

"이것은 좀 이상한 이야기입니다만, 히데요시는 오기마루 님 얼굴을 알고 있을까요?"

그의 말을 사쿠자에몬이 나무랐다.

"뭐, 오기 님 얼굴을 아느냐고……? 만일 모른다면 어떻게 하자는 건가, 마사노부는?"

"전혀 모른다면 대신 인물을 내세워도 어쩌면……."

조심스럽게 말을 시작하자 사쿠자에몬이 사정없이 쏘아붙였다.

"잠자코 있어! 그따위 잔재주를! 그대는 가만있어. 이건 그대 따위의 수판으로 해결 지을 수 있는 일이 아니야. 못난 소리!"

그런 다음 사쿠자는 몸을 내밀듯하여 말했다.

"주군! 결단 내리십시오. 이 사쿠자가 말씀드린 대로 단호히 거절하시어 일전을 벌일 준비를 하시든가, 아니면 가즈마사의 말대로 잠자코 새해 전에 오기 님을 보내시든가."

듣고 있던 가즈마사는 가슴속이 화끈해졌다. 사쿠자는 가즈마사의 의견에 반대하는 척하면서 정말은 곁에서 도와주고 있는 것으로 생각되었기 때문이다.

"음!"

이에야스는 다시 한번 나직이 신음한 다음 이번에는 성급하게 화로 속의 숯불을 쑤시기 시작했다.

"사쿠자……."

"왜 그러십니까?"

"그럼, 내가 가즈마사의 의견을 받아들여 오기마루를 곧 오사카로 보낸다면, 그대도 센치요를 자진해 내놓겠나?"

"이 무슨 기괴한 말씀을! 누가 자진해 보낸단 말씀입니까. 다만 주군의 분부라면 어쩔 수 없는 일이니 마지못해 내놓는 수밖에 없지요. 그대신 센치요에게 단단히 일러두겠습니다."

"음, 뭐라고 이를 텐가?"

"히데요시는 도쿠가와 집안 불구대천의 원수이니 기회만 있으면 목을 잘라오라고 이르겠습니다."

사쿠자는 다시 한번 엷게 웃음을 띠고 가즈마사와 이에야스를 번갈아 보았다.

"주군! 이 경우에는 제 의견을 받아들이시든 가즈마사의 의견을 받아들이시든 가신들에게 뿌리 깊은 불만이 남게 되리라고 생각하십시오. 가즈마사의 의견을 채택하신다면 강경파들이 한결같이 이를 갈며 분해할 것이고, 제 의견을 채택하신다면 가즈마사와 의견을 같이하는 자들이 쓸데없는 싸움을 하게 된다고 속으로 많은 불평을 하게 될 것을 피할 수 없습니다. 그 점을 심사숙고하셔서 결단 내리시는 게 주군의 중대한 역할, 그러나 이만한 괴로움도 없어서야 대장 노릇이 너무 쉬운 것 아니겠습니까?"

이에야스는 그제야 부젓가락을 놓고 무겁게 말했다.

"알겠다! 가즈마사의 의견을 받아들이지. 가즈마사의 의견을 받아들여 사자를 돌려보낸 다음, 곧 오기마루를 오사카로 보내자. 그렇게 결정되면 내가 직접 데리고 가는 편이 좋다…… 그러므로 지금은 갈 생각이다. 그런데…… 실은 요즘 내 목줄기에 종기가 생겨서 이상하게 뿌리가 뻗어가고 있다. 혹시 악성 종기라면 여행을 못하게 될지도 모르겠다…… 그런 까닭에 만일의 경우 나 대리로 가즈마사를 보내겠다. 그리고 오기마루에게 딸릴 시동으로는 사쿠자의 아들 센치요와 가즈마사의 둘째 아들 가쓰치요를 명한다. 이 일에 한 치도 어김이 있어서는 안 돼."

여기까지 단숨에 말한 다음 마사노부를 돌아보았다.

"이로써 결정되었다. 준비가 다 되었으면, 사자를 맞아오도록 해라."

가즈마사는 끓어 엎드린 채 저도 모르게 살며시 눈두덩을 눌렀다. 이에야스가 반드시 자기 의견을 받아들이라고 여겼지만, 설마 직접 데리고 가야 할 거라는 말까지 하리라고는 생각지 못했다.

이에야스로서도 이번 일은 아마 참을 수 없이 분한 게 틀림없다. 싸움에 이겼으면서도 실력 차이로 억압당한다. 입으로는 '천하를 위해서'라고 하며, '히데요시가 우리를 대신해 여러 영주들을 맡아준 것'이라는 둥 말하지만 힘으로 눌리는 불쾌함이란 이성으로서는 지울 수 없는 것임을 잘 알고 있다.

그런 이에야스가 가즈마사의 의견을 그대로 받아들였을 뿐 아니라 가즈마사보다 한 발 앞서 생각을 달려 신중하게 말했다.

"내가 직접 데리고 갈 작정이었는데……."

그뿐만이 아니다. 가즈마사는 맏아들 야스나가를 오기마루에게 딸려 보낼 생각이었고 히데요시도 그것을 바라고 있었는데, 이에야스는 둘째 아들 가쓰치요를 딸려 보내라고 지시한 것이다. 이 일은 새기면 새길수록 의미심장한 바가 있었다.

'장남을 빼앗기고 나면, 앞으로 그대가 히데요시 앞에서 더욱 괴로울 테니까.'

그러한 속삭임이 천연덕스러운 지시 속에 숨어 있다. 가즈마사는 감정을 누르며 얼굴을 들고 말했다.

"분부, 감사합니다."

사쿠자가 자리에서 일어서며 내뱉었다.

"가즈마사! 이번에는 귀하의 의견이 관철되었소. 그러나 그것으로 우리의 불만이 해소된 건 아니오. 귀하는 연약파지. 그러나 도쿠가와 집안에는 강경파들이 귀하의 태도에 주먹을 휘두르며 분노하고 있다는 것을 잊어서는 안 돼."

그리고 어깨를 으쓱거리며 나가버렸다. 그것도 가즈마사에게는 괴로우면서도 고맙게 여겨졌다.

'사쿠자는 저렇듯 자기 스스로 강경파를 자처하면서 모두들의 불평을 막아주려 하고 있다…….'

이리하여 히데요시의 사자 도미타 사콘과 쓰다 하야토 두 사람이 정식으로 본성 큰 방에 안내되어 히데요시의 서한과 말을 전한 것은, 벌써 주위가 컴컴해지기 시작한 뒤였다.

사쿠자에몬과 사카이 다다쓰구가 그것을 받았으며, 부관으로 이시카와 가즈마사도 함께 자리했다. 그리고 이어 이에야스가 나와 연회가 베풀어지기 전에 직접 회답 서한과 구두로 전할 말을 했다. 거의 직접적인 대답이나 다름없는 이 처사에 히데요시의 사자들은 깜짝 놀라 얼굴을 마주 보았다. 인질이 아니고 양자라는 등 하는 궤변에 두말없이 응했을 뿐 아니라 시원스럽게 선수 치는 바람에 뭐라고 할 말이 없었다.

"그 호의에 보답하기 위해 이에야스가 직접 새해 전에 오기마루를 데리고 가서 뵙겠다고 전하시오."

그날 밤은 9시가 지나도록 주객 사이에 여러 차례 술잔이 오갔으며, 히데요시의 사자는 다음 날 새벽 오랜만에 활짝 갠 푸른 하늘을 우러르며 기분 좋게 하마마쓰를 떠났다.

그리고 가즈마사가 오기마루의 출발에 대한 타합을 위해 사쿠자의 집으로 찾아갔을 때 이미 오기마루도 거기에 불려와 있었다.

가즈마사의 얼굴을 보자 사쿠자는 말했다.

"지금, 오기마루 님께 오사카성에 가서 조심해야 될 점을 일러주고 있던 참이오. 귀하도 들어오시오."

그러고는 곧장 서원으로 들어갔다. 사쿠자는 오기마루와 센치요를 나란히 앉혀놓고, 언제나처럼 입을 구부려 다물고 꾸중하는 말투로 한참 설교하던 참인 듯했다.

오기마루는 앞으로 20여 일 지나면 12살. 나이에 비해 숙성하여 앞머리를 깎고 성인식을 올려도 어색하지 않으리만큼 체격이 좋았다. 생김새는 생모 오만 부인을 점점 더 닮아가고 있다. 이에야스나 죽은 맏형 노부야스보다 좀 홀쭉한 얼굴이지만, 그 눈은 젊은 매를 연상시키는 밤빛으로 빛나고 있었다.

'꽤 신경질적인 모양이다…….'

그러나 어려서부터 늘 꾸중만 들어왔기 때문에 사쿠자에게는 한결 조심하는 것을 역력히 알 수 있었다.

가즈마사가 자리에 앉자 사쿠자는 곧 말을 이었다.

"무릇 인간이란 잘난 체하며 얼굴에 위엄을 내보이고 있지만 속으로는 이 세상이 두려워 못 견디는 괴물이오. 그것을 한 가지 깨달으십시오."

"오, 그까짓 세상쯤 누가 두려워한담."

"히데요시도 공경대부들도 모두 입으로 밥을 먹고, 반기를 들지 않을까 걱정되어 잠들면 무서운 꿈을 꾸며 잠꼬대하기 마련이오……."

"흥!"

"그런 녀석들이 제법 두려움을 모르는 척 위엄을 내보이며 버티는 게 세상이라고 생각하면 되는 거요. 그렇다 해서 나만 강하다고 여기는 것은 큰 잘못. 오기마루 님도 아직은 겁쟁이로 두려움이 많을 것이오."

가즈마사는 어이없어 오기마루와 센치요를 번갈아 보았다. 센치요는 14살이다. 그러나 그도 역시 아버지보다 골격이 가늘고 신경질적이며 몸집은 오기마루와 그리 차이 없었다.

그 두 소년이 얌전하게 단정히 앉아 이 상식의 궤도를 벗어난, 수호역이자 아버지인 사람의 말에 귀 기울이고 있었다.

"그러므로 먼저, 두려운 것은 나 혼자뿐이 아니며 모두들 두려워하고 있다……고 생각하는 데서부터 수양을 시작하는 것이오. 그리고 히데요시며 그 부하들이 무서워 보이거나 잠들어 무서운 꿈을 꾸든가 하면, 이래서는 안 된다고 제 머리통을 주먹으로 쥐어박는 거요. 알겠소? 그리하여 아무튼 빨리 두려워하지 않게 되는 것…… 여기에도 역시 방법이 있지."

사쿠자는 점점 몸을 앞으로 기울여 눈을 번들번들 빛내며 말을 이었다.

"예를 들면 히데요시와 첫 대면할 때 오기마루입니다, 잘 부탁합니다……해서는 수양이 되지 않습니다. 아버지가 가라고 해서 오기마루는 할 수 없이 왔습니다……라고 정직하게 말해야 하오."

"정직하게."

"그렇소. 그러므로 아직 히데요시 님을 아버지라고 여길 수 없다, 아버지로 여긴다면 효도하겠지만 그럴 수 없으니 목을 베어 도망칠지도 모르니 그렇게 알고 있으라고 말해 주십시오. 잘 봐달라고 하든 솔직하게 말하든, 대접받는 데는 그리 차이 없을 겁니다. 두려움에서 빨리 벗어나는 비결은 거기에 있습니다. 즐겨 남에게 미움받도록 하십시오. 미움받으면서 태연함을 가장하는……게 다른 사람보다 얼마쯤 나은 수양이 될 것입니다."

참다못해 가즈마사가 참견했다.

"이것 좀 보시오! 오기마루 님은 아직 어리시오. 말이 좀 지나치잖소, 사쿠자……?"

가즈마사가 참견하자 사쿠자는 당황하여 한 눈을 찡긋하며 잠자코 있으라고 암시했다.

"아니, 오기마루 님 기질이 누구보다도 뛰어나므로 말하는 거요. 그렇잖습니까, 오기마루 님? 아시겠지요. 자기가 두려울 때는 상대도 반드시 두려워한다, 다만 기질이 뛰어난 자는 그 두려움을 상대에게 드러내 보이지 않을 따름이다, 그러므로 이쪽이 두려워하는 것을 상대가 알아차리지 못하게 하면 자기보다 훨씬 담대하고 훌륭한 사람이라고 여겨 탄복하고 의지도 하는 것입니다. 수양을 쌓아 어떤 일에도 두려움이 없어질 때까지, 말하자면 인생은 인내의 경쟁입니다. 인내심 강한 사람만이 두려움을 모르는 뛰어난 대장이 빨리 되는 겁니다. 알겠소? 어떤 경우에도 히데요시의 부하들 따위에게 겁쟁이로 보여 깔보여서는 안 됩니다."

참으로 기괴한 교육이었지만, 이 수호역의 교육이 벌써 몸속에 싹트고 있는 듯 오기마루는 앙연히 대답했다.

"누가 깔보일 줄 알구! 그런데 할아범, 이건 참고로 묻는 말인데, 아버님과 히데요시 님을 비교하면 누가 더 담대할까?"

사쿠자는 입술을 이지러뜨리며 내뱉듯 말했다.

"뭐, 아버님과 히데요시…… 비교가 될 게 뭐요! 아버님이 총대장이라면, 히데요시는 고작해야 졸개쯤 되지."

"이보시오! 사쿠자 님……?"

"쉿, 가즈마사는 잠자코 있소. 이 늙은것이 진실을 일러드리고 있는 거요. 히데요시는 노부나가 공 덕분으로 잘난 체하고 있지만, 아버님과는 비교도 안 되는 겁쟁이요. 그렇기 때문에 오기마루 님을 곁에 두어, 만일의 경우에 대비하여 인질로 삼지 않고는 마음 놓이지 않는다는 둥 하찮은 일을 생각하는 것이오. 그것을 딱하게 여기시어 아버님은 오기마루 님을 오사카에 보내는 겁니다. 담력의 크기가 전혀 다르지요. 아시겠습니까?"

오기마루는 다시 점잖게 고개를 끄덕였다.

"과연! 그럼, 히데요시 님과 이 오기마루는 어떤가요?"

사쿠자는 험상궂은 얼굴에 가로 세로 주름을 지으며 유쾌하게 웃었다.

"하하…… 그렇지, 자칫하면 오기 님이 질지도 모르지요."

"그렇다면 나는 졸개대장 정도인가?"

"하하…… 그렇기 때문에 져서는 안 된다는 겁니다. 히데요시의 부하들은 그보다 훨씬 더 못할 테니 안중에 둘 필요조차 없습니다. 어디까지나 히데요시를 상대로 하여 두려워하게 해놓으십시오. 만약 그를 두려워하게 되면 지고 마는 겁니다."

"알았어. 지지 않겠어. 나는 아버님 아들이야."

"그렇소! 그 때문에 첫 대면할 때가 중요하지요. 여봐라, 센치요."

"예."

"너도 잘 들었지. 너는 오기마루 님의 소중한 시동이다. 그리고 이름을 일본 천지에 떨친 귀신 사쿠자의 아들이다. 오사카성에서 무례하게 구는 놈이 있거든 누구든 상관없이 혼내줘라."

"예."

가즈마사는 그제야 볼에 미소를 지었다. 사쿠자의 엉뚱한 이야기가 슬프게 가슴을 찔러왔다…… 사쿠자는 가신들의 분노를 그대로 오기마루와 센치요에게 불어넣어 오사카성으로 보낼 작정인 것이다. 그것이 과연 좋은 결과를 낳을지 어떨지는 별 문제로 치고—

'나는 내 자식 가쓰치요에게 과연 이만큼 격렬한 말을 해서 보낼 수 있을까……?'

생각하자 가즈마사는 숨이 막힐 것 같았다. 오기마루가 욕을 당하게 되는 일이 생기면 용서하지 말라고는 이를 수 있다. 그러나 아무에게도 귀여움받으려 생각지 마라, 미움받으라고 하다니 얼마나 사쿠자다운 엄격함인 것일까! 아마 히데요시도 다루기 힘들어 골치 아프게 될 것이다. 오기마루와 센치요가 이렇게 되면, 가즈마사의 아들 가쓰치요도 아비가 선동하지 않더라도 차츰 동화되어 갈 테니 히데요시는 고약한 폭약을 세 개 맡은 꼴이 된다…… 그렇게 생각하니 야릇한 괴로움과 더불어 웃음이 북받쳤다.

사쿠자는 옆에서 다시 한번 다짐했다.

"알았지? 만약 히데요시의 부하들이 쓸데없는 말을 묻거나 하면 도쿠가와 가신들 중에는 이 귀신 사쿠자 같은 자가 냇가의 자갈만큼 수두룩하다, 오기마루 님에게 무례한 짓을 하면, 그 수두룩한 자갈들이 노발대발해서 일본천지 어디까지나 밀어닥칠 거라고 말해."

"예. 그렇게 하겠습니다."
"오기마루 님도 아시겠지요?"
"오, 알았어! 히데요시 님이 얼마나 두려워할지 시험해 볼 테야."
"하하…… 그거요, 그거. 그리고 자신이 두렵게 느껴질 때는 참으며 이래서는 안 된다고 머리통을 주먹으로 쥐어박으십시오."
"알았어. 인내 겨룸에서 지지 않으면 되는 거지?"
"그렇소! 그러면 센치요와 함께 거실에서 식사하십시오. 가제코시(風越) 고개에서 잡은 멧돼지국이오. 누가 더 많이 먹는지, 허리띠를 풀어놓고 겨뤄보십시오."
"그러자. 오센, 이리와!"
"예."
두 소년이 사라지자 사쿠자는 잠시 멍한 표정으로 말이 없었다. 가즈마사도 역시 갑자기 말을 건넬 수 없어, 잎이 다 져버린 뜰 앞 단풍나무 등걸로 조용히 눈길을 보냈다. 새소리가 요란스럽게 들리는 것은, 여기에도 남천촉과 감탕나무 열매가 잘 영글었기 때문이리라.
"가즈마사, 언제 떠나기로 정했소?"
"12일."
가즈마사는 불쑥 대답한 다음 사쿠자에게 미소를 보냈다.
"귀하도 쓸쓸해지겠군."
"왜?"
"오기마루 님뿐인가, 하나뿐인 센치요도 못 보게 될 터이니…… 거기 비하면 나는 자식들이 많아. 가쓰치요 하나쯤 없더라도……."
"흥!"
사쿠자는 코끝으로 비웃으며 일어섰다.
"멧돼지국을 이리로 가져오게 하지. 멧돼지라도 먹고 좀 강해지게나."
"뭐라고, 강해지라고……?"
"그렇지. 책략만 늘었지 뼈는 점점 물러져버렸어. 잠깐 기다리시오, 술을 준비시키고 올 테니."
가즈마사는 어이없어 그 뒷모습을 바라보며, 사쿠자도 야위었다……고 은근히 생각했다. 아니, 사쿠자만 야윈 게 아니다. 이번 문제로 가즈마사 자신도 눈에 띌

만큼 홀쭉해졌다.

어쨌든 이 얼마나 독설을 마구 내뿜는 사나이인 것일까. 멧돼지국을 대접하고 술을 내올 정도라면 이번에 수고 많았다는 말쯤 한다고 해서 아무도 사쿠자의 마음이 약해졌다고 생각하지 않으련만……!

잠시 뒤 사쿠자는 굽 높은 상에 술그릇을 얹어 직접 들고 왔다.

"가즈마사, 국은 아낙이 곧 가져오겠지만…… 귀하는 내 마음을 잘못 안 것 같더군."

"뭐, 이 가즈마사가 사쿠자의 마음을 잘못 알고 있다고……?"

"그렇지. 잘못 알고 있는 게 아니라면 아까 한 말 같은 건 나오지 않았을 것이오."

"귀하는 외아들을 보내 쓸쓸해질 거라고 한…… 그 말에 아직 구애되고 있군."

"어떻게 구애되지 않겠소…… 쓸쓸해지다니 그게 무슨 소리요?"

어이없어 가즈마사도 언성을 높였다.

"강한 체 마시오! 쓸쓸할 때 허전함을 느끼는 게 무슨 장부의 수치라도 된다는 건가?"

"가즈마사!"

"뭐요?"

"아무튼 한 잔 드시오…… 내가 귀하와 뜻이 맞아서 오기마루 님과 자식을 오사카로 보내는 거라고 생각한다면 큰 잘못이오."

"허, 그렇다면 어떻게 생각하고 보내는 거요?"

"귀하의 연약한 태도에 화나 못 견디겠단 말이오. 그러나…… 주군은 그런 기분으로 결단 내리셨소. 그러므로 온몸의 분노를 참으며 따를 뿐이오. 귀하처럼 충신인 체하면서 책략이나 꾸미고 있는 게 아니오. 오해 마시오!"

"허, 참으로 이상한 말을 하는군."

가즈마사는 따라준 술을 한 모금 마시고 어깨를 확 젖히며 한 걸음 양보했다.

"어쨌든 좋소. 그렇다면, 그렇다고 해두지."

쓸쓸하지 않다고 말하면서도 쓸쓸함을 견디지 못해 부리는 신경질과 응석이리라 짐작했기 때문이었다.

그러나 사쿠자는 그러한 사양에 다시금 심하게 코웃음으로 대답했다.

"가즈마사의 성미하고는 상당한 거리가 생겨버렸군. 이제 귀하는 내 마음을 평생 알지 못할걸."

"또 묘한 소리를! 대체 무엇이 다르다는 거요?"

"귀하는 아까 쓸쓸할 때 허전해 하는 게 뭐 나쁘냐고 말했었지?"

"그렇소. 억지로 강한 체하거나 눈물을 참는 것은, 억지로 머리 숙여 상대 비위를 맞추려는 거나 마찬가지로 과시하는 수작이오. 젊을 때라면 몰라도 우리 사이에는 깨끗이 벌거숭이가 되어 서로 털어놓아도 좋잖소."

"그게 귀하의 깨달음인가, 가즈마사?"

"그렇소. 사쿠자는 좀 너무 으쓱거리는 것 같아."

"흥!"

"그건 불만이라는 뜻인가?"

"불만이 아니오. 너무 천박한 깨달음이라 경멸하는 거요. 잘난 체 마오!"

마침내 가즈마사도 얼굴빛이 달라졌다.

"뭣이, 경멸한다고? 강한 체한다고만 생각했더니 내 깨달음까지 모욕할 작정이오, 사쿠자는!"

가즈마사가 살기를 억누를 길 없어 몸을 돌렸다. 그러자 사쿠자는 가볍게 눌러버렸다.

"하하하…… 배알 꼴리는 모양이군! 여보게, 가즈마사. 쓸쓸할 때 허전해하고 울고 싶을 때 운다면 제법 대단하게 들리지만, 그게 실은 시세의 험악함에서 몸을 피하려는 조그만 도피인 거요. 당당하게 이 세상의 형세에 화내며 살아가지 못하는 약자의 비명, 약자의 체념이지."

"뭐라고?"

"그것 봐, 그렇듯 화내며 살아가려면 얼마나 큰 용기가 필요한지 생각해 보시오. 흥, 그런 용기도 없는 작자가 깨달음이니 뭐니 하며 하찮은 일로 스스로를 꾸미고 속인단 말이오. 가즈마사! 그건 깨달음이 아니라 비참한 체념이오. 이 사쿠자는 그러한 거짓 속에 살고 싶지 않소. 조금은 더 기골세고 담도 크지. 자, 한 잔 드시오."

사쿠자는 눈에 노기를 띤 채 가즈마사에게 잔을 들이댔다.

"아직은 참다운 사나이가 화를 누르고 은자나 된 듯 체념의 세계 같은 데로 도피해서 좋은 때가 아니오. 주군도 이따금 그것이 얼굴을 내밀기 때문에 그럴 때마다 내가 고약한 소리로 욕지거리하는 거요."
가즈마사는 부들부들 떨면서 잔을 받았다.
'어처구니없는 사람이다, 사쿠자는…….'
이런 식으로 처세하면 누구할 것 없이 모두 적으로 돌아설 것이다. 하마터면 폭발할 것 같은 분노를 참고 가즈마사는 따졌다.
"그렇다면 귀하는 히데요시와 끝까지 싸울 속셈인가?"
사쿠자는 단숨에 대답했다.
"물론이지! 주군의 눈이 시퍼렇게 살아 있는 동안은 히데요시 놈을 어떻게 쓰러뜨릴지 그것만 궁리하란 말이오. 히데요시 하나쯤 쓰러뜨리지 못하고 천하를 바라본다는 것은 우스운 일이지. 힘으로도 히데요시를 능가하라! 그렇지 못하면 곧 누군가에게 타도되어 평화 같은 건 생각조차 할 수 없다고 말하는 거요. 알겠소, 가즈마사?"
"……."
"그러므로 이번 인질도, 히데요시의 비위를 맞추기 위해 보내는 게 아니오. 어떻게 해서 히데요시를 노하게 하고 쓰러뜨리느냐, 그것을 위해 던지는 귀중한 포석이오. 귀하도 그런 생각으로 자식에게 잘 일러두도록 하시오, 그것을……."
그는 다시 입가에 야릇한 경멸의 웃음을 떠올렸다.
"벌거숭이가 되라느니, 울고 싶을 때 울라느니…… 흥, 가즈마사도 사람이 너무 좋단 말이야."
가즈마사는 이상하게도 차츰 흥분이 가라앉는 것을 느꼈다. 사쿠자의 각오는 그가 생각했던 것보다 훨씬 철저한 '히데요시 증오'로 뭉쳐져 있다. 여기서 이에야스와 히데요시를 싸우게 해서는 이에야스가 불리하다고 여겨 그 때문에 노심초사하는 가즈마사와는 아주 다른, 겉도 안도 없는 한 줄기임을 알았다.
'이것은 아마 사쿠자 하나만이 아니라 가신들 모두의 뜻이기도 하리라.'
가즈마사는 조용히 잔을 비우고 말했다.
"사쿠자, 잔을 받으시오."
그리고 이것이 자기와 사쿠자가 다정하게 나누는 마지막 술잔이 되는 게 아닐까 문득 생각했다.
과연 가즈마사와 사쿠자의 사고방식에는 큰 거리가 있었다. 그러나 그 깨달음에 차이가 있다고는 생각되지 않았다. 사쿠자는 히데요시를 결코 이상적인 천하인이라고 생각지 않는다. 그 히데요시가 힘으로 이에야스를 넘보니 철저하게 반발해야 하며, 그렇지 않으면 어찌 이에야스의 천하를 바랄 수 있겠느냐는 것이었다. 가즈마사도 히데요시에 대해서는 사쿠자와 같은 생각이므로 두 사람 사이에 그리 차이가 없지만, 지금 힘을 믿고 넘보는 히데요시에게 힘으로 반발해서는 안 된다고 굳게 믿고 있다. 그래서는 자멸을 초래하게 되리라. 그러므로 때로는 반발하고, 때로는 타협하면서 시기를 기다려야 한다고 여기는 것이다. 아마 이에야스도 그런 생각이리라고 가즈마사는 믿고 있다.

어쨌든 사쿠자의 철저한 반발주의를 알고, 그것을 관철하려는 사실을 안 것만으로도 오늘 방문은 뜻이 있었다.

'이제 내 갈 길도 분명히 정해졌다!'

가즈마사는 사쿠자의 잔에 술을 따라주었다.

"사쿠자, 생각해 보면 오랜 교분이었소."

사쿠자는 대답 대신 흰자위를 굴려 가즈마사의 이마로 흘끗 눈길을 보내며 잔을 입으로 가져갔다.

"아까 한 말은 취소하겠소. 귀하는 평생토록 화내며 사시오. 쓸쓸해 하라고도 이젠 않겠소."

"오, 천하가 참되게 평정되기까지는 쉽사리 노여움을 거두지 않겠소."

"그 대신 나도 가쓰치요에게 귀하가 한 말 같은 것은 이르지 않겠소."

"음, 주군과 히데요시 사이의 쐐기가 되라고 이를 텐가?"

"그렇소. 그것이 나의 살아가는 방식이오."

사쿠자는 내뱉듯 말했다.

"의기 없는 소리를……! 이쪽의 의기가 약하면 약할수록 히데요시는 얕보는 사나이요. 귀하는 평생토록 얕보이면서 살아가오."

"이것 참, 너무 심한 인사인데…… 그러나 귀하가 알아준다면 그것으로 좋아. 나는 내 소신을 관철시키겠소."

"흐흐흐……."

"무엇이 우습소, 사쿠자는?"

"말이 재미있어. 약한 것을 관철하는 소신이라니……."

그때 사쿠자의 아내가 멧돼지국을 날라 왔으므로 가즈마사는 입을 다물었다.
"이시카와님, 센치요가 잡아온 가제코시 고개의 멧돼지 고기입니다. 오늘은 천천히 노시다 가세요."
사쿠자의 아내는 두 사람 사이의 서먹한 침묵을 눈치채지 못하고, 지금도 여전히 말여물을 손수 주고 있는 굵은 손가락을 가지런히 하여 아무 허식 없이 가즈마사에게 인사를 차렸다.
가즈마사는 당황하여 미소 지어 보였다.
"이번에 센치요 님도 우리 아들놈과 함께 오기마루 님 시동으로 오사카에 가게 되었습니다. 내가 동행하게 되었으니 염려 마시기를."
"네. 그 말씀을 듣고 저희도 기뻐하고 있습니다. 그래, 출발은 언제?"
"12일에 하마마쓰를 떠납니다. 그리 아시고 잘 준비해 주십시오."
말하면서 가즈마사는 갑자기 이 부인을 놀려주고 싶은 생각이 들었다.
"참, 부인에게 여쭤볼 말씀이 있습니다. 사쿠자와 부인은 자식을 보는 눈이 다를 것이니 센치요 님에 대해 뭔가 들어둬야 할 버릇 같은 것은 없습니까?"
가즈마사에게 질문받고 부인은 남편을 흘끔 보았다. 말참견을 엄격하게 금지당하고 있는 아내의 남편을 조심하는 눈초리로 동그스름한 40대 여인의 얼굴 가득 당황한 빛이 느껴졌다.
사쿠자는 일부러 그 눈을 피하며 무뚝뚝하게 외면하고 있다.
"네…… 버릇이라면, 역시 아버지를 그대로 닮아 때때로 성급한 짓을 합니다만."
"허, 그것은 나쁜 버릇인데요!"
"그렇지만 분별없이 공연히 말다툼하는 법은 없지요. 다만……."
"다만, 무엇인가요?"
"다만……."
다시 한번 구원을 바라는 듯 남편을 보다가, 여전히 시선을 피하고 있는 사쿠자를 보자 결심한 듯 말했다.
"오기마루 님이 모욕이라도 당하는 날이면 그 상대를 용서하지 않으리라고 생각합니다."
가즈마사는 고개를 끄덕이며 씁쓸하게 웃었다.
'이런, 안 들어도 될 말을 들었구나! 사쿠자의 아내가 사쿠자와 다른 대답을

할 리 없지……'

이번에는 저편에서 술병을 들고 무릎걸음으로 다가오면서 물었다.

"이시카와 님, 센치요와 함께 가는 게 둘째 아드님이라고 들었습니다만, 가쓰치요 님 성품은 어떤지요……?"

"가쓰치요는 나를 꼭 닮아……나와 같다고 생각하시면, 그것으로 충분할 겁니다."

가즈마사도 상대에게 지지 않는 장난기로 대답한 것인데, 그 말을 듣더니 부인의 얼굴이 왠지 흐려졌다.

"부인, 왜 그러십니까?"

"네…… 아니오, 저……."

"가쓰치요가 나를 닮아서 염려스러운 일이라도 있습니까?"

"아니요. 저…… 센치요에게 잘 일러놓을 테니."

"허참, 무엇을 일러 놓겠다는 겁니까?"

"네, 저…… 가신들의 뜬소문 따위는 근거 없는 일이니 가쓰치요 님과 잘 상의해 도련님 신변을 단단히 보살피라고."

"가신들의 뜬소문 따위는 근거 없는 것……?"

가즈마사는 갑자기 머리에 찬물을 끼얹힌 듯한 느낌이 들어 저도 모르게 오싹 몸부림쳤다.

"그럼, 천천히 노시다 가세요…… 곧 술상을 들여보내겠어요."

다음 질문을 두려워하여 부인은 부리나케 방을 나갔다.

가즈마사는 너무도 어처구니없는 일에 잠시 망연히 그 뒷모습을 바라보았다. 가즈마사에 대한 오해는, 사쿠자의 부인에게까지 미쳐 있는 것일까? 아니, 부인은 고사하고 내 자식인 가쓰치요와 함께 오사카로 가는 센치요도 당치도 않은 뜬소문을 믿고 있음을 지금의 부인 태도로 잘 알 수 있었다.

'그렇구나! 나는 이미 히데요시의 내통자가 되어 있구나……'

가즈마사는 숨죽이고 조용히 술잔을 상에 엎었다.

첫사랑

오사카성 안 북쪽 한 모퉁이 산성 서편에 궁전같이 지은 새 집이 두 줄로 완성되었다. 그 두 채의 양끝은 복도로 이어져 그 사이의 600평쯤 되는 안마당을 에워싸고 있다.

히데요시가 즐기는 다실 앞뜰과는 벽으로 가로막혔으며, 북쪽 건물에서는 요도강 물길에서 배를 끌어올리는 예인선 인부들의 장단 소리가 나른하게 들려오고 있었다.

이 건물을 사람들은 인질궁전이라고 불렀다. 거기 살고 있는 것은 현재 에치젠의 기타노쇼에서 데려다놓은 아사이 나가마사의 세 딸들뿐이었다.

히데요시는 이따금 여기로 찾아와 언니 자차히메를 곧잘 놀려주었다.

"자차 님은 늘 못마땅한 얼굴을 하고 있구먼. 이따금 웃어 보일 수 없나?"

그러면 자차히메는 두려움을 모르는 경멸하는 눈길로 대답했다.

"우스운 일이 아무것도 없는걸요."

그러고는 히데요시를 무시하는 것이었다. 그러면 히데요시는 소년처럼 열없어하며 가운데 동생인 다카히메나 다쓰히메에게 말을 건넸다.

"다쓰 님은 아직 이르지만, 다카 님은 이제 출가를 생각해야 되겠는걸."

다카히메는 자차히메처럼 쌀쌀하게 히데요시를 대하지 못했다. 언제나 볼을 붉히며 어리광 부리듯 말했다.

"하지만 언니가 먼저 가야지요. 그보다도 저는 교토에서 살고 싶어요."

"교토에서? 자차 님도 저번에 그렇게 말하더군. 나도 생각하고 있어. 그런데 아직 알맞은 집이 눈에 띄지 않아서."

히데요시가 가고 나면 자매들은 얼굴을 마주 보며 웃어댔다. 히데요시가 호쿠리쿠에서 이 자매들과 같은 나이 또래인 마에다 도시이에의 딸을 데려다 애첩으로 삼고 있다는 소문이 생각났기 때문이었다.

도시이에의 딸은 에치젠의 기타노쇼에 인질로 와 있었으므로 그 얼굴이며 성격을 세 딸은 잘 알고 있었다. 지금은 본성 내전에 방이 주어져 가가(加賀)로서 시녀들 시중을 받으며 측실 생활로 들어가 있다. 그쪽에서도 멋쩍은지 찾아오지 않았지만, 이편에서도 그런 상대를 만나면 무슨 말을 해야 할지 난처할 거라고 곧잘 이야기하곤 했다.

그러나 히데요시를 본 다음의 우스운 생각은 그것과는 전혀 달랐다. 벌써 50살에 접어든 히데요시가 어떤 표정, 어떤 방식으로 가가 님을 끌어안을까 하는 공상이 이상야릇한 데로 그녀들을 끌어들이는 것이다.

그 히데요시도 요 며칠 동안 모습을 나타내지 않고 오늘은 본성 내전에서 먼지를 털어내고 설맞이 준비에 바쁘다고 시녀들이 말하고 있었다.

자매는 그러한 섣달그믐의 분망함도 아랑곳없이 그날 따뜻한 양지를 따라 안뜰 작은 사립문을 지나 강이 내려다보이는 잔디 위로 나가 볕을 쬐고 있었다.

"언니, 어머니는 정말 기타노쇼에서 세상 떠나셨을까요?"

"글쎄……."

"다쓰는 어머니가 아직 어딘가에 살아 계실 것만 같아 못 견디겠어요."

자차히메는 또 시작하는구나 하는 표정으로, 털방석 위에 앉아 못들은 척 오른 손가락을 만지작거리고 있다…….

막내인 다쓰히메는 언니들이 때때로 자기를 무시하고 생각에 잠기는 것이 못 견디게 화났다. 다쓰히메도 벌써 14살. 자기 생각으로는 이미 어엿한 처녀인데, 언니들은 걸핏하면 어린애처럼 다루려고 한다. 그러고 보면 여기 온 뒤부터 큰언니 자차히메도 가운데 언니 다카히메도 쌀쌀맞고 침울해져 있었다.

자차히메는 아직 어머니 오이치 부인이 취한 행동에 구애받아 이렇게 말하곤 했다.

"어머니는 우리 셋을 속인 거야. 여자란 자식보다 사내가 좋은 모양이지."

다카히메가 우울한 원인은 따로 있었다. 그것도 다쓰히메는 차츰 알 수 있을 듯했다. 아마 다카히메는 시바타의 아들 가쓰히사에게 사랑을 느끼고 있었던 게 아니었을까…….

"다쓰는 결코 측실 같은 건 안 되겠어요."

언젠가 다쓰히메가 무슨 말 끝에 그런 이야기를 했을 때 다카 언니는 말했었다.

"상대에 따라서 나는 그래도 좋아."

그리고 이상하게도 끈적한 목소리로 가쓰히사 이야기를 시작한 일이 있었다…….

아니, 그뿐만이 아니다. 두 언니는 다쓰히메가 가까이 오면 곧잘 말을 멈추고 입을 다물어버리는 일이 이따금 있었다. 그런 때의 화제는 언제나 어른 세계의 남녀관계에 대한 일 같았다.

"언니, 왜 내 말에 대답하지 않나요? 어머니가 아직 어딘가에 살아계시지 않을까……라고 말했는데."

"다쓰 님, 그 이야기는 이제 질렸어."

"그래도……."

"들으면 공연히 피가 끓어올라요. 제발 그 말은 더 하지 말아줘. 어머니는 우리 어머니가 아니라, 시바타의 아내였던 거야."

"어머나, 그런 일이……! 그렇다면 어머니가 너무 가엾어요."

입을 뾰족하게 내밀고 다쓰히메가 말하기 시작하자 자차히메는 홱 고개를 돌려버린다.

"이 성은 따분해 못 견디겠어. 다카, 교토에서 살게 해달라고 다시 한번 히데요시 님에게 간청해 봐."

말을 받아주지 않으므로 이번에는 다쓰히메가 얼굴빛을 바꾸고 일어나버렸다

"언제나 나만 따돌려! 그럼, 좋아요. 말을 걸지 않겠어!"

그러고는 곧장 몇 발짝 걸어갔으나 아무도 말리려 하지 않았다. 그렇게 되자 다쓰히메는 그 자리에 있는 게 울화가 치밀어 그대로 안뜰로 돌아가 버렸다. 그러나 그리 화내고 있는 것은 아니었다. 토라졌다고 해도 그것은 어리광 부리는 조그만 반발로 순간적인 감정을 피하고 있는 데 지나지 않는다.

"시시해. 나 혼자 방으로 돌아가야겠어."
방으로 돌아가도 그리 할 일이 있을 리 없었다. 징검돌을 딛고 마루로 올라가 살며시 방문을 열었다.
"아……."
다쓰히메는 그 자리에 우뚝 서고 말았다. 자기 방에, 자기와 비슷한 또래로 보이는 앞머리를 내린 어린 무사가 점잖은 표정으로 앉아 있었던 것이다.
다쓰히메는 물었다.
"누구세요?"
그러자 소년은 다쓰히메의 손 상자 뚜껑을 열면서 가슴을 젖히고 바로 돌아앉으며 거만한 목소리로 물었다.
"그대야말로 누구냐? 버릇없는 여자로군. 기척도 없이 선 채로 문을 열다니!"
"어머……?"
다쓰히메는 눈이 휘둥그레졌다. 그래도 다시 방 안을 둘러보았다. 틀림없는 자기 방이다. 더구나 남의 방에 들어가 남의 손 상자를 예사로 열고 있으면서 이 낯선 소년은 당치도 않게 남의 허물을 따지는 것이 아닌가!
"왜 대답이 없나? 이름을 대봐."
"어머나……!"
다쓰히메는 또 한 번 호들갑스럽게 눈을 크게 떴다. 만약 방 안에 앉아 있는 소년이 보기 싫게 생겼든가 천하게 보였다면, 아마 틀림없이 큰 소리로 시녀를 불렀을 것이다. 그러나 그러기에는 이 불의의 침입자가 너무나 미소년이고 귀골이라, 다쓰히메의 마음을 홀딱 사로잡고 말았다.
그래서 야릇하게 꿈과 현실이 뒤얽힌 감정에 어리둥절하면서 눈동자에 차츰 호기심어린 빛을 나타내며 말을 시작했다.
"저, 내 이름은 다쓰라고 부르지만……."
방 안의 소년은 난폭하게 작은 상자를 내던지며 호통 쳤다.
"이름은 다쓰라 하더라도, 남의 방에 와서 말할 때는 앉아서 하는 거야. 버릇없는 것!"
다쓰히메의 얼굴에 그제야 싱싱한 장난기가 살아났다.
'아, 이 사람은 방을 잘못 찾아들었구나…….'

그렇게 생각하자 다쓰히메는 완전히 마음에 여유가 생겼다.

"정말 실례했군요."

문 앞에 얌전히 앉아 교태와 야유를 섞어 인사했다.

"어서 오세요."

"응……."

"그런데 손님은 어디서 오셨는지?"

"나 말이야, 나는 도토우미에서 왔어."

"도토우미에서 무슨 일로 오셨나요?"

"응……."

상대는 여기서 큼직하게 가슴을 젖히고 대답했다.

"히데요시 님, 아니, 아버님 목을 베러 왔는지도 모르지."

"네? 저, 이곳 성주님의……."

"놀랐나? 아버님이라지만 난 아직 잘 납득되지 않아. 그렇기 때문에 나는 거짓말을 안 해. 분명히 말하는 거야."

"어머나…… 그래, 성함은 뭐라고 하시나요?"

"이름은 오기마루야."

"성씨는?"

"도쿠가와……가 아니고, 하시바지."

"나이는?"

"얼마 안 있으면 12살."

"얼마 안 있으면……."

말하다가 다쓰히메는 저도 모르게 웃음이 터져 나올 것만 같았다. 상대가 자기보다 아래인 것을 알았으므로 더욱 장난스러운 마음이 부풀었다.

"어머나…… 그럼, 아직 11살이네요?"

"그건 그렇지만…… 곧 12살이 된다니까. 어쨌든 그대는 잘 지껄이는 여자로군."

"안 되나요, 말하면?"

"아니, 괜찮아. 그대는 예쁘게 생겼어. 미카와나 도토우미에 그대처럼 예쁘게 생긴 여자는 없었어."

"어머……."

다쓰히메는 너무나 거침없는 칭찬을 받고 이번에는 당황해 눈을 내리깔았다.

"다쓰……라고 했지. 그대는 몇 살인가?"

"네…… 저, 지난해에 13살이었어요."

다쓰히메도 지지 않으려고 흥분한 시선을 똑바로 오기마루에게 돌리자, 그는 또 '흥' 하고 콧소리 내며 고개를 끄덕였다.

"그러면 나와 한 살 차이구나."

"저…… 지난해에 13살이었다고 말씀드렸는데요?"

"그래도 괜찮아, 한 살 차이구나…… 그대는 이 성의 하녀인가, 아니면 히데요시……가 아니라, 아버님의 딸인가?"

"그 어느 것도 아니에요. 저는 아사이 나가마사의 딸이랍니다."

"뭐…… 아사이…… 모르겠는걸. 그건 누구의 가신이지?"

"어머나……!"

이번에는 다쓰히메의 웃음 지은 얼굴이 굳어졌다.

"오기마루 님이라고 하셨지요?"

"그래, 머잖아 성인식을 올리고 이름이 바뀌지만, 지금은 아직 오기마루야."

"오기마루 님은 도쿠가와 집안에서 인질로 보내져 왔겠지요. 곧 도쿠가와의 인질이 온다고 시녀들이 수군대고 있었어요."

"뭐, 도쿠가와라고……?"

"도쿠가와의 자제분은 아사이 나가마사도 모르는군요. 그러니 내가 돌아가신 우대신님 조카딸이라는 것을 모르는 게 당연하지. 나는 인질이 아니에요. 이 성의 주인뻘 되는 귀중한 손님이에요."

"뭣이, 내가 인질이라고……?"

"그러니 우리 외숙부이신 우대신 오다 노부나가 님 이름도 모르는 거겠지요."

서로 입씨름을 벌이고 보니 평소 두 언니에게 단련된 다쓰히메 쪽이 우세한 것 같았다.

"뭐라고!"

한마디 쏘아붙이더니 오기마루의 볼이 새빨개졌다. 그 모습이 또 그려놓은 듯 아름답다.

"노부나가 공의 이름을 모르는 바보가 어디 있겠어. 다만 노부나가 공의 조카

딸이라면 조카딸답게 행동해야지. 그리 행실을 배우지 못한 여자 같아서 나는 또 어느 졸개 대장의 딸쯤 되는가 생각했지."

"예사로 들어 넘길 수 없는 말이군요. 조금 전에는 너같이 예쁜 여자는 없다고 말해 놓고."

"응……."

"그건 거짓말이었나요? 오기마루 님은 거짓말쟁이인가요."

"아니, 거짓말은 안 해. 예쁘다고 한 것은 거짓이 아니야!"

"호호……."

"뭐가 우스워. 웃는 건 무례한 짓이야."

"아, 죄송해요. 하지만 이번에 웃은 것은 깔보고 웃은 게 아니에요. 오기마루 님이 너무나 장부답게 취소하므로 감탄하여 웃은 거예요. 오기마루 님은 정말 귀여우셔!"

"뭐, 귀엽다고……?"

"아니오, 남자답고 예쁘세요."

오기마루는 이 성에 온 지 이틀째, 여행 도중부터 몹시 따분했던 터라 다쓰히메의 마지막 한마디에 기분이 활짝 펴졌다.

"그대는 말귀를 잘 알아듣는 편이군. 그래, 이 오기마루에게 무슨 볼일이 있어서 왔지? 나는 그걸 묻지 않았구먼."

"그렇다면 오기마루 님부터 먼저 이야기하세요. 여기는 제 방이니까요."

다쓰히메는 다시 즐거운 듯 놀리는 얼굴이 되었다.

"뭐, 여기가 그대 방이라고……?"

오기마루는 자신에 찬 침착한 태도로 웃음을 떠올렸다.

"그대는 어지간히 기억력 없는 여자인 모양이군. 자기 방을 잘못 알면 안 되지."

다쓰히메는 더욱 즐거워졌다.

"호호…… 자기 방을 잊어서는 안 되지요. 그러다간 미아가 되어버려요."

"그렇고말고. 방을 잘못 알았을 뿐, 다른 일은 없군."

"일이 없으시다면 이대로 놀다 가세요. 다쓰가 좋은 것을 보여드릴게요."

"뭐……."

"보세요, 그 손 상자 속에 조가비 놀이패가 들어 있을 거예요."

다쓰히메가 일어나 오기마루 곁에서 손 상자를 끌어다 뚜껑을 열어보이자, 비로소 그의 얼굴빛이 달라졌다.

'아니, 내가 잘못 들어온 것이……?'

그러한 불안에 부딪친 게 틀림없다. 오기마루는 다시 한번 천천히 무릎 위에 두 손을 얹고 방 안을 둘러보았다.

"틀림없는데?"

"네? 뭐라고 하셨어요, 오기마루 님?"

"다쓰 님은 내 방에서 놀다 가고 싶다는 건가?"

"어머!"

다쓰히메는 웃음을 거두었다. 상대가 지나치게 착각하고 있다. 이렇게 되자 손위답게 위로해 주고 싶은 마음이 일었다. 너무 고집 부리게 내버려뒀다가는 나중에 더 창피해지리라고 동정한 것이다.

"오기마루 님은 아마 제 방과 무척 비슷한 방으로 안내받으셨나봐요. 실수란 누구에게나 있는 것…… 이번에는 제게도 오기마루 님 거실을 한 번 보여주면 좋겠네요."

바로 이때 안뜰을 끼고 있는 맞은편 마루 쪽에서 당황하여 오기마루의 이름을 부르는 센치요와 가쓰치요의 목소리가 났다.

"오기마루 님!"

"어디로 가셨습니까, 도련님!"

오기마루의 얼굴에 다시 당황하는 그림자가 스쳤다.

"아, 시종들이 부르고 있군요."

다쓰히메는 사뿐히 일어나 뜰에서 정원수 너머로 입구 쪽을 살핀 다음 돌아왔다.

"오기마루 님이 계시는 방은 건너편 건물이에요. 똑같이 지은 두 채라서 잘못 오신 거지요."

그러자 오기마루는 무슨 생각을 했는지 갑자기 얼굴빛이 달라져 다쓰히메를 꾸짖어댔다.

"그렇지 않아!"

"무슨 말씀이세요?"

"내 방은 여기야. 그대가 나가도록 해."
"어머나…… 그런 억지소리를……!"
"억지가 아니야."
"하지만 잘못 오셔놓고 그렇게 말씀하시면……?"
"틀렸어도 좋아! 나는 여기가 마음에 들어. 이 방에서 살기로 정했어! 불만이 있다면 그대가 히데요시…… 아니, 아버님께 가서 타협하고 오도록. 나는 움직이지 않겠어. 누가 움직여? 여기가 좋단 말야."

그때 오기마루의 이마에 신경질적인 힘줄이 가득 서 있었다. 아마도 하마마쓰에서 받은 사쿠자에몬의 교훈이 여기에서 한꺼번에 살아난 듯했다.

"오기마루 님, 그런 억지는 쓰시는 게 아니에요. 그렇잖아요? 잘못이란 누구에게나 있는 것…… 시종들이 저렇게 찾고 있어요."

상대를 비할 데 없는 고집쟁이로 본 것이리라. 다쓰히메는 다시 한번 부드럽게 타일렀지만, 한 번 내놓은 말에 오기마루는 조금도 뒤로 물러서려 하지 않았다.

"안 돼, 잘못 온 게 아니야. 히데요시의 자식인 내가 내 마음에 드는 방에 산다는데 무슨 불평이야. 그대가 저쪽 방으로 옮기도록 해."

다쓰히메는 어이없어 마루로 달려 나갔다.

"여보세요, 오기마루 님 시종양반! 오기마루 님은 여기 계세요. 빨리 와서 모시고 가세요."

"뭐, 도련님이 그쪽에?"
"그래요. 이리 와요, 빨리."

두 사람은 우르르 뜰을 가로질러 뛰어와 센치요가 마루에 앉아 말했다.

"오기마루 님, 거실은 저쪽입니다. 무척 찾았습니다."
"닥쳐!"

매서운 목소리로 일갈했을 때, 오기마루는 온몸을 부들부들 떨고 있었다. 백랍 같은 얼굴에 힘줄이 서고 눈언저리와 입술만 그려놓은 듯 빨갰다.

"나는 저 방이 마음에 안 들어서 여기로 옮긴 거야. 바보 같은 것! 히데요시의 자식인 이 오기가 오사카성 안 어디에 살든, 그대들 지시를 받을 게 뭐야. 잠자코 있어!"

여기서 만일 센치요와 가쓰치요가 오기마루를 타이르려 들었다면, 아마 소동은 여기에서 끝났을 것이다. 그런데 오기마루도 괴짜였지만 두 시종 역시 어처구니없이 난폭한 자들이었다. 센치요와 가쓰치요는 흘끗 얼굴을 마주 보고 고개를 끄덕였다.

"그러십니까? 그러면 칼 걸이를 여기로 옮기지요."

시치미 떼고 대답한 것은 가쓰치요였고, 센치요는 큰 칼을 찬 채로 오기마루 곁에 앉았다. 그리고 가볍게 다쓰히메에게 턱짓했다.

"여자는 물러가라."

이번에는 다쓰히메의 얼굴이 새파래졌다.

"무……무례한!"

"뭐가 무례해? 도련님이 여기 계시겠다고 말씀하셨어. 물러가!"

떠들썩한 소리를 듣고, 자차히메와 다카히메가 시녀들과 함께 돌아왔다.

자차히메는 거만하게 복도에 선 채 물었다.

"어떻게 된 거야! 누구시지, 이 손님은?"

이번에는 센치요가 앞으로 나섰다.

"버릇없는 것 같으니. 그대야말로 누구인가? 이분은 이 성의 양자이신 오기마루 님, 오늘부터 여기서 살게 되신다. 무례하게 굴면 그냥 두지 않겠다."

자차히메는 어이없어하면서 역시 얼굴빛이 달라졌다.

"호……? 히데요시의 아들인가, 그대는……?"

"뭐……뭐……뭐라고?"

"히데요시의 아들이냐고 물었어. 그 아들이 주인뻘 되는 우리 자매에게 그렇듯 함부로 지껄여대는 소리를 무례하다고 생각지 않나?"

주인뻘이라는 말에 가쓰치요는 깜짝 놀랐다. 오기마루를 보니, 지렛대를 대도 움직일 것 같지 않은 태도로 천장만 노려보고 있다.

자차히메가 입을 열었다.

"여기는 내 막냇동생의 거실, 골라준 것은 히데요시야. 불만이 있으면 히데요시에게 말하도록 해요."

오기마루가 도중에 쏘아붙였다.

"싫다! 누가 뭐라든, 나는 이 방에서 움직이지 않겠다."

"난폭한 자 같으니! 그대는 그런 말을 하고도 부끄럽게 여겨지지 않는가?"

"여겨지지 않아. 내버려둬."

"아니, 부끄러운 거야. 그 얼굴에 분명 그렇게 씌어 있어……."

다그치듯 말한 다음, 무엇을 생각했는지 자차히메는 목소리를 낮추고 살짝 몸을 구부렸다.

"오기마루 님이라고 했지요?"

"그래서 어떻단 말야?"

"재미있는 일이 생각났어. 말다툼은 그만두기로 해요."

"뭐라고, 재미있는 일……?"

"그래요. 그대가 그런 심정이 되는 것도, 나나 다쓰가 뭐라고 말하면 화내는 것도 그 근본은 다 한 가지일 거야."

"근본은 하나라니……?"

"그래요, 잠깐 들어봐요."

자차히메는 아직도 부들부들 떨고 있는 오기마루의 귀에 입을 대고 작은 소리로 귓속말했다.

"우리는 모두 히데요시에게 화내고 있기 때문이야. 아니, 히데요시가 아닐지도 모르지. 이런 데서 이렇게 살지 않으면 안 되게 된 비뚤어진 세상에 대해 화내고 있기 때문이야. 그렇지?"

오기마루는 깜짝 놀란 표정으로 자차히메를 똑바로 쳐다보았다.

'확실히 이 사람 말대로다…….'

그러한 공감이 곧 오기마루를 순진한 어린이 얼굴로 되돌아오게 했다.

"안 그래요, 오기 님?"

"응…… 그래. 이건……."

"그 때문이에요."

"응……."

자차히메는 시녀를 불렀다.

"우메노, 그대가 하시바 님을 불러와."

"네…… 저, 대감님을?"

"그래. 내 막냇동생과 오기마루 님이 말다툼을 벌여 서로 한 걸음도 양보하지 않으니, 오셔서 판단 내려 달라고 말씀드려라."

우메노라는 25, 6살 난 시녀는 눈이 휘둥그레져서 망설였다.

"빨리 가봐. 그렇잖으면 서로 칼을 빼들지도 모른다. 큰일이 벌어지기 전에 빨리 가요."

"네."

우메노가 허둥지둥 사라지자 자차히메는 웃지도 않고 방에서 마루로 나갔다. 자기 처지에 불만품고 있는 기질 센 처녀가 반항의 구실을 찾아 즐기려는…… 어딘지 고양이 같은 교활성을 갖춘 조용함이었다.

히데요시가 복도 건너편에 모습을 나타낸 것은 그로부터 얼마 안 되어서였다.

과연 이번에는 소년들 편에서 안절부절못하기 시작했다. 그러한 당황을 드러내 보이지 않으려고 시선을 서로 마주쳤다가는 더욱 딱딱하게 어깨를 으쓱거렸다.

다쓰히메만이 완전히 침착성을 되찾고 상대 세 사람을 번갈아 바라보고 있다.

"대감에게 꾸중 들어도 다쓰 때문은 아냐. 오기마루 님이 너무 억지를 썼기 때문이니까."

오기마루는 이따금 킁 하고 콧소리를 냈다.

히데요시는 웃음을 참는 표정으로 다가와 마루에 선 채 쌀쌀하게 바라보는 자차히메에게 말했다.

"이건 또 어떻게 된 거야? 오자마자 말다툼이라니!"

자차히메는 거기에는 일부러 대답하지 않고 말했다.

"둘 다 도무지 내 말을 듣지 않아요."

다만 가운데 다카히메만은 어떻게 될 것인지 침을 삼키고 있다.

입구 쪽에서 와서 발을 멈추더니 히데요시는 방 안을 들여다보고 빙긋 웃었다.

"음."

아마 오기마루도, 센치요도, 가쓰치요도 터질 듯 두근거리는 가슴의 고동을 감추고 있을 게 틀림없다. 자칫 잘못 꾸짖었다가는 흥분해서 히데요시에게 칼을 뽑아 대들지도 모를 것처럼 보였다.

"오기마루."

"예."

"그대 요구는, 이 방이 마음에 들므로 히데요시의 아들인 그대가 오사카성 안 어디에 살든 불평이 있을 수 없다……는 말이 틀림없겠지?"

"예, 틀림없습니다."

"막내아가씨는, 히데요시의 주인뻘 되는 몸이니 오기마루의 말에 따를 수 없다, 지금까지처럼 이 방에서 살겠다……고 한단 말이지?"

"네. 갑자기 들어와서 여기는 자기 방이라면서 도무지 꿈쩍하지 않아요."

"좋아, 두 사람 이야기는 잘 알았어."

히데요시는 그의 결단을 심술궂게 즐기려는 듯한 자차히메를 돌아보았다.

"자차 님, 어떻게 하면 좋을까?"

"잘 모르겠어요."

"그럴 테지, 그대 얼굴에 그렇게 씌어 있어."

"네?"

"하하하…… 그대가 해결할 수 있었다면 굳이 나를 부르지 않았을 테지."

"바로 그래요."

"좋아, 좋아. 앞으로도 있을 일, 말다툼 중재는 이렇게 하는 거야. 보아 두었다가 참고로 하는 게 좋을걸."

그리고 히데요시는 다시 웃음을 누른 근엄한 얼굴이 되었다.

"오기마루!"

"예."

"그대 요구는 당연하다."

"예."

"그리고 막내."

"네. 그럼, 저더러 다른 데로 옮기라는 말씀이신가요?"

"아니, 그런 게 아니야. 그대도 이 방에서 움직이지 않은 건 장해. 과연 아사이 나가마사의 핏줄, 세 사나이에게 뒤지지 않는 여장부야."

"그럼……오기마루 님을?"

"아니, 오기마루도 장해, 그대도 장하고. 둘 다 다른 곳으로 옮길 수는 없어. 따라서 두 사람이 함께 이 방에서 이대로 살도록."

히데요시는 가쓰치요와 센치요를 돌아보았다.

"그 대신 시종들은 동석할 수 없다. 옆방에서 기거하며 일을 보도록. 이상."

말을 끝내자 몸을 홱 돌려 그대로 성큼성큼 긴 복도를 지나가버렸다.
자차히메도, 다쓰히메도, 오기마루도, 시종들도 한순간 멍하니 허공을 보고 있다…….
히데요시가 만일 오기마루의 요구를 그대로 들어줬다면, 자차히메도 함께 다쓰히메 방에 들어앉아버릴 작정이었다. 또는 그와 반대로 다쓰히메의 주장을 관철시켜 오기마루를 내보낸다면, 그것을 기회 삼아 오기마루를 부추겨 온갖 일에서 히데요시에게 반항케 해줄 작정이었던 자차히메였다.
'어쨌든 재미있겠어…….'
그렇게 생각하며 은근히 가슴을 부풀리고 있던 자차히메의 기대는, 히데요시의 뜻밖의 중재로 보기 좋게 빗나가버렸다.
물론 당사자인 다쓰히메나 오기마루에게는 그렇듯 속 깊은 생각은 없었다.
보기 좋게 내버려져 망연해진 한순간이 지나자 맨 먼저 자차히메가 사라지고 이어 다카히메도 자기 거실로 돌아가 버렸다. 다카히메는 뒤에 남겨진 막내와 오기마루가 어떻게 할까 반 장난삼아 흥미를 느끼며 취한 행동인 것 같았다.
다음에는 센치요와 가쓰치요가 서로 고개를 끄덕이더니 옆방으로 물러갔다.
"물러가 있겠습니다. 일이 있으시면……."
그 뒤는 조용해져 마루에 내려쬐는 햇살만 야릇하게 눈부셨다.
오기마루는 비로소 시선 한구석으로 다쓰히메를 슬쩍 바라보았다.
다쓰히메는 아직 오기마루를 보지 않았다. 섬칫할 만큼 날카롭고 강한 눈으로 조용히 뜰을 바라보고 있다. 그 굳어진 표정은 오기마루의 투지를 부채질하는 데 충분했다.
'내가 질 줄 알고…….'
그래서 오기마루도 자세를 똑바로 고쳐 앉아 거만하게 천장을 노려보기 시작했는데……두 사람에게는 그야말로 어떻게 해야 좋을지 모를 판정이었지만, 그러나 어느 쪽도 그 때문에 어리둥절할 만큼 연약한 성격을 타고나지는 않았다.
마침내 나이 위인 다쓰히메 쪽에서 침묵을 깨뜨렸다.
"오기마루 님."
"뭐야?"
"어떤 일이 있어도 이 방을 떠나지 않겠다는 건가요?"

"말할 필요도 없는 일이지! 이미 아버님도 허락하셨어."
"고집도 어지간하셔, 오기마루 님은."
"다쓰 님이야말로 고집쟁이야. 나는 모르겠어."
"이대로 둘이 여기서 함께 살면 대체 어떻게 되겠어요? 다쓰는 이제 어린애가 아니에요."
"나도…… 나도 어린애가 아니야!"
"어머…… 어른이라면 더하지요. 남자와 여자가 한방에서……."
"닥쳐!"
"닥치지 못하겠어요. 이 세상일은 다만 고집만으로는 통하지 않아요. 그것을 억지로 관철시키려는 것을 멧돼지 무사라고 하지요."
"고집만이 아니야! 멧돼지 무사일 것 같아, 이 오기마루가?"
"참 재미있군요. 그러면 무엇인가요? 왜 이 다쓰의 방으로 오셨지요?"
"그것은……그……그……그것은 그대가 좋아서야."
"네?"
다쓰히메는 깜짝 놀라 몸을 굳히며 쏘아붙이듯 대답했다.
"나는 싫어요! 오기마루 님 따위."
오기마루의 얼굴이 분노와 수치로 새빨개졌다. 자기로서도 무척 서툰 말을 했다고 생각한 것이리라.
"싫어도 좋아!"
말은 그렇게 했지만 그다음 이유를 댈 수가 없었다.
"그거 보세요. 그렇다면 역시 고집뿐이지요. 외고집이에요. 다쓰가 어떻게 생각하든 좋다는 건 오기마루 님 고집이에요."
"고집이라도 좋아!"
이것으로 대화는 끝났다.
다쓰히메도 이제 더 이상 뭐라고 말해야 소용없다고 느꼈을 것이고, 오기마루도 자기 말이 이치가 통하지 않는 걸 잘 알고 있음에 틀림없다…….
날이 저물어 다쓰히메의 시녀가 등불을 날라 오자, 가쓰치요도 질세라 촛대를 들고 왔다.
식사도 마찬가지였다.

다쓰히메 앞에는 시녀 우메노가 앉고, 오기마루 앞에는 센치요가 나와 시중들었다. 둘 다 한마디도 입을 열지 않고 서로 얼굴도 쳐다보지 않았다.

다만 밤이 되어 다쓰히메 쪽에서 잠시 언니 자차히메 방에 다녀왔을 뿐, 이윽고 두 사람은 다다미 12장 깔린 크기의 방에 나란히 자리를 깔게 하고 드러누웠다.

잠자리에 들 무렵부터 바람이 일기 시작했다. 강 위에서 불어대는 북풍이 심한 서리를 동반하는지 으스스한 추위와 쓸쓸함이 느껴졌다.

자정의 밤 순찰이 안뜰을 지나간 뒤 오기마루는 생각했다.

'이 여자는 대체 무슨 생각을 하고 있을까? 어쩌면 내 쪽이 좀 억지였는지도 모르지…….'

그만큼 고집부릴 만한 사람이 아니고는 쓸 만한 인물이 못된다고 사쿠자는 곧잘 말했었다. 그러므로 이따금 귀 기울이다가는 상대의 잠든 숨소리가 들리면 당황하여 자기도 상대에게 들릴 만큼 숨소리를 냈다.

자정이 지났을 무렵, 옆의 이부자리가 바스락 움직였다.

"보세요, 오기마루 님."

오기마루는 잠자는 숨소리로 대답했다.

"으……으응?"

"아, 한숨 잘 잤네! 지금 몇 시나 됐을까?"

"으……모르겠어."

"오기마루 님은 분하지 않나요?"

"으…… 뭐가? 그대는 아직 잠을 못 잤구나?"

"아니오, 잘 잤어요! 하지만 분하지 않나요? 이래서는 내 고집도, 오기마루 님 고집도 이 성의 대감에게 깨끗이 지고 만 거예요."

"뭐……뭣이! 졌다고?"

"그렇지요. 이렇게 하면 둘이서 난처해져 어느 쪽인가가 항복하겠지, 하고 한 일이에요. 그것을 못 깨달으셨나요?"

"……."

"오기마루 님."

"뭐야?"

"오기마루 님은 다쓰가 좋다고 하셨지요?"
"그래서 어떻다는 거야?"
"그렇다면 다쓰도 오기마루 님을 좋아하겠어요. 그러면 대감이 난처해질 테니까요."
오기마루는 조그맣게 신음했다.
"흠! 그렇지. 그게 좋을지도 모르겠어!"
"좋을지도 모른다……라니 한심하군요. 둘이 사이좋게 보여서 대감을 애타게 만들어요. 그러면 대감께서는 또 뭔가 생각하겠지요. 그렇지 않으면 둘 다 지는 거예요."
아마 다쓰히메는 그런 생각을 골똘히 하고 있었던 모양으로 주위를 꺼리는 빠른 말로 지껄이며 그대로 이불 위에 일어나 앉았다. 오기마루는 일어나지 않았다. 슬그머니 바라본 다쓰히메의 속옷이 가슴이 덜컹 내려앉을 만큼 눈부셨던 것이다.
'다쓰 님은 벌써 어린애가 아니다—나도 역시.'
"왜 잠자코 계세요, 오기마루 님은…… 저를 좋아한다고 한 것은 거짓말이었나요?"
"거……거……거짓말은 아니야!"
"그렇다면 사이좋게 지내서 우리 둘이 대감의 콧대를 꺾어주도록 해요. 그렇잖으면 언니들한테도 웃음거리가 돼요. 자차 님은 자신이 한 일이니 스스로 처리하라고 심술궂게 말했어요."
"흐흐……."
"……그건 찬성한다는 뜻인가요, 오기마루 님?"
"그……그……그대 좋을 대로."
"아이, 답답해!"
하나만 남겨두었던 등불 아래에서 무언가 큼직하게 움직인 것 같아 오기마루는 숨을 죽였다. 눈을 꼭 감고 있건만, 새빨간 큰 꽃송이가 벌떡 일어나는 느낌이 들더니 콧구멍 안이 금방 감미로운 향기로 가득 메워졌다.
"오기마루 님."
"뭐……뭐야?"

"이건 남이 들으면 안 되는 말이에요."

"왜……?"

"듣고 남들이 알게 되면 아무도 놀랄 사람이 없게 돼요. 자, 어서 대답하세요."

"그……그러니까, 그대 좋을 대로……하라고 말했잖아."

"지금은 모두들 자고 있어요. 깨어 있는 건 우리 둘뿐예요."

"응……."

"그러니 똑똑히 들어둬야겠어요. 이를테면 오기마루 님과 내가 사이좋게 지내서……."

"히데요시……가 아니라, 아버님 콧대를 꺾어놓으면 되는 거겠지?"

"아이, 눈도 뜨지 않고…… 오기마루 님은 어린애야."

"어린애가 아냐! 내가 어린애라구?"

"그렇다면 좀 더 생각을 깊이 가지세요. 둘이 사이좋게 지내는 것을 보고 대감이 깜짝 놀라 우리 둘을 떼어놓으면 그것으로 좋아요……."

"응……."

"하지만 만일 짓궂게, 사이좋아진 게 다행한 일이니 죽 같이 있거라……는 그런 말을 들었을 경우의 일도 생각해 둬야 해요. 그럴 때 오기마루 님은 어떻게 하실 셈이에요?"

"그럴 때라니……?"

"그럴 때 말예요. 죽 같이 있으라고 할 때 말예요."

"그럴 때면……있으면 되지, 뭐."

오기마루가 대답하자 다쓰히메는 잠잠해졌다. 지금까지 귓불을 간질이던 숨결이 멀어지고 시선만 찌르는 듯 자기에게 쏟아지고 있다. 오기마루가 그렇게 생각했을 때, 이번에는 느닷없이 얼굴 위에 무언가가 세차게 덮쳐왔다. 몹시 달아오른 볼 같기도 하고, 그보다 더 부드러운 것 같기도 했다.

오기마루는 숨죽이며 '질 줄 알고' 하고 또 생각했다.

서리 같은 마음

자차히메는 일어나자마자 막냇동생 다쓰히메 방으로 갔다. 뜰은 서리가 가득하고 해는 벌써 높이 떠 있었다.

'대체 어떻게 됐을까?'

차가운 복도를 미끄러지듯 다가가 아무렇지도 않은 척 미닫이 밖에 서서 들으니, 안에서 두 사람의 명랑한 말소리가 새어나왔다. 자차히메는 왠지 소리를 낼 수가 없었다. 그들의 대화 속에 감도는 친밀감이 뜻밖이고, 불안스럽고, 화가 치밀기도 했다.

'대체 어떻게 된 일일까?'

다쓰히메의 성격으로는 오늘 아침까지도 줄곧 끈덕지게 맞서면서 어찌할 수 없는 대립을 계속하고 있을 것……이라고 생각하며 와보았는데 보기 좋게 사태가 바뀌어버린 것이다.

이렇게 되고 보니 자차히메가 밤새도록 생각해온 히데요시에의 반격도 헛일이 되고, 오히려 큰 걱정거리가 생길 것 같아 견딜 수 없었다. 자차히메 역시 두 사람에게 거짓 화목을 권해 보란 듯이 뽐내는 히데요시를 깜짝 놀라게 해주려 생각하고 왔었는데…….

자차히메는 요즈음 모든 일이 다 제 뜻대로 되는 것처럼 뽐내는 히데요시의 얼굴만큼 비위에 거슬리는 일이 없었다. 어쩌면 이것은 히데요시 개인에 대한 증오가 아니라, 생각하는 일이 너무도 뜻대로 안 되는 불운한 자매의 행운에 대한 오기이며 반항일지도 몰랐지만…….
"판정이란 건 이렇게 하는 거야."
어제 아무 거리낌 없이 간단하게 두 사람의 동거를 언명했을 때, 자차히메는 당사자인 다쓰히메나 오기마루보다 더 눈이 아찔해지는 것 같은 반감을 느꼈다.
'제가 뭔데! 그렇게는 안 될걸.'
그래서 잠시 의논하러 온 다쓰히메까지 쌀쌀하게 쫓아 보내고, 히데요시의 콧대를 꺾어줄 방도만 곰곰이 생각하고 왔는데…….
자차히메는 그대로 자기 방으로 돌아가 살그머니 주위를 둘러보며 작은 소리로 말했다.
"이건 혹시……?"
오기마루가 다쓰히메를 건드렸다고 말해서 히데요시의 당황하는 꼴을 봐주려고 생각했는데, 정말 그런 일이 있었다면 전혀 역효과가 나게 된다…….
"이대로 내버려둘 수 없다……."
자신은 요즘 젊은 가가 부인에게 지나칠 정도로 열정을 쏟으면서, 성안의 풍기에 대해서는 이상하게 눈에 불을 켜는 히데요시였다. 자차히메의 다도 상대를 해주기 위해 찾아오는 쓰다 소큐는, 이시다 미쓰나리가 심부름 올 때 너무 친절해 보이지 않도록 하라고 주의준 일까지 있다. 들으니 미쓰나리가 자차히메와 이야기를 하고 돌아갔다가 호되게 야단맞은 일이 있는 듯한 말투였다.
자차히메는 잠시 화롯가에 손을 얹고 눈을 깜박이는 것마저 잊은 듯 하얀 재만 보고 있더니. 이윽고 손뼉 쳐 시녀에게 일렀다.
"히데마사 님을 오시라고 해."
사지 히데마사는 히데요시의 누이동생 아사히히메의 남편으로 성안의 내전 관리를 명받고 있는 고지식하고 온화한 40대 사나이였다.
히데마사가 나타나자 자차히메는 갑자기 표정을 고쳤다. 지금까지 음산하고 서리를 연상할 만큼 매섭던 얼굴이 봄날의 작은 새 같은 순진함으로 단번에 바뀌어간다. 아니, 단순한 순진함만이 아니라 거기에는 충분히 계산된 교태와 기교까지 덧붙여져 아주 사람이 달라진 것 같은 녹을 듯한 명랑함이 보였다.
"히데마사 님, 자차는 또 그대한테 털어놓고 지혜를 빌려야 할 일이 생겼어요."
"허, 그래요? 무슨 일이든 말씀하십시오. 뜻대로 이루어지시도록 주선해 드리지요."

히데마사는 자차히메를 어디까지나 규중에서 자라나 제멋대로 하려는 아가씨로만 믿고 있는 얼굴로 싱글벙글 웃었다.

"대체 무슨 일이신지요, 자차 님의 걱정거리란?"

"히데마사 님, 생각나는 대로 물을 테니 대감께 이야기해서는 안 돼요."

"예, 이야기하지 말라는 것은 결코 말씀드리지 않겠습니다."

"대감께서는 우리를 대체 어떻게 생각하고 계시는지요?"

"어떻게 생각하다니요?"

"얼마 전에도 이시다 미쓰나리가 나와 이야기하고 간 뒤 호되게 야단맞았다던데요."

"옳지……."

"나를 어디론가 시집보내실 작정일까요? 그대는 들었겠지요?"

히데마사는 호인다운 얼굴 가득 웃음을 담고 대답했다.

"하하하…… 그건 자차 님이 나빠서 그래요."

"내가 나쁘다니요……?"

"자차 님은 너무나 고귀하고 아름다운 데다 그 타고난 재주 때문에 혼삿길이 멀어진답니다."

"어머나, 사람들이 두려워 싫어한다는 건가요?"

"아니지요, 대감께서 두려워하고 계십니다. 자차 님은 혼기가 되었지만, 미욱한 자에게는 출가시킬 수 없다, 나에게 반감을 품고 있으니 반드시 남편에게 모반을 강요할 것이다……라고 농담하고 계십니다. 자차 님이 대감께 너무 고집을 부리시기 때문이지요."

"호호……."

자차히메는 자지러지게 웃었다. 웃으면서도 가슴이 뜨끔한 것은, 그 입가에 남은 긴장된 흔적으로 잘 알 수 있다. 그러나 그것도 곧 다음 말로 얼버무려 버렸다.

"아이, 우스워라! 그렇다면 이번에는 얌전히 있어 보이지요…… 자, 이렇게 말예요."

"하하하…… 그게 좋을 겁니다. 그렇게 하고 계시면 대감도 곧 안심하시고 좋은 신랑을 찾아보시겠지요."
"히데마사 님."
"예."
"이번에 이 궁전에 오신 오기마루 님 말예요."
"아, 오기마루 님……?"
"오기마루 님은 아직 성인식을 올리려면 멀었나요? 나는 차라리 오기마루 님에게 시집가고 싶어!"
무슨 생각을 하는지 자차히메는 천진난만하게 말한 다음 진지한 표정으로 한숨을 내쉬었다.
히데마사는 눈이 휘둥그레져 자차히메를 바라보았다. 상대가 진정인지 아닌지? 그것을 확인하려는 40대 사나이의 숨죽인 응시였지만, 자차히메의 창부성은 그런 데 겁먹고 본심을 내보일 만큼 어수룩하지 않았다.
오다니 함락 때의 비극에서부터 잇따라 덮쳐온 불운의 불길이, 이 젊은 재녀를 인간 불신의 뾰족한 망치로 단련시켜 놓은 것이다. 그 불신에 대항하는 여자의 무기는 위장하는 교태밖에 없다고 체험을 통해 깨달아온 것이다.
"자차 님은, 오기마루 님이 좋으십니까?"
"글쎄요…… 그대 눈에는 어떻게 보이나요?"
"그 일은 생각지 않으시는 게 좋을 겁니다. 실은……."
말하다가 숨을 삼키며 다짐했다.
"말을 내시면 안 됩니다. 자차 님이 너무 갸륵하셔서 말씀드리는데…… 결코 말을 옮기시면 안 됩니다."
"그런 건 잘 알고 있어요……."
"성인식은 곧 올립니다. 오기마루 님은 새해가 되면 곧 성인식을 올리기로 사자로 왔던 가즈마사 님과 대감 사이에 결정되어 있습니다. 호칭될 이름과 대우도 정해져 있습니다."
"어머나, 대우까지……?"
"예, 새해가 되면 하시바 미카와노카미 히데야스(羽柴三河守秀康)님이지요. 그리고 가와치 가운데 1만 석이 주어질 것인데, 그 이름인 히데야스로도 알 수 있듯 이건 여간 복잡한 게 아닙니다."

"히데야스……란 히데요시의 히데에 이에야스의 야스겠지요?"
"그렇습니다. 대감의 양자님이지만, 이에야스의 친자식……그게 어디까지나 오기마루 님에게 따라다니는 불길한 그림자가 될 겁니다. 대감께서 탐나서 데려온 건 아니라는 것은 자차 님도 알고 계시겠지요?"
"그렇지만 두 집안을 맺어주는 쐐기가 되지 않겠어요?"
히데마사는 딱하다는 듯이 고개를 흔들었다.
"대감께서 이에야스 님을 이 성으로 불러들이기 위한 미끼지요. 여느 인질보다도 더 가엾은 신세. 그런 분에게 출가하고 싶다고 한다면 대감께서 그야말로 자차 님 마음을 정말로 의심하게 될 겁니다. 그런 말은 농담으로라도 하지 마십시오."
"호호…… 그 말을 듣고 보니 더욱 생각이 간절해지는군요."
"당치도 않은 말씀! 그래서는 장난이 너무 지나치십니다."
"그러면 이에야스 님이 인질에 구애되지 않고 오사카로 오지 않는다면, 오기마루 님은 목이 베인다는 말씀인가요?"
"글쎄, 거기까지는 모르겠습니다. 그러나 오기마루 님이 여기 계시는 것도 잠시 동안이고, 머지않아 쓰쓰이 준케이 님 댁에 맡겨 기를 것입니다. 그렇게 정해져 있으므로 대감도 다쓰 님과 함께 있어도 좋다는 등 장난삼아 말씀하신 것이겠지요."
"어머나, 이 궁전에 얼마 안 있나요?"
"예, 자차 님들과는 사정이 다르니까요. 겉으로는 양자지만 실은 적이기 때문에……."
거기까지 듣자 자차히메는 얼굴과 목소리가 흐려졌다.
"그렇다면 너무 애처로워요! 그런 일을…… 오기마루 님이 알고 있을까. 그렇지, 내가 대감에게 간청해 보겠어요. 나에게 오기마루 님을 달라고 청해 보겠어요."
히데마사는 심하게 혀를 찼다.
"좋지 못한 버릇이군요, 자차 님은……."
히데마사는 진지한 표정으로 한무릎 다가앉았다.
"그런 말씀을 하시면, 점점 더 혼인길이 막힐걸요…… 이 이야기는 이 자리만의 농담으로 돌릴 터이니, 결코 다시 이야기하지 마십시오."

상대가 난처해하면 할수록 자차는 재미있어했다.

"호호…… 아니에요, 부탁해 보겠어요. 비록 아무리 꾸중 듣는 한이 있더라도 이대로 있으면 오기마루 님이 너무 가엾어요."

"자차 님!"

"어머나, 히데마사 님이 무서운 얼굴로……."

"자차 님은 대감 마음을 모르시는군요."

"남의 마음 따위 이것저것 생각하다가는 내 몸이 못 견뎌요. 하고 싶은 말을 할 뿐이에요."

"바로 그 내 몸이 못 견딘다는 그것입니다."

"그것이라니요……?"

"대감께서는 자차 님이 가가 님보다 나이가 위니 놓아주지 않아도 된다면 그럴 생각이라고 이 히데마사에게 말씀하셨습니다."

자차히메는 그제야 상대의 말에 섬칫했다.

"뭐라고요? 놓아주지 않아도 된다니, 무슨 뜻이지요?"

"자차 님의 재치를 두려워하고 계십니다. 섣불리 출가시켰다가는 적이 된다는 구실로, 한평생 곁에 있으라고 한다면 어떻게 하시겠습니까?"

"넷!"

자차히메는 얼굴빛이 싹 달라져 입을 다물었다. 출가시키면 적이 된다……그러므로 한평생 곁에 둔다는 뜻은, 히데요시의 측실이 되어서……라는 말임에 틀림없었다.

"히데마사 님……!"

"아시겠습니까?"

"그러면…… 저…… 대감께서는 나를……?"

"농담처럼 그렇게 말씀하신 적이 있습니다. 자차 님이 말을 조심하시지 않으면 그렇게 될지도 모릅니다. 그래도 좋겠습니까, 자차 님은……?"

"어머나! 대감이……."

"다카 님도, 다쓰 님도 걱정할 것 없다. 그러나 자차 님만은 방심해선 안 된다. 차라리 평생 곁에 둬둘까 하고 웃으며 말씀하신 적 있습니다."

"대감이……?"

자차히메는 몸을 꼿꼿이 하고 같은 말을 되풀이했다. 너무나 뜻밖의…… 그러나 있을 법한 일이었다. 히데요시에게 반감품은 자에게 시집간다면 반드시 남편을 선동하여 모반까지는 아니더라도 그가 싫어하는 일쯤 하게 할 게 틀림없었다. 어쨌든 히데요시가 그 대책으로 자신을 측실로…… 따위의 일을 생각하고 있을 줄이야!

"아시겠어요, 자차 님?"

"……."

"설마 자차 님이 대감의 그러한 심정을 눈치채고, 측실이 될 마음으로 일부러 장난하시는 건 아니겠지요? 그렇다면 이야기는 달라집니다……."

자차히메는 눈도 깜박이지 않고 지그시 허공을 바라보기 시작했다. 이대로 있어서는 자차히메의 완전한 패배였다.

자차히메는 히데마사를 불러 오기마루와 다쓰히메의 일로 히데요시를 난처하게 해줄 생각이었다…… 그런데 자세한 사정이야기를 들어보는 가운데 히데요시에게 더 깊은 꿍꿍이속이 있는 것을 느끼게 되었다…….

"내가 오기마루 님에게 시집가려 했는데 대감께서 장난치신 바람에 다쓰 님에게 오기마루를 빼앗겨버렸어요."

그렇게 우스갯소리를 한다면 적어도 히데요시가 다쓰히메를 꾸짖거나 책망할 수는 없게 되리라. 그럴 생각으로 일부러 꾸며낸 장난이었는데, 도리어 히데요시의 꾀에 빠져버리는 결과가 된다면 큰일이었다.

'이럴 바에는 차라리 다쓰의 일은 별문제로 하고, 우선 히데마사에게서 히데요시의 심중을 좀 더 알아내야겠다…….'

잠시 뒤 다시 히데마사에게로 돌아앉은 자차히메의 눈동자는 다시금 교태로 가득 넘쳐 있었다.

"히데마사 님……."

"예, 납득되십니까?"

자차히메는 순진하게 고개를 갸우뚱했다.

"아니오, 조금도…… 내기할까요, 히데마사 님과……?"

"내기를……? 또 무슨 말씀을 하시려는 건지, 원……."

"그럼, 오기마루 님 일은 그만두겠어요. 대감께서 나를 가가 님처럼 할 작정인지 아닌지 그것을 거는 거예요."

"이 무슨 엉뚱한 말씀을 하십니까. 그럼, 자차 님은 그런 일은 있을 수 없으니 내기를 걸자는 것입니까?"

"후후후, 그래요. 대감에게 그런 생각이 있을 리 없어요."

이번에는 히데마사가 불안스럽게 말소리를 낮추었다.

"자차 님! 사람은 저마다 취향이 다르답니다. 세상 소문에 의하면 오기마루 님의 아버님이신 이에야스 님은 처음에 이마가와 집안에서 정실을 맞았는데 그 악처 노릇에 질려 그다음부터는 지체 낮은 사람만 총애하게 되었다던데, 대감께서는 그 반대인 모양입니다."

"호호…… 그래서 교고쿠 님이며 가가 님을 측실로 삼았다는 건가요."

"예, 그뿐 아니라 요즈음은 자차 님의 외사촌 동생뻘 되시는 우대신님 막내따님에게도 그런 생각이 있을지 모른다는 소문이 나 있을 만큼."

"어머나……!"

자차히메는 떠나갈 듯이 웃어댔다.

"그러니 자차도 조심하라는 건가요?"

"조심하시라는 건 아닙니다. 그러나 재치만 믿고 하시는 장난은 좀 삼가시는 게 좋겠다는 거지요…… 그렇지 않으면 혼인길이 멀어집니다. 밑으로 다카 님과 다쓰 님도 계시니 언니부터 먼저 출가하시도록 마음가짐을 가지셔야지."

히데마사의 진지한 말에 자차히메는 내던지듯 말했다.

"이제 그만! 야단맞고 말았군요. 내기를 걸고 나서, 대감에게 내가 이기도록 해달라고 부탁하려 했는데 이제 그만두겠어요."

그리고 또 방긋 웃어보였다. 어디까지나 자신을 감추는 천진난만한 고집쟁이 같은 느낌이었다.

히데마사가 고개를 갸웃거리며 물러나자 자차히메는 문갑에서 조그만 부적주머니를 꺼냈다. 아득한 옛날 오다니성을 떠나올 때 어머니가 허리에 채워주신 부적주머니였는데 기타노쇼에서 피신해올 때도 그것을 또 우연히 지니고 있었던 것이다. 자주 바탕의 비단 빛깔이 바랬으며 귀는 닳아빠지고 없다. 그것을 다다미 위에 탁 던져놓고 나서 등골이 오싹해지는 심각한 얼굴로 무언가 생각하기 시작했다.

이 세상일은 조금도 믿을 수 없다. 서릿발처럼 차가운 마음. 그 밑바닥에서도, 그러나 자차히메는 두 동생의 일만은 잊을 수 없었다. 유난히 어리광 부리게 하거나 쉽게 눈물 같은 것을 보이지는 않았지만 두 동생과 자기가 서로 다른 별개의 여자라는 것은 깨닫지 못했다. 만일의 일이 있을 때는 역시 두 동생의 불운 위에 날개를 펴서 자기부터 먼저 상처받으려는 모성 본능일지도 모른다.

"그렇지, 그럴 위험성이 있어……."

잠시 뒤 불쑥 한마디 중얼거리고는 일단 내던졌던 부적주머니를 집어 들고 살며시 그 자리에서 일어섰다. 위험성……이란 아마도 히데요시가 그녀들 자매 셋 가운데 하나를 측실로 남겨두려는……그 두려움일 게 틀림없다. 그 빈틈없는 히데요시가 친아버지를 멸망시키고, 친어머니 역시 기타노쇼에서 죽게 했다. 그 아사이 세 자매를 섣불리 출가시키거나 놓아줄 리 없었다. 히데마사의 말대로, 혼처에 따라서는 틀림없이 적이 되리라. 셋을 출가시켜 세 사람의 적을 만들 어리석은 짓을 대체 그가 할 것인가…….

그러나 하나를 곁에 남겨두면 사정이 완전히 달라져 반대로 된다. 아니, 노부나가의 딸을 측실로 삼겠다는 마음속에도, 마에다의 딸을 측실로 삼은 데도 단순한 욕망에서만이 아닌 무엇인가가 틀림없이 있을 것이다. 하인에서부터 성공한 자의 허영심도 있을 테고, 이제까지 일만 하느라 여색 같은 건 돌아볼 틈도 없었던 미처 소비하지 못한 정력 탓도 있겠지만 일과 야심을 완전히 떠난 히데요시란 있을 수 없다. 그것을 여태까지 자차히메는 알아차리지 못했다.

'소홀했다……!'

자차히메는 부적주머니를 고쳐들고 곧장 복도를 지나 가운데 동생인 다카히메 방으로 향했다.

다카히메 역시 다쓰히메와 오기마루의 말다툼 끝을 염려해 시녀 우메노로 하여금 엿보러 보냈다가 지금 그 보고를 듣고 있는 참인 듯했다. 그리고 자차히메의 모습을 보자 당황하여 뭔가 말하려 했다.

"아, 자차 님……!"

그녀는 손으로 흔들어 막았다.

"우메노는 물러가 있어. 할 이야기가 있다."

"네."

우메노가 물러가자 자차히메는 그 부적주머니를 다카히메 앞에 내놓으며 말했다.

"이것을 그대 손으로 다쓰 님에게 주고 와요."

"이 부적주머니를……?"

"그래. 이것은 나와 그대들 목숨을 오다니에서도 기타노쇼에서도 구해 준 귀중한 부적이야. 지금 다쓰 님이 가장 위태로우니 이것을 준다고…… 말해 주도록 해요. 그래도 깨닫지 못한다면 나도 모르겠어!"

다카히메는 그 마음을 알아차리지 못해 부적주머니를 든 채 잠시 말없이 언니 얼굴만 쳐다보고 있었다.

'지금 다쓰 님 신변이 가장 위태롭다니 무슨 말일까?'

자차히메는 재촉했다.

"갖다 주고 와요. 빠른 게 좋아."

"알지 못하겠어요, 저는……."

"뭘 모르겠다는 거야? 다쓰 님 신변이 위태롭단 말이야."

"왜 그런가요? 우메노 말로는 오기마루 님과의 말다툼도 벌써 끝나고, 둘이서 사이좋게 주사위 놀이를 하고 있다던데."

"그, 그게 위태로운 일이라는 것을 모르겠나, 다카님은…… 남녀 7세 부동석이라는 교훈도 있어. 만약 둘이 인연이라도 맺어버린다면……."

"호호……."

"뭘 웃고 있어!"

"호호…… 만일 그렇게 되더라도 그건 대감 탓이 아니겠어요. 다쓰 님은 그래 봬도 제법 지혜가 있기 때문에 그렇게 보여서 대감을 난처하게 해주려는 생각일지도 몰라요."

"다쓰 님!"

"어머, 무서워라…… 언니 눈에 무지개가 걸렸어요."

"우리는, 히데요시로선 마음 놓을 수 없는 아사이 나가마사의 핏줄이야."

"넷? 그것과 이 일이……."

"상관없는 일이 아니야! 그러니 결코 마음 놓아서는 안 돼. 하물며 오기마루 님은 히데요시가 가장 마음 놓지 못하는 이에야스의 자제. 방심할 수 없는 애들끼리 만일의 일이 생긴다면 어떻게 되겠어?"

거기까지 듣자 문득 다카히메의 눈썹이 흐려졌다. 비로소 언니의 불안을 또렷이 알게 된 것이다.

"전해주고 오겠어요! 보고 오겠어요."

다카히메는 다급하게 고개를 끄덕이고 이번에는 스스로 쫓기는 사람처럼 방을 나갔다.

'그렇지…… 만약 다쓰 님이 오기마루 님에게 마음을 허락하더라도, 그대로 맺어질 리는 없을 거야…….'

새로이 가슴속에서 되풀이하며 다쓰히메의 방에 들어가다가 다카히메는 슬며시 우스워졌다.

"이 둘이…… 설마……?"

두 사람은 방 가운데 마주앉아 막 차를 마시고 난 모양이었다. 진지하게 앉아 있는 오기마루는 몸집은 어른이 되어가고 있지만 눈매는 아직 어린아이였고, 그 앞에서 찻잔을 치우고 있는 다쓰히메 역시 소꿉장난이나 하는 게 어울릴 듯한 모습이었다. 깨닫고 보니 방 안에 코가 물씬하도록 향이 피워져 있었으며, 그것이 한층 더 유치하게 느껴졌다.

다카히메는 일부러 둘 사이에 끼어 앉으며 가져온 부적주머니를 동생 앞에 내놓았다.

"다쓰 님."

"이게 뭔가요?"

"이건 오다니성에서도 기타노쇼에서도 언니와 우리들 목숨을 구해 준 귀중한 부적이야. 이것을 언니가 그대에게 맡긴대. 알겠어? 지금 다쓰 님이 가장 위험하기 때문이지."

그렇게 말하고 슬며시 오기마루를 건네 보자 그는 부적주머니 따위에는 아무 흥미도 없는지 다쓰히메와 다카히메를 줄곧 번갈아보고 있는 중이었다.

"어머나, 그렇듯 귀중한 부적을……!"

"그래. 그대에게 만일의 일이 있어서는 안 되니 단단히 몸에 지니고 있으라고 언니가 말했어."

다쓰히메는 그 말을 듣자 부적주머니를 받아들고 이상한 표정으로 오기마루를 쳐다봤다.

오기마루는 고개를 꾸벅했다. 분명 상대의 눈에 대답하는 표정이었다.

다카히메는 소름이 끼쳤다.

'눈과 눈으로 뜻이 통한다……!'

그것은 이성을 모르는 다카히메를 당황하게 만들기에 충분했다.

"감사하게 지니겠어요."

다쓰히메는 얌전하게 말한 다음 다시 한번 오기마루를 쳐다보았다. 이번에는 거기에 또렷이 두 사람만의 비밀 같은 것이 감돌았다. 다카히메는 새빨개져서 부리나케 눈길을 피했다.

"정말이지, 큰언니는 다쓰의 마음을 잘도 알고 계셔. 역시 나를 귀여워하고 잘 돌봐주시는 증거예요."

오기마루가 어리광스럽게 대답했다.

"응, 그렇지. 그것만 있으면 걱정 없어. 그대는 결코 불행해지지 않을 거야."

다카히메는 더욱 더 당황하여 말했다.

"어머나……! 오기마루 님은, 혹시 다쓰 님과……."

"오……!"

오기마루는 대범하게 고개를 꾸벅했다. 그리고 다쓰히메 쪽을 슬그머니 본 다음 자세를 가다듬었다.

"우리는 부부가 되기로 했어. 그렇지, 다쓰 님?"

"어머나, 다쓰 님? 그게…… 진정이야?"

그러자 다쓰히메는 살며시 고개 숙이더니 시선 한구석에서 살그머니 웃었다. 얼굴도 그리 붉히지 않는다. 아마 둘 다 저희들이 저지른 결과 같은 것을 철없어 생각지 못하는 것이리라.

"나는 히데요시……가 아니라, 아버님이 오시면 그 이야기를 드리고 줄곧 둘이서 살 생각이야. 그렇지, 다쓰 님?"

"네……."

"그래도 불안스럽긴 했어…… 이것저것 생각하면. 그렇지, 다쓰 님!"

"네."

"그러나 이제 걱정할 것 없어. 이 부적을 주실 정도라면 자차 님도 다카님도 모두 우리 편이니까……."

"정말……."

다쓰히메는 그제야 목 언저리까지 새빨개졌다. 그리고 눈부신 듯 오기마루를 쳐다보며 지금까지 두 언니에게 보인 적 없는 순순한 태도로 다카히메 앞에 두 손을 짚었다.

"언니에게 잘 말씀드려 주세요. 다쓰뿐 아니라 오기마루 님까지 이렇듯 기뻐하고 있더라고 잘 말씀드려 주세요……."

다카히메는 머리가 화끈해져서 순식간에 주위가 보이지 않게 되었다. 부끄러움과 놀라움과 실망과 공포를 한꺼번에 느껴 현기증이 나려 한 것이다.

'아뿔싸! 벌써 늦었어…….'

겨우 몸을 가누고 다카히메는 온몸을 휩싸는 축축한 식은땀을 느꼈다.

정략(政略)

덴쇼 13년(1585) 설을 가즈마사는 오사카성에서 맞았다. 겉으로는 오기마루가 안정되기까지 돌본다는 데 있었지만 속셈은 이에야스의 뜻을 받들어 히데요시의 가슴속을 살피기 위해서였다.

히데요시도 물론 그것을 알므로 가즈마사가 자기 가신이라도 되는 듯 오히려 거리낌 없이 말했다.

"어떻게 하면 이에야스를 오사카로 부를 수 있을지, 그것을 궁리해 주지 않겠나. 하루 빨리 나라 안을 평정하고 해야 할 큰 일이 있어. 그 일을 위해서라면 나는 이에야스에게 무릎 꿇고 머리 숙여도 좋아."

그리고 날마다 산더미같이 쌓이는 일을 물 흐르듯 처리해 나갔다.

벌써 지난해 11월에 히데요시는 종3품 다이나곤(大納言)이 되어 있었지만, 그러한 관직 따위에는 전혀 관심 없는 듯했다.

"다이나곤이라면 조금은 훌륭한 건가?"

"글쎄요, 저는 그런 것은 도무지……."

"그럴 거야. 이건 도쿠젠인(德善院)에게나 물어봐야 알겠지."

그리고 그 일을 금방 말끔히 잊은 듯이 조금도 감추지 않고 털어놓았다.

"지금 내가 난처한 건 이에야스 말고 또 한 사람 있어. 다름 아닌 니와 나가히데야. 그도 내가 몇 번이나 불렀지만 오지 않는단 말야. 그래서 나는, 내가 오늘날까지 이룩한 일의 반은 그대 힘이었으므로 걱정된다면 많은 군사를 이끌고 와도 좋으니 잠깐 얼굴이라도 보여 달라고 말하고 있지."

문제는 와카사의 니와 나가히데와 엣추의 삿사 나리마사가 만일 이에야스와 맺어져 호조 부자와 손잡고 군사를 일으키면 큰일이라고 걱정하고 있는 듯했으며, 그 때문에 이에야스의 방문이 반드시 필요한 일로 떠오르는 것같이 보였다. 이에야스가 나와서 신하의 예를 갖추어준다면 니와나 삿사나 호조에게 만일 반역심이 있다 하더라도 얼마쯤 안심할 수 있다.

그러한 일들을 이에야스에게 자세히 보고하도록 해놓고 오사카성에서 설을 맞은 가즈마사는, 자신의 마음이 차츰 두려움으로 기울어가는 것을 부정할 수 없었다. 이에야스와 전혀 다른 위대성, 성질이 다른 매력이 히데요시의 신변에 아침햇살처럼 빛나기 시작하고 있다. 큰방 윗자리에 앉아 세배받을 때의 히데요시는 언제나 싱글벙글 웃고 있었지만, 그러면서도 반년 전의 그와는 다른 사람처럼 위엄 있었다. 이미 이 무렵 성 아래에 저마다 저택을 지은 호소카와, 우키타, 하치스카, 호리, 마에다, 아사노, 쓰쓰이 같은 여러 영주들은 아무 부자연스러움 없이 누대에 걸친 그의 가신인 것처럼 보였다.

그런 다음 연회 중에 조정에서 벼슬을 보내왔다는 사실이 알려졌다.

정2품 내대신(內大臣)—

지난해 가을에서 겨울에 걸친 황실 개축에 대한 포상의 뜻이지만, 전 간파쿠(關白) 고노에 마에히사나 우대신 기쿠테이 스에하루(菊亭李晴)를 통해 조정에서도 이미 히데요시를, 그가 말하는 '천하인'으로 보는 증거였다.

그때도 히데요시는 웃고만 있었다.

"내대신이라면 세이이다이쇼군보다 얼마쯤 아래인가?"

히데요시가 정2품으로 승진하여 내대신에 임명된 것도 가즈마사를 동요시켰다. 그도 그럴 것이 이때 이에야스는 좌근위권중장(左近衛權中將)으로 정4품 아래였다. 더욱이 히데요시가 모르게 이에야스도 요 몇 년 동안 자야 시로지로의 손으로 조정에 줄곧 진상을 해오고 있다. 올해도 황실에 백조 두 마리에 황금 열 닢을 진상했을 터였다. 솔직히 말해 그러한 진상물은 히데요시와의 사이에 너무 관직의 차이를 두고 싶지 않은 중신들 생각에서였지만, 이미 비교가 될 수 없었다.

그 히데요시가 초사흗날 오후 가즈마사를 자기 거실로 불러들여 허물없이 친밀하게 말을 걸어왔다.

"어떤가, 오사카성의 설은? 나도 지금은 내대신인 모양인데, 올 추석 무렵에는 쇼군(세이이 다이 쇼군의 준말)으로 해줄 모양이야. 그렇게 되면 온 일본의 대장군이니 내 명령을 어기면 역적이라는 이름이 붙지."

내던지듯 말하고 큰소리로 웃었다.

"쇼군이란 미나모토 씨의 직계가 아니면 안 되는 모양이야. 그런데 나는 예외지. 나는 태양신의 자손이니까."

"참으로 경사스러운 일인 줄……."

대답하면서 가즈마사는 온몸이 땀에 흠뻑 젖는 것을 느꼈다.

"가즈마사."

"예."

"어떤가. 이에야스를 오사카성으로 불러낼 수단을 궁리해 봤나?"

"황송하오나 묘안이 없습니다."

"나는 앞으로 기슈 정벌을 곧 시작할 거야. 이것은 물론 그들이 이에야스며 노부카쓰의 선동으로 소란을 피운 벌이야. 그러므로 그들은 이에야스에게 구원을 청하러 갈 테지. 네고로, 사이가 무리들은 물론, 고야산(高野山)도 공손히 순종하지 않으면 불태워버릴걸. 우대신님의 히에이산 예를 본받아서."

가즈마사는 당황하여 이마의 땀을 닦았다.

"이에야스 님은 기필코 후원하지 않도록 하겠습니다."

"하하하…… 그 정도의 일은 알고 있어. 이에야스가 나와 한바탕 치른 것은 노부카쓰에 대한 의리에서였지. 그 노부카쓰가 이번에는 기슈에 항복을 권하러 가니까 말야."

"노부카쓰 님이?"

히데요시는 가볍게 머리를 끄덕였다.

"그렇지. 지금쯤 노부카쓰가 기요스에서 그대가 없는 하마마쓰에 들러 오사카로 한 번 나오라고 이에야스를 설득시키고 있을 텐데……."

"하마마쓰성에…… 노부카쓰 님이……?"

"그 정도로는 결코 이에야스가 오겠다고 하지 않을걸. 어떤가, 그 기슈 일이 처리되면 이번에는 시고쿠의 조소카베, 그것이 처리되면 엣추의 삿사 나리마사 차례인데, 나리마사는 지금 열심히 이에야스에게 밀사를 보내고 있어. 그때까지 이에야스의 결심이 서지 않는다면 나도 여러 영주들에 대한 체면도 있으니."
"아무튼 돌아가서 그 뜻을 잘 말씀드려 보겠습니다만……."
"어떨까, 차라리 나와 이에야스가 의형제를 맺는다면?"
"예? 의형제라니요?"
"이에야스에게는 정실이 없지. 여동생을 줘서 처남 매부가 된다면 이에야스의 체면도 서겠지."
한순간 가즈마사는 자기 귀를 의심했다.
'히데요시는 출가시킬 만한 여동생이 없지 않는가……?'
"뭐라고 말씀하셨지요……?"
엉겁결에 되묻는 가즈마사에게 히데요시는 다시 같은 말을 되풀이했다.
"내 여동생을 정실로 맞는다면 우리 둘은 처남 매부 사이. 그것으로 이에야스의 체면도 설 거라고 말한 거야."
"대감님 누이라고……하시면?"
"아사히를 말하는 거야."
"저……그렇지만 히데마사 님 부인이 아니신지?"
"지금은 그렇지만 이혼시켜 출가시키면 그만 아닌가."
"저…… 히데마사 님 부인은……?"
"나이 말인가. 아마 42살로 아는데, 이에야스는 몇이더라?"
"예……."
대답은 했지만 가즈마사의 입술이 굳어져가고 있었다.
"저…… 이에야스 님은 44살입니다."
"그럼, 나이도 알맞구먼. 어떤가, 이것으로 결정짓지 않겠나?"
"결정짓는다……고 하시지만……."
"기슈의 진지에는 오기마루도 데려갈 작정이야. 그때 진중 위문이라는 구실로 나오게 할 수 없겠나?"
거기까지 말하더니 히데요시는 다시 말투를 홱 바꾸었다.
"아참, 오기마루 일인데."
"예?"
"오기마루가 놀라운 짓을 했네."

"놀라운 짓……을요?"
"그렇지. 아사이의 딸과, 그것도 언니 쪽이 아니고 동생인 모양이야."
"동생이라고요?"
"막내와 말이야…… 하하…… 언니 쪽이라면 꾸짖기라도 하겠는데, 막내니 그럴 수도 없고. 소꿉장난이야, 소꿉장난! 하하……."
"그 무슨 당치도 않은 짓을……."
"버려둬, 버려둬. 그러다가 쓰쓰이에게 맡겨 이것저것 버릇을 가르쳐야지. 그런데 아사히에 대한 일인데…… 이에야스가 설마 거절한다고는 않겠지? 그렇다면 할 수없이 한바탕 싸울 수밖에. 그 이상의 양보는 나도 못하겠어. 여러 영주들에 대한 체면도 있고, 황실에 대한 의리도 있으니까."
"……."
"알고 있겠지, 가즈마사. 나는 이제 쇼군이 돼. 매부가 되어 힘을 합쳐 이에야스도 국내 평정의 일익을 담당할 것인가, 그렇잖으면 방해물이 되어 오명을 남길 것인가다. 하하……."
가즈마사는 상대의 시선을 마주 보는 것만도 힘겨워 잠시 동안 말도 나오지 않았다. 어쨌든 이 얼마나 대담한 히데요시의 제안이란 말인가. 벌써 사십 고개를 넘어 노경에 접어드는 아사히히메를 히데마사에게서 빼앗아 이에야스의 아내로 삼으라니…….
'소홀히 대답할 수 없다…….'
아마 그렇듯 엉뚱한 말을 하기까지 예사롭지 않은 결심을 한 것임에 틀림없었다. 더욱이 조정은 이미 히데요시의 손안에 있다. 섣불리 일을 얽히게 하다가는 엉뚱한 역적 누명을 쓰지 않는다고도 할 수 없다…….
"어때, 조정해 나갈 자신이 있나? 이것이 무엇보다도 도쿠가와 집안을 위하고 천하를 위한 일인데?"
"잠깐, 잠깐 생각할 시간을…… 주십시오."
히데요시는 거리낌 없이 또 웃었다.
"좋아, 지금 차를 내오게 하지. 천천히 생각해 보도록. 인간에겐 기회를 잴 만한 선견지명이 없으면 안 돼."
히데요시는 시동을 시켜 차를 가져오게 한 다음 곧 그것을 또 물리치고 밝은 장지문을 향해 실눈을 지었다.

"이를테면 그대가 완고한 중신들에게 미움받아 도쿠가와 집안에 머물러 있지 못하게 되는 한이 있더라도 이것은 해둬야만 할 일이야."

"예……?"

"이에야스는 반드시 찬성할 걸세. 문제는 다만 가신들 가운데 완고한 자들 뿐…… 뒷날 그대는 반드시 도쿠가와 집안의 초석이었다고 감사받게 될 걸세."

"……."

"알겠나? 뒷일은 언제든 내가 책임지지, 내 밑에 있으면 5000석이나 8000석 정도가 아니야. 내 재산은 이에야스의 다섯 배나 열 배 정도가 아니니까. 어떤가? 천하를 위해, 도쿠가와 집안을 위해 히데요시를 위해, 그대 자신을 위해 이쯤에서 큼직하게 한 번 맡아보지 않겠는가?"

"그러나……."

"그러나 무슨 지장이라도 있나?"

"히데마사 님 부인이……."

"아사히가 안 들을 것이란 말인가?"

"예, 이미 20년 동안이나 금슬 좋은……."

"가즈마사!"

"예."

"천하를 위해서야! 히데요시 한 몸은 말할 것도 없고 인척도 모두 천하를 위해서는 희생을 아끼지 않아."

"그러시면 벌써 뜻을 다짐해 놓으셨는지요?"

"그런 건 아냐. 아직 말하지 않았지만 결코 이의를 말하지 않으리라고 생각해."

"대감!"

"각오했나?"

"만약…… 만약 제가 그 일만은…… 하고 거절말씀을 드린다면……."

"그때는 싸움이라고 몇 번이나 말했을 터, 이에야스가 그것을 기뻐하리라고 생각하나?"

"그러나……."

"가즈마사! 알겠나, 나는 이제 기슈를 공격하겠다. 다음은 조소카베, 다음은 삿사 나리마사를 해치우면 노부카쓰는 벌써 내 편, 이에야스에게 승산이 있다고 생각하나? 겨우 호조 부자와 결탁하는 정도로는 뒤가 막히고 만다. 이 히데요시의 계산에 오산은 없어. 그래도 아직 승산이 있다고 생각한다면 거절하고 돌아가도 좋아. 나는 이에야스에 관한 한 옹졸한 짓은 하지 않을 생각이야. 오기마루도, 그대와 사쿠자의 자식도 깨끗이 돌려보내고 이번만은 단단히 힘 대결을 해보일 테다."

"대감!"

"각오되었나?"

"대감은 무서운 분이십니다."

"하하…… 그렇지도 않아. 사방팔방 원만해지도록 혈육인 누이동생까지 걸고 있다. 히데요시는 어디까지나 천하인이야, 가즈마사."

"화……화……황송합니다."

"그래. 그럼, 돌아가서 결말짓는 거지, 이 말을?"

"예, 거절하지 못하겠군요."

"그럴 거야. 그렇게 보았기 때문에 말을 꺼낸 거다, 가즈마사……."

"예."

"그 대신 어떤 일이 있어도 히데요시는 그대를 버리지 않겠다. 반드시 뒤 책임을 져주지."

"예……예."

가즈마사는 스스로가 비참해 견딜 수 없었다. 이미 자기 쪽에서 히데요시에게 공작을 펼 틈은 전혀 없고, 히데요시 앞에서 마음대로 조종당하고 있는 자신의 모습이 조그만 인형처럼 여겨졌다.

'이럴 생각은 아니었는데…….'

히데요시의 태도에 따라, 자기는 이미 이에야스의 가신이 아니고 이에야스를 배반하여 히데요시를 위해 움직이고 있다고 말해버릴 작정이었다.

이즈음 히데요시의 말버릇이 된 '천하를 위해서……'라는 말을 가즈마사 쪽에서도 본때 좋게 구사하면서—큰소리쳐 줄 작정이었다.

"천하평정의 큰 소망을 위해 이에야스를 배반하고 대감 편을 드는 것입니다."

그런데 히데요시는 그럴 틈을 주지 않았다.

"대감께서는 무서운 분이십니다!"

가즈마사는 다시 한번 같은 말을 하고 주르르 눈물을 흘렸다. 진심으로 우러나는 감개여서 이미 거기에는 티끌만한 책략도 없었다.

"돌아가서 분부대로 움직여보는 수밖에 도리 없습니다……."

그것도 슬픈 본심이었다. 히데요시는 그제야 쏘는 듯한 눈을 부드럽게 했다.

"음, 통한 모양이로군, 진심이."

"……통한 게 아닙니다. 대감의 정략 앞에 이시카와 가즈마사, 꼼짝 못하고 굴복한 것입니다."

"가즈마사!"

"예."

"그것은 히데요시에 대한 굴복이 아니다. 도리에 대한 굴복이지."

"그렇게……그렇게…… 생각하고 싶습니다."

"이에야스는 상당한 달인이지만, 패기는 내가 나을 거야. 나는 일본을 평정하는 것만으로 만족할 사나이가 아니야. 내게는 해야 될 일이 바다 건너에 태산같이 있다. 그때는 정치에 능숙한 이에야스에게 이 나라의 일들을 송두리째 맡겨두고 나가는 거야."

"이제 그런 위로는 듣지 않고 물러가고 싶습니다……."

"위로가 아니야! 시야의 넓이 문제지. 이에야스와 내가 싸운다면 이에야스의 패배, 손잡고 협력해야만 히데요시의 무게도 커지고 이에야스 집안도 번영한다. 싸우는 것이 도쿠가와 집안으로서는 이중손실이라 생각하는 자가 이에야스 곁에 한 사람 있지…… 그것이 이시카와 가즈마사다. 가즈마사, 그대는 나를 위해서가 아니야. 어디까지나 이에야스를 위한 대중신이다."

가즈마사는 그 말에는 대답하지 않고 말했다.

"그럼, 이제 오기마루 님께 인사드리고 돌아가겠습니다."

"그게 좋겠군. 일러둔 것을 은밀하게 전하게. 그리고 내가 기슈로 출전하면 나오도록. 오기마루도 첫 출진시킬 테니 그 감시역이라는 명목으로."

"그럼, 안녕히 계십시오……."

이제 가즈마사는 자기가 무엇을 말하고 있는지조차 잘 알지 못했다.

'이것으로 나는 내 신념에 금을 가게 해버린 게 아닐까……?'

외곬으로 성실한 인간이므로 차가운 복도의 바깥공기에 부딪치자 갑자기 현기증이 아찔하게 느꼈다.

'그러고……그러고도 네놈은 미카와 무사냐?'

틈새로 들어오는 바람에 차가운 땀이 으스스하게 살갗을 스쳤다. 지금까지는 자기 마음이 이에야스의 뜻을 떠나 히데요시에게 기울어졌다고 생각한 적은 없었다. 아니, 지금도 그 신념에는 변함이 없다. 그런데도 왠지 햇빛이 눈부시게 느껴지고 어디선가 줄곧 양심의 비명을 듣는 듯한 생각이 들었다. 어쩌면 그것은 히데요시를 미워할 수 없게 되었다……는 것뿐인지도 몰랐지만, 그러나 그 일만으로도 충분히 고민하지 않고는 견딜 수 없는 가즈마사의 성격이었다.

하마마쓰성에 돌아가, 히데요시가 아사히히메와 혼인시키려는 속셈임을 전한다면 이에야스는 대체 뭐라고 할 것인가……? 아무리 어지간한 일에 동요하지 않는 이에야스라도, 20년 이상 금슬 좋게 살아온 초로의 여인을 무리하게 이별시켜 자기에게 출가시킨다는 말을 듣는다면 너무 지나친 일에 아연해 말도 못할 것이다.

아니, 이에야스뿐 아니라 사쿠자도 다다쓰구도 격노할 게 틀림없다.

"히데요시가 미친 게 아니냐……!"

히데요시 자신은 이미 내대신이다. 따라서 히데요시 편에서 보면 아사히히메는 내대신의 누이동생으로 이에야스에게 있어 지체 있는 사람……이겠지만, 미카와 무사들 편에서는 그 히데요시의 내대신 관직 따위는 도무지 인정하려 들지 않을 것이다. 따라서 오와리의 농군 자식이 부하에게 줬던 농군의 딸인 40대 여인을 우리 주군에게……라고 받아들이리라.

"주군이 너무 지체 낮은 여자들만 손댔기 때문에 아무나 손대는 줄 아는 모양이지."

그런 독설을 내뱉는 자까지 나올 것 같은 생각도 든다. 그런 분위기 속에서 히데요시의 세력은 이미 억누를 수 없다는 것, 관직도 머지않아 가장 높은 데까지 오르리라는 것 등을 냉정하게 설득하지 않으면 안 될 자기 입장을 상상만 해도 가즈마사의 발걸음은 무거웠다.

긴 복도를 어떻게 걸었는지조차 알 수 없었다. 오기마루가 있는 새 궁전으로 건너가는 복도에 접어들면서 숙직자에게 말을 건네자 아사히히메의 남편 히데마사가 정중하게 인사하고 나섰다.

"아이구, 이시카와 님 아니십니까. 제가 안내해 드리지요."
"히데마사 님이셨군요."
"줄곧 맑은 날씨가 계속되어 기분이 상쾌합니다, 이번 설은."
"그……그……그렇군요."
"오사카에 아직 더 계시게 됩니까?"
"아닙니다. 일단 돌아가야겠소. 그래서 오늘 오기마루 님께 하직인사를 드리러 왔지요."
"그렇습니까? 이시카와 님도 섭섭하시겠지요. 그러나 염려 마십시오. 대감께서 거듭 오기마루 님은 인질이 아니니 그렇게 알라는 주의를 주셔서 모두들 잘 알아듣고 있으니 결코 소홀하게 대하지 않겠습니다."
"고맙소."
말하면서 가즈마사는, 여기에도 정략의 손길이 자기 신변에 미치는 것을 모르는 사나이가……있다고 생각하니 가슴이 아파 얼굴을 똑바로 바라볼 수 없었다.
오기마루의 거실 가까이까지 가자 히데마사는 다시 가즈마사를 돌아보았다.
"실은 오기마루 님이……."
이 고지식한 사나이는 앞서 안내하면서 말할지 어쩔지 줄곧 생각했던 모양이다. 뒤돌아보며 말을 건네는 얼굴에 안도의 빛이 보였다.
"대감에게서 아사이 막내따님과 함께 있으라는 명을 받고…… 얼마쯤 반항하신 것 같습니다…… 이런 이야기를 말씀드려야 할지 어떨지 모르겠습니다만."
"그 일이라면 알고 있습니다."
가즈마사는 상대가 오기마루에게 충고하고 가라는 뜻으로 주의 주는 줄 잘 알므로 자기가 생각해도 우스울 만큼 강경하게 가로막은 것이었다.
"아신다……면 대감께서 무슨 말씀이라도?"
"그렇소. 무엇이든 반항하고 싶은 나이고, 또 기껏 어린아이 하나쯤 반항했다고 놀라실 대감도 아니겠지요."
"그야 뭐……."
그는 당황해 고개를 끄덕였다. 다만 무사하기를 바란 호의가 뜻밖의 매서운 반발을 만나 이번에는 스스로의 경솔함을 곧 뉘우치고 있는 것 같기도 했다.
"다만 상대가 아사이 막내따님이라 말씀드려 두는 게 좋으리라고 생각했을 따름입니다."

재빠르게 말하고 장지문을 열며 소리 질렀다.

"오기마루 님, 이시카와 가즈마사 님이 뵈러 오셨습니다!"

그 소리에 옆방에서 센치요와 가쓰치요가 우르르 달려 나와 방문 앞에 두 손을 짚었다.

가즈마사는 둘 쪽은 쳐다보지도 않고 똑바로 오기마루를 보다가 문득 가슴이 뜨거워져 하마터면 눈물지을 뻔했다. 방 안에서 다쓰히메와 마주앉아 있는 오기마루의 얼굴이 그 옛날 이마가와 집안과 담판지어 슨푸에서 오카자키로 데리고 돌아왔던 즈음의 다케치요, 뒷날 노부야스의 얼굴로 보였던 것이다. 그때 가즈마사는 자기 안장 앞에 오기마루의 형 노부야스를 태우고 이로써 도쿠가와 집안의 난관을 돌파했다고 단순하게 믿으며 자랑스럽기도 하고 분발해 있기도 했었다.

그런데 그 노부야스는 어떠했던가……? 그가 짊어지고 태어난 불운한 별은, 오카자키에는 돌아왔지만 노부나가 때문에 비명의 죽임을 당해야만 될 거역할 수 없는 흉상을 띠고 있었던 것이다.

그것도 정략, 이것도 정략…….

"할아범, 잘 왔어. 이리 가까이 들어와."

가즈마사는 입술을 꽉 구부려 다물고 오기마루 앞에 앉았다. 혹독한 정략의 바람은 아무 죄 없는 어린애에게 언제까지 불 것인가.

"오기마루 님, 할아범은 작별인사를 드리러 왔습니다."

말하면서 어리둥절하여 자기를 쳐다보는 다쓰히메의 해맑은 눈동자를 보자, 이것도 같은 시대의 희생인가 싶어 한층 더 슬픈 분노가 쌓였다.

"그럼, 오카자키에 돌아가시는 거지?"

"예, 언제까지나 곁에 있을 수는 없습니다. 이젠 오기마루 님도 남에게 의존하지 말고 스스로의 분별로 행동하시도록."

말투도 눈길도 스스로 놀랄 만큼 강해지고 있었다.

"알고 있어. 염려 마."

오기마루 역시 가즈마사의 표정에 반발하는 투로 대답했다.

"내가 혼다 할아범의 가르침을 잊을 줄 아나. 난 아버지에게도 누구에게도 지지 않을 거야."

가즈마사는 뜨끔했다. 자기 뒤에 있는 히데마사가 얼마나 놀라고 있을지 따끔하리만큼 알기 때문이었다.

가즈마사는 신음했다.

"허……."

여느 때의 가즈마사 같으면 여기서 말소리를 부드럽게 하여 인내에 대한 중요성을 설명했을 게 틀림없다. 그러나 오늘의 그는 그렇게 할 수 없었다. 그 자신이 히데요시 앞에서 너무 비참해진 탓도 있지만, 그 이상의 분노가 이 세상의 형세 때문에 더욱 돋워졌는지도 모른다.

"용감하십니다! 그 말을 듣고 안심했습니다."

'이런 말을 하는 건 무책임한 게 아닌가……'

문득 마음을 스쳤지만 말투는 더욱 강하게 그의 의사를 거슬러갔다. 또 하나의 가즈마사가 눈에 핏발을 세우고 자기에게 따져드는 것을 느꼈다.

'여기서 인내의 소중함을 가르쳐본들, 그게 대체 어떻다는 건가!'

"그래야만 이에야스 님 아드님이지요! 어떤 때에도 자신을 굽히지 말고 당당하게 살아가십시오."

"오, 지금도 다쓰 님과 그 이야기를 하고 있던 참이야. 그렇지, 다쓰 님?"

"네, 강하지 않으면 운은 열리지 않는 거라고……."

"그렇습니다. 마음속으로 아무리 똑똑하게 궁리를 거듭해 본들 세상의 바람이란 비켜가는 게 아닙니다. 내가 옳다고 믿는 바대로, 입술을 깨물고 굳세게, 굳세게 나가십시오."

"알았어, 알았어. 혼다 할아범과 어머니에게도 내 일은 걱정 말라고, 오기마루는 굳세다고 전해줘."

"용감하십니다!"

다시 한번 신음하듯 말하자 가즈마사는 끝내 오기마루의 얼굴도, 다쓰히메의 얼굴도 보이지 않게 되어버렸다.

'탈선하고 있다. 이렇듯…… 나잇살이나 먹어가지고……'

"할아범은 일단 오카자키로 돌아가지만 곧 다시 올 겁니다."

"곧 다시 돌아온다고?"

"예, 오기마루 님의 성인식이 끝나면 첫 출진이 있습니다. 그때는 이 늙은이가 곁에서 싸움 지휘에 대한 것을 가르쳐드려야 합니다."
"허…… 첫 출진이 정해졌나?"
"예."
"어디로 출진하는 거야?"
"기슈……."
말하다 말고 가즈마사는 당황하여 말꼬리를 돌려버렸다.
"……라고 생각합니다만, 그건 새 아버님이신 내대신님이 결정하실 일이라 할아범은 잘 모르겠습니다."
"그래, 좋아! 어디라도 좋아. 그런가…… 정해졌군, 벌써."
"예, 그 첫 출진을 끝내면 오기마루 님도 한 사람의 훌륭한 무장. 그러니 여느 때도 장수될 마음가짐을 한시도 잊지 마시도록."
"잊다니! 내일 출진해도 좋다고 생각하고 있어."
오기마루는 앙연히 말하고 다쓰히메에게 동의를 구했다.
"그렇지, 다쓰 님."
그 마지막 목소리에는 다시금 가즈마사의 가슴을 도려내는 순진함이 있었다.
다쓰히메도 마음이 들떠 있었다. 아마 가즈마사가 그녀에게 자리를 비키라고 할 줄 알았는데 그 말을 하지 않았던 탓이리라. 그녀는 오기마루에게 고개를 크게 끄덕여 보인 다음 아양 부리듯 고개를 갸우뚱했다.
"할아범에게 차를 끓여 드릴까요?"
"응, 그렇게 해요. 할아범, 다쓰 님은 솜씨가 좋아."
"그건……."
필요없습니다! 라고 말하려다가 가즈마사는 다시 오늘의 자기 태도에 스스로 화가 났다.
'왜 이렇듯 감정이 흐트러지는가…….'
"그거 참…… 감사합니다. 한 잔 들지요. 들고 돌아가서 하마마쓰의 대감께 선물 삼아 이야기해 드리지요."
"그럼, 곧 차를 넣겠어요, 물은 끓고 있으니까."
거실 한구석의 풍로 앞으로 총총히 걸어가는 다쓰히메를 바라보며 가즈마사는 비로소 히데마사의 말을 생각했다.

'어쩌면 둘 사이에……?'

그러고 보니 오기마루의 체취에서는 느낄 수 없는 것이 다쓰히메에게서는 아련히 풍겨온다. 온몸으로 무언가 기대하고 있는 것 같기도 하고, 이미 있었던 그 희열을 되풀이하고 있는 것도 같았다. 그렇게 되고 보니 가즈마사는 역시 잠자코 떠날 버릴 수가 없었다.

히데요시 눈의 가시 같은 이에야스의 자식이 역시 방심할 수 없는 아사이 나가마사의 딸과 맺어진다……는 것은 승패의 구실까지는 되지 않더라도 불운에의 출발이 될 것 같았다.

"오기마루 님."

"뭐요, 할아범."

"참고로 말씀드립니다만, 성인식이 끝나면 곁에 여자들도 두게 될 것입니다. 하지만……."

"하지만……?"

진지하게 되묻다가 오기마루는 그제야 가즈마사의 말귀를 알아들은 듯 빙긋 웃었다.

"하지만 여자들에게 마음을 허락해서는 안 됩니다. 새 아버님이신 내대신님이 뽑아서 딸려주시는 사람 외에는 결코 가까이하지 마십시오."

오기마루는 차츰 장난꾸러기처럼 눈을 빛내며 고개를 꾸벅했다.

"할아범……."

"예."

"다쓰 님은 아버지님이 함께 있으라고 한 여자야."

"그럼……저……?"

"쉿!"

차를 끓이고 있는 다쓰히메 쪽을 보며 목소리를 낮추었다.

"염려 마. 아버님을 골려주려고 둘이서 의논한 거야."

"저 내대신님을?"

"그렇지, 그렇게 하지 않으면 지는 거야. 질 줄 알아, 이 오기마루가?"

가즈마사는 당황해 뒤돌아보았다. 히데마사가 들었으면 어쩌나 하고 염려했던 것인데 그는 단정히 문 앞에 앉아 있을 뿐, 들은 것 같지 않았다.

가즈마사의 얼굴이 갑자기 허물어졌다. 진심으로 우러나오는 뭐라고 말할 수 없는 웃음과 통쾌한 맛이 조수처럼 용솟음쳤다.

'히데요시를 골려준다……히데요시를……!'

가즈마사는 마침내 웃음을 터뜨리고 말았다.

"하하하…… 이거 참."

"재미있나, 할아범?"

"재미있습니다. 하하라…… 이제 가슴이 후련해졌습니다. 지금은 온 일본을 통틀어 내대신님을 골려주는……."

그 대목만 소리 낮추어 말을 이었다.

"그런 짓을 할 수 있는 분은 오기마루 님과 다쓰 님뿐이지요. 이거 참, 재미있습니다."

오기마루도 자랑스럽게 고개를 끄덕였다.

"어떻게 말할 땐 어떻게 대꾸할 것인가를 둘이 모두 생각해 두었어. 재미있지?"

"하하하……."

웃으면서 차츰 가즈마사의 눈이 빛났다.

젊음! 그것은 그가 생각하는 것보다 훨씬 자유자재로운 천마와 같은 분방함을 지닌 '힘'인 듯했다. 갖은 고초를 겪어온 무장들은 그 경험을 통해 히데요시를 두려워하고 있지만 새로운 생명에는 이러한 과거의 고삐가 없다. 그들 눈에는 히데요시도 한낱 '노인'에 지나지 않는 것이다…… 거기까지 생각하다가 정신이 들어 무릎을 탁 쳤을 때 눈앞에 다쓰히메가 앉아 있었다. 지나치리만큼 얌전한 얼굴로 차를 받쳐들고 왔다.

"자, 드세요."

"이거 참, 황송합니다. 그럼, 들겠습니다."

천천히 혀끝으로 차의 풍미를 음미했다.

"흐흐……."

"무엇이……떠 있습니까?"

"아닙니다. 이 놀라운 솜씨를 가즈마사, 평생 잊을 수 없겠습니다."

"그럼, 한 잔 더 드릴까요?"

"아니, 일본 으뜸가는 진미! 그 맛은 한 잔으로 넉넉합니다. 이 맛! 이대로 혀에 간직하고 하마마쓰로 돌아가겠습니다."

"다쓰 님, 잘했어, 할아범이 기뻐하고 있는 거요."

"참으로 기쁩니다."

가즈마사는 다시 흐흐흐…… 웃으면서 찻잔을 내려놓았다.

도대체 '젊음'이란 '정략'의 위일까, 아래일까……?

'그렇다, 주군은 히데요시보다 6살이나 젊다…….'

그것을 지금 그는 새삼스레 오기마루와 다쓰히메의 태평스러운 모습 속에서 발견해 냈던 것이다.

'인간의 지혜로는 어떻게도 할 수 없는 젊음.'

저건 이렇게, 이건 이렇게 하며 잠도 안 자고 짜내는 인간의 모략도, 그것을 결판 짓는 게 따로 있음을 깨닫고 있는 것일까. 만일 히데요시에게 오직 한 가지 틈이 있다면, 바로 그런 데 있을 것 같았다.

"그럼, 할아범은 이만 물러가겠습니다."

"오, 돌아가는 길에 몸조심하도록."

"예, 이제 건강하게 마음 놓고 갈 수 있겠습니다. 다쓰히메님도 아무쪼록 안녕히 계십시오. 결코 방심해서 남에게 지지 않도록 하시기 바랍니다."

"네, 무엇보다도 저의 차를 즐겨주셔서 기뻐요!"

가즈마사는 정중하게 큰절하고 천천히 일어섰다. 눈앞에 문득 이에야스의 얼굴이 떠오르며 그도 역시 웃고 있는 것 같았다.

가즈마사는 다시 자기 자식인 가쓰치요와 사쿠자의 아들 센치요를 본성 숙소로 불렀다.

"알겠느냐? 어떤 일이든 오기마루 님이 하자는 대로 모셔라. 다른 말은 않겠다. 고향을 떠나올 때 충분히 일러두었으니."

그리고 귀국할 차비를 시작했다.

올 때의 행렬은 1200명. 이에야스의 아들을 양자로 보내는 데 손색없는 위풍당당함을 꾸몄던 것이었는데 돌아갈 때는 그 가운데 세 사람 줄었을 뿐이었다. 혹시 청한다면 1000명 가신을 그대로 남겨두고 갈 작정이었으나, 히데요시는 아무 말도 하지 않았다. 아마 데려온 이상 자기 자식이니 가신은 자기 쪽에서 딸려주겠다는 뜻이리라. 가즈마사로서도 바라는 바였다. 지금 이에야스는 고슈, 신슈의 통치를 위해 한 사람이라도 더 많은 손이 필요한 때인 것이다.

행렬을 갖추어 오사카성을 나와 교토 가도로 나서면서, 가즈마사는 말 위에서 사람 마음의 불가사의함을 곰곰이 생각해 보았다.

예전에도 오사카는 이시야마 혼간사의 문전거리로 꽤 번영했었지만 히데요시가 성을 짓고 나자 그 면목이 한결 새로워졌다. 짧은 시일에 이만큼 광대한 성 아래거리를 잘도……하고 생각하는 것만으로도 가즈마사의 마음은 긴장되고 위축되었었다. 교토에서도 후시미에서도 사카이에서도 줄지어 상인들이 이주해 오고, 순식간에 도시 계획을 하여 여러 영주들이 앞다투어 광대한 저택을 지었다. 이렇듯 짧은 시일에 이만큼 큰 도시를 이룩한 자는 고금을 통해 아마 없을 것이다. 게다가 그 거리에 수많은 해자와 강을 파서 어떤 좋은 항구보다도 많은 물자를 배로 날라들이고 있다.

그러나 그토록 이상한 거리도 이제는 가즈마사를 그리 두렵게 하지 않았다. 이에야스 앞에 나가 말할 자신이 분명히 생겼기 때문이었다.

"아사히 님을 주신다니 얻어두십시오. 오기마루 님은 오사카에서 히데요시를 곯려주고 있습니다. 주군께서도 좀 더 여유로운 넓은 마음이 되십시오."

그렇게 말한다면 이에야스는 어떤 표정을 지을까…… 가즈마사는 말 위에서 봄볕 같은 화창한 햇살을 받으며 이따금 문득 볼을 허물어뜨리고 웃었다.

"당장 성급하게 싸우지 않더라도 히데요시는 이미 나이 들었습니다. 그 히데요시가 죽는다면 오기마루 님의 연분, 아사히 님의 연분으로 천하가 누구 손에 떨어지겠습니까…… 흐흐흐, 연장자에게는 연장자 대접을 해주십시오. 게다가 히데요시에게는 친자식이 없습니다. 젊음! 젊음은 정략 이상의 것, 그렇게 생각되지 않으십니까……?"

노여워할 것이리라, 중신들은. 그러나 그 노여움을 두려워해서야 무슨 충성이란 말인가.

"이 가즈마사야말로 도쿠가와 집안의 주춧돌입니다……."

가즈마사는 말 위에서 문득 오사카성을 돌아보았다. 올 때 그의 마음을 위축시켰던 거대한 성의 천수각이 하늘 아래 이제 조그맣게 보였다.

"천하라……!"

가즈마사는 불쑥 중얼거리고 곧 다시 시선을 돌렸다.

파도치는 성(城)

추위가 닥쳐오자 하마나 호수에서 불어오는 바람이 살을 에듯 날카로워졌다. 매화 봉오리는 아직 단단하다. 솔바람 소리와 거센 파도, 연분홍빛 하늘이 모두 어린 나가마쓰마루를 위협하고 있는 것 같았다.

손에는 감각이 없고 발가락 끝도 마비되어가고 있다. 그 바람 속에서 갓 10살이 되었을 뿐인 나가마쓰마루는 발을 버티고 서서 한 팔을 벗어 붙이고 과녁을 향하고 있다. 세 시종은 결코 화살을 빼주지 않고 맞혀도 칭찬하지 않았다. 그들은 다만 돌부처처럼 대기하고 섰을 뿐 나가마쓰마루가 화살 30개를 다 쏘기를 기다리고 있다.

나가마쓰마루는 이따금 화살을 떨어뜨렸다. 그리고 그것을 주우려고 몸을 구부릴 때마다 한 팔을 벗은 상반신에 냉수를 끼얹는 듯한 추위를 느꼈다. 그러나 소년은 결코 칭얼대지 않고 짜증도 내지 않았다.

'이것이 무장된 자식의 임무이다…….'

어린 가슴으로도 그것을 납득하고 있기 때문일까. 아니, 그것은 역시 타고난 성품에 의한 것 같았다. 나가마쓰마루에게는 맏형 노부야스 같은 성품은 없었으며 그 대신 심한 신경질도 없었다. 거의 따로 성장한 둘째 형 오기마루와 비교해도 어쩌면 이쪽이 유순하게 태어났는지도 모른다.

형 오기마루를 오사카로 보낸 뒤부터 나가마쓰마루는 더욱 착실하게 나날의 일과를 지키게 되었다. 아마 그 나름대로 남의 집에 가지 않으면 안 되었던 형에 대한 의리를 세우기 위해서인지도 모른다.

그러나 화살을 맞혀도 칭찬하지 않는 것은 이에야스가 당부해 놓았기 때문이었다. 그렇다고 이에야스가 직접 칭찬하지 말라고 이른 것은 아니다.

"칭찬하지 않으면 아무것도 하지 않는 버릇을 노부야스에게 가르쳐놓아서 말이야."

이런 말을 사쿠자가 들은 바 있어 시종에게 단단히 일러놓은 것이다.

화살은 차례차례 소나무 가로수 너머 10칸 떨어진 과녁으로 보내져 이제 7, 8개밖에 남지 않았다. 그래도 나가마쓰마루의 조그만 볼에는 핏기가 떠오르지 않았다. 온도에 의한 온기보다 바람에 불려 체온이 식어버리는 편이 더 빠른 모양이다. 그러고 보니 한 개씩 정성들여 겨누며 숨죽일 때마다 당기는 손이 벌벌 떨리고 있다. 빨리 따뜻해지고 싶다는 생각은 그에게 없는 듯했다. 어쩌면 그렇게 생각하는 것은 배워온 길에 어긋난다고 고지식하게 생각하고 있는 건지도 몰랐다.

다시 하나, 둘, 능숙치 못한 솜씨로 쏘더니 이윽고 마지막 화살을 잡았다. 집어 들어 활시위에 대자 마음 놓인 것은 역시 이것으로 끝난다는 어린애다운 기쁨에서였으리라.

그때였다. 바로 뒤에서 부드럽지만 엄한 목소리로 부른 자가 있었다.

"기다려, 나가마쓰."

이에야스였다.

나가마쓰마루는 당황하여 돌아보고 절했다.

"너는 지금 마지막 화살을 집어 들며 무슨 생각을 했느냐? 뭔가 생각한 것이 있을 게다."

이에야스는 엄격한 표정으로 말하고 뒤에 따라와 있는 도리이 마쓰마루를 돌아다보았다.

"마쓰마루, 화살을 20개 더."

"예."

마쓰마루는 놀란 듯 나가마쓰마루와 이에야스를 번갈아보며 시키는 대로 화살을 채웠다.

"나가마쓰."

"예."

"5석, 10석 받는 무사라면 그래도 좋다. 그러나 너는 좀 더 쏘아야 해. 계속하여라."

"예."

"마쓰마루, 걸상을 가져와. 나도 여기서 나가마쓰의 솜씨를 보겠다."

나가마쓰마루는 순순히 절하고 다시 서툰 솜씨로 활쏘기를 계속했다. 뒤에 아버지의 시선이 있다……고 생각하니 먼저보다 얼마쯤 긴장되어 감각이 없어진 손끝으로 화살을 떨어뜨리는 일이 많아졌다.

이에야스는 이즈음 점점 더 뚱뚱해진 몸으로 걸상에 앉아 묵묵히 이것을 지켜보고 있었다. 그리고 채워놓은 20개의 화살이 마지막 하나 남자 또 말했다.

"20개 더."

"예."

"나가마쓰."

"예."

"졸개대장이라면 그래도 좋다. 그러나 너는 좀 더 쏘지 않으면 안 돼."

"예."

그러나 이번에는 네 개째부터 과녁에 미치지 못한 화살이 나오기 시작했다. 그때마다 나가마쓰마루는 뒤쪽에 신경 쓰며 동요했다. 꾸중 듣지나 않을까 조그만 가슴을 죄는 것을 단번에 알 수 있었다.

그러나 이에야스는 아무 말도 하지 않았다.

나가마쓰마루는 더욱 신중하게 태세를 갖추어 다음 화살은 문제없이 다다르게 했다. 그러나 다음 것은 또 한 칸쯤 앞에서 땅에 꽂혀 그대로 힘없이 오른쪽으로 쓰러졌다. 이제 나가마쓰마루의 힘이 지쳐버린 것을 알 수 있었다. 나가마쓰마루에게 딸린 시종은 이따금 이에야스 쪽을 쳐다보았다.

그러나 그 20개가 끝나자 이에야스는 또 물같이 조용한 목소리로 말했다.

"20개 더."

"예."

"5만 석, 10만 석의 무사대장 같으면 그래도 좋다. 그러나 너는 좀 더 쏘지 않으면 안 돼. 계속하라."

그때 이미 나가마쓰마루의 얼굴을 새빨개져 있었다. 아마 어깨가 부어오르고 있는지도 모른다. 화살은 거의 모두라 해도 좋을 만큼 도중에 떨어지고 그 대신 조그마한 앞머리 언저리에서 김이 모락모락 솟아났다.

그렇게 그 20개를 끝내자, 이에야스는 비로소 걸상에서 일어나 나직한 소리로 말했다.

"나가마쓰, 대장이란 괴로운 것이지. 어때, 대장이 될 수 있을 것 같으냐? 쏘라고 하면 평생토록이라도 계속 쏘아야 하는 게 대장이다."

그러고는 곧장 그 자리를 떠나가 버렸다.

여기서도 설은 떠들썩했다. 관례가 된 초닷샛날 탈춤을 거의 모든 가신에게 보여 주었고 술도 여느 때보다 두 배 가까이 내려졌다.

그러나 여러 행사를 치르는 동안 이에야스의 기분은 결코 좋지 못했다. 그렇다고 조그만 일에 화내거나 야단치는 이에야스가 아니므로 초이튿날 같은 때는 시종도 모르는 새 일어나 불도 없는 거실에서 묵묵히 무엇인가 읽고 있었다.

'무엇을 읽고 계실까……?'

마쓰마루가 조심스레 불을 나르면서 들여다보니 아즈마가가미(吾妻鑑)의 일부였다. 본디 오다와라의 호조 집안에 간직되어온 것이었는데 이에야스가 사위에게 부탁해 베껴온 것으로, 호조 집안에서는 이에야스에게 보내기 위해 서기를 시켜 다시 완전한 사본을 따로 만들고 있다고 했다.

갈아입을 의복을 가져온 마쓰마루에게 이에야스는 웃음을 머금고 물었다.

"마쓰마루, 그대는 가마쿠라(鎌倉)를 창업한 사람들 가운데 누가 으뜸가는 공로자라 생각되나?"

"가마쿠라를 창업한 사람들이라면 다이라(平) 집안을 넘어뜨린 미나모토씨를 말씀하시는 건가요."

"그래? 그대는 미나모토씨와 다이라씨의 싸움을 잘 모르는 모양이구나."

"아닙니다, 이런저런 이야기는 들었습니다. 으뜸가는 공신은 형 요리토모에게 토벌된 미나모토 요시쓰네(源義經)라고 생각합니다."

마쓰마루는 아무 생각 없이 대답했는데, 그것을 듣자 이에야스는 갑자기 불쾌한 얼굴이 되어 꾸짖듯 말했다…….

"이제 됐다. 혼다 마사노부가 나왔는가 보고 와!"

불쾌한 것은 그날뿐만이 아니었다. 이때부터 근위무사를 비롯하여 어린 나가마쓰마루에 대한 훈육까지도 갑자기 엄격해졌다.

"대감께서 요시쓰네를 몹시 싫어하시는 모양이지요."

그 일에 대해 마쓰마루가 마사노부에게 말하자 그는 대답했다.

"요시쓰네는 싸움 공로는 컸지만 형 명령에 복종하지 않았어. 세상에 새로운 질서를 세워갈 때 그 질서에 따르지 않는 것만큼 나쁜 건 없으니까."

그리고 의미 있는 듯 덧붙였다.

"이 집안에도 있어. 그런 인물이……."

마사노부는 아마 사쿠자나 다다쓰구에 대한 일을 암암리에 가리키는 것이리라 싶어 마쓰마루는 못마땅하게 생각했다.

그 이에야스가 오늘 아침 활터에서 나가마쓰마루에게 일찍이 없었던 엄격함을 드러내 보인 것이다. 이에야스를 따라 거실로 돌아와서도 마쓰마루는 그 일이 이상하게 마음에 걸렸다.

'어쩌면 대감께서는 나가마쓰마루 님의 행복한 위치를 죽은 노부야스 님이나 오사카로 보낸 오기마루 님과 비교해 보고 있는 게 아닐까……?'

그리고 나가마쓰마루 님을 이대로 두는 것이 두 형에게 미안한 생각이 들어 이런저런 야단을 치시는 게 아닐까……하는 기분으로 돌아오니, 얼마 뒤 아침 연습을 끝낸 나가마쓰마루가 옷을 갈아입고 아침인사를 드리기 위해 아버지 거실로 왔다.

"아버지, 안녕히 주무셨습니까."

그때도 이에야스는 쌀쌀한 목소리로 차갑게 꾸짖었다.

"어디를 보고 인사하느냐. 아비 얼굴이 눈부셔서 그러느냐!"

나가마쓰마루는 분명 두 형보다 온순했다. 그러나 그 때문에 마음도 약하리라 여긴다면 속단일 것 같다.

"저래 봬도 상당히 중심이 강해. 주군님의 장점과 사이고 부인의 참을성을 그대로 이어받고 계셔."

마사노부의 그 말에 마쓰마루도 이의가 없었다.

이에야스에게 꾸중 듣자 나가마쓰마루는 '예' 하고 대답하고는 똑바로 이에야스의 얼굴을 쳐다보며 이번에는 눈도 깜박이지 않았다. 이에야스는 머리를 끄덕였다.

"됐어. 이번에 너를 오사카에 인질로 보낼 생각이었는데, 저쪽에서 형이 좋다고 하므로 오기마루를 보낸 것이다."

"예."

"다른 사람들 속으로 나가면 부모 슬하에 있을 때와 다르다. 언제나 마음을 긴장시켜 이것저것 신경 쓰지 않으면 안 되지."

"알겠습니다."

"안다면 대장 수업에 형들에 대한 의리를 보태 엄격하게 단련을 쌓아 나가지 않으면 안 돼. 어떠냐, 그 수업을 할 수 있을 것 같으냐?"

"힘껏 해보겠습니다."

"뭐, 해보겠다고……."

"예……해보겠습니다."

"해보겠다가 아니라 하겠다고 분명히 말할 수 있게 되어야만 해. 그건 어쨌든 좋아. 왜 대장은 부하들보다 더욱 애쓰고 조심하지 않으면 안 되는지 아느냐?"

"예……."

나가마쓰마루는 고개를 갸우뚱하며 생각했다. 섣불리 대답했다가는 또 꾸중 듣는다. 아무래도 아버지는 야단칠 거리를 찾고 있는 것같이 보였다.

"말해 봐. 왜 가만히 있나."

"모르겠습니다. 알 것 같으면서도 모르겠습니다."

"그럴 거다…… 똑똑한 체하며 알지도 못하는 것을 아는 척하는 얼굴을 하지 마라!"

"예."

"대장이란, 존경받고 있는 것 같지만 실은 잘못이 없는지 부하들에게 언제나 탐색당하고 있는 거야. 두려워하는 것 같지만 깔보이고, 친밀한 것 같지만 외면당하고, 좋아하는 것 같지만 미움받고 있는 거지."

나가마쓰마루는 멍한 얼굴이 되었다. 이렇게 되면 벌써 이해의 한계를 넘어서고 있다. 그러나 이에야스는 무엇에 쫓기는 듯 말을 계속했다.

"그러므로 부하란 녹으로 붙들어도 눈치를 봐서도 안 되고, 멀리 해서도 가까이 해서도 안 되며, 화내게 하거나 방심시켜서도 안 되는 것이다."

"그럼…… 어떻게 해야 좋은가요?"

"잘 물었다! 부하란 반하게 하지 않으면 안 돼. 다른 말로 심복이라고도 하는데, 심복은 사리를 초월한 데서 생겨나온다. 감탄시키고 감복시켜 좋아서 어쩔 줄 모르게 만들어야 해."

"예."

"그러기 위해서는, 모든 행동거지가 가신들과 다르지 않으면 안 된다. 그렇지 못하면 결국 좋은 가신을 히데요시에게 빼앗기게 될 테니까."

들으면서 마쓰마루는 흠칫했다. 이에야스가 신경 쓰고 있는 것의 '정체'를 그제야 번쩍 깨달았던 것이다.

'그렇구나, 히데요시에게 구애되고 계시는구나……!'

"가신들이 쌀밥을 먹으면 너는 현미나 보리밥을 먹어라. 부하들이 5시에 일어나면 너는 4시에 일어나라. 이번에 너를 매사냥에 데려가 몇십 리나 걷는지 시험해 보겠다. 체력도 가신보다 뛰어나야 한다. 참을성과 아끼는 것도 가신보다 더하고, 생각하는 바도 가신을 넘어서야…… 가신은 가까스로 너에게 반하고 너를 존경하여 떠나가지 않게 되는 것이다. 알겠나? 그 대장 수업을 엄격하게 해나가지 않으면 안 된다."

이에야스는 말하면서 다시 히데요시의 모습을 떠올렸다. 왜 요즈음 히데요시의 일이 이렇듯 신경에 거슬리는지 스스로 생각해도 우스웠다. 오기마루를 오사카로 보내놓고 비로소 히데요시가 자기 생활에 속속들이 파고드는 것을 깨달았기 때문이리라.

일찍이 미카타가하라 싸움 직전에 다케다 신겐에 대한 일이 염두에서 떠나지 않아 그가 군사를 진격시켜오자 신들린 사람처럼 흥분하여 결전에 도전해 갔던 그때의 심정과 너무나 흡사했다. 이번에도 어쩌면 생각지도 못한 일에서 히데요시를 적으로 돌려 계산도 하지 않고 궐기할 것 같은 두려움마저 있었다.

'이것이 제2의 싸움 기회이다!'

이성으로는 그렇게 생각하고, 일찍이 신겐에게 괴로움받으면서 전략전술을 배웠던 것과 같이 여기서는 히데요시에게 인심 수습과 전략의 묘를 배워야 할 때라고 생각하면서도 줄곧 초조해지는 것은 역시 인질을 빼앗긴 열등감에서인지도 몰랐다.

그러나 자신의 말을 나가마쓰마루가 아직 이해할 리 없다……고 생각하면서도, 지금부터 되풀이하고 또 되풀이해 가르쳐두지 않으면 돌이킬 수 없는 일이 될 듯한 생각이 드는 것이다.

'히데요시에게는 친자식이 없다…….'

지금까지는 그것이 하나의 받침이었다. 그런데 오기마루를 보내고 나니 여태까지 생각지도 못했던 반대 대답에 부딪쳤다.

'히데요시에게는 수많은 자식이 있다.'

노부나가가 죽은 뒤 순식간에 여러 영주들 마음을 사로잡은 히데요시였다. 아마 그 양자들은 몇 해 지나지 않아 히데요시를 위해 무조건 친아버지의 목을 베려고 나설 것이다. 그러한 매력이 히데요시에게 있다고 느끼게 되자, 자기를 향해 활을 쏘며 달려오는 오기마루의 모습이 이따금 상상되었다.

"알겠지, 나가마쓰마루."

"예, 힘쓰겠습니다."

"오냐. 그럼. 물러가 차를 들도록 해라. 알겠나, 시종들에게서 나가마쓰 님은 고집 세고 매정하다는 따위의 말을 듣게 되어서는 결코 안 돼."

"예."

"물러가거라."

나가마쓰마루가 단정히 절하고 나가자 이에야스는 아침식사를 들었다. 쌀가루를 끓인 죽 조금과 반찬으로는 짠지와 먹다 남은 볶은 된장이 곁들여져 있었다. 그것을 먹는 동안에도 여전히 무뚝뚝하게 말이 없으므로 곁에 있는 마쓰마루도, 오카메(於龜)도, 아오키 조사부로(青木長三郞)도 숨 막힐 듯한 분위기였다.

가즈마사가 온 것은, 그 식사가 끝나고 이에야스가 마사노부를 불러내 고슈 여러 고을의 수확고를 수판 놓고 있을 때였다.

"뭐, 가즈마사가 돌아왔어. 이리 들라 해라."

이에야스는 부리나케 장부를 덮게 했다.

가즈마사는 이번에는 사쿠자에게 들르지 않고 직접 이에야스에게로 왔다. 물론 오사카에 도착한 뒤의 상태는 대충 보고해 왔었지만 아사히히메의 일 이후부터는 일부러 알리지 않았다. 여느 일 같으면 먼저 사쿠자에몬을 찾아가 거기서 두말없이 이에야스가 승낙하도록 미리 타합해 놓은 다음 이에야스 앞으로 나갔지만, 이번에는 생각한 바가 있어 반대로 이에야스에게 먼저 보고하러 온 것이다. 가신들 반대가 너무 맹렬할 경우 이에야스는 이미 승낙했다고 눌러버릴 작정임이 틀림없다.

"지금 돌아왔습니다."

그렇게 말하는 가즈마사에게 이에야스는 몸을 내밀 듯하며 빠른 말로 물었다.

"어때, 내가 아프다는 데 대해 지쿠젠(히데요시)은 뭐라고 하던가."

가즈마사는 일부러 천천히 마사노부를 바라보며 대답했다.

"히데요시 님은 이제 지쿠젠노카미(筑前守)가 아닙니다. 종3품 다이나곤에서 이번 정월에 정2품 내대신이 되셨습니다."

마사노부가 이 자리에 있어도 되는지 어떤지 이에야스에게 물어볼 생각으로 말한 것이었는데, 이에야스는 그렇게만 받아들이지 않았다.

"마사노부도 여기 있어!"

신경질적인 힘줄을 돋우며 꾸짖듯 말한 다음 물었다.

"가즈마사, 그 말을 먼저 꺼내는 걸 보니 그대는 내대신에게서 또 무슨 어려운 문제를 떠맡아 왔구나."

"주군!"

"뭐야? 어려운 문제라면 몇 번이고 몇십 번이고 그대를 왕복시키겠다."

"어려운 문제가 나오리라는 건 주군도 처음부터 각오하고 계셨을 터…… 오늘은 여느 때와 심기가 다르신 것 같군요."

"뭐……내가 평소와 다른 것 같다고?"

"예, 감기라도 드시지 않으셨는지……."

이에야스는 쓴웃음 지었다.

"흠. 그래, 내가 나빴다! 순서가 있겠지. 순서를 좇아 말해라."

"감사합니다…… 실은 히데요시는 주군의 병환 때문에 이 가즈마사가 대신 왔습니다……라고 말할 겨를도 없이 그런 건 알고 있다, 뒷말은 하지 말라고 웃으며 손을 내저었습니다."

"음, 그 사람답군."

"그리고 더 이상 그 일에 언급하지 않고 이번 봄 오기마루의 성인식을 올릴 것, 가와치나 이즈미 중에서 1만 석을 주어 경비로 쓰게 할 것. 이름은 히데야스……

히데요시, 이에야스 두 사람 이름에서 따려고 생각하고 있다는 등 거침없이 말한 뒤 그대로 설까지 아무 일도 없었습니다."

"설까지는 말이지……."

"예, 그래서 이 가즈마사도 이대로 돌아가게 되지 않을까 착각할 정도였습니다만……."

"그런데 역시 말이 나온 거로구먼. 순서를 따라 잘 알겠어. 그래, 그 어려운 문제는?"

이에야스는 다시 팔걸이로 몸을 밀어내고 지그시 눈길을 모았다.

가즈마사는 답답해졌다. 이에야스만이 아니라 곁에 있는 마사노부의 표정도 굳어졌다.

가즈마사는 새삼스레 생각했다.

'역시 단 둘이 이야기하고 싶었는데…….'

단 한 사람쯤이야……라고 생각되기도 했지만, 그 한 사람이 있기 때문에 말하는 데 무척 신경 쓰지 않으면 안 되었다.

"주군! 이것은 반드시 어려운 문제라고 할 수만은 없을 건지도 모릅니다."

"어려운 문제만은 아니라고……?"

"예, 히데요시가 지르는 비명이라고 듣는다면 못 들을 것도 없지요. 히데요시는 주군이 오사카로 오지 않으면 큰일이라고 여간 난처해하지 않는 것 같습니다."

이에야스는 혀를 찼다.

"못난 것! 그가 난처해할 자인가. 그래, 뭐라고 하던가?"

"나는 여기서 이에야스에게 머리 숙이는 한이 있어도 나와 달라고 부탁하지 않으면 안 된다고……말씀합니다."

"그런 말이야 하고말고. 그런 것쯤 투구 위에 잠자리가 앉은 것만큼도 생각지 않는 자야. 그렇지, 마사노부."

"옳은 말씀."

가즈마사는 흘끗 마사노부를 노려보며 말을 이었다.

"올 추석 무렵까지는 쇼군 어명이 내릴 거라고 말씀하십니다. 있을 법한 일입니다. 조정은 이미 히데요시 님 마음대로일 테니까요. 그렇게 되면 히데요시 님은 이 나라 병마권을 완전히 장악하게 되는 거지요."

"뭐, 쇼군……? 그건 안 될걸. 쇼군은 미나모토씨 직계라야 된다는 선례가 있으니 다른 집안에서는 임명되지 못하지."

"그런데 자신은 예외라고 말하더군요. 벌써 어떤 연줄로 속뜻을 다져놓은 게 틀림없습니다. 나는 태양의 자식이라 다르다며 자신 있게 말했습니다. 그렇게 되면 온 일본의 무장은 일단 히데요시 휘하에 들어가게 됩니다."

거기까지 말하고 가즈마사는 저도 모르게 숨을 내쉰 다음 말했다.

"그러므로 이에야스와 의형제가 되고 싶다. 이 문제를 특히 잘 도모해 달라…… 그렇게 되면 아우가 형의 성에 오는 게 되니 이에야스의 체면도 서게 된다고."

"뭐, 의형제……?"

이에야스는 의아스러운 듯 고개를 갸웃거렸다.

"의형제란 대체 무슨 뜻인가?"

"히데요시 님…… 아니, 내대신 집안과 인연을 맺자……는 이야기입니다."

"오기마루를 양자로 보냈으니 이미 친척 아닌가."

"친척은 의형제가 아닙니다. 주군에게…… 대감에게…… 히데요시 집안의 사위가 되어달라는 말입니다."

"뭐……!"

이에야스는 휘둥그레진 눈을 그대로 마사노부에게로 옮겼다. 마사노부도 비둘기 같은 눈을 깜박이며 이에야스와 가즈마사를 번갈아보고 있다.

가즈마사는 단숨에 말해 버렸다.

"히데요시의 누이 아사히히메라는 분이 있습니다. 물론 다른 집에 출가했지만…… 이혼시켜서까지 주군과 싸우고 싶지 않다는 히데요시 님 사정…… 그러므로 이 가즈마사는 이거야말로 히데요시 님의 희한한 비명이라 여기고 일단 돌아온 것입니다!"

이에야스는 잠시 가즈마사를 바라본 채 말이 없었다. 너무도 뜻밖의 일이어서 순간 그 뜻을 알아차리지 못했던 것이다. 의형제가 되고 싶다…… 그러기 위해 출가해 있는 누이동생을 이혼시켜 이에야스에게 시집보낸다…… 그렇게 되면 오사카에 온다 해도 이에야스의 체면이 서리라고…….

아니, 그보다 더 기괴한 것은 그러한 히데요시의 요구를 비명으로 듣고 돌아온 가즈마사의 심정이었다.

'비명은커녕 이거야말로 히데요시가 아니고는 생각지 못할, 그의 성격을 뚜렷이 말해 주는 일이 아니고 무엇인가.'

"가즈마사."

"예."

"그대는 그 히데요시의 요구를 참으로 비명이라고 여기는가?"

"주군은 그렇게 생각지 않으십니까?"

"나는……."

말하다가 이에야스는 차마 '무섭다'는 말을 삼갔다. 목적을 위해 수단을 가리지 않는 히데요시의 무서움을 무섭다고 솔직하게 말한다면 앞으로의 사기에 영향이 있으리라.

"이건 비명이 아니다, 가즈마사. 그는 어떤 경우에도 비명 같은 걸 지르는 자가 아니야. 언제나 의기양양하게 써야 할 수를 생각한다. 막히는 일 따위 자기에게는 없다고 자부하고 있는 자야."

말하면서 이에야스는 한마디 한마디에 필요 이상 신경 쓰고 있는 자신이 싫어졌다.

'가즈마사 녀석, 어쩌면 알지 못하는 사이 히데요시에게 매혹된 것은 아닐까……?'

만약 그렇다면 마음 놓고 말할 수 없다고 무의식중에 경계하기 시작한 것 같았다.

"그래, 그 아사히히메인가 하는 히데요시의 누이동생은 몇 살이지?"

"예…… 그게…… 43살입니다만……."

"뭐, 43살?"

큰 소리로 되물어오자 가즈마사는 얼굴이 붉어졌다. 33살부터 여자를 늙은이로 취급하던 그즈음 관습에 따른다면, 43살은 손자나 돌보는 일을 낙으로 삼는 노파였던 것이다. 가즈마사의 얼굴이 붉어진 건 그 때문이었는데 이에야스는 여기서도 왠지 뜨끔했다.

"43살이라……!"

"예, 그리고 지금은 사지 히데마사라는 사람의 부인입니다."

가즈마사는 이제 머뭇거리지 않았다.

"주군! 그러므로 세간에서는 히데요시가 궁지에 몰려 전례 없는 일을 무릅쓰며 감히 저질러…… 무리하지 않으면 안 될 만큼 궁지에 몰렸다……고 할 것이니, 이 일은 결코 주군의 불명예가 되지 않을 거라고 생각합니다."

"그러면 그대는 거기에 찬성한다는 말인가?"

"주군은 동의하지 않으시렵니까?"

"43살……."

이에야스는 다시 한번 중얼거린 다음 세차게 혀를 찼다. 망막 속에 젊음이 시든 가엾은 노파의 환영이 떠올라 불결한 느낌이 들어 견딜 수 없었다.

가즈마사는 다시 몸을 내밀 듯하며 설득했다.

"주군! 일부러 일을 까다롭게 생각지 않으시는 게 좋을 듯합니다."

"뭐, 일부러 까다롭게?"

"예, 상대의 수치가 될지언정 주군의 수치는 안 될 것입니다. 이 경우 나이 따위는 오히려 주군보다 위가 좋지 않을까 생각됩니다."

"음."

"정실로 맞은 다음 반드시 총애해야 될 이유도 없으니, 인질로 여기시며 여기서는 배짱 좋게 상대의 요구를 들어두는 게 득책인가 생각합니다."

"……."

"물론 지참금을 어느 정도 보내줄 것이니 성안에 별도로 아담한 집을 하나 지어 살게 하고…… 그것도 천하를 위해서, 집안을 위해서라고 생각하신다면 울화통도 가라앉겠지요. 아니……오기마루 님 대신 이쪽에서도 인질을 잡아왔다고 생각하신다면……."

"가즈마사!"

"예."

"나는 지금 히데요시로부터 누이동생을 억지로 강요당하고 있는 것 같은 느낌은 안 든다."

"그러시다면……?"

"그대, 가즈마사한테 먹고 싶지도 않은 액떡을 억지로 강요당하여 구역질하고 있는 것 같은 불쾌한 기분이다."

"허, 무슨 말씀입니까! 상대는 히데요시라는 무엇을 생각해낼지 모르는 상대…… 주군 쪽에도 그만한 각오가 없으면 못 당할 것입니다."
"그렇게 말하지만, 무슨 짓을 할지 모르는 상대니 방심해서는 안 된다고 생각해 본 적 있는가, 가즈마사?"
"방심할 수 없다니 누이동생을 출가시켜놓고 쳐들어오기라도 한다는 말씀입니까?"
"쳐들어오지는 않겠지. 이쪽에 대비가 있으니까. 그러나 누이동생을 미끼로 우리를 오사카로 유인해 누이동생과 이에야스의 목숨을 바꾸려는 생각이라고 한 번쯤 의심해 보았느냐는 말이야."
"주군!"
"왜 그래, 얼굴빛이 달라졌구나."
"달라지기도 하겠지요. 이제 하신 말씀은 가즈마사, 뜻밖입니다."
"어떻게 뜻밖인가?"
"가즈마사는 히데요시의 가신이 아닙니다. 도쿠가와 집안 대대로 내려오는 신하입니다."
"몇 번이고 의심해 봤다는 말인가."
"물론이지요! 여기서 히데요시와 맞서서는 안 됩니다. 히데요시는 주군보다 연상, 체면만 선다면 여기서 먼저 히데요시에게 접근해 반대로 여러 영주들 마음을 사로잡는다면 익은 감이 반드시 저절로 땅 위에 떨어질 때가 올 겁니다. 주군 말씀은 정말 천만뜻밖입니다."
"가즈마사."
"그대가 분명히 말하는 것이니 나도 말하마. 불쾌하다, 이에야스는. 그런 일을 어떻게 곧바로 답할 수 있는가. 나도 생각해 보겠지만, 그대도 사쿠자의 의견을 들어본 다음 다시 상의하도록 하자."
가즈마사는 왈칵 한무릎 나앉았으나 아무 말도 하지 않았다. 눈썹과 입술의 근육을 부르르 경련시키며, 날카로운 두 사람의 시선이 격렬하게 허공에서 얽혔다.
가즈마사는 크게 뉘우쳤다.
'이런! 결론을 너무 서둘렀구나…….'
이에야스의 눈 속에 진짜 분노가 느껴졌다. 가즈마사로서는 이토록 뜻밖의 일은 없었지만, 그러나 그것은 인정으로서 무리가 아닌 일인지도 모른다. 오기마루를 인질로 준 일로, 자식에 애착많은 이에야스가 얼마나 괴로워하고 있는지 다시 한번 깊이 동정하며 생각해 볼 필요가 있었던 것이다. 어쨌든 히데요시에게 강요당하고 있는 게 아니라 가즈마사에게 강요당하고 있다니 이 얼마나 듣기 거북한 말인가.

그 말 속에는 이렇게 말하는 것 같은 냄새가 풍겼다.

'가즈마사, 그대는 히데요시의 앞잡이가 되어버린 게 아닌가?'

어쩌면 이에야스는, 두 사람 사이에서 난처해진 가즈마사가 자기 쪽에서 히데요시에게 책략을 꾸며 바친 게 아닐까 의심하고 있는지도 모른다.

'여기서는 이대로 물러나자…….'

더 이상 변명하면 한층 더 자기 입장에 의혹을 받게 된다.

가즈마사는 두 손을 짚고 조용히 말했다.

"제 말이 지나쳤습니다. 말씀하신 대로 이것은 여기서 곧 결정하실 일이 아니었습니다. 저는 지금부터 사쿠자를 찾아가 센치요의 이야기 등 이것저것 알려주겠습니다."

이에야스는 대답하지 않았다. 불쾌함……이라기보다, 역시 불쾌해서 화내는 것을 잘 알 수 있다. 이러한 얼굴은 고마키, 나가쿠테 싸움 때도 끝내 보이지 않았던 불타버린 큰 바위를 연상시키는 무시무시한 표정이었다.

가즈마사가 일어서자 마사노부가 당황해 뒤에서 쫓아왔다.

"이시카와 님, 이따가 제가 잘 말씀드리겠습니다."

이번에는 가즈마사가 대답하지 않았다.

'공연한 소리를!'

흘끗 쳐다보았을 뿐 곧장 큰 방으로 갔다.

밖으로 나가자 울고 싶어졌다. 싸움터의 계략 같으면 그 자리에서 승부가 날 터인데 외교란 왜 이렇듯 까다로운가.

아니, 단순한 무장과 무장끼리의 교섭이라면 이토록 신경 쓰지 않아도 될 것이다. 그런데 계략이 뛰어난 히데요시와 다시없는 심사숙고형의 이에야스가 '싸움은 피해야 한다'고 배짱을 정하고도, 서로 끝까지 체면을 세우려는 계략에만은 어쩔 도리가 없었다.

가즈마사는 사쿠자에몬네 집 거실로 찾아가 모든 보고를 끝낼 때까지 그 방에 화롯불 하나 내놓지 않은 것에도 생각이 미치지 못했다.

"나도 잘못했어. 오늘은 히데요시에게서 이런 요구가 있었다고만 말하고 물러났으면 좋았을 텐데, 그만 권하는 꼴이 되어버려서…… 너무 서둘렀던가 보오."

털어놓고 이야기한 다음 아무렇지도 않게 말했다.

"사쿠자, 추워지는데 화로를 내놓지 않겠소."

사쿠자는 무뚝뚝하게 말했다.

"못 내겠어. 귀하의 말을 듣고 있는 동안 주군보다도 내가 부글부글 화가 치미오. 누가 화로를 내놓아. 귀하 같은 사나이에게는 차 한 잔도 못 내놓겠어."

가즈마사는 흐흐흐 웃었다.

"허, 귀하도 화났나……?"

가즈마사는 또 여느 때의 버릇으로 사쿠자가 이리저리 비꼬는 농담이리라 생각했다.

"그럼, 나는 주군에게 꾸중 듣고, 귀하에게도 꾸중 듣는 게로군…… 허, 올해는 어지간히 운수 나쁜 모양이야."

사쿠자는 비웃었다.

"흥! 그렇지도 않겠지. 히데요시는 우리 대장보다 훨씬 그릇이 크지. 재산도 5배 10배는 될걸."

"뭐라고! 그게 무슨 소리요, 사쿠자."

"히데요시의 가신이 되는 편이 녹봉도 늘 거라고 말했소."

"음."

가즈마사는 갑자기 정색하며 상대의 농담 말에 걸려들지 않으려고 몸을 가다듬었다.

"그럴지도 모르지. 히데요시도 그렇게 말하더군."

"그럴 거야. 그것을 알므로 주군이 화낸 것도 무리가 아니지. 그것을 귀하가 너무 서두른 탓이라고는 생각 마오, 가즈마사."

"사쿠자…… 농담은 농담으로 좋다 치고 귀하는 주군에게 이 일을 납득하도록 권고해 주겠지."

"천만의 말씀! 거절하겠소."

"음, 무엇 때문에?"
"불결해…… 더러워!"
"하하…… 그럼, 이 같은 하찮은 일로 히데요시를 적으로 돌려 싸워도 좋다는 말인가?"
"그렇지는 않아. 같은 평화를 초래하는 데도 좀 더 나은 수단이 있을 게 아니겠소. 귀하가 말한 대로 그 노파를 얻어 뒷날 주군이 천하를 잡았다고 해봐. 후세 사람들이 뭐라겠는가. 처남 매부로서 오사카에 간다……는 따위 작은 일이 아니오. 이에야스는 목적을 위해 수단을 가리지 않는 지저분한 병신이라고 언제까지나 웃음거리가 될 것 아니겠소."
"사쿠자!"
"뭐요?"
"진정으로 그 말을 하는 거요?"
"가즈마사! 내가 농담하는 줄 아나. 화났다고 말하는 걸 모르겠소?"
"이건, 점점 더 괴상한!"
"괴상한 건 귀하 쪽이오. 어때, 이대로 오카자키에 돌아가 얼마 동안 머리를 식혀보면 다른 생각이 있을지도 모르지."
가즈마사는 얼굴에서 금방 핏기가 가시는 것을 알 수 있었다.
"사쿠자! 그러면 이 혼담에 동의할 수 없단 말이지?"
"오, 주군에게도 찬성하지 말도록 권해야지. 아니, 주군이 혹시 승낙하시어 그 노파를 하마마쓰 같은 데로 데려온다면, 이 사쿠자가 모든 사람을 꼬드겨 불태워 죽여 보일 테야. 기억해 두시오."
이젠 의심할 여지도 없다. 사쿠자는 진정으로 격노하고 있는 것이다.
"알겠소? 그 노파가 남편과 사별한 과부라면 또 몰라. 현재 멀쩡한 유부녀를 억지로 이혼시켜…… 그게 사람이오? 사람의 탈을 쓴 짐승이지, 그것은…… 그런 일은 받아들일 수 없다고 거절하여 멸망당한다 해도 수치는 안 돼. 이야기가 되어야지. 그따위 소리를 하면 용서 않겠소, 가즈마사."
가즈마사는 단번에 등골이 서늘해졌다. 이에야스가 그의 당돌한 요구에 화냈다 해도 그리 놀랄 게 못되었다. 그러나 어떤 경우에도 서로 털어놓고 저마다의 입장을 지키면서 언제나 가슴속으로는 가즈마사를 이해해 주던 사쿠자에몬이었다.

'그 사쿠자가 이번에는 정말로 노하고 있다.'

그만큼 가즈마사의 생각은 불결하고 괴상한 것이었을까? 가즈마사는 세차게 고개를 흔들었다.

'그렇지 않다! 나의 설득력이 아직 모자란 것이다.'

그는 고개를 끄덕였다.

"사쿠자, 그 이유는 옳은 것 같지만 옳지 못해."

"허, 어디가 틀렸다는 거요, 내가……."

"그렇지! 알겠소? 현재 남의 부인인 누이동생을 억지로 이혼시켜 주군에게 출가시키려고 획책하는 게 누구요. 그건 주군이 아니오. 히데요시 자신이 아닌가. 따라서 이것은 히데요시의 평생에 흠이 될망정 주군의 수치는 안 된다고 생각하는 게 어떻소."

"그게 귀하다운 계산이라는 거요. 내 수판으로는 그런 답이 나오지 않아. 그 불결한 요청에 아무 불평도 느끼지 않고 따라가는 놈이나 요구하는 놈은 똥 묻은 개와 겨 묻은 개 차이지."

가즈마사는 창백하게 웃었다.

"사쿠자…… 난처하군, 그 고집통이."

"난처할 것 없어. 고집통은 나의 유일한 자랑이오."

"좋아, 그 자랑은 인정하지. 인정하지 않으면 이야기가 안 되니까."

가즈마사는 꿈쩍도 않을 기색을 보이며 직접 손뼉을 쳐서 사쿠자의 부인을 불렀다. 두 사람이 밀담할 때는 부인 외에 출입하지 않는 관습이었으므로 손뼉 치면 부인이 오는 것으로 가즈마사도 잘 알고 있었다.

"부인, 이야기가 좀 길어질 것 같습니다. 죄송하지만 화로와 차를 좀 내주십시오."

사쿠자는 흘끗 부인을 노려보았지만 못하게는 하지 않았다.

부인이 화로와 차를 날라 왔다.

"오, 이제 좀 살 것 같군……."

따끈한 차를 두 손으로 싸들고 한 모금 마신 다음 말했다.

"사쿠자, 나는 귀하가 찬성할 때까지, 여기에서 움직이지 않겠소."

사쿠자도 응수했다.

"오, 몇 년이라도 있어보시오. 나도 귀하를 설득할 작정이오."

"사쿠자, 주군의 첫째 목적이 무엇이오. 그것을 다시 떠올려보지 않겠소."

"오, 다시 떠올려볼 필요까지도 없네. 잊지 않고 있으니까."

"알겠소, 주군의 유일한 소원은 난세의 종식과 천하 만민의 평화에 있을 거요."

"그렇지. 그러나 남의 손으로 그것을 하려는 게 아니오. 자기 손부터 깨끗이 해놓고, 그 대역을 짊어지려는 데 의미가 있는 것이오."

"그러니 그 첫째 목적을 이루기 위해 여기서 히데요시와 손잡아야 한다고 생각지 않소? 혼담이라고 여기는 게 참을 수 없다면, 인질을 얻었다고 생각하면 좋잖겠소."

"좋지 않아……."

아마 그들의 생각 방식은 맺힐 곳 없는 평행선인 듯했다.

"가즈마사, 여기서 히데요시와 손잡아두면 결국 히데요시가 죽은 다음 천하는 주군의 것이 된다……고 생각하고 있겠지? 귀하의 속셈쯤 이 사쿠자는 환히 다 알고 있어."

가즈마사는 사이를 두지 않고 그 말에 응수했다.

"그럼, 사쿠자는 그것에 동의하지 못하겠다는 거요. 주군 쪽이 히데요시보다 젊다는 계산이 틀렸다는 거요?"

"가즈마사!"

"뭐요, 사쿠자?"

"그 속셈은 쩨쩨해. 계산에는 틀림이 없더라도 귀중한 뼈가 하나 모자라."

"뭐, 뼈가 모자란다고?"

"그렇지. 귀하는 고마키, 나가쿠테 싸움의 의미를 똑똑히 모르고 있소. 그때 주군이 뭐라고 했던가. 지금 여기서 히데요시를 쓰러뜨리면, 나 혼자 천하의 여러 영주를 모두 적으로 돌리지 않으면 안 된다고 하셨지. 그러니 여기서는 히데요시가 모든 상대를 하도록 두자고 하셨소……."

"그것을 이 가즈마사가 잘못 알아듣고 있다고 생각하오? 알겠소, 사쿠자. 싸움에 이겼으면서도 상대에게 명예를 양보한 것은 모두 뒷일을 깊이 생각한 주군의 인내성이오. 그러니 틈을 보아 손잡아야 한다는 거요…… 상대가 매부로 와달라고 하오…… 알겠소, 오기마루 님은 양자, 정실은 히데요시의 누이동생, 그런 관계로 나가서 이것저것 정치를 도우면 히데요시가 죽은 뒤 천하는 자연히 주군 손에 들어올 것이오. 이건 고마키, 나가쿠테 싸움의 의미를 알기 때문에 한 책략이라고 생각지 않소?"

"생각지 않소, 생각지 않아."

사쿠자에몬은 손과 고개를 함께 세차게 흔들었다.

"그 말을 들으면 역시 뼈가 없어. 허리뼈가 빠졌는지도 모르지."

"뭐, 허리뼈가 빠졌다고? 이 가즈마사가?"

"그렇소. 허리뼈 빠진 겁쟁이도 때에 따라서는 필요하지. 괜찮아."

"흘려들을 수 없군. 어디가 겁쟁이요? 자, 말해 보시오. 사쿠자!"

사쿠자는 점점 더 비꼬는 투로, 그러나 침착하게 말했다.

"가즈마사…… 노부나가 공이 세상 떠난 뒤 그토록 빨리 여러 영주들이 히데요시에게 꼬리 흔든 게 무엇 때문이라고 생각하오."

"그것은 히데요시의 실력, 실력이 뛰어났기 때문에 손잡는 것이오……."

사쿠자는 큰 소리로 상대의 말을 막았다.

"닥치시오! 실력을 가진 히데요시이기 때문에 섣불리 서둘러 손잡아서는 안 된다는 거요. 굳이 싸움은 안 해도 돼. 그러나 히데요시가 쉽사리 망하거나 꼬리 흔들 인물은 아니오……알겠소? 여기가 소중한 요점이오. 온 일본의 무장들은 모두 히데요시라는 호랑이 앞에서 고양이였지. 이에야스도 좀 듬직하긴 했지만 역시 고양이라고 여겨지게 된다면, 히데요시가 죽은 뒤 순순히 천하가 주군 손에 들어올 줄 생각하시오? 고양이끼리 여기저기서 일어나 다시 난세가 될 우려가 있다고는 생각지 않소? 알겠소, 그러니 여기서는 온 일본의 고양이들이 꿇어 엎드리는 가운데, 이에야스만은 호랑이는 아니지만 용이었다……는 것을 강하고 분명하게 여기게끔 해놓아야만 호랑이가 쓰러진 뒤 고양이들의 소동을 막을 수 있는 거요……히데요시 눈에는 주군도 아직 고양이로 보이고 있소. 그동안의 동맹에는 명분이 어떻든 이 사쿠자는 결코 반대요."

가즈마사는 어느새 입술을 지그시 깨물고 부들부들 두 주먹을 떨고 있었다. 여기까지 듣자 가즈마사도 사쿠자가 무엇을 생각하는지 잘 알 수 있었다. 요컨대 가즈마사의 교섭은 아직 미적지근하다. 싸움이 되면 안 되겠지만, 좀 더 강하게 히데요시에게 부딪쳐 천하의 여러 영주들에게 도쿠가와 이에야스만은 그들과 다르다는 인상을 뚜렷이 지어두라는 것이다.

"사쿠자…… 알겠소! 그럼, 나는 이쯤에서 손 떼지. 나도 그 말대로 주군을 고양이로 여기게 하고 싶지는 않아. 히데요시와 같은 호랑이가 아니면 질이 다른 용으로 생각하도록 하기 위해 애써왔소. 인질을 양자로 바꾸게 하고, 두 집안 관계가 처남 매부간이 된다면 그것으로 체면이 선다고 생각했는데 귀하와 주군 마음에 들지 않는다면 할 수 없지. 더 이상 내 힘으로는 어쩌지 못하는 거지. 나는 삼가 두 집안의 교섭에서 물러나겠소."

가즈마사의 말투가 심각해져 왔으므로 사쿠자는 흘끗 눈알을 굴려 얼굴빛을 살펴본 다음 고개를 돌렸다. 보기에는 완고하기 이를 데 없고 목소리마저 언제나 거칠지만, 실은 뱃속에 치밀한 사려와 억센 끈기를 감추고 있는 사쿠자에몬이었다.

"듣고 있나, 사쿠자. 나는 주군에게도 꾸중 듣고 왔소. 그러니 이대로 오카자키로 돌아가겠소. 오사카에 오가는 일로 다시는 이 가즈마사를 불러내지 않도록 주군에게 잘 말씀드려 주오."

"흥!"

"뭐가 흥이오. 알았소?"

"알았소……."

"그럼, 이만 실례하지. 이제부터 말을 타고 요시다에 가서 묵겠소."

"잠깐."

"기다리라는 건, 따로 무슨 볼일이 있다는 거요?"

"잠깐……."

사쿠자는 같은 말을 되풀이하고 천천히 자기 턱을 쓰다듬었다.

"그럼, 귀하가 보는 바로는 그 할망구의 혼사를 거절하면 싸움이 된다고 생각하는 거로구먼."

"생각지 않으면, 무엇 때문에 내가 이런 일을 알리러 왔겠소…… 그러나 그건 더 말하지 않겠소. 가즈마사는 모른다, 가즈마사가 보는 바가 틀렸는지도 모른다고 하며 누군가 다른 사람을 보내주시오. 가즈마사는 히데요시로부터 그 이야기를 성사시키라는 말을 듣고 끝내 병상에 드러눕게 되고 말았다고 해도 좋소."

"바보 같은 녀석."

"누가……?"

"흥!"

"또 흥인가. 그럼, 가겠소."

가즈마사가 다시 일어서려하는데 사쿠자는 여전히 무겁고 무디게 만류했다.

"잠깐, 귀하가 정말로 병상에 누웠는지 어떤지 그런 것이 히데요시 귀에 들어가지 않을 줄 아오?"

"들어가면 들어가는 대로 상관없잖소. 아무튼 나에게는 이 이상 히데요시를 설복시킬 힘도 없고, 주군이며 귀하의 동의를 얻을 힘도 없소."

"있지, 그게 있단 말이오!"

"뭐, 뭐라고 했소."

"여기서 싸움으로 만들지 않고, 또 주군을 고양이로 업신여기게도 하지 않는 방법이 꼭 하나 있다고 말했소."

"그럼, 직접 그걸 해보구려. 내 힘은 거기까지 미치지 못하니까."

여기서도 사쿠자는 화내지 않고 여유 있게 웃었다.

"흥! 마침내 온 것 같소. 귀하와 내 목숨을 내던질 때가. 가즈마사, 내가 왜 오늘 화로도 차도 못 내오게 했는지 그걸 알겠소?"

사쿠자의 의미 있는 듯한 말은 가즈마사를 울컥하게 만들었다.

"그럼, 사쿠자는 부인에게까지 우리 둘이 의견대립으로 떠들어대는 것처럼 보여준 진짜 속셈이 다른 데 있다는 거요?"

가즈마사가 못마땅한 듯 혀를 찼으나 사쿠자는 태연스러운 표정이었다.

"귀하 외에 히데요시에게 심부름할 수 있는 자가 가신들 중에 있을 리 없소. 그러므로 지난번 떠나기 전에 술을 나누면서 나는 은밀히 그 냄새를 풍겨 놓았었는데……."

말하면서 점점 자세를 앞으로 구부리며 목소리를 낮추었다.

"하겠소, 가즈마사?"

"무엇을?"

"히데요시에게 혼담 문제는 승낙했다고 말해 두는 거요. 오사카성으로 가고 안 가고는 그다음 일이지. 히데요시에게는 올 거라고 믿게 해놓고, 이쪽에서 그

신부를 인질로 차지해 버리는 거지."

"아……!"

가즈마사는 하마터면 소리 지를 뻔했다.

"알겠지, 가즈마사? 히데요시를 속이는 거요. 만일 싸움이 벌어질 것 같으면 그 편이 낫지 않겠소?"

"……그러면 주군 쪽은?"

"역시 속여 주는 거지."

사쿠자는 거기서 또 '킁' 하고 콧소리를 냈다.

"히데요시 쪽에서 오사카성으로 나오라는 조건을 거두었다, 그러므로 거절하면 너무 모나니 이 혼담은 매듭짓게 하겠습니다, 라고 말이지…… 어쩔 수 없는 일이니 주군과 가신들은 내가 속이겠소. 히데요시 쪽은 다른 사람으로는 속이지 못하오."

"음."

가즈마사는 저도 모르게 신음소리를 내며 사쿠자를 똑바로 쳐다보았다. 이 얼마나 세 겹, 네 겹으로 밑바닥에 복잡한 속셈을 지닌 사나이인가.

"그 누이동생을 정실로 맞아들인 다음 천천히 애먹이는 거요. 싸움은 피하지만 말이오. 그러면 천하의 고양이들을 지금보다 더 놀라게 해줄 수 있을 게 아니겠소. 그리고 뒤치다꺼리가 잘 안 될 경우는 주군도 히데요시도 모르는 일. 이것은 가즈마사, 귀하와 내가 뒤집어써버리면 되잖겠소. 어차피 우리 둘은 착실한 출세는 바라지 않기로 약속한 사이니까."

가즈마사는 어느새 그것에 찬성하지 못한다고 부르짖을 수 없는 입장에 몰려들었다.

"과연 그것도 하나의 수단이지."

"그러므로 서둘러 체념 말라는 거요. 히데요시의 누이동생을 받아들여 한바탕 소란을 피운 뒤에도 손잡으려면 언제든지 잡을 수 있을 테니까."

"사쿠자! 지독한 사나이로군."

"천만에. 이 검은 뱃속도 다 천하를 빨리 평정하고 싶은 책략, 우리는 그 기둥 노릇을 하는 사람이라고 생각하시오."

"그런 묘수를 가지고 있으면서 그토록 나를 애태우다니!"

"흥, 그게 순서지. 순서를 밟지 않으면 여간해서 듣지 않을 테니까. 됐어. 그럼, 결정되었소. 오늘은 이대로 돌아가시오. 우리 둘의 이야기가 잘 맞아든 걸로 생각하게 해서는 안 되니까 술도 식사도 내지 않는 거요."

"오, 알았소. 그럼, 나는 혼담에 대해 확실한 승낙을 받았다고 오사카에 편지를 내겠소."

사쿠자는 고개를 꾸벅하고 거칠게 손뼉 쳤다.

"가즈마사가 돌아간다는군. 현관을 나가면 소금을 뿌려서 부정을 씻어버려!"

부인이 조심스럽게 들어와 가즈마사에게 거듭 머리를 숙였다.

조화(造花) 같은 인생

새로이 하시바 히데야스가 된 오기마루가 쓰쓰이 저택에 맡겨져 떠난 지 얼마 안 되는 새 궁전을 사지 히데마사는 물러가면서, 뜰의 복숭아나무에 너무도 멋지게 꽃이 피어 있으므로 저도 모르게 복도에서 걸음을 멈추었다.

'다시 봄이 찾아왔구나…….'

"이 봄을 반가이 맞아야 할지, 슬프게 맞아야 할지……."

오늘 아침 집을 나설 때 그렇게 중얼거리다가 아내 아사히히메에게 웃음 샀던 일이 생각나 절로 볼이 허물어졌다.

'우스운 소리를 했었구나…….'

아사히히메의 오빠가 오와리 나카무라 마을 농군의 자식에서 정2품 내대신이라는 있을 법하지도 않은 출세를 해서 맞는 봄이 아니던가. 자기 마음을 잘 아는 아사히히메이므로 웃고 말았지만, 나쁜 뜻으로 받아들여진다면 어떤 오해를 살지 모르는 위험한 술회였다.

오기마루가 하시바 히데야스가 된 데 대한 쓸쓸함은 없었다. 그러나 그 오기마루가 떠나는 것을 눈에 눈물을 가득 담고 전송한 막내 다쓰히메와 그 언니 다카히메의 혼담이 정해진 일이 어쩐지 가엾게 여겨져 견딜 수 없었다.

아니, 두 아가씨의 신상문제만이 아니었다. 히데마사가 은밀히 가슴속에 응어리를 남기고 있었던 대로 큰언니 자차히메에게는 아무 혼담이야기도 나오지 않아 그것이 더욱 애처로운 생각으로 이어졌다.

다카히메의 상대는 히데요시의 애첩 교고쿠 님의 동생 와카사노카미 다카쓰구(若狹守高次)였다. 다쓰히메의 상대는 외사촌 오빠뻘 되는 노부나가의 넷째 아들로 히데요시의 양자가 되어 있는 히데카쓰였다.

다쓰히메에게는 히데카쓰로 정해지기 전에 또 하나의 혼담이 있었다. 히데마사의 일족으로 비슈 오노(尾州大野) 성주인 사지 가즈나리(佐治一成)였다. 히데요시가 혼자 생각으로 가즈나리에게 다쓰히메를 주겠다고 약속해 두었던 모양인데, 히데카쓰에게 청혼하기 직전에야 일부러 가즈나리를 불러내어 말했다.

"약속했지만 그대에게는 줄 수 없다. 그대는 고마키 싸움 때 이에야스를 도왔다면서."

그리고 그대로 히데카쓰에게 출가시키기로 정해 버렸다. 이 일은 히데마사를 어쩔 줄 모르게 만들었다. 뒤에 생각해 보니, 히데요시는 처음부터 가즈나리에게 보낼 생각이 전혀 없었던 것 같다. 다만 다쓰히메에게 도쿠가와를 편든 자에게는 이렇듯 엄하게 할 것이라고 경고하여 오기마루와의 접근을 경계시킨 일로밖에 생각되지 않았다. 그러므로 오기마루였던 히데야스가 새 궁전을 떠나갈 때, 그들은 이미 친밀감을 나타내며 이별을 아쉬워하는 것조차 용납되지 않았다.

이 일로 히데요시는 일부러 히데마사를 불러내어 일렀다.

"막내 다쓰에게 이번이 두 번째 인연임을 잘 일러줘라. 이제 히데카쓰에게 출가하면 특히 단단히 명심해서 두 번 있었던 일이니 세 번째 비운을 초래하지 않도록 하라고."

히데마사는 히데요시가 왜 그런 말을 하는지 몰라 그때는 다만 조심스럽게 듣고 있기만 했는데 나중에야 차츰 수수께끼가 풀렸다. 히데요시는 오기마루와 다쓰히메 사이에 탈선이 있었을 경우를 생각하여 '두 번째 인연'이라고 암시처럼 못박아둔 것임에 틀림없다. 어떻든 히데요시 앞에서 이 자매의 희망 따위는 지금 눈앞에 있는 복숭아꽃보다도 더 허망했다…….

오늘도 히데마사가 자차히메의 부름을 받고 새 궁전으로 가보니, 다쓰히메는 오도카니 외롭게 앉아 있었다. 다쓰히메는 봄이 되어 도리어 두 살쯤 어린아이로 돌아간 것같이 보였다.

교고쿠 집안으로 출가하게 된 다카히메는 불안과 환희에 얽힌 얼마쯤 처녀다운 모습이었으나, 큰언니 자차히메 역시 이전의 명랑함을 잃고 갑자기 의젓한 20

대 여인같이 조심스럽게 물어왔다.

“히데마사 님, 그대에게 물어보면 알겠지. 나도 머지않아 이 새 궁전을 떠나게 된다던데?”

“아니오, 그런 말은 전혀 들어보지 못했습니다.”

“이상한데……? 우메노가 교고쿠 님 하인한테서 듣고 온 이야기로는, 우리 외숙부님 저택이 완성되어 거기에 다시 맡겨질 거라던데…….”

“우라쿠사이(有樂齋) 님에게?”

우라쿠사이란 전에도 얼마 동안 자매들이 맡겨진 적 있었던 노부나가의 막냇동생 나가마스(長益)를 말하는 것이었다. 나가마스는 이미 이야기꾼이라고도 참모라고도 할 수 있는 위치에서, 히데요시가 뜻대로 움직이는 측근의 한 사람이 되어 있다.

“우라쿠사이 님이 말씀하신 거라면 근거 없는 일은 아닐 텐데요…….”

“그래요? 그럼, 히데마사 님은 모르고 계셨군요.”

“예. 대감께서 왜 저에게는 말씀하시지 않았을까……? 너무 바빠서 잊어버리고 계신지도 모르지요.”

그 자리에서는 그렇게 대답했지만 히데마사에게는 짚이는 데가 있었다. 아마 이것은 네네 마님의 의견도 있고, 히데요시가 생각한 바도 있어서 한 일이리라. 맏공주를 일단 외숙부에게 맡겨두었다가 거기서 다시 히데요시의 측실로…… 결정해 가면 매듭이 지어진다. 어쩌면 세간에서는 오다 우라쿠사이가 조카딸을 측실로 권한 거라고 보게 될지도 모른다.

요즘 여성들의 처신에는 어차피 가엾음이 따르는 것. 말대로 경사스러운 경우란 있을 수 없었다. 이미 50살이 된 히데요시와 18살 난 자차히메를 나란히 놓고 생각하는 것도 애처로운 일이고 교고쿠 다카쓰구와 다카히메, 히데카쓰와 다쓰히메의 결혼도 모두 어쩔 수 없는 정략에서 나온 일이었다.

‘그에 비한다면 나 같은 사람은 아직 다행스러운 편이야…….’

아사히히메에게 세 번째 남편이지만 어쨌든 20년을 서로 화목하게 살아왔다. 히데요시가 아직 그리 출세하지 못했을 때 맺어진 터라 자연스러웠다고 할 수 있다.

그런 마음으로 자차히메에게 다카쓰구와 히데카쓰의 사람됨 등을 넌지시 이야기해 주고 있는데 히데요시로부터 전갈이 왔다. 그래서 지금 이 궁전에서 본성

안 서원으로 돌아가는 길이었다. 너무 만발한 복사꽃에서 왠지 종이로 만든 조화같이 메마른 쓸쓸함이 느껴진다.

'그 아가씨들 덕분에 위안받은 때문일까……?'

히데마사는 스스로에게 말을 건넸다.

"젊은 사람이 시집가는 건 역시 기뻐해 줘야 해. 그렇지 히데마사……."

그리고 다시 복도를 건너기 시작했다. 고지식한 사람의 버릇으로 히데요시에게 불려갈 때는 그 앞으로 나가기 전에 언제나 이것저것 두루 생각해 보는 게 히데마사의 습관이었다.

'무슨 일이실까……?'

물론 오늘도 시동이 새 궁전으로 부르러 왔을 때부터 그 생각을 하고 있었다.

'아하, 자차히메 이야기겠군.'

그 일이 곧 머리에 떠오른 것은 자차히메로부터 우라쿠사이의 말을 들은 때문이었다.

하루에 몇 번이고 오가는 긴 복도를 다 건너 끝에 다다랐을 때 도중에서 가가 님과 엇갈렸다. 자차히메보다도 어린 가가 님이 벌써 측실이 되어 있다. 하필 새삼스레 자차히메까지…… 그런 기분이 문득 들었지만, 그것을 깊이 생각하려고 하지는 않았다.

뛰어나게 출세하면 측실은 일종의 장식품. 다실이며 성곽이며 광이며 보물과 마찬가지로 역시 상당한 수를 모아 자랑하는…… 한심스럽지만 그것이 관습이고 보니 히데요시 한 사람만 나무랄 수도 없다…… 그런 심정으로 안서원에 들어가며 소리를 냈다.

"부르셨습니까."

안에는 히데요시 혼자뿐 시동들 모습도 보이지 않았다.

'역시 자차히메에 대한 이야기구나.'

히데마사는 히데요시 곁으로 바짝 다가앉으며 상대가 말을 꺼내기 좋게 일부러 활짝 웃는 얼굴을 했다.

"좋은 날씨가 계속되는군요. 이젠 밭에 물이 필요할 때가 되었습니다."

히데요시는 여느 때 없이 정색한 얼굴이었다.

"히데마사, 오늘은 좀 부탁할 게 있다. 참, 어려운 일이로구먼, 천하의 통일이란."

"그러시겠지요."

"나는 이미 실력으로는 천하제일이지만 아직 정식으로 군사, 정치 두 가지를 조정으로부터 임명받지 못했거든."

"아, 예……."

"여기서 조정에 청해 억지로라도 맡겨달라고 부탁하지 않으면 안 되는데, 그러려니 꼭 한 가지 장애물이 있어."

"장애물……입니까?"

"그렇지. 그 장애물만 깨끗이 걷어치우고 나면 가마쿠라 시대(鎌倉時代 ; 1192년 미나모토 요리토모(源賴朝)가 가마쿠라에 막부를 연 뒤 호조 다카토키(北條高時)가 1333년에 멸망할 때까지의 약 150년 동안)나 무로마치 시대(室町時代 ; 아시카가씨가 정권을 잡았던 시대. 1338~1573)처럼 일본 전국의 일을 모두 이 손 하나로 해나갈 수 있지."

"그 장애물이란 대체 무엇입니까."

"도쿠가와야. 이에야스가 오사카로 와서 나에게 머리 숙여 준다면, 조정에서는 이미 모든 것을 나에게 맡긴다고 정식으로 말하지 않고는 안 될 형편이 되어 있지. 모든 것을 맡기기만 한다면 내 명령을 안 듣는 자는 역적이 되니 나머지 송사리 따위는 문제도 아냐. 이를테면……."

히데요시는 주위를 둘러본 다음 말을 이었다.

"나는 규슈 정벌을 할까 한다. 이건 꼭 하지 않으면 안 될 일이야. 그런데 이에야스가 적으로 버티고 있으면 나설 수도 없거니와 천하를 맡겨달라고 조정에 청할 수도 없어. 그러니 지금 천하의 대사는 이에야스 한 사람에게 걸려 있어. 이에야스를 어떻게든 오사카로 불러내기만 하면 되는데. 내가 반드시 설득하고 말 테니까…… 그래서 그대에게 부탁이 있는데, 아사히를 나한테 돌려주지 않겠나?"

히데요시의 말이 너무 쉽게 나왔으므로 히데마사는 아내 이름을 잘 알아듣지 못했다.

"예? 뭐라고 하셨습니까. 저더러 새삼스레 부탁이시라니……."

"아니, 이건 부탁이면서 동시에 내대신 히데요시가 그대에게 내리는 엄명이기도 하다."

"그야 뭐, 대감 명령이시라면 결코 반대하지 않겠습니다만."

"그럼, 두말없이 돌려준단 말이지?"

"예, 물론이지요! 그런데 그게 무엇입니까. 제가 그처럼 대단한 보물을 가졌다고는 생각되지 않습니다만……."

히데요시는 갑자기 얼굴을 찌푸리고 혀를 찼다. 상대가 아사히히메 이름을 못 들었음을 깨달은 것이다.

"히데마사, 그대는 귀가 멀었나?"

"아닙니다. 그럴 리 있겠습니까."

"거북한 말을 거듭시키지 마라. 나는 분명 아사히를 돌려달라고 말했을 텐데."

"아사히…… 저, 저 소큐 님에게서 받은 차 항아리 말씀입니까?"

"그게 아니야!"

히데요시는 다시 한번 험상궂게 미간을 찌푸렸다.

"그대도 알고 있겠지. 이에야스에게 정실이 없다는 것은"

"예……? 예, 정실……이라시면, 저 마님 말씀인가요……."

거기까지 말하다가 히데마사의 얼굴에서 핏기가 싹 가셨다. 아사히라는 것이 차 항아리나 꽃병 이름 따위가 아니라 자기 아내의 이름임을 알아차린 것이다.

"알겠나, 히데마사. 이것이 얼마나 무리한 일인지는 나도 잘 알고 있다. 그러나 이 한 가지 일 때문에 천하를 잡느냐, 못 잡느냐의 기로에 선 거야. 그렇다고 내가 아무려면 나 자신을 위해 천하를 잡으려는 건 아니야. 돌아가신 우대신님 뜻을 이어 오닌 이래의 난세를 수습하고 일본 나라 3천만 백성의 안정을 도모하려는 거지."

"……."

"이해해 주겠지. 무슨 일이든 천하를 위해서라고…… 알겠나? 나에게 달리 친누이동생은 없다. 그러니 그대가 불리하게 되어버렸다. 그 애를 이에야스에게 보내처남 매부간이라는 이름으로 이에야스를 오사카에 초청하는 거야. 이에야스의 부하 이시카와 가즈마사를 알고 있겠지."

"……."

"가즈마사에게 은밀히 그 뜻을 말해 보냈더니 이에야스도 기꺼이 맞을 뜻이 있다고 알려왔다…… 여봐! 히데마사, 왜 잠자코 있는가. 여기서 그대가 울든지 넋두리하면 이 히데요시가…… 이 히데요시가…… 에잇, 가만히 있으니 아무 말도 못하게 되어버리지 않나. 못난이 같으니……."

히데요시는 갑자기 팔걸이를 타 넘고 와서 히데마사의 어깨를 한 번 탁 때리고는 괴상한 소리를 지르며 울음을 터뜨렸다. 히데마사도 온몸을 굳히고 앉은 채 무릎에 눈물을 뚝뚝 떨구었다.

히데요시가 다시 미친 듯 빠르게 말하기 시작했다.

"옛날에는 나도 의젓한 영주가 되어 부모형제를 편하게 해주고 싶다고 염원하여 뼈가 가루가 되도록 일했었다. 그런데 그것으로 끝나는 게 아니구나. 출세란 쓰라린 일이야! 이제는…… 부모형제를 희생시켜서라도 천하를 위해 도모하지 않을 수 없게 되었거든. 여보게, 이해해 주게! 그 대신…… 아사히 대신 그대 배필은 생각해 두었다. 그대도 귀여워하는 아사이의 딸 자차를 주마. 여보게, 그러겠다고 말해 주게. 이렇게 부탁한다."

그러나 히데마사는 여전히 꼼짝도 하지 않았다.

"모르겠나, 히데마사!"

히데요시는 몸을 떨며 다시 쥐어박았다.

"아니, 무리도 아니지. 그대라면 아사히를 행복하게 해줄 사나이라고 내가 맺어줘 놓고 다시 돌려달라니 말야. 그대는 진심으로 그 애를 생각해 주었다…… 그걸 알게 되어 기쁘구나…… 그러나, 이해해 주게! 이제 히데요시도 몸이 찢기는 듯 괴롭다. 응, 아사히를 나에게 주고, 그 대신 젊은 자차로…… 알겠나? 그럴 작정으로 자차를 머지않아 우라쿠사이에게 맡겼다가 거기서 그대에게 출가시키도록 이미 손써 두었다."

어느덧 히데마사의 무릎에 떨어지는 눈물이 줄어들었다. 아무것도 생각할 힘이 없는 것 같았지만 차츰 히데요시의 말뜻이 피부에서 살 속으로 스며들어오는 것이었다.

'이분은 거짓말하고 있는 게 아니다…….'

여느 사람 이상으로 정이 두터우며 예전에는 확실히 부모형제를 끔찍이 생각하는 마음과 상냥한 인품을 지녔었다. 그런데 어느 무렵부터인가 이렇듯 엄하고 강하게 된 것은 분명 천하를 잡으려는 대업 때문인 것 같았다.

"그래, 괴로울 테지. 그러나 아사이의 딸을 후실로 정한다면 세간에 그대 체면도 설 거야. 그녀도…… 재녀이지. 그러는 동안 반드시 그대도 적적함을 잊게 될 걸세."

"대감…… 자차 님 이야기는 빼주십시오."

"오, 지금 하기 뭣하다면 다음에라도 좋고말고!"

"천하를 잡는다…… 천하를 잡는다는 건…… 괴로운 일이군요."
"그렇지, 그렇게 생각해 주겠나?"
"생각지 않는다면…… 이 무리한 이야기를 들을 수 없습니다."
"들어주겠나, 히데마사!"
"예……예! 듣겠사오니 다시 한번, 이것은……이것은 내대신 히데요시의…… 어……엄명이라고 분부해 주십시오."
"오……."
히데요시는 다시 한번 기성을 지르며 하늘을 우러렀다.
"말하마, 히데마사."
"예……."
"이건 내대신 히데요시의 엄명이다. 아사히를 돌려다오!"
"예."
히데마사가 엎어지듯 꿇어 엎드리자 말이 뚝 끊어졌다.
아직 밝은 해가 높다. 찰랑찰랑 봄날의 바닷물이 밀어닥치는 강에서 장단 맞추어 배를 끄는 사공들 소리가 아련히 들려온다…….
히데마사가 얼굴을 든 것은 반시간이나 지나서였다.
"그럼…… 이제부터 집에 돌아가 아사히를 내전 자당님께 보내겠습니다만, 선뜻 말을 듣지는 않을 듯하니 밤이 될 것으로 아시기를."
"오, 좋아! 알고 있어."
"그럼, 안녕히 계십시오."
"히데마사! 성급한 생각을 해선 안 돼."
"여부가 있겠습니까. 사지 히데마사, 이래봬도 천하인인 대감 눈에 들어 발탁된 무사입니다."
그리고 조용히 일어나 겉옷 주름을 바로잡고 옆방으로 나갔다.
히데마사의 집은 뒷문 앞 성곽 안에 있었다. 미노의 6만 석. 그러나 그 절반은 아사히히메를 위한 경비라고 세간에서는 수군거리고 있었다. 개중에는 경비가 아니라 아사히히메를 돌봐주는 삯이다……라고 말하는 자도 있었지만 히데마사는 개의치 않았다. 아사히히메는 결코 제멋대로 하는 드센 벌말 같은 느낌이 아니라 어디까지나 히데마사에게 어울리는 내조형 아내였다.

그러므로 조금 전까지만 해도 아사이의 딸들에게 갑자기 결정된 혼담에 대해 가엾이 여겼는데—생각하자 히데요시의 거실을 나올 때부터 히데마사는 큰 소리로 자기를 조롱하고 싶은 심정이 들어 견딜 수 없었다.

어떻든 그것을 폭발시키지 않고 자기 집까지 이른 것은 나이가 든 탓이었을까. 아니, 그것은 역시 히데요시가 노골적으로 보여준 개구쟁이같이 우는 얼굴 때문이었다.

'히데요시가 나쁜 게 아니다…….'

누가 그 자리에 앉아도 반드시 따라다닐, 권력 그 자체가 갖는 죄업인 것이다…… 그건 그렇고 히데요시의 말 가운데 생각지도 못했던 대목이 있었다. 그것은 자차히메를 아사히히메 대신 자기와 짝지어주려는 생각인 듯했다. 그런 일을 용납할 수 있는 히데마사가 아니었다.

'그러면 히데요시의 죄업은 이중이 된다…….'

18살 난 자차히메를 어찌 45살이나 된 자기 아내로 삼을 수 있단 말인가. 만약 그런 짓을 한다면 히데요시의 악명은 언제까지나 씻을 수 없는 게 되어버리리라.

'그분은 악인은 아니야…….'

현관에 나와 맞아준 청지기를 가볍게 물리치고 히데마사는 곧장 아사히 히메의 거실로 걸어갔다.

"가만있어. 갑자기 들어가 놀라게 해주겠다."

안으로 들어가 귀가를 알리려는 청지기를 눌러놓고 히데마사는 저도 모르게 눈물을 닦았다. 20여 년 함께 살아온 아내에게, 아마 이것이 마지막 장난이 되리라…….

"지금 돌아왔소."

소리와 함께 장지문을 열자 아사히히메는 어쩔 줄 모르며 곁에 있는 화로를 소매로 덮었다.

"아!"

거실에서는 맛좋은 냄새가 물씬 코를 찔러 시녀와 둘이 떡을 굽고 있었음을 잘 알 수 있었다.

"허, 또 떡을 굽고 있군."

얼굴을 이지러뜨리며 가볍게 한마디 하자, 아사히히메는 정말 화난 듯한 얼굴로 말했다.
"왜 알리지 않으셨어요. 이제 돌아오실 때가 되었기에 당신을 위해 굽고 있는 거예요."
"그거 참, 고마운데. 어때, 구워졌나?"
히데마사가 그대로 시녀에게 칼을 건네주고 주저앉자 아사히히메는 또 노려보았다.
"안 돼요. 당신이 범절을 안 지키시므로 제가 언제나 웃음거리가 돼요. 출신이 나쁘다는 소리를 들어도 난 모르겠어요."
나이는 40살을 넘었지만 자식이 없는 탓으로 아사히히메의 갸름한 얼굴 피부는 아직 젊었고, 노려보는 그 눈이 히데마사에게 더없이 애절하게 보여 안타까웠다.
'믿고 있는 거야, 이 나를…….'
아니, 믿는 것은 오빠 히데요시와 그 부인과 어머니인지도 모른다.
'그렇다…… 어리광 부리고 있는 것이다.'
자식 없는 아사히히메가 진심으로 어리광 부릴 수 있는 사람은 이 세상에 히데마사 단 한 사람뿐인 것이다…….
"아사히."
"네, 아직 안 드려요. 한두 개 더 구워서……."
말하면서 작은 접시에 떡을 담아 내놓는 손목을 잡았다.
"이야기가 있소, 중대한 이야기가."
히데마사는 큰마음 먹고 시녀 고하루(小春)를 보며 턱짓했다.
"그대는 잠깐 물러가거라."
"어머나, 무시무시한 얼굴을 하시고…… 무슨 일이신데요? 고하루, 괜찮아. 좀 거들어다오. 아직 콩고물을 묻히지 않았어."
"안 돼. 중대한 이야기라고 했잖소."
"중대한 이야기라면 이따가 차분히 듣겠어요. 모처럼 잘 구워놓은 것을."
"아사히……."
"뭐예요? 그렇듯 무서운 얼굴을 하시고."
거기까지 말하고 아사히는 무언가 섬뜩한 것 같았다.

"중대한 이야기…… 듣지 않아도 알 것만 같아요. 당신은……."

그러더니 이번에는 아사히 쪽에서 히데마사의 손목을 잡았다.

"고하루, 좋아. 잠시 밖으로 나가 있거라. 곧 다시 부를 테니."

"네, 그럼……."

고하루가 물러갔다.

"당신, 오빠에게서 측실을 권고받았지요?"

"뭐……뭐라고? 대감한테서 측실을?"

"그래요! 그게 틀림없어. 얼마 전 어머니를 찾아갔을 때 그런 이야기를 살그머니 하시더군요. 나에게 자식이 없으니 만일 그런 일이 있더라도 질투하지 말라고……."

"어머니가 그렇게 말씀하셨소?"

"네……."

아사히는 다시금 녹을 듯 실눈을 지었다. 규방에서 남편에게만 보이는 아내의 웃음 지은 얼굴이었다.

'완전히 믿고 있군……'

히데마사는 애절한 심정이 왈칵 치밀어 손목에서 아내의 손을 뿌리쳤다.

"어머나……."

아사히가 놀라 눈을 치켜뜨는데 히데마사는 강하게 억누르며 말했다.

"농담이 아니오! 그대는 내가 이혼하겠다고 한다면 어떻게 하겠소?"

"예? 이혼……! 호호……."

"뭐가 우스워? 농담이 아니란 말이오."

어느덧 장지문의 햇살도 기울어지고 화로에서는 떡이 까맣게 타기 시작한다. 그것을 거칠게 접시에 내던져놓고 히데마사는 자세를 확 바로잡았다.

"알겠소, 아사히. 그대와 이혼하지 않으면 이 히데마사의 무사 체면이 서지 못할 일이 생겼소. 그러므로 그대와 이혼하지 않을 수 없소. 벼루와 종이를 가지고 오시오."

그러자 아사히히메는 무릎 위에 놓인 히데마사의 손을 갑자기 찰싹 때렸다.

"가만 안 둘 테야! 그따위 성미! 성안에서 무슨 일이 있었는지 모르지만 아무리 부부 사이라도 할 말이 있고 못 할 말이 있어요. 남자라면 남자답게, 이런 일이 있어서 도저히 참을 수 없다…… 무슨 방법이 없을까 하고 왜 말하지 못하나요."
아사히히메가 따지고 들자 히데마사는 더욱 자세를 바로 했다. 히데요시 앞에서 충분히 생각하고 온 말이었지만, 그가 말한다고 해서 아사히히메가 그대로 수긍할 리 없었던 것이다…….
"당신은 지난번 일로 오빠를 원망하고 있지요?"
"지난번 일……이라니, 무슨 말이오?"
"아사이의 다쓰히메 님과 일가인 가즈나리 일 말예요. 가즈나리에게 다쓰히메를 출가시키기로 약속해 놓고 히데카쓰 님에게로 결정한…… 그 일 같으면 저도 미요시의 언니도 오빠의 억지를 알고 있으니 어머니에게 부탁해 말씀드리도록 하면 될 일 아니겠어요. 그렇지요? 그 일이지요, 체면이 안 선다는 것은……?"
그는 세차게 머리 저으며 가로막았다.
"그렇지 않아!"
"그럼, 뭐예요. 트집 잡는 것도 어지간히 하셔요."
"아사히!"
"몰라요. 그런 말은 이제 안 듣겠어요."
"아사히……."
"아니, 당신은……."
아사히는 그제야 히데마사가 눈물짓고 있는 것을 알았다. 결코 용맹스럽지는 않지만 그렇다고 여자 앞에서 눈물을 보이는 히데마사도 아니었다.
아사히는 숨을 몰아쉬었다.
"말하세요! 무……무슨 일이 있었나요?"
소리 죽이며 다시 살그머니 남편 손목을 잡았다. 히데마사는 갑자기 어린아이처럼 어깨를 흔들며 울음을 터뜨렸다. 해가 저물어 주위가 차츰 어두워져 화롯불만 빨갛게 보였다.
"아사히, 이유는 묻지 말아줘. 사지 히데마사, 그대와 이혼하지 않으면 무사로서의 체면이 서지 않게 되었소……."
"그렇다면…… 내가 히데요시의 누이동생이기 때문인가요?"
"오, 바로 그렇소. 그대가 대감의 누이동생이기 때문에 끝내 해로하지 못하게 되고 만 거요."

"……."

"남자에게는 쓰라린 남자의 의리가 있다고 생각해 주오. 결코 그대가 싫어서가 아니오! 그건 그대가 더 잘 알 거요."

"보세요, 나리! 그렇다면 제가 어머니께 이유를 여쭈어 오빠와 인연을 끊으면……."

아사히히메는 아직도 이별을 생각하는 게 아니라 어떻게 하면 갈라서지 않을 수 있을까 여기고 있는 것이다.

"네, 어머니에게 저는 눈에 넣어도 아프지 않을 만큼 사랑스러운 막내예요. 게다가 오빠는 어머니를 끔찍이 위하세요…… 어머니가 말씀하시면 틀림없이 일이 잘될 거예요. 내일로 미룰 것 없이 곧 제가 성으로 가서 부탁하고 올 테니 이유를 말씀해 주세요."

애원하는 아사히히메를 히데마사는 거칠게 무릎에서 떠밀었다. 그렇게 하지 않고는 일이 끝날 듯하지 않았던 것이다.

"닥치시오! 그대는 내대신 히데요시의 누이동생이오. 그런 말로 일문일족의 이름을 더럽히지 마오! 그대 생각은 처음부터 틀렸소. 지레짐작이란 말이오!"

히데마사는 내친 김에 마구 해댔다.

"내가 대감과 무슨 말다툼이라도 한 줄 아는 모양이지."

"그럼……그런 게 아닌가요."

"알 만한 일! 내가 어찌 대감과 다투겠소. 대감은 나의…… 아니, 난세에 지긋지긋해진 온 일본 사람들의 빛이오. 그러므로 나도 내 자신을 버려서까지 종사해 왔소. 알겠소……? 그러한 충성을 관철시키기 위한 이혼인 줄 아시오!"

"아니, 오빠에게 충성을 바치기 위해……."

"알았으면, 구질구질한 말은 마시오. 내 입으로는 이야기할 수 없는 일. 이혼이오! 이혼할 테니, 오늘 밤 안으로 성에 돌아가오. 그러면 누군가가 그대에게 이유를 설명해 주겠지."

"누군가가 이유를……?"

아사히히메는 갑자기 벌떡 일어섰다. 그 생김새에 오빠처럼 날카롭게 연륜을 쌓은 깊이는 없었지만, 눈빛에 우매함과는 거리가 먼 번뜩이는 아름다움이 있었다.

"그럼, 성에 가서 이유를 물어보고 오겠어요. 그때까지 이혼 같은 것은 승낙하지 못하겠어요."

"이봐, 잠깐."

힘차게 거실을 나서는 아사히히메를 따라 히데마사도 당황하여 복도로 나갔다. 그러나 문 앞에서 생각을 바꾸어 뒤쫓는 것을 일부러 그만두었다. 이제 히데마사는 아내에게 더 이상 사정을 이야기할 수 없었던 것이다. 20여 년 세월이, 두 사람 사이를 혈육 이상의 굵은 밧줄로 얽어 손과 발, 눈과 마음을 하나로 만들어놓고 말았다. 아마 아사히히메 쪽에서도 남편 입으로는 더 이상은 들을 수 없는 일임을 직감하고 일어서버린 게 틀림없었다.

거실로 돌아와 히데마사는 힘없이 앉았다.

'이러면 되는 거야…….'

그러자 다시 눈물이 왈칵 쏟아졌다. 그동안에 무언가 해야 할 일이 있을 듯하면서도 힘이 빠져버려 아무것도 할 수 없을 것 같은 느낌이었다.

"나리, 등불을……."

시녀 고하루가 등불을 가져온 것은, 미친 듯 집을 나서며 역시 아사히히메가 일러두었기 때문이리라.

"저녁상을 가져와도 좋을까요?"

"필요 없어. 생각 없다."

그렇게 말한 다음 물었다.

"마님은?"

"네, 마님께서는 곧 돌아오신다면서 저녁상을 드리라고 하셨습니다."

"못난 것…… 저녁상을 들여놓으라고 말이지."

"네, 곧 다녀오시겠다고……."

"어떻게 돌아와, 금방……."

거기까지 말하자 등불에서 얼굴을 돌리며 일렀다

"벼루와 종이를."

"네."

"좋아, 가져왔으면 물러가도 돼. 일이 있으면 부를 테니 그때까지 가까이 오지 마라."

"그럼, 물러가겠습니다."

고하루를 물리치고 나서 히데마사는 불쑥 중얼거렸다.
"이상한 인연이었어. 그렇지, 아사히……."
히데마사는 두세 번 먹을 갈고 붓 끝을 깨물었다. 지금쯤 일본 으뜸가는 오사카성에서 그 성주의 마음씨 착한 누이동생이 눈물을 흘리며 오빠와 어머니를 설득시키고 있을 것이다. 그 모습을 쓸쓸히 마음속에 그리면서…….
종이를 들고 이혼장을 적을 무렵부터 히데마사는 어쩐지 인생이 우습게 여겨졌다. 지나치게 엄숙한 현실의 이런저런 일이 모두 거짓말 같은 느낌이 든 것이다.
'이 종잇조각 한 장으로 20여 년 동안에 걸친 남자와 여자의 화목이 사라진다……?'
인간이란 어찌하여 뚱딴지같은 묘한 계율 속에 자신을 얽매어가는 것일까. 그러고 보면 그 아사히히메를 아내로 삼아 이에야스가 오사카성에 나올 면목이 선다는 것도 우습고, 그것에 승복하는 여러 영주들의 사고방식도 꽤 기묘하게 여겨졌다. 그렇지만 그런 괴상한 행위를 쌓아가는 데서 차츰 질서다운 게 생겨가는 것도 부정할 수 없는 사실인 듯했다.
'이로써 나의 평생 일은 끝난 것이다…….'
더 이상 살아서 아사히히메의 마음을 어지럽히는 것도 본의가 아니고, 히데요시에게 가엾게 여겨지는 것은 더욱 견딜 수 없는 일이었다. 이에야스도 히데마사가 살아 있다면 왠지 불쾌할 테고, 여러 영주들 역시 아내 한 사람을 얻었다 빼앗겼다 하는 불쌍한 남편을 뒷날에 반드시 웃음거리 화제로 삼을 게 틀림없다.
그러나…… 단 한 가지, 지금 히데마사가 믿을 수 있는 것은 아사히히메가 자기를 미칠 듯 사랑하고 있다는 거짓 없는 사실이었다.
'이것으로 좋다. 이 마음을 선물로 삼아 한 줌 흙으로 돌아가자.'
이혼장을 적고 나자 히데마사는 일어나 그것을 선반 위에 올려놓았다.
히데마사는 조그만 소리로 중얼거렸다.
"아사히히메, 이건 내 본심이 아니오…… 그러나 이것이 앞으로 세상 평화를 위해서는 도움될 거요. 참아주오."
여기서는 노 젓는 소리가 성안에서보다 더 가까이 들려온다. 누군가를 먹여살리기 위해 부지런히 일하는 배의 노 젓는 소리가…….
히데마사는 고개를 끄덕이며 그 소리를 확인한 다음 거실 복판의 다다미를 두

장 들어 뒤집어 깔았다. 아사히히메를 돌봐준 값으로 살아왔다고 욕먹어 온 사나이의 최후만은 깨끗이 장식하려고 생각했다. 스스로의 고집이라기보다 이것 역시 아사히히메의 애정에 대한 응답인지도 모른다. 마음은 이미 평온했다.

팔걸이를 집어 뒤에 놓고 히데요시에게서 받은 가네미쓰(兼光) 단도를 들어 칼집에서 뽑자 미소가 절로 솟아났다.

법식대로 가슴을 열어젖히고 아랫배를 두세 번 문지른 다음 문득 아사히히메가 구워놓은 떡을 마지막으로 한 입 먹어두었더라면 하고 생각하다가 도리어 웃음이 나왔다.

왼쪽 아랫배를 한 번 푹 찔러 짜릿한 아픔이 온몸에 스치자 피 묻은 칼을 그대로 뽑아 오른쪽 목의 동맥에 대었다. 칼날의 차가움이 느껴지며 아사히히메의 얼굴이 망막 가득히 퍼졌다.

"알겠소? 그 이혼장은 본심이 아니야……."

그것이 최후의 독백으로, 사지 히데마사는 칼날에 대고 때려 붙이듯 몸을 엎었다. 그 자신, 분사(憤死)인 줄 깨닫지 못하는 하나의 분사였던 것이다.

히데요시는 어머니 오만도코로 앞에서 씁쓸한 표정을 짓고 있었다.

"그대는 인정을 모르는 사람이구나."

70살 넘은 노모에게서 그런 말을 듣는 게 히데요시로서는 가장 견딜 수 없는 일이었다. 그런데 어머니는 히데요시의 아픈 데를 마구 찔러대면서 그것을 조금도 느끼지 못한다.

"출세만이 인간의 바라는 바가 아니잖느냐? 신불도 가난한 자의 정성을 더 값지게 여긴다. 가난해도 부모형제가 의좋고 화목하게 사는 데 인간의 행복이 있는 것이야."

"어머니, 잘 알겠습니다! 잘 알겠으니 제발 그만두십시오."

"이만한 큰 성에 들어와 이만큼 많은 부하를 거느리고 대체 무엇이 모자라느냐. 천벌이라는 게 있는 거야."

"어머니, 그렇지 않습니다. 저는 이만한 큰 성에 들어와 있기 때문에 그 은혜를 갚기 위해 괴로워하지 않으면 안 되는 것입니다."

"은혜를 갚는 게 아니지. 아사히와 그렇듯 화목하게 살던 사위까지 죽게 해놓고…… 미쓰히데도 감사한 마음을 잊고 우대신님에게 그런 일을 저질러 몸을 망치지 않았나. 고마워할 줄 모르는 자에게는 반드시 천벌이 있는 거란다."

히데요시는 머리를 긁적이며 어머니 앞에 두 손을 모았다. 그 말을 듣고 보니 어머니 말이 훨씬 거룩한 뜻을 지닌 듯한 느낌이 든다…… 행랑채에는 행랑살림의 쓰라림이 있는 대신 즐거움도 있을 터였다. 같은 일이 오사카성에도 있다는 것을 어머니에게 알려주려 하지만 그것이 통할 리 없었다. 결국 인간은 어떠한 계급에 몸을 두든 조물주의 의사 밖으로 벗어날 수 없는가보다. 그런 의미에서 모두 만들어진 꽃이요, 만들어진 인형이었다. 히데마사도, 아사히히메도, 히데요시도, 이에야스도…….

"어머니, 이제 좀 참으십시오. 저는 히데마사에게 죽으라고 한 게 아닙니다. 보다 많은 사람의 목숨을 건지기 위해 참아달라고 했을 뿐입니다."

"하지만 무리한 말을 하면 히데마사가 자결할 사람이라는 것을 몰랐단 말이냐? 그걸 몰랐다면 그대 눈도 대단한 건 못 되는구나."

"이렇게 사과드립니다! 여기서 어머니가 너무 아사히 편을 들면 이번에는 아사히가 자결할 겁니다. 그 이치를 분간하셔서 이제 그만 참으십시오."

"그럴 법도 해, 아사히가……."

그제서야 오만도코로는 입을 다물었다.

히데요시는 어쨌든 오만도코로와 아내 네네 부인에게 아사히히메를 잘 감시하도록 부탁하고 자기 거실로 돌아왔다. 히데마사의 집에서 주인의 할복을 알려온 바로 뒤였다.

자기 거실로 돌아오자 히데요시는 기다리게 했던 오다 우라쿠사이에게 화난 표정으로 말했다.

"히데마사가 나보다 가엾다고 여기지 마라. 나도 기가 막힐 지경이다. 눈에 보이지 않는 것에 모두 조종되어 야단만 듣고 있는 판이다. 이렇게 된 바엔 나도 내 장단대로 마구 춤추어나갈 뿐이다. 이에야스에게 보낼 혼담 사자는 누구로 할까? 참, 그리고 자차는 이젠 아무에게도 주지 않겠다. 나는 악인이야. 어머니까지 그렇게 말씀하시더군…… 자차는 내 곁에 두겠다."

측근사람들은 아무도 대답하지 않았다. 아직 히데요시의 말뜻을 잘 알아듣지 못했기 때문임에 틀림없다.

저항

밀사가 와서 가즈마사에게 아사히히메의 혼사에 대해 히데요시 쪽의 준비가 이미 완료되었음을 알린 것은, 히데요시가 10만 대군을 이끌고 기슈 정벌을 나선 지 나흘째인 3월 25일이었다.

히데요시는 21일에 먼저 가시와다성에 들러, 아우 하시바 히데나가와 조카 미요시 히데쓰구를 시켜 네고로사 무리들이 버티고 있는 센고쿠보리(千石堀)를 곧 공격하게 하고, 호소카와 다다오키와 가모 우지사토에게는 세키젠사(積善寺)를, 그리고 다카야마와 나카야마와 쓰쓰이 연합군은 직접 본거지인 네고로사를 습격하게 했다. 따라서 23일에는 네고로사를 불태우고, 24일에는 고카와사(粉河寺)를 불태워버린 다음 날이었던 것이다.

첫 싸움에서 이긴 소식은 노부카쓰 쪽에서 이미 알려와 가즈마사는 직접 하마마쓰로 가서 이에야스의 지시를 받으려 생각하고 있던 참이었다. 이번 기슈 공격에는 이에야스의 친자식 오기마루도 첫 출전시키겠다고 히데요시는 말했었다. 그러므로 싸움의 고비가 보일 때까지는, 가즈마사도 부하를 얼마쯤 거느리고 오기마루를 따라 출진하지 않으면 안 될 의리상의 관계가 있었다.

그런 때 오기마루의 출진에 관해서는 아무 말 없이 아사히히메의 준비가 되었는데 이에야스 쪽은 어떻게 되어 가느냐고 늘 그렇듯 마치 자기 가신에게 지시하는 투로 밀사가 보내져 온 것이다.

가즈마사는 웃으며 사신을 돌려보낸 다음 곧 하마마쓰 쪽으로 말을 달렸다.

히데요시는 아마 기슈에서 개선한 다음 아사히히메와의 혼인을 곧 성사시키려 생각하고 있는 것 같았다.

가즈마사는 그 뒤로 이에야스에게 아사히히메 이야기를 하지 않고 있었다. 섣불리 말하여 불쾌감을 더하게 했다가는 도리어 일이 얽힌다. 그보다는 히데요시로부터 어쩔 수 없는 재촉이 있을 경우에 사쿠자와 의논한 대로 털어놓고 말할 작정이었기 때문이다.

"데려다놓고, 오사카에는 안 가시면 되잖습니까?"

가즈마사는 생각했다.

'이건 좀 일이 서투르게 된 게 아닐까?'

혼인과 오기마루의 첫 출진—곧 히데요시에의 진중위문과도 겹쳐져 있다. 그렇다면 이제 이에야스에게 숨긴 채 둘 수 없었다.

'별일 없겠지. 주군도 히데요시와 일전을 벌일 생각은 전혀 없으니…….'

도중에 얼마쯤 불안했지만 마지막에는 반드시 승낙 얻을 수 있을 줄 믿으므로 그리 무거운 짐으로 생각되지 않았다.

벚꽃은 이미 지고 대지는 부드러운 녹음에 싸여가고 있었다.

'사쿠자가 얼마쯤 이야기해 두었으면 좋으련만, 그자의 일이니 분명 하지 않았을 테고…….'

그런 기분으로 하마마쓰성에 들어가자, 여기에도 무장한 사람들이 어디론가 떠나려고 집합명령을 받고 있는 참이었다.

"어디로 가는 건가?"

"예, 주군께서 고슈를 둘러보러 가신다고."

"뭐, 주군께서……? 모를 일인걸. 기슈에서 싸움이 벌어지고 있는데 일부러 성을 비우시다니."

고개를 갸웃하며 서둘러 이에야스 앞으로 나가보니, 이미 전투복 차림의 이에야스가 낯선 나그네 차림 승려와 열심히 무언가 이야기하고 있는 참이었다.

가즈마사는 왠지 가슴이 내려앉았다.

'이것은 네고로사에서 피해 나온 자가 아닐까?'

직감적으로 그렇게 느껴진 것이다.

"오, 가즈마사, 잘 왔다. 나는 급히 고슈로부터 시나노를 돌아보고 오게 되었다."

이에야스는 거침없이 말을 걸어왔지만 가즈마사는 섣불리 대답할 수 없는 느낌이 들었다. 히데요시가 치고 있는 상대인 적을 옹호한다는 것은 때가 때인 만큼 온건하게 여겨질 일이 못 된다. 그 때문에 만일 오기마루의 신변에 위험이 닥친다면 큰일이었다.

"주군께 긴히 말씀드리고 싶은 일이 있습니다만."

"그래. 그럼, 그 전에 내가 할 말을 해두지. 실은 이자는 네고로사에서 왔다."

가즈마사는 잠자코 고개도 끄덕이지 않았다.

"전에 우리 편을 들었기 때문에 히데요시에게 공격받았다. 내버려둔다는 건 몰인정하므로 목숨 건져 싸움터를 피해 온 자들은 내가 포섭할 테니 안심하고 하마마쓰로 오라고…… 말하던 참이다. 그대도 알고 있도록."

이에야스의 말에 32, 3살 되어 보이는 그 승려는 공손히 가즈마사에게도 머리 숙이고 마사노부를 따라 물러갔다.

"주군! 무슨 일로 갑자기 고슈를 돌아보시기로 결정하셨는지요?"

이에야스는 태연한 표정으로 말했다.

"히데요시가 없는 틈을 노린 거야. 히데요시가 기슈를 공격하면서 아무것도 안 할 사나이로 생각하나? 반드시 나의 약한 수비선에서 무언가 소란을 꾀할 거다. 그래서 고슈와 신슈를 한 바퀴 돌아 대비해 놓고 히데요시가 오사카로 개선할 때까지는 나도 하마마쓰로 돌아올 생각이지."

"그러시다면 과연 납득됩니다. 그러나 네고로사 무리들은……."

"가즈마사!"

"예."

"나는 히데요시와의 충돌을 피하겠지만 굴복은 안 해. 히데요시의 적이기 때문에 내가 가엾이 여겨서 안 될 까닭은 없잖나. 방금 네고로사에서 온 자의 말을 들으니, 이번 일로 조소카베도 그리 힘이 되지 못 한다더군…… 노부카쓰도 이미 그렇고. 그러면 온 일본 천지에 나밖에 구원의 손길을 뻗을 자가 없겠지. 히데요시 따위에게 무슨 사양이 필요하겠나."

이에야스는 얼마쯤 심술궂은 미소를 떠올렸다.

"히데요시에게는 지나칠 정도로 저항해 보이는 게 오히려 좋을 거야."

가즈마사는 다시금 가슴이 섬뜩했다.

'고약하게 됐군! 아사히히메 이야기를 하기 어렵게 되었는걸…….'
그러나 이 기회를 놓쳐버리면 점점 더 난처해질 것 같았다.
"주군, 실은 오늘 뵈러 온 것은 두 가지 지시를 받아야 될 일이 있어서입니다."
"허, 그 하나는 오기마루의 진중위문을 겸한 첫 출진 때문이겠지."
"바로 그렇습니다."
"그리고 또 한 가지는?"
"언젠가 말씀드린 혼담입니다."
"뭐, 혼담……이라니, 누구와 누구의?"
"히데요시의 누이동생 아사히히메와 주군의 혼담 말씀입니다."
"가즈마사!"
"예."
"그런 이야기는 아직 일러. 아무튼 이번에는 오사카에 가서 오기마루를 데리고 진중의 의리만 끝내고 오도록 해."
이에야스는 문제도 삼지 않는 말투였다.
"볼 일이란 그뿐인가"
이에야스는 일어서려고 했다…….
가즈마사는 이때만큼 당황한 적은 없었다. 그는 이미 사쿠자와의 밀담대로 이에야스도 승낙했다고 회답해 준 터였다. 그것은 확실히 경솔했고 지나친 음모였는지도 모른다. 그러나 이에야스가 이토록 히데요시의 실력을 가볍게 여기고 있는 줄은 몰랐다. 가즈마사는 당황하여 이에야스를 만류했다.
"주군! 이미 저쪽에서는 누구를 정식 사자로 보내 이 혼담을 청할까, 그 준비를 하고 있는 모양입니다."
"준비는 저쪽에서 할 일, 회답은 이쪽에서 할 일이야. 생각이 있다. 내버려둬."
"그렇지만 만일 그 일이 싸움의 실마리라도 된다면."
이에야스는 깨끗이 부정했다.
"안 돼. 내 계산으로는 기슈 정벌이 끝나고 시고쿠를 처리한 그다음이야. 그때까지는 히데요시에게 나를 공격할 여력이 없어. 문제는 규슈 공격으로 옮아갈 무렵…… 그때까지 나는 히데요시를 되도록 골탕 먹일 배짱이다."
"……"

"알겠지. 그럼, 나도 떠나겠다. 그대도 서둘러 오카자키에 돌아가 오기마루에 대한 일을 잘 도모해 보게. 그대가 없을 동안은 사쿠자에게 오카자키를 돌아보도록 일러뒀어."

"아……."

그러나 이미 가즈마사에게는 이에야스를 더 만류할 만한 말이 남아 있지 않았다.

'판단을 그르쳤다!'

이에야스로부터 분명하게 듣고 보니 이에야스의 정세 판단에는 티끌만큼도 틈을 느낄 수 없었고, 자기 쪽이 언제부터인지 히데요시에 대한 공포의 소용돌이 속에 말려든 것 같았다…….

그렇더라도 이에야스의 방침이, 히데요시에 대한 저항과 골탕 먹이는 일로 뚜렷이 결정되었다니 이 무슨 야릇한 비꼼이란 말인가. 지난번 사쿠자에게서도 들었듯, 그렇게 하는 게 현재의 이에야스 입장을 더욱 유리하게 만든다는 것은 히데요시의 성격에서 보더라도 충분히 생각할 수 있는 일이었다.

가즈마사는 넋 잃은 듯 서서 이에야스의 뒤를 눈길로 쫓았으나 벌써 그 행렬을 전송하는 데 지나지 않았다.

'난처하게 되었군…….'

그러나 이것도 어디까지나 가즈마사 개인의 입장이고, 이에야스에게는 아무 상관도 없는 일 같았다. 그뿐인가, 냉정하게 생각하면 이번 아사히히메의 일은 거절할수록 이에야스의 입장은 좋아지고, 히데요시는 반대로 근거 없는 풍설의 집중 공격을 받지 않으면 안 되게 될 것 같았다.

무리하게 아사히히메를 이혼시키는 바람에 그 남편이던 히데마사가 할복한 일은 이미 널리 알려져 버렸다. 그렇게까지 해서 히데요시는 왜 이에야스에게 인연 맺자고 요구하지 않으면 안 되는 것일까? 그리고 어째서 이에야스는 그것을 여지없이 거절하는 것인가……? 그런 의문을 갖게 된다면 더욱 히데요시에게 불리했다.

그 계산 착오를 획책한 것이 다름 아닌 가즈마사……라고 한다면, 가즈마사는 자기가 히데요시의 가신으로서 히데요시에게 큰 실책을 저질러버린 듯한 묘한 착각마저 느끼게 되었다.

가즈마사는 일찌감치 하마마쓰를 떠나 오카자키로 돌아가는 말 위에서 몇 번이고 스스로에게 들려주었다.

"가즈마사는 도쿠가와의 가신이야. 히데요시가 불리하게 일을 꾀했으니 이것은 하나의 큰 공로……."

그러나 그 말을 몇 번이나 들려줘도 그의 낭패감은 사라지지 않았다.

가즈마사는 오카자키에 도착하자 곧 부하를 500명 남짓 이끌고 오사카로 떠났다. 그리고 오사카에서 다시 오기마루와 함께 기슈 진지에 있는 히데요시의 뒤를 쫓았다.

히데요시를 따라잡아 진중위문을 한 것은 벌써 신록이 우거지고 동녘 바람에 두견새 소리가 섞이는 4월 18일이었다. 장소는 사이가의 임시진막이었는데, 히데요시는 가즈마사를 보자 실눈을 지으며 웃었다.

"오, 그대가 또 와 주었구만. 그거 참, 잘 됐어. 이야기하고 싶은 게 여러 가지 있어서 말이지."

같은 진막에 와 있던 노부카쓰가 물러가자, 자랑으로 삼는 투구를 근위무사에게 건네고는 가슴을 펴고 땀을 씻게 했다.

"가즈마사, 이로써 이제 기슈 일은 대충 끝냈으니 앞으로 4, 5일이면 오사카로 철수한다. 오사카에 돌아가면 이번에는 시고쿠 공략이야……."

그리고 좀 엄격해진 눈빛으로 말을 이었다.

"이번에 내가 미처 치지 못한 아이젠인(愛染院), 네고로 다이젠(根來大膳), 에이후쿠인(永福院), 이즈미보(和泉坊) 이하 10여 명이 모두 하마마쓰의 이에야스에게로 피해 간 모양이지?"

"글쎄요, 그런 건 전혀……."

"그래? 그대는 모르는가. 길이 엇갈렸는지도 모르겠군."

"예, 저는 지난 달 25일에 벌써 오카자키로 떠났으니까요."

"게다가 또 한 가지 재미있는 이야기가 들리더군. 호쿠리쿠의 삿사 나리마사도 이에야스에게로 달려갔다는 소문인데, 그대는 모르나?"

"그것도 전혀……."

"그렇다면 좋아. 이에야스는 벌써 그대를 히데요시 편이라 생각하고 비밀히 하는 모양이군."

"설마 그런 일이……."
"아니라는 건가, 가즈마사? 하하……."
히데요시는 즐거운 듯 웃었다.
"이에야스는 말이지, 배짱을 정했어."
"예? 뭐라고 하셨습니까?"
"여기서는 이 히데요시를 괴롭힐수록 덕이라 생각하고 그렇게 배짱을 정한 거야."
여기서도 또 천연덕스러운 말을 듣고 가즈마사는 숨이 막힐 것만 같았다. 히데요시가 만일 혼담이야기를 꺼낸다면 어떻게 대답할지 머리가 무겁던 가즈마사에게 이 무슨 생각지도 못한 히데요시의 말인가…….
"그러므로 그대에게 말해 두는데, 이래서는 그대가 아사히 일을 권해도 소용없을 테니 얼마 동안 말하지 말게."
"예……."
가즈마사는 갑자기 머리에 벼락이 떨어진 것 같은 충격을 느끼고 목소리마저 안타깝게 떨려왔다.
"알겠나, 대신 시고쿠를 평정하고 돌아왔을 때는 도쿠가와 집안이란 이 세상에서 사라질 것이라고 생각하도록. 시기는……그렇지, 7월 중순쯤 될까. 그러나 기습은 안 해. 이번에는 말이야, 오사카성으로 오라는 사자를 정식으로 보내겠다. 그것이 마지막이야."
히데요시는 여전히 웃는 얼굴이었다.
"그러나 그대는 이제까지의 일도 있고 하니 포섭해 주지. 싸움이 시작될 때는 도망쳐 와. 빨리 오지 않으면 죽을 거야. 이에야스는 생각했던 것보다 멍청이었어, 핫핫핫……."
맑은 목소리로 말하고 시동이 가져온 보리차를 자못 맛좋은 듯 마셨다.
가즈마사는 넋을 잃고 히데요시를 불렀다.
"내대신님!"
어쩐지 가즈마사가 가장 두려워하던 때가 닥쳐온 것 같았다. 이에야스도 한 걸음도 양보하지 않고, 히데요시 또한 이에야스의 계산 같은 건 속속들이 꿰뚫어 보고 웃으면서 도쿠가와의 운명은 7월 중순쯤까지……라고 말하고 있지 않는가.

"내대신님!"

다시 한번 다급하게 부르면서, 가즈마사는 두 개의 큰 바위 사이에 끼어 우지직 소리 내어 부서져가는 자기 몸을 현실로 느꼈다.

'도저히 내 재능으로는 어쩔 수 없는 일이다…….'

히데요시나 이에야스는 가즈마사와는 이질적인 광물이었던가보다. 가즈마사가 주위의 압력으로 모양이 바뀌는 납이라면, 히데요시나 이에야스는 완전히 단련된 남만철의 강도를 지니고 있다. 그것을 안타까이 깨달으면서, 그러나 더욱 잠자코 물러설 수 없는 자신이 가엾어졌다. 역시 '도쿠가와 집안사람'이라는 관념이 그의 등골에 스며들어 달라붙어 떨어지지 않는 증거일 것이다.

"한 번 더 생각을 고쳐주시지 않겠습니까. 그러면 이 가즈마사가…… 너무 비참합니다."

히데요시는 가볍게 웃었다.

"뭐……? 그건 대체 무슨 뜻이지? 싸움이 될 것 같으면 그 전에 그대를 포섭해준다고 하지 않았는가."

"황송하오나 이 가즈마사는 결코 저의 주군이나 내대신님 사이에서 일을 해낼 인물이 못 됩니다. 두 분에 비한다면 아주 작은 1치의 벌레…… 그렇습니다, 1치밖에 안 되는 벌레입니다."

"묘한 말을 하는군, 가즈마사는……."

"그러나 그 벌레에도 5푼의 넋은 있습니다. 그 5푼의 넋을 걸고 가즈마사는 두 분을 결코 싸우지 않도록 하겠다…… 두 분이 싸우게 해서는 천하를 위해 안 될 일이라고 힘써왔습니다."

"가즈마사."

"예."

"그것을 알므로 나도 아사히에 대한 일까지 그렇듯 주선했다. 그런데 이에야스는 그것을 오히려 자신의 방패로 삼았다. 이 히데요시를 세상의 웃음거리로 만들려 한 거야. 내 인내에도 한계가 있지. 상대가 그런 식이라면 화내지 않을 수 없잖은가."

"바로 그 일입니다. 새삼스레 제가 말씀드릴 것까지도 없이, 주군 이에야스께서 그렇다고 싸움이 되지는 않겠지……하고 가볍게 여기고 있는 것을 내대신님께서도 잘 알고 계실 겁니다."

"가즈마사…… 그걸 알기 때문에 이번에는 용납하지 못하겠다는 거야."

거기까지 말하고 히데요시는 임시 진막으로 들어온 시동을 큰소리로 꾸짖었다.

"아직 이야기가 남았어. 아무도 오지 마라."

새싹이 나부끼게 불어오는 부드러운 봄바람을 꿈결처럼 느끼면서 가즈마사는 정신없이 머리 숙였다.

"내대신님…… 다시 한번, 이 조그만 벌레에게 주인 이에야스를 설득하도록 해 주십시오. 이에야스를 설복하지 못한 건 제가 미력한 탓…… 아니, 그 미력함으로 목숨을 걸어 설득해 보고 싶습니다! 예, 이같이……이같이……부탁드립니다."

말하면서 곁에서 또 한 사람의 자기가, 거짓 없는 감정으로 울면서 머리 조아리는 고지식하기 짝이 없는 이시카와 가즈마사를 냉정하게 내려다보고 있는 것을 느꼈다.

또 한 사람의 가즈마사는 말했다.

'가즈마사, 이제 와서 너는 어떻게 하겠다는 거냐……? 히데요시도, 이에야스도 네 능력으로 감당할 수 있는 인물이 아니다. 그들은 네 순정에 감동할 그런 미지근한 감정 따위 티끌만큼도 갖고 있지 않다. 어느 편이나 자기 의지를 방해하는 모든 것을 짓이기고 무섭게 전진해 가는 무쇠바퀴 같은 인물이 아닌가…….'

그 소리를 들으면서, 그러나 고지식하고 완고한 가즈마사는 끈질기게 히데요시에게 매달렸다.

'여기서 어떻게든 히데요시를 속여 국면을 호전시키지 않으면 내 한평생이 무의미해진다…….'

그런 대담한 생각이 무의식중에 작용하고 있는지도 몰랐다.

"소원입니다. 이 혼담을 가즈마사가 반드시 성취시키겠으니 얼마 동안만 잠자코 보아주시기를……."

"……."

"조그만 벌레의 의지도 겹치고 겹치면 머잖아 천하를 움직일 힘이 되기도 할 것입니다. 그것을 잘못 보신다면 참다운 대장이 못되십니다. 지금 천하의 평정은, 온 일본 무사와 백성이 희구하는 바…… 그 기대를 위해 지금 한 번만 더 참으시면…… 가즈마사는 반드시 벌레의 의지를 관철시키고 말 것이오니……."
울부짖고 있는 정도가 아니었다. 위신도 체면도 모조리 버리고, 그것은 분명 한 마리의 사마귀가 하늘을 도려내려고 광란하고 있는 듯 보였다.
히데요시는 마침내 소리 내어 웃기 시작했다.
"하하…… 알았어! 알았어, 가즈마사."
"알아주십니까, 이 가즈마사의 가슴속을?"
"알았어! 그처럼 빌어대는 데야 모르는 척할 수 있겠나. 길가의 돌부처라도 감동하겠구먼."
"감사합니다. 그 말씀을 들으니 이 가즈마사, 오로지 산 보람을 느낍니다."
"어쨌든 이에야스는 좋은 부하를 가졌어. 그렇지, 가즈마사."
"예."
"그대는 내가 말을 꺼내지 않았으면 아사히에 대한 일을 나에게 뭐라고 말할 생각이었나? 나는 그대가 너무 난처해하고 있으므로 편하게 해주려고 말한 거야. 걱정 마라, 말한 것만큼 화내고 있지 않다."
히데요시는 눈언저리를 조금 붉힌 채 다시금 활짝 웃었다. 가즈마사는 깍듯이 머리를 숙였다.
'이제 됐다, 이제 된 거야…….'
그렇게 생각하는 한편 또 한 사람의 자기가 심술궂게 가즈마사를 야유해 오는 것을 느끼지 않을 수 없었다.
'이시카와 가즈마사, 이것으로 그대는 히데요시에게 빚이 또 하나 생겼어. 그런데도 그대 쪽에서는 히데요시를 속인 셈으로 있군. 그러나 참아서 덕 보는 것은 히데요시지…… 히데요시는 처음부터 그대의 소심함을 넘보고 이렇게 한 거야…….'
그래도 좋다고 가즈마사는 생각했다. 이렇게 된 바에는 두 개의 큰 바위틈에서, 가즈마사는 가즈마사로서의 인간 의지를 관철해 보이는 수밖에 도리 없었다.
'굽혀질쏘냐, 나라고 해서!'
다시금 두 손 위로 우스우리만큼 뚝뚝 눈물이 떨어졌다.
히데요시는 어떤 감동을 얼굴에 보이며 또렷이 말했다.
"알았다. 그럼, 아사히 일은 당분간 그대에게 맡기지. 그러나 무리하게 맺어지도록 하라는 건 아니야. 이 히데요시가 그대의 진심에 응답했다……고 가볍게 생각하며 해보도록 해."

"황송합니다. 그럼, 이만 물러가겠습니다……."

가즈마사는 황급히 일어나 임시 진막을 나왔다. 더 이상 자기의 꼴사나운 모습을 또 한 사람의 자기에게 보여주고 싶지 않았던 것이다.

밖으로 나오니 아직 높이 걸린 햇살이 투구의 쇠테에 따가웠으며, 푸른 잎새에 닿은 바람의 서늘함이 되살아난 듯 상쾌했다.

먼저 인사를 끝낸 오기마루였던 히데야스는 200미터쯤 떨어진 층진 언덕에 오동무늬 장막을 둘러치고 안에서 쉬고 있었다. 오기마루도 이미 도쿠가와 집안사람이 아닌 하시바 히데야스가 되어 있다.

가즈마사는 그 장막 쪽으로 똑바로 걸어가다가 중간에서 문득 걸음을 멈추었다. 오른편 오솔길을 사이에 두고, 푸른 잎새의 벚나무 가로수가 짙은 녹색 그늘의 터널을 만들고 있다. 왜 그쪽으로 길을 빗나갔는지 몰랐다. 어쩌면 마음의 동요를 남긴 채로 오기마루며 가쓰치요며 센치요의 얼굴을 보는 게 꺼려졌는지도 모른다.

'깨끗한 하늘이군. 구름 한 점 없이…….'

푸른 그늘 속에서 하늘을 쳐다보며 길가 그루터기에 앉았다. 이 언저리에는 매어놓은 말도 적고 병사들 그림자도 안보였다.

가즈마사는 왠지 모르게 세 번, 네 번 거듭 한숨을 쉬었다. 이에야스와 히데요시. 그 사이에 꽉 끼어 꼼짝할 수 없게 된 한 마리의 사마귀. 그 사마귀는 지금 히데요시 앞에서 뜻밖에도 큰소리로 장담하고 온 것이다.

그러나 그에게 이에야스를 설복할 만한 자신 같은 게 있을 리 없었다. 히데요시 같으면 혹시 가즈마사의 말에 움직여질 수 있을지도 모르나, 이에야스는 한 번 생각을 정하면 누구 말이든 듣는 척하면서도 실제로는 결코 자기 뜻을 굽히지 않았다.

'정면에서 말해봐야 쓸데없는 일…….'

그것을 뚜렷이 알므로 아무리 쉬어도 한숨은 여전히 계속되었다.

문득 발밑으로 눈길을 떨구니, 나뭇잎 사이로 땅 위에 조그맣게 새어든 얼룩진 햇빛 가운데 개미 행렬이 그루터기에 파여진 구멍 속으로 이어지고 있었다. 가즈마사는 그 행렬을 질끈 밟아 문지르고는 뉘우치며 눈길을 돌렸다.

'매정한 짓을…….'

그러나 그가 다시 개미 행렬에 눈길을 돌렸을 때 조그만 불개미 무리는 벌써 아무 일도 없었던 듯 다시 이어지고 있었다. 가즈마사는 깜짝 놀라 그 행렬을 다시 들여다보았다. 마음속에서 무언가 새로이 설레기 시작한 것이 있다. 무엇일까? 아무리 생각해 봐도 똑똑히 파악되지 않았지만, 그 개미 한 마리 한 마리가 히데요시나 이에야스보다 자신에 더 가까운 존재 같은 느낌이 들어 반가웠다. 가즈마사는 다시 한번 발에 힘주어 개미 행렬을 질끈 밟았다…….

가즈마사가 힘차게 일어선 것은, 두 번이나 짓밟힌 개미 행렬이 다시 제자리로 돌아간 다음이었다. 그의 가슴속에서 한 줄기 빛이 나와 그것이 그의 동요를 선명하게 비추어내기 시작한 것이다.

"그렇구나…… 그것이구나!"

가즈마사는 일어서자 하늘을 향해 크게 발돋움했다.

그는 지금까지 히데요시와 이에야스의 이익은 어디까지나 첨예하게 대립되어 있다고만 여겼었다. 히데요시의 이익은 이에야스의 불이익, 이에야스의 이익은 히데요시의 불이익……이라기보다 이에야스에 속한 가즈마사는 어떤 일이든 이에야스에게 얽매여 그 대립을 넘어서지 못했던 것이다. 그러나 개미 행렬에 내포된 대자연의 뜻은 히데요시와 이에야스의 대립 같은 작은 것에 얽혀 있지 않았다.

"그렇다. 또 하나의 진실이 있다."

그것은 이에야스의 이익이 그대로 히데요시의 이익이고, 히데요시의 불이익은 그대로 이에야스의 불이익으로 통하는 것이었다. 이번 일은 어떤 면에서 보아도, 싸워서 쌍방에 이로울 게 없다고 단정할 수 있다.

'그럼에도 불구하고 가즈마사라는 사나이는 자기 몸이 타들어가도록 고민하고 있었다.'

"나는 우선, 나 자신을 누구의 가신도 아닌 입장에 놓고 보는 거야."

오기마루는 이미 히데요시의 자식이 아닌가. 현재 오동무늬 진막 속에 들어앉아 있는 하시바 히데야스가 아닌가…….

가즈마사는 자신이 동요되고 있는 초점에 새로운 빛을 비추어 봄으로써 마음이 홀가분하게 가벼워졌다.

히데요시도 이에야스도 앞으로 30년 지나면 이 세상에서 거품처럼 사라져간다. 그다음에 남는 것은 자연의 뜻을 체득하여 살아남을 다른 개미…… 다른 인간이다. 여기서 가즈마사의 생각을 고치지 않으면 안 될 일이 있다면 그것은 이에야스 개인의 이익이나 히데요시의 이익을 구하는 게 아니고 대자연의 뜻을 찾아내는 일이 아니면 안 된다…… 대자연의 뜻 앞에서는 히데요시도 이에야스도 아무 차별 없는 같은 운명의 한 몸에 지나지 않는다.

가즈마사는 두 손을 하늘로 뻗어 발돋움하고 나서 문득 웃음 지으며 걷기 시작했다. 이제 각오가 되었다. 마음이 점점 가벼워졌다. 아니, 어쩌면 이것이 그 자신이 고민한 끝의 마지막 저항인지도 몰랐지만 어쨌든 그 두 사람이 그를 가운데 끼워놓고 괴롭히는 큰 바위가 아닌 듯한 느낌이 들기 시작했다.

'그렇다! 나는 오늘 알지 못하는 진정한 자신의 새로운 모습을 드러내어 히데요시를 대했던 것이다…….'

그 같은 태도로 이에야스도 대하면 된다. 여기서 두 사람을 충돌시켜서는 안 된다는 그 일만 목표로 하여…….

가즈마사가 진막 속으로 들어가자 사쿠자의 아들 센치요가 맨 먼저 불렀다.

"아저씨, 작은주군의 첫 출진이 정해졌습니까?"

"첫 출진이라……."

가즈마사가 모호하게 웃으며 걸상에 앉았다.

오기마루도 다그쳤다.

"정해졌소? 할아범!"

"하하하…… 서두르지 마십시오. 앞으로의 싸움은 적을 치기만 하면 되는 게 아닙니다. 어떻게 하여 적을 많이 살리느냐, 많이 살리는 것이 이기는 게 되겠지요."

그렇게 말하고 다시 한번 소리 내어 껄껄 웃었다.

큰 병환

히데요시가 기슈에서 오사카로 개선한 것은 4월 25일, 이에야스가 가이에서 시나노를 돌아보고 하마마쓰로 돌아온 것은 6월 7일이었다.

오사카에 돌아온 히데요시가 곧 군사를 일으킬 수 없음을 얄미우리만큼 정확히 계산한 여행인지라 그동안 이에야스는 기슈의 잔당을 받아들이고, 여행 도중에 삿사 나리마사의 밀사를 만나기도 했다. 따라서 6월 첫 무렵 하마마쓰성으로 돌아온 것은, 히데요시가 서서히 도야마성을 공격하기 위해 호쿠리쿠로 병력을 움직인다는 것을 알았기 때문이었다. 그가 가까이에서 병력을 움직일 때는 이에야스 역시 성에 엄연히 있으면서 방비의 충실함을 보여줄 필요가 있다.

그러한 계략은 참으로 훌륭한 것이었으며, 히데요시 쪽에서도 역시 가만있지 않았다. 그는 도야마의 삿사 나리마사를 치기에 앞서 오다 노부카쓰와 연서한 각서를 도미타 사콘과 쓰다 하야토를 사자로 하여 보냈다. 그것에 의하면 히데요시는 이제 엣추로 군사를 보내려 하니 이에야스의 중신 가운데 두세 사람을 인질로 기요스까지 보내라, 그것은 이에야스와 나리마사가 특히 다정하게 지냈던 때가 있었기 때문이다, 이것을 오기마루며 센치요며 가쓰치요 등의 일을 들어 이중의 인질이라고 여기면 안 된다, 오기마루 이하 셋은 결코 인질이 아니다, 그러므로 만약 걱정스럽다면 셋 다 오카자키에 잠시 돌려보내도 좋다, 만일 나리마사가 이에야스의 영지에 도주해 들어오는 것을 허용하는 일이 생긴다면 그때는 히데요시에게 상당한 생각이 있다……는 말이었다.

이 사자를 만난 사쿠자는 대답했다.

"이에야스 님은 지금 병환 중이므로, 내가 각서의 취지를 분명하게 전하겠소."

"허, 이에야스 님은 또 병환 중이신가요."

사자는 아사히히메에 대한 일은 입에 올리지도 않고, 병환이라는 말을 듣자 얼굴을 마주 보며 쓴웃음 지었다. 아마 그렇게 말하리라는 것을 예기하고 온 사람처럼—

"그럼, 몸조리 잘하시기를. 그러나 중신 인질과 나리마사에 대한 일은 급히 도모해 주기 바라오."

생각보다 선뜻 말하고 돌아갔다.

사자가 돌아가자 사쿠자에몬은 귀밑머리를 긁적이며 이에야스의 거실로 갔다.

이번은 결코 꾀병이 아니고, 지금 이에야스는 심한 열로 이따금 헛소리하며 차마 보기 딱할 정도로 끙끙 앓고 있었다. 오른쪽 가슴에 돋아 오른 종기 때문이었는데, 이제까지 거의 병다운 병을 앓지 않던 이에야스가 고슈에서 돌아오자 아무렇게나 손끝으로 종기 끝을 만진 게 원인이었다.

"흠, 이상한 데 종기가 났군. 이상한데. 여태까지 없던 통증이야."

그것은 6월 20일 즈음으로, 사흘째 되면서부터 목도 손도 움직일 수 없을 만큼 부어올라 온몸이 분홍빛을 띤 엷은 자색으로 바뀌었다. 그렇게 되자 아픔과 열이 번갈아 찾아들어, 어지간한 이에야스도 진땀 흘리고 병상에서 몸부림치며 때때로 의식을 잃을 정도였다.

더욱이 공교롭게도 상대인 히데요시가 마침내 영광스러운 간파쿠(關白) 지위에 오른다고, 측근의 공경들이 오사카와 교토 사이를 한참 오가고 있을 무렵이었다. 히데요시는 처음에 쇼군을 바라고 그즈음 빙고에 숨어 살고 있던 전 쇼군 아시카가 요시아키를 설득하여 자기를 양자로 삼아 쇼군직을 넘겨주도록 교섭해 보았지만, 낙심하여 점점 더 편협해진 요시아키는 응하지 않았다.

그러자 히데요시와 가장 친했던 우대신 기쿠테이 스에하루가 뜻밖의 진언을 했다.

"차라리 간파쿠가 되시는 게 어떨까요……?"

좌대신 고노에 노부타다(近衛信尹)가 간파쿠 니죠 아키사네(二條昭實)를 물리치고 간파쿠가 되려 하여 두 사람 사이에 줄곧 싸움이 거듭되고 있다. 그러니 차라리 두 사람을 제쳐버리고 히데요시를 전 간파쿠 고노에 마에히사의 임시 아들로 삼아 간파쿠로 만들려는 게 스에하루의 생각이었으며, 그 일은 6월 중에 이미 거의 결정되게 되었다.

정식으로 간파쿠 임명을 받게 된 것은 7월 11일로, 이어 도요토미(豊臣)라는 성이 새로 내려져 이제 새 간파쿠 도요토미 히데요시가 탄생하려는 그 직전인 6월 26일이었다.

아마 히데요시로서는 생애에 가장 충실된 보람 있는 시기였으리라. 그 같은 때 한 쪽의 이에야스에게는 생애에 단 한 번인 큰 병이 찾아들고 있었던 것이다.

시의(侍醫)는 이미 자신을 잃었다.

"내 의술로는 어찌할 수 없습니다. 기괴한 종기군요. 이 상태면 얼마 안 되어 온몸이 곪아 썩어가는 게 아닐까요."

그러고 보니 점점 뚱뚱해진 몸의 목덜미에서 왼쪽 볼까지 사람이 달라진 것같이 무시무시하고 처참하게 부어올랐다.

사쿠자에몬은 그 애처로운 베갯머리에 다가가 이에야스는 가물가물 잠들어 있는 것 같으므로 말없이 앉아 있는 가즈마사와 혼다 마사노부에게 중얼거리듯 말했다.

"사자는 쫓아 보냈지만…… 고약한 일을 청해 왔더군."

마사노부가 되물었다.

"고약한 일이라니요?"

"중신 두 사람을 기요스성에 인질로 보내라는 거야."

"그렇다면 엣추를 공략하는군요."

"그렇지. 주군이 이렇듯 병환으로 드러누우실 줄 알았더라면, 나리마사를 일부러 가까이하게 하지 않았을 텐데……."

가즈마사는 이에야스의 이마에 살며시 손을 대보았다.

"사쿠자 님, 큰일이야. 이러다가는 오늘 내일이 걱정되는걸."

"약한 소리 마오. 사람의 생사는 어떻게 할 수 없는 일이오."

"그러나 사자에게는 이 중병을 감춰뒀겠지요."

"아니, 분명히 병환이라고 말했지. 그런데 저쪽에서 믿지 않아. 이상한 노릇이지."

가즈마사는 나직이 신음했다.

"음. 역시 아사히히메를 얻어둘 걸 그랬어."
"어리석은 소리 마오, 가즈마사."
"어리석은 소리가 아니오. 인간에게는 단 하나 보이지 않는 게 있는 거요. 병과 생사……지. 그러므로 모든 일에 이 계산이 되어 있지 않으면 안 되는 거요."
가즈마사가 말하자 사쿠자는 혀를 찼다.
"어때? 대담하게 해볼까, 거친 치료법을?"
말하면서 그도 역시 이에야스의 이마에 매듭 굵은 손을 얹었다.
"거친 치료법을……."
"그렇소, 거친 치료법을."
가즈마사와 사쿠자가 눈을 마주 보자 마사노부가 당황해 고개 저었다.
"그건 잠시 보류해 주십시오."
"허, 왜 그러나?"
"만일의 일을……."
마사노부는 이에야스가 잠든 것을 확인한 다음 덧붙였다.
"그걸 하시려면 그 전에 혹시 만일의 경우를 잘 상의한 다음 하시기 바랍니다."
"하긴 그렇지. 오기마루 님은 오사카에 계시고, 나가마쓰마루 님은 아직 어리시니 말이오."
가즈마사의 말에 사쿠자는 반쯤 비웃듯 말했다.
"음. 작은주군이 어리다 해서 새삼스레 걱정될 게 뭐 있소?"
"무슨 소리요. 지금 대감에게 만일의 일이 있다면……."
마사노부가 또 다그쳐 말하자 사쿠자에몬이 꾸짖었다.
"가만있으시오! 선대 히로타다 공이 별세하셨을 때 주군은 겨우 8살이었어. 더욱이 오다 집안이라는 적의 수중에 있으면서도 가신들이 한결같이 마음 합쳐 이런 번영을 이룩했소. 중신이란 언제나 주군의 죽음쯤 고려해 두고 있어야 할 것이오."
"그럼, 아무래도 거친 요법을……?"
"그렇소. 여봐, 가즈마사, 해볼까."
그들이 말하는 거친 요법이란 본디 다케다 집안에 있었던 가스야 조칸(糟谷長閑)이라는 의술에 조예 깊은 사람이 말해온 것이었다.

"대담하게 큰 뜸을 놓아보면……."

물론 시의들이 맨 먼저 반대했다. 종기 때문에 온몸이 불같이 되어 있다. 거기에 또 뜸을 놓는다면, 그 열이 겹쳐 쇠약해진 심장이 견디지 못하리라는 것이었다.

그러나 사쿠자는 반대였다.

"주군의 심장은 보통 사람과 생김새가 달라. 이번 병환만 해도 말하자면 천하를 잡게 해줄까, 아니면 이쯤에서 병에 져서 죽을 놈인지 신이 시험하고 계신 거야. 다른 방법이 없다면 조칸의 생각대로 해보는 수밖에."

조칸은 뜸으로 종기껍질을 태워 고름구멍을 만들자는 것이었다. 여기저기 피부를 칼로 째보아야 도무지 구멍다운 구멍이 안 생긴다. 겉에서 뜸으로 태워 속의 병원체에 자극 주어 안에서 병독을 내뿜게 하는 거라고 설명했다. 그러나 이제까지 그 일을 미루어왔던 것이다.

"어떻소, 조칸을 불러올까?"

"그러나…… 주군이 깨어나신 뒤 한 번 잘 생각하시도록 하시는 게……."

마사노부가 다시 한번 말했을 때, 자는 줄 알았던 이에야스의 입이 힘없이 움직였다.

"사쿠자, 운수 시험이다. 조칸에게 뜸을 놓도록 해다오."

가늘게 눈을 떴지만, 그 시선은 부어오른 눈두덩 속에서 초점이 맞지 않아 딱할 정도로 희미하게 잦아들었다.

"오, 주군께서 깨어계셨군요."

이에야스는 가까스로 목을 조금 움직여 사쿠자에게 대답했다.

"으……."

불그스름한 피부 위로 진땀이 솟아올라 내쉬는 숨결이 안타까울 만큼 빠르다.

"더워…… 어처구니없는 일이야."

"예? 뭐라고 하셨는지."

이번에는 가즈마사의 눈이 휘둥그레져 이에야스의 얼굴을 들여다보았다. 자신만만한 이에야스의 입에서 이렇듯 연약해진 반성조의 말을 들으리라고는 생각조차 못했었다. 그러므로 병세의 위중함이 가슴을 찌르는 칼날이 되었다.

"주군! 마음을 단단히 가지십시오."

"으…… 인간의 생애에는 중대한, 중대한 위기가 세 번은 있지."

"세 번……입니까?"

"그래. 아이에서 어른이 될 무렵의 무분별한 색정…… 그리고 장년기의 혈기만 믿는 투쟁심. 그것으로 끝나는가 여겼더니 또 하나 있었어. 불혹을 넘어서 나는 이제 완성되었다고 생각하는 자만심……."

사쿠자에몬이 혀를 찼다. 그런 쓸데없는 소리를 들어봐야 무슨 소용 있겠느냐는 투로 심하게 혀를 차는 것이었다.

"주군! 조칸을 불러 뜸을 뜨겠습니다."

"오, 그렇게 해다오. 히데요시가…… 히데요시가…… 간파쿠가 되려 하는 이때 이에야스는 병으로 쓰러져…… 이것은 신불의 경고인가 보다. 꺼려할 것 없다. 이렇게 죽을 것 같으면, 그 뜻에 못 미치는 못난 놈이야."

"대감!"

"마사노부는 잠자코 있어. 사쿠자, 불러라."

그런 다음 무슨 생각을 했는지 이에야스는 가즈마사를 돌아보았다.

"그대에게는 미안했다. 내 자만심 때문에 고생시켰어."

가즈마사는 가슴에 뭉클 치밀어 오르는 것을 느끼고 당황하여 고개를 돌려버렸다.

사쿠자에몬은 이에야스가 그대로 다시 눈을 감고 나직이 앓는 소리를 내는 것을 보고 일어섰다.

'진짜 죽을지도 모르겠군…….'

앓는 소리에 부쩍 힘이 없어지고 눈시울의 부기는 더욱 두드러졌다. 손만 아니라 발톱까지 부풀어 올라 있다.

마사노부가 아직 험상궂은 표정으로 이에야스의 얼굴을 들여다보고 있으므로 가즈마사는 달래듯 말했다.

"주군의 허락을 얻었으니, 뜸을 놓아보는 수밖에 없겠지."

"어떨까요, 뜸을 놓기 전에 나가마쓰마루 님을 부르는 것이?"

가즈마사는 고개 저었다.

"그러면 주군의 기력이 점점 쇠약해지실 것 같아……."

혹시 듣고 있을 경우를 생각해 흰 부채를 대고 귓가에 속삭였다.

사쿠자와 조칸이 약쑥과 향을 쟁반에 담아 받쳐든 시동 도리이 마쓰마루를 데리고 돌아왔다.

해는 어느덧 기울어 호수를 건너 불어오는 시원한 바람이 상쾌하게 방 안에 흘러들었으나 간간이 앓아대는 이에야스의 이마에 흐른 땀은 조금도 줄어들지 않았다. 아마 온몸으로 고통을 참고 있는 게 틀림없었다.

사쿠자는 어색하게 허허허 웃었다.

"조칸, 마음대로 해 봐주시오. 주군이 이대로 병에 지다니…… 그럴 리 있겠소. 병의 뿌리를 단번에 몰아내버려."

그러나 그 말과 반대로 사쿠자의 이마에도 번들번들 불안스러운 진땀이 배어 있다. 속으로는 가즈마사 이상으로 걱정하고 있는 게 틀림없으리라.

'어쩌면 임종을……?'

조칸은 사쿠자의 말에는 구애됨 없이 엄격한 표정으로 가까이 다가앉더니 살며시 이에야스의 이마에 손을 얹은 다음 맥을 짚기 시작했다.

"어떻소, 맥은 걱정 없을 텐데……?"

조칸은 대답 대신 차츰 미간의 주름을 세우며 고개를 갸우뚱했다. 맥박이 멈추기 시작한 것이다.

'내가 뭐랬던가. 좀 더 빨리 내 말을 들었으면 좋았을 텐데…….'

그가 험악한 눈을 들어 세 사람을 흘끗 둘러보았을 때 그들은 그 시선에서 은연중에 사태의 악화를 느낄 수 있었다.

사쿠자가 말했다.

"뒤늦었어도 좋아. 해주시오."

마사노부가 소리쳤다.

"주군! 주군! 조칸 님이 왔습니다."

그러나 이에야스는 눈을 뜨지 않았다. 가냘픈 신음이 대답같이 들렸지만, 그대로 또 잦은 호흡이 이어졌다.

조칸은 살며시 이불을 젖히고 부어오른 이에야스의 가슴을 펼쳤다. 젖 언저리가 벌써 새빨갛게 되어 퉁퉁 부어올라 있다.

"어떻소, 조칸……?"

조칸은 대답 없이 약쑥을 집어 붉게 부어오른 환부 꼭대기에 그것을 쌓아 올렸다. 한번 집어 손끝으로 올려놓고, 또다시 그 갑절이나 눌러 보탰다.

"그렇게 크게……?"

마사노부가 작은 소리로 말하자 조칸은 말을 막아버렸다.

"쉿!"

그런 다음 굵은 선향에 불을 붙였다.

가즈마사와 사쿠자는 주먹을 단단히 무릎에 세우고 침을 삼켰다.

주위가 갑자기 어두워진 것은 서쪽 산맥 그늘로 해가 진 때문이리라.

"대감!"

약쑥에 불을 붙이기 전에 조칸은 한 번 이에야스를 부르더니 중얼거렸다.

"대답이 없으시오. 혹시 의식이……."

그런 다음 살며시 불을 붙이고 부채로 살살 바람을 일으켰다.

푸른 연기가 저물어가는 어둠 속으로 스르르 뻗으며 순식간에 피부가 타기 시작했다. 빠지직 빠지직 하는 큰 소리가 났을 때 이에야스의 몸이 한 차례 꿈틀 움직였지만, 뜨겁다는 말은 끝내 입에서 새어나오지 않았다.

한 차례 끝내자, 재를 손가락 끝으로 그대로 눌러두고 다시 두 번째 불이 붙여졌다. 이번에도 불 번지는 소리를 크게 빠지직 빠지직 내면서 타들어가는 약쑥이 마치 붉은 보리수 열매 같았다.

"주군! 주군!"

몸이 전혀 움직이지 않으므로 사쿠자에몬은 숨찬 소리로 불렀고, 조칸은 초조하게 또 세 번째 쑥을 집어 들어 뭉쳤다.

"가만히 계십시오."

조칸은 사쿠자의 말을 가로막고 또 약쑥을 쌓았다. 이렇게 되니 그만 아무도 말을 꺼낼 수 없었다.

생명이 지닌 덧없음과 신비스러움이 새삼스럽게 모두의 가슴을 죄어댔다. 건강할 때는 거의 있는 줄 몰랐던 생명이, 꺼져가려 하고 보니 무한한 힘으로 저마다의 마음을 내리 압박한다. 싸움터에서 생각하는 '생명'과는 전혀 다른 것이었다. 싸움터에서는 칼날을 쳐들고 나서는 순간 삶도 죽음도 거짓말같이 그 중량감이 줄어든다. 글자 그대로 생사는 털끝처럼 가벼워지고 있는 것이란 오로지 격렬한 투쟁심뿐이지만, 병상에서 보는 그것은 땅거죽에 눌어붙어 벗겨낼 수 없는 큰 바위나 나무 같았다. 아니, 어쩌면 대지 깊숙이 뿌리내려진 불가사의한 덩어리로도 보였다.

네 번째 뜸이 붉은 불덩이가 되어갈 무렵부터 가즈마사는 마침내 눈을 감고 한결같이 염불을 시작했다. 어느 누구 할 것 없이 '죽음'이란 반드시 있는 거라고 깨닫고 나서야 그는 자기의 괴로움이 거짓말처럼 줄어드는 것을 느꼈다. 바꾸어 말하면 어떤 인간도 마침내는 '죽음'이라는 똑같은 형벌이 약속된 운명이다……라고 생각함으로써 구제받은 것이었지만, 그러나 그 '죽음'이 히데요시보다 젊고 히데요시보다 훨씬 튼튼해 보였던 이에야스를 이 같은 병으로 잡아가리라고는 상상도 하지 못했다. 이렇다면 공평한 것같이 보이면서 조금도 공평하지 않잖은가……? 히데요시가 간파쿠 어명이 내리기를 기다리고 있을 때, 이에야스에게는 죽음의 어명이 내릴 줄이야…….

"나무아미타불…… 나무아미타불……."

무거운 침묵의 밑바닥에서 부처님 모습을 그리며 열심히 망상을 쫓아버리려 하고 있을 때 조칸의 목소리가 들렸다.

"끝났습니다."

문득 눈을 뜨고 가즈마사는 물었다.

"임종하셨소?"

"아니오, 아직 알 수 없습니다. 뜸이 끝났습니다. 저는 잠시 옆방에 가 있겠습니다."

"수고하셨소."

사쿠자에몬이 눈을 크게 부릅뜬 채 중얼거렸다.

"신음소리가 멈췄어. 지금 주군의 수호신들과 죽음의 신이 격렬하게 맞붙어 싸우고 있을 거야."

그러나 아무도 그 말에 응답하는 사람은 없었다. 그러고 보니 언제부터인지 이에야스의 괴로운 신음소리가 멈추고, 있는 둥 마는 둥한 가냘픈 숨소리만 새어나오고 있다.

마사노부가 슬그머니 콧구멍에 손바닥을 대어본 것은, 그것이 그대로 멈춰버리지나 않을까 마음에 걸려서였으리라.

"있어…… 숨은 확실히……."

그때도 세 사람은 입을 다물고 부어오른 이에야스의 얼굴을 무뚝뚝하게 다시 들여다보았다.

뜸에 의해 편해졌는지, 아니면 혼수상태에 빠진 채 숨이 끊어져가는 것인지 이미 어느 누구도 알 수 없었으며, 어떻게도 손이 미치지 못하는 인사(人事) 밖의 일로 생각되었다. 시동이 발소리 죽여 촛대를 가져왔다.

해는 이미 완전히 저물어버렸다.

마사노부가 또 살며시 이마에 손을 대보고 중얼댔다.

"나가마쓰마루 님을 부르지 않아도 될까요? 마치 불덩이 같아. 아까보다 더 열이 오르셨어."

그러나 거기에 대답하는 자도 없이 시간은 자꾸만 흘러갔다. 이미 괴로운 숨결은 지나가고, 기적을 바라는 여섯 개의 눈동자만이 이에야스의 회복에 온 힘을 기울여가는 터질 듯한 긴장감의 연속이었다.

옆방에서 다시 조칸이 들어왔을 때 사람들은 그제야 안도의 숨을 내쉬었다.

"벌써 네 시간이 지났군요."

긴 시간으로는 생각되었지만 네 시간이나 지났을 줄은 아무도 생각지 못했다.

"벌써 그렇게 되었습니까?"

마사노부가 놀란 듯 대답했을 때 조칸은 조용히 이에야스의 이마에 손바닥을 댄 다음 곧 맥을 짚었다.

"주무시고 계시오, 기분 좋게."

"뭐, 주무신다고?"

"맥도 훨씬 고르게 되셨고, 열도 내리고 있습니다."

"그……그……그게 참말이오?"

사쿠자가 얼빠진 소리를 질러놓고 스스로 자기를 나무랬다.

"못난 것! 조칸이 거짓말할 리 없지. 오, 열이 내렸어!"

"조용히 하십시오. 뜸을 놓았던 자리를 살며시 보아야겠습니다. 역시 대감님은 운이 강하신 것 같군요."

말하면서 가슴에서 엷은 이불을 들치고 꺼멓게 되어 솟아오는 뜸자리에 손바닥을 댄 순간이었다. 쉭 하며 공간에 붉고 흰 선이 스쳐 손을 댄 조칸이 목을 움츠리며 외쳤다.

"앗!"

깃 언저리에서 목덜미로 곧장 솟아오른 엄청난 피고름이 한꺼번에 팍 쏟아진 것이다.

"오! 구멍이 생겼소."

"뭐! 구멍이 터졌다고?"

"보시는 대로."

조칸이 이에야스의 가슴에 다시 두 손을 대자 쉭 하고 또 분수처럼 주위 가득히 고름이 쏟아져 나왔다.

조칸은 수염으로부터 얼굴에 튄 오물마저 잊은 듯 괴상한 큰 소리로 마쓰마루를 불렀다.

"시동님, 준비한 것을 이리로."

"예."

마쓰마루가 흰 천과 소주병을 담은 쟁반을 들고 들어오자, 조칸은 힘차게 겉옷을 뒤로 벗어던지고 홑옷바람으로 팔을 걷어붙이고 이에야스의 몸에 덤벼들었다. 이에야스가 낮은 신음소리를 낸 것은 그때부터였으며, 잠시 동안은 환부를 짜는 조칸과 피고름과 신음이 격투를 벌였다.

이것은 결코 기적이 아니고, 어떤 나이에 이르러 세포에 변화를 가져온 육체의 종기가 알맞은 요법에 의해 병독의 출구를 발견한 데 지나지 않는 것이었다. 그러나 함께 있던 세 사람에게는, 그것이 지상 최대의 기적으로 보였다. 모든 게 대자연의 조물주이신 신이 인간을 희롱하는 장난으로 보였고, 또 훈계로도 여겨졌다.

번쩍 눈을 뜬 이에야스가 세 사람의 얼굴을 번갈아보며 뜻밖일 만큼 또렷이 말을 건네 온 것은 그로부터 다시 30분쯤 지나서였다.

"편해졌어……."

세 사람은 저마다 환성을 질렀다.

"정신 드셨습니까, 주군!"

"엄청나게 많은 고름이 나왔습니다. 이젠 걱정 없습니다."

"과연 조칸 님이야. 뜸의 위력에 감탄했습니다."

눈을 뜬 이에야스는 앞서와는 사람이 달라진 듯 또렷한 시선으로 천천히 방안을 둘러보며 다시 한번 말했다.

"편해졌어. 나는 죽는 줄만 알았지."
사쿠자가 흥분된 투로 응수했다.
"그렇지, 죽었다 소생하신 것인지도 모르지. 그렇다, 확실히."
이에야스는 시선을 멈추고 말했다.
"사쿠자…… 물을 다오, 목이 마르군."
"예."
소주로 손을 닦고 난 조칸이 곁에서 입에 물을 넣어주자 이에야스는 맛있게 입맛을 다신 다음 불쑥 한마디 했다.
"나는 황천의 강을 보고 왔어. 오카자키의 스고강과 비슷한데, 어떻게든 거기를 건너야 할 것 같은 생각이 들더군. 그래서 나는……."
"대감, 그렇게 이야기하셔도 괜찮습니까?"
"오, 괜찮아. 꿈에서 깨어난 것같이 기분 좋아. 그래서 나는 옷을 벗어던지고 단숨에 헤엄쳐 건너려고 했지."
사쿠자가 말했다.
"허참. 기운도 좋으시지. 그래서 무사히 건너셨습니까?"
"그런데 뒤에서 목덜미를 잡혔단 말야."
"누구에게…… 말입니까?"
"보현보살인 진달라대장이야."
"예, 호랑이신? 주군의 수호신이지요. 그래, 진달라대장이 뭐라고 하십디까?"
"허, 마구 꾸중 들었지, 꾸중을."
"핫핫핫…… 재미있군요. 주군이 꾸중 들으셨다니."
"느닷없이 냇가 자갈 위로 뻥 나가떨어졌는데, 그대는 이 강을 6푼 내고 배로 건너야 한다는 말을 못 들었느냐고 하더군."
말하고 이에야스는 입가를 살짝 일그러뜨리며 웃었다.
"배로 건너야 될 데를 헤엄치려는 무법자이기 때문에 너는 훌륭한 대장이 못 되는 거다. 왜 배가 오기를 기다리지 않느냐. 왜 좀 더 심기를 편히 하고 인내의 덕을 지향하지 않느냐고……."
"음!"
"그리고 그 말 끝에 너 같은 자는 이렇게 해줘야 된다며 느닷없이 칼을 뽑아

내 가슴을 푹 찔렀다……싶자, 다급하게 뒤에서 부르는 사람이 있더란 말이야. 아마 그게 그대들이었던 모양이지."

이번에는 아무도 대답하지 않았다. 이에야스가 죽음에 임하여 꾼 꿈이 너무도 희한했기 때문이었다.

'어쩌면 주군은…… 우리에게 힘을 주기 위해, 이 같은 것을 생각하고 있었던 게 아닐까…….'

그렇게 생각하며 모두들 살며시 얼굴을 마주 보았을 때 이에야스는 다시 가벼운 숨소리를 내며 잠들기 시작했다.

이에야스가 구사일생으로 목숨을 건졌다고 스스로도 느끼고, 주위 사람들도 마음 놓게 된 것은 그로부터 이틀째인 한여름으로 차츰 접어드는 6월 28의 일이었다.

그 무렵에는 벌써 히데요시의 간파쿠 자리도 결정적이 되어 칙사가 떠나려 하고 있었으며, 도요토미라는 새 성도 이미 정해져 있었다. 따라서 이에야스가 만일 죽었다면, 말할 나위도 없이 히데요시의 창 뿌리는 방향을 바꿔왔을 게 틀림없으리라. 이미 그는 도야마의 삿사 나리마사를 치기 위해 만반의 대비로 출병할 태세를 갖추고 있었기 때문이었다.

28일에 처음으로 자리에서 일어나자 이에야스는 맨 먼저 가즈마사에게 물었다.

"내가 아픈 걸 오사카 쪽에서 알고 있나?"

"알려져 있지 않습니다. 그 증거로……."

가즈마사가 몸을 앞으로 내밀며 히데요시가 중신 두세 사람을 기요스까지 인질로 보내라고 해왔다는 말을 알리자 이에야스는 자못 미심쩍어 견딜 수 없는 표정으로 이마에 아직 띠를 동여맨 채 머리를 갸우뚱했다.

"허…… 사자는 도미타 사콘과 쓰다 하야토 둘이었겠군."

"예, 둘 다 주군의 병환을 처음부터 거짓으로 여기는 모양인지 뜻밖에 선뜻 돌아갔습니다."

"그거 참, 괴상하군. 좋아, 그대는 곧 오카자키로 돌아가 청해온 바를 이에야스가 뜻밖으로 생각한다는 편지를 보내도록 해."

"뜻밖으로 생각한다……니요?"

"내가 나리마사를 가까이한 것은, 결코 그에게 모반을 시키기 위한 게 아니었어. 천하를 위해 눈을 크게 뜨고, 히데요시에게 빨리 항복하도록 하라고 권했던 거야. 그 증거는, 히데요시 자신이 도야마를 쳐보면 알 일. 나리마사는 나에게 잘 설득되어 있기 때문에 저항 없이 항복할 거라고 알리는 거야."

"그……그……그게 정말이십니까?"

"오, 무슨 거짓이 있겠는가. 또한 이에야스가 네고로의 잔당을 포섭한 것은, 이런 자들을 여기저기 흩어놓으면 다시 어디선가 소동의 화근이 될 거라고…… 여겨져 일부러 내 집안에 붙여놓았던 거야. 모든 게 히데요시의 천하평정 뜻을 돕기 위한 생각…… 그래도 여전히 중신 두세 사람을 인질로 내놓으라고 할 것인가…… 이에야스는 히데요시의 뜻에 따르며 천하를 잊은 행동 따위는 추호도 하지 않는다고 써 보내라."

가즈마사는 병에 시달린 이에야스의 얼굴을 한순간 멍하니 바라보았다. 난생처음 겪은 큰 병으로 이에야스는 히데요시와의 날카로운 대립에서 빠져나올 수 있었던 것일까……? 가즈마사는 자신의 신변을 뒤덮고 있던 불쾌한 구름이 순식간에 새로운 바람에 불려 걷혀가는 것을 느꼈다.

"천하 평정—"

시대의 목적을 위해 만약 두 영웅이 진심으로 융합할 수 있다면, 그 일은 벌써 성취된 것이나 다름없지 않은가.

"잘 알겠습니다."

마침내 긴장된 대답과 동작 속에 기쁨이 나타났다.

이에야스는 부드럽게 깜박이는 눈으로 그것을 바라보며 가즈마사가 물러가자 곧 사카이 다다쓰구를 불렀다. 다다쓰구는 사쿠자에몬 이상으로 지금은 도쿠가와 집안의 강경파 중심인물이었다.

다다쓰구가 들어오자 이에야스는 가즈마사에게 대했던 것과는 딴판으로 태도가 달라졌다.

"주군! 목숨을 건지셔서 이렇듯 기쁠 수 없습니다."

진정으로 눈언저리를 붉히며 인사하자 가볍게 머리를 저어보였다.

"내가 어찌 이 정도의 병으로 죽겠나. 못난 생각은 말도록."

"그렇지만 마사노부에게 들으니 십중팔구까지는……."

"듣기 싫다."

이에야스는 가볍게 막아버리고 곁에 앉아 있는 사쿠자에몬과 마사노부를 턱짓했다.

"이자들은 내가 태어난 의미를 몰라."

"그러시면 주군은 처음부터 나으실 자신이 있었습니까?"

이에야스는 가즈마사를 대할 때와는 사람이 달라진 것처럼 무뚝뚝하게 말했다.

"지금 살아 있다는 게 무엇보다도 증거 아니냐. 이 병은 말이지, 배짱을 튼튼히 하고 히데요시에게 대항하라, 그대 목숨은 내가 단단히 지키고 있다, 알았느냐, 하는 신불의 다짐이었어."

"과연…… 주군 배후에는 신불의 가호가……."

거기까지 말하고 다다쓰구는 싱글벙글 웃기 시작했다. 그는 이에야스가 이 큰 병의 영향으로 마음 약해지지 않았을까 매우 걱정하고 있었던 것이다.

"그럼, 신불의 시련도 끝났으니 이제부터 대담하게 히데요시에게 강력히 대항한다……는 말씀이신지요?"

부기는 가라앉았지만 아직 몹시 수척함이 남아 있는 얼굴로 이에야스는 고개를 끄덕였다.

"천하의 일이 히데요시 마음대로 휘둘러져서야 어디 견딜 수 있나. 그러니 그대는 나 대신 히데요시의 옛추 공격에 인접한 지역의 군비를 다시 한번 돌아보고 와줘야겠어."

"그렇게 하겠습니다. 그 말씀을 듣고 안심했습니다."

"그럼, 앓고 나서 마음이라도 약해질 줄 알았던가, 다다쓰구는?"

"하하…… 설마 그럴 리는 없으시리라 믿고 있었습니다만, 에치젠 기타노쇼에 있던 니와 나가히데가 병사했다는 건 거짓이고 실은 히데요시에게 압박받아 할복하였다기에 말씀입니다."

"뭐, 나가히데는 병사가 아니었다고……?"

"예, 지난 4월 16일에 세상 떠났는데, 잘 조사해 보니 자결이었습니다. 말을 들으니 히데요시가 오사카로 나오라 해도 가지 않은 게 두 사람 있었다더군요. 그 가운데 하나가 니와 나가히데이고 나머지 한 사람은 주군입니다. 그 한 사람이 마침내 히데요시에게는 못 당한다고 판단하여 자식들에게 중신들 충고에 따르도록 유언을 남기고 자결했습니다. 옛날부터 동료였던 당사자인 적 히데요시에게도 유품을 보내, 싸움터에서 살아온 무사가 자리에 누워 병사한다는 것은 억울한 일이니 할복해서 끝낸다는 유서를 써놓고 죽었다 합니다. 물론 그 뒤의 히데요시 처사를 두려워한 것이지요…… 그러므로 주군도, 어쩌면 이러다가 마음이 약해져 오사카로 어정어정 가시지나 않을까 걱정하고 있었지요."

이에야스는 좀 괴로운 듯했다. 그럴 만도 했다. 노부나가의 측근으로, 여태까지 히데요시를 위해 온갖 노고를 아끼지 않았던 니와 나가히데까지 그런 죽음을 할 줄이야…….

그러나 이에야스는 가볍게 웃었다.

"하하…… 나와 나가히데를 같은 값어치로 보았더냐, 멍청이 같은 다다쓰구 놈이."

"이거 참, 죄송합니다. 과연 주군은 맹호이십니다. 그만한 기력이시라면 아무것도 염려할 게 없지요."

다다쓰구가 소리 내어 껄껄 웃자, 이에야스도 웃으며 시동을 손짓해 불렀다.

"좋아, 좀 누워야겠다. 거들어다오."

그리고 다시 자리에 눕더니 다다쓰구와 마사노부가 새로이 되풀이하는 병중의 이런저런 이야기를 황홀하게 듣는 듯이 눈을 감고 있었다. 그렇다고 결코 표정처럼 그저 누워만 있는 것은 아니었다.

'그렇구나, 나가히데도 당했군…….'

그 일로 더욱 험해질 자신의 앞일에 대해 조용히 대책을 강구해 가는 것이었다.

노부나가의 중신들은 차례로 버티다 결국 자멸해 갔다. 맨 먼저 야마자키에서 당한 미쓰히데는 고사하고라도, 노부타카도 시바타도 제거되고, 지금은 삿사 나리마사가 목표로 되어 있다. 이케다 쇼뉴는 스스로 사지에 뛰어들어 전사했고 노부나가의 중신으로 남아 있는 것은 마에다 도시이에와 니와 나가히데 둘뿐이었다.

이 둘만은 아마 히데요시와 평생토록 충돌하지 않고 지낼 거라고 생각했었는데, 역시 그렇게 되지 못하는 모양이다.

나가히데의 자결은 그동안의 미묘한 감정을 생생하게 일러준다. 아마 나가히데도 될 수 있으면 죽지 않고 살고 싶었을 것이다. 그러나 히데요시의 청에 응해 곧 오사카성에 나가지 않았던 탓으로 이제까지의 협력이 모두 허사가 된 모양이다.

"히데요시에게 미움받고 집안이 어떻게 유지되겠습니까."

중신들에게서 그런 말을 듣고 쓴물을 들이킨 표정으로 생각에 잠긴 나가히데의 얼굴이 눈에 선했다.

"곧 오사카성으로 나가 잘 해명하시기를."

그런 말을 듣고 젊은 시절부터 '도키치'라고 함부로 부르던 자기와 히데요시의 관계를 회고하며, 히데요시에게 고개 숙일 바에는 차라리 자결하는 편이 낫다고 생각한 나가히데의 심정을 충분히 짐작할 수 있었다. 역시 병으로 오사카에 가지 못한 것처럼 꾸며대어 자리 위에서 죽는다는 건 비겁한 일이니 할복해서 끝맺는다면서 유품까지 남기고 죽은 심정이 이중 삼중으로 가여웠다.

그것은 결코 남의 일이 아니었다. 이에야스 자신도 똑같은 처지에 놓여 있고, 더욱이 생사를 알 수 없는 큰 병을 겪어온 것이다.

'다행히 살아났어…….'

그렇게 생각하는 한편, 살아난 이상 티끌만한 틈도 보이지 않고 히데요시의 유례없는 행운 앞에 힘차게 막아서지 않으면 안 된다……는 것이 지금 이에야스의 온갖 목적이었다.

얼마 뒤, 세 사람의 이야기가 끊어졌을 때 이에야스는 다시 번쩍 눈을 떴다.

"사쿠자…… 나는 이것저것 생각해 보았는데, 여기서 그대의 자식인 센치요만 히데요시에게서 돌려받지 않겠나?"

"무슨 말씀이십니까. 저쪽에서는 중신 세 사람을 인질로 더 내놓으라고 하는 판인데……."

"그렇지? 그렇기 때문에 반대로 센치요를 돌려달라고 해보는 거야. 그대 아낙이 중병에 걸려 생사를 알 수 없게 되었으니 잠시 돌려주기 바란다고 해보란 말이야. 가즈마사와는 별도 행동으로 말이지."

갑자기 뜻밖의 말을 듣고 어지간한 사쿠자도 눈만 껌벅거릴 뿐이었다.

이에야스는 부드러운 목소리로 말했다.

"내 말뜻을 알아듣지 못하겠나? 신불은 히데요시에게 더할 나위 없는 행운을 누리게 했지만, 나도 죽이지는 않았어."

사쿠자보다 다다쓰구가 먼저 대답했다.

"과연! 그래서 운을 겨루시려는 것입니까?"

"그대는 좀 잠자코 있어. 어떤가, 사쿠자? 나에게 조금도 다른 뜻이 없다는 취지의 편지를 가즈마사가 보낸다…… 거기 대해 히데요시가 어떻게 나올지, 그 반응을 살피는 수단으로 그대가 곧 센치요를 보내달라고 청해 보는 거야."

사쿠자에몬은 비로소 무릎을 탁 쳤다. 이에야스가 무슨 생각을 하고 있는지 그제야 알아차린 것이다. 중신 두셋을 기요스까지 인질로 보내라고 한 히데요시의 청을 가즈마사를 시켜 부드럽게 거절하도록 해놓고, 바로 그 뒤에 센치요를 돌려달라고 추격해 본다…….

'과연 우리 주군다운 일이다!'

이만하지 못하고서야 그 히데요시와 맞설 수 없을 것이다.

이틀 전까지만 해도 생사를 알 수 없는 중병으로 이상한 헛소리를 하던 이에야스가 눈을 뜨자 벌써 이렇다!고 생각하니 사쿠자의 볼은 저도 모르게 야릇한 웃음으로 허물어졌다.

사쿠자는 진지한 얼굴이 되었다.

"과연, 강하게 나가는 방식이군요. 그러고 보니 제 처는 정말 내일을 알 수 없는 중병을 앓고 있습니다. 그래서 숨이 붙어 있을 동안에 자식을 한 번 만나보게 하고 싶던 참이었는데, 주군이 허락하신다면 곧 맞아올 사람을 보내겠습니다. 아, 이제야 마음 놓입니다."

뒷말이 너무나 진지했으므로 사람 좋은 다다쓰구가 깜짝 놀란 듯 되물었다.

"사쿠자, 그대의 부인은 정말 병중이었나?"

"그렇소. 주군이 병환 중이시라 말하지 못했었는데, 아무튼 하나뿐인 자식을 오사카에 빼앗겼으니 울화병이 나서 이제는 오늘내일하는 중병이 되었소. 하하하……."

다다쓰구는 혀를 찼다.

"난 또! 그럼, 히데요시가 순순히 돌려줄 때의 일도 생각해 둬야겠지. 돌려준다면 어떻게 할 참인가?"

"그때는 오사카로 다시 돌려보내지 않겠어. 히데요시의 말 따위 단연코 듣지 않는 사나이가 이 세상에 있다는 걸 단단히 알려주기 위해서지."

이에야스는 그때 다시 눈을 살며시 감고 반쯤 자고 있는 듯한 표정이었다. 아마 센치요를 돌려준다고 할지, 못 돌려준다고 할지……그 나오는 반응에 따라 히데요시를 대하는 방법을 정하려는 것이리라.

상대가 강하게 나오면 부드럽게 물러서고, 상대가 부드럽게 나오면 더욱 더 밀어댄다…… 그것이 큰 병의 시련을 주면서도 죽이지 않았던 신불에의 당연한 보답이 되리라고 이에야스는 생각하기 시작했다. 문제는 갖은 방법으로 히데요시라는 인물을 시험하고, 히데요시에게 부족한 데가 있으면 어떤 시기에는 그것을 보충하고 어떤 시기에는 그것에 대비한다.

'그러는 동안 조금도 무리함이 있어서는 안 된다…….'

이에야스가 생사의 경지를 헤맨 끝에 스스로 얻은 것이었다.

"그럼, 저는 이만."

다다쓰구의 인사에 이에야스는 눈을 가늘게 뜨고 말했다.

"단단히 부탁한다."

남쪽에서 불어오는 시원한 바람 속에서 이에야스는 다시 스스로의 생명에 주어진 신불의 뜻을 계속 살폈다. 신불은 결코 그에게 직접 말을 걸지는 않았다. 그러나 그 존재와 의사를 이번 병을 통해 뚜렷하게 그에게 보여준 것같이 여겨졌다. 그가 만일 신의 뜻에 거역하여 히데요시를 대하면 그의 생명을 끊어버리고, 히데요시 이상으로 신의 뜻을 올바르게 받아들여 살아간다면 무한한 가호를 내려줄 듯이 여겨지는 것이다.

"사쿠자……."

"예."

"내가 약해져 보이나, 그대 눈에는?"

"아닙니다. 제법 강해지셨습니다. 몸속에 있던 독이 완전히 빠져버린 모양입니다."

"독이라……."

"예, 망상의 독즙 말입니다."

말한 다음 사쿠자는 갑자기 목소리를 낮추었다.

"센치요의 일은 곧 주선하겠습니다만, 독을 빼버린 주군에게 그 밖에 또 한 가지 여쭈어둘 일이 있습니다."

"뭔가, 그건……."

"주군은 히데요시가 청한 혼담을 어떻게 하시렵니까? 병환을 치르시고도 심경에 전혀 변화가 없으신지요."

이에야스는 눈을 감고 생각하더니 대답했다.

"흥, 있었지, 변화가."

"어떻게 변하셨습니까?"

"히데요시가 내 뜻에 맞을 만한 인물이라면 기꺼이 맞아들여도 좋아."

"히데요시가 주군 뜻에 맞을 만한 인물이라면……?"

"그렇잖은가, 사쿠자."

"예."

"나는 지금까지 히데요시와 힘이 걸맞은 인물이었어. 그러므로 신불이 그 같은 큰 병으로 시험해 온 거야."

"허."

"그러나 이제부터는 히데요시도 없고 이에야스도 없어. 한 차원 높은 경지에 마음을 두고 둘의 판정인이 될까 생각해."

"과연, 참으로 재미있는 착안이군요."

"히데요시에게도 기울지 않고 이에야스도 봐주지 않으며 편중하지 않고 살아가는 게 신불의 뜻에 가장 맞을 거야…… 생과 사는 우리 생각 밖의 일이야. 나는 결코 나가히데처럼 가엾은 할복 따위는 않겠다."

사쿠자는 싱글벙글 웃으며 듣고 있더니 말했다.

"덕을 봤군요, 주군은…… 오, 조칸이 온 것 같으니 오늘도 뜨겁다고 하지 마십시오."

"못난 것, 그것과 이건 이야기가 달라. 그대도 뜸을 한 번 해봐."

마사노부가 웃으며 일어서 조칸을 맞았다.

"자, 가까이 들어오십시오. 대감께서는 뜸을 퍽 좋아하시게 된 것 같군요."

조칸은 꿇어 엎드린 다음 마쓰마루가 들고 온 뜸질 도구를 받아 머리맡으로 다가갔다.

"맥을 보겠습니다."

이에야스는 잠자코 오른손을 내밀었다.

"올해는 가뭄이 너무 계속되는군. 논에 물이 마르지 않으려나……."

벌써 다른 생각을 하고 있는 것 같았다.

지은이
야마오카 소하치(山岡莊八)

그린이
기노시타 지카이(木下二介)

옮긴이
박재희(청춘사도대학교 일문학 전공) 김문운(니혼대학교 일문학 전공)
김영수(와세다대학교 일문학 전공) 문호(게이오대학교 일문학 전공)
유정(조치대학교 일문학 전공) 추영현(서울대학교 사회학 전공)
허문순(경남대학교 불교학 전공) 김인영(숙명여자대학교 미술학 전공)

도쿠가와 이에야스
대망 5
야마오카 소하치 지음/책임편집 박재희 추영현 김인영
1판 1쇄/1970. 4. 1
2판 1쇄/2005. 4. 1
2판 21쇄/2024. 1. 1
발행인 고윤주
발행처 동서문화사
창업 1956. 12. 12. 등록 16−3799
서울 중구 마른내로 144 동서빌딩 3층
☎ 546−0331~2 Fax. 545−0331
www.dongsuhbook.com
잘못된 책은 구입하신 곳에서 바꾸어드립니다.
*

사업자등록번호 211−87−75330
ISBN 978−89−497−0296−4 04830
ISBN 978−89−497−0291−9 (세트)

冨嶽三十六景
神奈川沖

葛飾北齋畵